Masser Brock ist Kolumnist für eine der größten und anerkanntesten Tageszeitungen der Niederlande, seine Schwester Mia ist der Spin-Doctor des Ministerpräsidenten. Als vier niederländische Soldaten auf Friedensmission im Mittleren Osten unter ungewöhnlichen Umständen ums Leben kommen, versucht Masser, die Wahrheit herauszufinden, während Mia daran arbeitet, sie zu vertuschen. Aber ist die Wahrheit wirklich so eindeutig? Plötzlich stellt sich auch noch heraus, dass die Zeitung vom Geheimdienst unterwandert wurde, und das seit Generationen im Familienbesitz florierende Imperium droht zu zerbrechen. Und allmählich beginnt Masser Brock, an seinem Beruf zu zweifeln … Ein spannender Roman über das Wechselspiel von Wahrheit und Lüge, über Nachrichten, die neue Wirklichkeiten schaffen, über das Manipulieren von Meinungen.

BERT WAGENDORP, geb. 1956, ist als Kolumnist für die niederländische Zeitung *De Volkskrant* und eine flämische Tageszeitung tätig. Zwischen 1989 und 1994 berichtete er unter anderem von der Tour de France. Zudem hat er das literarische Radrennmagazin *De Muur* mitbegründet. Sein Roman »Ventoux« war der große Überraschungsbestseller der letzten Jahre in den Niederlanden und wurde dort erfolgreich verfilmt.

BERT WAGENDORP BEI BTB
Ventoux. Roman (71689)

BERT WAGENDORP

TANZ UM DIE WAHRHEIT

ROMAN

Aus dem Niederländischen
von Andreas Ecke

btb

Die Originalausgabe erschien 2017 unter dem Titel »Masser Brock«
bei Atlas Contact, Amsterdam/Antwerpen.

Dieses Buch ist auch als E-Book erhältlich.

MIX
Papier aus verantwortungsvollen Quellen
FSC® C014496

Verlagsgruppe Random House FSC® N001967

1. Auflage
Deutsche Erstausgabe
Genehmigte Taschenbuchausgabe Mai 2020
btb Verlag in der Verlagsgruppe Random House GmbH,
Neumarkter Straße 28, 81673 München

Umschlaggestaltung: semper smile, München
Covermotiv: © Shutterstock/Weerayut Photographer; Bakai
Satz: Uhl + Massopust, Aalen
Druck und Bindung: GGP Media GmbH, Pößneck
CP · Herstellung: sc
Printed in Germany
ISBN 978-3-442-71975-4

www.btb-verlag.de
www.facebook.com/btbverlag

Für Wilma

I

Geschmolzener Asphalt

Haarlem wurde geröstet, eine brennende Sonne schmolz den Asphalt, heizte die Dächer auf und versengte das Gras in den Parks. Auf den Caféterrassen des Grote Markt verkrochen sich Touristen unter den Sonnenschirmen. Aus der St.-Bavo-Kathedrale drang Orgelmusik, und es klang, als würde auch sie von der Hitze angegriffen, während sie sich unter dem grellblauen Himmel ausbreitete – man hörte ein flirrendes Vibrato. Die Möwen über der Spaarne schienen langsamer als sonst zu schweben, gebremst durch eine Luft, die zu dick war für schnelle Bewegung.

Masser Brock, Kolumnist der *Nieuwe Tijd*, ging am Teylers Museum vorbei in Richtung der weißen Ziehbrücke über die Spaarne. Er trug ein schwarzes T-Shirt und eine schwarze Jeans, ein scharfer Kontrast zu seinen weißen Nikes. Obwohl er sein provenzalisches Tempo einhielt, wie er es nannte, gemächlich und bedachtsam, rannen ihm Schweißtropfen den Rücken hinunter. Masser war ein Gewohnheitstier. Jeden Tag ging er seine kleine Runde, auch bei vierzig Grad Hitze oder einem halben Meter Schnee, sogar wenn er einen fürchterlichen Kater hatte oder eine Grippe. Am Dienstag, Donnerstag und Samstag unterbrach er seinen Spaziergang für zwei Heringe, immer mit Silberzwiebeln. Seiner Ansicht nach lag das Geheimnis eines langen und glücklichen Lebens in geduldiger Wiederholung.

Ich habe das Gefühl, die ganze Hitze der Stadt in mich einzusaugen. Als hätte die Sonne sich heute vorgenommen, mich zu schmoren.

Hör auf zu jammern, Masser.

Der Asphalt schmilzt, die Spaarne trocknet aus. Nicht mehr lange, und in unseren großen Flüssen werden die ersten Krokodile gesichtet.

Hyperbel, alter Trick.

Und all die wunderbar sonnigen Wohnungen und Häuser, was ist mit denen? Die werden zu Backöfen!

Beruhige dich, Junge, es wird bald wieder kühler.

Masser Brock war knapp sechsundvierzig, sah aber jünger aus. Nicht, dass er sich krampfhaft bemüht hätte, jugendlich zu bleiben. Er färbte sich nicht die Haare, nahm keine Vitaminpräparate, joggte nicht, besaß kein Rennrad, betrat nie ein Fitnessstudio. Früher hatte er Fußball gespielt, aber nur in der untersten Spielklasse. Sein Kleidungsstil tendierte zum Altmodischen und ließ auf eine gewisse Gleichgültigkeit schließen. Wenn er eine Verabredung hatte, holte er irgendein Hemd und ein Jackett aus dem Schrank, ohne sich über die Kombination von Farben und Stoffen den Kopf zu zerbrechen.

Er hatte keine Frau, die ihn in Sachen Kleidung hätte beraten können. Im zweiten Jahr seines Niederländisch-Studiums hatte er zehn Monate lang eine Beziehung mit einer jungen Musikerin gehabt, die an der Musikhochschule Amsterdam Kontrabass studierte – er wusste nicht mehr, was genau sie auseinandergebracht hatte. Vielleicht hing es damit zusammen, dass er plötzlich sein Studium aufgegeben hatte und Journalist geworden war, weshalb Eva und er sich weniger oft trafen und er Teil eines Milieus wurde, das Eva fremd blieb. Danach hatte er kurze Zeit mit einer jungen Frau zusammengewohnt, die er von der Zeitung her kannte. Die Auseinandersetzung, mit der diese Beziehung endete, war so heftig und nahm ihn derart mit, dass Masser für sich den Schluss zog, er sei unfähig, mit einer Frau zusammenzuleben. Andere hätten das vielleicht als voreilig empfunden oder es nach einem Monat wieder vergessen, doch Masser hielt sich nun schon seit dreiundzwanzig Jahren daran, obwohl er manchmal gedacht hatte, er könnte es noch einmal versuchen – immer dann, wenn er sich verliebte. Aber der Teufel schien ein Spielchen mit ihm zu treiben: Die Frauen, zu denen er sich hingezogen fühlte, hatten keine Lust, ihr Leben mit ihm zu teilen. Er hatte sich damit abgefunden, für immer Junggeselle zu bleiben.

Seit fast fünfundzwanzig Jahren wohnte Masser Brock in Haarlem, beinahe von dem Tag an, als er Journalist bei der Lokalzeitung geworden war. Nie hatte er mit dem Gedanken gespielt, nach Amsterdam zu ziehen, auch nicht nach seinem Wechsel zur *Nieuwe Tijd*. Er verabscheute die Schaumschlägerei, mit der er sich in der Hauptstadt allenthalben konfrontiert sah, und glaubte, das rastlose Weltgeschehen am besten von einer ruhigen Provinzstadt aus beobachten zu können.

Masser überlegte, ob die Lichtblitze, die ihn trafen, Wasserreflexionen waren oder ob sein Gehirn selbst sie hervorbrachte. Schon seit sehr langer Zeit löste spiegelndes Wasser bei ihm Kopfschmerzen aus, er wusste sogar ganz genau, seit wann.

Die Kolumne gab seinem Dasein Struktur, er lebte im Rhythmus von sechs Kolumnen pro Woche. Früher hatte man Journalisten wie ihn auch »Glossenschreiber« genannt, heute sprach man nur noch von Kolumnisten. Seit er angefangen hatte, seine täglichen Beiträge für Seite zwei zu liefern, hatte sich vieles verändert. Die Kolumnen hatten sich sprunghaft vermehrt, auf fast jeder Seite fanden sich welche. Es hatte den Anschein, dass Nachrichten nur noch Anlass zu Kolumnen waren, dass die Meinung zu einem Geschehen wichtiger geworden war als das Geschehen selbst. Manchmal konnte eine Meinung plötzlich die Nachricht sein, dann schloss sich der Kreis.

Masser war nicht gerade glücklich über diese Entwicklung. Manchmal schämte er sich für seinen Beruf, schämte sich, Meinungsmacher zu sein. Was mache ich denn, fragte er sich dann. Ein Möbeltischler macht etwas, worauf man sitzen kann, aber was macht ein Meinungsmacher?

Meinungen.

Nichts, man kann sich nicht mal den Hintern damit abwischen.

Meinungen machen neue Meinungen.

Es ist eine Pest.

Masser betrat die Brücke, blieb stehen, legte die Hände aufs Geländer und blickte nachdenklich über das Wasser. Heute was Leichtes, dachte er, bei diesen Temperaturen brauchen die Leute Zerstreuung. Er nahm sein Smartphone aus der Hosentasche und suchte auf der Website der Zeitung nach Meldungen, die ihm vielleicht auf die Sprünge helfen würden. Doch die Welt schien zum Stillstand gekommen zu sein. Nirgends hatte sich eine Katastrophe ereignet, kein Flugzeug war abgestürzt, nicht einmal eine neue Studie über den Zustand der Umwelt war erschienen. An den Kriegsfronten schien Ruhe zu herrschen, vielleicht war es zu heiß zum Kämpfen. Oder zum Berichten über Kämpfe. Man hatte kein neues Schwarzes Loch im Universum entdeckt, keine neuen Teilchen, und kein Wolf hatte die Grenze überschritten.

Ich gebe mich als unabhängiger Geist aus, dachte Masser, dabei bin ich ein abhängiger. Man wirft mir täglich etwas vor, auf dem ich herumkauen kann, ansonsten bin ich hilflos. Er setzte aber großes Vertrauen in seine Kollegen, die keine neuigkeitenlosen Tage akzeptierten, schließlich musste eine Zeitung gemacht werden. Wenn es keine Neuigkeiten gab, fabrizierten sie welche. Sie verschoben die Fakten ein wenig, rückten ein Detail, das an nachrichtenreichen Tagen niemandem aufgefallen wäre, in den Vordergrund und nahmen es unter die Lupe. Oder sie beleuchteten irgendeine Äußerung auf so erfinderische Weise neu, dass sie eine andere Bedeutung erhielt, gerade so, als wäre ein journalistischer Jesus am Werk gewesen, der Wasser in Wein verwandelte.

Bei der Tour de France lag an diesem Tag ein Niederländer vorn. Wenn der gewann, hatte Masser ein dankbares Thema für sommerliche Betrachtungen; dass niederländische Radrennfahrer eine Tour-Etappe gewannen, kam ja nicht mehr so oft vor. Aber bis zum Etappenziel waren es noch 175 Kilometer, wahrscheinlich war der Fahrer chancenlos. Ein Abgeordneter hatte etwas über Bootsflüchtlinge getwittert, das andere Twitter-User skandalös fanden. Masser spuckte ins Wasser. Sogar der amerikanische Präsident twitterte Nachrichten in die Welt. Nicht mehr lange, und ich muss meine Kolumne wegen nachlassender Konzentrationsfähigkeit der Leser auf vierzig Wörter eindampfen, dachte er.

Von der anderen Seite betrat ein alter Bekannter die Brücke. Er wohnte gegenüber vom Teylers Museum in einem der hohen Häuser am Kai. Masser hob die Hand. Der Mann war ein prominenter Sportreporter, der früher jahrelang über die Tour de France berichtet hatte.

»Masser«, sagte er. »Wie geht's? Ich seh dich hier regelmäßig auf der Brücke stehen.«

»Prima«, antwortete Masser. »Bisschen warm. Und dir?«

»Schlecht. Kolumne fertig?«

»Noch nicht. Ist zu früh. Ich hoffe, dass mir beim Gehen was Gutes einfällt. Dass mir von der Spaarne her was zufliegt. Oder dass ich jemanden treffe, der eine blendende Idee hat.«

»Es ist Sauregurkenzeit.«

»Vielleicht gibt's endlich mal wieder einen niederländischen Etappensieg.«

»*Forget it.*«

»Fehlt dir die Tour?«

»Kein bisschen. Es ist gut, so wie es ist. Ich bin ein alter Mann.«

»Komisch, ich stelle mir das großartig vor: von der Tour zu berichten.« Masser meinte es nicht ernst, er stellte es sich grässlich vor.

»Alles Blödsinn. Aber ich muss weiter. Ich wurde mit einem Einkaufszettel losgeschickt. Das ist jetzt meine Lebensaufgabe.«

»Überschaubar.«

»Wir müssen mal einen guten Tropfen zusammen trinken. Bis dann.« Er klopfte Masser auf die Schulter und ging weiter. Masser wartete einen Moment, bis sein Bekannter am Ende der Brücke die Straße überquert hatte und in Richtung Innenstadt abgebogen war. Dann ging er ans andere Ufer, wandte sich nach rechts und blieb im Schatten der Häuser, bis er die Brücke erreichte, über die er ins Zentrum zurückkehren konnte.

Er schaute wieder auf sein Smartphone. Ein Schriftsteller, von dem er das eine oder andere Buch gelesen hatte, war gestorben. Er empfand Erleichterung. Kolumnen über tote Autoren lagen ihm, er schüttelte sie aus dem Ärmel.

II

The Piper at the Gates of Dawn

Masser Brock wurde am Montag, dem 7. August 1967, mittags um zehn nach zwölf geboren. Es war ein normaler Sommertag mit Temperaturen bis 25 Grad, aber auch ein Tag, der sich von allen Tagen davor und danach unterschied. In *De Nieuwe Tijd*, die ein paar Stunden nach Massers Geburt durch den Briefschlitz fiel, war zu lesen, dass die Chinesen die indonesische Botschaft in Peking abriegelten. In Detroit flauten die Rassenunruhen ab, und drei seit Tagen auf dem IJsselmeer vermisste deutsche Segler waren auf der früheren Insel Urk gefunden worden. Ein Hochseeschlepper hatte ein steuerlos treibendes Frachtschiff entdeckt, und die PTT versprach, Postsendungen weiterhin auch auf abgelegenen Bauernhöfen zuzustellen.

Karel Brock blätterte die Zeitung rasch durch, nachdem er gesehen hatte, dass seine Frau und auch sein Sohn eingeschlafen waren. Der Arzt hatte gesagt, er habe selten eine so leichte erste Geburt erlebt. Der junge Brock begann nach einem Klaps auf den Po zu schreien, doch unter den liebkosenden Fingern von Carla Genovesi, seiner Mutter, beruhigte er sich schnell.

Karel beschloss, die Zeitung aufzubewahren, damit sein Sohn später nachlesen konnte, was am Tag seiner Geburt auf der Welt geschehen war. Er legte sie in die unterste Schublade des Schreibtisches, den er von seinem Vater geerbt hatte – und vergaß sie. Erst nach vielen Jahren entdeckte er sie zufällig wieder, spröde und vergilbt.

»Sieh mal«, sagte er, als er Masser die Zeitung ein paar Tage nach dessen vierzigstem Geburtstag überreichte. »Eine Zeitung ohne Kolumnisten. Wunderbare Zeit. Man war auch in fünf Minuten damit fertig, weil nichts passierte. Jedenfalls stand kaum etwas drin. Bruchstücke der Wirklichkeit, mehr nicht. Und mehr als genug.«

»All You Need is Love« führte in der Woche von Massers Geburt die Hitlisten an, aber Karel mochte die Beatles nicht. Genau vierundzwanzig Stunden nach der Geburt seines Sohnes kam er mit einer LP von Pink Floyd nach Hause, *The Piper at the Gates of Dawn*. Ein paar Monate zuvor hatte er mit Carla ein Konzert der Band im Paradiso besucht. Dass nun die Gitarre von Syd Barrett, der Bass von Roger Waters und das Keyboard von Richard Wright in »Interstellar Overdrive« das Geschrei ihres Sohnes begleitete, kam Carla wie ein Fingerzeig vor – der Kleine wurde psychedelisch getauft.

Seinen merkwürdigen Namen verdankte Masser einer Freundin seiner Mutter, Stella, die Tarotkarten legte, Horoskope erstellte und mit Verstorbenen sprach. Masser war im chinesischen Jahr der Ziege zur Welt gekommen, weshalb es ihm laut Stella vorherbestimmt war, eine ästhetisch veranlagte, beharrliche, erfinderische und feinfühlige Person zu werden. Sie hatte den Namen »empfangen« und erklärte, dass Masser »Suchender« bedeute. Masser hatte später mehrmals herauszufinden versucht, welche Sprache sie eigentlich gemeint hatte, doch ohne Erfolg. Stella konnte er nicht mehr fragen, sie hatte sich umgebracht, nachdem sie eines Tages in den Tarotkarten gelesen hatte, dass ihr Leben durch Suizid enden werde.

»Karel«, sagte Carla Genovesi im Wochenbett zu ihrem

Mann, »die tiefsten Geheimnisse des Lebens entziehen sich der objektiven Wahrnehmung. Und wenn uns hin und wieder ein kurzer Blick in jene verborgene Welt vergönnt ist, wenn uns Einsichten kommen, dürfen wir uns nicht abwenden, denn das würde nicht ohne Folgen bleiben. Wir kennen diese Folgen nicht, aber gerade deswegen ist es wichtig, die Einsichten nicht zu ignorieren. Wir nennen den Jungen Masser, auch wenn wir nicht wissen, warum.«

Karel hatte von seinem siebzehnten bis zum einundzwanzigsten Lebensjahr auf einem Frachter die Weltmeere befahren, und aus dieser Zeit waren ihm zwei Dinge geblieben. Das eine war ein leichtes Hinken, Folge eines Sturzes in den Frachtraum, bei dem er sich so ungefähr alles gebrochen hatte, was brechen konnte – der Unfall hatte sein Seemannsleben beendet, Karel hatte ein Jahr gebraucht, um wieder halbwegs auf die Beine zu kommen. Außerdem hatten ihm die Jahre auf See und in den großen Hafenstädten eine ebenso nüchterne wie offene Einstellung beschert und ihn von der Engstirnigkeit jener Welt befreit, aus der er als Sechzehnjähriger ausgebrochen war, nachdem zuerst sein Vater und kurz darauf seine Mutter gestorben waren.

Karel akzeptierte Carlas Namenswahl ohne Murren. Masser klang irgendwie kernig, fand er. Wenn es Masser, der Suchende, sein sollte, würde sein Sohn eben Masser, der Suchende, heißen. Kaum hatte er den Kleinen viermal mit seinem Namen angesprochen, hatte er sich schon daran gewöhnt. »Pink Floyd«, sagte er zu seinem Sohn, während er die Nadel in die Rille gleiten ließ. »Horch, kleiner Masser. Pink Floyd.«

Hin und wieder hatte Masser später versucht, über die ersten musikalischen Klänge, die sein Gehirn registriert und abgespeichert hatte, in seine allerersten Stunden auf Erden zurückzukehren, aber es war ihm nicht gelungen. Er fragte sich, was der prätentiöse Klangquark wohl in ihm angerichtet haben mochte. Wäre er ein anderer Mensch geworden, wenn seine Eltern ihn mit *Their Satanic Majesties Request* von den Stones getauft hätten – einer Platte aus seinem Geburtsjahr, mit der er sehr viel mehr anfangen konnte?

III

Patek Philippe

Carla war die Tochter eines liebenswürdigen Importeurs sündhaft teurer Armbanduhren, André Genovesi, dessen Großvater aus dem »Tal der Schornsteinfeger« Valle Vigezzo im Piemont stammte. Als André Genovesi in den Jahren nach dem Zweiten Weltkrieg allmählich zu Vermögen kam, war das Erste, was er tat, die Kohleöfen in seinem Haus durch eine Zentralheizung zu ersetzen, damals noch ein recht neuer Luxus.

»Meine Vorfahren sind an dem verdammten Kohlenstaub gestorben«, erklärte André, »Öfen haben wahrhaftig nichts Romantisches. Die Zentralheizung ist ein Gottesgeschenk.« Nicht, dass er an einen Gott glaubte; wenn er aber einmal nicht wusste, worauf er eine aus seiner Sicht positive Entwicklung zurückführen sollte, verwies er dennoch gern auf den Allmächtigen. Empfahl er seinen Abnehmern eine neue Rolex oder Jaeger-LeCoultre, und es handelte sich tatsächlich um ein außergewöhnliches Modell, pries er den Großen Uhrmacher selbst, der zweifellos die Schöpfer der Uhr inspiriert und ihnen die Zuversicht geschenkt habe, dass ihr geduldiges Pusseln etwas Magisches hervorbringen werde. Hatte er eine Durchschnittsuhr zu verkaufen, brachte er allerdings ebenso selbstverständlich den Teufel ins Spiel, der auf seine schändliche, aber verführerische Weise Schönheit und Funktionalität zu etwas Unwiderstehlichem vereint habe.

Er selbst war versessen auf Uhren von Patek Philippe, wegen ihrer Qualität und Exklusivität, vor allem aber weil sie den gesegneten Besitzer – in diesem Fall ihn – auf ein höheres Niveau beförderten, einzig und allein dadurch, dass sie an seinem Handgelenk saßen. Er mochte aus einer Schornsteinfegerfamilie stammen, wofür er sich übrigens nicht schämte, doch seine Patek Philippe, die erste Calatrava überhaupt, mit der Referenznummer 96 aus dem Jahr 1932, ließ keinen Zweifel daran, dass er inzwischen einige Sprossen auf der Leiter emporgestiegen war.

Zu ihrem zehnten Geburtstag bekam Carla eine goldene Cartier Pasha mit winzigen Diamanten bei drei, sechs, neun und zwölf Uhr. Sie war so wertvoll, dass Carla sie nicht in die Schule mitzunehmen wagte: Ihre Armbanduhr kostete mehr, als die Väter der meisten ihrer Freundinnen in einem Jahr verdienten. Und Carla gab sich die größte Mühe, ein ganz normales Mädchen zu sein oder wenigstens den Anschein zu erwecken. Bevor sie mit ihren Eltern in den Sommerferien nach Venedig reiste, wo sie vier Wochen im Grand Hotel des Bains am Lido wohnten, erzählte sie in der Schule, sie führen zum Campen nach Süd-Limburg. Ihre Freundinnen besuchten sie gern zu Hause, weil sie dort Dinge sahen, von deren Existenz sie früher nichts geahnt hatten: eine finnische Sauna, eine italienische Espressomaschine, einen Kühlschrank, so groß wie vier Särge, eine Klimaanlage, elektrische Markisen.

Als André im Sommer 1960 in der geräumigen Garage der Genovesi-Villa in Bloemendaal neben dem Ferrari 250 GT, der schon darin stand, einen Bentley S3 parkte, sagte sie zu ihrem Vater, er sei ein Angeber. Damals war sie fünfzehn, und André wusste gleich, dass große Veränderungen in der Luft lagen – er war schließlich auf der Höhe der Zeit. »Du hast recht«, sagte er. »Komm, wir machen eine Spritztour.«

Das ließ sich Carla nicht zweimal sagen, denn sie war hin- und hergerissen zwischen dem Zeitgeist und der Liebe zu ihrem Vater. Damit er nur ja begriff, welch moderne Ansichten sie hatte, las sie auf ihrem Stammplatz im Wohnzimmer demonstrativ Kerouacs *On the Road*, Gedichte von Ginsberg oder Millers *Wendekreis des Krebses*. Sie las Bücher, mit denen sie ihren Vater provozieren zu können glaubte, unterstrich Passagen, von denen sie annahm, er würde sie zu drastisch finden, und ließ die Bücher aufgeschlagen auf dem Tisch liegen. Doch als er eines Abends angefangen hatte, in *Amerikanisch kurz* von Jan Wolkers zu lesen, das sie kurz zuvor gekauft hatte, sagte André, er finde es großartig, manchmal auch erregend, vor allem die Szenen, die sie unterstrichen habe. Carla zog ein enttäuschtes Gesicht.

Sie brachte nacheinander zahlreiche Freunde mit nach Hause, eigens nach der vermuteten Schockwirkung auf ihren Vater ausgewählt. Dazu zählten ein Straßenmusiker, ein existenzialistischer Dichter, ein Halbstarker, der ein Moped mit absurd niedrigem Lenker fuhr, ein undurchschaubarer Philosophiestudent mit Bärtchen, ein ehemaliger Fremdenlegionär, ein Radrennprofi, ein vom Glauben abgefallener Seminarist, ein Maler, der ausschließlich weiße Bilder produzierte, ein junger Rosenkreuzer, ein heroinsüchtiger Jazzmusiker und der Sohn eines Mannes, der sich für Gott hielt.

Als sie ihrem Vater im Frühjahr 1964, kurz vor ihrem neunzehnten Geburtstag, einen finnischen Zirkusdompteur vorstellte, dessen Spezialität eine Seehundnummer war – sie hatte den jungen Mann mit langen roten Haaren nach der Vorstellung einer deutschen Zirkustruppe im Theater Carré abgeschleppt –, hatte sie Andrés Toleranzgrenze endlich erreicht. Sichtlich bekümmert erklärte er, nun sei es genug. Entweder sie beende diesen Aufmarsch von Irren, oder er sehe sich gezwungen, ihr den Zugang zu seinem Haus zu verwehren. Martha, ihre Mutter, flehte sie an, ihrem Vater um des lieben Friedens willen ein winziges bisschen entgegenzukommen, doch ohne Erfolg. André Genovesi weinte den ganzen Abend lang – er glaubte, er hätte seine Tochter verloren.

Carla hatte das Gymnasium erfolgreich abgeschlossen, schrieb sich in Amsterdam an der Kunstgewerbeschule ein und fand eine Mietwohnung an der Prinsengracht. André ließ sie nicht fallen. Jeden Monat erhielt Carla einen Scheck in Höhe eines Professorengehalts. Sie schickte ihn nicht zurück, sondern ließ Freunde und Freundinnen großzügig an ihrem Wohlstand teilhaben.

Seit dem Moment ihres Einzugs in die Wohnung war Schluss mit den verkrachten Künstlern und anderen schrägen Vögeln in ihrem Bett; sie hatten ihre Schuldigkeit getan. Am ersten Tag an der Kunstgewerbeschule begegnete sie Karel Brock, der dort als Mädchen für alles arbeitete. Bevor sie auch nur ein Wort mit ihm gewechselt hatte, wusste sie: er und kein anderer. »Ich bin Carla«, sagte sie, erfüllt von dem Selbstvertrauen einer Frau, die noch nie zurückgewiesen worden ist. »Ich studiere hier. Ich fände es schön, wenn du heute Abend zum Essen zu mir kommen würdest.« Karel war drei Jahre älter als sie und hatte um mindestens acht Jahre mehr Lebenserfahrung.

»Karel«, antwortete er. »Heute Abend kann ich leider nicht, ich muss zum Abendgymnasium.« Danach drehte er sich um und ging weg. Er sah durchaus, wie schön sie war, aber er mochte keine verwöhnten Prinzessinnen, und ihm war nicht entgangen, was für eine Armbanduhr sie trug. Wenn sie etwas von ihm wollte, musste sie sich was Besseres ausdenken.

Einen Moment war Carla perplex. Dann fragte sie den Hausmeister, welches Abendgymnasium das Schulfaktotum besuchte. Am Abend wartete sie dort im Taxi, bis er sein Fahrrad abgeschlossen hatte, folgte ihm in die Schule und den Klassenraum und nahm neben ihm in der letzten Reihe Platz. Sie holte eine Flasche Dom Pérignon aus ihrer Tasche und stellte sie auf den Tisch.

»So«, sagte sie. »Ich gehe auch aufs Abendgymnasium. Wirklich nett hier.«

»Schön«, sagte Karel.

Sie klopfte an die Flasche. »Die trinken wir nachher zusammen. Bei mir.«

»Prima«, sagte er und legte ihr den Arm um die Schultern. Er wusste, dass sich etwas Unvermeidliches vollzog.

IV

Die Hindeloopen

Carlas Eltern fuhren regelmäßig nach Amsterdam zu der großzügigen Wohnung, die Karel und sie im Stadtviertel Rivierenbuurt bezogen hatten. Carla beschwor ihren Vater, seinen Enkel nicht schon in der Wiege mit viel zu teuren Geschenken zu verwöhnen. Auf Zuwiderhandlung stehe der Entzug der großelterlichen Rechte und ein Besuchsverbot nicht unter einem Monat. Und so beschränkte sich André an Massers erstem Geburtstag auf das Aushändigen eines Sparbuchs, über das Masser mit einundzwanzig frei verfügen konnte. Als Carla den eingezahlten Betrag sah, musste Karel sie beschwichtigen. Ihr Vater bringe seine Liebe zu ihrem Kind eben auf seine Weise zum Ausdruck, meinte er, das solle sie respektieren.

Zwei Jahre nach Masser bekamen die beiden wieder einen Sohn; er wurde Jimi genannt – diesmal hatte Karel darauf bestanden, den Namen aussuchen zu dürfen, und außer Pink Floyd hatte ihn auch Jimi Hendrix in seinen Bann geschlagen. Weitere zwei Jahre später wurde ein Mädchen geboren, das den Namen von Carlas Lieblingsfilmstar Mia Farrow erhielt.

Nach drei Kindern fand Carla, es sei genug. Karel hätte gern noch mehr gehabt, doch Carla erklärte, sie brauche Zeit, um an sich zu arbeiten, eine noch größere Familie würde ihrer Weiterentwicklung im Wege stehen und eine erschöpfte Glucke aus ihr machen. Ein Atelier musste her.

Mia war ein Jahr alt, als die Familie aus der Wohnung auf ein altes Schiff umzog, das Karel und Carla einem Jazzpianisten abgekauft hatten; er hatte es als Übungsraum benutzt. Carlas Vater hätte ihnen auch gern das Geld für ein komplett ausgestattetes Luxuswohnboot zur Verfügung gestellt. Dass sie stattdessen dieses Wrack erwarben – viel mehr war es nicht –, empfand Carla als den Beweis dafür, dass sie eine selbständige Frau war und ihre eigenen Entscheidungen traf.

Karel freute sich darauf, jahrelang mit Ausbesserungs- und Ausbauarbeiten beschäftigt zu sein. Er sah außer Rost, abblätternder Farbe und Fäulnis auch die Konturen eines Ideals, eine Art Kokon, in dem er und seine Familie so leben konnten, wie sie es wollten, ohne durch Bauvorschriften und Nachbarn eingeengt zu werden. »Ein Schiff ist beweglich«, sagte er. »Kein Fundament, keine Pfähle im Boden, es treibt im Wasser. Fische schwimmen drunter durch, und wenn man wegwill, fährt man einfach woanders hin, man muss nur ein paar Leinen losmachen. Mehr braucht der Mensch nicht.« Carla musterte ihn einen Augenblick besorgt, aber so ernst meinte er es nicht.

Die *Hindeloopen* war auf der ehemaligen Zuiderzee jahrelang im Frachtdienst zwischen Amsterdam und Lemmer unterwegs gewesen. Nachdem auf einer Werft in Zaandam der Rumpf an den besonders mitgenommenen Stellen von kopfschüttelnden Schweißern mit Stahlblech geflickt und alle hölzernen Bauteile neu geteert worden waren, wurde das Schiff zu einem Anleger an der Vecht geschleppt, ein kleines Stück hinter Abcoude. Dort nahm Karel das in Angriff, was zweifellos eine Lebensaufgabe werden würde, kaufte Werkzeug und Material, um das Schiff wohnlich zu machen. Monatelang hausten sie darauf wie durchfrorene Flussnomaden. Wind und Regen fegten durch den ehemaligen Salon des Schiffs. Schutz fanden sie im Frachtraum, in dem Karel provisorische Kojen gezimmert hatte.

Fast jede Nacht wurde Masser vom Knarren des Schiffs geweckt. Manchmal klang es wie das Stöhnen eines Menschen, dann streichelte er von seiner Koje aus den Boden, wie um die *Hindeloopen* zu trösten und ihr zu zeigen, dass er sie liebte. Während des ersten Winters auf dem Schiff kam es vor, dass morgens Schnee auf seiner Decke lag, doch Masser empfand nie Heimweh nach der warmen Wohnung in der Stadt. Nicht einmal am jenem Morgen, als er eine kleine Ratte sah, die vom Bücherregal auf Jimis Koje sprang und haarscharf am schlafenden Gesicht seines Bruders vorbeitrippelte. Als er kurz darauf Jimi davon erzählte, war es, als hätte er es sich ausgedacht.

Masser schaute seinem Vater dabei zu, wie er das hoffnungslose Schiff langsam, aber sicher in etwas Hoffnungsvolles verwandelte. Er sah, dass Karel dem Bild, das irgendwo in seinem Kopf sein musste – mit Bauzeichnungen gab er sich nicht ab –, Tag für Tag ein Schrittchen näher kam. Jede Planke, die er befestigte, jede Schraube, jedes Kleckschen Lack waren ein Fortschritt.

Eines Tages, nach ungefähr einem halben Jahr Arbeit am Schiff, öffnete Karel in Gegenwart seiner Frau und seiner drei Kinder feierlich eine Tür, hinter der die Schlafkajüte von Masser und Jimi lag, mit jeweils einer Koje links und rechts. Masser wählte die Uferseite, Jimi konnte von seiner Koje aus durch ein Bullauge aufs Wasser schauen. Vielleicht hatte das etwas Symbolisches, dachte Masser später; er wählte das Sichere, Jimi das Ungewisse.

Masser empfand ihre Kajüte als den schönsten Ort, an dem er je gewesen war; er fühlte sich dort geborgen, konnte in die

Welt hinausblicken, ohne dass die Welt ihn sah. Er dachte sich Geschichten aus, die er mit niemandem teilte. Die Tür ließ er offen, damit er die Gespräche seiner Eltern hören konnte.

Als Mias Schlafkajüte und auch die für Carla und ihn selbst fertig waren, baute Karel ein Atelier für seine Frau. Wochenlang war sie in euphorischer Stimmung, nachdem Jimi diesen Raum symbolisch eröffnet hatte, indem er mit seinem Taschenmesser ein rotes Band durchschnitt. André Genovesi hielt das festliche Ereignis mit seiner Filmkamera fest. Er pries sich glücklich, einen Schwiegersohn zu haben, der die erstaunliche Gabe besaß, Dinge aus dem Nichts hervorzuzaubern: Enkelkinder und ein kleines Paradies für seine Tochter. Er kaufte ihm eine grüne Tischkreissäge aus zweiter Hand, die Karel mit dicken Schrauben im vorderen Teil des Frachtraums befestigte.

Auch nachdem Karel sein Antiquariat eröffnet hatte und jede Woche Dutzende Kartons voller Bücher aufs Schiff trug, blieb auf der *Hindeloopen* für Masser und Jimi genug Platz, um ihre Fantasien auszuleben – vor allem Jimi konnte das Schiff mühelos in eine Burg, ein Raumschiff oder ein Fort in der Prärie verwandeln. Masser ließ sich gern jede Rolle zuteilen, die Jimi sich für ihn ausdachte.

Jimi hat gesehen, was ich war.

Was warst du denn?

Ein Schauspieler.

Auch für Tiere war auf dem Schiff noch Platz: Es gab fünf Hühner in einem Verschlag achtern auf dem Deck, einen dreibeinigen Kater, der ihnen zugehinkt war, und eine Milchziege – die allerdings angepflockt am Ufer weidete und nur an Bord durfte, wenn das Wetter zu ungemütlich wurde.

Masser und seine Geschwister wuchsen sehr frei auf. Er selbst empfand das Leben auf dem Schiff mit seinen Hippie-

Eltern als völlig normal, aber er merkte, dass die anderen Kinder in der Vorschulklasse ihn manchmal komisch ansahen, wenn er etwas sagte, und dass seine von Carla genähten bunten Sachen oder sein langes Haar mit Pferdeschwanz sie zum Lachen reizten. Er hatte geglaubt, dass alle Kinder ungefähr das gleiche Leben führten und dass es auch zwischen Eltern keine großen Unterschiede gab.

Als die Lehrerin eines Morgens ein Gedicht von Annie M.G. Schmidt vorgelesen hatte, meldete er sich. Er kenne auch ein Gedicht, verkündete er. »Da sind wir aber alle gespannt«, sagte die Lehrerin.

»Ich bin die Blaupogurgel«, begann Masser noch ein wenig verlegen, »mein Vater war ein Purgel und Mama eine Porulan, da wird der Nachwuchs seltsam dann, rabann, rabann, rabann!« Die Lehrerin machte ein entgeistertes Gesicht, doch Masser sprach gleich weiter, dieses Gedicht hatte er von seinem Vater schon zigmal gehört. »Ich bin die Blaupogurgel«, sagte er nun ein wenig lauter. »Ich mag ausschließlich Kurgel, nur wenn der Nachtkauz ruft ganz leis, dann ess ich Riep und Rimmelreis, rabeis, rabeis, rabeis!« Er musste selbst schallend darüber lachen.

»Ein schönes Gedicht«, sagte die Lehrerin.

»Aber das war noch nicht alles«, entgegnete Masser enttäuscht.

Karel und Carla fragten nie, was er oder seine Geschwister später werden wollten, das hätte die Freiheit ihrer Kinder eingeschränkt, meinten sie. Sie sollten sich nicht nach den Ansprüchen einer Gesellschaft richten, die Karel und Carla in vieler Hinsicht als korrupt und böse empfanden.

Masser war ein stiller Junge, der in aller Ruhe und anscheinend zufrieden mit den Dingen, so wie sie waren, die

Welt entdeckte. Jimi war anders. Er konnte gerade erst stehen, als er hartnäckig versuchte, aus dem Laufstall zu klettern, der an Deck aufgestellt war. Dort verbrachte er viel Zeit mit seinem Bruder, während ihr Vater auf dem Markt antiquarische Bücher verkaufte und Carla unten im Atelier malte, modellierte, Kleidung entwarf, Halsketten fertigte oder auf andere Weise kreativ war. Seine Neugier kannte keine Grenzen. Jimi zeigte Masser Wasservögel, die plötzlich tauchten und mit einem silbrigen Fischchen im Schnabel an die Oberfläche kamen. Er konnte minutenlang auf dem Rücken liegen und Masser die Figuren beschreiben, die er in den Wolken erkannte. Laut überlegte er, wer diese Figuren machte. »Das Boot schwimmt auf dem Wasser«, sagte er. »Wasser dem auf schwimmt Boot das.« Er krähte vor Vergnügen.

Carla glaubte, dass in Jimi ein Künstler steckte, eher als in Masser. »Er hat einen anderen Blick«, sagte sie zu Karel. »Er stellt die Dinge, die er sieht, mühelos auf den Kopf. Das ist ein großes Talent. Er wird der Künstler und Masser der Kritiker. Oder der Galerist.« In ihrer Welt gab es keine gewöhnlichen Berufe. »Oder der Sammler«, entgegnete Karel. Ihm war es nicht so wichtig, wie die Zukunft seiner Jungs aussehen würde. Er dachte oft an etwas, das Carla einmal gesagt hatte: Wir geben ihnen Wasser, aber blühen müssen sie selbst. Er sah, wie sich die Knospen bildeten.

»Masser, woher kommst du?«, fragte Jimi.

Masser wusste nicht, was sein Bruder meinte. »Nirgendwoher.«

»Aber wo warst du denn früher?«

»Früher gab es mich nicht.« Er nahm ein Dinky-Toys-Auto, ließ es über das Linoleum im Salon fahren und machte leise Motorengeräusche.

»Warum heißt du Masser?«

»Das war Stellas Idee.« Er war froh, dass ihm eine Antwort einfiel.

»Warum muss man einen Namen haben?«

Masser hatte keine Ahnung. Er nahm das Leben, wie es kam, aber seinem Bruder reichte das nicht, er fragte immer nach dem Warum. Und er fragte nicht nur, er wollte Antworten, von seiner Mutter, seinem Vater oder Masser. Er fragte Mia, warum sie ein Mädchen geworden war. Immer blitzten seine Augen vor Unruhe, Staunen oder Neugier. Masser spielte mit Modellautos, manchmal auch mit den Puppen, die Carla für die Jungen gemacht hatte, weil sie gegen traditionelle Rollenbilder war. Jimi baute aus Legosteinen ein eigenes Universum. Während Masser, als er das Vorschulalter erreichte, nicht die geringste Lust hatte, zur Schule zu gehen, sondern lieber bei Jimi geblieben wäre, konnte Jimi es kaum erwarten, das Schiff zu verlassen und zu entdecken, was die Welt sonst noch zu bieten hatte.

Jimi erweckte bei Erwachsenen mehr Interesse, er war offener und schien mehr Freude am Kontakt mit anderen Menschen zu haben. Masser versteckte sich hinter einem Buch, war eifersüchtig, wusste aber nicht, was er anders machen sollte.

In Masser erkannte man Carlas mediterrane Züge, vermischt mit Karels nördlicheren Merkmalen: Er hatte dunkles Haar und einen dunklen Teint, aber blaue Augen. Jimi war ganz und gar eine Miniaturausgabe seines Vaters, ein kleiner Wikinger. Die Ähnlichkeit war so groß, als hätten Karels Gene die von Carla an allen Fronten besiegt oder als wäre der Junge geklont worden. Er war seinem Vater nicht nur wie aus dem Gesicht geschnitten, sondern hatte auch die gleichen Interessen. Wenn Karel unter Deck an der Vervollkommnung seines Traumbildes arbeitete – »Das Ding wird nie fertig sein, zum Glück!« –, wollte auch Jimi Nägel in Planken schlagen oder Holzteile hobeln oder lackieren. Er versuchte, sich auf Karels Instrument selbst das Gitarrenspiel beizubringen. Masser schaute lieber zu, in stiller Bewunderung für alles, was sein Vater konnte.

Eines Tages sagte Masser, während er Kondensstreifen am Himmel betrachtete, vielleicht werde er Pilot. Sein Vater schlug Akkorde auf der Gitarre an – er spielte mit dem Gedanken, Gedichte zu vertonen und damit in Jugendclubs aufzutreten, natürlich ohne sich kommerziellen Plattenproduzenten auszuliefern. Seine Fortschritte waren bescheiden, weil er nicht besonders musikalisch war und weil das Schiff und die Büchermärkte den größten Teil seiner Zeit in Anspruch nahmen.

»Was sagst du?«, fragte Karel. Er legte die Gitarre hin.

»Pilot«, sagte Masser. »Ich glaube, ich werde Pilot. Das macht bestimmt Spaß. Fliegen. Und Piloten verdienen sehr viel Geld. So viel wie Opa, und sie haben auch Sportwagen.« Einer von Massers Klassenkameraden war der Sohn eines KLM-Flugkapitäns, der wie André Genovesi einen Ferrari besaß.

»Mia auch Pilot werden«, sagte Mia, die in der Nähe auf dem Deck spielte. Sie zeigte zum Himmel hinauf.

»Carla«, rief Karel in Richtung Kombüse, in der seine Frau das Essen kochte. »Hier ist einer, der Pilot werden will. Das heißt, inzwischen sind es schon zwei. Piloten verdienen wohl sehr viel. Wird hier jedenfalls behauptet.« Er blickte zu Jimi hinüber, der am Ufer die Ziege streichelte, und rief: »Willst du auch Pilot werden?«

»Journalist«, antwortete Jimi, »ich werde Journalist.« Der Vater von Ruben, seinem Freund, war Korrespondent eines

Nachrichtenmagazins im Fernsehen und erzählte spannende Geschichten von seinen Reisen. Masser hörte aus dem Mund seines kleinen Bruders ein Wort, dessen Bedeutung er zwar auch kannte, das er selbst aber noch nie ausgesprochen hatte. »Journalist«, murmelte er, als wollte er ausprobieren, ob seine Zunge dieses Wort formen konnte.

»Pilot sein ist langweilig«, sagte Karel zu Masser. »Im Grunde das Gleiche wie Busfahrer. Man sitzt nur im Flugzeug, erst geht es rauf und nach einiger Zeit wieder runter. Starten, landen, dann wieder starten.«

»Das stimmt«, gab Masser zu. »Und man muss weit weg fliegen. Das will ich nicht. Ich will bei euch bleiben.«

»Er wird doch nicht Pilot«, rief Karel Carla zu. »Na, ein Glück.« Er schaute seinen Sohn an, der sich in einem Tagtraum zu verlieren schien, nahm die Gitarre wieder in die Hand und probierte einen e-Moll-Septakkord aus.

»Essen ist gleich fertig«, sagte Carla. Sie hatte vegetarische Spaghetti Bolognese gekocht.

Jimi schlang die Arme um den Hals der Ziege, ein Leben als Cowboy stellte er sich auch schön vor. »Hände hoch«, sagte er. Er hatte der Ziege seine Schwimmweste umgebunden.

Im Januar 1979 war die *Hindeloopen* festgefroren. Die Landschaft rings um das Schiff war weiß, auf dem Deck lagen zehn Zentimeter Schnee. Es war früh, und die anderen schliefen noch, als Jimi an Deck kletterte und im Licht des Mondes Schneebälle aufs Eis zu werfen begann. Sie rollten noch ein Stück, bevor sie liegen blieben. Enten, die in einiger Entfernung ein Eisloch offen hielten, watschelten auf das Schiff zu, in der Hoffnung, dass ihnen jemand etwas Essbares zuwerfen würde – wie Carla es jeden Morgen tat. Jimi eilte unter Deck und kehrte kurz danach mit Pfeil und Bogen zurück. Er warf seine Waffen aufs Eis, stieg über die Reling und ließ sich hinunterfallen. Dann ging er vorsichtig, den Bogen mit Pfeil im Anschlag, auf die Enten zu. Er ließ im Schnee eine Spur von Fußabdrücken zurück.

Eine halbe Stunde später betrat Carla das Deck, um sich dort nach ihrem jüngeren Sohn umzusehen, denn sie hatte seine Koje leer vorgefunden. Als ihr Blick der Spur im Schnee bis zum Eisloch folgte, stieß sie einen Schrei aus. Sie sah den zerwühlten Schnee am Rand, wo Jimis Hände vergeblich Halt gesucht hatten. Sie sah den Bogen. Masser hörte das Schreien seiner Mutter, sprang aus der Koje und eilte im Schlafanzug barfuß aufs Deck. Als er begriff, was geschehen war, flammte in seinem Kopf ein Schmerz auf, den er bis dahin nicht gekannt hatte, ein körperlicher Schmerz, als hätte jemand einen Stahldraht um sein Gehirn gelegt, den er nun enger zu spannen begann. Er wollte schreien, brachte aber keinen Laut heraus. Er wankte ins Innere des Schiffes zurück, ging zur Toilette und erbrach sich.

Jimis Tod veränderte alles. Zerstörte alles, besser gesagt. Karel und Carla beschuldigten einander, nicht gut genug auf ihren Sohn aufgepasst zu haben. Carla behauptete, der Umzug auf das Schiff sei Karels Idee gewesen. Beide warfen der *Hindeloopen* vor, dass sie ein Schiff war, das auf dem Wasser und deshalb manchmal im Eis lag. Sie verfluchten zusammen den Tag, an dem sie die sichere Stadt verlassen hatten. Sie fragten Masser, warum er Jimi nicht zurückgehalten habe, als er ihre gemeinsame Schlafkajüte verließ – was sie später sehr bedauerten, denn es war eine schreckliche Frage. Masser sagte, er habe nichts gehört, und das stimmte auch.

Mia stand nur an der Reling. »Jimi!«, rief sie, »Jimi!«, bis ihre Eltern sie anflehten, damit aufzuhören. »Jimi ist woanders«, sagte Karel zu seiner Tochter. Er brachte es nur mühsam über die Lippen. Auf ihre Frage, wo Jimi denn sei, gab er keine Antwort.

Masser schwieg, er sprach mit niemandem außer sich selbst, weil er dann keine Angst vor den Antworten auf seine Fragen zu haben brauchte. Er wusste, dass etwas kaputtgegangen war, das nie mehr repariert werden konnte. Manchmal wachte er nachts auf und war überzeugt, Jimis ruhige Atemzüge zu hören. Er versuchte mit aller Macht, sich darauf zu konzentrieren. Zum ersten Mal hörte er die Stimme in seinem Kopf. Mal klang sie wie seine eigene, mal wie die von Jimi.

Jimi, komm zurück. Komm doch zurück.

Ich bin tot, das weißt du genau.

Du bist nicht tot. Komm doch zurück.

Ich kann nicht mehr zu dir kommen, komm du zu mir.

Diese Worte versetzten ihn in Panik. Er versuchte, eine Bewegung in der Koje auf der anderen Seite der Kajüte zu erspähen, und strengte sich dabei so an, dass er wieder schneidende Kopfschmerzen bekam. Er fragte sich, ob vielleicht irgendwo ein Gott existierte, der an einem Tag, an dem er sehr gut gelaunt war, Jimi wieder zurückbringen könnte, mit der Begründung, dass er sich vertan habe und Jimi noch viel zu klein sei, um tot zu sein. Er überlegte, ob nicht Stella mit Jimi sprechen und ihn bitten könnte zurückzukommen. Er suchte nach einer Möglichkeit, die Wirklichkeit mit der Wahrheit seines neuen Lebens in Einklang zu bringen, doch es gelang ihm nicht. Er starrte stundenlang vom Deck aus auf die kleinen Wellen, die das Eis ersetzt hatten. Er folgte mit dem Blick der kurzen Strecke, die Jimi gegangen war. Er versuchte, die Zeit umzukehren, um Jimi doch noch zurückzuhalten oder um ihm zu sagen, sie sollten lieber Dame spielen, als aufs Eis zu gehen und Enten zu jagen. Er dachte, dass er Jimi ermordet hätte und besser auch sterben sollte.

Als der Frühling kam, hellte es sich auch in Massers Kopf wieder etwas auf. Er beschloss, Jimi sei nicht tot, sondern bei Ruben. Und wenn nicht bei Ruben, dann irgendwo anders, in der Schule oder auf dem Platz des Fußballvereins, dessen Mitglied Jimi ein paar Monate vor dem Ereignis geworden war. Jimi war noch da, nur eben nie zusammen mit ihm, Masser. Das war schlimm genug, doch solche Gedanken machten die Abwesenheit seines kleinen Bruders erträglicher. Sie deckten den Schmerz zu, ein kleines bisschen jedenfalls. So lernte Masser, dass sich die Wirklichkeit mehr oder weniger zurechtbiegen lässt, bis man mit ihr leben kann. Er begriff, dass man mit Worten Kummer lindert, indem man die Dinge nicht brutal beim Namen nennt (»Jimi ist tot«), sondern umschreibt (»Jimi ist woanders«). Er suchte nach einem Grund für Jimis Tod, sah aber ein, dass es keinen gab, weil das Verhängnis keine Gründe braucht. Er erkannte, dass eine einzige Sekunde den Unterschied zwischen Glück und Leid ausmacht, eine Einsicht, die ihn nie mehr loslassen sollte.

Nachdem sie die *Hindeloopen* zu einem viel zu niedrigen Preis verkauft hatten, zog Carla in Stellas Wohngemeinschaft ein – sie ertrug Karels Gegenwart nicht mehr. Vielleicht weil Jimi seinem Vater so ähnlich gewesen war, vielleicht auch weil Carla in Karels Augen ständig ihren eigenen Schmerz tausendfach widergespiegelt sah. Masser meinte, seine Eltern müssten zusammenbleiben, doch sein Vater sagte, das gehe nicht.

»Warum nicht?«

»Der Kummer deiner Mutter ist zu groß. Und ich kann sie nicht trösten.«

Masser hatte das Gefühl, dass Jimis Tod erst durch die Trennung zu etwas Endgültigem wurde, dass sie ihn am Leben erhalten könnten, wenn sie nur zusammenblieben. Als er mit seinem Vater noch einmal durch alle Räume des Schiffs ging und sich alles einprägte, um es nie zu vergessen, fragte er ein letztes Mal, warum sie nicht auf dem Schiff wohnen konnten. »Ich glaube, wir lassen Jimi zurück«, sagte er. »Bald weiß er nicht mehr, wo wir sind.« Er hatte Angst, dass seine Beschwörungsformel an einem anderen Ort nicht mehr helfen könnte, dass eine neue Umgebung die Illusion, die er geschaffen hatte, zerstören würde.

»Wir nehmen Jimi mit«, antwortete Karel. »In unseren Herzen. Solange wir an ihn denken, ist er noch da.«

Masser hörte mehr Hoffnung als Überzeugung heraus. Zum Glück denkt Papa das Gleiche wie ich, dachte er. »Aber wenn ich an ihn denke, werde ich traurig«, sagte er.

»Das ist der Preis, den du dafür bezahlst, dass du Jimi nicht vergisst«, erklärte Karel. Er zog seinen Sohn an sich und begann leise zu weinen. Masser strich seinem Vater über den Rücken. Dann ging er zu dem Geheimversteck, das Jimi und er hinter einer losen Planke in ihrer Kajütenwand angelegt hatten. Er holte zwei Breitling-Uhren heraus.

»Pilotenuhren, Geschenk von Opa. War ein Geheimnis.«

Bis zum Beginn seines Studiums lebte Masser mit seiner Mutter und Mia in der Wohngemeinschaft. Er fühlte sich dort nie zu Hause und floh regelmäßig zu seinem Vater, der allein eine Wohnung in der Czaar Peterstraat in Amsterdam bewohnte. Wenn Karel die Tür öffnete, trat Masser zusammen mit Jimi ein. »Da sind wir wieder«, sagte er.

Masser dachte später oft darüber nach, was die Tragödie bei ihm bewirkt haben mochte – ob sie ihn zu einem anderen

Menschen gemacht hatte, ob er ein anderer Mensch geworden wäre, wäre Jimi am Leben geblieben. Doch den Antworten ging er lieber aus dem Weg.

Jimi ist immer noch da.

Ich bin immer noch da.

V

De Nieuwe Tijd

De Nieuwe Tijd verdankte ihre Existenz dem steinreichen Hafenbaron, Schiffsmagnaten und Kohlenhändler Charles Schuurman Hess, allgemein CSH genannt. Seine Schiffe brachten Koks und Kohle aus aller Welt nach Rotterdam, wo die schwarze Fracht auf die Binnenflotte der Steinkohle-Handelsgesellschaft von CSH verladen und zu den Hochöfen des Ruhrgebiets transportiert wurde. In den dreißiger Jahren bestand in Deutschland große Nachfrage nach Stahl. Hitler bereitete das Land und seine Armee auf den zweiten großen Krieg vor, und ein Teil des mit dem Koks von CSH produzierten Stahls kehrte ein paar Jahre später in Gestalt von Bomben nach Rotterdam zurück – was auch Charles Schuurman Hess nicht hatte voraussehen können. Und wenn doch, hätte er kein Kilo Koks weniger ins östliche Nachbarland geliefert.

Charles Schuurman Hess hatte zwei Söhne. Der ältere, Anton, war dazu ausersehen, die Nachfolge seines Vaters als Direktor des Steinkohle-Imperiums anzutreten. Anton hatte geraume Zeit in den Niederlassungen der Firma in Johannesburg, Buenos Aires und Sydney gearbeitet. Sein Vater hatte ihn beauftragt, nicht nur die Logistik des Kohletransports kritisch zu prüfen und falls möglich zu verbessern, sondern auch nach Wegen zu suchen, wie man die Handelsaktivitäten ausweiten könnte.

»Mit der Kohle ist irgendwann Schluss«, sagte CSH zu seinem Sohn. »Wir sind zu abhängig von dem Dreckszeug. Wir müssen auf anderen Gebieten tätig werden, jedenfalls wenn wir auch deinen Sohn noch als Direktor sehen wollen. Rede mal mit jemandem von Shell, finde raus, was wir tun können. Vielleicht sollten wir in Tanklager investieren oder in Raffinerien. Wir müssen groß denken, Anton!«

Anton Schuurman Hess hatte während seines Aufenthalts in Buenos Aires eine bildschöne Argentinierin namens Ana kennengelernt. Die Vorstellung, mit ihr einen Sohn zu zeugen, am liebsten mehrere, erregte ihn ungemein. Töchter durften es übrigens auch sein. Er tat, was sein Vater von ihm erwartete, und erkundete voller Enthusiasmus Alternativen zu den bisherigen Handelsaktivitäten der Firma. Er sah schon vor sich, wie er seinen Sohn (Jorge? Jaime?) ins Büro mitnehmen und ihn auf seine zukünftigen Aufgaben vorbereiten würde – auch ein Studium in Oxford wäre eine feine Sache, darüber musste er einmal mit Ana sprechen. Selbstverständlich erst, nachdem er um ihre Hand angehalten und sie geschwängert hatte.

Im Stillen hegte Anton die Hoffnung, dass sein Vater in absehbarer Zeit kürzertreten und er die Fäden in der Hand halten würde, noch bevor er fünfunddreißig wurde – er war Jahrgang 1905. Doch Charles Schuurman Hess hatte noch längst nicht vor, sich zurückzuziehen. Seit er ein Verhältnis mit einer jungen Schauspielerin hatte, fühlte er sich trotz seines fortgeschrittenen Alters von sechzig Jahren wieder wie ein junger Gott. Vielleicht konnte er ja selbst noch einen Sohn zeugen, der das Unternehmen größer und mächtiger machen würde.

In seinen zweiten Sohn setzte er keine hohen Erwartungen. Immer wieder fragte sich Charles Schuurman Hess, ob Joris überhaupt sein Sohn war und nicht das Ergebnis einer Affäre seiner früheren Ehefrau mit irgendeiner trüben Tasse.

Joris Schuurman Hess war vier Jahre jünger als sein Bruder. Er durchlebte eine äußerst vergnügliche Studienzeit in Leiden, Jahre, in denen er sich manchmal nicht einmal mehr daran erinnerte, was er eigentlich studierte, weshalb er auch mit Pauken und Trompeten durchs Examen fiel. Das Fest, mit dem er sich verabschiedete, lief dermaßen aus dem Ruder, dass es bald zu einem geradezu mythischen Ereignis in den Annalen der Studentenverbindung Minerva wurde; seine Rechnung – für Getränke und angerichtete Schäden – war die höchste in ihrer Geschichte. Danach verfiel Joris für mindestens ein Jahr in tiefe Passivität und Lethargie. Er hatte nicht die geringste Ahnung, was er tun sollte. Eine Anstellung in der Firma seines Vaters war ausgeschlossen, das hatte ihm Charles unmissverständlich klargemacht – »Ich lasse dich doch nicht mein Lebenswerk ruinieren!« –, und außerdem hatte Joris selbst keine Lust auf Kohlen. Ordinäres Zeug, von dem man schwarze Hände und eine Staublunge bekam.

Charles, der nicht mit ansehen konnte, wie sein Sohn sich langsam, aber sicher in einen fettsüchtigen Pascha verwandelte, entschloss sich zu einem letzten Rettungsversuch. Er kannte den Chefredakteur der Tageszeitung *De Rotterdammer* und bat ihn, Joris als Volontär einzustellen.

Das Wunder ereignete sich fast sofort. Der erste Tag, den Joris in der Redaktion verbrachte, war zugleich sein bester Tag seit langem, ja, vielleicht der beste überhaupt. Das Klappern der Schreibmaschinen, das beständig lauernde Chaos, die Nervosität, die Sekretärinnen, in deren Blicken er Verlangen zu lesen glaubte, der derbe Humor, das Biertrinken nach der Arbeit – Joris fand all das einfach wunderbar. Nach kaum einem Monat gab er sich wie der archetypische Reporter, leicht zynisch, weltklug und ein bisschen müde; zumindest die Müdigkeit brauchte er nicht zu spielen, denn er verbrachte die meisten Abende im Journalistencafé De Jager gleich um die Ecke, und er ging nie als Erster.

Obwohl er eine flotte Schreibe hatte, wusste er bald, dass er nicht lange Reporter bleiben, sondern höher hinauswollte, dass er sich zutraute, Chefredakteur und Herausgeber zu werden – er sah vieles, das verbesserungsfähig war, vor allem, nachdem sein Bruder ihm aus den Vereinigten Staaten einen Stapel *New York Times* mitgebracht hatte.

Joris war sechsundzwanzig, als er seinen Vater anrief und ihm sein Dilemma schilderte. Seit drei Jahren sei er Reporter, er liebe das Metier und habe sich vorgenommen, Chefredakteur zu werden. Bis sich eine Gelegenheit dazu ergab, würden aber – optimistisch geschätzt – noch mindestens zwanzig Jahre vergehen. Charles war vom Ehrgeiz seines Sohnes angenehm überrascht; endlich erkannte er in ihm etwas von sich selbst wieder.

Ob er nicht vielleicht gern eine eigene Zeitung besitzen würde, fragte Joris seinen Vater – die Antwort kannte er schon.

CSH war ein Mann, der sich schnell langweilte. Wenn neue Herausforderungen zu lange ausblieben, fragte er sich, ob sein Leben womöglich bald zu Ende ging, und trank dann mehr, als ihm guttat. Um seine Schiffe, die im Liniendienst nach straffen Fahrplänen die Weltmeere befuhren, brauchte er sich nicht zu kümmern. Jede Ladung Steinkohle, die sie nach Rotterdam brachten, machte ihn noch reicher, als er schon war.

Der Anruf seines Sohnes kam im richtigen Moment. Gerade erst hatte CSH seine Anteile an der Koninklijke Shell verkauft und dadurch sein ohnehin immenses Kapital beinahe verdoppelt. Er suchte nach Investitionsmöglichkeiten. Das Vorhaben, eine von seiner Firma zu betreibende Bahnverbindung von Rotterdam zu den deutschen Hochöfen zu schaffen, war an Beamten ohne einen Funken Fantasie gescheitert. Der Bau des Feijenoord-Stadions war schon in vollem Gange – dabei wurde er nicht mehr gebraucht. Er dachte darüber nach, mit seiner Geliebten nach Hollywood zu reisen und einen internationalen Star aus ihr zu machen, doch diese Pläne waren noch zu vage, um seine wachsende Unzufriedenheit einzudämmen.

Charles Schuurman Hess studierte die Geschäftsberichte von Zeitungsverlagen im In- und Ausland, telefonierte ein wenig herum, erkundigte sich nach Aussichten und Renditen und wusste bald genug. Er nahm Kontakt mit dem Eigentümer der Zeitung auf, bei der sein Sohn arbeitete, und fragte, ob er sie verkaufen wolle. Das war nicht der Fall. »Quatschen Sie nicht, nennen Sie Ihren Preis«, sagte Charles. »Alles ist käuflich, verdammt noch mal.«

»Meine Zeitung nicht«, lautete die Antwort. »Gründen Sie doch selbst eine Zeitung. *De Rotterdammer* ist eine Institution und kein Kohlenfrachter.«

»Dann verreck doch mit deinem Käseblatt«, sagte CSH.

Nachdem er noch zweimal bei überregionalen Blättern abgeblitzt war, rief er den Verleger einer Utrechter Regionalzeitung an, *De Tijd*. Diesmal ging er auf besonders drastische Weise vor, er war die Ablehnungen leid. »Ich kaufe Ihre Zeitung«, sagte er, sobald man ihn verbunden hatte. »Die ist bloß noch ein wertloser Fetzen Papier mit einer Handvoll schwachsinnige Greise in Kockengen und Zeist als Abonnenten. Und ein bisschen Utrechter Unterwelt wegen der Polizeiberichte. Ich hab mich bei diesem und jenem erkundigt, Ihre Zeitung ist am Ende. Na ja, da sag ich Ihnen nichts Neues.«

Am anderen Ende der Leitung blieb es still. Charles nannte einen Betrag. »Plus zehn Prozent von meinem Gewinn in den ersten fünf Jahren«, fügte er hinzu. »Ja oder nein. Jetzt.«

»Ja«, antwortete die Stimme. Charles hörte Erleichterung, Müdigkeit und Gier. Er rief seinen jüngeren Sohn an.

»Ich habe *De Tijd* gekauft. Ein mieses Blättchen, eine Schande für die ganze Presse. Aber es ist eine Zeitung, und darum geht's. Wir brauchen einen neuen Namen und eine Druckerei. Morgen entlasse ich den Chefredakteur, das ist ein versoffener Nichtsnutz.« Er kannte nicht einmal den Namen des Chefredakteurs, aber er hielt es für sinnvoll, in seinem Sohn ein wenig Angriffslust zu wecken – als künftiger Chef konnte er die gut gebrauchen. Redaktionen seien Schlangengruben, hatte einer seiner Gewährsleute ihm gesagt, sie müssten mit straffer Hand geführt werden.

»Du wirst der neue Chefredakteur«, sagte CSH zu seinem Sohn. »Bis morgen will ich eine Liste der besten Journalisten bei dieser arroganten Gazette, für die du jetzt noch arbeitest. Dazu die Namen von Talenten bei anderen Zeitungen. Die werben wir ab. Ich gebe dir eine Woche, um die Diamanten aus dem Schutt dieser sogenannten Redaktion von *De Tijd* rauszufischen – ich schätze, es sind nicht mehr als fünf. Der Rest kriegt einen Tritt in den faulen Hintern und darf stempeln gehen. Wir stellen die Zeitung für einen Monat ein, und dann erscheint *De Nieuwe Tijd*. Wie ein Blitz aus heiterem Himmel. Eine richtige überregionale Qualitätszeitung, um die in Den Haag oder an der Amsterdamer Börse niemand herumkommt, und mit einem Netz von Auslandskorrespondenten, das sich sehen lassen kann. Ich will Ausgaben für alle Regionen, auch Flandern schnappen wir uns. Finde schon mal raus, wie's um die Zeitungen in Niederländisch-Indien steht. Aber darum kümmern wir uns später. Wir eröffnen einen Reklamefeldzug, wie ihn dieses elende Sumpfland noch nicht erlebt hat. Mensch, mich juckt's in den Fingern. Und ich will einen guten Platz für die Schiffsmeldungen.«

Sein Sohn musste ein paarmal tief Luft holen. Er wusste, dass sein Vater kein Wenn und Aber hören wollte. »Ich setz mich gleich aufs Motorrad und fahr zu dir«, sagte er. »Ich hab mir eine Harley-Davidson gekauft, dann siehst du die auch gleich mal, Modell D, 742 Kubik, Seiten-Ventilsteuerung.«

»Fein«, meinte Charles, der noch nie von Seiten-Ventilsteuerung gehört hatte. »Bevor du losfährst, vergiss nicht, bei deinem Hurenbock von Chef zu kündigen.« Der Mann, der seinem Sohn zu seiner ersten Stelle verholfen hatte, war plötzlich zum Feind geworden. »Mit seinen pedantischen Leitartikelchen. Was für ein Mist, der Kerl weiß wirklich gar nichts. Ich schreibe jeden Samstag einen Kommentar zur Weltlage, für die Titelseite. Höchste Zeit, dass wir den Journalismus aus den Klauen von verkrachten Studenten und anderen drittklassigen Figuren retten« – er vergaß einen Moment, dass auch sein Sohn sein Studium nicht abgeschlossen hatte. »Wir brauchen Leute, deren Stimme Gewicht hat und die wissen, wie der Hase läuft. Junge, in zwei Jahren gehören alle, die nicht *De Nieuwe Tijd* lesen, zu den Dummen. So musst du das sehen. Ja?«

Joris murmelte etwas von »politischer Ausrichtung«.

»*De Nieuwe Tijd* richtet sich nach keiner Politik, die Politik richtet sich nach *De Nieuwe Tijd*«, antwortete sein Vater. »Mensch, Junge, schon mal von Hearst gehört? Der hat nicht über Kriege *berichtet*, der hat Kriege *erklärt*! Die Schreiberlinge hierzulande haben ja keine Ahnung, wirklich keine Ahnung. Nörgeln ein bisschen rum und halten das für Journalismus. Dass ich nicht lache. *De Nieuwe Tijd* wird sie wachrütteln, oder ich will nicht mehr Charles Schuurman Hess heißen. Gut, dann nimm diesen Hustenanfall auf zwei Rädern und gib Vollgas, aber flieg nicht aus der Kurve, wir haben keine Zeit zu verlieren.«

Am 1. Oktober 1936 erschien die erste Ausgabe der *Nieuwe Tijd*, mit dem jungen Joris Schuurman Hess als Chefredakteur und Charles Schuurman Hess als Herausgeber, zugleich Leitartikler. Zeppeline fuhren kreuz und quer durch den niederländischen Luftraum, um den Namen der neuen Qualitätszeitung bekannt zu machen. Im ganzen Land hingen Tausende von riesigen Plakaten, alle Zeitschriften druckten große Anzeigen ab.

Die Redaktion war in einem imposanten Gebäude im Nieuwezijds Voorburgwal in Amsterdam untergebracht. Obwohl er ein überzeugter Rotterdamer war, meinte Charles, dass eine Zeitung mit großen Ambitionen in der Hauptstadt des Landes erscheinen müsse. »Die *Times* hat ihren Sitz ja auch nicht in Liverpool«, sagte er, »und *Le Figaro* nicht in Marseille. Natürlich ist Amsterdam eine unangenehme Stadt, die Leute da haben ein viel zu großes Maul, aber es ist nun mal das Zentrum des Landes.« Er kaufte eine Wohnung im nagelneuen Wolkenkratzer am Victorieplein, damit er alles im Blick hatte.

CSH selbst hatte sich den Slogan ausgedacht, der die Zeitung unwiderstehlich machen sollte: »Lest *De Nieuwe Tijd*, sonst tut es euch noch leid!« Der Leiter der Werbeagentur, mit der er zusammenarbeitete, hatte ihm abgeraten (»Es ist eine Zeitung, kein Heringsstand«), doch das hatte CSH nicht beeindruckt. »Die Zeitung für kluge Köpfe« stand auf der Titelseite unter dem Namen. Auch das war eine Idee von CSH.

In der ersten Woche war *De Nieuwe Tijd* im ganzen Land kostenlos erhältlich. Da es Joris gelungen war, für seine Zeitung renommierte Journalisten mit hervorragenden Beziehungen zu gewinnen – auch dank der großzügigen Gehälter, die *DNT* zahlte –, konnte man gleich mit zwei wunderbaren Exklusivmeldungen aufwarten, eine Seltenheit in der niederländischen Zeitungswelt, in der niemand besonders erpicht auf Scoops war. Sensationsberichterstattung sei eher etwas für die britische *yellow press*, lautete die gängige Meinung. Die erste Exklusivmeldung betraf den deutschen Verlobten der Kronprinzessin (»Bernhard mit führenden Nazis befreundet«). Sie brachte der *Nieuwe Tijd* eine Verwarnung durch den Medienbeauftragten des Innenministeriums ein. Es gehe nicht an, mit einer einzigen Überschrift sowohl das Königshaus als auch eine befreundete Nation zu beleidigen. Nach einem Anruf seines Vaters versprach Joris Schuurman Hess dem Reporter, von dem die Nachricht stammte, eine Zulage und gab ihm zugleich den Auftrag, der Sache weiter nachzugehen. Eine Woche später hatte *DNT* einen fest angestellten Anwalt.

Die zweite Superstory drehte sich um aufständische Elemente in Niederländisch-Indien, die nach Unabhängigkeit strebten; angeblich wurden sie mit Geld unterstützt, das »auf direktem Weg aus den gut gefüllten kommunistischen Kassen des Moskauer Kreml« stammte. Auch der Korrespondent in Batavia erhielt eine kräftige Zulage, obwohl das Kolonialministerium den Bericht als Fabel abtat. Glaubte man dem Ministerium, war alles in bester Ordnung, und das indonesische Volk wollte nichts lieber, als bis ans Ende der Zeiten unter niederländischer Herrschaft zu bleiben.

»Schön«, sagte Charles Schuurman Hess, »wenn sie anfangen zu lügen, weiß man, dass man einen empfindlichen Punkt getroffen hat.«

Nach zwei Monaten gehörte *De Nieuwe Tijd* zu den drei auflagenstärksten Zeitungen der Niederlande, und in der Zeitungswelt herrschte Krieg. Charles Schuurman Hess verdoppelte das Werbebudget und ließ in allen Fußballstadien riesige Tafeln mit dem Namen seiner Zeitung anbringen. »Wer die Massen will, muss zu den Massen«, erklärte er. Seinen Sohn wies er telefonisch an, die Sportredaktion zu vergrößern. »*De Nieuwe Tijd* ist eine Qualitätszeitung, aber keine von den überheblichen. Wir schreiben über exzentrische französische Künstler, aber auch über den Mittelstürmer der Nationalelf und unsere Jungs bei der Tour de France.«

Er kaufte ein Flotte von Lieferwagen, die in den Farben von *De Nieuwe Tijd* lackiert wurden (blau und gelb), den Namen der Zeitung noch in den entlegensten Winkeln des Landes bekannt machten – und dort immer größere Zeitungsstapel abluden.

Als im Mai 1940 der Zweite Weltkrieg mit dem Angriff der Wehrmacht auf die Niederlande, Belgien und Luxemburg in eine neue Phase eintrat – der Berliner Korrespondent der *Nieuwe Tijd* hatte vor einem bevorstehenden Überfall gewarnt, doch seine Berichte waren nicht ernst genommen worden –, hielt sich Charles zufällig in Los Angeles auf, aus geschäftlichen Gründen und wegen seiner Beziehung mit dem Filmsternchen. Er verhandelte nämlich mit Cecil B. DeMille, um seiner Geliebten zu einer Rolle in einem von dessen Filmen zu verhelfen; dafür wollte er sich an den Produktionskosten beteiligen. Auf diese Art hoffte CSH, mindestens drei Fliegen mit einer Klappe zu schlagen: Es winkten die ewige Dankbarkeit der jungen Schauspielerin, eine großartige Exklusivmeldung für seine Zeitung und ein Anteil am Einspielergebnis. Er war wieder so aufgeregt wie vor vielen Jahren, als sein erster Kohlefrachter im Hafen von Rotterdam anlegte.

In seiner Suite in einem Luxushotel war Charles gerade dabei, der Schauspielerin seine Strategie zu erläutern (»Du wirst die neue Garbo«, versicherte er ihr), als es klopfte und ein Hotelpage ihm ein Telegramm von seinem Sohn aushändigte. Rotterdam war bombardiert worden, und – Glück im Unglück – auch die Redaktionsräume des *Rotterdammer* waren zerstört. Während die Telefonistin des Hotels die Verbindung mit Amsterdam herstellte, gab er seiner Favoritin durch Gesten zu verstehen, dass sie sich vielleicht besser wieder anziehen sollte; die Sache konnte ein wenig dauern.

»Diese gottverreckten Deutschen«, sagte CSH.

»Was machen wir mit der Zeitung?«, fragte sein Sohn.

»Sobald der erste Deutsche aufkreuzt und dir reinreden will, machst du den Laden dicht«, befahl CSH. Er wusste, was geschehen würde. Nicht, dass er lange über diesen Fall nachgedacht hätte – eigentlich hatte er gar nicht darüber nachgedacht. Er war nicht einmal entschieden antideutsch, und wenn er auf dem Weg zu seinem Chalet in Davos mit seinem Rolls-Royce über die Autobahnen rauschte, lobte er bei sich die energische Art, wie der »Führer« sein Land modernisierte. Die Geschichten, die er von seinen deutsch-jüdischen Geschäftspartnern hörte – die meisten waren inzwischen aus dem Reich geflohen –, stimmten ihn weniger fröhlich. Das galt auch für die Anstrengungen der niederländischen Regierung, den Zustrom der Flüchtlinge aus dem Osten zu begrenzen, seiner Ansicht nach pure Feigheit. In einem Samstags-Kommentar hatte er gegen »Haager Kriecher, die vor Hitler Fracksausen bekommen« gewettert – CSH war kein großer Stilist, drückte sich aber deutlich aus.

Charles beschloss, den Verlauf des Krieges in den Vereinigten Staaten abzuwarten – wegen seiner jungen Geliebten und weil er wusste, dass er in den Niederlanden nicht lange auf freiem Fuß bleiben würde, aber auch und vor allem, um in Freiheit, wenn auch aus großer Distanz, sein Reederei- und Kohle-Imperium und *De Nieuwe Tijd* durch die turbulenten Zeiten zu retten.

Am 1. Januar 1941 erschien die letzte Ausgabe der *Nieuwe Tijd.* »Wir wollen kein Teil der neuen Zeit sein, die gegenwärtig angebrochen ist«, schrieb Chefredakteur Joris Schuurman Hess. »Unsere Vorstellung von neuen Zeiten ist eine andere.« Der Befehl der Besatzungsmacht, alle jüdischen Redakteure zu entlassen, war der Tropfen gewesen, der das Fass zum Überlaufen brachte. Joris hatte aus den Vereinigten Staaten telegrafisch eine ebenso kurze wie bestimmte Anweisung erhalten: »*Close.*«

Charles Schuurman Hess sollte die Befreiung nicht mehr erleben. Er starb 1944, achtundsechzig Jahre alt, in den Armen seiner jungen Geliebten, die immer noch auf ihren Durchbruch wartete. Wie sie nach dem Krieg Charles' Sohn ein wenig verlegen anvertraute, lauteten seine letzten Worte: »O mein Gott, so herrlich bin ich noch nie gekommen.« Es war nicht ganz ein *mort douce*, aber doch beinahe.

Als Joris, der sicherheitshalber untergetaucht war, in seinem Versteck nahe Sneek die Todesnachricht erhielt, schwor er sich, alles zu tun, damit sich *De Nieuwe Tijd* wie ein Phönix aus der Asche erheben würde, seinem Vater, dem großen Charles Schuurman Hess, zum Gedächtnis.

Anton Schuurman Hess hatte während des Krieges mit Ana und seinen drei Söhnen in Argentinien gelebt. Er spielte Polo, war versessen auf Tango und fühlte sich in der riesigen Stadtwohnung in Buenos Aires oder seiner Luxusskihütte in Bariloche vollkommen zu Hause. Ana und er verstanden sich auch sehr gut mit Juan Perón, der ein Jahr nach dem Krieg Präsident wurde, und seiner Gattin, der göttlichen Evita, für die Anton eine noch heftigere Leidenschaft empfand als für seine Ana. Nichts zog ihn ins zerstörte Rotterdam zurück. Als er 1947 von einem alten Konkurrenten ein Angebot für das Reederei- und Kohle-Imperium erhielt, brauchte er deshalb nicht lange nachzudenken. Der Anteil am Verkaufspreis, der seinem Bruder zustand, machte Joris Schuurman Hess mit einem Schlag zum reichsten Junggesellen der Niederlande und sicherte zugleich das unabhängige Fortbestehen von *De Nieuwe Tijd*. Allzu lange dauerte Joris' Junggesellendasein übrigens nicht mehr, denn er hatte bald eine Beziehung mit der früheren Geliebten seines Vaters.

Schon im Mai 1945 erschien die erste Nachkriegsausgabe der Zeitung. Joris holte das Letzte aus sich heraus. Ihm fehlte die rücksichtslose Tatkraft seines Vaters, aber er schaffte es, dass *De Nieuwe Tijd* innerhalb kürzester Zeit ihre Position als wichtigste Zeitung der Niederlande wiedererlangte. Ihr besonderer Ruf hatte die Besatzungsjahre mühelos überdauert, und in der Redaktion wehte noch der Geist von Charles Schuurman Hess.

VI

Charles Schuurman Hess II.

Als Masser Brock im Herbst 1991 zum ersten Mal die Redaktionsräume der Zeitung betrat, war er beeindruckt. Das Haus im Nieuwezijds Voorburgwal war längst viel zu klein geworden, schon zwei Jahrzehnte war *De Nieuwe Tijd* in einem modernen Bürogebäude an einer der Ausfallstraßen von Amsterdam untergebracht. Masser arbeitete seit einigen Jahren für eine Regionalzeitung in Haarlem, und dass er eingeladen wurde, zur *Nieuwe Tijd* zu wechseln – bei dieser Zeitung die einzige Möglichkeit, eine Stelle zu bekommen –, erfüllte ihn mit Stolz. Es fühlte sich so an, als würde nun seine Zukunft beginnen, eine ruhmvolle Zukunft, die er allerdings bis jetzt nicht vorhergesehen hatte.

Immer war in seinem Kopf eine Stimme, die ihm sagte, dass alles, was andere in ihm zu sehen glaubten, ein Irrtum sei. Wenn er für einen Artikel ein Kompliment bekam, nahm er das Lob bescheiden zur Kenntnis und relativierte es im Stillen sofort. Von seinen Eltern hatte er so oft zu hören bekommen, er habe dies oder jenes sehr gut gemacht, dass Komplimente ihren Wert verloren hatten. Statt ihm mehr Selbstvertrauen zu geben, verstärkten sie seine Selbstzweifel.

Doch der Brief von *De Nieuwe Tijd* war etwas anderes; als hätte Masser nun schwarz auf weiß, dass er zu den großen journalistischen Talenten des Landes zählte, eine Feststellung, die sich nicht relativieren ließ.

De Nieuwe Tijd betrieb eine ungewöhnliche Personalpolitik. Zwei Redakteure beschäftigten sich ausschließlich mit der Jagd nach journalistischem Talent bei anderen Zeitungen, an Universitäten oder Hochschulen. Sie lasen sogar Fußballmagazine. Wurde in der Redaktion eine Stelle frei – meistens, weil ein Redakteur verstarb, in Rente ging oder fristlos entlassen wurde, nur höchst selten verließ jemand *DNT* freiwillig –, wurde in der Regel noch am gleichen Tag ein Brief an den designierten Nachfolger verschickt. Darin stand immer die gleiche knappe Mitteilung: »Wir würden es zu schätzen wissen, wenn Sie der Redaktion von *De Nieuwe Tijd* beitreten würden. Bitte rufen Sie die unten angegebene Nummer an. Gerne vereinbaren wir einen Termin für ein Gespräch über Ihre Tätigkeit und Ihr Gehalt. Mit freundlichen Grüßen, der Chefredakteur.« Fast nie lehnte jemand das Angebot ab, allein schon weil *De Nieuwe Tijd* Gehälter zahlte, für die man bei anderen Zeitungen mindestens Ressortchef werden musste.

Wegen dieses Auswahlverfahrens hatten *DNT*-Redakteure das Gefühl, einer journalistischen Elite anzugehören. Manche ließen sich an einer normalerweise nicht sichtbaren Stelle das Logo der Zeitung tätowieren, als höchsten Beweis ihrer Hingabe und Loyalität, aber auch ihrer eigenen exzellenten Fähigkeiten. Es war ein offenes Geheimnis, dass Mieke Houtappel, die blonde Leiterin des Wirtschaftsressorts, *DNT* auf ihrer rechten Brust stehen hatte; nicht wenige ihrer männlichen Kollegen hatten das mit eigenen Augen sehen dürfen.

Auch andere betrachteten *De Nieuwe Tijd* als die wichtigste Bastion des Qualitätsjournalismus im Land. Wer sein Anliegen ernst nahm, sorgte dafür, dass *DNT* darüber berichtete, denn das garantierte, dass sich sofort auch andere Medien dafür interessierten. Wer etwas durchsickern lassen wollte, tat das vorzugsweise über *De Nieuwe Tijd*, die allerdings hohe

Anforderungen an die Relevanz der jeweiligen Informationen stellte. Interview-Anfragen von *DNT* wurden nie abgelehnt. Wenn *DNT* über jemanden berichtete, gehörte er oder sie automatisch zu den Persönlichkeiten mit einer gewissen Bedeutung – es sei denn, jemand wurde gründlich demontiert, denn nach einer solchen Strafexpedition war er plötzlich gar nicht mehr bedeutend.

Der alte Lieblingsspruch von Charles Schuurman Hess I., »*De Nieuwe Tijd* folgt nicht, sondern führt«, galt immer noch. Sie entzog sich dem ausgeprägten Partikularismus, der die niederländische Öffentlichkeit beherrschte, und ließ sich keinem bestimmten Teil des politischen oder religiösen Spektrums zuordnen. Mal wurde einem sozialdemokratischen Politiker journalistisch der Gnadenstoß verpasst, mal traf es einen Christdemokraten oder Liberalen; die Zeitung war links wie rechts gefürchtet und griff Vorstandsvorsitzende multinationaler Konzerne ebenso scharf an wie Mitglieder des Königshauses, Fußballstars, Kirchenführer oder unfähige Figuren in untergeordneter Position.

Wenn eine andere Zeitung eine Exklusivmeldung brachte, wurden bei *DNT* sofort zwei Journalisten darauf angesetzt, um sie zu überprüfen und am besten als vollkommenen Blödsinn zu entlarven – oder so gründlich ihre Hintergründe zu erforschen, dass der wesentlich genauere Bericht dann doch in *De Nieuwe Tijd* stand.

In der Redaktion meldete sich Masser bei seinem künftigen Ressortchef, einem vielleicht vierzigjährigen Mann, der Steven van Maren hieß und sich mit einer Reihe von Exklusivmeldungen und aufsehenerregenden Berichten einen Namen gemacht hatte. »Komm mit«, sagte der Chef. »Ich muss dich zuerst einer wichtigen Person hier bei der Zeitung vorstellen.«

Er blickte sich kurz um und zeigte dann auf einen alten Mann, der mit spähendem Blick und auf einen Spazierstock gestützt zwischen den Schreibtischen umherwanderte. Es war Joris Schuurman Hess, inzwischen zweiundachtzig. Er war nicht mehr Chefredakteur, aber immer noch das Gewissen der Zeitung, der Sohn des mythischen CSH I, der Herausgeber, der über den Kurs wachte und fuchsteufelswild wurde, wenn der seiner Ansicht nach nicht der richtige war.

Im Schlepptau des Nachrichtenchefs näherte sich Masser dem alten Mann. »JSH will alle Neuen persönlich kennenlernen. Er will nicht die Katze im Sack kaufen.« Wie sein Vater wurde der Sohn bei seinen Initialen genannt.

»Masser Brock«, sagte Masser.

»Masser«, sagte JSH, während er leicht zitternd Massers Händedruck erwiderte. »Seltsamer Name. In welcher Redaktion werden Sie arbeiten?«

»Nachrichten, Herr Schuurman Hess.«

JSH blickte ihn scharf an. »Woher kommen Sie?«

»Vom *Haarlemse Courant*, Herr Schuurman Hess.«

»Und was waren Sie da?«

»Reporter. Zuerst Lokalnachrichten, dann Kommunalpolitik.«

»Mal Ärger mit Haarlemer Politikern gehabt, Brock? Die nicht mehr mit Ihnen reden wollten und Sie am liebsten in der Spaarne ertränkt hätten?«

»So schlimm nicht, Herr Schuurman Hess.«

Es war offensichtlich nicht das, was der alte Mann hören wollte.

»Mal von irgendwelchen Halunken bedroht, auf die Sie sich eingeschossen haben?«

»Nein, das nicht.« Masser überlegte fieberhaft, ob es nicht irgendetwas gab, womit er Joris Schuurman Hess zufriedenstellen konnte, eine Großtat, die den Alten davon überzeugen würde, dass der Neue eine echte Bereicherung für seine Zeitung war.

»Was um alles in der Welt haben Sie denn geschrieben?«

Die Frage brachte Masser einen Moment aus dem Konzept. »Einmal habe ich immerhin dafür gesorgt, dass ein Beigeordneter zurücktreten musste, weil er seinem Bruder einen Bauauftrag zugeschanzt hatte. Und natürlich konnte ich mich schon mal eine Weile nicht in den Haarlemer Kneipen blicken lassen.« Daran konnte er sich zwar eigentlich nicht erinnern, aber es klang überzeugend.

»Okay, das ist doch wenigstens was. Und weiter?«

»So furchtbar viel passiert nicht in Haarlem.«

JSH begann mit seinem Spazierstock auf den Boden zu stampfen. »Und ob was passiert! Überall gibt es Sauereien und Kungeleien. Überall füllen Leute ihre Taschen, überall werden Leute aufs Kreuz gelegt. Immer denkt sich irgendwo irgendwer schmutzige Spielchen aus. Wer sagt, es passiert nichts, der macht die Augen nicht richtig auf. Kapiert?«

»Ja, Herr Schuurman Hess.«

»Gut. Sie arbeiten jetzt nämlich bei *De Nieuwe Tijd*. Hier mögen wir's nicht, wenn angeblich nichts passiert. Notfalls sorgen wir selbst dafür, dass was passiert. Die Leser erwarten Ereignisse, ist das klar?«

»Ja, ist klar.«

»Deswegen lesen sie die Zeitung. Sie zahlen nicht für eine Zeitung, die jeden Morgen meldet, dass wieder nichts passiert ist. Sie lesen sie, um die Ereignislosigkeit in ihrem eigenen miserablen Leben einen Moment zu vergessen und um das Gefühl zu haben, dass um sie herum jede Menge geschieht. Das gibt ihrem Leben einen Sinn, und sie haben wieder was, worüber sie reden und sich aufregen können. Ja?«

»Ja.«

»Machen Sie das Lumpenpack dieser Welt fertig, Brock«, sagte JSH. »Stellen Sie es an den Pranger. Lassen Sie es schlottern vor Angst. Misstrauen! Misstrauen ist das entscheidende Wort. Überall gibt es Gesindel!« JSH drehte sich um und ging grußlos weg. Masser starrte ihm entgeistert nach. Erst jetzt fiel ihm auf, dass Joris Schuurman Hess schwere Motorradstiefel trug.

»So macht er's mit allen Neulingen«, erklärte der Nachrichtenchef. »Das ist eine Art Initiationsritual. Komm, wir gehen zum Chefredakteur.«

Kurz danach klopfte der Ressortleiter an eine blau lackierte Tür, auf der in gelben Lettern CHEFREDAKTEUR stand. Die Tür wurde schwungvoll geöffnet, und ein Zweimetermann schaute Masser ausdruckslos an. Es war Charles Schuurman Hess II., der Sohn von Joris und dessen Frau, der ehemaligen Schauspielerin Mieke de Jong, in Hollywood eine Zeitlang besser als Mickey Young bekannt, als sie noch die Geliebte des Vaters ihres späteren Ehemannes war und beinahe eine Rolle in einem Film von Cecil B. DeMille bekommen hätte. Masser schätzte ihn auf etwa fünfundvierzig.

»Ich seh dich nachher bei den Nachrichten«, sagte sein Vorgesetzter und ging weg, nachdem er ihn dem Chefredakteur vorgestellt hatte.

»*Come in*«, sagte Charles Schuurman Hess II.

Das Büro des Chefredakteurs sah so aus, wie Masser sich die Lounge eines Bordells vorstellte. Die schon geschlossenen schweren Vorhänge aus dunkelrotem Samt gaben dem Raum etwas Schwül-Erotisches. An den Wänden hingen Gemälde, zum größten Teil Aktdarstellungen. Das Mobiliar erinnerte Masser an die Einrichtung seines Großvaters, des Uhrenmagnaten: schwere Eichenmöbel, Stehlampen und ein englischer Bücherschrank. Auf dem Boden lag ein Perserteppich, in einer Ecke stand eine Büste – das wird sein Großvater sein, dachte Masser. Ein weißer Konzertflügel beherrschte den Raum. Daneben lag ein Bernhardiner. Der Hund hob kurz den Kopf und schaute ihn an. Er bellte einmal leise und gesittet, als hätte er Masser geprüft und für gut befunden.

»Lieg!«, befahl Charles Schuurman Hess, obwohl der Hund keine Anstalten machte, sich zu erheben. »Adolf Graf von Ramstein zu Hohenhausen«, stellte er vor, während er sich wieder Masser zuwandte, »sagen Sie einfach Dolf. Spross eines ruhmreichen Bernhardiner-Geschlechts, dessen Stammvater einst von meiner Großmutter vom Wintersport mitgebracht worden ist. In meiner Familie legen wir höchsten Wert auf Abstammung und die Abfolge der Generationen. Und falls Sie sich fragen, wo denn das Branntweinfässchen um seinen Hals geblieben ist: Also, das ist ein Mythos. Eine Disney-Erfindung. Übrigens ist Dolf ein außergewöhnlich intelligentes Tier.«

Ohne näher zu erläutern, woraus er das schloss, nahm CSH in einem der beiden Rauchsessel Platz und forderte Masser auf, sich in den anderen zu setzen.

»Möchten Sie etwas trinken?«

»Kaffee, bitte. Mit Milch und Zucker.«

»Maris!«, schrie CSH, »zwei Kaffee!«

Neben dem englischen Bücherschrank öffnete sich eine zweite Tür, und herein kam eine Frau, die in ihrer Jugend eine atemberaubende Schönheit gewesen sein musste. In ihren hochhackigen Schuhen trippelte sie eher, als dass sie ging. Sie gehörte zu den Frauen, deren Alter sich schwer schätzen lässt, weil die Zeit wie Wasser von ihnen abzuperlen scheint. Sie ging zu Masser und schüttelte ihm die Hand.

»Mariska Klappe-Wildschut«, sagte sie. »Sekretärin des Chefredakteurs.«

»Ohne Maris bin ich verloren«, verkündete CSH. »Sie weiß hier alles und regelt alles. Eigentlich ist sie die Chefredakteurin, und ich bin ihr Hiwi. Oder, Maris?«

»Du übertreibst«, sagte sie, was darauf hindeutete, dass es nicht völlig unzutreffend war.

»Ich übertreibe nie. Na ja, manchmal. Bringst du auch gleich die Papiere von Herrn Masser hier mit?« Seine Blicke liebkosten sie.

»Verheiratet, Herr Masser?«

»Brock«, sagte Masser. »Masser ist mein Vorname. Nein, nicht verheiratet.«

»Aha«, sagte CSH, »das hatte ich nicht mitbekommen. Leben Sie mit jemandem zusammen?«

»Auch nicht. Nicht mehr jedenfalls.«

»Okay. Vernünftig. Rauchen Sie?« Er zog eine Schachtel aus der Tasche; Masser nahm sich eine Zigarette.

»Vögeln Sie?«

Masser errötete, und Charles lachte schallend. »Um's Vögeln müssen Sie sich selbst kümmern«, sagte er. »Das ist nicht Gegenstand des Arbeitsvertrags. Auch wenn es hier genug Auswahl gibt. Gut, genug gelacht, zur Sache. Haben Sie schon meinen Vater kennengelernt?«

»Ich habe eben kurz mit ihm gesprochen«, antwortete Masser.

»Sie meinen vermutlich, dass er geredet hat und Sie hin und wieder ja oder nein sagen durften. Richtig?«

»Richtig.«

»Der Kerl fährt schon seit über fünfzig Jahren auf seiner Harley-Davidson zur Redaktion, auch bei Glätte. Wie finden Sie das?«

»Gefährlich.«

»Nein, das ist Liebe. Das ist Treue, Loyalität und Vertrauen.

Sich entscheiden und glauben, dass es richtig war. Das Ding ist von 1936, und es läuft seit fünfundfünfzig Jahren, als wäre es neu. Was man gibt, bekommt man zurück. Stimmt's, Brock?«

»Ja, das könnte durchaus sein.«

»Mein Vater ist der reichste Unruhestifter im Land. Das macht ihm Spaß. Wie all diesen alten Corpsstudenten, mich selbst nicht ausgenommen. Da in der Ecke, das ist mein Großvater. Der alte Charles Schuurman Hess, der Gründer dieser Zeitung, Gott hab ihn selig. Wird er aber wohl nicht. Willkommen bei *De Nieuwe Tijd*, Masser.«

»Danke.«

Mariska brachte zwei Tassen Kaffee auf einem silbernen Tablett, auf dem auch ein brauner Umschlag lag. Sie stellte das Tablett auf den Couchtisch zwischen CSH und Masser und reichte den Umschlag ihrem Chef. CSH öffnete ihn, holte Papiere heraus und sah sie durch. Dann richtete er seinen Blick wieder auf Masser. »Ich habe hier deinen Scouting-Bericht«, erklärte er. »Da steht drin, warum wir dich eingeladen haben, zu uns zu kommen. Wie du gemerkt hast, führen wir keine Vorstellungsgespräche. Wir haben schon jetzt für jeden Redakteur und jede Redakteurin hier Nachfolger ausgesucht, für den Fall, dass jemanden der Tod ereilen sollte oder er oder sie aus einem anderen Grund ersetzt werden muss. Du bist der Nachfolger von Cornelis Altena. Kennst du Cornelis Altena? Ich meine, kanntest du ihn?«

»Natürlich. Jeder kannte Cornelis Altena.«

»Hat sich totgeschuftet, der arme Kerl, neunundfünfzig Jahre und plopp, umgefallen. Schade, aber für dich natürlich Glück. Wir hatten dich schon gut ein Jahr auf dem Schirm.«

»Oh«, sagte Masser.

»Cornelis Altena war einer unserer Besten, ein Aushängeschild der *Nieuwe Tijd*, solchen Giganten verdankt diese Zeitung ihren unantastbaren Ruf. Wenn Cornelis Altena eine Woche keine Exklusivmeldung hatte, wurde er depressiv. Im Ernst. Und dann konnte man sicher sein, dass er in der Woche darauf doch wieder einen Knüller landen würde. Ich will nur sagen: Du ersetzt nicht irgendeinen Stümper.«

»Dessen bin ich mir bewusst«, sagte Masser.

CSH blätterte die Papiere durch. »Hier steht, du schreibst einen höchst prägnanten Stil. Stimmt das?«

»Es fällt mir schwer, das über mich selbst zu sagen.«

»Falsche Antwort. Wenn du einen höchst prägnanten Stil schreibst, dann ist das so, fertig, aus. Ich kann keine drei Zeilen am Stück ohne Fehler und Stilblüten schreiben, und ich scheue mich nicht, das zuzugeben. Also?«

»Ich habe wohl wirklich einen prägnanten Stil.«

»Einen höchst prägnanten. Hier steht auch, dass du auf einem Boot aufgewachsen bist und dass deine Eltern Hippies waren und vielleicht immer noch sind. Richtig?« Es erstaunte Masser, dass CSH über seine Herkunft Bescheid wusste.

»Meine Mutter ist Künstlerin, und mein Vater, äh … mein Vater ist Buchhändler und Singer-Songwriter. Kein sehr bekannter allerdings. Sie sind jetzt vielleicht ein bisschen zu alt, um noch Hippies genannt zu werden. Aber früher waren sie auf jeden Fall welche. Sie sind geschieden.«

»Drogen?«

»Schon lange nicht mehr.«

»Links?«

»Ich glaube schon. Obwohl man meine Mutter eher anarchistisch nennen könnte und mein Vater im Lauf der Zeit viel milder geworden ist. Würde mich nicht wundern, wenn er D66 wählt.«

»Und du? Links?« Eine heikle Frage, fand Masser. Er hatte den Vertrag noch nicht unterschrieben.

»Nicht wirklich. Aber auch nicht rechts. Eher anarcholiberal.« Er hoffte, dass CSH II ihn nicht fragen würde, was genau er damit meinte, denn das wusste er selbst nicht, aber irgendwo hatte er einmal gelesen, man könne *De Nieuwe Tijd* am besten als anarcholiberal bezeichnen.

»Hm. Sobald ich in deinen Artikeln über deine politischen Präferenzen stolpere, gibt's eine Verwarnung. Danach noch eine. Und beim dritten Mal fliegst du. Ist das klar?«

»Ja.«

»Hör zu. Mein Großvater war ein Kapitalist reinsten Wassers. Zum Glück, denn sonst hätte er nie diese Zeitung kaufen und sie zu dem machen können, was sie ist. Ein echter Liberaler, aber mit einem goldenen Herzen. Das höre ich zumindest von allen Seiten. War immer hinter den Weibern her, das nur nebenbei. Mein Vater war nach dem Krieg einer der Gründer der PvdA. Als die VVD sich davon abspaltete, ging er mit; nach einem Jahr hatte er genug und trat wieder aus. Er hasst die Politik, aber das hast du wahrscheinlich schon gemerkt.«

»Ja.«

»Der Alte findet im Prinzip alles, was Nadelstreifen trägt, zum Kotzen, obwohl die Macht natürlich manchmal auch Jeans trägt, um die Leute zu täuschen. Mein Vater hat immer die Macht angegriffen und dabei die Macht seiner Zeitung genutzt, man könnte da eine Inkonsequenz entdecken wollen, aber ohne Macht ist man nun mal machtlos, und irgendjemand muss die Macht anprangern. Ich glaube, es hängt mit seinen Erlebnissen während des Krieges zusammen, dass er so geworden ist. Noch eine Zigarette?«

Masser nahm sich eine zweite.

»Und jetzt fragst du dich natürlich: Und was ist dieser Charles Schuurman Hess für einer? Hast du dir diese Frage gestellt, Masser? Sei ehrlich.«

»Ja«, antwortete Masser, »die habe ich mir tatsächlich gestellt, ja.«

Masser hatte sich gar keine Frage gestellt, aber nachdem CSH sie formuliert hatte, interessierte ihn die Antwort schon.

»Gut. Naheliegende Frage. Okay, pass auf. Ich habe nichts gegen Kapitalisten. Übrigens auch nichts gegen Sozialisten. Deine Mutter ist Anarchistin? Schön. Solange sie meinen Porsche nicht in die Luft jagt. Ich habe nichts gegen Linke und auch nichts gegen Rechte. Nicht mal die Macht finde ich schlimm – Macht gibt's immer, und wenn man den einen Machthaber einen Kopf kürzer macht, kommt der nächste. Das sogenannte Machtvakuum existiert nicht, jedenfalls nie sehr lange. Ich hab nichts gegen multinationale Konzerne und auch nichts gegen Umweltschützer, um nur ein Beispiel zu nennen. Ich finde die Chinesen in Ordnung und die Russen auch, und genauso die Finnen. Im Grunde geht mir das Meiste am Arsch vorbei.«

Masser überlegte, worauf Charles Schuurman Hess hinauswollte.

»Jetzt denkst du: Warum erzählt er mir das? Und warum sitzt er dann auf dem Chefsessel? Ja?«

»Ja, ehrlich gesagt schon.«

»Fein. Erstens bin ich deshalb Chefredakteur von *De Nieuwe Tijd*, weil ich keine andere Wahl hatte. Mein Großvater war es, mein Vater war es. *De Nieuwe Tijd* ist eine Art Königshaus. Man wird da reingeboren und ist verratzt, der Lebensweg liegt fest. Ich hatte keinen Bruder, auf den ich es hätte abwälzen können – eigentlich wollte ich Konzertpianist werden. Natürlich hätte ich sagen können: Hol jemanden von außerhalb rein, aber das ging nicht. Warum nicht? Darum nicht: Weil mein Großvater testamentarisch verfügt hat, dass bei *De Nieuwe Tijd* ein Schuurman Hess das Sagen haben muss, solange es noch einen rechtmäßigen Erben gibt. Wenn nicht, fallen die Firmenanteile an eine Stiftung, und wir gehen leer aus. Er hat diese Stiftung schon vor dem Krieg gegründet; seitdem schlummert sie sozusagen, ist deswegen aber nicht weniger bedrohlich, denn wenn sie aufwacht, verschlingt sie uns. Die Zeitung jedenfalls. Die Stiftung heißt nicht von ungefähr IDG, das steht für In Der Gosse. Etwas übertrieben, aber immerhin: Sobald die Anteile in den Besitz der Stiftung übergehen, darf die sie verkaufen. Und mit den Millionen, die so eingenommen werden, müssen Kulturprojekte in Rotterdam gefördert werden. Kriegt der alte Charles doch noch ein Standbild. Klar?«

CSH schaute ihn fragend an, als wäre er sich nicht sicher, ob er die Bedeutung seiner Worte erfasste. Masser nickte.

»Mein Großvater wollte eine unzerstörbare Verbindung zwischen der Familie und der Zeitung, und ich hab ihn im Verdacht, dass *De Nieuwe Tijd* für ihn auch ein Druckmittel war, mit dem er Nachwuchs erzwingen kann, damit seine Gene und die Schuurman-Hess-Dynastie bis in Ewigkeit fortbestehen. Außerdem hatte er einen Sinn für schwarzen Humor. Zweitens, um auf die Frage zurückzukommen: Dieser Job ist recht einträglich, noch abgesehen von den Dividenden. Unter anderem dank der Tatsache, dass ich mein Gehalt selbst festlege, und das gehört nicht in die Kategorie Peanuts.«

»Nein, das glaube ich gern«, erwiderte Masser, der sich allmählich entspannte.

»Es gibt aber einen weiteren Grund, weshalb ich Chefredakteur bin«, fuhr CSH fort, »auch wenn ich den selbst noch nicht kannte, als ich vor fünf Jahren Nachfolger meines Vaters geworden bin. Interessiert er dich?«

Masser nickte.

»Die Wahrheit«, sagte Charles. »Ich will die Wahrheit kennen, ich bin verrückt nach der Wahrheit. Um nicht zu sagen: süchtig. Die Wahrheit ist etwas Wunderbares, aber wie alles Wunderbare sehr selten und schwer zu finden. Die Wahrheit ist so was wie Trüffel. Schon mal Trüffel gegessen? Sauteuer. Die Wahrheit auch, weiß ich sehr gut. Aber worum's mir geht: Ich könnte mir keinen besseren Ort für die Jagd nach der Wahrheit vorstellen als diesen hier. Ich will, dass zweihundertzwanzig Leute, die Redakteure der *Nieuwe Tijd*, nichts anderes tun, als mir hin und wieder ein wunderbares Stück Wahrheit zu servieren. Und den Lesern natürlich. Echte, reine Wahrheit.«

Masser dachte noch darüber nach, ob er schon einmal Trüffel gegessen hatte; seiner Erinnerung nach nicht.

»Wir leben in einer verlogenen Zeit«, erklärte CSH, »stimmst du mir da zu?«

»Ja, das glaube ich auch.«

»Alle lügen, was das Zeug hält. Es gibt keine Nachrichten ohne Lügen, glaub mir. Und wenn du dir noch so viel Mühe gibst, die Wahrheit herauszufinden – sobald du über irgendwas einen Artikel schreibst, stehen Lügen drin, Dinge, die nicht stimmen, Ausgedachtes. Das ist dann auch nicht deine Schuld, es liegt daran, dass vieles verborgen wird, dass die Leute nur einen kleinen Teil der Wahrheit preisgeben. Oder daran, dass niemand, aber auch wirklich niemand die Wahrheit kennt. Wahrheit ist der komplizierteste Begriff überhaupt. Wofür steht er überhaupt? Deine Wahrheit ist nicht meine Wahrheit. Und trotzdem muss es irgendwo eine objektive Wahrheit geben, über alles. Eine Wahrheit, die so offensichtlich ist und so durch Argumente und Fakten und was weiß ich alles untermauert, dass wir beide zugeben müssten: Ja, das ist die absolute Wahrheit, um die kommt niemand mehr herum. Ich will die Wahrheit unter der Wahrheit unter der Wahrheit. Verstehst du?«

»Ja.«

»Diese Wahrheit, diese tiefe Wahrheit, die ist das, wonach ich hartnäckig suche, Masser. Nenn es Besessenheit, nenn es, wie du willst. Wenn du mir von jetzt an jeden Monat ein Stückchen von dieser Wahrheit anbieten kannst, bist du mein Mann. Ich will verstehen, wie die Welt funktioniert, auf welche Weise sich alles entwickelt. Das ist viel verlangt, ich weiß, aber man muss sich hohe Ziele setzen.«

»Sehr hohe.«

»Was passiert gerade in Jugoslawien, Masser? Weißt du das?«

»Es herrscht Krieg.«

»Warum herrscht Krieg?«

»Weil Slowenien und Kroatien ihre Unabhängigkeit erklärt haben.«

»Warum haben sie das gemacht?«

»Weil sie sich von Serbien lösen wollen.«

»Warum? Ging's ihnen schlecht?«

»Nein, das nicht, glaube ich.«

»Was wird deiner Ansicht nach in Bosnien-Herzegowina geschehen, Masser?«

»Das weiß ich nicht.«

»Warum werden Menschen gegeneinander aufgehetzt, so dass sie anfangen, sich gegenseitig zu hassen und umzubringen, obwohl sie auch ruhig und friedlich zusammenleben könnten?«

»Auch das weiß ich nicht.«

»Wir sehen nur das Feuer, Masser. Aber ich will wissen, warum es brennt.«

CSH legte drei zusammengeheftete Blätter auf den Tisch. Auf dem oberen stand: *Arbeitsvertrag.* »Gut. Wie viel willst du verdienen?« Er griff nach einem Füllfederhalter. »Wir bezahlen hier nicht nach Tarifvertrag. Nenn einfach einen Bruttobetrag.«

»Tja«, sagte Masser. Er versuchte sich zu erinnern, wie hoch sein Bruttogehalt beim *Haarlemse Courant* war, aber es fiel ihm nicht ein.

»Beim *Haarlemse Courant* hattest du 36 000 im Jahr«, sagte CSH. »Ich schlage vor, dass du bei uns mit 80 000 anfängst. Plus Firmenwagen. Ist das okay? Dann bitte hier unterschreiben.« Er schob Masser den Vertrag und einen Füllfederhalter hin.

Verblüfft über den Vortrag, den er eben gehört hatte, und erst recht verblüfft über sein neues Gehalt, unterschrieb Masser.

VII

Pantschagan

Mia Kalman ging mit kurzen, eiligen Schritten durch die Korte Houtstraat. Am Plein angekommen, schlug sie den Weg zum Gebäude der Zweiten Kammer ein. Die Caféterrassen waren voll, und ein Stimmengewirr, aus dem dann und wann ein Lachen oder lauteres Sprechen hervorstachen, erfüllte die spätsommerliche Luft. Doch Mia hatte keine Zeit für Caféterrassen und Smalltalk, auf sie wartete Arbeit. Ohne einen Blick zur Seite ging sie an den Tischen vorbei, um nicht reagieren zu müssen, falls irgendein Bekannter sie entdeckte und nach ihr rief. Mia Kalman war zweiundvierzig und die wichtigste Redenschreiberin des niederländischen Ministerpräsidenten.

Sie musste zum Türmchen, dem kleinen achteckigen Gebäude mit spitzem Dach zwischen Binnenhof und Mauritshuis, aus dem man direkt auf den Schlossweiher blickte. Aus Sicherheitsgründen war der Zugang zum Türmchen vom Plein aus gesperrt, Mia konnte nur durchs Tor des Binnenhof und unter Begleitung zu den Amtsräumen des Ministerpräsidenten gehen. Sie zeigte ihren Ausweis vor, dankte dem Wachmann mit einem Nicken, betrat eine Toilette, um ihr Make-up und ihre Kleidung zu kontrollieren, lächelte sich kurz im Spiegel zu, verließ die Toilette und ging weiter.

Die SMS ihres Chefs hatte sie noch vor der Meldung ihres Alert-Dienstes erhalten: Vier niederländische Soldaten waren bei einer Friedensmission in einem Land ums Leben gekommen, von dem sie gar nicht gewusst hatte, dass dort Niederländer an einer Friedensmission beteiligt waren. Sie hatte ihn sofort angerufen. Ein Bushmaster war auf eine Landmine oder einen improvisierten Sprengsatz gefahren; die Explosion war so heftig gewesen, dass der Panzerwagen in die Luft geschleudert wurde und auf dem Dach landete, wobei die fünf Insassen dank ihrer Gurte auf ihren Plätzen blieben. Vielleicht hätten sie überlebt, wären nicht unmittelbar nach der Explosion aus dem Nichts bewaffnete Männer aufgetaucht, die das Feuer auf den deformierten Stahlkoloss samt den Soldaten darin eröffneten und anschließend wieder in der Wüste verschwanden. Einer der Soldaten hatte den Anschlag überlebt, vermutlich hatten die Terroristen ihn übersehen. Er hatte einen Schock erlitten und wurde im Lazarett des niederländischen Stützpunkts behandelt, bis er in die Heimat gebracht werden konnte.

»Schreib schon mal was für Twitter«, las sie. »Ich muss nachher bei den drei Öffentlichen und bei RTL und SBS eine Erklärung abgeben.«

Mia klopfte an die Eichentür und hörte etwas, das nach »*Entrez!*« klang. Als sie eintrat, sah sie ihren Chef durch das kleine Büro tigern, an jedem Ohr ein Mobiltelefon. »Verdammt!«, sagte er und dann mit kleinen Pausen dazwischen: »Scheißchaos!«, »Dreckige Wüstenratten!« und: »Haha!«

Sie zog ihren Blazer aus und wartete darauf, dass der Ministerpräsident mit dem Telefonieren fertig wurde. Immer noch fand sie es erstaunlich, dass die Niederlande von diesem holländischen Wohnzimmer aus regiert wurden, andererseits aber auch passend. Draußen landeten ein paar Enten im Schlossweiher – vielleicht waren es als Enten getarnte Drohnen mit Sprengladungen, dachte sie. Nicht mehr lange, und der Luftraum rings um das Türmchen würde wohl gesperrt werden, auch für alle Arten von Vögeln. Es waren merkwürdige Zeiten.

»Mia!«, rief der Ministerpräsident. »Bin ich froh, dass du da bist. Herrgott, was für ein Mist. Etwas zu trinken?«

»Wasser, bitte«, antwortete Mia. Sie nahm die Fernbedienung des Fernsehers und schaltete ihn ein, in fünf Minuten kamen die Sechs-Uhr-Nachrichten.

Der Ministerpräsident goss Wasser in ein Glas. »Wenn du schon einen Tweet fertig hast, gleich raus damit. Es ist wichtig, dass der Premier schnell reagiert.«

»Steht schon drin«, sagte Mia. »Betroffen und schockiert durch Ereignisse in Pantschagan. Mein tiefes Mitgefühl gilt allen Angehörigen.«

»Stark und *to the point*. Muss noch ein bisschen Verurteilung des Anschlags dazu? Oder ist das zu viel für 140 Zeichen? Okay, ist vielleicht eher was für die Fernsehansprache. Hast du eine englische Übersetzung? Schmeiß die gleich hinterher, damit meine Reaktion auch international registriert wird.«

»Ich hab's so ungefähr im Kopf«, sagte Mia. »Erst mal gedenken wir der Opfer. Haben wir die Namen? Gut, das ist wichtig, das holt sie aus der Anonymität. Warum waren sie da? Ich meine, warum sind *wir* eigentlich da, in dieser beschissenen Wüste?«

Mia wusste, dass sie offen reden konnte und dem Ministerpräsidenten nichts vorzuspielen brauchte. Das galt auch umgekehrt.

»Für die Freiheit«, sagte der Premier. »Und für die Werte der westlichen Gemeinschaft. Wir kämpfen gegen feige Terroristen. Und für die Frauenrechte, glaube ich. Außerdem gibt's große Ölvorkommen, aber das tut nichts zur Sache. Natürlich schon, aber nicht für die Ansprache.«

»Nicht zu viel auf einmal«, erwiderte Mia, »nicht zu kompliziert. Der Kampf gegen die feigen Terroristen scheint mir in diesem Fall das Beste zu sein, schließlich sind die Soldaten von denen getötet worden. Das Wort Freiheit bringe ich auch noch irgendwie unter, das macht sich immer gut. Die Frauenrechte kommen später mal dran.«

»Gut«, sagte der Premier. »Prima. Namen und warum sie dort waren. Richtig. Und dann?«

Mia schaute einen Augenblick auf den Bildschirm, wo die Nachrichtensprecherin über die Geschehnisse in Pantschagan berichtete. Es wurde ein Foto des Wracks eingeblendet, in dem die Soldaten ums Leben gekommen waren. »Dann muss etwas über Entschlossenheit und so weiter kommen«, sagte sie. »Dass wir uns nicht beirren lassen. Dass diese Soldaten nicht umsonst gestorben sind und dass wir es ihnen und den Menschen in, äh … wie heißt das noch … schuldig sind, die Mission fortzusetzen, bis wieder Aussicht auf eine bessere Zukunft besteht.«

»Pantschagan. Hervorragend. Aussicht auf eine bessere Zukunft, sehr schön. Dafür machen wir das ja alles. Sonst noch was, das reinsollte?«

»Etwas mit unserem Land«, sagte Mia. »Zum Abschluss etwas mit unserem Land wäre perfekt. So macht es der amerikanische Präsident immer, und ich glaube, wir müssen allmählich auch dazu übergehen. Die toten Soldaten werden bald mit militärischen Ehren vom Luftwaffenstützpunkt Welschap zum Staatsbegräbnis nach Den Haag gebracht, und dann wird es entlang der Autobahn schwarz sein von Menschen. Das ist das Wir-Gefühl, und daran musst du als Premier jetzt schon appellieren.«

»Gibt es ein Staatsbegräbnis in Den Haag? Das wusste ich noch nicht!«

»Ich finde, du kannst ruhig ein Staatsbegräbnis anordnen«, sagte Mia. »Die Soldaten sind für uns in einem fremden Land gefallen. Dafür müssen sie geehrt werden. Bei uns ist das nicht so Tradition, aber es spricht nichts dagegen, dass du diese Tradition ins Leben rufst. Eine kurze Ansprache des Premiers, ein Trompetensignal, dann werden die Särge langsam heruntergelassen. Hast du eigentlich eine Uniform?«

»Nein. Zu meiner Zeit war die Wehrpflicht glücklicherweise schon abgeschafft. Ich könnte auch nicht richtig salutieren. Aber alles andere klingt ausgezeichnet. Ich werde mit dem König reden, der muss nämlich auch dabei sein, mit der Königin.«

»Es muss auch mit den Angehörigen abgesprochen werden«, gab Mia zu bedenken. »Vielleicht würden sie eine Beerdigung im Familienkreis vorziehen.«

»Einem Staatsakt in Anwesenheit des Premiers, des Königs und der Königin und jeder Menge Generäle? Ich bitte dich! Vielleicht könnten wir noch ein paar Typen aus dem Showbiz auftreiben, die vor unseren Soldaten da unten aufgetreten sind, vielleicht existieren Fotos, auf denen einer der Toten mit irgendeinem Schnulzensänger zu sehen ist. Stell dir vor, wie das ankommen würde. Und dann das Ganze live im Fernsehen – ich glaube kaum, dass auch nur ein einziger Angehöriger das nicht großartig finden würde. Wenn doch, schicken wir ein paar Beamte hin, um die Leute zu überzeugen.«

Mia saß schon vor ihrem Laptop. Zwanzig Minuten später hatte sie die Ansprache des Ministerpräsidenten ausgedruckt. Sie hatte in jedem Absatz ein Thema abgehandelt und zwischendurch in Klammern Regieanweisungen mit passenden Gefühlsäußerungen eingefügt. Sie las ihm dem Text vor. Er hatte sich auf seinen Schreibtisch gesetzt.

»Meine Damen und Herren«, begann Mia, »heute Nachmittag hat die schreckliche Nachricht, dass vier unserer Soldaten in Pantschagan den Tod gefunden haben, unser Land erschüttert. (*Pause, Ankämpfen gegen Erschütterung*) Korporal Kees de Jager und die Gefreiten Co Brandsma, Jellejan van Houten und Govert Prakke wurden, nachdem ihr Panzerwagen auf eine schwere Landmine gefahren war, von ebenso gewissenlosen wie feigen Terroristen ermordet. Sergeant Jeroen Willink hat wie durch ein Wunder überlebt. (*Pause, Rührung*)

Sie waren in Pantschagan, um für unsere Freiheit zu kämpfen. Und für die Freiheit der Pantschagenen. (*Checken, Pantscharier??*) Im Kampf gegen den Terror haben sie ihr Leben gelassen, sie fielen durch die feige Hand brutaler Terroristen. (*Pause. Übergang zu Entschlossenheit*)

Doch sie sind nicht umsonst gestorben. Wir dürfen und werden uns nicht durch das Böse einschüchtern lassen. Unsere Mission in Pantschagan wird mit voller Kraft *und* Überzeugung fortgeführt werden. Zusammen mit unseren Bündnispartnern werden wir uns auch weiterhin entschlossen einsetzen, für die Freiheit und für die Pantscharier (*?? Checken)*, bis es in Pantschagan wieder Aussicht auf eine bessere Zukunft gibt. *(Pause. Zurück zu Erschütterung*)

Unser Land wurde heute von einem schweren Schlag getroffen. Aber ich weiß, dass die Niederlande stark genug sind und außerdem so überzeugt von den Werten, für die wir in Pantschagan einstehen, dass wir diese Tragödie, Schulter an Schulter mit den leidenden Angehörigen, überwinden werden. (*Pause. Energisch*) Deshalb habe ich heute in Abstimmung mit unserem König ein Staatsbegräbnis für die vier Todesopfer angeordnet – damit wir ihnen die Ehre erweisen, die sie verdienen. (*Pause*)

Ihr Tod wird nicht ungesühnt bleiben, wir werden die Täter (*Überzeugend!! Drohend*) aufspüren und vor Gericht stellen. (*Pause*)

Möge Gott uns beistehen und uns gnädig sein. (*Pause, möglichst gleichzeitig kraftvoll und gefühlvoll*)

Es lebe der König! Es leben die Niederlande! (*Fester Blick in Kamera, Schluss. Hymne?*)

Der Ministerpräsident schaute seine Redenschreiberin verliebt an. »Du hast dich selbst übertroffen«, sagte er. »Mir sind die Tränen gekommen. Wie viel Zeit hab ich noch?«

»Viertelstündchen«, antwortete Mia.

»Das mit Gott, ist das Land denn bereit dafür? In meiner eigenen Partei wimmelt es von Ungläubigen, und unser Koalitionspartner ist sowieso ein heidnischer Haufen.«

»Nimm das nicht so wörtlich. Du gebrauchst das Wort Gott hier im allgemein metaphysischen Sinn. Man könnte auch Schicksal sagen.«

»Schicksal?«

»Ja, möge das Schicksal uns beistehen und gnädig sein. Heute stellt man sich unter ›Gott‹ das vor, was einem am besten in den Kram passt.«

»Gut, prima. Und das mit der Bestrafung der Täter, ist das nicht ein bisschen zu optimistisch? Es erinnert mich an Bush nach 9/11. Das hat doch eine ganze Weile gedauert. Und vor Gericht stellen? Töten muss man die!« Der Ministerpräsident schlug mit der Hand auf den Schreibtisch, als wollte er die Täter eigenhändig umbringen. »Abknallen!«

»Dieser Absatz darf nicht fehlen«, erklärte Mia. »Das Thema Vergeltung muss vorkommen, das wollen die Leute. Alle sind wütend. Natürlich kriegen wir die Kerle nie im Leben zu fassen. Aber der Wille muss spürbar sein, und ebenso der, sie vor Gericht zu bringen. *Sie* sind die Barbaren, nicht wir, das ist es, was du hier sagst.«

»Du hast recht. Soll ich selbst die Nationalhymne anstimmen, oder warte ich auf die Musik?«

»Warten«, sagte Mia, »und auf keinen Fall mitsingen. Das ist *over the top.*«

»Gut. Verstanden. Dann rufe ich jetzt blitzschnell den König an, der darf durch die Ankündigung des Staatsbegräbnisses nicht überrascht werden. Er glaubt natürlich, dass so etwas nur für Mitglieder seiner Familie vorgesehen ist. Na ja, dann kann er wieder mal seine Galauniform aus dem Schrank holen, da ist er sowieso ganz scharf drauf. Er ist erst ein paar Monate im Amt, es ist also für ihn auch eine einmalige Gelegenheit.«

»Dann check ich noch gerade das Pantschadingens«, sagte Mia. »Viel Erfolg! Verlier das Blatt mit dem Text nicht, sonst bist du aufgeschmissen.«

Kurz danach schickte sie dem Premier eine SMS mit dem Wort »Pantschagenen«.

Mia überquerte erneut den Platz, diesmal in Richtung Bahnhof. Sie war müde, wie immer, wenn sie innerhalb kurzer Zeit eine klar strukturierte und allgemeinverständliche Ansprache über ein komplexes Thema hatte schreiben und dabei auf das Image des Ministerpräsidenten bedacht sein müssen. Es war ein Balanceakt, und sie musste seine Art zu sprechen berücksichtigen. Der Premier war kein großer Redner, und regelmäßig verwandelte er Mias sorgfältig komponierte Reden in ein Durcheinander, in dem das Wesentliche unterging. Ständig musste sie sich selbst ermahnen, keine zu langen Sätze zu schreiben und bestimmte Wörter zu vermeiden. Immer wieder hatte er »Chemie« als »Schemie« ausgesprochen – bis Mia das Wort auf ihre schwarze Liste gesetzt hatte.

Im Zug verfolgte sie die Ansprache auf ihrem Smartphone. Der Premier machte seine Sache sehr gut, fand sie, auch wenn er einmal kämpferisch klang, wo er eigentlich mitfühlend hätte sein müssen. Hinterher sah sie sich auf Twitter die ersten Reaktionen an. Manche äußerten ihren Unmut über den nationalistischen Ton und »die pathetische Hymne am Schluss«, aber die Mehrheit war begeistert. Mia hatte die Stimmung richtig eingeschätzt, wie meistens.

»Rede eingeschlagen wie Bombe«, schrieb ihr der Premier per SMS. »*You're the best!* Wann gehen wir wieder mal essen?« Erfolg verstärkte seine Libido, wusste Mia, und sie wusste auch, dass die Gerüchte, er sei homosexuell, völlig aus der Luft gegriffen waren. Er war nicht verheiratet, aber das war eine andere Geschichte.

Sie rief ihren Sohn an. »Jimi«, sagte sie, »in einer Stunde bin ich zu Hause. Holst du schon mal zwei Pizzen aus dem Gefrierfach? Dann können wir gleich gemütlich zusammen essen.« Sie blickte hinaus auf die Landschaft, die im sanften Licht des Septemberabends friedlich aussah. Der Rhythmus des Zuges beruhigte sie. Sie nahm eine Zeitung aus ihrer Tasche, schlug sie auf und las die Kolumne ihres Bruders. Sie lächelte. Sie wusste, worüber er in diesem Augenblick schrieb. Sein Kommentar würde vernichtend ausfallen. Natürlich wusste Masser, wer den Premier mit Texten versorgte, doch das spielte keine Rolle. Es war der Ministerpräsident, den er auseinandernahm, nicht sie. Das Redenschreiben war ihre Arbeit, wie das Kolumnenschreiben seine. Wenn er voller Leidenschaft ihre Arbeit kritisierte, war das auch ein Beweis für deren Qualität. Außerdem erwarteten seine Leser genau das.

Sie kannten beide ihre Rollen, und dass sie sich – auf dem Papier – oft unversöhnlich gegenüberstanden, wirkte sich nicht auf ihr Verhältnis aus. Wir könnten ohne weiteres tauschen, dachte Mia. Ich seine Kolumne, er Redenschreiber von Tupp. Es geht nicht um Überzeugungen, es geht um Können.

»Tupp« nannten Masser und Mia den Premier, wenn sie untereinander über ihn sprachen. Der Name stammte aus *Tupp und Jupp*, einer Serie von Kinderbüchern, aus denen Carla ihnen manchmal vorgelesen hatte – bis Stella ihr sagte, sie enthielten »abscheuliche rassistische Stereotypen«. Als es dann aber im ersten Kabinett des Ministerpräsidenten einen Vizepremier namens Jupp gab, tauften die beiden Brocks den Premier in Tupp um. Sie waren inzwischen so an den Spitznamen gewöhnt, dass Mia höllisch aufpassen musste, um ihren Chef nicht versehentlich mit Tupp anzusprechen.

Sie hatte ihm übrigens nie gesagt, dass sie die Schwester von Masser Brock war. Jedes Mal, wenn sie sich gerade dazu entschlossen hatte, stand in *De Nieuwe Tijd* wieder eine Kolumne, in der Masser den Ministerpräsidenten als Idioten oder Großsprecher darstellte, weshalb ihr Chef mit Mordlust im Blick durch sein Büro im Türmchen wanderte, und dann erschien es ihr besser, ihr Bekenntnis noch ein wenig aufzuschieben. Sie hatte den Nachnamen ihres Ex behalten – den gleichen wie ihr Sohn zu haben fand sie schön. Carlo Kalman war ein Jahr nach ihrer Scheidung, als Jimi zwei Jahre alt war und sie selbst einundzwanzig, bei einer Besteigung des Mount Everest ums Leben gekommen. Mia dachte nur noch selten an ihn, und für Jimi war sein Vater ein völlig Unbekannter, niemals ließ er den Wunsch erkennen, mehr über den Mann zu erfahren, der ihn in die Welt gesetzt hatte.

Jimi Kalman war dreiundzwanzig. Er war recht klein, und sein Äußeres und sein gesamtes Verhalten deuteten auf einen streng geordneten Geist hin. Er handelte immer überlegt und hasste Überraschungen. Sogar seine Friseurbesuche richteten sich nach einem festen Terminplan: alle fünf Wochen samstags vormittags um 11 Uhr. Ihm fehlten das Ungestüme und die Risikobereitschaft seiner Altersgenossen. Und an Mädchen schien er kaum interessiert zu sein.

Manchmal fragte Mia ihn danach, doch dann zuckte er mit den Schultern. »Kommt schon noch«, sagte er, »und wenn nicht, dann nicht. Mich beschäftigen andere Dinge.« Dabei beließ er es, er mochte keine langen Gespräche.

Seine Welt war klein, und er schien sich dabei sehr wohl zu fühlen. Jede Nacht schlief er sieben Stunden, keine Viertelstunde länger oder weniger. Seine Tage waren fast auf die Minute genau eingeteilt. Vor einem neuen Ausbildungsjahr studierte er seinen Stundenplan und entwarf dann für jeden Tag einen straffen Zeitplan, wobei er Mahlzeiten, Fahrten, Hausaufgaben, Gamen und andere Aktivitäten in eine Excel-Tabelle eintrug. Und an dieses Schema hielt er sich dann auch. So gab es in seinem Leben wenig Raum für Improvisation und Unerwartetes. Von klein auf war sich Jimi Kalman des Verstreichens der Zeit deutlich bewusst, und wenn sie verging, ohne dass er etwas Konkretes tat, empfand er eine gelinde Panik, als würde etwas nicht Wiedergutzumachendes geschehen.

Jimi hatte zwei Pizzen aus dem Gefrierfach geholt und eine Flasche Rotwein geöffnet. In einer Dreiviertelstunde würde seine Mutter nach Hause kommen. Er überlegte, wie er die Zeit ausfüllen sollte. Er hatte seine Hausaufgaben gemacht, er hatte eine von täglich zwei Stunden mit Gamen verbracht. Und er hatte die Ansprache des Ministerpräsidenten über die toten Soldaten in Pantschagan verfolgt (»Fernsehen und Musik: 45 Minuten«).

Er schaltete seine Xbox ein, und auf dem Fernsehschirm erschienen die Umrisse von Paris, wie es im 18. Jahrhundert war. Er startete aber nicht das Spiel, sondern versank in

Gedanken, den Blick auf das unbewegte Bild gerichtet (»Entspannung, div. Aktivitäten: 30 Minuten«).

Jimi wunderte sich über die Erwähnung von Gott in der Ansprache des Ministerpräsidenten. Seine Mutter hatte mit Gott nichts am Hut, ihr Widerwille gegen den Allmächtigen grenzte an Hass. Er hatte einmal zu ihr gesagt, ihr Hass impliziere eigentlich den Glauben an Gott; jemanden zu hassen, der nicht existiert, sei nun einmal unmöglich. Doch seine Mutter hatte geantwortet, sie hasse im Grunde nicht Gott und auch nicht die Gläubigen, sondern den Glauben an einen Gott. Und auch da sei noch eine Differenzierung angebracht, erklärte sie, denn obwohl ihr selbst dergleichen völlig fremd sei, respektiere sie die »religiös Suchenden«. »Was mir zuwider ist, das ist der grenzenlose Eifer für eine Religion, die Überzeugung, dass man selbst und die jeweiligen Glaubensgenossen die absolute Wahrheit besitzen. Diese ungeheure Dummheit, diese Beschränktheit und Kurzsichtigkeit, die machen mich wütend. Die haben auch furchtbare Folgen für die ganze Welt. Verstehst du?«

Er verstand sie.

Wie Jimi wusste, unterschied Mia strikt zwischen ihren privaten Ansichten und dem, was sie für ihren Chef schrieb, aber er hätte nicht gedacht, dass sie dabei so weit gehen würde. Er nahm sich vor, sie nachher darauf anzusprechen. Eine Pizza war schnell gebacken und schnell gegessen, dann war noch genug Zeit für ein Gespräch, bevor er um 22:30 Uhr ins Bett gehen würde, um dort noch eine Stunde zu lesen – sein Urgroßvater hatte ihm Gene Stones *The Watch* geschenkt – und um 23:30 Uhr das Licht auszumachen und zu schlafen.

Es bestand eine Verbindung zwischen Jimis Wesen und den Geheimnissen des Uhrwerks. Im Zusammenspiel allerfeinster

Zahnrädchen, Wellen und Federn war alles enthalten, was ihn beschäftigte. Wenn irgendetwas sein unbestimmtes Verlangen befriedigen konnte, dann war das die Welt, die sich öffnete, wenn er den Gehäuseboden einer Armbanduhr entfernte. Die vollkommene Regelmäßigkeit der winzigen Bewegungen faszinierte ihn. Schon als kleiner Junge hatte er darüber gestaunt, wie jeder Bestandteil mit allen anderen in Zusammenhang stand und jede einzelne Bewegung dem gemeinsamen Zweck diente: dem Antreiben der Zeiger. Anders als das große Universum war eine Armbanduhr erklärbar, sofern man über das notwendige Wissen verfügte. Und dieses Wissen war nicht verborgen, sondern frei zugänglich. Wenn auch eine gewisse Anstrengung erforderlich war, um es sich anzueignen. Diese Anstrengung unternahm Jimi Kalman schon seit geraumer Zeit. Er war im letzten Jahr seiner Ausbildung zum Uhrmacher an der Fachschule in Schoonhoven. Nach dem Abschluss wollte er zur École d'Horlogerie de Genève. Auch was er danach tun würde, war bereits Teil seiner Planung, die nicht nur den Ablauf einer Woche festlegte, sondern sein ganzes Leben umfasste.

Wo der Ursprung seiner Liebe zu den Uhren lag, war offensichtlich: Es war sein Urgroßvater André, bei dem er als Kind oft zu Besuch gewesen war. Als er vier Jahre alt war, hatte André für ihn das Gehäuse seiner Patek Philippe Calatrava geöffnet, ihm die Mechanik erklärt und davon gesprochen, wie das Zusammenwirken der ineinandergreifenden Rädchen das Geheimnis der Zeit ausdrückte.

»Wie die Zeit in eine Form gezwungen wird«, sagte André, eine Formulierung, die Jimi nie vergaß, obwohl er damals nicht verstand, was der alte Mann damit meinte. Er war sofort fasziniert von der Miniaturmaschine, von dieser Welt aus Gleichmaß, Ordnung und Zusammenspiel, die sich unter dem Zifferblatt verbarg. Und André sah, dass er nach zwei Generationen vergeblichen Wartens endlich einen Nachkommen hatte, der seine Leidenschaft teilte.

Die andere Welt, in der sich Jimi gern aufhielt, war die der Games. Natürlich gab es auch noch eine dritte, die seiner Mutter, ihrer Wohnung in Amsterdam, der Fachschule und einiger alltäglicher Dinge. Er merkte aber, dass die Welten in seinem Kopf, die unter seinen Händen und seiner Lupe und die auf dem Bildschirm, ihn mehr fesselten als die wirkliche Welt und dass ihm diese wirkliche Welt immer weniger wichtig war. Er sah nur höchst selten fern, und obwohl er von Mia zum Geburtstag das neueste iPhone bekommen hatte, nutzte er auch das Internet nur in begrenztem Umfang, und dann meistens im Zusammenhang mit den Leidenschaften, die sein Leben beherrschten.

Nach dem Erscheinen der ersten Version im Jahr 2007 wurde *Assassin's Creed* sein Lieblingsgame. Es gab ihm das Gefühl, sich im Paris der Französischen Revolution oder im viktorianischen London bestens auszukennen. Als er mit seiner Mutter zum ersten Mal in Rom war, bewegte er sich wie ein gebürtiger Römer durch die Straßen und verirrte sich erst in den neueren Vierteln.

»Ich weiß ja nicht, diese Games«, sagte Mia eines Tages zu Masser, »er verschwindet fast in ihnen.«

»Kannst du mir zeigen, wie dieses Spiel geht, Jimi?«, fragte Masser.

»Game«, korrigierte Jimi.

»Okay, Game.«

»Setz dich. Ist nicht so schwierig.«

Masser war sofort begeistert.

Es geschah etwas, womit ich nicht gerechnet hatte.

Was denn?

Ich wurde innerlich ganz ruhig. Ich habe sofort verstanden, warum Jimi es so toll fand.

Kontrolle.

Mit jeder neuen Version wurde *Assassin's Creed* besser. *Chronicles, Bloodlines, Assassin's Creed II, Brotherhood, Revelations, AC III.* Masser war bald ebenso im Bann des Computerspiels wie sein Neffe, nur dass er dessen Geschicklichkeit im Erfüllen von Aufträgen vermissen ließ.

»Jimi«, sagte Masser, als sie zu zweit durch ein trügerisch echtes Paris gingen, »im Grunde ist das so etwas wie Gott spielen.«

»Stimmt«, meinte Jimi. »Das hab ich mir auch schon gedacht.«

André Genovesi war im März 2013 hundert Jahre alt geworden. Aus diesem Anlass war er mit seiner ganzen Familie auf einem alten Schoner die norwegische Fjordküste von Bergen bis zum Nordkap hinaufgefahren. Er hatte darauf bestanden, dass außer seiner Tochter Carla auch sein früherer Schwiegersohn Karel mitkam, für den er immer noch eine Schwäche hatte. Vielleicht lag es am Polarlicht, vielleicht am Alkohol, den der Kapitän jeden Abend großzügig ausschenkte – jedenfalls stiegen Carla und Karel, nachdem in Tromsø alle von Bord gegangen waren, um nach Amsterdam zurückzufliegen, Hand in Hand die altmodische Flugzeug-Gangway hinauf.

»Ich trau meinen Augen nicht«, sagte Mia.

»Vielleicht gibt es so was wie das verflixte siebente Jahr auch umgekehrt«, meinte Masser. »Dass Geschiedene nach dreiunddreißig Jahren wieder zusammenkommen.«

Abgesehen davon, dass er zu seinem Bedauern aus Altersgründen das Autofahren hatte aufgeben müssen – den Ferrari hatte er verkauft, aber der Bentley stand immer noch in der Garage der Villa –, hatte sich in André Genovesis Leben nicht sehr viel verändert. Seine Frau lebte noch, er importierte nach wie vor exklusive Armbanduhren und spekulierte mit wechselndem Erfolg an der Börse. Schon seit zwanzig Jahren war er der älteste aktive Unternehmer der Niederlande, fühlte sich aber inzwischen nicht mehr verpflichtet, die damit verbundenen Erwartungen zu erfüllen, das heißt, er zeigte sich nicht mehr bei Kongressen, tauchte in keiner Talkshow-Runde auf und ließ sich nicht für das *Financieele Dagblad* und andere Zeitungen interviewen. Er hatte vor weiterzuarbeiten, bis sein eigenes Uhrwerk stehenbleiben würde, und sah nichts Besonderes darin.

Außerdem war er mit einem Urenkel gesegnet, der offensichtlich seine Faszination teilte. Und sogar noch einen Schritt weiter gehen wollte, denn wie Jimi Kalman seinem Uropa anvertraut hatte, hegte er einen ganz großen Wunsch: seine eigene exklusive Uhrenmarke. Sogar den Zeitpunkt für die Gründung seiner Firma hatte er schon festgelegt. Jimi fand, dass sein Urgroßvater der Erste sein musste, dem er von seinem geheimen Vorhaben erzählte. Er war sich nicht sicher, ob seine Mutter ihn ernst nehmen würde. Auch Masser würde in seiner Idee eher einen Traum sehen und nicht die erste Ankündigung dessen, was sein Lebenswerk werden sollte. Von seinem Urgroßvater dagegen erwartete er Verständnis für seine ehrgeizigen Pläne.

Und André Genovesi verstand seinen Urenkel nicht nur, er dankte der Vorsehung für das große Geschenk, das er im hohen Alter noch bekam. Er nahm sich vor, die Augen frühestens dann für immer zu schließen, wenn er die erste Jimi-

Kalman-Armbanduhr in die Hand genommen und sie wie ein Erzvater der Uhrwerke mit sanftem Streicheln und ein paar Tropfen vom kostbarsten Cognac getauft und gesegnet hatte.

In Abstimmung mit seinem Urenkel und dessen Mutter, die ebenfalls eingeweiht worden war und hoffte, dass die Uhren ihren Sohn vom Gamen abhalten würden, hatte André die Firma J. Kalman Watches BV gegründet. Er hatte sie mit einem Startkapital ausgestattet, das ihrem Namensgeber, wenn es so weit war, die notwendigen Investitionen ermöglichte und ihn darüber hinaus in die Lage versetzen würde, mindestens fünf Jahre mit erheblichen Anlaufverlusten zu überstehen – André Genovesi wusste nur allzu gut, wie schwierig der Markt war.

Mia öffnete die Tür. Sie wusste, dass sie Jimi aus seinem gewohnten Rhythmus herausriss, wenn sie erst so spät nach Hause kam und dann mit ihm zu Abend aß. Doch sie hielt es für nützlich, hin und wieder seinem Hang zu starren Schemata entgegenzuwirken. Er musste lernen, dass menschlicher Kontakt sich nicht immer einem Zeitplan unterwerfen ließ, dass er zum Beispiel ruhig einmal seiner Mutter nach einem anstrengenden Arbeitstag Gesellschaft leisten durfte.

Bei ihrem Eintreten blickte er auf. Er sah, dass sie müde war. Er ging zum Backofen, öffnete ihn und schob das Blech mit einer Pizza hinein. Sie aßen immer die gleiche, Pizza Margherita – nach Mias Ansicht war das die Urpizza und all die Quattro Stagioni und Alla Marinara Unsinn.

»Möchtest du was trinken?«

Sie mochte seine Art, sie anzusehen und mit ihr zu sprechen, eher wie ein junger Freund als ihr Sohn. Bestimmt würde er ihr Fragen zu der Ansprache des Ministerpräsidenten stellen, vor allem dazu, dass sie Gott ins Spiel gebracht hatte. Sie zog die Schuhe aus und setzte sich an den langen Tisch. Er brachte ihr ein Glas Rotwein. Er selbst trank keinen Wein, Alkohol beeinträchtigte seine Feinmotorik.

»Wie war's in der Schule?«

»Gut. Interessant.« Immer gut und interessant. Er hatte aufgehört, seiner Mutter die Details zu schildern, die sie doch nicht verstand. Sie wusste, dass er in weniger als einem Jahr, wenn er die Ausbildung abgeschlossen hatte, im Prinzip seine eigene Armbanduhr würde konstruieren können, und das war genug. Sie würde nie begreifen, wie es möglich war, diese Fähigkeit zu erwerben und vor allem die notwendige Geduld aufzubringen. Oft sah sie Jimi, das Okular vor dem rechten Auge, über ein Uhrwerk gebeugt und fand es unfassbar, dass jemand mit einer normalen menschlichen Hand all die winzigen Teile an die richtige Stelle befördern konnte.

Die erste Pizza war fertig. Jimi holte sie aus dem Backofen und schob die zweite ein. Er schnitt die Pizza in dreieckige Stücke, verteilte sie auf zwei Teller und stellte die Teller auf den Tisch.

»Guten Appetit, Jimi«, sagte seine Mutter. »Hast du gehört, was passiert ist?«

Er nickte. »Arme Jungs. Und für die Eltern ist es schrecklich.«

»Ganz schrecklich. Drei von ihnen waren jünger als du. Ich …« Was sie am meisten erschüttert hatte, war die Tatsache, dass in diesem Panzerwagen Jimis gesessen hatten. Ein unerträglicher Gedanke. Sie schaute ihren Sohn an, und Tränen traten ihr in die Augen. »Tote junge Männer, sinnlos.«

»Sinnlos?«

»Ja, natürlich. Vollkommen sinnlos. Wir bleiben da noch

ein paar Monate oder ein paar Jahre, und kurz danach sind die Zustände wieder genauso entsetzlich wie vorher. Darüber sind sich alle im Klaren.«

»Tupp auch?«

»Gerade er. Er weiß, dass wir nur auf Bitten der Amerikaner da sind – um es freundlich auszudrücken. Wir hatten kaum eine andere Wahl.«

»Heute Nachmittag hat er ganz was anderes gesagt.« Es klang nicht nach einer Gemeinheit, sondern wie eine nüchterne Feststellung.

»Die Reaktionen auf solche Ereignisse folgen bestimmten Konventionen. Die wichtigste ist, dass man dem Tod einen Sinn geben muss. Diese Soldaten dürfen nicht umsonst gestorben sein.«

»Du sagst aber doch, *dass* sie umsonst gestorben sind.«

»Ja. Die Wahrheit ist nicht immer brauchbar. Wenn Tupp die Wahrheit sagen würde, wäre die Hölle los.«

»Also lügt er?«

»Er lügt. Aber es geht nicht anders. Mir reicht übrigens die Pizza auf meinem Teller.«

Jimi stand auf, um die zweite Pizza aus dem Ofen zu holen. »Möchtest du noch ein Glas Wein?« Am liebsten hätte sie eine ganze Flasche in sich hineingekippt. Ihr Sohn stellte kritische Fragen, und ihr Bruder würde in *De Nieuwe Tijd* kaum ein gutes Haar an der Rede des Premiers lassen – an ihrer Rede. Sie wünschte sich ein wenig Betäubung.

»Ja, bitte.«

»Hattest du das Wort Gott vorher schon mal gebraucht?«

»Nicht in diesem Sinn, nein.«

»Und warum jetzt?«

»Es erschien mir passend. Ich empfand diesen Anschlag fast als eine Art *act of God*, wie höhere Gewalt auf Englisch heißt. Völlig unerwartet geht um einen herum die Welt unter, ein paar Todesengel kommen angeflogen, und es ist aus. Es ist ein grausamer Gott.«

»Das hat er nicht gesagt.«

»Konventionen. Gott lässt zu, dass man in die Luft gesprengt wird, danach fleht man ihn um Hilfe an oder preist ihn aus tiefstem Herzen. Vielleicht kannst du das begreifen, ich nicht. Aber ich kann aus meinen Redetexten keine theologischen Abhandlungen machen.«

»Es waren ganz einfach Menschen, die diese Sprengfalle gelegt haben, und es waren Menschen, die dann die Soldaten erschossen haben. Damit hatte kein Gott was zu tun.«

»Gott ist Liebe, heißt es. Meiner Ansicht nach hat er es mehr mit dem Hass.« Sie seufzte tief. Sie war müde, sie hatte keine Lust auf theologische Diskussionen. »Ich glaube, ich nehme mal ein Bad. Danach muss ich noch ein paar Dinge erledigen. Die nächsten Tage werden sehr anstrengend. Die Sache ist ernst, und Tupp muss hierhin und dorthin und einige Reden halten. Er hat seinen ganzen Terminplan leergefegt.«

Sie sah, dass der Premier ihr eine SMS geschickt hatte. Entschuldigend zeigte sie auf ihr Smartphone. »Ich muss gerade nachsehen, was los ist.«

»Mama«, sagte er.

»Ja?«

»Der Soldat, der überlebt hat, Jeroen Weenink ...«

»Ja?«

»Der war im ersten Jahr bei mir in der Klasse, in Schoonhoven.«

»Sind in Schwulitäten«, schrieb der Premier. »Komm morgen möglichst früh.«

»In deiner Klasse? Und warum danach nicht mehr?«

»Hat die Schule verlassen. Weiß nicht, warum. War plötzlich weg.«

»Habe wichtigen Vorschlag«, las Mia auf ihrem Display.

Der Ministerpräsident wanderte im Türmchen auf und ab.

»So eine gottverdammte Scheiße«, sagte er ins rechte Smartphone, »Bleiben Sie dran« ins andere. Obwohl er in der Nacht nur vier Stunden geschlafen hatte, war er hellwach. »Ja, darüber muss ich gleich mit Mia reden«, sagte er links. »Ich hoffe, sie hat für die Fragestunde etwas vorformuliert. Eine kurze Einleitung und ein paar Infos für die richtigen Antworten. Aber diese Sache muss noch einen Moment geheim bleiben, Fragen dazu können wir jetzt nicht gebrauchen. Sind Sie sicher, dass es stimmt? Shit.«

»Ja, da bin ich wieder«, sagte er rechts. »Wir müssen das heute Nachmittag besprechen, ich will nicht die ganze verdammte Mission in Gefahr bringen. *Highly classified*, ich verstehe. Selbstverständlich. Wenn du jetzt in deinem Ministerium ein paar kluge Köpfe zusammentrommelst und die mitbringst, entwerfen wir heute Nachmittag eine Strategie. Einverstanden? Gut. Bis nachher.«

Er seufzte tief und legte seine Smartphones auf den Schreibtisch. »Kaffee«, rief er, »ich brauche Kaffee!« Er machte einige Kniebeugen und überlegte gerade, ob auch ein paar Liegestütze sinnvoll wären, als es klopfte. »Herein!«

Mia öffnete die Tür.

»Mia!« Es klang, als würde eine lange verloren geglaubte Tochter zu ihrem Vater zurückkehren.

»Guten Morgen, Chef. Gut geschlafen?«

»Zu kurz. Aber du siehst wieder aus wie nach drei Wochen Kur. Wie machst du das bloß?«

»Spachteln und überstreichen«, antwortete Mia.

»Zwei Kaffee«, rief der Premier durch die Sprechanlage. »Zwei. Und zwei Käsebrötchen.« Er schaute Mia an. »Für dich auch eins?« Sie schüttelte den Kopf. »Nur ein Käsebrötchen. Und eins mit Schinken, bitte. Ja, danke.«

Mia hatte sich auf den Stuhl vor dem Schreibtisch gesetzt, er nahm auf der anderen Seite Platz. »Ich kann noch nicht viel drüber sagen«, erklärte der Premier, »die Sache ist nämlich *highly classified. Highly highly classified. We are in deep shit* in Pantschagan. Gerade hatte ich den örtlichen Kommandeur am Telefon, und der hat mir ein paar Dinge erzählt, die alles andere als erfreulich sind. Gestern Abend hab ich die ersten Hinweise bekommen, und die sind heute Morgen bestätigt worden. Heute Nachmittag nach der Fragestunde in der Zweiten Kammer bespreche ich mit dem Verteidigungsminister und ein paar von den Uniformträgern, wie wir hiermit fertigwerden. Am liebsten würde ich die ganze Angelegenheit sofort in der untersten Schublade verschwinden lassen und nie mehr rausholen, aber das ist anscheinend zu gefährlich. Himmel, Arsch und Zwirn, was für Zustände. Eine stinkende Jauchegrube. Wenn man dieses ganze Pantschagan doch nur ausgraben und im Ozean versenken könnte.«

Mia schaute ihn nur fragend an. Eine Mitarbeiterin brachte auf einem Tablett zwei Tassen Kaffee und zwei Brötchen herein.

»Ich weiß, ich spreche in Rätseln«, sagte der Premier und biss in ein Brötchen. »Aber es ist eben *highly classified.* Ich kann dir nur sagen: Es ist eine gottverreckte Scheiße. Lecker, das Brötchen. Wirklich nicht? Ein halbes?«

»Offenbar kann ich dir also bei dieser Sache nicht helfen«, sagte Mia. »Ich hab ein paar Dinge für heute Nachmittag mitgebracht. Einen kurzen Text für die Kammer und ein paar Formulierungen für Antworten auf mögliche Fragen.

Die neue Situation, die sich anscheinend ergeben hat, konnte ich dabei natürlich nicht berücksichtigen.« Sie legte ein paar Din-A4-Blätter auf den Schreibtisch.

»Das solltest du auch gar nicht. Vorerst fahren wir volle Kraft voraus auf dem von dir abgesteckten Kurs. Für Freiheit, Volk und Nation, wenn ich das mal so zusammenfassen darf.« Er las, was Mia geschrieben hatte. »Große Klasse. Eine Schweigeminute, perfekt. Schöne Einleitung für die Staatstrauer und so. Und diese Formulierungen reichen mir nachher auch. Weitere Untersuchungen, unvollständige Informationen, völlige Offenlegung, soweit die militärische Lage vor Ort es zulässt, Abstimmung mit den Verbündeten, komplexe Beziehungen, Unterstützung durch die lokale Bevölkerung, zusätzliche Maßnahmen zum Schutz unserer Soldaten: alles ausgezeichnet.«

Einen Moment fächerte er sich mit den Papieren Luft zu, denn die Temperatur begann schon wieder zu steigen. »Die gute Nachricht: Der König war leicht für ein Staatsbegräbnis zu gewinnen, *bless him*. Das ist doch ein Unterschied zu seiner Mutter, er weiß um die Bedeutung von Uniformen und militärischen Ritualen. Ich glaube, es kann nicht schaden, wenn wir durchblicken lassen, dass diese Entscheidung in völliger Übereinstimmung mit dem Staatsoberhaupt getroffen worden ist und wir ihn nicht vor vollendete Tatsachen gestellt haben. Das rechtfertigt sie noch mehr und verhindert, dass man mir vorwirft, ich würde das Ganze für PR missbrauchen.«

Mia machte eine Notiz.

»Hast du Brock in *De Nieuwe Tijd* gelesen? Manchmal bedauere ich, dass es keine Zensur mehr gibt. Er begreift einfach gar nichts. Weiß nichts von internationalen Beziehungen, nichts von der militärischen Situation, nichts von dem politischen Spannungsfeld, in dem ich handeln muss. Vielleicht sollte ich ihn mal zum Kaffee einladen und ein Gespräch von Mann zu Mann mit ihm führen. Wenn er kapiert, vor welchen Problemen ich stehe, mäßigt er sich vielleicht ein bisschen.«

»Er scheint jeden Kontakt mit Politikern zu meiden. Ist auch verständlich. Wenn man jemanden persönlich kennt, wird man automatisch etwas milder. Das will ein Kolumnist nicht, und erst recht nicht sein Chefredakteur.«

»Schade. Aber darüber wollte ich gar nicht mit dir reden. Ich wollte dir einen Vorschlag machen. Du darfst drüber schlafen, aber nicht ablehnen. Dann weißt du wenigstens das schon mal. Ich bestelle schnell noch zwei Kaffee. Halt, da kommt was rein, Anruf aus Pantschagan. *Just a moment.* Ja?« Seine Stimme klang höher als sonst, ein Anzeichen für Stress, wie Mia wusste. »Festgenommen, gut. Wer? Okay. Sehr schön. Gut bewachen. Ja. Nein, das weiß ich inzwischen, *highly classified.* Okay, halten Sie mich auf dem Laufenden. Wiederhören.« Er wandte sich wieder Mia zu. »Zwei von den Kerlen, die gestern an dem Hinterhalt beteiligt waren, sind geschnappt worden. Darf ich eigentlich nicht sagen, weil auch das noch *top secret* ist, aber was soll's. Das ist doch schon mal was. Damit lässt sich vielleicht später was anfangen. Erfolgreiche Jagd auf feige Terroristen, so in der Art. Aber das darfst du dir ausdenken. Worüber haben wir gesprochen?«

»Einen Vorschlag«, antwortete Mia. »Du hast einen Vorschlag.«

»Ach ja, richtig.« Der Premier nahm die Brille ab, griff nach einem Tüchlein, das immer auf seinem Schreibtisch lag, und begann, die Gläser zu putzen. Auf diese Weise pflegte er die Bedeutung wichtiger Mitteilungen zusätzlich zu unterstreichen. »Mia«, sagte er, nachdem er die Brille wieder aufgesetzt hatte, »ich brauche jemanden, der nicht nur meine Reden schreibt und die PR-Strategie für meine Politik mitentwirft, sondern mehr als das tut. Der mitdenkt, berät und organisiert. Jemanden, der alles im Griff behält, mit Zuckerbrot und Peitsche arbeitet, eine Spinne im Netz, einen Hansdampf in allen Gassen, einen ... einen ... einen Chief of Staff! Wie auch der amerikanische Präsident ihn hat, einen brillanten Taktiker, einen genialen Strategen, einen Vollblutpolitiker, der weiß, wie der Hase läuft. Blair, der hatte damals auch so jemanden. Um einiges schlauer als er selbst. So einen muss ich haben, wie hieß der doch gleich ...«

»Alastair Campbell.«

»Genau, Campbell. Genial. Niederlagen in Siege ummünzen, allem den richtigen Dreh geben, die Herde von Presseschafen vor den eigenen Karren spannen, diese Dinge.«

»So?«

»Ja! Und als ich drüber nachdachte, wer diese Aufgaben erfüllen könnte, so wie ich mir das wünsche, ist mir nur ein einziger Name eingefallen. Er fängt mit einem m an und endet mit einem a. Die Frage ist, ob sie will.«

Es kostete Mia große Mühe, kühl zu bleiben, wie sie es ihrem Image schuldig war. »Ich muss darüber nachdenken«, sagte sie. »Und falls ich es mache, muss ich erst ein paar Dinge regeln.«

»Selbstverständlich. Selbstverständlich! Ich bin ja schon heilfroh, dass du nicht gleich nein sagst. Natürlich können wir darüber reden, wie das genau aussehen soll, wie viel Zeit du investieren willst. Was das Finanzielle angeht, werden wir uns schon einig, du bleibst einfach auf der Gehaltsliste des Ministeriums für Allgemeine Angelegenheiten, natürlich auf einer etwas anderen Stufe. Verdammt, so ein Chief darf doch wohl was kosten. Da werden wir nicht kleinlich sein.«

»Wenn ich es mache«, sagte Mia, »dann auch ganz und richtig. Dann möchte ich Zugang zu allen Informationen. Du musst mir volles Vertrauen schenken und bekommst dafür von mir auch vollen Einsatz.«

»Aber natürlich! Wenn du mir bis übermorgen achtzehn Uhr sagst, welches deine Bedingungen sind und ob du das mit deinem Privatleben vereinbaren kannst, denn ich nehme an, darum geht es, dann bin ich ein glücklicher Mann. Und bitte erspar mir die Suche nach einer Alternative, die gibt es nämlich nicht. Ich will einen Schatten und einen zweiten Kopf, und das bist du.«

»Ich sag dir rechtzeitig Bescheid.« Mia stand auf, ließ sich flüchtig auf die Wange küssen und ging.

»Schön, dass du da bist, Masser«, sagte Mia. Sie saß am Küchentisch und sah erschöpft aus. Jimi war in der Schule, der Fernseher lief, auf dem Tisch lagen überall Zeitungen. Er gab ihr einen Kuss und setzte sich. Sie hatte ihn gefragt, ob er am Nachmittag »wegen etwas Wichtigem« nach Amsterdam kommen könne.

»Tolle Kolumne«, meinte sie. »Hart, aber an sich zutreffend. Und ich weiß ja, dass du mich lieb hast.«

»Ich kasteie dich nur aus Liebe.«

»Tupp war heute Morgen auch ganz angetan davon. Er wollte mal einen Kaffee mit dir trinken. Ich hab aber gesagt, dass du menschenscheu bist.«

Sie stand auf, um auch Masser eine Tasse Tee einzugießen. »Oder möchtest du schon Wein?« Es war drei Uhr.

Masser lehnte dankend ab. »Ich muss noch schreiben.«

»Ich hab ein Problem«, begann Mia nach einer kurzen Pause. Sie hatte in Den Haag gelernt, effizient zu kommunizieren.

»Du, oder du und Tupp?«

»Ich, aber es gibt einen Zusammenhang.«

»Spuck's aus, Schwesterchen!«

»Gut, Tupp. Heute Morgen hat er plötzlich gesagt: ›Mia, du musst mein Chief of Staff werden.‹«

»Sein Spin-Doctor, oder wie man das nennt.«

»Ja.«

»Oh. Schreck in der Morgenstunde.«

»Und ob. Ich musste erst mal tief Luft holen. Das ist ganz was anderes als Redenschreiben. Trotzdem neige ich sehr dazu, es zu versuchen. Aber vorher muss noch ein Problem gelöst werden.«

»Und das wäre?«

»Jimi.«

»Wieso?«

»Das ist ein Fulltime-Job, Masser. Und damit meine ich buchstäblich Fulltime, nicht vierzig Stunden pro Woche mit Urlaub. Sondern Tag und Nacht. Das und Jimi, das geht nicht zusammen. Die Vorstellung, dass er dann allein wohnt, gefällt mir nicht. Und ich glaube, ihm selbst auch nicht. Er ist dreiundzwanzig, aber du weißt, dass er etwas, wie soll ich sagen, etwas unangepasst ist. Deshalb meine Frage: Kann er bei dir einziehen? So dass jemand wenigstens ein bisschen auf ihn Acht gibt?« Sie spürte einen Kloß im Hals, es war, als würde sie Jimi zur Adoption anbieten. »Ich hab das Scheißgefühl, eine schlechte Mutter zu sein. Vielleicht sollte ich mir das Ganze aus dem Kopf schlagen.«

Masser schwieg.

Mia wischte eine Träne weg. »Okay, ich verlange ziemlich viel, das ist mir klar.«

»Was hält Jimi davon?«

»Er ist heute Morgen um sieben zur Schule gefahren, er weiß noch von nichts. Du musst mir erst sagen, ob du es dir vorstellen kannst.«

»Ich muss drüber nachdenken.«

»Versteh ich. Sag mir bis morgen Abend Bescheid. Übermorgen will Tupp wissen, ob ich sein Angebot annehme.«

»Okay.«

Masser war gerade einmal eine Stunde wieder zu Hause, als er seine Schwester anrief. Er hatte im Zug ausreichend Zeit gehabt, um über die Konsequenzen ihrer Bitte nachzudenken. »Von mir aus geht es in Ordnung«, sagte er. »Lass mich wissen, ob das auch für Jimi gilt.«

Am Küchentisch hörte sich Jimi geduldig an, was seine Mutter zu sagen hatte. Sie betonte, es hänge ganz von ihm ab, ob sie das Angebot annehme, und sie werde es ihm keinen Moment übelnehmen, wenn er sich mit dem Gedanken an einen Umzug nicht anfreunden könne. Was nicht ganz stimmte, aber sie wollte nicht, dass er sich zur Zustimmung verpflichtet fühlte.

Er schaute sie nachdenklich an. Veränderungen schreckten ihn eher ab. Doch die Aussicht auf eine geräumige Dachwohnung in Haarlem, in einem Haus, das er kannte, und bei einem Mann, den er sehr gut kannte und wirklich gernhatte, beruhigte ihn.

»Was hat Masser dazu gesagt?«

»Er hat darüber nachgedacht und war dann einverstanden.«

»Gut. Wann übernimmst du den neuen Job?«

»Morgen. Offiziell am 1. Oktober.«

Mia rief im Türmchen an.

»*Holy Moses*, das ist mal eine gute Nachricht«, sagte der Ministerpräsident. »Ich hab einen Anruf auf der anderen Leitung, Pantschagan *calling*. Bin gleich wieder bei dir, bleib dran.«

»Lieber Himmel«, sagte der Premier kurz darauf, »dieser

Job fühlt sich jetzt schon viel weniger einsam an. *I kid you not.*« Sie hörte, dass er es ernst meinte. »Kannst du morgen um acht Uhr hier sein? Ja? Fantastisch.«

Am Abend schrieb sie eine lange Mail, in der sie den Premier darüber aufklärte, dass sie die Schwester von Masser Brock war. Sie wusste, dass die Nachrichtendienste sie gründlich durchleuchten würden, weshalb die Verbindung zu einem der größten Kritiker ihres Chefs nicht unbemerkt bleiben konnte. Eigentlich wunderte sie sich darüber, dass er von dieser verwandtschaftlichen Beziehung bisher nichts erfahren hatte, schließlich gab es im Binnenhof genug Leute, die davon wussten. Sollte die Tatsache, dass Masser ihr Bruder sei, ein Hindernis darstellen, schrieb sie, werde sie das Angebot als hinfällig betrachten und sich nach einer anderen Stelle umsehen.

Nach fünf Minuten kam eine Antwort. »Der Saftsack ist also dein Bruder. Haha! Wenn du mich damit überrascht hättest, wäre ich hier wirklich fehl am Platze. Gut, dass du es von dir aus erwähnst und ich nicht danach zu fragen brauche. Ihr seid euch wie aus dem Gesicht geschnitten und habt den gleichen Sarkasmus. Wie dem auch sei, *I don't give a damn*, und du kannst ja nichts dafür. Außerdem bist du zu absoluter Verschwiegenheit verpflichtet, und ich kann täglich anhand seiner komischen Kolumne kontrollieren, ob du dich daran hältst, wovon ich ausgehe. Wir sehen uns morgen. Und zieh doch mal wieder den hübschen Sommerrock an. X.«

Am nächsten Tag empfing der Premier Mia mit einem zufriedenen Blick, denn sie hatte seine Bitte erfüllt. Sie wusste, dass er darin eine Bekräftigung ihres Bündnisses sah, mehr noch als in der Unterschrift, die sie unter ihren Vertrag setzen würde. Es waren für Außenstehende kaum wahrnehmbare

Signale, die im Kreis seiner Vertrauten für Zusammenhalt sorgten, beiläufige Gesten der Bestätigung, eine Berührung, ein Wort oder ein Nicken, ein Scherz, den nur Insider verstanden. Er war jemand, der seine Verbündeten intuitiv auswählte, und wenn er das getan hatte, war er bedingungslos loyal – was er auch von den anderen erwartete. Außerhalb dieses Kreises begann die Politik, begannen die Koalitionen, die befristeten Bündnisse, die taktischen Freundschaften, die nur so lange Bestand hatten, wie sie nützlich waren.

Mia setzte sich in einen Sessel neben dem Schreibtisch. Der Ministerpräsident bestellte zwei Espresso.

»Kaffee«, ächzte er. »Ich hab in der vergangenen Nacht kein Auge zugetan.«

Mia wusste, dass er übertrieb. Mehr als einmal hatte er ihr anvertraut, dass er immer wie ein Klotz schlief, auch wenn seine politischen Gegner sich gegen ihn verschworen oder die Medien behaupteten, er verliere die Kontrolle und werde sich nicht mehr lange halten können. Er blieb der vor Selbstbewusstsein strotzende Leidener Student, der mit ein paar Scherzen jedes Problem so relativieren konnte, dass es lösbar erschien. Dafür brauchte er aber ein paar Leute, die so tickten wie er und die in ernster Lage die gleiche verächtliche Kaltblütigkeit gegenüber Katastrophen bewahrten. »Lachend untergehen« lautete sein Wahlspruch – einer seiner Wahlsprüche, denn er konnte je nach Situation aus verschiedenen auswählen. In Mia hatte er eine Seelenverwandte gefunden, obwohl ihre Herkunft und ihr Werdegang sehr unterschiedlich waren. Wie er besaß Mia die Gabe, scheinbar gewaltige Schwierigkeiten auf ihre wirkliche Größe schrumpfen zu lassen, egal, wie viel Aufregung sie gerade verursachten. Und wie er war auch Mia bereit, Positionen aufzugeben und den Rückzug anzutreten. Allerdings nie ohne ein Gefecht, denn das bescherte ihnen eine tiefe Befriedigung, auch wenn sie das niemals eingestehen würden.

Der Premier betrachtete das Leben als ein Spiel, und auch in dieser Hinsicht fand er in Mia eine Gleichgesinnte. Wenn sie einen Text für ihn geschrieben hatte, reagierte er darauf wie ein Schauspieler, der einen ihm auf den Leib geschriebenen Monolog zu lesen bekommt und sich sofort sicher ist, dass er damit begeisterte Kritiken ernten wird. Er *war* ein Schauspieler, wenn auch ein zweitrangiger. Mia fand das eher rührend als ärgerlich, sie glaubte, dass seine rhetorische Unbeholfenheit ihre Texte in gewisser Weise glaubwürdiger machte und deshalb vielleicht sogar wirksamer, als wenn sie perfekt vorgetragen würden. Sie hatte schon vor langer Zeit gemerkt, dass Niederländer den routinierten, vollendeten Vortrag nicht schätzten. Sobald eine Rede sie mitzureißen drohte, sträubten sie sich mit Händen und Füßen. Natürlich hätte sie gern einmal irgendeine ihrer Ansprachen aus dem Mund eines begnadeten Redners gehört, aber eher, um das wirkliche Niveau ihrer Texte besser einschätzen zu können – so wie ein Komponist seine Sinfonie gern einmal von einem Spitzenorchester unter einem weltberühmten Dirigenten statt von einem Provinz-Ensemble aufführen lassen würde.

Der Premier setzte sich auf seinen Schreibtisch und trank einen Schluck Espresso. »Was hat Jimi gesagt?«

»Jimi ist ein kluger Junge, der seine Mutter ziemlich gut kennt. Er weiß, dass ich diesen Job gern übernehmen würde. Und er ist dreiundzwanzig, nicht acht.«

»Dreiundzwanzig. Wie alt warst du, als er geboren wurde?«

»Achtzehn, fast neunzehn.«

»Jung. Aber egal, ist er mit dreiundzwanzig nicht alt genug, um allein zu wohnen? Ich bin mit neunzehn in Leiden in ein möbliertes Zimmer gezogen. Das wurde übrigens eine Katastrophe.«

»Er zieht nach Haarlem, zu seinem Onkel.«

»Ah! Endlich leistet der Kerl mal einen positiven Beitrag zu meinem Wohlbefinden. Das wurde auch Zeit.«

»Hast du wirklich keine Einwände wegen Masser?«

»Wie kann ich Einwände dagegen haben, dass mein Spin-Doctor die Schwester meines Peinigers ist? So blöde Zufälle gibt's nun mal.« Er lachte schallend über seine eigenen Worte. »Der Einzige, für den es schwierig werden könnte, ist dein Bruder. Demnächst schreibt er mal nachsichtig über mich, und schon fallen alle über ihn her.«

»Das halte ich für unwahrscheinlich.«

»Ja, ich auch. Aber vielleicht hat Jimi einen positiven Einfluss auf ihn, und er fängt an, das Leben etwas leichter zu nehmen. Immer dieses Umsichschlagen.«

»Jimi ist mindestens so streng. Wie dem auch sei, wir sind also in Pantschagan in Schwulitäten? Altmodischer Ausdruck, Schwulitäten.«

»Trifft die Sache genau. Himmel noch mal, was für ein Drecksland. Ich wollte, solche Länder gäbe es nicht.« Der Premier erhob sich, bestellte noch einmal zwei Espresso und setzte sich an den Schreibtisch. Aus einer Schublade nahm er einen braunen Umschlag. Darin war genau ein Din-A4-Blatt. Er begann zu lesen, mit hochgezogenen Augenbrauen, als sähe er den Text zum ersten Mal und könnte nicht glauben, was er las. Dann schaute er Mia an.

»Es ist doch unglaublich. Da denkt man, die Situation wäre unter Kontrolle, und dann landet so ein *highly confidential* Stück Papier bei einem auf dem Schreibtisch und stellt alles auf den Kopf. Meine Güte. Was hat irgendein englischer Premier noch gesagt …?«

»*Events, dear boy, events.*«

»Ach ja, Churchill.«

»Macmillan.«

»Meinte ich.«

»Was ist passiert?«

»Diese toten Soldaten in Pantschagan. Die Helden.«

»Ja?«

»Hier steht« – er wedelte mit dem Papier –, »hier steht, dass sie gar keine Helden waren. Oder vielleicht waren sie welche, aber auf jeden Fall auch noch was anderes.«

»Was waren sie denn außerdem?«

Er stand auf und begann durchs Büro zu wandern, wie er es immer tat, wenn er seine Gedanken ordnen musste. »Diese Soldaten werden also mit ihrem Panzerwagen von der Straße gepustet. Was heißt Straße, ich weiß nicht, ob's überhaupt eine Straße war, wird wohl irgendein Ziegenpfad gewesen sein. Jedenfalls liegt dieses Fahrzeug auf dem Dach, und plötzlich tauchen aus dem Sand oder aus dem Gebüsch, was weiß ich, ein paar von diesen Typen auf und eröffnen das Feuer. Keine Chance, wie soll man zurückschießen, wenn man kopfüber im Gurt hängt. Die Bärtigen bringen es zu Ende und ziehen sich zurück. Kurz danach wird auf dem Stützpunkt Alarm geschlagen. Eine Hubschrauberpatrouille fliegt zum Ort des Anschlags und findet einen Schrotthaufen vor. Eine hochgefährliche Situation außerdem, denn wer sagt, dass nicht ein paar von diesen Wilden zurückkommen. Sie holen die Jungs aus dem Wagen, einschließlich eines Überlebenden. Und sie finden noch etwas in dem Wrack.«

Der Premier machte eine Pause, er liebte es, die Spannung zu steigern. »Ich brauche noch einen Kaffee. Du auch?«

»Nein, danke. Was finden sie?«

»Sie finden etwas, das sie lieber nicht gefunden hätten.«

»Nämlich?«

»Sie finden zwei Metallkisten. Aufgebrochen. Die eine leer, die andere nicht ganz. Denn da sind noch zwei weiße, prall gefüllte Säckchen drin, *understand what I mean*? Ich weiß vom örtlichen Kommandeur, dass sie kurz daran gedacht haben, einfach alles anzuzünden, dann hätte man die Sache vergessen können. Sie entscheiden sich dagegen. Was gäbe ich dafür, wenn sie's doch getan hätten. Aber sie nehmen die Säckchen mit zum Stützpunkt. Was natürlich ganz im Sinne der Terroristen war, denn sonst hätten sie ja die letzten beiden auch noch rausgeholt. Diese Typen sind clever. Die verstehen mehr von PR und davon, wie man Verbündete gegeneinander ausspielt, als wir alle zusammen.«

Allmählich dämmerte ihr, was er meinte.

»Sie bringen das Zeug wie gesagt zu ihrer Basis, und da schrillen sämtliche Alarmglocken. Denn jetzt gibt es ein Problem. Erstens muss man mir mitteilen, dass vier von unseren Soldaten ums Leben gekommen sind. Und zweitens, dass in einem Fahrzeug der niederländischen Streitkräfte Heroin gefunden worden ist. Zwei halbe Kilo, aber das war ja nur ein kleiner Teil der ursprünglichen Menge, damit hätte sich ganz Amsterdam ein paar Wochen lang fröhlich plattspritzen können. Schön verpackt, versandfertig. *Fuck!*«

»Mein Gott.«

»Das erklärt zugleich das ziemlich rigorose Vorgehen der Killer. Normalerweise sprengen sie ein Fahrzeug in die Luft, und das war's dann, aber diesmal haben sie auch noch auf alles geschossen, was drin war, um auf Nummer sicher zu gehen. Nur dass sie dabei nicht ganz sorgfältig waren.«

»Aber warum?« Irgendetwas Wichtiges entging Mia noch.

»Sie wollten deutlich machen, dass es nicht ein gewöhnlicher Angriff auf ausländische Streitkräfte war, eine Sprengfalle, die zufällig dieser Wagen ausgelöst hat. So erklärt es jedenfalls der örtliche Kommandeur. Es war – und ich glaube wirklich, dass es der angemessene Ausdruck ist – eine Abrechnung unter Kriminellen. Offenbar haben wir es dort mit Heroinhandel zu tun, zwischen irgendwelchen Warlords und ›unseren Jungs‹, wie ich sie vorläufig noch nennen werde. Klug ausgedacht von den Bärtigen, denn damit rechnet natürlich niemand, und es erleichtert das Einschmuggeln beträchtlich. Diese uralten Maschinen, die ständig zwischen Pantschagan und Eindhoven hin- und herfliegen, werden nicht auf Drogen kontrolliert. Ein Kinderspiel, und alle sind zufrieden. Bis einer der Beteiligten sich nicht an die Abmachungen hält oder ein Dritter auftaucht, der mitverdienen will. Und sich mit einer Ladung *brown sugar* davonmacht, ohne zu bezahlen.«

»Und genau das ist passiert?«

»So etwas muss es gewesen sein. Den einen Überlebenden hat man aber noch nicht vernehmen können.«

»Das verändert alles.«

»Das kann man wohl sagen. *Different ball game*. Staatsbegräbnis für vier Heroindealer, das hat noch gefehlt. Und der König salutiert vor ihnen. Und ich rühre die Nation mit deinem nächsten Text wieder zu Tränen.«

»Das geht einfach nicht.«

»Nein, das geht nicht. Aber was nun? Sollen wir der Öffentlichkeit mitteilen, dass unsere Streitkräfte tief in illegale Geschäfte verstrickt sind? Das setzt die gesamte Friedensmission aufs Spiel.«

»War es ein Ausnahmefall? Ich meine: Waren es nur diese fünf, die sich auf kriminelle Machenschaften eingelassen haben, oder glaubt man dort, dass so etwas öfter vorkommt?«

»Ich befürchte, es ist nur die Spitze des Eisbergs. Und nicht nur ich, auch der örtliche Kommandeur. Das kommt davon, wenn man eine Berufsarmee hat. Da sammelt sich der Bodensatz der Gesellschaft. Man hätte die Wehrpflicht nie abschaffen dürfen.«

»Das bringt uns jetzt nicht weiter.«

»Nein, aber ich musste das einfach mal sagen.«

»Ist bei einem der Verbündeten schon so etwas vorgekommen?«

»Lasse ich prüfen.«

»Wie viele Leute wissen von der Sache?«

Der Ministerpräsident warf seinem Spin-Doctor einen anerkennenden Blick zu. Konkrete Fragen, genau die schätzte er, da sie oft zu konkreten Lösungen führten. »Die Hubschrauber-Patrouille, der Kommandeur, ein paar Offiziere. Außerdem ein paar Leute in den Nachrichtendiensten und im Verteidigungsministerium und du und ich. Die übrigen Minister habe ich noch nicht informiert, auch der Geheimdienstausschuss schläft noch tief und fest.«

»Es gibt zwei Möglichkeiten«, sagte Mia. »Die Sache öffentlich machen oder nicht. Das heißt, wenn ich's mir recht überlege, gibt es noch eine dritte: Wir machen sie auf ganz bestimmte Weise öffentlich. Wir können zum Beispiel sagen: Die Armee ist ein Abbild der Gesellschaft, deshalb kann es auch in ihr kriminelle Elemente geben, so sorgfältig wir die Bewerber auch auswählen.«

Der Premier sah nachdenklich aus. »In diesem Fall müssten wir unsere Erklärung von gestern korrigieren«, meinte er. »Außerdem besteht die Möglichkeit, dass Journalisten anfangen, im Schmutz zu wühlen, die wittern doch immer, wenn irgendwo was faul ist, die sind scharf auf so was.«

»Wir können uns auch für vollkommene Transparenz entscheiden.« Mia wusste, dass der Premier Transparenz für eine Pest der Gegenwart hielt.

»Transparenz, mir wird schlecht. Du meinst wahrscheinlich, dass wir alles offenlegen, was wir wissen.«

»Das könnte dir jede Menge Probleme ersparen. Zumindest kann man dich dann nicht der Lüge bezichtigen.«

»Aber wir wissen selbst noch sehr wenig. Wir wissen nicht, ob es organisierter Handel gewesen ist. Welchen Umfang das Schmugglernetz in diesem Fall hatte. Wer in den Niederlanden beteiligt war. Wie lange das schon lief. Noch gar nichts wissen wir. Das heißt, wenn wir uns für Transparenz entscheiden, machen wir vor allem unsere eigene Ahnungslosigkeit transparent. Wollen wir das wirklich?«

»Nein.«

»Dann bleibt noch *eine* Möglichkeit.«

»Vertuschen. In der untersten Schublade verschwinden lassen. Ich weiß nicht, ob das so klug wäre. Es würde dich viel zu angreifbar machen. Wenn doch was rauskommt, ist deine politische Karriere zu Ende, die Armee ist schwer angeschlagen, und das Ausland lacht sich kaputt über uns. Die holländische Heroinschmuggelbrigade, wir helfen gern auch bei Ihren Auslandseinsätzen.«

»Fällt dir was Besseres ein? Wir können nicht abwarten, bis wir mehr wissen. Die toten Soldaten werden morgen oder übermorgen nach Welschap geflogen, und wir können das Begräbnis kaum wegen laufender Ermittlungen verschieben. Der König hat seine Scheißgalauniform schon in die Reinigung gebracht. Oder hat er für solche Gelegenheiten Trauerkleidung? Ach, *whatever*. Ich will nur sagen: Wir müssen uns entscheiden, nicht morgen, sondern jetzt.«

Ich habe da ein Problem am Hals, für das mir keine Lösung einfällt, dachte Mia. Natürlich hatte sie schon öfter erlebt, dass sich eine schwierige Situation ergab, in der jede vorgeschlagene Reaktion die falsche zu sein schien. Manchmal dachte sie, dass man in der Politik bei jeder Entscheidung zwischen verschiedenen Übeln wählen musste. Doch bisher war sie nur eine aktive Zuschauerin gewesen, die neugierig verfolgte, wie man ein Problem zu lösen versuchte, und dann den dazu passenden Text schrieb. Jetzt wurde von ihr erwartet, dass sie selbst eine Antwort fand, sie war von der Zuschauerin zur Teilnehmerin geworden.

»Der örtliche Kommandeur muss der Sache auf den Grund gehen«, sagte sie entschieden. »Schließlich handelt es sich auch um schwere Disziplinarvergehen. Die Nachrichtendienste müssen die Lage analysieren und einen Bericht erstellen. Bis dahin liegt es in niemandes Interesse, dass die Öffentlichkeit davon erfährt. Nicht im Interesse unserer Streitkräfte, nicht in dem der Nachrichtendienste, und was die Beziehungen zu unseren Bündnispartnern angeht, wäre es auch ungünstig. Es liegt einfach nicht im Interesse des Landes, dass wir bereits jetzt alles öffentlich machen.«

Es war Mia schon öfter aufgefallen, dass sie sich selbst beim Sprechen von der Richtigkeit einer Ansicht überzeugen konnte, während sie sich am Anfang der Sätze noch längst nicht sicher war. Darin ähnelte sie ihrem Bruder, der dieser Fähigkeit seinen Ruhm als Kolumnist verdankte. Masser und Mia überzeugten zuerst sich selbst und schöpften daraus die Gewissheit und die Argumente, die sie brauchten, um auch andere zu überzeugen.

Der Premier schaute sie an. »Du hast noch jemanden vergessen: Es liegt auch nicht in meinem Interesse und dem meiner Partei. Ich wüsste überhaupt niemanden, dem es nützen würde, wenn wir jetzt schon alles offenlegen. Auch für die Angehörigen der toten Soldaten wäre es nicht schön. Man begräbt doch lieber einen Helden als einen Kriminellen, oder?«

»Deine Interessen sind in diesem Fall anderen untergeordnet«, erklärte Mia energisch. Natürlich war das Unsinn, aber es klang gut. »Wenn die nachrichtendienstliche Untersuchung abgeschlossen ist und der Kommandeur die notwendigen Maßnahmen ergriffen hat, ist der richtige Augenblick für eine Offenlegung gekommen. Im Moment herrscht noch zu viel Unklarheit, und das Risiko, dass falsche Schlussfolgerungen gezogen werden, ist zu groß.«

»Genau«, meinte der Premier. »Ich bin froh, dass wir uns in dieser Frage vollkommen einig sind. Lieber Himmel, das ist ja gleich eine regelrechte Feuertaufe für, für … Wie willst du eigentlich genannt werden in deiner neuen Funktion?«

»Keine Ahnung. Denk dir was aus.«

»Und du brauchst natürlich ein eigenes Büro, möglichst ganz in der Nähe. Kurze Verbindungen, die sind wichtig. Brauchst du Hilfe? Eine Sekretärin?«

»Eher so einen *personal trainer*, Mitte zwanzig mit Muskelpaketen. Und ein Rudergerät, ich muss fit bleiben.«

Der Premier kam auf sie zu, packte sie an den Schultern und küsste sie auf den Mund. »Mia, ich bin so glücklich wie ein Kind. Ich hätte mir in dieser Sache keinen Rat gewusst. Dein klarer Blick ist Gold wert. Wo ich von Gold rede: Ich lasse einen neuen Vertrag aufsetzen. Und jetzt rufe ich die Nachrichtendienste und den Kommandeur in Pantschagan an. Die werden auch erleichtert sein. Wenn in der Politik eines wichtig ist, dann ist das Zeit. Zeit schinden ist die größte Kunst in diesem Metier. Das verschafft Luft, und oft lösen sich die Probleme dann schon von selbst.«

Mia stand auf. »Ich gehe noch kurz in meine Abteilung«, sagte sie. »Du meldest dich ja, wenn du mich brauchst.«

Der Premier nickte, er hatte schon wieder ein Smartphone am Ohr. »Wie wär's heute mit Abendessen?«

Mia frühstückte mit Jimi am Küchentisch, beide hatten ein Schälchen Quark mit Heidelbeeren vor sich. Ihr war weh ums Herz. Nicht mehr lange, und Jimi würde nach Haarlem ziehen. Das Dachgeschoss von Massers Haus musste noch umgebaut werden, und sie wusste, dass ihr Bruder solche Dinge gern vor sich herschob, trotzdem hatte der Countdown eigentlich schon begonnen. Wie oft würden sie noch gemeinsam frühstücken? Dreißigmal? Fünfzigmal? Sie empfand ihren Sohn fast als Teil ihrer selbst und sah der Trennung mit Schrecken entgegen. Manchmal, vor allem, wenn sie nachts wach lag, verfluchte sie ihren Ehrgeiz.

Sie fragte, ob er sich die Trauerfeierlichkeiten für die toten Soldaten im Fernsehen ansehen wollte.

»Ja, aber nicht den ganzen Tag.«

»Ob dieser andere junge Mann, Jeroen Weenink, ob der wohl dabei sein wird?« Sie wusste, dass er eingeladen war.

»Glaub ich nicht«, antwortete Jimi.

»Warum nicht?«

»Weil er erst seit gestern wieder im Land ist. Und weil er keine Lust hat. Versteh ich gut.«

»Woher weißt du das?«

»Hat er einem in meiner Klasse gemailt. Einem alten Freund von ihm.«

Mia stand auf, sie musste nach Den Haag. Es war der zehnte Tag nach dem Anschlag in Pantschagan und der Tag des Staatsbegräbnisses. Eine seltsame Unruhe hatte sie erfasst, über deren Ursache sie sich noch nicht im Klaren war. Sobald sie im Zug saß und ihren Laptop einschaltete, verschwand das Gefühl. Ringsum wurde fast nur über das gesprochen, was sich heute in Eindhoven und Den Haag und dazwischen abspielen würde. Und auf sie wartete viel Arbeit. Es ist Arbeit, sagte sie sich, nichts anderes als Arbeit. Ihre Arbeit war

Politik, und jetzt war nicht der richtige Moment für moralisierende Nabelschau. Sie musste möglichst verhindern, dass der Ministerpräsident in Schwierigkeiten geriet. Egal wie. Moralisten hatten in der Politik nichts zu suchen, Moral war gut fürs Theater. Sie war so etwas wie der Zucker im Tee, mit Moral schmeckte den Leuten die Politik besser, aber dort, wo Politik gemacht, wo die Macht verteidigt wurde, war kein Platz für sie.

Als der Premier ihren Text gelesen und sie auf beide Wangen geküsst hatte, so zufrieden war er, schaute sie ihn ausdruckslos an. Sie konnte sich über seine Komplimente nicht freuen.

»Schön«, sagte sie und drehte sich um. Einen winzigen Moment empfand sie Verachtung. Sie wollte ihn nicht in die Kirche begleiten, obwohl er sie eindringlich darum bat. »Ich bleibe lieber im Hintergrund. Ich will nicht als ›die Frau hinter dem Ministerpräsidenten‹ gesehen werden. Das wird für meinen Geschmack schon zu oft geschrieben.« Sie las Enttäuschung in seiner Miene, aber vielleicht bildete sie sich das nur ein. »Du bist der Premier, dies ist deine Stunde, du hältst nachher die Ansprache. Ich bin schon neugierig auf die Umfragewerte von morgen.«

Sie war froh, dass sie all dies im gewohnten sachlichen Ton sagen konnte.

Masser starrte gebannt auf den Fernsehschirm. Was er sah, kam ihm reichlich absurd vor. Der heutige Tag wurde zum »Tag der Trauer um unsere Helden« erklärt – das amerikanische patriotische Pathos hatte die Niederlande erreicht. Mia liebte so etwas, das wusste Masser. Der Livebericht hatte in dem Moment begonnen, als die vier Särge, begleitet von einem Militärmusiker, der die Große Trommel schlug, von der provisorischen Leichenhalle auf dem militärischen Teil des Flughafens Eindhoven zu den bereitstehenden schwarzen Wagen gebracht wurden. Jeder Sarg wurde von sechs Soldaten getragen. Eine Ehrenformation von Offizieren salutierte.

Masser versuchte, unter den Anwesenden den Ministerpräsidenten zu entdecken, doch der war anscheinend in Den Haag geblieben, wo die Trauerfeierlichkeiten stattfinden würden. Nach einer kurzen Ansprache des Befehlshabers der Niederländischen Streitkräfte, der erneut betonte, die vier »jungen Helden« seien für ihr Land gestorben, und sie zu Vorbildern für die Nation erklärte, setzte sich der Trauerzug zu den Klängen der Nationalhymne in Bewegung.

Es war ein Mittwoch, trotzdem waren in Eindhoven sämtliche Straßen, durch die der Trauerzug rollte, schwarz von Menschen. Der Fernsehreporter sprach von einem »beeindruckenden Anblick« und »einem großartigen Zeichen der Solidarität eines trauernden Volkes«. Als der Zug Eindhoven verließ und auf dem Ring langsam zur A2 in Richtung Den Bosch fuhr, wurde in der linken oberen Ecke ein Bild aus dem Studio in Hilversum eingeblendet. An einem Tisch saß Moderatorin Mildred van Houten und erklärte, sie werde während der Fahrt von Eindhoven nach Den Haag »an diesem beeindruckenden Tag der Trauer« mehrere Gäste begrüßen und nach ihrer Einschätzung der Ereignisse fragen. Der erste Gast war ein Abgeordneter, der aus gegebenem Anlass einen dezenten schwarzen Anzug trug. Masser öffnete sein Notizbuch; seine morgige Kolumne konnte kein anderes Thema haben.

»Joost, wo bist du im Moment?«, fragte Mildred den Reporter Joost van Veen.

»Ich befinde mich im Trauerzug, ganz hinten natürlich«, antwortete Joost, der sich hörbar Mühe geben musste, nicht fröhlich zu klingen. »Wir fahren jetzt schon seit zwanzig Minuten durch ein Meer von Menschen. Tief bewegten Menschen, manchmal kann ich die Tränen in ihren Augen sehen. Viele haben auch Blumensträuße mitgebracht, die sie auf die vorbeifahrenden Leichenwagen werfen. Unseren vier Helden wird die Ehre erwiesen, die sie verdienen. Im Moment sind wir schon auf der Autobahn, und die erste Brücke, unter der wir durchgefahren sind, war auch wieder voll von Anteil nehmenden Menschen. Ich weiß nicht, wie ich es genau beschreiben soll, aber es ist ergreifend, es schafft ein Gefühl der Verbundenheit. Auch für die Angehörigen der getöteten Soldaten muss es tröstlich sein zu sehen, mit wie viel Wärme man hier ihren Lieben das letzte Geleit gibt. Wenn das auch den Verlust niemals ausgleichen kann, das versteht sich von selbst.«

»Danke erst einmal, Joost«, sagte Mildred. Sie wandte sich dem Abgeordneten zu. »Herr van Zijl, willkommen im Studio. Was geht Ihnen durch den Kopf, wenn Sie diese Bilder sehen?«

»Es ist beeindruckend«, antwortete van Zijl. »Außerordentlich beeindruckend. Diese vielen Menschen überall. Es zeigt, dass man in diesem Land die Reihen schließt, wenn es darauf ankommt. Dass wir dann zusammenstehen und einander Kraft geben. Es ist ein schwarzer Tag, ein Tag voll geteiltem Leid.«

»Geteiltes Leid ist halbes Leid?«, fragte Mildred.

»Das will ich damit nicht sagen, aber die Angehörigen werden es bestimmt als eine Hilfe empfinden.«

Masser merkte, dass ihm fast die Augen zufielen, er hatte in der Nacht zu wenig geschlafen.

Diese vielen Menschen überall, müssen die nicht arbeiten?

Vielleicht haben sie sich einen Tag Urlaub genommen.

Und warum werfen sie Blumen, Bärchen und anderes Zeug

von den Brücken auf den Trauerzug? Es ist doch kein Eisschnelllauf-Wettkampf.

Menschen bezeugen gern ihre Anteilnahme. Deshalb versuchen sie, eine Verbindung herzustellen, indem sie einen geliebten Gegenstand weggeben. Man erkennt hier alte Rituale in moderner Form. Früher hat man den Toten ja auch Dinge ins Grab mitgegeben. Weil das hier unmöglich ist, werden die Sachen eben von den Brücken auf die Dächer der Autos geworfen.

Bizarr.

»Es ist unglaublich, was wir hier sehen«, sagte Joost van Veen, als hätte er Massers Gedanken gelesen. »Kinder werfen ihre Lieblingskuscheltiere auf die Fahrzeuge. Sie werden auch unter Blumen geradezu begraben. Es ist beeindruckend, sehr beeindruckend.«

»Ich sehe, dass die Fahrer manchmal die Scheibenwischer einschalten müssen, um Blumen zur Seite zu schieben«, sagte Mildred.

»Richtig, sonst würden sie nichts mehr sehen«, bestätigte Joost. Als der Zug die nächste Brücke erreichte, sah Masser, dass jemand oben eine Stereoanlage mit großen Lautsprecherboxen aufgestellt hatte. Auch Mildred hatte es bemerkt.

»Joost, was ist aus den Boxen zu hören, die wir da sehen?«

»Das kann ich noch nicht hören, dafür sind wir noch zu weit weg. Einen Moment, ich öffne mal das Seitenfenster, jetzt sehe ich, was du meinst. Jemand hat seine komplette Stereoanlage mitgebracht. Es ist klassische Musik. Ich kenne mich damit nicht so aus, aber ich vermute, es ist ein Requiem, so klingt es jedenfalls.«

»Das würde ja auch gut passen«, meinte Mildred.

Ich werd verrückt. Sind denn in diesem Land alle komplett durchgedreht? Man kann noch von Glück sagen, dass nicht irgendein Idiot »We'll meet again« oder eine dieser Schlagerversionen von »Amazing Grace« spielt.

Reiß dich nachher ein bisschen zusammen, wenn du deine Kolumne schreibst. Zynismus ist heute mal nicht angebracht.

Oder gerade heute.

Der Abgeordnete van Zijl erläuterte mittlerweile die möglichen politischen Implikationen der tragischen Ereignisse. »Diese Katastrophe unterstreicht erneut die Wichtigkeit unseres Engagements in Pantschagan. Solange diese Gesetzlosigkeit nicht überwunden ist, solange diese brutalen Terroristen nicht besiegt sind, wird es in dem Land keinen Frieden und keine Gerechtigkeit geben. Es hat sich wieder einmal gezeigt, dass wir die Pantschagenen nicht im Stich lassen dürfen und dass wir unsere Anstrengungen zusammen mit unseren Bündnispartnern vielleicht sogar noch verstärken müssen.«

»Ich vermute, Ihre Wähler werden Ihnen da recht geben«, sagte Mildred. »Zumindest am heutigen Tag.«

Im Türmchen verfolgten der Ministerpräsident und sein Spin-Doctor die Übertragung – es blieb noch ein wenig Zeit, bis man ihn zum Trauergottesdienst abholen würde.

»Wenn ich das so sehe, glaube ich, dass unsere Entscheidung richtig war«, sagte er. »Meine Güte, diese Massen überall. Offensichtlich bestand ein starkes Verlangen nach kollektiver Trauer. Nach Nähe und Zusammenhalt in einer schweren Zeit. So zeigt sich dieses Land von seiner besten Seite. Früher ist man bei solchen Anlässen in die Kirchen geströmt, heute versammelt man sich auf Autobahnbrücken und Verkehrsinseln. Für mich ist das ein Fortschritt.«

Mia antwortete nicht gleich. Sie hatte zwar mit vielen Menschen am Straßenrand gerechnet, aber was sie hier sah, übertraf all ihre Erwartungen. Mit großen Augen starrte sie auf den Fernsehschirm. »Früher sah man solche Bilder bei sportlichen Großveranstaltungen«, meinte sie, »und heute, wenn etwas Schlimmes passiert ist. Ich werde mal gründlich darüber nachdenken, was das zu bedeuten hat, ob wir uns das irgendwie zunutze machen können.«

»Das höre ich gern. Dein analytischer Verstand läuft auf Hochtouren.« Der Premier trug noch eine braune Cordhose und ein blaues Hemd, sein schwarzer Anzug hing in einer Ecke des Büros. Auf seinem Schreibtisch lag die von Mia verfasste Ansprache – »die Predigt«, wie er sie nannte –, die er gleich von der Kanzel vortragen würde. »Auch sehr gut für die niederländische Blumenindustrie«, sagte er nach einem weiteren Blick auf den Fernsehschirm.

Mia hatte lange an dem Text gefeilt, das Schreiben hatte ihr mehr Mühe bereitet als gewöhnlich. Zum ersten Mal in ihrer Karriere hatte sie das Gefühl zu lügen. Natürlich hatte sie schon oft etwas geschrieben, das nicht ihrer persönlichen Meinung entsprach, doch diesmal war es anders. Es machte ihr nichts aus, die Meinungen anderer in Worte zu fassen, sie konnte begeistern und verführen, ohne selbst im Geringsten begeistert oder verführt zu sein. Es war ihr Job. Doch diesmal wusste sie, dass sie nur die halbe Wahrheit oder sogar weniger als das zum Ausdruck brachte. Dass die Vorstellungen, die sie heraufbeschwor, wenig mit der Wirklichkeit zu tun hatten, dass sie im Grunde ein Theaterstück schrieb. Sie war sich deutlich der Tatsache bewusst, dass sie Helden schuf, die vermutlich gar kein Anrecht auf diesen Status hatten. Mehrmals hatte sie minutenlang die Sätze auf ihrem Monitor angestarrt, die in Patriotismus und soldatischen Tugenden schwelgten, und bedauert, dass sie wusste, was sie wusste – wie viel einfacher wäre es gewesen, hätte sie selbst noch glauben können, dass die Soldaten als Helden gestorben waren. Sie fühlte sich gegenüber den Vätern und Müttern der getöteten Soldaten schuldig.

Masser sah den Premier auf der Kanzel. Er schaute sich in der voll besetzten Kirche um. Der König und die Königin saßen in der ersten Reihe, der König in Uniform, seine Gemahlin in einem Kleid von einem flämischen Couturier – dem Reporter fiel der Name nicht ein. Man hatte noch kurz erwogen, auch den König ein paar Worte sprechen zu lassen, dann aber davon abgesehen. Offiziell, weil das Protokoll es eigentlich nicht vorsah, in Wahrheit aber, weil man bezweifelte, dass er den zum Anlass passenden Ton finden würde. Dem Premier reichte es schon, jedes Jahr im Dezember die Weihnachtsansprache des Königs im Fernsehen zu verfolgen, auf das Schlimmste gefasst. Und das war ja noch eine harmlose Angelegenheit, während es jetzt ums Ganze ging. Er musste aus tragischen Ereignissen für sich das Beste machen, und wenn die Medien sich auf die Worte des Königs konzentrierten, gingen seine vielleicht ganz unter.

Wie er da steht, unser Tupp. Triumphierend.

Verzerrte Wahrnehmung, Masser. Bestimmt ist er schrecklich nervös.

Er hat den Text von unserer Mia vor sich, und er weiß, dass er damit punkten wird. Er wird allen die letzten Tränen aus den Augen quetschen, er wird für die armen Soldaten ein Denkmal errichten, und hinterher ist er wieder ein bisschen mehr der Vater des Vaterlandes. Genau das, was er will. Da, er rückt die Krawatte zurecht. Er wartet noch einen Moment, um die Spannung zu erhöhen. Jetzt räuspert er sich. Wie er die Hände auf die Kanzelbrüstung legt, er ist der geborene Pfaffe.

Hör dir an, was er zu sagen hat, und urteile dann.

Mia hatte sich eine Tasse Tee geholt und beobachtete im Türmchen gespannt den Premier auf der Kanzel. Der Text der Ansprache lag vor ihr. War der Einleitungssatz richtig gewählt? Eine leichte Panik erfasste sie.

»Seit einigen Tagen sind die Niederlande nicht mehr das gleiche Land«, begann der Premier. »Sie sind ein Land in Trauer. Wir sind zusammengekommen, um diesen vier Soldaten die letzte Ehre zu erweisen. Vier jungen Soldaten, die noch ein ganzes Leben vor sich hatten. Heute sind sie von Eindhoven nach Den Haag gebracht worden, es war ihre letzte Fahrt, begleitet von den Tränen zehntausender Landsleute.«

Masser fühlte Wut aufsteigen. Er beugte sich vor, als könnte er so dem Premier die Lüge besser vom Gesicht ablesen.

Es darf nicht wahr sein.

Du bist auch gerührt.

Mia schämt sich wirklich für gar nichts.

Sie ist loyal, und es ist ihr Job. Sie ist gut. Siehst du, wie die Leute in der Kirche an seinen Lippen hängen?

Mia griff zur Fernbedienung und schaltete den Fernseher aus. Sie ging zum Sofa und legte sich hin. Innerhalb einer Minute schlief sie ein.

Jimi hatte die Übertragung auf seinem Smartphone verfolgt. Er überlegte, ob seine Mutter ihn vielleicht loswerden wollte, um so etwas schreiben zu können, ohne sich zu Hause jedes Mal rechtfertigen zu müssen. Doch als er sich einen Augenblick ihr Gesicht sehr genau vorstellte, verwarf er den Gedanken.

Der Premier schickte seinem Chief of Staff eine SMS. »Und jetzt zuschütten und nie mehr ausgraben.«

VIII

Die Schichten der Wahrheit

Masser Brock schlenderte zum Kaffeeautomaten in einer Ecke des Großraumbüros. Er holte eine Marlboro aus der Schachtel und zündete sie an – einige Kollegen protestierten gegen das Rauchen in der Redaktion, aber die Raucher waren in der Überzahl und die Beziehung zwischen Journalismus und Tabakkonsum noch unzerstörbar. Vor dem Automaten stand ein Auslandsredakteur. »Jetzt geht die Scheiße in Srebrenica los«, sagte er zu Masser und zeigte auf den Bildschirm mit Teletext. »Ein niederländischer Soldat ist ums Leben gekommen. Handgranate. Armer Kerl.«

»Und jetzt?«

»Jetzt werden die Serben die Enklave überrennen.«

»Aber unsere Blauhelme sind doch ...«

»Ja, noch. Aber nicht mehr lange.«

Masser kehrte mit einem Tablett Kaffee zurück, stellte jedem seiner Kollegen einen Becher hin und setzte sich. Er ließ den Blick durch das Büro schweifen. Steven van Maren tippte, Bram Wissink telefonierte – es war Masser ein Rätsel, wie er an seine Informationen kam, denn Bram redete vor allem selbst, wenn er »eine Quelle anzapfte«, wie er das nannte. Es war elf Uhr, und wie meistens um diese Zeit wusste Masser noch nicht, worüber er an diesem Tag berichten sollte. Er scrollte durch die Liste der Nachrichtenagentur und suchte nach einem Thema, mit dem er etwas anfangen konnte. Am liebsten war es ihm, wenn er selbst eine Idee hatte, damit er nicht vom Nachrichtenchef in irgendein Provinzkaff geschickt wurde, um einen O-Ton-Bericht oder eine unterhaltsame Reportage zu schreiben. So etwas hasste er wie die Pest.

Nachrichten, dachte er, sind Berichte über das, was vom Gewöhnlichen abweicht. Wobei man sich natürlich fragen kann, was gewöhnlich ist. Ein toter niederländischer Soldat ist nichts Gewöhnliches. Das bringen wir morgen ganz groß. Aber wenn es weitere Tote geben sollte, was denkbar ist, dann werden die Berichte darüber immer kürzer werden und irgendwann von der Titelseite verschwinden. Nachrichten passen sich an, und sobald sie mit der Alltagswirklichkeit verschmelzen, existieren sie eigentlich nicht mehr. Sie müssen sich abheben.

Masser blickte sich um. »Nachrichten sind Chamäleons«, verkündete er. Er wartete auf eine Reaktion. Bram Wissink tippte sich an die Stirn. Masser grinste ihn an.

»Brock«, sagte Nachrichtenchef Steven van Maren, ohne das Tippen zu unterbrechen, »erspar mir deine Theorien. Tu was. Nachrichten sind Ware, ein Produkt. Wir kaufen sie ein und verkaufen sie mit bescheidenem Gewinn weiter. Wenn die Nachrichten nicht gut sind, kaufen unsere Leser sie nicht mehr, und wir gehen pleite. Wir handeln mit verderblicher Ware. Was an einem Tag noch frisch ist, riecht am nächsten schon verschimmelt.«

»Genauso ist es«, sagte Bram Wissink. »Das hat unser Chef mal wieder sehr klar ausgedrückt. Wenn unsere Leser morgens die Zeitung aus dem Briefkasten nehmen und die Schlagzeile lesen, müssen sie denken: Oh, wie schrecklich! Oder: Ha, wie schön.«

Also die Leser bestimmen, was Nachrichten sind, dachte

Masser. Seltsam, ich hatte geglaubt, wir, die Journalisten, täten das. Er sagte es zu Bram.

»Wenn du heute was schreibst, was deiner Ansicht nach eine Nachricht ist, und es fällt niemandem auf, dann war's keine«, erklärte Steven van Maren. Er legte Masser ein Stück Papier aus dem Fernschreiber hin. »Sieh dir das mal an.«

»Danke, Chef«, sagte Masser und begann zu lesen. Im Hintergrund waren das Tippen und die Telefongespräche der übrigen Kollegen in der Nachrichtenredaktion der *Nieuwe Tijd* zu hören: Jelmer Bakker (der einen renommierten Fahrradhersteller mit einer Serie von Berichten über Arbeitsbedingungen bei dessen asiatischen Zulieferern in Bedrängnis gebracht hatte), Frits van de Waverij (verheiratet mit der Sängerin Kitty van Knoppen, die sich 1988 nur ganz knapp nicht für den Eurovision Song Contest qualifiziert hatte), und der junge Bram Wissink (der vorher in der Sportredaktion gearbeitet und diverse Dopingfälle aufgedeckt hatte). Bonna Glenewinkel, die berühmteste Reporterin der *Nieuwe Tijd*, war in die Stadt gefahren, »zum Lunch mit einem Informanten«.

Masser arbeitete jetzt seit vier Jahren hier. Er hatte die Phase des vielversprechenden Talents hinter sich und zählte zu den etablierten Redaktionsmitgliedern. Trotzdem hatte er nie das Gefühl, zur journalistischen Elite des Landes zu gehören. Seine Kollegen empfand er als bekannte Journalisten, sich selbst dagegen als Außenseiter, der zwar bei der Presse tätig war, aber nie ganz dazugehören würde.

In ihm steckte immer noch der ruhige kleine Junge, der die Welt vom Deck der *Hindeloopen* aus sah, der seinem Bruder Jimi beim Spielen zuschaute, seinem Vater beim Tischlern und seiner Mutter beim Malen ihrer Bilder; er war jemand, der abseits stand, kein Teilnehmer, sondern ein Beobachter. Ständig verlangte er Rechenschaft von sich selbst – und auch von seinen Kollegen. Nach welchen Kriterien wählten sie Nachrichten aus? Wie konnte man Fakten so beleuchten, dass daraus mehr als bloße Fakten wurden? Wo begann Manipulation? Es war Masser nicht so wichtig, ob seine Kollegen auf seine Überlegungen oder Ansichten eingingen, obwohl es natürlich mehr Spaß machte, wenn sie mit ihm diskutierten. Er sprach diese Fragen in erster Linie für sich selbst an, um nicht die Orientierung zu verlieren.

Die Ticker-Nachricht, die Steven van Maren ihm gegeben hatte, betraf die Entdeckung von fünf Kilo Kokain in Urk, dem Fischerdorf am IJsselmeer. Der Verkaufswert lag bei einer halben Million Gulden. Der zweiunddreißigjährige Besitzer der Garage, in der die Drogen gefunden worden waren, behauptete, von nichts zu wissen, die Ermittlungen dauerten an. Es war schon der dritte Kokainfund im Dorf innerhalb eines Jahres.

Masser lehnte sich zurück und dachte nach.

Er hatte sich angewöhnt, jede Nachricht nach den Kriterien von »Massers Theorie der Wahrheitsschichten« zu beurteilen, wie er sie nannte. Charles Schuurman Hess II. hatte ihn bei seinem Einführungsgespräch auf diese Spur gebracht; bis dahin hatte Masser noch nie über die Komplexität der Wirklichkeit und die dadurch bedingten unterschiedlichen Wahrheiten nachgedacht. Seine Theorie der Wahrheitsschichten implizierte, dass man Nachrichten nach ihren »Vertiefungsmöglichkeiten« einteilen konnte und dass zu jeder Ebene eine andere Wahrheit gehörte. Eine Nachricht konnte aus nur einer Schicht bestehen, doch dann war sie eindeutig und uninteressant, höchstens für flüchtige Aufregung oder Belustigung gut. Es konnten aber auch mehrere Schichten darunterliegen; die Tatsache, über die berichtet wurde, konnte die

Spitze eines Eisbergs sein. In diesem Fall hatte man es mit einer mehrdimensionalen Geschichte zu tun, dann war es möglich, verschiedene Wahrheiten einander gegenüberzustellen, und manchmal auch, eine scheinbare Wahrheit durch die darunterliegende zu widerlegen. Seiner Theorie entsprechend untersuchte Masser Nachrichten, als würde er eine Erzählung analysieren, er betrachtete die Wirklichkeit als Literatur.

Worauf will der Journalist hinaus? Welche Schichten liegen unter der von ihm beschriebenen Wirklichkeit?

Masser kannte den Ort, an dem das Kokain gefunden worden war, weil seine frühere Freundin Eva von dort stammte und er mehr oder weniger regelmäßig seine Wochenenden dort verbracht hatte. Urk war früher eine Insel in der Zuiderzee gewesen. Die Menschen dort waren orthodox calvinistisch, hatten aber andererseits anarchistische Neigungen; sie hielten sich an Gottes Wort, doch ihr Verhältnis zum Gesetz war schwer gestört. Das Gesetz war etwas, das vom Festland kam – und obwohl das Dorf inzwischen seit mehr als einem halben Jahrhundert Teil dieses Festlands war, hatte sich die Inselmentalität erhalten.

Repräsentanten der Staatsmacht, Steuerbeamte, alles, was für die Welt außerhalb der früheren Insel stand, für die Einschränkung ihrer Freiheit, war verhasst und musste sich auf Widerstand gefasst machen. Masser hörte noch die Worte des Vaters seiner damaligen Freundin, mit dem unverwechselbaren Urker Akzent ausgesprochen: »Wir sind Urker und haben unsere eigenen Regeln. Und wenn die anders sind als die Regeln vom Festland, dann ist das eben so. Die Regeln von Urk und Gottes Regeln, mehr brauchen wir nicht.« Wobei Gottes Regeln nach Urker Art ausgelegt wurden.

Als eines von ganz wenigen Fischerdörfern am IJsselmeer lebte Urk weiterhin von der Fischerei – und offenbar auch von dem, was außer Fisch noch aus dem Wasser gefischt wurde, wie etwa weiße, wasserdicht umhüllte Päckchen.

Masser machte sich Notizen. Er sah die Wahrheit der Päckchen in der Garage und die des Charakters der früheren Insel. Er überlegte, ob es noch eine weitere Schicht gab; nach der Theorie der Wahrheitsschichten brauchte man mindestens drei für einen außergewöhnlichen Artikel und für etwas wirklich Preiswürdiges vier.

In seinem zweiten Jahr bei *De Nieuwe Tijd* hatte Masser den »Goldenen Stift« für den talentiertesten Nachwuchsjournalisten mit einer Artikelserie über die niederländische Filmindustrie gewonnen. Er hatte einen Film als Ausgangspunkt gewählt (Schicht 1), die Finanzierung aufgeschlüsselt (Schicht 2), die Methoden beschrieben, mit denen der Staat die Filmproduktion zu stimulieren versuchte, einschließlich fragwürdiger Steuerdeals (Schicht 3), und abschließend die Frage erörtert, warum direkte staatliche Intervention auf künstlerischem Gebiet nur selten zu befriedigenden Ergebnissen führte (Schicht 4).

Bonna war von ihrem Lunch-Treffen zurückgekehrt. Ihren bedeutenden Ruf als Journalistin verdankte sie vor allem einem riesigen Beziehungsnetz. Masser war davon überzeugt, dass sich im ganzen Land niemals etwas Interessantes ereignete, ohne dass Bonna mindestens eine Person, von der man sich wertvolle Informationen dazu erhoffen durfte, persönlich kannte. In den Jahren, in denen er neben ihr saß, hatte sie mehrere schier unglaubliche Proben ihrer Kontaktpflegekunst gegeben. Bonna kannte ganz Den Haag und ganz Hilversum – womit man mindestens drei Viertel der Informationsquellen unter Kontrolle hatte. Außerdem zählte sie führende Persönlichkeiten in der Finanzwelt, in Handel und

Industrie und in der Wissenschaft zu ihren Bekannten. Sie hatte die Privatnummern der Vorstandsvorsitzenden aller großen niederländischen Unternehmen, dazu die von zwei Schwestern der Königin und von deren Vater, dem sie jeden Freitag das Kryptogramm aus der Samstagsausgabe zufaxte, damit er einen Vorsprung vor seinen Freunden hatte. Über ihren Vater, einen früheren Minister, kannte sie zahlreiche ehemalige Politiker, und während ihrer Zeit am Gymnasium und danach an der Universität Leiden hatte sie viele spätere Prominente kennengelernt - und die Verbindung zu ihnen auf geheimnisvolle Weise immer aufrecht erhalten.

In all ihren Artikeln fand sich mindestens eine Information, ein Detail, das nur von einem wirklichen Insider stammen konnte. Sie schützte ihre Quellen wie eine Glucke ihre Küken, weshalb man nie genau wusste, wer sie informiert hatte; auf jeden Fall war nach der Lektüre eines ihrer Texte der Blickwinkel, aus dem man die Wirklichkeit betrachtete, zwangsläufig um mehrere Grade verschoben. Wenn irgendjemand Massers Theorie der Wahrheitsschichten konsequent umsetzte, dann war das Bonna. Masser hatte sich allerdings nie getraut, ihr seine Theorie vorzulegen, weil er wusste, dass ihr raues Gelächter dann eine halbe Stunde oder länger durch die Redaktion schallen und sie ihn mindestens ein Jahr mit ihrem Hohn verfolgen würde.

»Was Neues, Masser?« Sie schaute ihn spöttisch an - alle, an die sie das Wort richtete, wurden mit diesem spöttischen Blick bedacht. Masser schätzte sie auf Mitte vierzig. Sie war sympathisch und unnahbar zugleich, ein offenes Buch und unberechenbar, überaus feminin und hart wie ein Frontsoldat. Einmal hatte er mit Bonna ein Sternerestaurant am IJ besucht; dort hatte sie ihn dermaßen unter den Tisch getrunken, dass er sich kaum an den Abend erinnern konnte. Trotzdem war ihr Verhältnis seitdem als freundschaftlich zu bezeichnen.

Anscheinend war sie am vergangenen Abend auch nicht ganz nüchtern zu Bett gegangen, denn sie trug die Ray-Ban-Sonnenbrille, die früher ihrem Vater gehört hatte.

»Das hier«, antwortete Masser und hielt ihr die Ticker-Meldung über den Kokainfund hin. »Koks in Urk.«

»Zeig mal«, sagte Bonna. »Kennst du das Kaff?«

»Ja, meine erste Freundin kam von da.«

Bonna las die Meldung. »Da steckt eine Geschichte drin«, meinte sie dann. »Du musst hin, Masser. Nicht für eine Stunde und dann wieder zurück, nein, ein, zwei Wochen. Bis der Mann vom Heringsstand ›He, Masser!‹ zu dir sagt, bis die alten Knacker, die immer auf derselben Bank ihr Seemannsgarn spinnen, dich von sich aus ansprechen, bis den Frauen allmählich der scharfe Typ auffällt, der sich im Hafen rumtreibt. Aber dann sei vorsichtig, denn dann werden die Urker Männer eifersüchtig. Nimm ein Zimmer in der Pension De Kroon.« Offensichtlich hatte sie auch in Urk Kontakte. »In dem Artikel muss es darum gehen, wie das Kokain junge Leute kaputtmacht und eine ganze Gesellschaft korrumpiert«, erklärte Bonna, »und was man dagegen tun müsste.«

»Nämlich was?«

»Entkriminalisieren. Und warum das verdammt noch mal immer noch nicht geschieht. Warum wir stattdessen weiterhin genau das tun, was der Drogenmafia nützt. Wenn du die Zusammenhänge gut erklärst, hast du den Preis für Zeitungsjournalismus praktisch schon in der Tasche.« Einen Preis, den Bonna als Einzige dreimal gewonnen hatte.

Masser versuchte, die verschiedenen Schichten zu zählen, und kam auf mindestens sechs.

»Ein Freund von mir, aus Leiden, ist da Bürgermeister«,

sagte sie. »Hatte mehr von ihm erwartet, aber er ist ein netter Kerl. Ich geb dir seine Telefonnummer.«

»Und fang erst mal mit einer Woche an«, sagte Steven van Maren. »Danach können wir überlegen, ob mehr drin ist. Ich halte diese Typen für nicht besonders auskunftsfreudig, und vielleicht schmeißen sie dich schon nach drei Tagen ins Hafenbecken, weil du so komische Fragen stellst. Laut Polizei werden vermutlich nur zehn Prozent des ins Land geschmuggelten Kokains entdeckt, und wenn das auch für Urk gilt, laufen die Geschäfte da wunderbar. Das hängen sie aber bestimmt nicht gern an die große Glocke.«

»Es gibt auch Leute, die darüber nicht glücklich sind«, erwiderte Bonna, »und vielleicht sind die bereit zu reden.«

»Bring mir geräucherten Knurrhahn mit«, sagte Frits van de Waverij. »Kitty und ich sind wild auf geräucherten Knurrhahn. Vor allem auf den aus Urk.«

Masser fuhr auf der Brücke über das Ketelmeer von Flevoland auf den Noordoostpolder. In der Ferne links sah er die Umrisse von Urk. Er hatte eine Verabredung mit dem Bürgermeister, der nicht besonders entgegenkommend gewesen war, bis Masser Bonnas Namen genannt hatte. »Okay, Bonna«, sagte er. »Bonna kann ich nichts abschlagen. Sie finden mich im Rathaus. Das verflixte Kokain. Oder schreiben Sie Restaurantkritiken?«

Masser hatte das Gefühl, dass eine neue Phase seiner journalistischen Laufbahn begann, dass aus dieser Recherche etwas Großes werden konnte. Er wusste, dass von Journalistenkarrieren letztlich nur einige wenige Artikel oder Serien in Erinnerung blieben, die Aufsehen erregt oder etwas enthüllt oder auf ihre Weise etwas Neues geschaffen hatten – vielleicht würde ihm jetzt so etwas gelingen.

Er parkte den Wagen vor dem Rathaus, betrat das Gebäude und meldete sich bei der Frau an der Empfangstheke. Sie rief den Bürgermeister an und sagte dann zu Masser, er werde ihn abholen. »Kommen Sie wegen des Kokains?«, fragte sie.

»Ja.«

»Dachte ich mir. Schlecht für Urk.«

Der Bürgermeister kam schon die Treppe herunter und ging mit ausgestreckter Hand auf Masser zu.

»Masser Brock.«

»Frank van Weerdenburg.«

»Schön, dass Sie Zeit für mich erübrigen können.«

»Natürlich! Wie geht's Bonna?«

»Mehr als ausgezeichnet.«

»Unsere Bonna, großartige Frau. Was haben wir mit der gelacht damals im Studentenclub. Wirklich eine Seltenheit, Frauen, mit denen man lachen kann. Die hat jeden unter den Tisch gesoffen.« Frank van Weerdenburg hatte immer noch die Ausstrahlung eines Corpsstudenten, war ihm aber nicht unsympathisch. Er trug eine helle Hose, ein kariertes Jackett und ein blaues Hemd. Masser war froh, dass er seine Jeansjacke und die Turnschuhe zu Hause gelassen und stattdessen ein Jackett und seine schwarzen Van-Bommel-Brogues angezogen hatte; er hatte sie sogar noch schnell geputzt.

»Haben Sie schon zu Mittag gegessen?«, fragte der Bürgermeister. »Ich noch nicht. Ein guter Anlass, mal wieder Strammen Max zu essen. Ja? Dann gehen wir kurz ins Dorf.«

»Wasser«, sagte van Weerdenburg, als sie an einem kleinen Tisch am Fenster saßen und Masser ein Glas Mineralwasser zum Strammen Max bestellte. »Ich dachte, Journalisten wären Schluckspechte, aber die Zeiten haben sich offenbar geändert. Dann nehme ich auch ein Wasser, sonst sieht das komisch aus. Ich will nicht als der saufende Bürgermeister des ›Koksfischerdorfes‹ bezeichnet werden.« So wurde Urk in einem Artikel genannt, der an diesem Tag in einer anderen Zeitung stand. Sie hatten Aussicht aufs IJsselmeer.

»Schön«, sagte Masser und zeigte aus dem Fenster.

»Das friedliche Wasser«, sagte der Bürgermeister. »Wirkt immer beruhigend auf mich. Und das brauche ich im Augenblick. Meine Güte, man könnte meinen, dass ihr euch absprecht. Als das erste Mal so ein Päckchen gefunden wurde: nichts. Beim zweiten Mal: eine Meldung. Aber beim dritten Mal: alle auf einmal zum Bürgermeister.«

»Aller guten Dinge sind drei«, erwiderte Masser. »Ab dem dritten Mal wird es auffällig.«

»So ungefähr. Plötzlich laufen Kamerateams durchs Dorf, jeder bekommt ein Mikrofon unter die Nase gehalten. Reporter rufen zufällig ausgewählte Einwohner an und hoffen, dass die ihnen ein brauchbares Zitat liefern. Aber da kennen sie Urk nicht.«

»Nein.«

»Aber Sie?«

»Ich hatte hier mal eine Freundin, vor knapp zehn Jahren. Damals bin ich ein paarmal hier gewesen.« Masser nannte ihren Nachnamen, Hoekman – ein typischer Urker Name.

Der Bürgermeister nickte zufrieden. »Wie heißt ihr Vater mit Vornamen?«

»Herman.«

»Der alte Herman. Dann wissen Sie bestimmt auch, dass es nichts bringt, als Wildfremder durchs Dorf zu spazieren und Leute zu belästigen. Und erst recht nicht, sie zu fragen, ob sie schon mal irgendwas mit Kokain zu tun gehabt haben.«

»Nein, ich will behutsam vorgehen.«

»Auf Urk weiß niemand etwas«, sagte der Bürgermeister. »Niemand hat etwas gesehen, alle stellen sich dumm. In gewisser Weise finde ich diese Einstellung vorbildlich. Sie schließen die Reihen. Nur macht das die Sache kompliziert.«

»Was wissen Sie selbst?«

»Nichts. Wirklich nicht. Ich habe so meine Vermutungen, mehr aber nicht. Ich komme von außerhalb, ich repräsentiere den Staat. Sie mögen mich, aber sie sagen mir nichts. Sie wissen, dass ich irgendwann wieder weg bin. Und glauben Sie mir, die meisten wissen selbst nichts. Mein Eindruck ist, dass wir es mit einem begrenzten Personenkreis zu tun haben.«

»Aber es gibt Gerüchte.«

»Gerüchte, ja. Es wird allerhand geredet, Behauptungen werden in die Welt gesetzt, unbegründete Vermutungen verwandeln sich in Fakten. Sie wissen, wie das ist.«

»Ja. Solcher Unsinn interessiert mich nicht. Ich will …« Masser überlegte, was er eigentlich wollte. »Ich will ein Porträt des Dorfes entwerfen, vor dem Hintergrund des Drogenschmuggels.«

»Sie sind ehrgeizig. Aber die Idee ist gut, sehr gut.«

»Was raten Sie mir?«

»Gehen Sie ein bisschen herum, spitzen Sie die Ohren, aber stellen Sie keine Fragen. Tun Sie aber auch nicht so, als wären Sie kein Journalist, denn das merkt man hier sofort. Ich werde versuchen, Sie mit Leuten in Kontakt zu bringen, die Ihnen weiterhelfen können und die sich um das Image von Urk sorgen. Denn das wird natürlich auf diese Weise nicht besser. Es muss etwas geschehen.«

Der Kellner stellte zwei Teller Strammer Max und zwei Gläser Mineralwasser auf den Tisch. »Prost«, sagte der Bürgermeister. Masser glaubte, aus seinen Worten herauszuhören, dass er sein Vorhaben von vornherein für aussichtslos hielt. »Falls Sie etwas über unser Gespräch schreiben, wäre es mir lieb, wenn Sie mir das erst vorlegen könnten«, sagte van Weerdenburg. »Das Ganze ist ein Minenfeld, und ich würde gern noch ein paar Jahre Bürgermeister von Urk bleiben. Und ich bin nicht wild darauf, dass man mir die Fenster mit Backsteinen einwirft oder das Auto vor der Haustür anzündet.«

»Verstehe ich vollkommen. Natürlich würde ich es Ihnen vorlegen. Vorerst behandele ich alles, was Sie sagen, vertraulich.«

»Wunderbar. Nur befürchte ich, dass ich Ihnen kaum weiterhelfen kann. Wenn ich aber etwas höre, das Sie interessieren könnte, melde ich mich. Geben Sie mir auf jeden Fall Ihre Telefonnummer.« Bei der Zeitung hatte man Masser ein Nokia mitgegeben; er schrieb die Nummer auf eine Papierserviette.

»Urk«, sagte der Bürgermeister. »Wenn man auf dieses Wasser blickt – es hat etwas so Friedvolles an sich, aber es hat dem Dorf schon sehr viel Unglück gebracht. Auch sehr viel Geld, aber ich weiß nicht, ob sich Unglück und Geld die Waage halten.«

Masser nahm sich ein Zimmer in der Pension, die Bonna ihm empfohlen hatte und von der es nicht weit bis zum Hafen war. Er wollte sich möglichst unauffällig verhalten. Irgendwie musste er das Vertrauen von ein paar Leuten gewinnen.

Nach zwei Tagen Schlendern durch Urk hatte er das Wort Kokain immer noch nicht gehört, auch nicht in der Kneipe, in der er die Zeitung las und in der ein paar Jugendliche Billard spielten. Er überlegte, wie er mit ihnen ins Gespräch kommen könnte.

Sagt mal, wisst ihr, wo ich hier Kokain kaufen kann?

Hätte er doch nur als Student öfter Billard gespielt, dann hätte er den Jungs ein paar technische Tipps geben können, sie waren nämlich ziemlich schlecht.

»Wollen Sie was von mir?«, fragte der Größte der Jungen.

»Äh … nein, bestimmt nicht«, antwortete Masser. Er trank den letzten Schluck Bier und ging zur Theke, um zu zahlen.

Am Abend rief ihn der Bürgermeister an.

»Es ist nicht leicht, Leute zu einem Gespräch mit Ihnen zu bewegen«, sagte er. »Aber ich habe jemanden gefunden. Lukas Brouwer ist Eigentümer von drei Fischkuttern. Ich habe ihm versichert, dass Sie nicht auf Sensationsmeldungen aus sind und alles, was er Ihnen sagt, vertraulich behandeln. Haben Sie was zu schreiben? Dann gebe ich Ihnen seine Nummer.«

Lukas Brouwer wohnte in einer luxuriösen Villa etwas außerhalb des Dorfes. Diese Villa soll unmissverständlich Reichtum demonstrieren, dachte Masser; offenbar bedeutet Fischerei doch nicht nur Kummer und Sorgen. Auf dem Dach sah er einen merkwürdigen Aufbau, vor der Garage war ein Mercedes geparkt. Auf einem goldfarbenen Schild neben der Haustür stand L. BROUWER, REEDER. Als Masser auf den Klingelknopf drückte, erklangen die ersten Töne von *Für Elise*. Eine Frau von etwa Mitte fünfzig, die wie für eine Filmpremiere gekleidet und geschminkt war, öffnete die Tür. Sie schaute ihn misstrauisch an.

»Sie möchten zu Lukas«, sagte sie. »Kommen Sie herein.«

Masser reichte ihr die Hand und stellte sich vor.

»Sonja Brouwer«, sagte sie leise. Ihre Hand war klamm.

In der Diele hingen drei große Fotos, offensichtlich die Boote, mit denen Lukas Brouwer sein Geld verdiente, die UK 76, UK 81 und UK 92, auf hoher See und mit ausgebrachten Netzen. Masser betrachtete sie einen Augenblick.

»Sie können Ihr Jackett hier aufhängen«, sagte Sonja Brouwer. Sie zeigte auf die Fotos. »Das sind unsere Kutter.« Er folgte ihr ins Wohnzimmer. Dort saß Lukas Brouwer in einem imposanten schwarzen Ledersessel. Er war schätzungsweise zehn Jahre älter als seine Frau. Über seinem Kopf hing ein großformatiges Gemälde, auf dem außer Wellen nichts zu sehen war. Er stand auf.

»Brouwer«, sagte er und streckte Masser die Hand entgegen. Seine Stimme klang nach starkem Drehtabak und Sturm, es war ein dunkler Bass, mit dem er ohne Zweifel noch bei Windstärke zehn und trotz Motorengedröhn gut hörbar Befehle brüllen konnte.

»Brock. Masser Brock.«

»Kommen Sie«, sagte Lukas Brouwer, »wir gehen in mein Büro.« Aus der Küche war das Geräusch einer Kaffeemühle zu hören. Eine dunkelhäutige Frau mit einem Putzeimer in der Hand kam herein, ihrem Akzent nach zu urteilen eine Surinamerin. »Dann kann Deborah hier saubermachen.« Lukas Brouwer berührte kurz Deborahs Gesäß. Für Massers Begriffe war das Wohnzimmer makellos sauber, doch anscheinend nicht makellos genug.

Zum Büro ging es eine Treppe hinauf. Brouwer öffnete eine Tür, trat ein und schaute sich dann nach Masser um, offenbar gespannt auf dessen Reaktion. Das Büro war als Ruderhaus eines Fischkutters eingerichtet. Besser gesagt: Es *war* ein Ruderhaus, nur ohne Boot und Meer. Innen vor den schrägen, mit Scheibenwischern ausgestatteten Fenstern war ein breiter Steuerstand mit Anzeigegeräten, Tasten, Monitoren, Mikrofonen und Hebeln angebracht. Auch die seitlichen und hinteren Fenster waren die eines großen Kutters. Lukas nahm auf einem der beiden Sitze Platz, seine linke Hand ruhte auf dem Steuerrad aus dunklem Holz. Mit einer einladenden Geste zeigte er auf den zweiten Sitz. Aus seinen Augen sprach Stolz.

»Das ist eine exakte Kopie des Ruderhauses der UK 92, unseres schönsten und größten Bootes«, erklärte er. »Ich selbst fahre nicht mehr, deshalb habe ich das hier bauen lassen.« Er klopfte mit den Fingern auf ein Seefunkgerät. »Und hierüber kann ich mit meinen Jungs auf See Kontakt halten. Ich habe drei Söhne, sie sind die Kapitäne der Boote, die Sie in der Diele gesehen haben.« Er wartete auf einen Ausdruck der Bewunderung, doch Masser war sprachlos.

»Und dann noch dies«, sagte Lukas und drückte auf einen Knopf. Das Ruderhaus begann sanft zu schaukeln. »So komme ich zur Ruhe«, sagte er. »Und es hilft gegen die Sehnsucht nach der See. Denn die See, junger Mann, die See lässt einen nie mehr los.«

»Das glaube ich gern«, sagte Masser, der befürchtete, in einer Villa mit Aussicht auf den Polder seekrank zu werden.

»Hier hat mein Vater früher noch gefischt. Man blickt hier auf Meeresboden. Vorbei, alles vorbei. ›Und am Horizont liegt Emmeloord.‹ Kennen Sie das Lied?«

»Wo einst die Wogen das Land überzogen«, ergänzte Masser – die »Zuiderzee-Ballade« war eins der Lieblingslieder seines Großvaters. Lukas Brouwer nickte anerkennend. Ich wünschte, dieses Geschaukel würde aufhören, dachte Masser.

Sonja brachte auf einem Tablett Kaffee und Mandeltörtchen. Sie musste seefest sein, der Seegang brachte sie nicht aus dem Gleichgewicht.

»Wunderbar, Sonja«, sagte Lukas. Er stellte das Schaukeln ab. »Sonst wird der Kaffee noch verschüttet, und das muss ja nicht sein.« Nachdem Sonja wieder gegangen war, kam Lukas Brouwer zur Sache.

»Sie sind also Journalist und wollen einen Artikel über den Kokainfund auf Urk schreiben«, stellte er fest. »Das hat mir jedenfalls der Bürgermeister erzählt. Warum wollen Sie das?«

»Mir geht es eigentlich eher um ein Porträt des Dorfes«, sagte Masser, »vor dem Hintergrund der Drogenfunde.

Warum? Weil es einen Bericht wert ist. Es war schon das dritte Mal in diesem Jahr, dass in Urk eine nicht unerhebliche Menge beschlagnahmt wurde. Ist das nicht auffällig?«

»Wissen Sie, wie viel Kokain pro Jahr produziert wird?« Masser hatte keine Ahnung und verstand nicht, worauf Lukas Brouwer hinauswollte.

»Eintausend Tonnen«, erklärte Brouwer. »Eine Million Kilo. Eine Milliarde Gramm.«

»Ganz schöne Menge«, sagte Masser. »Das wusste ich nicht.«

»Nun, ich weiß es zufällig. Das sind die offiziellen Zahlen der Vereinten Nationen. Tendenz steigend. Wissen Sie, wie viele Kokainkonsumenten es auf der Welt gibt?« Auch das wusste Masser nicht, aber vermutlich wusste es Lukas Brouwer.

»Knapp vierzehn Millionen. Und es werden immer mehr. Und der Umsatz? Irgendeine Idee?« Masser schüttelte den Kopf, allmählich kam er sich reichlich dumm vor.

»Hundertfünfundsechzig Milliarden US-Dollar. Konservative Schätzung, mit Sicherheit ist es viel mehr.« Lukas lehnte sich zurück und schaute Masser prüfend an. »Es gibt Angebot und Nachfrage«, sagte er in belehrendem Ton. »So viel Nachfrage, dass die Preise hoch bleiben. Dank der Illegalität natürlich, denn sonst könnte man das Zeug hier bei Spar für fünf Gulden pro Gramm kaufen. Gut, aber etwas fehlt. Nämlich was?«

»Wie meinen Sie?«, fragte Masser. Er war verwirrt. Um seine Ratlosigkeit zu überspielen, trank er einen Schluck Kaffee.

»Was zwischen Angebot und Nachfrage fehlt.«

»Tja ...«

»Gut, ich sag's Ihnen. Die Logistik. Der Handel. Der Transport, die Vertriebswege. All das gibt es nicht. Das heißt, nicht offiziell. Denn in Wirklichkeit gibt es das natürlich schon. Glauben Sie mir, junger Mann, wenn etwas fehlt, aber die Nachfrage besteht, dann wird es geschaffen. Ich hole Fisch aus dem Meer, Fisch wird gern gegessen, deshalb wird mein Fisch mit Lastwagen zur Auktionshalle und von dort zu den Fischgeschäften gebracht, die meinen Fisch verkaufen. So ungefähr ist das, seit Gott die Welt geschaffen hat. Das ist der Mensch: Handel, Geld verdienen.«

»Ja«, sagte Masser.

»Und so ist es auch mit dem Kokain. Das Zeug muss von den Produzenten zu den Konsumenten gebracht werden.«

»Aber es ist illegal.«

Lukas Brouwer lachte auf. »Natürlich ist es illegal. Nur interessiert das weder die Produzenten noch die Konsumenten. Sie haben das Verbot nicht erlassen. Die einen wollen nur friedlich auf einem Stück Land Cocapflanzen anbauen und die anderen ein bisschen koksen. Es ist illegal, weil Politiker irgendwann beschlossen haben, dass es illegal ist. Oder irre ich mich?«

»Nein, stimmt«, sagte Masser.

»Also. Wussten Sie, dass es während des Ersten Weltkriegs in Amsterdam eine legale Kokainfabrik gab?« Auch diesmal war Masser ahnungslos.

»Die produzierte hauptsächlich für die Soldaten in den Schützengräben«, erklärte Brouwer. »Englische Soldaten, französische Soldaten, amerikanische Soldaten, deutsche Soldaten. Das Zeug sollte die Angst erträglich machen. Es wurde viel Geld damit verdient, und kein Hahn hat danach gekräht. Produktion, Transport, Konsum. Da war kein Fischer dran beteiligt.« Zum ersten Mal stellte er eine Verbindung zwischen Urk und dem Kokain her. »Wir schnüffeln doch nur, um die Angst erträglich zu machen, meinen Sie nicht?«

»Das könnte gut sein«, sagte Masser. Anscheinend fühlte sich Lukas Brouwer ohne Seegang nicht wohl, denn das Ruderhaus begann wieder zu schaukeln, in einem etwas anderen Rhythmus und in einer anderen Richtung als beim ersten Mal.

»Vorhin kam der Wind aus Nordwest«, erläuterte er, »aber jetzt hat er auf Südwest gedreht und ist aufgefrischt. Spüren Sie das?« Er drehte das Steuerrad. »Wir müssen den Kurs halten.« Masser hatte das Gefühl, verrückt zu werden.

»Was ich sagen will«, fuhr der Reeder fort, »ist Folgendes. Sie sind hier, weil fünf Kilo Koks in einer Garage auf Urk gefunden wurden. *Big deal.* Illegal, das stimmt. Aber natürlich ist zu erwarten, dass so etwas vorkommt. Die Polizei muss doch hin und wieder zeigen, dass sie was unternimmt. Und in der Zwischenzeit sind wir wieder ein paar hundert Kilo weiter, die *nicht* gefunden wurden.«

»Das ist sehr gut möglich. Ein paar hundert Kilo?«

»Ja. Woran könnte das liegen?«

»Zu wenig Personal bei der Wasserschutzpolizei?«, sagte Masser auf gut Glück.

»Nein, Unsinn. Das liegt daran, dass wir's im Grunde ganz in Ordnung finden, wie es im Augenblick läuft. Es stört uns nicht. Wir sind im Netz unserer eigenen Gesetze gefangen, das ist es. Vernünftige Politiker würden Koks morgen legalisieren. Problem gelöst. Dann verlieren die paar Urker Fischer, die sich mit den Päckchen was dazuverdienen, eine Einnahmequelle, aber die finden schon was anderes. Bis dahin stellen wir uns alle dumm. Und jeder kriegt ein bisschen ab.«

Masser wusste nicht, was er sagen sollte. Es war die Wahrheit unter der Wahrheit. Bonna hatte sie schon in Umrissen skizziert, doch nun hörte er sie mit etwas mehr Details und Argumenten aus dem Mund eines Experten oder zumindest einer Person, die sich auskannte.

Masser wollte fragen, wie Brouwer dieses Schaukelruderhaus finanziert hatte, sah aber davon ab. Die Antwort war zu einfach: harte Arbeit. Gegen die Darlegungen des Fischers ließ sich wenig einwenden. Er spürte, dass Brouwer ihm haushoch überlegen war, dass er genau wusste, wen er vor sich hatte: einen reichlich naiven kleinen Journalisten aus der Großstadt. Sonja Brouwer servierte frischen Kaffee. »Mögen Sie keine Mandeltörtchen?«, fragte sie.

»Ihm ist ein bisschen übel vom Seegang«, sagte Lukas. Er ließ das Ruderhaus wieder stillstehen. »Wir trinken noch unseren Kaffee, und dann fahren wir ins Dorf und essen leckeren Fisch. Das Leben besteht doch nicht nur aus Arbeit, oder, Herr Brock? Man muss es auch genießen.« Er wusste, dass er souverän gewonnen hatte, vielleicht sogar durch Knockout.

Masser nahm all seinen Mut zusammen und fragte: »Sind Sie irgendwann einmal direkt mit dem Drogenschmuggel in Berührung gekommen? Ich meine: Kennen Sie Leute, die daran beteiligt sind? Weiß man hier, wer diese Leute sind? Nur aus Neugier natürlich, all das bleibt vertraulich.« Er fand, dass er diese Fragen wenigstens stellen musste, auch wenn er die Antwort schon kannte.

»Nein«, sagte Lukas Brouwer lachend. »Keine Ahnung. Meine Kutter fangen nur Scholle und Kabeljau. Und manchmal Roten Knurrhahn. Kennen Sie geräucherten Roten Knurrhahn? Köstlich! Probieren wir gleich mal.« Masser erinnerte sich, dass er Frits van de Waverij geräucherten Knurrhahn mitbringen sollte.

»Ich möchte Sie auch etwas Persönliches fragen«, sagte Lukas. »Haben Sie mal gekokst?«

»Nicht oft«, antwortete Masser. »Kaum. Es gefiel mir nicht so.«

Lukas Brouwer sagte nichts mehr.

Abends rief der Bürgermeister an. »Wie ich von Lukas gehört habe, war es ein nettes Gespräch«, sagte er. »Hoffentlich hat es Ihnen etwas gebracht, für Ihre Reportage.« Masser glaubte, Schadenfreude herauszuhören.

Am nächsten Tag hielt er sich noch ein paar Stunden in der Nähe des Hafens auf. Jemand lud ihn zu einer Privatführung durch die Fisch-Auktionshalle ein – auf sie waren die Urker stolz. Er speiste in einem Restaurant, in dem man für fünfundzwanzig Gulden unbegrenzt Seezunge essen konnte. Was die geplante Reportage anging, war er ratlos. Der Bürgermeister hatte gesagt, er könne ihm nicht weiterhelfen. »Lukas ist eine Ausnahme. Der Rest will mit der Sache nichts zu tun haben.«

Er durfte sich nicht einfach damit abfinden und ohne Resultat und wie ein begossener Pudel nach Amsterdam zurückkehren. Er dachte an seine Theorie der Wahrheitsschichten. Vielleicht konnte er eine Schicht auslassen, oder sogar zwei, damit er wenigstens etwas halbwegs Brauchbares zustande brachte. Er konnte über die immer wieder ins Gespräch gebrachte Legalisierung von Drogen schreiben, vielleicht war auch die Kokainfabrik, die Brouwer erwähnt hatte, ein dankbares Thema. Und der Bürgermeister hatte beiläufig von möglichen Einschüchterungen und Drohungen gesprochen, auch das konnte interessant sein. Der Druck auf die Institutionen.

Er verwarf all seine Ideen. Und er fasste einen Entschluss. Denn er kannte in Urk doch jemanden, der ihm vielleicht helfen konnte.

Masser klingelte an der Tür eines Hauses, das er 1987 zum letzten Mal betreten hatte. Er schaute auf die Armbanduhr, es war drei. Er wusste noch nicht, was er sagen sollte, er wusste ja nicht einmal, ob Evas Eltern noch hier wohnten – dass sie selbst das Dorf längst endgültig verlassen hatte, davon ging er aus. Sie hatten sich in Amsterdam kennengelernt, und er konnte sich nicht vorstellen, dass sie nach ihrem Musikhochschulstudium zurückgekehrt war. Was sollte sie in Urk, als Kontrabassistin? Allerdings wusste er auch nicht, ob sie ihr Studium abgeschlossen hatte. Er hatte sie vor mindestens sechs Jahren aus den Augen verloren. Neben der Klingel hing kein Namensschild.

Der Mann, der die Tür öffnete, schaute ihn fragend an. Masser erkannte ihn sofort als Evas Vater. »Was kann ich für Sie tun?«, fragte Herman Hoekman.

»Ich bin Masser«, sagte Masser. »Möglicherweise erinnern Sie sich noch an mich. Ich war eine Zeitlang mit Ihrer Tochter Eva befreundet. Das ist lange her, ich glaube, ich bin 1987 zum letzten Mal hier gewesen. Vielleicht war es sogar 1986.« Der Mann sagte nichts. »Ich habe damals auch in Amsterdam studiert.« Masser hatte ihn eigentlich nicht als besonders schweigsam in Erinnerung. Er wollte Paris erwähnen, wohin er mit Eva einmal per Anhalter gefahren war, zu einem Konzert von Paolo Conte im Olympia, doch dann überlegte er, dass sie ihren Eltern vermutlich nie davon erzählt hatte.

»Wir sind einmal zusammen aufs IJsselmeer rausgefahren«, sagte er, »um die Aalreusen aus dem Wasser zu ziehen. Können Sie sich daran vielleicht noch erinnern?«

Der Mann kniff die Augen zusammen. Dann sagte er: »Masser! Ich fand den Namen damals schon merkwürdig, und er ist es immer noch. Stammt er nicht aus der Bibel? Eva hat öfter mal einen Freund nach Hause gebracht, aber jetzt erinnere ich mich an dich. Du warst der Erste, glaube ich.« Er reichte Masser die Hand. »Das ist ja eine Überraschung, dass du plötzlich wieder vor der Tür stehst. Willst du's noch mal bei ihr versuchen? Zu spät, Eva ist verheiratet und hat zwei Kinder. Sie ist Musikerin. Pop und vor allem Jazz. Sie ist jetzt auf Tournee mit einem jungen Mann, der amerikanische Country-Musik spielt. Ja, für mein Mädchen ist die Musik alles, sie ist ihr Leben.« Herman Hoekman war hörbar stolz auf seine Tochter. »Komm rein, Masser. Meine Frau ist gestorben, wie du vielleicht gehört hast, aber ich kann auch Tee kochen.«

»Herzliches Beileid, Herr Hoekman«, sagte Masser. »Nein, das wusste ich nicht. Eva und ich haben schon lange keinen Kontakt mehr. Ach je.«

»Gottes Wille«, erwiderte Hoekman. Masser folgte ihm durch den Flur nach links in das kleine Wohnzimmer. Auf den ersten Blick hatte sich nichts verändert. »Ich habe von Eva gehört, dass du Journalist bist.«

Sie hat von mir gesprochen.

»Richtig. Bei *De Nieuwe Tijd.*«

»Nimm Platz. Ich setze schnell Wasser auf.«

Masser schaute sich um. Auf dem Kaminsims stand ein Foto von Evas Mutter. An der Wand hingen zwei kleine Kinderporträts in silbernen Rähmchen, daneben ein Stück Leinen mit einem gestickten Bibelzitat, an das er sich noch erinnerte: *Ich bin der Weg, die Wahrheit und das Leben.*

Herman Hoekman stellte zwei Tassen Tee und eine Keksdose auf den Tisch. Dann ging er zu einem Schrank, griff nach einer CD und hielt sie in die Höhe. »Darauf spielt sie mit. Ich habe schon einen ganzen Stapel.« Masser überlegte, wie es möglich war, dass er von Eva Hoekmans musikalischer Karriere nichts mitbekommen hatte. Er betrachtete die CD und suchte nach ihrem Namen. »Eva H.« stand auf dem Beiheft.

»Eva geht es also gut«, stellte Masser fest. »Freut mich, das zu hören.«

Hoekman zeigte auf die Kinderfotos. »Meine Enkelkinder.

Zwei hübsche kleine Mädchen. Sie besuchen mich mindestens einmal pro Woche. Eva ist mit einem Amerikaner verheiratet. Auch Musiker. Walsh heißt sie jetzt.«

»Ich bin eine Woche auf Urk«, sagte Masser. Er wusste, dass die Einwohner immer noch »auf« sagten, als wäre der Ort noch eine Insel. Hoekman legte einen Keks auf seine Untertasse und schloss die Dose wieder sorgfältig.

»Ich brauche wohl nicht zu fragen, warum du hier bist«, sagte Hoekman. »Du machst bestimmt nicht Urlaub.«

»Nein. Sie haben natürlich auch von dem Kokain gehört.«

»Davon hab ich gehört, ja.« Das Misstrauen war schon mit Händen zu greifen.

»Ich bin zum Tee bei Lukas Brouwer gewesen.«

»Lukas. Der hat's zu was gebracht. Warst du in seinem Ruderhaus?«

»Ja. Bin ein bisschen seekrank geworden.« Herman Hoekman grinste.

Masser beschloss, offen zu reden, er wollte keine Spielchen spielen. »Man hat mich mit einem schwierigen Auftrag hergeschickt«, sagte er. »Ich soll über Urk und das Kokain schreiben. Wie es zu erklären ist, dass hier schon zum dritten Mal in diesem Jahr ein paar Kilo Kokain gefunden worden sind.«

»Und da hast du gedacht: Warum gehe ich nicht mal zum alten Hoekman. Vielleicht weiß der was. Was hat Lukas erzählt?«

»Das war interessant. Auch der Bürgermeister hat mir manches gesagt. Aber zwei Gespräche sind zu wenig. Ich möchte ein Porträt des Dorfes entwerfen, und ich dachte … Sie sind praktisch der Einzige, den ich hier kenne.«

Hoekman musterte ihn scharf.

»Ich dachte, vielleicht könnten Sie mir ein bisschen weiterhelfen.«

»Ich glaube nicht, Masser.«

»Ich meine: Wie kommt das… wie ist das mit Urk und dem Kokain? Haben Sie eine Erklärung dafür?«

»Sicher, aber ich will nicht darüber reden. Und auf meine Erklärung kannst du auch selbst kommen. Geld, leicht verdientes Geld. Früher musste man auf See Geld verdienen. Viele hier fischen immer noch, aber es ist nicht mehr, was es mal war. Und es gibt Möglichkeiten, viel mehr zu verdienen, ohne dafür so hart arbeiten zu müssen.«

Die Krise der Fischerei, dachte Masser, Fangquoten, teurer Diesel, schrumpfende Fischbestände. Herman Hoekman half ihm doch weiter. »Was für Leute sind das…«

»Mir wäre lieber, du würdest gehen«, sagte Hoekman, nachdem er Masser etwa zehn Sekunden lang betrübt in die Augen geschaut hatte. »Du kennst Urk, Masser. In zwei Stunden weiß das ganze Dorf, dass du hier warst und mit mir gesprochen hast. ›Da war ein Journalist bei Herman von Maarten von Siep.‹ Nächste Woche schreibst du einen Artikel für deine Zeitung. Wenn da was drinsteht, was denen nicht gefällt, hast du es von mir. Auch wenn du es gar nicht von mir hast. Was glaubst du, was dann passiert? Es geht nicht um ein paar Zehner, Masser, es geht um richtig viel Geld. Und was passiert wohl, wenn diese Geschäfte in Gefahr geraten? Die kennen keine Skrupel.«

Masser sah die Schlagzeilen vor sich: ANGST GEHT UM AUF URK. BEVÖLKERUNG FÜRCHTET RACHE VON KOKAINSCHMUGGLERN UND SCHWEIGT. DAS HOLLÄNDISCHE SIZILIEN.

»Verstehe«, sagte er. »Es tut mir leid, Herr Hoekman. Ich hätte sie nicht behelligen dürfen.« Er trank schnell seinen Tee aus und stand auf. »Vielleicht sehen wir uns noch mal. Bestellen Sie auf jeden Fall Eva herzliche Grüße von mir.«

Auch Hoekman war aufgestanden und legte ihm die Hand auf die Schulter. »Die Leute hier mögen es nicht, wenn Fremde zu neugierig sind, Masser. Das weißt du genauso gut wie ich. Schon dass jemand von außerhalb mit dem schönsten Mädchen von Urk zusammen war, hat ihnen damals nicht gefallen.«

Masser lachte. »Das stimmt. Ich konnte hier mit ihr in keine Kneipe gehen.« Er wollte fragen, ob sie immer noch so schön sei, überlegte es sich aber rechtzeitig anders. So etwas fragte man einen Vater nicht.

»Warte«, sagte Hoekman. Er ging zum Tisch, nahm einen Stift und ein Stück Papier und schrieb etwas auf. Es waren zwei Telefonnummern. »Die erste ist die von Eva, vielleicht freut sie sich, wenn du sie anrufst. Ganz bestimmt, das weiß ich. Und die zweite ist die von Maarten.« Masser grub in seinem Gedächtnis, es sah so aus, als müsste er Maarten kennen. »Ihrem Bruder«, sagte Hoekman.

»Ach ja, Entschuldigung. Maarten. Ihr kleiner Bruder. Wie alt ist er jetzt? Neunzehn?«

»Er ist einundzwanzig. Wohnt in Nagele, einem Dorf in der Nähe, nicht mehr auf Urk.«

»Danke, Herr Hoekman.«

»Pass gut auf dich auf, Masser.«

Als er bei der Zeitung anrief, nahm Bonna ab.

»Masser, alte Spürnase, hast du schon was?«

»Nein. Jedenfalls nichts Konkretes. Okay, dass die Fischerei nicht gerade boomt und man sich deshalb nach anderen Einkommensquellen umschaut. Und wenn man dann fünf Kilo Koks an Land bringt und weiterverkauft, hat man leicht ein Jahreseinkommen an Gewinn.«

»Steuerfrei.«

»Eben.«

»Na, das ist doch ein Anfang, oder?«

»Die Leute hier haben wahnsinnige Angst, irgendwas zu sagen. Die Drogenschmuggler kennen keine Skrupel, sagen sie. Und sie mögen keine neugierigen Fremden. Immerhin war ich bei jemandem, der sich ein Ruderhaus als Büro hat bauen lassen. Es schaukelt, ich bin seekrank geworden.«

»Ein Büro, das schaukelt? Hast du gekokst, Masser?«

»Nein, im Ernst.«

»Na ja, fürs Atmosphärische gibt das viel her. Was war mit dem Bürgermeister?«

»Hab mit ihm zu Mittag gegessen. Und er hat mich mit jemandem in Kontakt gebracht. Seitdem hab ich nichts mehr von ihm gehört. Ich glaube, er hat auch Angst. Die Leute hier meiden Journalisten wie die Pest. Er sprach von eingeworfenen Fensterscheiben und brennenden Autos.«

»Du hast doch schon fast alles, was du brauchst!«

»Ich hab noch nichts, Bonna.«

»Weißt du, woher dieses Kokain stammt?«

»Nein. Kolumbien vermutlich. Kommt Kokain nicht immer daher?«

»Nein, Masser. Das Urker Kokain kommt aus Surinam.«

»Woher weißt du das denn nun wieder?«

»Ich hab meine Informanten, und ich hab ein bisschen rumtelefoniert.«

»Hast du noch mehr erfahren? Von deinen Informanten?«

»Ja, dass die Sache stinkt.«

»In welcher Hinsicht?«

»Sei vorsichtig, Masser. Sobald ich mehr weiß, hörst du von mir.«

Sie legte auf. Bonnas Worte hallten wie ein Echo in seinem Kopf. *Sei vorsichtig, Masser.* Sie warnte ihn, genau wie der alte Hoekman.

Masser rief zuerst Eva an. Nachdem er seinen Namen genannt hatte, blieb es am anderen Ende einen Moment still.

»Masser? Masser Brock?«

»Kennst du noch andere Massers?«

»Masser! Entschuldige, ich bin ein bisschen überrascht. Es ist schon eine Weile her, dass ich etwas von dir gehört habe. Zehn Jahre?«

»Fast. Tut mir leid.«

»Braucht dir nicht leidzutun, du hast ja auch nichts von mir gehört.«

»Ich bin in Urk. Hab deinen Vater besucht. Er hat mir deine Nummer gegeben.«

»Du bist an dieser Koks-Sache dran.«

»Ja. Wie geht's dir?«

»Gut. Sehr gut.«

»Wo wohnst du jetzt?«

»Utrecht. Schön zentral, ich bin ziemlich viel unterwegs. Wegen der Musik.«

»Hat dein Vater mir erzählt. Es läuft gut bei dir, stimmt's?«

»Ich hab Arbeit genug. Du auch, glaube ich. Jedenfalls lese ich fast jeden Tag etwas von dir in der Zeitung. Schön, wenn der erste Freund mit am Frühstückstisch sitzt.«

Masser schwieg einen Moment. Dann sagte er: »Urk und das Koks. Ich komme damit nicht weiter.«

»Was hast du erwartet? Dass man Masser Brock alles erzählt, weil er mal zehn Monate mit Eva Hoekman zusammen war?«

»Waren es nur zehn Monate? Ich dachte, es wäre länger gewesen.«

»Zehn Monate. Denkst du noch manchmal dran?«

»Natürlich.«

»Ich auch. Die erste Liebe. Besuchst du mich mal?«

»Gern.«

»Hast du was zu schreiben?« Sie nannte ihm ihre Adresse. »Ich würde mich freuen.«

»Ich auch.«

»Und du musst mit meinem Bruder reden, mit Maarten. Erinnerst du dich noch an ihn? Soll ich dir seine Nummer geben?«

»Ja bitte! Lieb von dir.«

»Masser.« Es klang wehmütig, als würde sie ihn mit ihrer Stimme streicheln.

»Eva H.«, sagte Masser, mit H wie im englischen Alphabet.

Sie lachte. »Weißt du, wie New Yorker Hoekman aussprechen?«

Es war, als würde sich das Dorf nach ein paar Tagen allmählich an den jungen Mann gewöhnen, der manchmal eine halbe Stunde auf einer Bank am Hafen saß und in einem kleinen Schreibblock Notizen machte. Es kam sogar vor, dass sich jemand zu ihm setzte, mit dem er sich dann kurz unterhielt. Wenn er einen Laden betrat, verstummten die Gespräche nicht mehr, auch nicht, wenn sie sich um genau das drehten, was ihn nach Urk geführt hatte. Hin und wieder hatte er den Verdacht, dass die Leute absichtlich darüber sprachen, wenn er in der Nähe war. Ihm wurde klar, dass nur eine kleine Gruppe in die Sache verwickelt war und dass sehr viele Einwohner den Drogenschmuggel ablehnten – und für manche von ihnen war er, der Fremde, das Mittel, um dies deutlich zu machen. Meist indirekt, gelegentlich aber auch offen. Die meisten wollten ihren Namen nicht nennen, doch einige taten es unter der Bedingung, dass sie anonym bleiben würden, was Masser als Vertrauensbeweis empfand. Wer Fischer war oder es gewesen war, erwähnte das gern; darauf war man stolz.

Wenn er mit jemandem gesprochen hatte, notierte er die Äußerungen so genau wie möglich, auch diejenigen, die auf den ersten Blick wenig bedeutsam waren. Er sammelte Zitate wie ein Muschelsammler Schalen; ob wertvolle Exemplare darunter waren, würde er später feststellen, vielleicht konnten ihm manche Sätze in Verbindung mit anderen zu neuen Erkenntnissen verhelfen.

Maarten Hoekman, Maarten von Herman von Maarten, wohnte zehn Kilometer von Urk entfernt in einem Reihenhaus in Nagele, einem Ort, der einen gewissen Ruhm als »das modernste Dorf der Niederlande« genoss. Nicht, dass dort alles so modern gewesen wäre, im Gegenteil, aber sämtliche Häuser hatten Flachdächer. Das Dorf war in den fünfziger Jahren von berühmten Architekten wie Aldo van Eyck und Gerrit Rietveld entworfen worden, die kleinen Parks von der Gartenarchitektin Mien Ruys. Nachdem Masser geklingelt hatte, dauerte es einige Zeit, bis die Haustür aufging, da erst zusätzliche Schlösser geöffnet werden mussten.

»Masser!«, sagte Maarten. »Masser Brock, unglaublich.« Masser erkannte in seinem Gegenüber den kleinen blonden Jungen wieder, mit dem er im Park vor dem Haus in Urk Fußball gespielt hatte. Er hatte immer noch diesen fragenden Blick, als erwarte er interessante Neuigkeiten oder aufregende Geschichten.

»Maarten. Junge, du hast dich kein bisschen verändert. Na ja, etwas gewachsen bist du.« Er sieht nicht besonders gesund aus, dachte Masser. Er ist zu dick und trinkt zu viel. »Darf ich reinkommen?«

Das Wohnzimmer war kahl. Anscheinend wohnte Maarten noch nicht lange in dem Haus, denn überall standen unausgepackte Umzugskartons, ansonsten nur ein Tisch, zwei Stühle und ein alter Fernseher.

»Nimm dir 'n Stuhl«, sagte Maarten.

»Ich soll dich von deinem Vater und von Eva grüßen«, sagte Masser, obwohl keiner der beiden davon gesprochen hatte.

»Ja«, sagte Maarten. Es war nicht ganz klar, was das bedeutete. »Und erklär mal, was dich zu mir führt. Kann's mir, glaub ich, schon denken.«

Als Masser angerufen hatte, um sich mit ihm zu verabreden, hatte er nur gesagt, dass er Journalist sei, aber nicht, weshalb er nach Urk gekommen war.

»Es ist das, was du glaubst. Man hat mich wegen der Koks-Sache nach Urk geschickt. Ich dachte, du könntest mir vielleicht ein paar Hintergrundinformationen geben. Ich will ein Porträt von Urk schreiben.« Er hoffte, dass Maarten ihm das eine oder andere sagen konnte, das den geflüsterten Sätzen in seinem Notizblock Bedeutung und Zusammenhang verleihen würde.

Maarten schaute ihn an, nun eher forschend als erwartungsvoll. »Mein Vater hat dir also gesagt, dass ich mehr weiß«, begann er, »und meine Schwester bestimmt auch. Und sie haben recht. Komm, gehn wir kurz was trinken. Bei einem Bierchen redet sich's besser. Was meinst du?«

Zu Massers Überraschung waren sie erst beim zweiten Bier, als Maarten die Karten auf den Tisch legte, als hätte er nur darauf gewartet, jemandem alles erzählen zu können. Er hatte als Fischer auf einem Kutter mit dem Namen Maria-Wilhelmina gearbeitet. Meistens hatten sie ihren Fisch in Harlingen ausgeladen und waren von dort mit einem Taxi nach Urk zurückgefahren, um das Wochenende zu Hause zu verbringen.

»Aber manchmal sind wir durch die Schleuse im Abschlussdeich und dann nach Urk gefahren. Das war, wenn wir außer Fisch auch Drogen an Bord hatten«, erklärte er in einem Ton, als wäre es das Normalste auf der Welt. »Und nicht *einmal* 'ne kritische Situation, Masser. Durch die Schleuse, aufs IJsselmeer in Richtung Urk, Fisch ausladen, Nacht abwarten, Koks raus. Keine Ahnung, wo das Zeug hinging, nur dass es immer in einen weißen Lieferwagen geladen wurde.«

»Nie Kontrollen?«

»Nie.«

»Haben alle an Bord davon gewusst?«

»Natürlich. Es wurde auf hoher See übernommen, und das geht nicht, ohne dass jeder auf dem Schiff sieht, was los ist. Da hat niemand gedacht: Ah, 'ne Ladung Pfannkuchenmehl.« Er trank einen Schluck Bier, seine Hand zitterte. »Wir haben aber nie drüber geredet. Mit keinem Wort. Das Ganze spielte sich schweigend ab. Es war kein Thema, als hätten wir abgemacht, dass es nicht passiert ist. Alle haben gespürt: Wenn ich mich nicht an die *omertà* halte, ist das gefährlich. Für die anderen, aber vor allem für mich. Das lag in der Luft, das brauchte einem keiner zu sagen.«

»Waren es große Mengen?«

»Unterschiedlich. Aber nicht fünf Kilo. Ich glaube, es waren jedes Mal so um die hundert Kilo, vielleicht noch mehr.«

»Habt ihr einen Anteil vom Gewinn bekommen?«

»Du weißt, wie's in der Fischerei ist. Jedes Mitglied der Besatzung bekommt einen Teil vom Ertrag. Wenn man öfter einen guten Fang macht, verdient man gutes Geld. Auch ein Ersatzmann wie ich. Wenn wir wieder mal so eine Ladung abgeliefert hatten, gab es mehr, als auf Grund des Fangs zu erwarten war. Sehr viel mehr. Dann war der Lohn aber teilweise schwarz. Was soll's, das kümmert auf Urk auch keinen.«

»Schweigegeld.«

»So was in der Art. Gefahrenzulage. Loyalitätszulage.«

Masser ging zur Theke und kehrte mit zwei neuen Gläsern Bier zurück. »Fährst du jetzt auf einem anderen Kutter?«

»Nein, dann würde ich nicht hier sitzen.«

»Und was machst du jetzt?«

»Erst mal nichts. Arbeitslosengeld.«

»Kommen diese Dinge oft vor, auf Urk?«

»Weiß ich nicht. Ich vermute, dass wir nicht die Einzigen waren, aber die von den anderen Booten halten auch alle den Mund.«

»Warum hast du aufgehört?«

Maarten schwieg, er schüttelte vorsichtig das Glas, damit sich wieder Schaum bildete. »Sollen wir sagen: Gewissensbisse?«

»Das kannst du natürlich sagen. Und dann glaube ich dir. Aber stimmt es auch?«

»Nein.« Maarten stand auf und ging zur Toilette. Zwei Männer betraten die Kneipe. Sie setzten sich an einen Nachbartisch und bestellten Pils und Bitterballen.

Als Maarten zurückkam, setzte er sich nicht wieder hin. »Komm«, sagte er, »wir gehen nach Hause.« Plötzlich schien er es eilig zu haben.

»Masser«, sagte Maarten, als sie in seinem Wohnzimmer am Tisch saßen, »ich traue niemandem mehr. Es ist ein einziger Sumpf. Weißt du, wo das Kokain herkommt?«

»Aus Surinam«, antwortete Masser.

Maarten nickte. »Gute Arbeit. Dann weißt du vielleicht auch, warum wir nie erwischt worden sind? Warum nie ein Polizeiboot bei uns längsseits gegangen ist und der Kutter nie durchsucht wurde? Nie eine einzige Routinekontrolle, nichts?«

»Nein.«

»Unter uns?«

»Bei der rechten Hand deiner Schwester.«

Maarten lachte. »Ferkel.« Er rieb mit beiden Händen über sein Gesicht und holte tief Luft, als müsste er all seinen Mut zusammennehmen. »Okay, ich hab aufgehört, Ende letzten Jahres. Jungs, hab ich gesagt, ich mach Schluss, ich geh wieder zur Schule, ich will das hier nicht mehr. Eine Woche später kam jemand zu uns, den ich nicht kannte. Ich wohnte noch bei meinem Vater, es war vormittags gegen zehn. Der Mann sagt: ›Maarten, ich muss dich was fragen.‹ Es war ungefähr so wie heute, als du zu mir gekommen bist. Nur dass er ziemlich gefährlich aussah, ich hatte Angst vor ihm. ›Okay‹, sag ich, ›frag, was du willst.‹ Und er: ›Du bist doch auf der Maria-Wilhelmina gefahren?‹ ›Ja, stimmt.‹ ›Dann weißt du auch, dass nicht immer nur Fisch an Bord war‹, sagt er. Ich hab nichts gesagt, denn ich hab nie darüber gesprochen, mit niemandem, aber ich konnte ihm ansehen, dass er ganz genau Bescheid wusste. ›Ich komme als Freund zu dir‹, sagt er. ›Du kennst mich nicht, aber ich bin dein Freund. Und ich muss dich warnen. Es ist wichtig.‹«

»Was war so wichtig?«

»Er sagte: ›Es ist wichtig, dass du zu niemandem etwas sagst. Ich weiß nicht, was du vorhast, aber es ist wirklich sehr wichtig, dass du über das schweigst, was du gesehen hast. Sonst können scheußliche Dinge passieren, dir oder anderen.‹«

Masser hörte mit wachsender Verwunderung zu. Maarten sprach unbeteiligt und ohne erkennbare Emotionen, als würde er eine Szene aus einem Mafiafilm nacherzählen.

»Ich hab ihn gefragt, was für scheußliche Dinge er meint. Er hat mich nur angesehen, und ich wusste Bescheid. Er hatte so kalte Fischaugen.«

»Meine Güte.«

»Die Geschichte ist noch nicht zu Ende«, sagte Maarten. »Auf der Maria-Wilhelmina war noch ein anderer Junge in meinem Alter, Klaas Joppe hieß er. Er war einen Monat vor mir von Bord gegangen. Warum, weiß ich nicht. Zwei Tage nach dem Gespräch mit dem fiesen Typ höre ich, dass Klaas Joppe verunglückt ist. Fährt mit seinem Auto auf dem Polder in einen tiefen Wassergraben und ertrinkt. Alkohol, wurde gesagt. Bloß, Klaas trank überhaupt keinen Alkohol. Er war Abstinenzler. Ich glaube, der Einzige auf Urk.«

Masser überlegte, ob Maarten sich die Geschichte vielleicht ausdachte, verwarf den Gedanken aber gleich wieder, er konnte ihm die Bestürzung ansehen. »Und was hast du dann gemacht?«

»Erst mal nachgedacht, als ich mich wieder ein bisschen beruhigt hatte. Und dann bin ich zur Polizei, mir fiel nichts Besseres ein. Ich kenne einen bei der Polizei, ich dachte: Wir leben hier in einem zivilisierten Land, nicht in Kolumbien, so was darf es hier nicht geben. Und ich hab ihm die ganze Geschichte erzählt. Und ihm diesen Mann beschrieben.«

»Wann war das?«

»Ein paar Wochen später. Genauer gesagt, eine Woche, bevor das erste Päckchen Koks gefunden wurde. Der Polizist hört mir zu, ich kannte ihn vom Fußball. Als ich fertig bin, sagt er: ›Maarten, du darfst jetzt erst mal nichts unternehmen. Geh einfach nach Hause, du hörst von mir.‹ Am nächsten Tag ruft er mich an: ›Komm aufs Revier.‹ Ich hin. Als ich reinkomme, sitzt da genau der Mann, der mich ein paar Wochen vorher zu Tode erschreckt hat. Mit dem gleichen fiesen Lächeln. Ich sag: ›Das kann doch nicht wahr sein.‹ ›Nur die Ruhe, sagt er, ich erklär's dir.‹«

»Wer war der Mann?« Masser schaute ihn fragend an. Es

ist ein Drehbuch, dachte er. Die Wirklichkeit ist immer besser als der Film.

»Keine Ahnung. Was Geheimes, nehme ich an. Er sagt: ›Du weißt, worum ich dich gebeten habe.‹ Ich frage: ›Was ist Klaas Joppe passiert?‹ ›Nie gehört‹, sagt er. Aber ich sehe ihm an, dass er lügt, und ich weiß, was er meint: Was Klaas Joppe passiert ist, kann dir auch passieren.«

Maarten schwieg. Er stand auf und ging in die Küche. »Noch ein Bier, Masser?«

»Ja bitte.« Es schwindelte ihn. Erst hatte ihm Lukas Brouwer die Ökonomie des Kokains erklärt, und nun präsentierte ihm Maarten die Wahrheit unter der Wahrheit unter der Wahrheit.

»Damit das klar ist, Masser«, sagte Maarten in der Küche, »ich hab dir das alles nie erzählt. Niemand würde es jemals bestätigen. Aber es ist die reine Wahrheit, und die wollte ich dir nicht vorenthalten. Weil du der Freund von meiner Schwester gewesen bist und weil ich dich immer gemocht hab. Weil du mir die Doppelschere beigebracht hast, weißt du noch? Und vor allem, weil es mir guttut, diese Geschichte wenigstens einmal zu erzählen. Auch wenn es nicht klug ist. Falls du sie doch aufschreibst, wissen die, wo sie mich finden.«

»Ich weiß das sehr zu schätzen«, erwiderte Masser. »Du kannst mir vertrauen.«

Als er später im Flur stand und Maarten zum Abschied auf die Schulter geklopft hatte, stellte er noch eine letzte Frage. »Die drei Päckchen, die in den letzten Monaten beschlagnahmt worden sind…«

»Sie müssen sich mit der Polizei gut stellen«, sagte Maarten. »Ein Leckerli für den Hund, ein Stück Zucker fürs Pferd. Ein schöner kleiner Erfolg im Kampf gegen die Drogen, für die Zeitungen. Es war kein Zufall, dass man das erste Päckchen gefunden hat, nachdem ich zur Polizei gegangen war. So erkläre ich's mir jedenfalls.«

Masser nickte, öffnete die Tür und ging zu seinem Wagen. »Pass gut auf dich auf, Maarten«, rief er dem jungen Mann in der Haustür zu.

Auf dem Heimweg zwei Tage später fuhr er einen Umweg über Utrecht. Er klingelte bei Eva, aber es machte niemand auf, auch das Telefon wurde nicht abgenommen. Es war, als hätte er geträumt. In der Redaktion erklärte er, er könne zwar einen Artikel schreiben, nur weitgehend ohne Angabe von Quellen. »Sonst bringe ich Menschen in Gefahr.«

Er musste seine Theorie der Wahrheitsschichten modifizieren. Manchmal ließ sich eine Wahrheit nur aus unzusammenhängenden Puzzleteilen rekonstruieren, und es war die Frage, wie vollständig das so entstehende Bild der Wirklichkeit sein konnte. Er hatte Maartens Informationen, die des Reeders und ein paar Bemerkungen von diesem und jenem, teilweise nicht einmal ein ganzer Satz. Er hatte den Schauplatz und seine Eindrücke. Und, nicht zu vergessen, seine Fantasie. Von der Wirklichkeit, die er aus diesen Elementen schaffen sollte, hatte er nur eine vage Vorstellung.

Er gab Frits van de Waverij eine Plastiktüte mit geräuchertem Knurrhahn. »Der beste der Welt«, sagte er. »Aus der Räucherei von Lukas Brouwer, Seebär zu Lande.«

»Übermorgen kriegst du den Artikel«, sagte er zu Steven van Maren.

Als er an jenem Abend zu schreiben begann und den richtigen Ton gefunden hatte, kam es ihm so vor, als hätte sein Geist den Artikel schon fix und fertig entworfen. Gegen sechs Uhr morgens ging er zu Bett. Er nannte Lukas Brouwer als wichtigste Informationsquelle. Er beschrieb Urk als einen von vielen Orten, an denen »die Folgen einer gescheiterten Drogenpolitik sichtbar werden« und »gewiefte Geschäftemacher die sich bietenden Chancen nutzen«. Er spielte auf die Schweigepflicht an, die auf Urk herrsche, und auf mögliche Einschüchterung. Doch Maartens Geschichte ließ er unerwähnt. Er konnte nicht beweisen, dass sie stimmte, aber viel wichtiger war, dass er Maarten schützen wollte. Er faxte den Artikel sowohl dem Bürgermeister als auch Lukas Brouwer. Der Bürgermeister rief schon nach einer Viertelstunde an und sagte, er habe keine Einwände.

»Es ist nicht die ganze Geschichte.« Masser wollte nicht, dass Frank van Weerdenburg ihn für einen Naivling hielt.

»Das weiß ich«, antwortete der Bürgermeister. »Aber Sie können nun einmal nicht alles schreiben.«

Von Lukas Brouwer kam keine Reaktion. Allerdings sah Masser in den Wochen nach dem Erscheinen seines Artikels das Ruderhaus ein paarmal im Fernsehen. Ein schaukelndes Ruderhaus auf dem Polder und ein seekranker Reporter, das war, was seinen Artikel interessant gemacht hatte.

IX

Das Uhrenlabor

Masser saß auf seinem angestammten Eckplatz im Grand Café Brinkmann und bestellte einen weiteren Milchkaffee. Er schaute nach draußen, wo ein verfrühter Novembersturm mit den letzten liegen gebliebenen Straßenabfällen des Spätsommers spielte. Er hatte seine eigene Kolumne gelesen (über Bonuszahlungen) und anschließend ein bissiges Porträt seiner Schwester in einer der anderen überregionalen Tageszeitungen, mit der inzwischen gängigen Bezeichnung »mächtigste Frau der Niederlande«. Er wusste, wie sehr sie sich über diese Charakterisierung ärgerte, obwohl sie vielleicht nicht einmal unzutreffend war. »Macht korrumpiert«, schrieb er ihr auf WhatsApp, mit einem Herzchen. Er stand auf und holte sich den *Guardian* vom Lesetisch.

»Gut, Paul, geht in Ordnung«, sagte Masser. »Montag, sieben Uhr. Meine Güte, so früh. Muss ich noch was kaufen? Drillbohrer? Nein? Haha!« Ohne das Smartphone abzusetzen, gab er der jungen Frau an der Theke durch eine Geste zu verstehen, dass er noch einen Kaffee wollte. Paul Kok war Vorstopper der Fußballmannschaft, in der Masser einige Jahre eine bescheidene Rolle im Mittelfeld gespielt hatte. Er hatte eine Glatze, Tätowierungen an beiden Armen und einen goldenen Ohrring. Paul Kok war Maurer, Zimmermann, Gas-, Wasser- und Heizungsinstallateur, Maler, Stuckateur und Elektriker.

Auf den Flanken seines weißen, mit Werkzeug und Material vollgestopften Kleintransporters stand BAUUNTERNEHMEN P. KOK ALLE ARBEITEN VON VILLA BIS WOHNBLOCK, darunter eine Mobilnummer.

Der Wagen hatte schon oft vor Massers Tür gestanden; Masser rief Paul regelmäßig an, wenn die Liste der in seinem Haus notwendigen Reparaturen und anderen Arbeiten zu lang wurde. Er selbst hatte zwei linke Hände, zumindest redete er sich das ein, weil er keine Tätigkeit mehr verabscheute als das Heimwerken. Jetzt sollte Paul den Dachboden ausbauen. Masser fragte, ob er allein komme oder »einen zweiten Mann« mitbringe.

»Ich glaube, ich könnte schon etwas Hilfe gebrauchen.«

»Ich kenne jemanden, der viel Erfahrung mit solchen Arbeiten hat. Ist schon ein bisschen älter, kann aber alles.«

»Soll ruhig kommen, mal schauen, wie er sich anstellt.«

»Wunderbar, dann sehen wir uns Montag.«

Gleich darauf rief Masser seinen Vater an.

Jimi war schon mehrmals nach Haarlem gekommen, um den Dachboden in Augenschein zu nehmen und auszumessen. »Du wirst da oben wohnen, deshalb möchte ich, dass du deine eigenen Ideen einbringst«, hatte Masser gesagt. »Du sollst dich da wohlfühlen.«

Der Dachboden war groß, ungefähr zwölf mal acht Meter, mit einem Fenster zur Straße. Das Dach hatte keine Schalung, die Sparren waren verwittert, die Bodendielen ächzten vor Altersschwäche – Massers Haus stammte aus dem Jahr 1762. Dort oben roch es nach Staub und Schimmel. In den zehn Jahren, die Masser mittlerweile in dem Haus wohnte, hatte er den Boden nur als Abstellraum genutzt, es war eine Art persönliches Museum entstanden, eine chaotische Sammlung von Relikten seiner Vergangenheit. Dutzende Kartons mit vergessenen Büchern, ein leeres Aquarium, Bilder, die ihm einmal gefallen hatten, ein Treckingzelt, alte, matschverkrustete Fußballschuhe, ein Hirschgeweih, ein antiker Rauchsessel, ein Archivschrank voller Zeitungsausschnitte, Schachteln mit Spielen, eine Autorennbahn, drei Spiegel, ein rostiges Fondueset, ein Paar Ski. Während Masser den Blick über das Schlachtfeld schweifen ließ, erfasste ihn Mutlosigkeit. Er rief beim örtlichen Gebrauchtwarenladen an und bat, ein komplettes Dachbodeninventar einschließlich mehrerer tausend Bücher abzuholen.

Weg damit.

Deine Vergangenheit, Masser.

Was es wert ist, nicht vergessen zu werden, vergesse ich auch nicht.

Als der Dachboden leergeräumt war, machte sich Jimi mit Zollstock, Bleistift und Skizzenblock an die Arbeit. Nach drei Stunden kam er herunter und zeigte Masser einen Grundriss und eine Skizze des Raums, wie er später aussehen könnte. »Natürlich muss ich die Details noch genauer ausarbeiten«, sagte er, während Masser mit großen Augen die Zeichnung betrachtete. »Es soll eine Art Loft werden, aber man soll schon noch sehen können, dass es ein schöner alter Dachboden ist.«

Masser sah, dass sein Neffe eine Küchenzeile und eine Dusche eingezeichnet hatte. Sogar der Platz für das Bett war schon ausgesucht, es gab eine große Arbeitsplatte, einen Esstisch mit zwei Stühlen, ein paar Schränke; um die Treppe herum waren Bücherregale gezeichnet. Einen Teil auf der rechten Seite hatte Jimi schraffiert und mit JKW beschriftet. Hinten, dem Fenster genau gegenüber, erkannte Masser einen Bildschirm, der die halbe Wand in Beschlag nahm, und davor ein riesiges Ecksofa.

Jimi hatte den Dachboden in Gedanken schon in sein eigenes Reich verwandelt, ein Jimi-Kalman-Domizil, das er eigenständig und bis zum Ende aller Tage bewohnen konnte – Masser fragte sich, ob er seine Schweiz-Pläne aufgegeben hatte. Über jeden verfügbaren Quadratmeter hatte Jimi nachgedacht. Das war kein Entwurf für eine Übergangszeit von drei Monaten, es hatte etwas Endgültiges. Und es erinnerte Masser daran, wie sein Vater aus der *Hindeloopen* eine Art Kokon für seine Familie gemacht hatte. Er sah den gleichen Wunsch nach Sicherheit, nach einem eigenen Universum.

»Nicht erschrecken, Masser«, sagte Jimi. »Natürlich ist nicht alles, was auf der Zeichnung zu sehen ist, unbedingt nötig. Ich hab nur meinen idealen Raum skizziert, ohne Limits. Keine Ahnung, was es kosten würde, wenn man alles genauso macht. Und wenn du denkst: Moment, Jimi, das geht mir jetzt doch zu weit, dann verstehe ich das.«

»Es gefällt mir«, sagte Masser. »Mal schauen, ob es möglich ist.« Er sah, wie sehr Jimi sich über seine Antwort freute, aber das konnte er nur sehen, weil er den Jungen schon fast dreiundzwanzig Jahre kannte, einem Fremden wäre es nicht aufgefallen. Er fragte, was es mit dem schraffierten Teil auf sich hatte.

»Das wird meine kleine Uhrenfabrik. Oder eher mein Uhrenlabor. Für Maschinen und Geräte ist genug Platz da, ich muss mir nur noch was ausdenken, um es staubfrei zu machen und zu halten. Eine Absauganlage und vielleicht was mit Glas, eine Art Kabine.«

Am Montag war Karel Brock schon lange vor sieben bei Masser. Pauls weißer Transporter war noch nicht aufgetaucht. Karel kam nicht allein, auch Carla Genovesi wollte sehen, wie ihr Sohn und ihr Enkel zusammenwohnen würden.

»War euer Urlaub schön?« Masser legte eine Nespresso-Kapsel in die Kaffeemaschine ein.

»So etwas wie Flitterwochen«, antwortete seine Mutter. Sie sah glücklich aus. Sein Vater lächelte nur. »Komm«, sagte er, zeig uns mal den Dachboden. Wie heißt dieser Handwerker?« Er freute sich auf die Arbeit.

»Paul. Aber erst einen Kaffee. Ist lange her, dass ich so früh aufgestanden bin.«

Dank der Zuschüsse von Jimis Urgroßvater wurde das Dachgeschoss von Massers Haus innerhalb kurzer Zeit zu einer komfortablen Wohnung ausgebaut. Paul Kok und Karel Brock waren schnell ein eingespieltes Team, sie verstanden sich ohne lange Diskussionen. Karel ließ sich Lösungen einfallen, Paul setzte sie um. »Dein Vater ist echt klasse«, meinte Paul. »Ich versteh nicht, wie er so einen Langweiler mit zwei linken Händen in die Welt setzen konnte.«

Sehr hilfreich war, dass Jimi bis ins Detail wusste, was er wollte, und das auch perfekt zeichnen konnte. Schon nach drei Wochen hatte er einen Raum zur Verfügung, der dem skizzierten Ideal sehr nahekam.

Als Paul und Karel die letzte Wand gestrichen hatten, als sämtliche Möbel an ihrem Platz standen – ein Doppelbett, zwei Sessel, ein großer Esstisch, den angeblich noch André Genovesis Großvater aus Piemont mitgebracht hatte, ein Sofa vor dem riesigen Fernseher –, als auch das von Glaswänden umschlossene Uhrenlabor vollendet war, einschließlich einer Absauganlage, die es staubfrei halten sollte, als die Küche und die Dusche gefliest waren, als die Stereoanlage angeschlossen war und das WLAN einwandfrei funktionierte, als an einer Wand ein großes Selbstporträt von Jimis Großmutter hing, verschloss Masser an einem Sonntagnachmittag kurz vor Weihnachten den Treppenaufgang zum Dachboden mit rotem Krepppapier. Er hatte die ganze Familie zusammengetrommelt, um die Eröffnung des Kalman-Studios zu feiern, mit Suppe und Häppchen im Anschluss. Jimi ging durch das Papier hindurch und die Treppe hinauf, und André Genovesi entkorkte eine Flasche Champagner.

Hier stimmt alles, dachte Masser. Egal, wie schrecklich die Welt im Allgemeinen ist, hier stimmt einfach alles. In die Tür des gläsernen Uhrenlabors war das Logo von Jimi Kalman Watches graviert, das Carla entworfen hatte. Es bestand aus den ineinander verschlungenen Buchstaben J und K vor dem Hintergrund eines Zifferblatts. Vielleicht war es nicht das schönste Logo aller Zeiten, aber man sah, dass es mit Liebe gestaltet war.

Am Tisch, während Masser die Suppenteller füllte, sprach André Genovesi mit Paul über Jimi und Uhren.

»Vor der Arbeit hier hab ich eigentlich nie über Uhren nachgedacht«, sagte Paul. »Die Zeit vergeht schließlich von selbst, oder? Klar, sonntags beim Fußball, da zeig ich dauernd auf die Uhr. Wenn ich dem Schiedsrichter sagen will, dass er Zeit draufgeben soll, oder gerade nicht. ›Schiri, Zeit!‹«

»Uhren sind das Schönste, was der Mensch hervorgebracht hat«, meinte André. »Glauben Sie mir. Natürlich rede ich von richtigen Uhren. Die Zeit mit Rädchen und Federchen einfangen: Wie konnten Menschen auf eine solche Idee kommen? Ich staune noch jeden Tag darüber.«

Als alle mit Suppe versorgt waren und Masser einen Toast ausgebracht hatte, erhob sich André. »Ich habe hier noch ein Geschenk«, sagte er. Aus einer Tasche seines Jacketts nahm er ein kleines Päckchen und reichte es seinem Urenkel. Jimi befreite eine Schachtel aus dem goldfarbenen Papier und öffnete sie. Er erkannte sofort, was darin war.

»Hübsches Ührchen«, sagte Paul.

Das konnte man wohl sagen. Es war die Patek Philippe Calatrava, die André seit 1945, dem Geburtsjahr seiner Tochter, getragen hatte. Als Jimi die Armbanduhr umdrehte, sah er, dass sein Urgroßvater etwas in haarfeinen Buchstaben auf den Gehäuseboden hatte gravieren lassen.

Für Jimi Kalman. Trage diese Uhr und gib sie weiter. André Genovesi.

X

Who Paid the Piper?

Masser rannte vom Hauptbahnhof zur Haltestelle der Linie 16. Amsterdam machte ihn nervös, die Stadt schien etwas gegen ihn zu haben. Bei jedem Aufenthalt dort gab es etwas, das diesen Eindruck bestätigte. Die Straßenbahnen konnten es besonders gut: Meistens fuhren sie ab, wenn Masser noch etwa zehn Meter entfernt war. Als hätten die Fahrer sich abgesprochen, sofort loszufahren, sobald Masser Brock in ihr Blickfeld geriet. Er rannte, um das Schicksal zu überraschen, und tatsächlich erreichte er die Bahn diesmal rechtzeitig. Sie blieb dann noch mindestens fünf Minuten stehen – das war Amsterdam.

Er war mit Charles Schuurman Hess II. zum Mittagessen verabredet, »um das neue Jahr auf festliche Weise einzuläuten«, wie CSH in seine Mailbox gesprochen hatte. CSH II war jetzt siebenundsechzig; an seinem fünfundsechzigsten Geburtstag hatte er seinen Sohn Joris Schuurman Hess II. zu seinem Nachfolger als Chefredakteur gemacht. In der vierten Generation ein Schuurman Hess an der Spitze der Zeitung – das war weltweit einmalig; angeblich hatte es eine japanische Zeitung mit drei aufeinanderfolgenden Generationen von Chefredakteuren aus derselben Familie gegeben, die aber unter dem dritten bankrott gegangen war.

Joris hatte nach einem Studium in Oxford Berufserfahrung bei der *Times* gesammelt, allerdings war sein Name bei keinem Artikel genannt worden, und niemand wusste, was genau er bei dieser Zeitung gemacht hatte. Sein Vater hatte unter dem alten Joris Schuurman Hess bei *De Nieuwe Tijd* gelernt und verdankte diesem Umstand seine Autorität; als er Chefredakteur wurde, kannte er die Zeitung durch und durch. Der junge Joris dagegen war bei seinem Eintritt ein völlig Unbekannter. Und er machte sich gleich unbeliebt, indem er in seiner ersten Rede mehrfach von der Überlegenheit des englischen Journalismus im Allgemeinen und der *Times* im Besonderen sprach – es hörte sich ganz so an, als betrachte er seine Ernennung zum Chefredakteur der *Nieuwe Tijd* als Degradierung.

De Nieuwe Tijd hatte in den letzten Jahren unter CSH II viele Abonnenten verloren. Nicht, dass die Zeitung weniger gut geworden wäre, nach Massers Ansicht hatte sie sich sogar verbessert. Aber wie alle anderen Zeitungen hatte auch *DNT* unter dem Internet und der freien Verbreitung von Nachrichten zu leiden. »Als wollten wir bei der Ankunft von Sinterklaas Süßigkeiten verkaufen«, hatte CSH in seiner Abschiedsrede gesagt, »während die Zwarte Pieten sie mit vollen Händen in die Menge werfen.«

Es wurde angestrengt darüber nachgedacht, wie man mit einer Zeitung noch Geld verdienen konnte. Das war bei *De Nieuwe Tijd* nie oberstes Ziel gewesen, das Kapital der Familie Schuurman Hess bildete nach wie vor ein sicheres Polster. Es war aber nicht gesagt, dass dies immer so bleiben würde, und Joris Schuurman Hess scheute sich nicht, das regelmäßig zu betonen.

Charles Schuurman Hess II. hielt den Kontakt zu einigen seiner alten Getreuen aufrecht. Die Gespräche drehten sich meistens um die Zeitung, CSH konnte aber jeden Moment ein völlig anderes Thema anschneiden, er hatte sich diesen verspielten, neugierigen Geist bewahrt, der sich frei in alle Richtungen bewegte. Masser freute sich deshalb auf jedes Treffen. Wie immer hatte Charles Schuurman Hess einen Tisch in der Bodega Keijzer reserviert; von seiner Villa in Amsterdam-Zuid aus war sie gut zu Fuß erreichbar, und – bei seinem Weinkonsum noch wichtiger – er konnte auch zu Fuß wieder nach Hause.

»Masser! Meine Fresse, Mann, lässt du dir eigentlich Botox spritzen, oder was? Du siehst jedes Mal jünger aus! Oder hast du eine Volontärin an Land gezogen, die dir das Gesicht jede Nacht mit ihren Säften einölt?« Neben CSH lag Heino Graf von Ramstein zu Hohenhausen, Enkel von Dolf, Sohn von Rex. Masser schaute CSH genauso dümmlich an wie bei ihrer ersten Begegnung vor mehr als zwei Jahrzehnten, sein Wortschwall verblüffte ihn immer wieder.

Als er sich setzte, sah er, dass für drei Personen gedeckt war. »Nichts dergleichen, kein Botox, keine Säfte. Ich kann meinen Ärger täglich in eurer Zeitung abreagieren, statt ihn in mich hineinzufressen. Das wird es sein.« Er zeigte auf den dritten Teller: »Kommt noch jemand? Oder ist der für Heino?«

»Noch ein bisschen Geduld«, antwortete CSH. »Überraschung. Aber erzähl mal! Wie geht's dir? Ist doch schon wieder eine Weile her.«

»Ausgezeichnet. Könnte nicht besser sein.«

»Sehr gut. Schon eine Frau Brock in Sicht?« Seit Masser ihm vor langer Zeit gestanden hatte, er habe nach einem missglückten Versuch des Zusammenlebens beschlossen, keinen weiteren zu unternehmen, erkundigte sich Charles bei jeder Gelegenheit nach seinem Liebesleben.

»Nein, noch keine aufgetaucht. Seit kurzem wohnt zwar jemand bei mir im Haus, aber das ist mein Neffe.«

CSH füllte Massers Glas, als habe er vor, ihm die Zunge zu lösen. »Ein vorzüglicher Tropfen aus Australien. Früher hätte ich so was nie getrunken, australischen Wein. Aber sie haben die Franzosen überflügelt, das kann jeder mit mehr als zwei Geschmacksknospen schmecken. Es will mir nicht in den Kopf, Masser: ein erfolgreicher Mann wie du, jugendlich und gesund, gebildet, einfühlsam und intelligent, gute Stelle, aber keine Frau. Was machst du falsch?«

»Nichts. Ich eigne mich einfach nicht für längere Beziehungen.«

»Bindungsangst! Mensch, Masser, das ist des Pudels Kern. Haha! Ein Rat: Geh nie zu Psychologen. Die machen einen noch verrückter, als man schon ist. Meine geliebte Gattin hat diesen Typen die Bude eingerannt, und es hat ihr nicht gerade gutgetan. Letztlich wollen sie alle nur Sex mit ihren Patienten. Wichser und Eso-Tanten!« CSH winkte jemandem in der Nähe des Eingangs zu. »Wurde ja auch Zeit.« Kurz danach stand Bonna Glenewinkel am Tisch – Masser hatte sie seit ihrem Abschied bei der Zeitung vor mindestens fünf Jahren nicht mehr gesehen. Sie hatte sich kein bisschen verändert.

»Steh auf, Masser«, sagte sie, »damit ich dich umarmen kann. Hab viel zu lange keinen knackigen Männerkörper mehr im Arm gehabt.« Nachdem CSH sich lustvoll der gleichen Behandlung unterzogen hatte, nahm Bonna Platz. »Mmmh!« Sie zeigte auf ihr leeres Glas, und CSH beeilte sich, es zu füllen, wobei er den Kellner mit einer Geste um eine weitere Flasche bat.

»Ich hab zufällig von CSH erfahren, dass er mit dir verabredet ist«, erklärte Bonna. »Da hab ich gesagt: Charles, wenn du mich nicht auch einlädst, ist es aus zwischen uns. Dann kommst du nicht mehr in mein Bett.« Ihr schallendes Lachen füllte den Raum, und CSH strahlte.

»Ein Scherz, Masser. Ich hab es wirklich ernsthaft versucht, aber nie geschafft. Dieses Weib ist aus rostfreiem Stahl.«

»Blödsinn«, erwiderte Bonna. »Das Viech hier, ist das Dolf?« Sie zeigte auf den reglosen Hund.

»Heino, sein Enkel. Elfte Generation.«

Der Kellner brachte eine neue Flasche Wein und die Karten mit den Mittagsmenüs. CSH und Masser nahmen immer das Gleiche, aber es gehörte zum Ritual, sich trotzdem Zeit für das Studium der Karte zu nehmen.

»*Dear* Bonna«, sagte CSH, »wie lange ist es jetzt her, dass wir uns zuletzt gesehen haben? Drei Jahre? Du leidest an der gleichen Krankheit wie Masser hier: Ihr denkt nicht dran, älter zu werden. Woran liegt's? An der Liebe? Nein, das kann es nicht sein, denn Masser hat mir gerade von seiner Bindungsangst erzählt. Und Liebe ohne Bindung ist unmöglich.«

Masser wollte etwas erwidern, doch Bonna kam ihm zuvor. »Die Unterhaltung war also schon so anspruchsvoll wie immer. Es ist ganz einfach, Jungs: Ich mache mir keine Sekunde Sorgen wegen des Älterwerdens. Die einzige Alternative ist Abkratzen, und dazu hab ich noch lange keine Lust. Austern und danach Rebhuhn, das klingt gut.« Es war genau das, was Masser und CSH jedes Mal nahmen.

»Bindungsangst, die hab ich auch immer gehabt«, sagte Bonna. »Hat all meine Beziehungen kaputtgemacht. Ein paar Monate, dann hat sie mich gepackt. Trotzdem hab ich beim nächsten Mal wieder gedacht, es müsste gutgehen. Naiv und optimistisch.«

»Ich hätte mich gern an dich gebunden«, sagte CSH. »Aber du hast mir nie eine echte Chance gegeben.«

»Mein Motto war: Nie den Boss drüberlassen«, erklärte Bonna.

Es erinnerte Masser daran, warum Bonna Glenewinkel ihn als jungen Reporter immer eingeschüchtert hatte. Obwohl sie aus den besseren Kreisen stammte, oder vielleicht gerade deshalb, wechselte sie mühelos zwischen der Ausdrucksweise einer gebildeten Frau von Welt und der einer Bordellwirtin im Rotterdamer Hafenviertel.

»Gut«, sagte Bonna, »warum sitzen wir hier? Charles?« Sie wandte sich an Masser. »In Wirklichkeit hab ich mich nämlich nicht selbst eingeladen, Charles hat gesagt, ich müsste unbedingt kommen.«

CSH räusperte sich und trank einen Schluck Wein. Dann legte er beide Hände flach auf den Tisch und schaute abwechselnd Bonna und Masser an. »Ich erklär's euch, es ist eine seltsame Geschichte, die mir schon ein paar Nächte den Schlaf geraubt hat. Ihr wisst, dass ich als Chefredakteur immer nach bestem Wissen und Gewissen gehandelt habe. Ich habe immer versucht, unabhängig zu bleiben und niemals irgendwelchen Interessen zu dienen, ich war immer misstrauisch gegenüber der Macht.«

Bonna nickte. Es gab in den Niederlanden nur wenige Institutionen, bei denen man CSH nicht hasste – was er selbst stets als Bestätigung seiner Integrität empfunden hatte.

»Es ist ein Land von Mitläufern und Schnarchzapfen«, fuhr Charles fort, »aber ich hab mich nie damit abfinden wollen. Ich hab's auch einfach genossen, wenn ich wieder mal einen wütenden Minister oder Bischof an der Strippe hatte, das muss ich ehrlich zugeben. Die glaubten, ich würde letztlich doch auf ihrer Seite stehen. Chefs unter sich. Ich sollte doch bitte meine Untergebenen zur Ordnung rufen. Hab ich aber nie getan. Mehr als einmal hat mich der Vorsitzende der PvdA angerufen. Hat verlangt, dass ich Masser fristlos entlasse, weil er wieder mal seine Partei lächerlich gemacht hatte.«

Diese Geschichte kannte Masser nicht. »Was hast du gesagt?«

»*Go fuck yourself*, und dass ich dich anweisen würde, ihn mindestens einmal im Monat in Grund und Boden zu schreiben. Was ich natürlich auch wieder nicht getan habe. Wie dem auch sei, so lernt man seine Pappenheimer kennen.« Der Kellner brachte die Austern.

»Weiter«, sagte Bonna.

»Gut. *To the point*. Vor drei Wochen war ich bei einem Jahrgangstreffen mit früheren Kommilitonen. Ihr wisst schon: alte Männer, die auf das zurückblicken, was sie fast alle für die schönste Zeit ihres Lebens halten, sieben Jahre Sauferei, bei manchen mehr. Wir treffen uns jedes Jahr, dann herrscht wieder dieses Wie-in-guten-alten-Zeiten-Gefühl. Bier her! Der Zeit ein Schnippchen schlagen, wir sind nicht alt, der Tod ist in weiter Ferne, legt uns hier ein paar scharfe Weiber auf den Tisch, denen besorgen wir's!«

»Genau«, sagte Bonna. »Männer. Und dann hast du mit jemandem gesprochen, und der hat was Interessantes gesagt.«

»Du weißt aber auch alles«, erwiderte CSH grinsend. »Aber so war's. Ich kaue gerade fauchend auf einem glühend heißen Bitterbal herum, da tippt mir jemand auf die Schulter. Ich drehe mich um und blättere blitzschnell die Kartei in meinem Kopf durch: Ich kenne diesen Mann, komme aber nicht drauf, wer er ist. An früheren Treffen hatte er nicht teilgenommen, sonst hätte ich es gewusst. Er sieht mich nachdenken, lässt mich aber erst noch zappeln.«

»Du hast schon diese Altmännerkrankheit«, meinte Bonna, »dieses endlose In-die-Länge-Ziehen von Geschichten. Komm mal zur Sache!«

»›Charles Schuurman Hess‹, sagt er, so ein bisschen triumphierend, als wollte er sagen: Ich kenne *dich* aber noch. Ich hab endlich das letzte Stück Bitterbal runtergeschluckt und mit einem Schluck Pils gelöscht, kann ihn aber immer noch nicht unterbringen, obwohl ich seine vier Jahrzehnte jüngere Version schon halbwegs deutlich vor mir sehe – nur ohne Bildunterschrift. Die Sache wird mir allmählich peinlich. Dann sagt er: ›Boebie, Boebie de Witt Wijnen.‹

›O Mann, natürlich‹, sag ich. ›Boebie bitte Wein‹ – so nannten wir ihn nämlich. Oder Boebie mit den Weibern, er war ein hübscher Junge, der den Mitstudentinnen gefiel. Ich sag: ›Tut mir leid, dass ich dich nicht erkannt hab! Das ist wohl beginnende Demenz.‹«

Bonna trommelte mit den Fingern auf den Tisch, sie hatte ihre Austern schon verputzt. Charles ging zu sehr in seiner Geschichte auf, um ihre Ungeduld zu bemerken.

»›Macht nichts‹, sagt er, ›ist ja auch lange her.‹ Wir reden dann ein bisschen über früher, über meine diversen Aktivitäten, ich erwähne, dass ich noch kurz in den USA studiert habe, und er sagt, dass er schon seit Menschengedenken *De Nieuwe Tijd* abonniert hat, und erzählt, was er so getrieben hat, dass er irgendeinen hohen Posten im Innenministerium hatte, was das genau war, hab ich nicht mitgekriegt, wahrscheinlich weil es mich eigentlich kein bisschen interessierte. Und dann sagt er plötzlich: ›Wir müssen uns mal unterhalten.‹ ›Gut‹, sag ich, ›hier?‹ ›Nein, nicht hier.‹ Bei ihm zu Hause, aber wenn ich dazu keine Lust hätte, könnte er auch was anderes vorschlagen. ›Nein, in Ordnung, bei dir zu Hause.‹ Er gibt mir seine Visitenkarte mit der Adresse. ›Nächste Woche Mittwoch? Sehr gut, dann bin ich um halb eins bei dir.‹ ›Dann koche ich was Leckeres, besser gesagt, meine Frau kocht, denn was ich zustande bringe, ist kaum genießbar.‹ ›Gut, fein, ich freu mich.‹«

Masser füllte die Gläser.

»›Ach ja‹, sagt er dann, ›ich habe übrigens Magenkrebs. Und jetzt habe ich keinen Magen mehr, aber immer noch Krebs. Zwei Tage nach unserer Verabredung habe ich einen Termin beim Sterbehelfer.‹ So hat er's ausgedrückt: einen Termin beim Sterbehelfer. Als müsste er zum Zahnarzt. ›Freitagnachmittag um halb drei ist es vorbei, dann hab ich's hinter mir‹, sagt er. ›Bye-bye, Boebie mit den Weibern.‹«

»Du standest auf seiner Liste von Leuten, mit denen er noch sprechen wollte«, sagte Masser. »Der hat vielleicht Nerven, meine Güte. Ich stell mir seinen Terminkalender vor. Mittwoch 12:30 Uhr Charles. Freitag 14:30 Uhr Spritze.«

»Du fährst also nach Den Haag«, sagte Bonna. »Zu Boebie de Witt Wijnen, von 1973 bis 1997 Chef des Inlandsnachrichtendienstes, eine Art oberster Agent des Königreichs. Auch ›der holländische George Smiley‹ genannt.«

»Ach, Mensch!«, rief CSH. Masser konnte sich ein Lächeln nicht verkneifen, so offensichtlich ärgerte es Charles Schuurman Hess, dass Bonna ihm die Pointe verdarb. Bonna blickte ihn unbewegt an.

»Richtig«, sagte der alte Chefredakteur.

»Weiter«, drängte Bonna. »Ich hoffe, es ist nicht das, was ich glaube.«

»Ist es aber«, antwortete Charles. »Das heißt, wenn ich richtig vermute, was du glaubst.«

»Journalisten der *Nieuwe Tijd* haben für seinen Dienst gearbeitet.«

»Genau das.«

»Das ist doch nicht wahr, oder?«, rief Masser. »Scheiße, die haben uns unterwandert! Wirklich? Mein Gott, Charles! Aber warum erzählt er dir das?«

»Späte Rache«, sagte CSH. »Glaube ich zumindest. Er war in die Frau verliebt, mit der ich seit mittlerweile vierzig Jahren verheiratet bin, wir drei waren im selben Debattierclub. Er hatte natürlich keine Chance, der Wichser. Nicht bei ihr. Und nun, wo wir beide vor der Himmelspforte stehen, vor allem er, wie gesagt, wollte er mir doch noch unter die Nase reiben, dass ich nicht an allen Fronten gesiegt habe. Dass in einer Hinsicht er gewonnen hat.«

»Oder er wollte aufräumen, bevor er den Laden dichtmacht«, meinte Bonna. »Halte ich für wahrscheinlicher. Aus irgendeinem Grund glauben viele, das Sterben wäre leichter, wenn man vorher reinen Tisch macht. Wenn man niemandem mehr was schuldet, mit allem und jedem im Reinen ist, so in der Art.«

»Nicht mein Ding«, erwiderte CSH. »Und seins offenbar auch nicht, sonst hätte er um Entschuldigung gebeten oder um Verständnis. Hätte an den Kalten Krieg erinnert und behauptet, er hätte keine andere Wahl gehabt. Hat er aber nicht getan. Zwei Tage später war er tot, aber erst mal musste er sich noch aufspielen, wie früher.«

»Und nun?« Masser schaute ihn mit großen Augen an.

»Ich will, dass der Sache auf den Grund gegangen wird«, sagte CSH. »Ich will wissen, wer bei uns für ihn gearbeitet hat, wann das war und was die Betreffenden gemacht haben. Und ich will wissen, ob er auch Mitarbeiter von anderen Zeitungen rekrutiert hat.«

»Hast du ihn denn nicht gefragt?«

»Doch, sicher. Aber er wollte keine Namen nennen und auch nicht sagen, ob *De Nieuwe Tijd* eine Sonderbehandlung genossen hat. Hat mich zappeln lassen. Bewusst natürlich, wollte mich ein bisschen quälen.«

Bonna trank einen Schluck Wein. »Aber ein paar Dinge hat er dir doch erzählt? Was genau hat er gesagt?«

»Dass er mich jahrelang beobachtet hat. Wörtlich hat er

gesagt: ›Ich hab dich jahrelang nicht aus den Augen gelassen, CSH, dich und deine Zeitung.‹ In triumphierendem Ton. ›Jeden Monat‹, sagt er, ›lag ein detaillierter Bericht auf meinem Schreibtisch, mit allen Entscheidungen, die du getroffen hast, mit den Sachen, die wir euch eingeflüstert haben, dem ganzen Drum und Dran.‹«

»Kann nicht wahr sein«, seufzte Masser.

»›Charles‹, sagt er, ›manchmal wusste ich früher als du, womit die Zeitung am nächsten Tag aufmachen würde.‹ Dabei hatte er so ein fieses Lächeln um die Lippen.«

»Macht«, meinte Bonna. »Kontrolle. Hat er konkrete Beispiele genannt?«

CSH winkte ab. »Nein, eben nicht! Ich habe kaum meinen Ohren getraut. Da glaubt man, man hätte all die Jahre eine unabhängige Zeitung gemacht, und in Wirklichkeit ist man von einer Bande hinterhältiger Geheimdienstler manipuliert worden. Ich hätte ihm eine knallen sollen. Aber das tut man halt nicht bei jemandem, der nur noch zwei Tage zu leben hat.«

»Und wenn er sich alles aus den Fingern gesaugt hat?«, fragte Bonna. »Wenn er das Gefühl hatte, er müsste zum Schluss noch seinen alten Kumpel Charles Schuurman Hess II. auf die Palme bringen, damit er sein Leben mit einem Lächeln auf den Lippen aushauchen kann?«

»Daran hatte er natürlich auch gedacht«, sagte CSH. »Ich meine, daran, dass ich das denken könnte, dass ich ihn vielleicht auslachen und nicht ernst nehmen würde. Deshalb hatte er zwei von diesen Monatsberichten mitgebracht. Namen sorgfältig mit Tipp-Ex überdeckt. Ich konnte meine eigenen Worte nachlesen, ich schwör's euch. Chefredakteur CSH hat dies und das gesagt. Kurze Resümees. Die Zeitung tendiert zum Anarchismus. Chefredakteur CSH ist unberechenbar und deshalb so beliebt bei der linksliberalen Elite.

Der Standpunkt der Zeitung in der Palästinafrage ist dem der Regierung diametral entgegengesetzt. XXX wird versuchen, dies und das hinzubiegen, aber einfach ist das nicht. Aber vor allem die Zitate. Ich war sofort überzeugt.«

»Hast du diese Berichte?«

»Nein. Aber es gibt sie.«

»Angenommen, wir finden heraus, was genau da vor sich gegangen ist und wer daran beteiligt war«, sagte Bonna, »was machen wir dann damit?«

»Veröffentlichen! Sofern mein Sohn einverstanden ist. Aber davon darf ich doch ausgehen. Wäre natürlich schon ein Knaller. Ein fantastischer Exklusivbericht. Schlagzeile: WIR WURDEN VERARSCHT.«

Bonna fragte, wer die Recherche übernehmen sollte.

»Du und Masser«, antwortete CSH. »Wenn es sein muss, holt noch ein paar von den Jüngeren ins Boot, aber ihr müsst die Hauptarbeit tun. Ihr wart damals dabei, euch vertraue ich. Wann hast du bei uns angefangen, Bonna?«

»1974.«

»Und du, Masser?«

»1991.«

»Genau. Ich erinnere mich noch an unser erstes Gespräch. Du hast dagesessen wie ein Pfadfinder im Bordell. Sind diese miesen Schnüffler jemals an euch herangetreten?«

»Nein«, antwortete Masser. »An mich nicht. Wahrscheinlich war ich zu jung, nicht einflussreich genug.«

»An mich auch nicht«, sagte Bonna. »Das lag aber wahrscheinlich daran, dass de Witt Wijnen von meinem Vater ernannt worden war und er nicht die Tochter seines Ministers kompromittieren wollte.«

CSH blickte beide abwechselnd an. »Und?«

»Ich bin im Ruhestand«, sagte Bonna.

»Ich habe die Kolumne.«

»Wunderbar«, meinte CSH. »Hatte nichts anderes erwartet. Ich wusste doch, dass dir zu Hause die Decke auf den Kopf fällt, Bonna. Und dass *du* dir schon lange ein paar Monate Sabbatical wünschst, diese Kolumnen saugen dich langsam, aber sicher aus. Wird Zeit, mal wieder zum klassischen Handwerk zurückzukehren. Gut. Wir beratschlagen einmal pro Woche. Ich koordiniere alles. Das Finanzielle läuft über mich, nicht über die Zeitung, Limits gibt es nicht. Wenn ihr in die Staaten müsst, fliegt ihr halt hin. Wenn ihr nach Moskau wollt, um mit dem Typen zu sprechen, der die amerikanischen Überwachungspraktiken offengelegt hat, dann ab nach Moskau. Müsst ihr jemanden mit Drei-Sterne-Restaurants oder teuren Weibern verwöhnen: Nur zu. Holt ein paar Leute zu Hilfe, die gut in Archivrecherche sind. Haut den Ministerialärschen das Gesetz zur Informationsfreiheit um die Ohren, engagiert ein paar Topanwälte, sucht nach Whistleblowern und Internet-Nerds. Irgendwo gibt es Leute, die Bescheid wissen.«

»Das ist alles sehr großzügig von dir, Charles, aber ich glaube, wir brauchen nicht so in die Ferne zu schweifen«, sagte Bonna. »Weiß Joris schon von der Sache?«

»Den werde ich in Kürze einweihen. Legt die Namen der Leute, die ihr hinzuziehen wollt, mir vor. Haltet mich über die Fortschritte auf dem Laufenden.«

»Du wirst also auch mitmischen«, sagte Bonna.

»Natürlich!« Charles strahlte übers ganze Gesicht, seine Entrüstung schlug erstaunlich schnell in Begeisterung um. »Bonna, das ist das Beste, was mir in den letzten Jahren passiert ist! Dieser Schweinehund hätte mir keinen größeren Gefallen tun können. Fast hätte ich angefangen, meine Memoiren zu schreiben, so mies hab ich mich gefühlt. Und dann das. Abschiedsgeschenk von einem sterbenden Freund. Haha!«

Bonna musterte ihn. »Wie alt bist du eigentlich?«

»Bald achtundsechzig.«

Masser überlegte, ob er sich denn schon mit einer Kolumnenpause von ein paar Monaten einverstanden erklärt hatte.

»Champagner!«, rief CSH. »Plötzlich macht das Leben wieder Spaß. Ich werde noch einmal versuchen, Bonna in mein Bett zu locken. Olé!« Er schien mit jedem Wort einen Monat jünger zu werden.

Masser lehnte dankend ab. Noch hatte das Sabbatical nicht begonnen, er musste seine Kolumne schreiben.

»Nächste Woche, gleiche Zeit, gleicher Ort«, sagte CSH. »Ihr hört von mir, sobald ich mit dem jungen Joris alles geklärt habe. Hast du schon ein Thema, Masser?«

»Nein. Nie um diese Zeit.«

»Cornelis Altena«, sagte Bonna. »Lebt seine Frau noch?«

»Keine Ahnung. Wieso?«

»Nur so.«

Masser gab CSH die Hand und küsste Bonna. »Bleib sitzen.«

»Bleiben wir noch einen Moment, Bonna?« CSH schaute sie mit Verführerblick an.

»Ich muss auch weg«, antwortete Bonna.

»Schade. Heino, steh auf. Bewegung.«

Bonna Glenewinkel klang sachlich, wie seit jeher, wenn sie auf dem Kriegspfad war. Masser wusste nichts Genaues über ihre Aktivitäten, nachdem sie mit sechzig bei der Zeitung aufgehört hatte, aber auf jeden Fall hatte ihr Geist nichts an Schärfe eingebüßt, und in ihrer Stimme schwang immer noch dieses Gebieterische mit. Man hörte ihr zu und tat dann, worum sie einen bat – das bewirkte diese Stimme.

»Masser, hier Bonna. Bist du schon wach?«

»Mehr oder weniger.«

»Gutes Timing. Hör mal, hast du über das Gespräch mit Charles nachgedacht?«

»Klar.«

»Und?«

»Wie, und?«

»Machen wir's?«

»Ob du es machst, weiß ich natürlich nicht.« Er wusste es sehr gut.

»Selbstverständlich mache ich's. Eine überaus reizvolle Aufgabe, scheint mir. Hoffen wir, dass die Spur in sonnige Gefilde führt, zu schönen Stränden und ebensolchen Restaurants. Aber ich hab dich gefragt.«

Masser hatte das Gefühl, dass schon für ihn entschieden worden war, eigentlich rechnete Bonna gar nicht damit, dass er nicht auf die Aufforderung von CSH II eingehen würde. »Ich muss erst noch mit Joris darüber reden. Ich glaube nicht, dass es sich mit der Kolumne kombinieren lässt.«

»Dem hat sein Vater schon alles erklärt, darauf kannst du wetten. Und es findet sich doch bestimmt jemand, der für ein halbes Jahr deine Kolumne übernehmen kann. So einmalig bist du auch wieder nicht.«

»Nein?«

»Doch, schon, aber dann müssen die lieben Leser am Frühstückstisch halt mit etwas weniger Gutem vorliebnehmen. Um so größer die Freude, wenn du wieder da bist. Joris bekommt dich verjüngt und erfrischt zurück. Und als den Mann mit dem großen Scoop. Nach diesem halben Jahr kann dir niemand mehr was anhaben.«

»Aha.«

»Ist das ein Ja? Heißt das, wir legen los?«

»Bonna, du überfällst mich morgens um halb acht.«

»Jammer nicht rum, Masser. Ich stehe hier gleich um die Ecke, und ich komme *jetzt* zu dir.«

Er wollte noch etwas sagen, aber sie hatte schon aufgelegt.

Zehn Minuten später saß Bonna bei ihm am Frühstückstisch.

»Ich bin gern mal wieder in dieser Stadt«, sagte sie. »Wusstest du, dass ich hier zur Schule gegangen bin?«

»Nein, das hast du nie erwähnt.«

»Städtisches Gymnasium. Jeden Tag mit dem Rad von Aerdenhout hierher, das ist kein Zuckerschlecken.« Masser stellte ihr einen Milchkaffee hin. Sie nahm ein Buch aus ihrer Tasche. »Kennst du das?« Es war ein englisches Taschenbuch, *Flat Earth News*. Der Autor hieß Nick Davies.

»Das Buch nicht«, antwortete Masser, »ihn schon. Journalist beim *Guardian*, oder?«

»Richtig. Ich lasse es dir hier, du musst es lesen. Vor allem das Kapitel über die CIA und die Massenmedien. Hochinteressant. Knapp zusammengefasst: Im Kalten Krieg war die CIA die größte westliche Nachrichtenagentur. Größer als Reuters, AP und UPI zusammen. Zeitungen und Magazine waren voll von Meldungen, die von der CIA stammten. Manche Magazine *gehörten* sogar der CIA. Ja?«

»Ja?«

»Ja.«

»Auch niederländische Zeitungen und Magazine?«

»Dreimal darfst du raten. Wir stellen uns hier gerne vor, dass alles Schlechte sich nur anderswo ereignet. Dass ein kleines Käseland wie unseres für die Mächtigen nicht interessant ist. Niederländische Zeitungen werden in dem Buch nicht erwähnt. Aber man müsste schon sehr naiv sein, um zu glauben, dass so etwas bei uns nicht passiert ist. Sieh mal, natürlich haben unsere Nachrichtendienste mitbekommen, was die CIA so getrieben hat, und mit Sicherheit gab es bei der CIA jemanden, der die Entwicklungen bei uns beobachtet hat. CIA und BVD steckten unter einer Decke, sie waren Bettgenossen, oder von mir aus Herr und Knecht. Deshalb lautet die Antwort auf deine Frage: ja, natürlich. Auch niederländische Zeitungen und Magazine. Charles hat sich das nicht ausgedacht.«

»Wie gehen wir vor?«

»Morgen um elf bin ich mit Cindy Altena verabredet, Cornelis' Tochter.«

»Glaubst du, er hatte was damit zu tun?«

»Wir recherchieren, Masser, und irgendwo müssen wir ja anfangen. Wir werfen einen Köder aus und hoffen, dass der Schwimmer plötzlich untergeht.« Sie legte einen Zettel mit einer Adresse in Culemborg auf den Tisch. »Da gibt's am Markt einen ganz reizenden Laden, Willemien oder so, schräg gegenüber vom alten Rathaus, die haben auch leckeren Kaffee. Ist dir halb elf recht? Und wir sprechen mit ihr nicht über ihren Vater als potentiellen BVD-Mann. Wenn man so anfängt, blocken die Leute gleich ab. Vor allem Töchter, die sind immer sehr loyal. Wir sprechen mit ihr, weil wir an einer Festschrift arbeiten, *Achtzig Jahre De Nieuwe Tijd*. Da drin darf ihr Vater schließlich nicht fehlen, oder? Cornelis Altena, die Ikone der Zeitung. Vielleicht hat sie Papiere aufbewahrt, die wir einsehen dürfen. Die Sache ist aufregend, Masser! Ich fühle mich wieder wie fünfzig, nein, vierzig!«

»Warum fangen wir mit Cornelis Altena an?«

»Er fuhr einen MG. *De Nieuwe Tijd* hat immer gut bezahlt, aber ein neuer MG war wirklich arg teuer. Das weiß ich, weil ich selbst einen hatte. Cornelis war aber nicht von Haus aus vermögend. Sein Vater war Zimmermann. Gut, es ist nur so ein Gedanke, der mir kam, als Charles von der Sache erzählte. Cornelis ist tot, seine Frau ist tot, wenn wir Glück haben, findet sich alles bei ihrer einzigen Tochter auf dem Dachboden. Falls sie es nicht zum Altpapier gegeben hat.«

Am nächsten Vormittag betrat Bonna den Laden in Culemborg mit einer großen Albert-Heijn-Tüte in der Hand. Masser saß schon hinten in der Kaffee-Ecke. Grinsend näherte sie sich dem Tischchen, ein wenig schief vom Gewicht des Tüteninhalts. Sie trug einen weiten, schwarzen Pullover, eine ausgebleichte, aber bestimmt sündhaft teure Jeans und hochhackige Stiefeletten: ihr Kampfdress, wie Masser wusste. Sie sah fünfzehn Jahre jünger aus als bei dem Mittagessen mit CSH.

»Schon eingekauft?«

»Nein, ich hab deine Hausaufgaben mitgebracht.«

»Meine Hausaufgaben?«

»Ja. Steht dein Wagen in der Nähe?«

»Auf einem Parkplatz da hinten. Zweihundert Meter.«

»Fein, dann bringen wir das hier gleich in Sicherheit.« Sie winkte einem Angestellten, der hinter der Theke eine Torte schnitt.

»Zwei Cappuccino bitte. Und haben Sie Apfelkuchen? Wunderbar. Auch zweimal.«

»Für mich bitte keinen Apfelkuchen!«, rief Masser dem Mann zu. »Ich hasse Apfelkuchen«, sagte er zu Bonna. »Meine Mutter konnte nur Apfelkuchen backen. Und meine Oma auch. Ich habe in meiner Jugend eine Überdosis Apfelkuchen bekommen, und jetzt wird mir schon schlecht, wenn ich nur welchen sehe.«

»Oh, tut mir leid«, sagte Bonna. »Ich dachte, Apfelkuchen mag jeder. Okay, zu den Hausaufgaben.« Sie legte den Plastikbeutel auf den Tisch und nahm zwei dicke Ordner heraus. »Von denen hab ich noch sechs, aber das wurde mir zu schwer. Außerdem übernehme ich selbst einen Teil der Arbeit.«

»Was ist das?«

»Gestern nach meinem Besuch bei dir bin ich zur *Nieuwe Tijd* gefahren und ins Archiv gegangen. Die haben sich sehr gefreut, mich mal wiederzusehen. Seit ich im Ruhestand bin, haben sie sich ziemlich gelangweilt, heutzutage suchen sich alle selbst im Internet raus, was sie brauchen. Das Archiv ist nicht mehr so gefragt, früher waren sie da zu acht, jetzt nur noch zu zweit.«

»Ich arbeite noch bei dieser Zeitung.«

»Ach ja. Also, ich hab Folgendes getan: Ich habe Sytze gebeten, mir alle Artikel auszudrucken, die Cornelis Altena von 1958 bis 1985 für *De Nieuwe Tijd* geschrieben hat. Er hat erst etwas komisch geguckt, aber als ich ihm dann gesagt habe, dass er meine Bitte vertraulich behandeln soll, dass es um einen geheimen Auftrag geht und dass ich seine Hilfe vielleicht noch öfter in Anspruch nehmen werde, hat er übers ganze Gesicht gestrahlt. Jeder liebt Geheimnisse.«

»Worum genau es geht, hast du ihm nicht gesagt?«

»Noch nicht, aber ich glaube, ich werde es tun. Er ist ein kluger Kopf und hat Cornelis Altena noch persönlich gekannt. Und jede Menge andere Leute.«

»Und was soll ich jetzt mit den Artikeln?«

»Aus den Ordnern holen und sehr gründlich lesen.« Zwei Cappuccino und ein Stück Apfelkuchen wurden auf den Tisch gestellt. »Analytisch lesen. Zu jedem Artikel notierst du, was deiner Ansicht nach die Aussage ist, mit welcher Absicht er geschrieben wurde. Und was dir sonst noch auffällt. Falls Cornelis Altena auf der Gehaltsliste unseres Inlandsgeheimdienstes oder sogar der CIA stand, muss er ja was dafür getan haben, nicht wahr?«

»Vielleicht hat er in seinen Berichten für Charles' alten Kumpel nur wiedergegeben, was bei Redaktionssitzungen besprochen wurde. Was Charles gesehen hat, handelte doch davon.«

»Und was hätte ihnen das gebracht? Das hat er Charles nur gezeigt, um ihm zu beweisen, dass er beobachtet wurde. Kinderkram. Ansonsten konnte ihnen das wenig nützen. Worum es ihnen wirklich ging, war, bestimmte Inhalte in der Zeitung unterzubringen. Meinungen von Autoren und anderen Intellektuellen über die Sowjetunion, Berichte über die Schrecken des Gulag. Um nur mal das Nächstliegende zu nennen.«

Sie zog ein Buch aus dem Beutel und gab es Masser. *Who Paid the Piper? The CIA and the Cultural Cold War.* »Man kann es kaum fassen, was man da liest, Masser. Warum haben wir in der Redaktion nie über dieses Buch gesprochen? Es ist von 2000. Die haben wahrhaftig die gesamte freie Welt manipuliert. Und wahrscheinlich tun sie das immer noch. Masser, wenn ich all das lese, zweifle ich an mir selbst. Und an dir und allen anderen. Vielleicht sollte ich Sytze bitten, auch meine eigenen Artikel zusammenzustellen, damit ich nach Anzeichen von Einflussnahme und Manipulation suchen kann.«

»Ich hab beim Schreiben nie die Illusion gehegt, dass ich es nicht auch mit Manipulation, mit falschen Informationen, mit Lügen zu tun hatte. Ich habe mich also zwangsläufig selbst schuldig gemacht. Erinnerst du dich, dass ich mal eine Reportage über Kokainschmuggel in Urk geschrieben habe?«

»Das war eine gute Reportage. Hast du dafür nicht einen Preis bekommen?«

»Ja. Aber ich wusste viel mehr, als drinstand. Nur konnte ich nicht alles schreiben, weil ich nicht alles beweisen konnte, weil meine Informanten alles abgestritten hätten und weil ich alte Freunde in Schwierigkeiten gebracht hätte. Eigentlich war es ein ziemlich verlogener Artikel, in dem ich um die Wahrheit herumgeschlichen bin wie die Katze um den heißen Brei.

Manchmal bin ich ihr relativ nah gekommen, aber es war doch vor allem Geschwätz.«

»Masser! Ich bin schockiert! Sag, dass das nicht wahr ist.« Sie grinste ihr falsches Bonna-Grinsen.

»Es ist wahr.«

»Gut, dann kann ich, weil du so ehrlich bist, jetzt und hier zugeben, dass ich in all den Jahren bei jedem meiner Artikel gedacht habe: Das ist nur eine undeutliche Skizze dessen, was wirklich vorgeht. Eine Annäherung. Schlimm, nicht wahr?« Sie brach in schallendes Gelächter aus. »Ich hatte immer das Gefühl, ein Scharlatan zu sein, eine Schwätzerin. Ich habe mir alle Mühe gegeben und wirklich ernsthaft versucht, Zusammenhänge aufzudecken, aber ich wusste, dass ich letztlich nur an der Oberfläche gekratzt und gegen Windmühlen gekämpft habe. Dass es Mächte gab, die mir mit herablassendem Lächeln dabei zusahen, wie ich mich abstrampelte. Meine Güte, Masser, wofür hältst du mich? Naiv bin ich nie gewesen. Du allerdings schon.«

»Und was bedeutet das für diese Sache?«

»Hier geht es um Vergangenes. Ich mache das aus purer Neugier. Der Urantrieb des Journalisten. Mit Moral hat das nichts zu tun. Ich will einfach wissen, wer mich damals reingelegt hat. Wer mich beobachtet hat und gedacht hat: Wenn ich Bonna dazu bringe, darüber zu schreiben, wird es glaubwürdig. Ich will wissen, wer mich verarscht hat.«

»Es hat ja auch eine komische Seite. Der Agent am Nachbarschreibtisch.«

»Wenn wir fertig sind, schreiben wir ein Buch darüber, mit viel Slapstick. Erst natürlich so gründlich wie möglich recherchieren, ich bin froh, dass du das auch so siehst. Dann das Buch. Und der Film. Ein bisschen nach Art von Monty Python. Englischer Humor ist das Einzige, was einen aufrecht halten kann. Ich muss das wissen, meine Mutter war nämlich Engländerin, und sie hat wirklich gar nichts ernst genommen. Vor allem nicht meinen Vater, den armen Mann. Und im Alter von achtundneunzig ist sie mit einem Grinsen im Gesicht gestorben, sogar der Tod reizte sie zum Lachen. Die einzig richtige Haltung, meinst du nicht?«

»Wir müssen los«, sagte Masser und winkte dem Mann hinter der Theke.

Wenig später standen sie vor einem hohen Gebäude mit einem Türmchen aus Metall und Bleiglasfenstern, einer ehemaligen Kapelle, die zu einem Luxusapartmenthaus umgebaut worden war. Masser tippte die Wohnungsnummer ein, kurz danach war eine Frauenstimme zu hören. »Kommen Sie herein, fünfte Etage.« Die Tür öffnete sich. Masser und Bonna betraten das eindrucksvolle Vestibül und gingen zum Aufzug.

Cindy Altena war um die fünfzig. Sie hatte rotes Haar wie ihr Vater und auch dessen forschenden, leicht argwöhnischen Blick. Masser überlegte, ob er ihr schon einmal begegnet war. Mit einem »Willkommen« bat sie Bonna und Masser in die geräumige Diele. Links gab es eine große Terrasse mit Aussicht auf die Stadt. Das Wohnzimmer war riesig. »Setzen Sie sich.« Sie zeigte auf einen schwarzen Designertisch mit sechs Stühlen. In der Ferne sah Masser einen Fluss.

»Der Rhein?«

»Der Lek. Also im Grunde der Rhein. Kaffee?«

»Nein, danke«, antwortete Masser.

»Gern«, sagte Bonna. »Eine italienische Kaffeemaschine, wie ich sehe, da muss der Kaffee ja köstlich sein. Sie wohnen hier übrigens ganz herrlich. Spielen Sie Klavier?« Mitten im Zimmer stand ein schwarzer Flügel.

»Nein, aber mein Mann. Ich überlege, ob ich noch Unterricht nehmen soll.«

»Unbedingt«, meinte Bonna. »Sie sind jung genug, und Sie haben Klavierfinger, lang und schlank. Musizieren ist etwas so Wunderbares.«

Cindy nickte. Masser blickte Bonna bewundernd an.

»Bitte doch einen Kaffee für mich«, sagte Masser, aber Cindy hörte ihn nicht, weil sie gerade Kaffee mahlte.

Bonna stand auf, ging zu Cindy, legte ihr die Hand auf die Schulter und sagte: »Masser möchte auf einmal doch Kaffee. Seltsamer Mensch. Übrigens, Ihr Vater, war er nicht auch ziemlich musikalisch?«

Cindy Altena legte die Fotoalben auf den Tisch. Masser nahm einen kleinen Block und einen Kugelschreiber aus der Jacketttasche. »Ist es Ihnen recht, wenn ich ein paar Notizen mache?«

Cindy fragte, wann die Festschrift erscheinen werde.

»Zum achtzigjährigen Jubiläum der Zeitung, 2016. Wir haben also noch ein bisschen Zeit.«

Cindy Altena gab zu jedem Foto, auf dem ihr Vater zu sehen war, ausführliche Erklärungen ab. Man merkte, dass sich die beiden sehr nahegestanden hatten. Masser machte eifrig Notizen. Nach einer Stunde waren sie mit den Fotos durch.

»Großartig«, sagte Bonna. »Haben Sie noch mehr Alben?« Masser hätte sie am liebsten geschlagen.

»Nein, ich glaube, das waren alle. Waren Fotos dabei, mit denen Sie etwas anfangen können?«

»Auf jeden Fall«, sagte Masser. »Bonna wählt die Fotos für das Buch aus, sie wird also später noch einmal alle sichten. Vor allem die Fotos von Cornelis in der Redaktion sind natürlich sehr interessant. Das eine, auf dem er neben Bonna steht, das von 1978, muss unbedingt rein. Wie alt bist du da, Bonna?«

Bonna lächelte liebenswürdig. »Außer dass ich die Fotos auswähle, werde ich auch die Geschichte der Zeitung zusammenfassen«, sagte sie. »Masser übernimmt die Bildlegenden und die Schlussredaktion, darin ist er nämlich sehr gut.«

Masser glaubte in Cindys Augen Spott zu lesen.

»Für die historische Darstellung brauche ich natürlich Quellen«, erklärte Bonna. »Mündliche Quellen, schriftliche Quellen. Ich habe zwar schon einiges zusammengetragen, aber ich dachte, vielleicht hat Ihr Vater so etwas wie ein Archiv gehabt, und wenn es nur eine mit Papieren vollgestopfte Schublade ist. Oder ein Umzugskarton vielleicht, Sie kennen das ja, Papierzeug, das man am liebsten wegwerfen würde, nur bringt man es dann doch nicht übers Herz. Bei mir zu Hause stehen auch noch drei solche Kartons. Die Liebesbriefe meiner Eltern, unter anderem. Brr.«

»Einen Moment«, sagte Cindy. Sie stand auf und stieg die Wendeltreppe aus Eichenholz hinauf, die vom Wohnzimmer zum Penthouse führte. Danach hörten Bonna und Masser sie eine zweite Treppe hinaufgehen, offenbar gab es noch eine weitere Etage. Bonna blickte Masser mit hochgezogenen Brauen an.

»Nach dem Tod meines Vaters habe ich viel weggeworfen«, sagte Cindy, nachdem sie wieder heruntergekommen war. »Aber die habe ich aufgehoben.« Sie hatte drei Archivboxen aus schwarzer Pappe mit silberfarbenen Beschlägen mitgebracht. »Hier.« Sie zeigte auf die Etiketten auf der Schmalseite.

Masser beugte sich vor und las DE NIEUWE TIJD.

Cindy kicherte. »Ist das nicht komisch? Als hätte ich nur auf diesen Besuch gewartet.«

»Dürfen wir mal reinschauen?« Bonna hatte den Deckel der ersten Box schon abgenommen.

Cindy blickte demonstrativ auf die Armbanduhr. »In zehn

Minuten muss ich weg. Ich habe ein Pferd, um das ich mich kümmern muss.«

Bonna schaute sie fragend an.

»Aber es ist für mich kein Problem, wenn Sie die Schachteln mitnehmen und irgendwann mal zurückbringen. Dann können Sie die Sachen in aller Ruhe durchsehen. Ich nehme an, dass sie nichts Vertrauliches enthalten.«

»Das ist ausgesprochen nett von Ihnen«, sagte Bonna. »Wirklich großartig. Wir werden sorgsam damit umgehen, das versteht sich von selbst, auch wenn doch Vertrauliches dabei sein sollte.«

»Dann sollten wir besser los«, sagte Masser. Er steckte den Notizblock ein.

Auch Bonna stand auf. »Eine Frage zu Ihrem Vater habe ich noch«, sagte sie. »Nur um eine Art Charakterbild von ihm zeichnen zu können. Wie würden Sie sein Verhältnis zur *Nieuwe Tijd* beschreiben? Hat er oft von der Zeitung gesprochen? Für mein Empfinden war er mit ihr verheiratet, aber haben Sie den gleichen Eindruck gehabt, als Kind? Und sind manchmal andere Redakteure zu Besuch gekommen?«

Masser sah Cindy zögern.

»Er hat eigentlich nur selten die Zeitung erwähnt. Vor allem nicht gegenüber meiner Mutter, denn sie war nicht gut auf die Zeitung zu sprechen. Sie meinte, dass er viel zu oft weg war. Und als er starb, gab sie der Zeitung die Schuld. Er war ja erst neunundfünfzig, nicht wahr. Sie sagte, er hätte sich für die Zeitung totgearbeitet. Ich weiß natürlich nicht, ob da etwas dran ist, ich war noch zu jung. Außerdem frage ich mich, ob das überhaupt geht, sich totarbeiten.«

»Lesen Sie *De Nieuwe Tijd*?« Masser hatte die Schachteln wieder aufeinandergestapelt und vom Tisch genommen.

»Nein, ich schaue meistens im Internet nach, was so passiert. Und sehe fern. Und mein Mann liest die Zeitung im Büro.«

»Verständlich. Aber natürlich schade für uns.« Er reichte ihr die Hand.

Doch Bonna war noch nicht fertig. »Und sind manchmal Kollegen zu ihm gekommen?«

»Selten. Ich glaube, mein Vater hatte das nicht so gern, und meine Mutter ja erst recht nicht. Der Chefredakteur, den Namen hab ich vergessen, der ist einmal zum Abendessen gekommen, mit seiner Frau, einer sehr vornehmen Dame. Das weiß ich noch, weil meine Mutter schrecklich nervös war. Und jetzt erinnere ich mich auch an zwei andere, die öfter mal kamen, zwei Männer, immer zusammen. Die haben meistens ein kleines Geschenk für mich mitgebracht, etwas für mein Puppenhaus oder Ähnliches. Sie sind aber nie zum Essen geblieben. Sie haben kurz mit meinem Vater gesprochen, und dann sind sie zu dritt weggegangen, wohin, weiß ich nicht. Ich nahm an, dass sie Kollegen waren, irgendwie sahen sie wie Journalisten aus. Aber sicher bin ich mir da nicht.«

»Von welcher Zeit sprechen wir jetzt?«

»Ich war ungefähr zehn, würde ich sagen. Dann muss es irgendwann Mitte der Siebziger gewesen sein.«

»Wissen Sie zufällig noch, wie die beiden hießen?«

»Der eine hieß Draak, den Namen des anderen weiß ich nicht mehr. Draak habe ich behalten, weil ich den Namen so komisch fand. Das muss der Nachname gewesen sein, oder?«

Zu Hause arbeitete sich Masser geduldig durch die Papiere aus Cornelis Altenas Archivboxen. Es waren lose Notizzettel, anerkennende Schreiben vom Chefredakteur, ausgeschnittene Artikel, halbvolle Schreibblöcke, sein erster Gehaltszettel, ein paar Fotos, ein Bildchen, das seine Tochter mit zwei Jahren gemalt hatte, ein alter Presseausweis, eine vergilbte Michelin-Karte von Burgund, ein gestanzter Reisepass, die Akkreditierung für einen Kongress in Brüssel, Eintrittskarten für eine Show von Toon Hermans, Pariser Metro-Fahrkarten. Doch nichts, was ihnen weitergeholfen hätte, keine Hinweise auf dubiose Verbindungen. Natürlich, dachte Masser, wahrscheinlich hat es solche Verbindungen nie gegeben, und wenn doch, hätte Cornelis mögliche Hinweise darauf ganz sicher vernichtet und nicht aufbewahrt. Er rief Bonna an.

»Ich habe den ganzen Krempel gesichtet, aber nichts.«

»Warst du auch gründlich?«

»Sehr gründlich.«

»Kein Bierdeckel mit einer Telefonnummer?«

»Nein. Und auch keine Ansichtskarte mit Geheimschrift.«

»Ich bin nicht meschugge.«

»Das weiß ich.«

»Und meine Intuition trügt mich selten.«

»Das weiß ich natürlich nicht.«

»Ich habe zweierlei entdeckt.«

»Was denn?«

»Das erzähle ich dir später. Wir leben in dem Land mit den meisten Abhöraktionen weltweit.«

»Bonna!«

»Ich wurde schon abgehört, als du dir noch zu der Blonden von ABBA einen abgewichst hast.«

»War lange vor meiner Zeit.«

»Gott, wie jung du noch bist. Morgen elf Uhr bei dir? Haarlem gefällt mir.«

»Gut. Dann schreibe ich jetzt meine Kolumne.«

»Ist das denn immer noch nicht geregelt?«

»Nein.«

Bei *De Nieuwe Tijd* hatte niemals ein Journalist namens Draak gearbeitet. Masser hielt es nicht für besonders sinnvoll, Zeit und Mühe in die Suche nach einem völlig Unbekannten zu investieren, doch Bonna sah das anders. »Die Nadel im Heuhaufen«, meinte Masser. »Vielleicht hieß er nicht einmal Draak. Vielleicht ist er tot. Wo um Himmels willen willst du anfangen zu suchen?«

»Weiß ich noch nicht. Aber in Fällen wie diesem muss man auch die schwächste Spur verfolgen. Neunmal endet sie im Nichts, beim zehnten Mal findet man etwas.«

»Okay. Ich bin immer eher Kolumnist als investigativer Journalist gewesen. Ich glaube, mir fehlt der wirkliche Drive.«

»Kolumnisten sind bequeme Journalisten.«

Bonna telefonierte mit alten Bekannten vom Binnenhof, mit ehemaligen Sprechern verschiedener Ministerien und mit ebenfalls schon pensionierten Kollegen von anderen Zeitungen. Sie googelte »Draak« in Kombination mit Hunderten von Wörtern, die vielleicht zu dem Gesuchten führen konnten. Sie rief noch einmal Cindy Altena an und fragte, wie noch gleich der Vorname dieses Draak gelautet habe – »Vielleicht kann er mir noch etwas über die journalistische Arbeitsweise Ihres Vaters sagen« –, doch Cindy wusste es nicht.

»Er nannte ihn immer Draak. Mir ist aber inzwischen wieder eingefallen, wie der andere hieß, der immer mitkam. Der hieß Brood. Konntet ihr mit dem Inhalt der Schachteln irgendetwas anfangen?«

»O ja! Sehr hübsche Kleinigkeiten. Sein erster Presseausweis und so. Wir bringen die Sachen demnächst zurück. Ach ja, noch etwas anderes. Ihr Mann ist doch bei der Luftwaffe, oder?«

»Ja.« Sie klang verwundert. »Woher wissen Sie das?«

»Von meinem Bruder«, sagte Bonna. »Als ich ihm von meinem Besuch bei Ihnen erzählte, sagte er: ›Cindy Altena, die kenne ich. Das heißt, ich kenne ihren Mann, Edward Jan Biljoen.‹ Mein Bruder war nämlich auch bei der Luftwaffe. Vielleicht haben Sie seinen Namen mal gehört, Joep Glenewinkel. Ist natürlich inzwischen pensioniert. Liegt den ganzen Tag in Spanien in der Sonne.«

»Nein«, antwortete Cindy, »der Name sagt mir nichts. Aber ich kenne sowieso kaum Kollegen meines Mannes. Im Grunde keinen einzigen.« Es war nicht verwunderlich, dass sie den Namen von Bonnas Bruder nicht kannte, denn Bonna hatte gar keinen Bruder, nur zwei Schwestern.

Sie rief Masser an.

»Woher kanntest du den Namen?«

»Vom Klingelschild«, antwortete Bonna trocken. »Und von einem Briefumschlag auf dem Tisch. Und Google.«

»Und was bringt uns das?«

»Dieser Edward Jan Biljoen ist kein alter Kampfpilot, er arbeitet für den Nachrichtendienst der Luftwaffe, bis 1988 LUID, danach MID/KLU. Es ist erstaunlich, was man bei ein bisschen Surfen so alles erfährt.«

»Aber wie bringt uns das weiter?«

»Edward Jan ist der Chef des MID/KLU. Man nennt ihn dort EJay.«

»Daher können sie sich so eine Penthousewohnung leisten.«

»Tja, ich dachte, das ist doch interessant: Man sucht nach eventuellen Verbindungen von Cornelis Altena zu den Nachrichtendiensten und findet heraus, dass sein Schwiegersohn der Chef der Luftwaffenspione ist. Das ist doch ein Ding, oder? Ich liebe so etwas. Zufälle gibt es nicht.«

Sie wartete kurz auf einen Kommentar, doch Masser schwieg. »Komm, Masser, gib mir ein paar Bonuspunkte.«

»Ausgezeichnete Detektivarbeit, Bonna. Wir notieren uns den Namen. Hast du schon deinen Stapel von den Artikeln durch, die Sytze ausgedruckt hat?«

»Bin noch dabei. Bisher nichts, von dem man sagen würde: Das ist es.«

»Bei mir auch nicht. Und was waren die beiden Sachen, die du entdeckt hast?«

»Zwei Telefonnummern. Muss ich noch checken.«

Als Bonna ohne Erfolg alle Bekannten aus ihrem Adressbuch abgearbeitet hatte, die ihr vielleicht etwas über einen gewissen Draak hätten sagen können, rief sie Charles Schuurman Hess an, um ihn über die Fortschritte bei ihrer Recherche zu unterrichten, besser gesagt, über das Ausbleiben bedeutender Fortschritte.

»Charles, ich habe jetzt wirklich tagelang versucht, etwas über einen Mann namens Draak rauszufinden, aber der scheint sich in Nichts aufgelöst zu habe.«

»Dick Draak?«

Einen Moment brachte Bonna keinen Ton heraus. Dann sagte sie: »Ich weiß nicht mal, ob er Dick heißt. Sagt dir der Name Brood etwas?«

»Klar. Wout Brood. Freund von Dick. Warum hast du nach denen gesucht?«

»Sie sind regelmäßig zu Cornelis Altena gekommen.«

»Stimmt. Bridgepartner. Cornelis war ein fanatischer Bridgespieler, wusstest du das nicht? Ich habe eine Zeitlang mitgespielt, aber gegen die beiden hatte er mit mir keine Chance. Nach der x-ten vernichtenden Niederlage hat Cornelis sich dann einen anderen Partner gesucht.«

»Bridgespieler?«

»Zwei Nichtsnutze, wie sie im Buche stehen. Typen, die

sich mit fünfunddreißig noch wie Corpsstudenten benehmen, denen alles wurscht ist, aber ausgesprochen witzig. Keine Ahnung, was sie sonst so getrieben haben, ich glaube, finanziell hatten sie's nicht nötig. Von Haus aus vermögend, ziemlich vermögend. Soll ich dir Draaks Nummer geben?«

»Ja, ist gut.« Es klang müde. CSH las ihr die Nummer vor.

»Ich hoffe, sie stimmt noch. Hab schon eine Ewigkeit nicht mehr mit ihm gesprochen.«

»Warum haben sie mit einem Stümper wie dir Bridge gespielt?«

»Mit dem Chefredakteur der *Nieuwe Tijd* Karten zu spielen, das gefiel ihnen schon, glaube ich zumindest. Und so schlecht war ich nun auch wieder nicht, Bonna.«

»Habt ihr über die Zeitung gesprochen, über die politische Ausrichtung und so?«

»Kann mich nicht erinnern, aber bestimmt haben wir das.«

»Denk noch mal gründlich nach, und sag's mir morgen.«

»Gut. *Same time, same place.* Werde Masser noch kurz dran erinnern. Wir haben etwas zu besprechen.«

»Was?«

»Morgen.«

Als Masser die Bodega Keijzer betrat, waren Bonna und CSH so ins Gespräch vertieft, dass sie ihn nicht bemerkten. Während er sich dem Tisch näherte, fragte Bonna Charles in scharfem Ton, ob Joris Schuurman Hess überhaupt sein Sohn sei.

»Masser!« CSH II stand auf und reichte ihm die Hand. Bonna blieb sitzen und blickte Masser ausdruckslos an, als würde sie ihn nicht erkennen.

Masser legte ihr die Hand auf die Schulter. »Hast du schon bestellt?«

»Noch nicht. Muss erst noch verkraften, was Charles mir gerade erzählt hat.«

Masser schaute CSH an, der entschuldigend die Arme ausbreitete. Das kam nicht oft vor. »Setz dich, Masser.« Heino lag in der üblichen Haltung neben seinem Herrn.

»Joris ist nicht einverstanden mit unserer Recherche«, erklärte Bonna. Sie hielt nichts von Formalitäten. »Er hat Angst, dass es der *Nieuwe Tijd* schaden könnte, wenn wir etwas finden. Dass der Ruf der Zeitung irreparabel beschädigt wird, auch wenn diese Vorgänge lange zurückliegen. Dass die Sache zum Bumerang wird.«

Masser schaute CSH an.

»Das ist in groben Zügen richtig«, bestätigte Charles. »Außerdem möchte er dich kein halbes Jahr freistellen, weil du sein bester Kolumnist bist. Und Bonna ist seiner Ansicht nach eine Sensationsjournalistin vom alten Schlag, die nicht nur pensioniert ist, sondern auch keine Ahnung davon hat, wie man 2014 eine Zeitung machen muss. Und ich bin Chefredakteur im Ruhestand, mit der Betonung auf *im Ruhestand*, weshalb er mich freundlich, aber bestimmt bittet, ihm nicht in die Quere zu kommen. Ich gebe nur wieder, was er zu mir gesagt hat. Er meint, dass ich ihm in den Rücken falle. Hört man nicht gern vom eigenen Sohn.«

»Irrsinn«, sagte Bonna. »Wenn man die Wahrheit ans Licht bringen will, ist das heute also Sensationsjournalismus. Ich hab gerade noch rechtzeitig aufgehört.« Sie sah Masser scharf an.

Die Reaktion von Joris Schuurman Hess überraschte Masser, in gewisser Weise verstand er ihn aber auch. Wahrscheinlich war es kein Zufall, dass er an diesem Tisch der einzige noch aktive Journalist war. »Wir hätten Joris bitten sollen, heute mit uns zu essen«, meinte er.

»Warum?« Masser sah, dass Bonna sich nur mit größter Mühe zurückhielt.

»Dann hätte er seinen Standpunkt erklären können. Und wir unseren.«

»Blödsinn.« Seine Nachsicht ärgerte Bonna. »Her mit dem Wein«, sagte sie. »Ich hab Lust, mich zu besaufen, ich komme mir plötzlich sehr alt vor.«

Bonna wählte die Nummer von Dick Draak. Als sie ihren Namen nannte, brach der Mann am anderen Ende in lautes Gelächter aus.

»*Die* Bonna Glenewinkel?«, rief er, als er sich wieder gefangen hatte. »Von *De Nieuwe Tijd*, diesem ulkigen Blättchen?«

»Ja, die.«

»Ich fass es nicht, das ist ja super, dass ich endlich mal mit Ihnen reden kann. Wirklich super. Meine Güte. Aber warum rufen Sie eigentlich an? Ich dachte, Sie wären längst in Rente. Hab Ihren Namen nie mehr in der Zeitung gelesen.«

»Ich würde mit Ihnen gern über Cornelis Altena sprechen.«

»Ach, *good old* Cornelis. Gott hab ihn selig. Was ist los, ist er von den Toten auferstanden? Haha! Zäh, der alte Cornelis. Mann, wir haben so manches Spielchen gemacht. Nicht unbedingt Spitze, aber sehr nett.«

»Ich stelle mit meinem Kollegen Masser Brock eine Festschrift zum achtzigsten Jubiläum von *De Nieuwe Tijd* zusammen. Und Cornelis war natürlich ein prominenter Journalist. Eine Ikone dieser Zeitung, könnte man sagen.«

»Masser Brock, das kann doch nicht wahr sein! Diese linke Socke! Großartig. Ich lach mich schlapp über seine Kolumnen. Mann, wie der austeilen kann. Ist er dabei, wenn wir uns treffen? Ja? Super! Wo und wann?«

Draak hatte graues Haar und trug einen dazu passenden Anzug, von einem Londoner Schneider. Sagte zumindest Bonna nach dem Gespräch zu Masser. Er solle sich doch auch so etwas zulegen. »Hast es ja gesehen. Mickriger Kerl, aber der Anzug hat was aus ihm gemacht. Da kannst du dir vorstellen, was so ein Anzug aus dir machen würde.«

Sie hatten sich im Café Dudok in Den Haag getroffen. Es war voll und laut. Draak machte einen selbstsicheren Eindruck, wenn er sprach, hörte man die Kombination von Rotterdamer Schickeria und Leidener Studentenverbindung. Er stotterte leicht, was ihm aber nichts auszumachen schien. Masser fand ihn nicht unsympathisch. Bonna und er hatten die Verabredung nicht absagen wollen, obwohl sie inzwischen beide von Joris Schuurman Hess angerufen worden waren; der Chefredakteur hatte ihnen genau das gesagt, was sie schon von seinem Vater gehört hatten.

»Also zum Achtzigsten von *De Nieuwe Tijd* kommt eine Festschrift raus«, sagte Dick Draak. »Super. Werd ich mir bestimmt kaufen. Hab diese Zeitung schließlich schon gelesen, als ich noch Pickel ausdrücken musste, und das ist 'ne Weile her.«

»Es erscheint gar keine Festschrift«, erwiderte Bonna. »Oder vielleicht schon, aber Masser und ich haben dann nichts damit zu tun.« Masser blickte sie mit hochgezogenen Brauen an.

»Ach«, sagte Draak, »ich dachte, Sie hätten am Telefon so was gesagt.«

»Hab ich auch, aber seitdem hat sich für mich einiges geändert.«

»Aha. Aber warum sitze ich dann jetzt hier? Ist ja nett, mit *good old* Bonna und Masser Brock, dem Champion der Kolumnisten, aber ihr habt mich doch bestimmt nicht eingeladen, weil ihr endlich mal Dick Draak persönlich kennenlernen wolltet.«

»Nein, denn bis vor kurzem hatte ich noch nie von Dick Draak gehört«, antwortete Bonna schroff.

»Eben.«

»Es geht um Folgendes«, sagte Masser, der Bonnas taktische Kehrtwende inzwischen begriffen hatte. »Vor einiger Zeit bekamen wir Hinweise darauf, dass unsere Zeitung jahrelang vom Inlandsgeheimdienst beobachtet worden ist. Dass es in der Redaktion Leute gab, die Informationen an den Geheimdienst weitergaben. Dass vielleicht auch Artikel untergeschoben worden sind. Es war der Kalte Krieg, Bedrohung durch die Russen und so weiter. Andere Zeiten.«

Dick Draak schaute ihn erwartungsvoll an.

»Wir vermuten, dass Cornelis Altena der Maulwurf war«, sagte Bonna.

»Warum glaubt ihr das?« Draak trommelte amüsiert mit den Fingern auf den Tisch.

»Ich habe meine Informanten.« Sie blufft geschickt, dachte Masser.

»Ihr habt die falschen«, erwiderte Dick Draak ruhig. »Ihr müsstet mir Wout Brood sprechen. Nur ist Wout Brood leider vor sechs Monaten gestorben. Mensch, Wout. Viel zu jung, noch keine fünfundsiebzig.«

»Und warum hätten wir mit Wout Brood sprechen sollen?« Bonna musste sich beherrschen, um Masser keinen triumphierenden Blick zuzuwerfen.

»Brood hat Kontaktleute bei Zeitungen gesucht, nicht nur bei *De Nieuwe Tijd*. Siebziger Jahre, Sie erinnern sich.« Er schaute Bonna an. »Der Ostblock bei der konventionellen Rüstung haushoch überlegen. Na ja, ich habe ihm ein bisschen geholfen, wir waren alte Kumpel. War nicht so schwierig, Bridge war unsere gemeinsame Leidenschaft. Euer Chefredakteur war auch ein paarmal dabei. Guter Mann.«

»Und dann wurde Cornelis rekrutiert?« Schon als er es aussprach, wusste Masser, wie lächerlich es klang. Er hatte zu viel John le Carré gelesen.

»Ich sagte, dass Brood eine Kontaktperson gesucht hat, nicht, dass Cornelis Altena diese Kontaktperson war. Ich weiß, dass Brood mit mehreren Redakteuren in Kontakt war. Von euch, von anderen Zeitungen. Von Nachrichtenmagazinen im Fernsehen.«

»Kennen Sie Namen?«

»Nein, und wenn, würde ich sie nicht nennen.«

»Ein Sumpf«, sagte Masser. »Scheiße.«

»Lange her«, erwiderte Dick Draak. »Andere Zeiten, wie Sie schon sagten. In *De Nieuwe Tijd* wird sicher der ein oder andere Artikel gestanden haben, der den gut gemeinten Bemühungen von Wout Brood zu verdanken war, daran zweifle ich nicht. Über die russischen Raketen, die auf Amsterdam gerichtet waren, die Cruise Missiles als Antwort darauf, etwas in der Art. Die Leute bei den Nachrichtendiensten glaubten, dass sie auf diese Weise der Erhaltung des Friedens dienten. Und vielleicht war das ja auch so. Man muss diese Dinge nuanciert betrachten. Kein Grund, sich nachträglich darüber aufzuregen.«

»Kennen Sie Edward Jan Biljoen?« Bonna war ein Weilchen still gewesen.

»Kumpel von mir«, sagte Dick Draak.

Nachdem Draak gegangen war, schlug Bonna mit der flachen Hand auf den Tisch, so hart, dass man von den anderen Tischen zu ihnen hinsah. »Ich hab's doch gewusst!«, sagte sie.

Masser schaute sie schweigend an. Es war, als hätte Draak

ihn einen Blick in eine andere Welt werfen lassen, eine Welt, die er lieber nicht kennengelernt hätte. Am meisten verwunderte ihn, dass die andeutungsweise geschilderten Machenschaften nichts Ungewöhnliches gewesen waren, keine seltene Ausnahme, sondern im Gegenteil ganz alltägliche Vorgänge. Auf der einen Seite Zeitungsredakteure, Fernsehmoderatoren, Kolumnisten; auf der anderen Seite Mitarbeiter von Nachrichtendiensten, kultivierte Menschen vermutlich, die jeden Tag mit der Lunchdose auf dem Gepäckträger zu ihrem Arbeitsplatz in irgendeinem Haager Bürohochhaus radelten. Und für diese Leute war ihre Arbeit etwas ebenso Normales gewesen – und war es wahrscheinlich noch – wie seine Arbeit für ihn. Sie sorgten dafür, dass über ein bestimmtes Thema geschrieben wurde, warfen einen zufriedenen Blick auf die Titelseite der *Nieuwe Tijd*, wenn dort wieder einmal ein untergeschobener Bericht stand. Verfolgten mit heimlicher Genugtuung ein Fernsehmagazin, wenn dort jemand genau das sagte, was sie sich wünschten, oder ein Rundfunk-Interview mit einem Buchautor. Diesen Männern – Masser sah Männer mit Filzhüten und Regenmänteln vor sich, nie Frauen – musste das eine tiefe Befriedigung verschaffen. Auch wenn sie vermutlich zu Hause nicht von ihren kleinen Erfolgen erzählen konnten. Die Normalität und Alltäglichkeit, auf die Draaks Worte schließen ließen, war das, was ihn schockierte.

»Es war nichts Besonderes«, sagte er. »Es war *business as usual*. Nichts von dem, was man sich so vorstellt, geheime Treffen in obskuren Kneipen, Kopien von Dokumenten in toten Briefkästen. Man sucht sich eine Kontaktperson in einer Redaktion und schiebt Journalisten Berichte unter, die das Volk lesen oder hören soll. Keine Filmaufnahmen von wichtigen Männern, die Sex mit zwei Geheimagentinnen haben, keine Erpressung. Ich bin schockiert und enttäuscht.«

»Natürlich ist das so. Nichts Romantisches, eine ganz nüchterne Angelegenheit. Ich frage mich, ob Cornelis Altena überhaupt gemerkt hat, dass er ihr Werkzeug bei *De Nieuwe Tijd* war. Würde mich nicht wundern, wenn dieser eitle Fatzke mit seinen vielen Exklusivberichten geglaubt hat, er hätte einfach einen fantastischen Informanten, der aus irgendeinem Grund gerade ihn mit Material versorgte. Bridgefreunde, die ihrem Mitspieler etwas Gutes tun wollen, Kumpel unter sich, die große Welt auf einen quadratischen Tisch reduziert, und dann ganz beiläufig ein Tipp, ruf den und den mal an, hast du dich schon mal gefragt, warum dies und jenes passiert – und Cornelis kriegt bei der Aussicht, dass sein Name wieder auf der Titelseite stehen wird, einen Ständer.«

»Bist du sicher, dass man dir nie was untergeschoben hat?«

»Ich bin mir fast sicher, *dass* man das hat. Dieser Draak war viel zu begeistert, als er meinen Namen hörte. Übrigens auch, als ich deinen nannte.«

»Und nun?«

»Nun werde ich schön weitergraben. Ich finde es immer interessanter. Du hast recht, das waren keine Einzelfälle, es war das Übliche. Das macht die Sache nur noch wichtiger.«

»Joris will nichts davon in der Zeitung haben.«

»Joris kann mich mal. Vielleicht steht er selbst bei denen auf der Gehaltsliste.«

»Einen Monat recherchiert, und schon zeigst du Anzeichen von Paranoia.«

»Ich bin im Gegenteil so realistisch wie nur was. Und Joris soll nicht glauben, dass ich nichts davon öffentlich mache, nur weil er seine Zeitung nicht dafür zur Verfügung stellt.«

»Bonna wird Bloggerin.«

»So was in der Art. Pass auf, Masser. Ich möchte, dass du dich nicht mehr damit beschäftigst. Ich bin pensioniert, mir kann er nichts anhaben. Sag ihm, dass du dir von weiteren Recherchen nichts versprichst, dass es wie die Suche nach der Nadel im Heuhaufen ist und überhaupt die Mühe nicht wert. Und dass Bonna Glenewinkel Gespenster sieht. Du wirst mein Agent in der Redaktion. Hiermit habe ich dich rekrutiert. Keine Anrufe von deinem Apparat in der Redaktion, keine Mails von deiner Redaktionsadresse. Wir treffen uns an wechselnden Orten. Kauf dir einen schönen Hut und einen falschen Schnurrbart.« Sie lachte schallend. »Es ist mir ernst, Masser. Du glaubst doch nicht, dass sie nach Cornelis' Tod damit aufgehört haben? Sie sind aktiver als je zuvor. Sie manipulieren uns jetzt, in diesem Augenblick, Tag für Tag. Manipulieren und kontrollieren. Zuerst machen sie uns Angst, dann versprechen sie, uns zu schützen. Dafür müssen wir dann aber akzeptieren, dass sie uns überwachen, jede Sekunde des Tages. Und weißt du, was das Allerschlimmste ist?«

»Was?«

»Dass wir das ganz in Ordnung finden.«

Am nächsten Tag bekam Masser eine Mail von Bonna. Sie fliege in die Vereinigten Staaten und werde mindestens drei Monate bleiben. Was genau sie dort tun würde, erwähnte sie nicht.

»Arbeit und Vergnügen«, schrieb sie nur.

XI

Vincit omnia veritas

Mit schnellerem Schritt als normalerweise betrat Joris Schuurman Hess die Redaktion. Er blickte sich suchend um. Sobald er Masser entdeckte, änderte er die Richtung und stiefelte zu ihm. Masser sah ihn näher kommen und unterbrach sein Gespräch mit Steven van Maren. Mit einem Kopfnicken deutete er auf den Chefredakteur.

Es war nicht ungewöhnlich, dass JSH II erhitzt in einem der Redaktionsräume auftauchte und in scharfem Ton sein Missfallen über einen Artikel äußerte – oder über das Fehlen eines Artikels. Joris war nun seit knapp drei Jahren Chefredakteur. Er wurde kaum ernst genommen, galt als opportunistisch und schwach. Nicht einmal die Volontäre respektierten ihn. Nach Massers Ansicht verdankte Joris seine Position einzig und allein der Tatsache, dass er ein Schuurman Hess war, er hielt ihn für eingebildet und nicht allzu intelligent. Außerdem ließ er jedes journalistische Gespür vermissen, und was das Schreiben anging, besaß er noch weniger Begabung als sein Vater.

»Masser Brock!«, rief Schuurman Hess aus fünfzehn Metern Entfernung. An mehreren Schreibtischen drehten sich Köpfe in Richtung Joris und dann zu Masser. Es lag etwas in der Luft, dermaßen echauffiert sah man den Chefredakteur nicht oft. Als er den Schreibtisch erreicht hatte, machte er sich noch größer, als er mit seinen einsfünfundneuzig ohnehin war, schob die Brust heraus, knuffte Masser in die Schulter und stemmte die Fäuste in die Hüften. Ein unfreiwillig komischer Versuch, Aggressivität auszustrahlen. Sein Gesicht war feuerrot.

»Schon gesehen?«, rief er. »Hast du's gesehen?« Als Ruderer hatte JSH bei der Weltmeisterschaft 1999 mit dem Achter den fünften Platz belegt, und sein Oberkörper war immer noch beeindruckend, obwohl Alkohol und übermäßiges Essen die Linie mehr und mehr verdarben.

Masser antwortete nicht gleich. Joris starrte ihn an und signalisierte ihm mit einem Rucken seines Kinns, dass er das Ausbleiben einer Reaktion nicht länger tolerierte. Masser hätte beinahe laut aufgelacht. »Was soll ich gesehen haben?«, fragte er.

»Ich will dich *sofort* in meinem Büro sehen!«, brüllte Joris und deutete mit einer Armbewegung in Richtung seines Hauptquartiers. »Es ist …« Er beendete den Satz nicht, drehte sich um und ging weg, die Blicke seiner Untergebenen ignorierend. Als er nach rechts in den Flur einbog, schaute er kurz über die Schulter, um zu sehen, ob Masser ihm schon folgte. Das war nicht der Fall.

»Ist lange her, dass ich ihn so erlebt habe«, sagte Caroline Hoekstra, die junge Nachrichtenchefin. »Was hast du denn heute geschrieben? Ich bin noch nicht dazu gekommen, deine Kolumne zu lesen.«

»Nichts Besonderes. Was Harmloses über das Gesundheitssystem. Das kann es nicht sein.« Er steckte seinen schwarzen Visconti-Füllfederhalter in die Innentasche seines Jacketts, nahm den Schreibblock, in dem er sich Notizen gemacht hatte, und schob ihn in sein Aktenköfferchen. Dann trank er ruhig seinen Kaffee aus, stand auf, nahm den Aktenkoffer und ging gemächlich durch das Großraumbüro, verfolgt von neugierigen Blicken.

Ohne anzuklopfen, öffnete er die Tür von Joris' Büro. JSH starrte so gebannt auf seinen Monitor, als sähe er einen Hardcore-Porno. Als er den Posten des Chefredakteurs übernahm, hatte er das Büro seines Vaters radikal umgestaltet, aus der Edelpuff-Lounge war ein modern-funktional durchgestylter Raum geworden, an dem Innenarchitekten ein Vermögen verdient hatten. In einer Ecke glänzte die alte Harley-Davidson von JSH I. Charles Schuurman Hess hatte sie nach dem Tod seines Vaters im Jahr 2001 dort aufgestellt, als großartiges Symbol für dessen Lebenseinstellung. JSH II hatte sie eigentlich verkaufen wollen, aber davon abgesehen, als sein Vater gedroht hatte, ihm in diesem Fall sämtliche Knochen zu brechen.

Als er Masser hereinkommen sah, stand Joris auf und zeigte auf seinen Monitor. »Das! Hast du das gesehen?«

Masser ging um den Schreibtisch herum. Sofort sah er die Überschrift, die JSHs Wut erklärte, und er wusste auch, von wem der Text stammte. »*De Nieuwe Tijd* von Geheimdiensten manipuliert« war dort zu lesen. Bonna Glenewinkel war in den Monaten, in denen Masser sie nicht gesehen und nicht mit ihr gesprochen hatte, alles andere als untätig gewesen. Über dem Titel stand in einem schwarzen Balken *Vincit omnia veritas.*

Masser schaute Joris Schuurman Hess an, der noch anklagend mit dem Finger auf den Bildschirm zeigte. »Das hatte ich noch nicht gesehen, nein«, sagte er. »Interessant. Wer schreibt das?« Er versuchte, sich gelassen zu geben, fühlte aber die wachsende Spannung in seinem Körper.

»Was glaubst du? Wer könnte wohl dafür verantwortlich sein? Denk mal ganz genau nach, Brock.«

»Und?« Er hatte keine Lust, Bonnas Namen auszusprechen.

»Glenewinkel natürlich! Diese dreckige Stiefelnutte, diese

abgehalfterte blonde Stute mit ihrer hinterhältigen bleichen Visage. Die hat das geschrieben! Und ich nehme an, du hast das genau gewusst, ich bin mir sicher, dass du wusstest, woran sie gearbeitet hat! Es würde mich nicht mal wundern, wenn du bei diesem Text noch schnell Korrektur gelesen hättest.«

»Steht ihr Name dabei?«

»Nein, natürlich nicht. In diesem Scheißinternet wird nie irgendwo ein Name genannt. Der größte Schwachsinn wird da in die Welt gesetzt, und niemand kann nachvollziehen, wo er herstammt. Da ist man machtlos. Aber ich bin doch nicht blöd.«

»Ich habe dir gesagt, dass ich mit den Recherchen zu den Behauptungen dieses de Witt Wijnen aufhöre. Und das habe ich getan. Deine Argumente haben mich zwar nicht überzeugt, aber du bist der Chefredakteur.«

Joris Schuurman Hess öffnete den Mund, um etwas zu sagen, doch es kam nichts. Massers gleichmütige Reaktion machte ihn einen Moment sprachlos. Dann sagte er, schon etwas ruhiger: »Aber diese Bonna hat das nicht interessiert, die hat einfach weiter in der Vergangenheit gewühlt und ein paar Gerüchte zusammengestoppelt, und jetzt präsentiert sie die hier in ihrem Scheißblog. Bewirft ihren früheren Arbeitgeber mit Dreck.« Er lief sich für einen erneuten Wutanfall warm.

»Erstens weißt du ja noch gar nicht, ob wirklich Bonna das geschrieben hat«, entgegnete Masser. »Und wenn, was gut möglich ist, kannst du wenig tun. Sie ist im Ruhestand und darf schreiben, was sie will. Das hat sie hier gelernt, bei *De Nieuwe Tijd*.«

»Was weißt du?«

»Nichts. Ich hab schon seit etwa zehn Wochen nicht mehr mit ihr gesprochen.«

»Das müssen wir dann wohl glauben.«

»Nein, das ist so. Sie war in den Staaten.«

»Okay. Aber schmutzige Lügen auftischen darf sie nicht! Ich habe schon meine Anwälte angerufen, die kümmern sich drum. Die werden sie fertigmachen. Üble Nachrede! Ein ganz mieser Versuch, *De Nieuwe Tijd* in den Dreck zu zerren. Wir müssen mit aller Härte zurückschlagen! Es ist genau das, wovor ich Angst hatte, als mein Vater mit dieser unseligen Idee ankam. Er hätte einfach den Mund halten sollen. Da bindet ihm irgendein halbtoter, dementer Greis einen Bären auf, um ihm eins auszuwischen. Studentenhumor. Da war wohl noch eine kleine Rechnung zu begleichen. Aber der Alte nimmt das ernst und denkt: Fein, endlich wieder was zu tun. Da setze ich Masser und Bonna drauf an. *Let the good times roll.* Und jetzt knallt uns diese eigentlich lächerliche Sache wie ein Bumerang an den Kopf. Ich! Habe! Davor! Gewarnt!«

»Lass es mich erst mal lesen«, sagte Masser. Er nahm einen Stuhl und schob ihn neben den Eames von Joris. Der Chefredakteur ging zu einem Schrank und holte eine Flasche Whisky und ein Glas heraus. Mit einem Knall stellte er die Flasche auf den Schreibtisch und öffnete sie.

Masser las: »Die Redaktion der angesehenen Tageszeitung *De Nieuwe Tijd* wurde in den siebziger und achtziger Jahren des vergangenen Jahrhunderts vom Inlandsnachrichtendienst, damals BVD, manipuliert. Der Geheimdienst hatte in der Redaktion Kontaktpersonen. Mit deren Hilfe wurden in der Zeitung Artikel untergebracht, die geeignet waren, die öffentliche Meinung zu beeinflussen. Dabei ging es unter anderem um die Stationierung von Cruise Missiles in den Niederlanden Anfang der achtziger Jahre, gegen die sich viel Widerstand regte. *De Nieuwe Tijd* druckte eine Reihe von Berichten, die den Eindruck erweckten, dass die Cruise Missiles eine angemessene Antwort auf die Bedrohung durch russische Raketen seien. Diese Artikel wurden von verschiedenen Redakteuren verfasst. Es ist unklar, ob sie alle sich der Manipulation bewusst waren.«

Der Text verwies auf »Dokumente, die diesem Blog zur Verfügung stehen«, auf »mündliche Erklärungen von Beteiligten« sowie »Informanten bei amerikanischen Nachrichtendiensten«. Namen wurden nicht genannt, dafür aber weitere Enthüllungen angekündigt. »Möglicherweise hat der Geheimdienst nach den achtziger Jahren und dem Ende des Kalten Krieges weiterhin Einfluss ausgeübt.«

Ein Glas Whisky in der Hand, schaltete Joris den Fernseher ein. Auf Teletext gab es noch keinen Bericht über *DNT*. »Siehst du, es ist nichts«, meinte er. »Eine Seifenblase.« Es klang nach vorsichtigem Optimismus.

Masser schaute auf sein Smartphone und sah, dass der Beitrag aus *Vincit omnia veritas* auf Facebook eifrig geteilt wurde. Auch auf Twitter hatte man ihn entdeckt, es gab schon einen Hashtag #DNTgate. Er drehte das Display einladend zu Joris hin. »Die sind schnell mit ihrem Urteil. Dass man beide Seiten anhören müsste, ist denen wurscht«, sagte er. »So ist das heute.«

»Gottverfluchte Scheiße«, rief Joris. Sein Telefon klingelte. »Schuurman Hess!« Masser hörte ihn »absurde Lügen und Märchen« sagen, und »eine frustrierte Dummschwätzerin«. Als er aufgelegt hatte, kam sofort der nächste Anruf. »Ich geh nicht mehr ran«, rief Joris. »Sonst komme ich ja zu nichts anderem mehr! Muss ich auf diesen Irrsinn eingehen? Nein, oder?«

»Ich fände es schon sinnvoll«, antwortete Masser, der seine Einschätzung des Chefredakteurs bestätigt sah. »Außerdem fände ich es gut, wenn du jetzt ein paar Leute in dein Büro bitten würdest. Deinen Assistenten, die Leiterin der Nachrichtenredaktion. Die dürften inzwischen wissen, was los ist, und werden ebenfalls angerufen. Bei einem Fall wie diesem ist es wichtig, dass man mit einer Stimme spricht. Aber vor allem müssen wir entscheiden, wie wir reagieren. Zumal ja noch mehr zu erwarten ist.«

»Wir müssen deutlich machen, dass da nichts dran ist!«, sagte JSH. Wieder meldete sich sein Mobiltelefon. Bevor er abnahm, schaute er aufs Display. »Nein, Liebling«, hörte Masser ihn dann sagen, »es ist nichts. Sag deinen Freundinnen einfach, es wäre eine Racheaktion einer runzligen alten Hexe. Ja. Morgen redet niemand mehr davon. Ja, wirklich. Tschüs, ich muss jetzt schnell ein paar Dinge auf den Weg bringen. Ja, bis nachher.«

»Sogar auf dem Golfplatz redet man schon darüber!«, rief Joris. »Wir müssen was unternehmen!«

Masser sah, dass #DNTgate auf Twitter schon *trending* war. Er erhob sich schweigend und kehrte in die Redaktion zurück. Überall standen Kollegen im Gespräch zusammen. Er ging zu Caroline Hoekstra und sagte ihr, dass sie im Büro des Chefredakteurs erwartet werde. Anschließend bat er noch ein paar andere Redakteure, von denen er wusste, dass sie einen kühlen Kopf bewahren würden, ihn zu begleiten.

Kurz darauf saßen alle in Joris' Büro am Konferenztisch. Es herrschte eine aufgeregte und zugleich bedrückte Stimmung. Masser machte eine Geste zum Chefredakteur hin. »Du hast das Wort«, sagte er. Er lehnte sich zurück, und ein fast unsichtbares Lächeln spielte um seine Lippen. Bonna hat das Feuer gelegt, dachte er, und ich bin dabei, es zu löschen. Das ist eine unerwartete Wendung.

»Ihr habt inzwischen sicher mitbekommen, was los ist«, begann Joris. »Jemand, und ich glaube zu ahnen, wer, hat es für nötig befunden, *De Nieuwe Tijd* zu verleumden und falsche Beschuldigungen in die Welt zu setzen. Ich werde mit Anrufen überschüttet, sogar auf dem Golfplatz reden alle darüber. Wir müssen unverzüglich handeln, die Sache muss aus der Welt, und zwar gleich.« Alle Blicke waren auf ihn gerichtet, man war gespannt auf die Maßnahmen, die der Chefredakteur ergreifen wollte.

»Ich möchte, dass auf unserer Website möglichst schnell eine Stellungnahme erscheint, in der deutlich zum Ausdruck kommt, dass die Anschuldigung lächerlich ist und jeder Grundlage entbehrt. Niemals hat irgendein Geheimdienstler diese Redaktion betreten.«

»Wissen wir denn, auf welche Quellen die Beschuldigungen zurückgehen?«, fragte Caroline Hoekstra. »Ich halte es für wichtig, das zu wissen, bevor wir alles abstreiten. Denn sollten die Quellen zuverlässig sein, würde so ein Dementi innerhalb kurzer Zeit mit voller Wucht auf uns zurückschlagen.«

Masser nickte.

»Mit anderen Worten, du meinst, dass es möglicherweise doch kein Unsinn ist«, sagte Joris.

»Im Moment können wir das noch nicht ausschließen.«

Joris starrte sie an, als hätte sie behauptet, von ihm schwanger zu sein.

Nienke van der Hout, die zu den Nachwuchstalenten der Zeitung zählte, hielt ihrem Nachbarn Tom Bols aus der Nachrichtenredaktion ihr Smartphone hin. »Es steht jetzt auch auf der Seite des *Telegraaf*«, sagte sie. »*De Nieuwe Tijd* Sprachrohr von Geheimdiensten«, las sie vor. »Ich glaube, die freuen sich.«

»Mein Gott!« Bei Joris Schuurman Hess machten sich Anzeichen von Panik bemerkbar. Er warf Masser einen verzweifelten Blick zu.

»Uns bleibt nur eins«, sagte Masser. »Vollkommene Transparenz. Wir müssen einen Beitrag ins Netz stellen, in dem wir ganz sachlich darlegen, wessen wir beschuldigt werden. Kein plattes Dementi, wir müssen sagen, was wir wissen, und vor allem, was wir nicht wissen. Und Caroline sollte gleich Nienke und Wilco Stamsnijder auf die Sache ansetzen.«

Tom Bols hob den Zeigefinger.

»Sehr gut, dich auch«, sagte Masser. »Wenn es irgendein Medium gibt, das die Wahrheit in dieser Angelegenheit ans Licht bringen muss, sind wir das. Wir dürfen das nicht anderen überlassen, sonst könnte der Schaden irreparabel sein. Wir müssen glaubhaft machen, dass wir bereit sind, das Unterste zuoberst zu kehren und wirklich ernsthafte Nachforschungen anzustellen.«

Joris machte ein verblüfftes Gesicht. »Du meinst also …«

»Uns bleibt keine andere Wahl.«

»Dann bekommt mein Vater doch noch seinen Willen. Und du auch.«

Alle schauten Joris fragend an.

»CSH II hat vor einiger Zeit Informationen über mögliche Manipulationen der Zeitung durch Geheimdienste erhalten«, erklärte Masser. »In den siebziger und achtziger Jahren.«

»Und warum haben wir uns nicht gleich selbst darum gekümmert und es stattdessen irgendeinem Blogger überlassen, das öffentlich zu machen?« Caroline Hoekstra starrte Joris entgeistert an. Der verbarg sein Gesicht in den Händen und schwieg.

»Weil wir befürchteten, dass die Sache zum Bumerang werden könnte«, sagte Masser. Das »wir« war eine kleine Gefälligkeit gegenüber Joris, der ihm allmählich leidtat.

Caroline schlug auf den Tisch. »Okay, an die Arbeit«, sagte sie. »Wir sind schon im Rückstand. Besprechung an meinem Schreibtisch.« Alle außer Masser und Joris standen auf.

»Ruf Bonna an«, sagte Masser zu Caroline.

Als sie allein waren, wandte Joris sich Masser zu. »Das war alles geplant, stimmt's?«, sagte er traurig. »Ihr habt mich ausmanövriert. Du und diese Bonna.«

»Bonna war viele Jahre lang die beste Reporterin hier. Vollkommen loyal gegenüber der Zeitung und deinem Vater.«

»Okay, gut. Ich habe mich gehen lassen. Dieses Dingsbums veritas, was bedeutet das eigentlich?«

»Die Wahrheit besiegt alles. Der Wahlspruch deines Vaters.« Er erhob sich.

Joris ließ die Worte auf sich wirken und stieß ein leises *goddammit* aus.

»Ich fahre nach Hause«, sagte Masser. »Ich schreibe meine Kolumne. Über das Thema brauche ich heute ja zum Glück nicht lange nachzudenken.« Joris sah niedergeschlagen aus. Er setzte das Whiskyglas an die Lippen, aber es war schon leer.

Als Masser hinausging, hörte er Joris' Telefon klingeln. Im Zug versuchte er, Bonna anzurufen, doch sie nahm nicht ab. Er hinterließ eine Nachricht in ihrer Mailbox. Anschließend whatsappte er: »Bombe geplatzt.«

Am Abend war die »Unterwanderung der *Nieuwe Tijd*«, wie die Angelegenheit schon genannt wurde, das erste Thema in den Acht-Uhr-Nachrichten. Masser sah Joris Schuurman Hess in seinem Büro, er machte einen nervösen und gehetzten Eindruck. Der Reporter fragte, was an den Beschuldigungen des Blogs wahr sei.

»Das wissen wir noch nicht«, antwortete JSH. »Ein paar unserer besten Leute versuchen gerade, das herauszufinden.« Er schließe nicht aus, dass die Behauptungen einen wahren Kern haben könnten. »Wir müssen aber erst mehr wissen, bevor ich dazu eine gesicherte Aussage machen kann.«

Vernünftig, dachte Masser, der befürchtet hatte, Joris könnte vielleicht doch noch stur alles abstreiten. Aber JSH erklärte, dass man den Fall in einem größeren Zusammenhang sehen müsse und nicht auf *De Nieuwe Tijd* fixiert sein dürfe. »Wir wollen auch wissen, ob – wenn sich die Behauptungen denn als wahr erweisen sollten – nur *De Nieuwe Tijd* betroffen war oder ob auch andere Massenmedien auf solch empörende Weise missbraucht worden sind. Ich kann mir eigentlich nicht vorstellen, dass ausschließlich *De Nieuwe Tijd* das Ziel war, sollten Geheimdienste in niederländischen Medien aktiv gewesen sein.«

Das Gerücht, ein ehemaliger Reporter der Zeitung habe die Sache im Internet ins Rollen gebracht, könne er weder bestätigen noch bestreiten. Auf die Frage, ob die Leitung der *Nieuwe Tijd* versagt habe, zuckte er unbeholfen mit den Schultern. »Das ist Spekulation, und daran wollen wir uns im Augenblick nicht beteiligen. Ich kann nur sagen, dass mein Vorgänger als Chefredakteur, also mein Vater, die Unabhängigkeit der *Nieuwe Tijd* immer ganz großgeschrieben hat. Wie ich selbst. Dieser Verdacht trifft sowohl mich als auch ihn sehr hart.«

Masser vermutete, dass Joris mit seinem Vater gesprochen und von ihm Ratschläge zum Umgang mit der Krise erhalten hatte. Ein paar Bilder aus der Redaktion der Zeitung schlossen den Beitrag ab. Der Nachrichtensprecher wies noch darauf hin, dass seine Kollegen vom Magazin *Nieuwskijk* sich am selben Abend eingehend mit dem Fall beschäftigen und dabei Betroffene zu Wort kommen lassen würden. Sofort danach klingelte Massers Telefon. Er sah, dass es Bonna war.

»Kolumne schon fertig?«, fragte sie.

»Fast. Ich hab's mir einfach gemacht.«

»Was schreibst du?«

»Dass wir unsere eigene Wirklichkeit vielleicht mit anderen Augen sehen müssen, so in der Art. Warum hast du heute zugeschlagen?«

»Weil ich keine Lust hatte, noch länger zu warten. Und Charles auch nicht. Er hatte große Angst, dass jemand anders Wind von der Sache bekommen könnte. Dann wäre es wirklich schwierig geworden.«

»Als ob es jetzt nicht schwierig genug wäre.«

»Aber jetzt liegt die Initiative bei uns. Das ist doch wohl günstiger.«

»Hast du noch versucht, Joris davon zu überzeugen, dass vielleicht besser die Zeitung selbst darüber berichten sollte?«

»Nein, Charles meinte, das wäre sinnlos.«

»Und du hast zuverlässige Informationen?«

»Sehr zuverlässige. Und ich bin weiterhin am Ball. Bloggen macht wirklich Spaß. Kein Chefredakteur, keine Spielchen, man veröffentlicht einfach, was man weiß, startet einen Versuchsballon und wartet ab, was passiert.«

»Kommt noch mehr?«

»*You bet*. Aber damit halte ich dich jetzt nicht auf.«

»Bleibst du anonym?«

»Schalte nachher einfach mal *Nieuwskijk* ein.«

»Wie war's in den USA?«

»*Amazing*.«

»Wenn einer von uns dich anruft, dann hilf ihm ein bisschen. Nienke, Wilco und Tom sind dran.«

»Hab ich schon getan.«

Masser Brock schrieb: »Gestern war diese Zeitung selbst Thema der Nachrichten. Möglicherweise haben uns in der Vergangenheit Geheimdienste für ihre Zwecke benutzt. Wenn es so war – und ich vermute, dass es so war –, wurden wir manipuliert und haben deshalb manipuliert, ohne uns dessen bewusst zu sein. Wir alle, Journalisten und Leser, werden fortwährend durch Nachrichten manipuliert, doch es lässt sich nur schwer feststellen, wann das geschieht, weil die Manipulatoren sehr versiert in der gefärbten Darstellung von Sachverhalten sind. Nachrichten werden untergeschoben, weil gewisse Interessen im Spiel sind, und auch dies ist oft schwer zu erkennen. Aber darum geht es jetzt nicht. *De Nieuwe Tijd*, vielleicht auch andere Massenmedien, wurden bewusst dafür missbraucht, Propaganda zu verbreiten, also die Wahrnehmung der Wirklichkeit durch die Leser in der erwünschten Weise zu beeinflussen. Die Autorität der Zeitung und das Vertrauen in ihre Unabhängigkeit wurden missbraucht.«

Masser war einen Moment im Zweifel, ob er auch das Folgende schreiben sollte, tat es dann aber doch: »Ich kann nicht ausschließen, dass auch ich Dinge geschrieben habe, die letztlich von jemand anderem erdacht worden waren, mit anderen Absichten, als ich sie hatte. Ein schwer erträglicher Gedanke. Objektivität, so wurde mir heute in neuer Deutlichkeit klar, kann eine Illusion sein. Natürlich wusste ich das auch vorher, aber bis gestern habe ich mangelnde Sachlichkeit nur meiner eigenen Subjektivität, unzureichender Kenntnis der Fakten oder anderen nur durch mich selbst zu verantwortenden Ursachen zugeschrieben. Nie war mir in den Sinn gekommen, dass andere bewusst versuchen könnten, mich in eine bestimmte Richtung zu drängen, mich ihre Ansichten als meine eigenen verkaufen zu lassen. Wer das naiv findet, dem sage ich: Sie haben recht. In letzter Zeit sind genug Wahrheiten ans Licht gekommen, von denen wir lange nichts geahnt haben. Aber meine Naivität entsprang einer gewissen Ehrlichkeit und dem Glauben an das Gute.«

Zu pathetisch.

Aber wahr.

Dann lass es stehen. Die Leser wissen Aufrichtigkeit zu schätzen. Das Feierliche passt hier irgendwie.

An jenem Abend saß Bonna Glenewinkel bei *Nieuwskijk* neben Charles Schuurman Hess. Sie wurde als die Starreporterin der *Nieuwe Tijd* in der Zeit der Manipulationen vorgestellt, Charles als der damals verantwortliche Chefredakteur. Bonna sagte, sie sei schockiert. Die Frage, ob die Enthüllungen auf ihr Konto gingen, beantwortete sie mit ja. »Ich habe hier und in den Vereinigten Staaten Informationen erhalten, die es unmöglich machten, noch länger Stillschweigen zu bewahren.« Ob es ihr nicht schwergefallen sei, ihre eigene Zeitung »an den Pranger zu stellen«, wollte der Moderator wissen. Bonna sagte, sie sei nach längerem Nachdenken zu der Ansicht gelangt, dass sie der *Nieuwe Tijd* letztlich einen Dienst erweise.

Der Moderator fragte, warum sie ihre Informationen nicht über die Zeitung selbst öffentlich gemacht habe.

»Diese Frage kann ich Ihnen nicht beantworten.«

Charles Schuurman Hess ergriff das Wort. »Hier geht es um nicht weniger als die Fundamente unserer Arbeit«, sagte er. »Unsere Glaubwürdigkeit steht auf dem Spiel. Ich bin froh, dass Bonna die Bombe hat platzen lassen. Obwohl es mir lieber gewesen wäre, sie hätte das in *De Nieuwe Tijd* getan statt in so einem blöden Blog.«

Bonna lächelte ihn an. Der Moderator wandte sich ihr zu, in der Hoffnung auf eine Antwort, die aber ausblieb.

»Aus bestimmten Gründen hatte der gegenwärtige Chefredakteur beschlossen, die jetzt bekannt gewordenen Fakten nicht zu veröffentlichen«, sagte CSH. »Seiner Ansicht nach waren sie nicht in ausreichendem Maße gesichert, das war der wichtigste Grund. Aber von jetzt an wird die Zeitung nicht ruhen, bis alles ans Licht gebracht ist.« Er schlüpfte noch einmal in seine alte Rolle des streitbaren Chefredakteurs. »Die Arschlöcher, die dafür verantwortlich sind, müssen zur Rechenschaft gezogen werden. Wenn wir in diesem Land nicht mehr an die Unabhängigkeit der Presse glauben dürfen, dann gnade uns Gott.«

Der Moderator schloss mit der Bemerkung, in dieser Sache sei das letzte Wort mit Sicherheit noch nicht gesprochen.

Am nächsten Tag berichteten sämtliche Zeitungen auf der Titelseite über »DNTgate«. Aus fast allen Artikeln sprach Schadenfreude. Die Aversion, die bei den Konkurrenten über Jahrzehnte gewachsen war, aber nie offen gezeigt wurde, weil *De Nieuwe Tijd* nun einmal unantastbar zu sein schien, war jetzt geradezu greifbar. Man schrieb, die Zeitung habe sich sehr lange über alle anderen erhaben gefühlt, und warf ihr Arroganz und eine elitäre Attitüde vor. Allzu große Selbstzufriedenheit habe zu Bequemlichkeit, Blindheit und einer unkritischen Haltung geführt.

De Nieuwe Tijd selbst brachte acht Seiten zum Thema. Auf der Titelseite bat Chefredakteur Joris Schuurman Hess die Leser um Entschuldigung.

»Obwohl die Wahrheit immer unser höchstes Ziel war, ist es Außenstehenden mit Hilfe eines oder mehrerer Redakteure gelungen, in unserer Zeitung ihre eigenen verzerrten Wahrheiten zu verbreiten, in der Absicht, die Leser zu manipulieren. Das erfüllt mich mit tiefer Scham.«

Der Text stammte von Masser. Die Entschuldigung, die Joris selbst fabriziert hatte, war unter aller Kritik gewesen, weshalb der Schlussredakteur Masser geradezu angefleht hatte, etwas Besseres zu schreiben. »Sonst ist es einfach nur peinlich.«

In anderen Artikeln wurde an die politischen Diskussionen des fraglichen Zeitraums erinnert. Namen von Journalisten, die sich möglicherweise von Geheimdiensten hatten anwerben lassen, wurden nicht genannt – da die Einflussnahme sehr subtil gewesen sei, könne man derzeit kaum Schuldige benennen, schrieb Wilco Stamsnijder. »Zuerst müssen Artikel aus jener Zeit analysiert und Gespräche mit damaligen Redakteuren geführt werden, sofern sie noch leben.«

Die Zeitung kündigte an, die Nachrichtendienste zur Offenlegung der Manipulationen aufzufordern, und verlangte von der Politik die dafür notwendige Unterstützung. Es wurden Abgeordnete zitiert, die ihre Empörung über die Vorgänge äußerten; dergleichen dürfe es in einem zivilisierten Land nicht geben.

Ein Sprecher des Ministerpräsidenten erklärte, auch dieser sei von den Enthüllungen völlig überrascht worden und missbillige entschieden das Vorgehen der Dienste, wenn sich die Anschuldigungen als zutreffend erweisen sollten. Die Frage, ob auch andere Zeitungen und Massenmedien betroffen gewesen waren, wurde zwar gestellt, aber nicht beantwortet, ebenso die Frage, ob die Einflussnahme nach den achtziger Jahren aufhörte oder ob auch später Versuche unternommen worden waren, die Zeitung für propagandistische Zwecke zu benutzen.

Im Internet wurde *De Nieuwe Tijd* als prominenter Vertreter der »Holzmedien« oder der »Mainstream-Medien« mit Hohn und Spott überzogen. Die Zeitung wurde nicht als Opfer, sondern als Täter dargestellt, als verlogene Gazette, die ihre Leser jahrelang bewusst und absichtlich in die Irre geführt habe. Es war genau das, was Joris Schuurman Hess so sehr befürchtet hatte.

»Wir werden Jahre brauchen, um dieses Bild zu korrigieren«, sagte er, als Masser am Morgen in sein Büro kam. »Wenn es uns überhaupt gelingt.« Schon ein paar hundert Abonnements seien gekündigt worden. Joris fragte, was Masser in seiner Kolumne mit der Bemerkung meine, auch er habe sich möglicherweise der Desinformation schuldig gemacht.

»Das weiß ich nicht«, antwortete Masser. »Ich muss erst einmal etliche Artikel durchsehen, die ich in meinen ersten Jahren hier geschrieben habe, und dann versuchen, mich zu erinnern, ob ich von irgendwem gezielte Hinweise bekommen habe. Und vor allem, auf welchen Informationen die Artikel beruhten. Aber ich wage es nicht auszuschließen. Wenn sie hier den Fuß in der Tür hatten, warum sollten sie das in den neunziger Jahren nicht mehr ausgenutzt haben? Deshalb hatte ich das Gefühl, dass ich diese Möglichkeit ganz offen ansprechen musste.«

XII

Artist of Time

Masser hatte gesehen, wie sich Jimis »Aquarium« langsam, aber sicher füllte. Ständig trafen große und kleine Pakete ein, die meisten aus der Schweiz. Ein Uhrmachertisch von Bergeon (»seit 1791«), eine Drehbank, Schneidewerkzeug, Sets aus Dutzenden von Miniaturschraubendrehern und anderen winzigen Werkzeugen, die Masser an Zahnarztinstrumente erinnerten, wenn überhaupt an irgendetwas. Es wurden auch Testexemplare von Apparaten und Vorrichtungen geliefert, bei denen sich Masser beim besten Willen nicht vorstellen konnte, welchen Zwecken sie dienten. Sein Neffe war immer bereit, ihm etwas zu erklären, nur kamen dann in jedem seiner Sätze mindestens zwei Fachbegriffe vor, deren Bedeutung Masser unbekannt war, so dass er sich vorkam wie ein Bauer, der eine lateinische Messe hört.

André Genovesi kam regelmäßig nach Haarlem, um die Fortschritte in der Werkstatt von Jimi Kalman Watches in Augenschein zu nehmen, und nie mit leeren Händen. Einmal hatte er irgendwo ein Präzisionsinstrument ergattert, das in Massers Augen entfernt einer Mondlandefähre mit Füßen und Greifarmen ähnelte, ein anderes Mal zauberte er ein Holzkästchen aus seiner Tasche, das mindestens zehn verschiedene Hämmerchen, kleine Ambosse und dazu winzige Zahnrädchen und Wellen enthielt. Er brachte spezielles Glas mit, Uhrenstahl und Sortimente von klitzekleinen Schrauben, Stiften und Ringen, die Jimi sorgfältig in die Schubladen seines Uhrmachertischs einordnete. Doch meistens waren es ein oder mehrere Bücher: Darstellungen der Geschichte renommierter Uhrenhersteller oder der Schweizer Uhrenindustrie, Biografien berühmter Uhrmacher oder Fachbücher über Uhren und Uhrmacherei mit zahllosen technischen Details. Jimis Bücherregal füllte sich schnell.

Jimi und sein Urgroßvater führten Gespräche, die oft rein technischer Art waren und sich um verschiedene Methoden der Uhrenherstellung drehten, um die großen Durchbrüche in der Geschichte der Uhrmacherkunst oder um ihren Niedergang wegen der »Scheißjapaner«, wie André sich ausdrückte. Sie konnten aber auch eher philosophisch sein, dann sprachen die beiden über den Wert des handwerklichen Könnens an sich und über die Entwicklung des Menschen, die nach Andrés Ansicht untrennbar damit zusammenhing. Wenn Masser dabei anwesend war, hatte er manchmal das Gefühl, dass er für seinen Großvater und seinen Neffen ein Nichteingeweihter war, ein armer Tropf, der nie begreifen würde, dass die Menschheit mit der Uhr – natürlich nur der handwerklich gefertigten Qualitätsuhr – ungekannte Höhen des Erfindungsgeistes und der Logik erreicht hatte. Er war ein Banause, der nur hin und wieder kurz auf die Uhr schaute, um zu sehen, wie spät es war, ohne eine Vorstellung von der Geschichte hinter seiner Uhr zu haben, von der Intelligenz, technischen Virtuosität, Hartnäckigkeit und unermüdlichen Geduld, die dieses Wunderwerk erst möglich gemacht hatten.

Eine Woche nachdem Bonnas Bombe geplatzt war, hörte er beim Nachhausekommen aus Jimis Dachgeschoss ruhige Klaviermusik, die er als die berühmte h-Moll-Sonate von Domenico Scarlatti erkannte. Er ging die Treppe hinauf und sah seinen Neffen im Aquarium am Uhrmachertisch sitzen, eine Lupe vor dem rechten Auge. Jimi hob den Kopf und nickte seinem Onkel kaum merklich zu. Er schien in Trance zu sein, als spiele sich vor der Linse etwas Faszinierendes ab, das ihn völlig in Beschlag nahm. Masser zögerte, er wusste nicht, ob er Jimi stören durfte und ob beim Öffnen der Glastür nicht irgendwelche federleichten Teile von der Tischplatte geweht werden konnten. Aber Jimi winkte ihn herein. Masser sah, dass auf dem Tisch Dutzende sorgfältig aufgereihte Bestandteile einer Armbanduhr lagen. Er erkannte das Gehäuse und das Glas. Es war die Patek Philippe Calatrava, das Geschenk von Jimis Urgroßvater.

»Ein Meisterwerk«, sagte Jimi. Er schien beglückt zu sein, als hätten sich ihm gerade die letzten Geheimnisse der Schöpfung offenbart. Masser musterte ihn besorgt.

Er ist verrückt geworden. Er hat die kostbarste Uhr zerstört, die es hierzulande gab.

Natürlich nicht. Er weiß, was er tut.

Wie will er das bloß Opa André erklären?

Er hat sie doch für André auseinandergenommen.

»Mein Gott, Junge«, sagte er. »Wie willst du aus den vielen Teilen wieder eine Uhr machen? Ein Wahnsinnspuzzle. Hast du eine Konstruktionszeichnung, oder wie man das in der Uhrmacherei nennt?«

Jimi lächelte. »Ich warte, bis Opa André kommt. Bin gespannt, was er für ein Gesicht macht. Und dann säubere ich alles und setze sie wieder zusammen.« Das felsenfeste Selbstvertrauen, das aus seinen Worten sprach, erstaunte Masser. Es war ihm ein Rätsel, wie sein Neffe mit dreiundzwanzig schon über solche Fähigkeiten verfügen konnte, dass ihm die unvorstellbare Komplexität dieses Uhrwerks keine Angst mehr machte; er hatte das Wunder in die kleinsten Einzelteile zerlegt, zweifelte aber anscheinend keine Sekunde daran, dass er für jedes wieder den richtigen Platz finden würde.

Masser verspürte ein wenig Neid. Er sah, dass Jimi etwas erreicht hatte, wonach er selbst immer noch vergeblich strebte: die vollkommene Beherrschung seines Handwerks – und die dazugehörige Befriedigung. Er konnte zwar einen Text zusammensetzen, doch dabei fehlte das Konkrete, das Praktische dessen, was er hier vor Augen hatte. Bei seinem eigenen Handwerk wusste er letztlich nie genau, wie das Ergebnis ausfallen würde. Dies war etwas anderes. Es gab nur eine Möglichkeit, die Calatrava wieder so zusammenzusetzen, dass sie die Zeit mit der gleichen Präzision wie vor der Demontage maß, jede Abweichung hätte unweigerlich Stillstand oder große Ungenauigkeit zur Folge. Beim Schreiben seiner Kolumnen gab es, was Wortwahl, Satzbau und gedankliche Verknüpfungen anging, Hunderte von Möglichkeiten, und immer blieb ungewiss, ob seine Wahl wirklich die beste war. Oder vielmehr: Er wusste, dass sich unter den zahllosen denkbaren Varianten bessere versteckten. Wenn Jimi eine Uhr zusammengesetzt hatte und sie wieder richtig ging, wusste er, dass er bei jedem Stift oder Zahnrädchen die einzig richtige Entscheidung getroffen hatte.

»Glückskind«, sagte Masser.

Jimi nickte.

Als sie kurz danach im Wohnzimmer zusammensaßen und Tee tranken, klingelte es an der Haustür. Es war André Genovesi. Er brachte ein Buch für Jimis Bibliothek mit, über die Uhrenmanufaktur Vacheron Constantin, *Artists of Time*. »Hab ich zufällig in einem Antiquariat entdeckt«, sagte er.

Masser wusste, dass es keineswegs Zufall gewesen war, sondern dass er aus der ganzen Welt Bücher kommen ließ, mit denen er das Feuer bei seinem Urenkel beständig schürte.

»Vacheron Constantin, der absolute Gipfel«, sagte André. »Die älteste Uhrenmarke der Welt. Hab's nie geschafft, welche für meine Firma zu ergattern. Dreimal bin ich nur deswegen nach Genf gefahren, aber immer waren sie vorgemerkt. Jammerschade.«

Er ist der ideale Urgroßvater.

Er verdirbt den Jungen.

Diesen Jungen kann man nicht verderben. Seine Leidenschaft bekommt neue Nahrung.

Er braucht nichts dafür zu tun.

Er hat seinen Antrieb in sich. Eine Feder, die sein Urgroßvater hin und wieder ein bisschen aufzieht, das ist alles.

Jimi blätterte kurz in dem Buch, schien aber mit den Gedanken nicht ganz bei der Sache zu sein. »Ich muss dir etwas zeigen«, sagte er, wobei er das Buch zuklappte und André anschaute. »Oben.« André stieg hinter ihm her die Treppe hinauf, für einen Hunderteinjährigen bemerkenswert mühelos. Masser folgte. Auch er war gespannt, wie André auf die Demontage seiner geliebten Calatrava reagieren würde – er wusste, dass sein Großvater ebenso hitzköpfig und aufbrausend wie liebenswürdig sein konnte.

Nachdem sie Jimis Labor betreten hatten, dauerte es eine Weile, bis André begriff, was geschehen war. Als er sich über den Tisch beugte und die auseinandergenommene Calatrava erkannte, schien er einen Moment nicht zu wissen, wie er sich verhalten sollte. Sein Blick glitt über die aufgereihten Bestandteile, er legte die Hände auf die Tischplatte, als wäre der Schreck so groß, dass er sich abstützen musste, um nicht umzufallen. Dann drehte er sich zu Jimi um, der ihn fragend anschaute. Offensichtlich war er sich doch nicht ganz sicher, ob André verstehen würde, warum er die Uhr demontiert hatte. Der alte Mann blickte seinem Urenkel ein paar Sekunden schweigend in die Augen. Jimis Blick wanderte dann zu Masser, als suche er schon nach Hilfe für den Wutausbruch, der kommen würde.

»Großer Gott!«, rief André Genovesi. »Großer Gott, Jimi!« Er machte einen Schritt auf ihn zu. Masser bereitete sich innerlich auf ein Eingreifen vor. Als er sah, dass André Jimi umarmte, entspannte er sich. André zog mit beiden Händen das Gesicht seines Urenkels zu sich heran und küsste ihn. Er hatte Tränen in den Augen.

»Er hat wahrhaftig meine Patek Philippe auseinandergenommen. Er hat sie vollständig demontiert! Wer sonst würde das wagen? Niemand! Nicht einmal Patek oder Philippe selbst!« Er blickte Masser triumphierend an, als wäre ihm etwas Wunderbares widerfahren, das er nie zu träumen gewagt hätte. »Und das Schönste ist, er wird sie wieder zusammensetzen! Haha!« Er hob die Hand zum High five, und sein Urenkel schlug ein.

André Genovesi hatte das Gleiche gesehen wie Masser, und dennoch mehr als er: Er wusste, dass Jimi seine Uhr wieder zusammensetzen würde. »Dann kannst du auch gleich die Feder ersetzen«, sagte er.

Jimi nickte. »Hab ich auch gesehen, ja.«

Er kennt André besser als du.

Es war keine Eingebung, es war präzise kalkuliert. Jetzt und hier musste es passieren. Er wusste, dass André kam, er war genau rechtzeitig fertig.

Sie haben etwas, das dir fehlt.

Obwohl Jimi ja eigentlich erst die Hälfte der Meisterprüfung hinter sich hatte, meinte André Genovesi, diese großartige Sache müsse gefeiert werden. Und so saßen sie nun zu dritt in einem italienischen Restaurant in der Nähe. Jimis Mut und Selbstvertrauen versetzten André in Hochstimmung. Er äußerte kurz sein Bedauern darüber, dass er schon hundertundein Jahre alt war, bestellte dann aber eine weitere Flasche Roero Arneis und tröstete sich mit dem Gedanken, dass Jimi keine Zeit verlor. Sein Urenkel schien sich der Tatsache bewusst zu sein, dass ihm nur noch relativ wenig Zeit blieb, und er wollte, dass André möglichst viel von seinen Fortschritten auf dem Weg zur ersten originalen Jimi Kalman Watch miterlebte.

André war auf dem Heimweg, Jimi und Masser saßen auf dem Sofa vor dem großen Fernseher. Ein Mann ging durch das London des 19. Jahrhunderts. Masser, der zu viel Wein getrunken hatte, schaute interessiert zu.

»Man macht dauernd tödliche Fehler«, sagte Jimi, während er den Mann eine Wand des Westminster Palace hinaufklettern ließ. »Aber man kann immer wieder von vorn anfangen. Jedes Mal, wenn man stirbt, lernt man daraus, bis man überlebt. Das gefällt mir an diesem Game. Man wünscht sich, es wäre auch in Wirklichkeit so. Na ja, vielleicht ist es das ja auch.«

»Wer weiß.« Masser lachte. Er beobachtete, wie der Mann auf drei misstrauisch dreinblickende andere Männer zuging. »Verändert diese Art von Computerspiel eigentlich deine Wahrnehmung?«, fragte er. »Verschwimmen die Grenzen zwischen der virtuellen und der wirklichen Welt?« So hatte er selbst es beim Gamen empfunden. »Bei mir passiert das nämlich, glaube ich.«

»Klar. Ich gehe durch eine Stadt, zum Beispiel hier in Haarlem an der Grote Kerk vorbei, und ich denke: Hier könnte ich hochklettern, ich kann da und da die Füße aufsetzen und mich an diesen Streben festhalten. Natürlich ist das ein seltsamer Gedanke, aber ich sehe meine Umgebung einfach so. Vor allem, wenn ich vorher ein paar Stunden am Stück gespielt habe, dann fällt meinem Gehirn offenbar das Umschalten schwer. Als ich das letzte Mal mit Mia in Paris war, hatte ich dieses Gefühl ständig. In der Stadt *war* ich nämlich an vielen Stellen Wände hochgeklettert.«

»Genau das meine ich.«

»Im Grunde ist es ein Film, aber der Unterschied zum normalen Film besteht darin, dass man selbst mitspielt.«

»Und dass man Einfluss darauf hat, wie er ausgeht.«

»Das scheint vielleicht so zu sein, aber es stimmt nicht. Alles ist im Voraus festgelegt. Die Kontrolle liegt beim Spiel, nicht beim Spieler. Es erweckt die Illusion, dass man selbst Entscheidungen trifft, aber in Wirklichkeit muss sich alles in eine bestimmte Richtung entwickeln. Man hat nur die Möglichkeiten, die der Game Designer vorgesehen hat. Alles, was man tut, hat sich jemand anders ausgedacht, es ist Teil der Geschichte, die der Autor geschrieben hat.«

Er ist ein halber Philosoph.

Uhrmacher sind immer Philosophen. Letztlich dreht sich alles um die Zeit, um das Vergehen der Zeit, um Erinnerungen und Zukunftserwartungen. Um das Ende der Zeit. Um den Tod.

»Vielleicht ist es ja im wirklichen Leben genauso«, meinte Masser.

»Wäre denkbar. Gott ist der Game Designer, oder die Naturgesetze sind es, und man selbst manövriert ein bisschen innerhalb der festgelegten Grenzen. Glaubt man. Denn eigentlich entscheidet man gar nichts selbst. Er hat einfach eine Excel-Tabelle mit allen Lebenswegen drin.«

»Glaubst du das?«

»Ich versuche, es nicht zu glauben.«

»Heute schauen wir noch auf einen Bildschirm«, sagte

Masser. »Aber es dauert nicht mehr lange, bis wir völlig in dieser anderen Welt verschwinden, dann gehen wir durch Paris oder London oder New York und können nicht mehr sehen, ob das, was wir wahrnehmen, wirklich ist oder virtuell. Weil dann einfach alles echt wirkt, die Geräusche, die Gerüche. Dann können wir uns mithilfe eines Chips in unserem Gehirn durch Raum und Zeit fortbewegen, ohne das Sofa hier zu verlassen.«

Jimi nickte.

»Nur dass wir in der virtuellen Welt keine gewöhnlichen Menschen sind, sondern Götter, übermächtige Wesen«, ergänzte Masser.

Wieder nickte Jimi.

»Was hältst du davon?«

»Es spielt keine Rolle, was ich davon halte«, antwortete Jimi, »es kommt so oder so. Und weil es sowieso kommt, bin ich neugierig darauf.«

»Irgendwann ist es so weit, dass wir die normale und die virtuelle Welt nicht mehr auseinanderhalten können.«

»Macht nichts«, meinte Jimi. »Dann wird aus beidem doch wieder *eine* Welt. Außerdem sind wir Menschen schon seit Urzeiten darauf trainiert, virtuelle Welten für real zu halten.«

»Wie meinst du das?«

»Weißt du, wie viele Kirchen es hier in Haarlem gibt?« Er lachte schallend. »Vielleicht ist es auch gar nicht so wichtig. Die Wirklichkeit ist das, was der Geist für die Wirklichkeit hält. Diese Selbstmordattentäter im Irak oder in Israel, die leben in einem Game, in dem das, was sie tun, gerechtfertigt ist. Vielleicht schreiben wir auch ständig unsere eigenen Games. Vielleicht ist Jimi Kalman Watches ein Game. Ich muss ständig Entscheidungen treffen, und das Ziel ist eine eigene Uhrenmanufaktur. Um es zu erreichen, muss ich viele

Hindernisse überwinden, aber letzten Endes liegt das Ergebnis fest.«

»Und was ist das Ergebnis?«

»Das muss ich natürlich erst rausfinden. Aber ich vermute, dass es klappen wird. Ich hab nur noch keine *save files* entdeckt, mit denen man nach einem Fehlschlag an einem bestimmten Punkt wieder anfangen kann.«

»Wenn man hier rechts geht«, sagte Masser, »kommt man zum St. James' Park.« Er stand auf.

»Masser«, sagte Jimi, ohne den Blick vom Fernseher abzuwenden, »ich fühl mich hier sehr wohl. Mehr als bei meiner Mutter, auch wenn das vielleicht nicht besonders nett klingt. Das wollte ich dir nur mal sagen.« Er lächelte verlegen.

Hat das schon mal jemand zu dir gesagt?

Kann mich nicht erinnern.

»Schon gut. Ich bin froh, wenn's dir hier gefällt. Ich finde es auch sehr schön, dass du hier wohnst.«

»Und noch was. Bist du morgen hier?«

»Ja, bis etwa ein Uhr.«

»Ich hab nämlich um elf eine Verabredung, ein früherer Klassenkamerad kommt zu mir.«

»Gut. Du bist hier dein eigener Herr. Wer ist es?«

»Jeroen Weenink. Du weißt schon, der den Anschlag in Pantschagan überlebt hat.«

XIII

Der Junge aus Pantschagan

Jeroen Weenink hatte schwarzes, gelocktes Haar und hellblaue Augen. Um seine Lippen spielte fortwährend ein unsicheres Lächeln, und er blinzelte nervös. Auf der linken Wange hatte er eine Narbe, die er manchmal kurz berührte, als wollte er sie wegwischen. Er saß breitbeinig am Esstisch, ein wenig vorgebeugt, und starrte auf sein Smartphone. Schließlich löste er den Blick vom Display und schaute Masser an. »Sie sind also Journalist«, sagte er.

Im ersten Moment ärgerte sich Masser; doch eigentlich, überlegte er, war es verständlich, dass der junge Mann sich darüber Gedanken machte. Er hatte zweifellos Sprechverbot, solange die Untersuchungen zu den Ereignissen in Pantschagan andauerten – der Abschlussbericht ließ immer noch auf sich warten –, und offenbar war er sich nicht ganz sicher, ob ein Gespräch mit einem Journalisten, selbst wenn man über Gott und die Welt redete, nicht unter dieses Verbot fiel.

Aus Jeroens Mund kamen öfter plötzliche, knappe Bemerkungen, als müsste von all dem, was ihm durch den Kopf ging, hin und wieder etwas heraus, wie um Druck von einem Kessel zu nehmen – so zumindest interpretierte es Masser.

»Hier nicht«, antwortete er, »hier bin ich der Onkel und Vermieter von Jimi. Und noch vieles mehr, aber kein Journalist.«

»Ich dachte, Journalisten wären immer Journalisten.«

»Ich nicht. Ich bin meistens Kolumnist, das ist was anderes.«

»Gehen wir rauf«, sagte Jimi. Auch Masser stand auf, er beobachtete immer gern die Reaktion von Leuten, die zum ersten Mal Jimis Loft betraten.

»Irre«, sagte Jeroen Weenink, »einfach irre, Jimi. Ich bin neidisch.« Er blickte sich mit glänzenden Augen um.

Jimi zeigte auf sein Aquarium. »Das Allerheiligste, die Uhrmacherwerkstatt. Verdanke ich meinem Urgroßvater, der hat da einiges investiert.«

»Mein Gott«, seufzte Jeroen, als sein Blick über die Apparate und das Werkzeug glitt, »hier kannst du selbst Armbanduhren herstellen.«

»Genau darum geht's. Hier ist die Geburtsstätte von JKW, Jimi Kalman Watches.« Er sagte es fast beiläufig, als wäre die Idee einer eigenen Uhrenmarke für ihn kaum noch ein Gesprächsthema und ihre Verwirklichung nur eine Frage der Zeit. Er öffnete eine Schublade und holte die Calatrava heraus. »Vollständig demontiert, gesäubert, ein paar Teile ausgetauscht, und dann wieder zusammengesetzt.«

Er reichte Jeroen die Armbanduhr. Der betrachtete sie mit Kennerblick. »Gute Arbeit«, sagte er. »Echt gute Arbeit. Cool.«

Masser ging hinunter und kehrte mit Kaffee und einer Schachtel Schokoküsse auf einem Tablett zurück – Jimi hatte ihm gesagt, dass Jeroen verrückt auf Schokoküsse sei, er hatte ihn in der Fachschule während einer Mittagspause eine ganze Schachtel leeressen sehen. Masser stellte das Tablett auf Jimis Esstisch ab. »Kaffee«, sagte er, »und Schokoküsse, so viel ihr essen könnt!« Kurz danach saßen sie zu dritt am Tisch.

»Wie finden Sie das hier?«, fragte Masser.

»*Awkward*«, sagte Jeroen.

Masser schaute beide fragend an.

»Cool«, erklärte Jimi. »Er findet's cool.«

»Wie in einem Traum«, sagte Jeroen. »Eine eigene Uhrmacherwerkstatt, daran hab ich noch keine Sekunde ernsthaft gedacht. So was hat man nur in seinen Träumen. Aber er hat sie wirklich!«

Jimi lächelte fast unmerklich. »Es ist auch ein Traum, mein Traum und der von meinem Uropa.«

Jeroen betrachtete ihn aufmerksam. »Schön, so einen Uropa zu haben.« Er aß einen weiteren Schokokuss.

»Wie geht es Ihnen denn jetzt?« Die Frage kam natürlich sehr plötzlich, aber Masser fand, dass er nicht so tun konnte, als wäre der junge Mann nur irgendein Freund von Jimi.

Fast noch ein Junge.

Der einzige Überlebende einer nationalen Katastrophe.

In den Medien wird er als Held bezeichnet.

»Gut«, antwortete Jeroen. »Nein, natürlich nicht gut. Aber immer noch besser als den anderen Jungs.« Er schaute Masser mit blinzelnden Augen geradezu flehend an, als wollte er ihn bitten, das Thema ruhen zu lassen.

»Haben Sie noch … noch unter irgendwelchen Folgen zu leiden? Das war ja doch ziemlich …«

»Alpträume.« Es klang, als wäre er bis auf eine leichte Erkältung wieder ganz der Alte. »Immer der gleiche. Ich liege zwischen verbogenem Stahl, meine Beine sind eingeklemmt. Ich kann mich nicht bewegen, und einer von diesen bärtigen Typen grinst mich an. Er richtet die Kalaschnikow auf meine Stirn, und ich weiß, gleich wird er abdrücken. Und dann wache ich auf, in Panik und schweißgebadet, als ob ich tatsächlich gerade aus der Wüstenhitze da käme. Außerdem hab ich manchmal Angstanfälle. Tagsüber, aus dem Nichts. Die springen mich einfach an, wie ein tollwütiger Hund.« Er rieb über seine Narbe, als hätte ihn der Hund dort erwischt.

»Werden Sie denn psychologisch betreut?«

»Ich war viermal beim Psychologen. Dann wollte ich nicht mehr.«

»Wenn Sie möchten, können Sie öfter herkommen«, sagte Masser. »Und auch übernachten.« Er hatte schon mit Jimi darüber gesprochen.

»Gern.«

Jimi nahm einen Schokokuss und warf ihn in einem flachen Bogen Jeroen zu.

»Haben Sie Zukunftspläne?«, fragte Masser.

»Uhren«, sagte Jeroen.

Masser wollte fragen, warum er damals die Ausbildung abgebrochen hatte und zur Armee gegangen war. Aber vielleicht wäre das eine unangenehme Frage. Er hatte eine Entscheidung getroffen, die letztlich schlimme Folgen für ihn gehabt hatte, und es wäre wenig taktvoll, ihn damit zu konfrontieren. Der junge Mann sollte nicht den Eindruck haben, dass Masser glaubte, er habe sich alles selbst zuzuschreiben.

»Ich muss nach Amsterdam«, sagte Masser. »Jede Menge Ärger bei der Zeitung. Sie haben ja vielleicht davon gelesen.«

Jeroen antwortete nicht, er stützte das Gesicht in die Hände, mit den Gedanken anderswo.

Als Masser am späten Abend nach Hause kam, saßen Jimi und Jeroen schweigend am Tisch wie zwei Leute, die einen Plan geschmiedet hatten und nun ruhig auf die Gelegenheit warteten, ihn auszuführen. Masser wunderte sich über die Vertrautheit zwischen den beiden jungen Männern, denn er wusste von Jimi, dass Jeroen und er während des gemeinsamen Jahres an der Fachschule nie eng befreundet gewesen waren. Jeroen habe »ein ziemlich großes Maul« gehabt, erzählte Jimi, darum habe er immer ein bisschen Abstand zu ihm gehalten. Doch jetzt war es, als würden sie schon seit Jahren freundschaftlich miteinander umgehen, ja, als fühlten sie sich durch irgendetwas verbunden. Seine Erlebnisse in Pantschagan hatten Jeroen anscheinend verändert und ihn Jimi nähergebracht.

»Herr Brock«, sagte Jeroen, während Masser einen Briefumschlag aufriss, »ich wollte Sie etwas fragen.«

Es klang förmlich. Masser legte die übrige Post auf den Tisch. »Bitte.«

»Wegen der anderen Jungs, Sie wissen schon.«

Das Staatsbegräbnis für die vier Todesopfer des Anschlags in Pantschagan lag inzwischen acht Monate zurück, aber Masser wusste sofort, welche »anderen Jungs« gemeint waren.

»Haben Sie die Übertragung gesehen? Wie sie nach Den Haag gebracht wurden? Und dann die Rede des Ministerpräsidenten?«

Jimi schaute Masser aufmerksam an, er schien gespannt auf seine Reaktion zu sein, als wüsste er, was Jeroen sagen wollte, und auch, dass es seinen Onkel überraschen würde.

»Natürlich.«

»Und wie fanden Sie das alles?«

»Ich fand es … wie soll ich sagen, ich fand's ein bisschen überzogen. Dieses kollektive Trauern, das heute so in Mode ist, gefällt mir nicht besonders. Mir ist das Stille lieber, ich glaube, dann lässt sich Trauer besser bewältigen. Andererseits ist mir klar, dass es den Angehörigen helfen kann, wenn das ganze Land mittrauert.«

»Und die Rede des Ministerpräsidenten?« Er schien die Fragenliste in seinem Kopf sorgfältig abzuarbeiten.

Soll ich ehrlich sein?

Ja, selbstverständlich.

»Ich hatte das Gefühl, dass seine Rede mehr mit ihm selbst als mit den Ereignissen zu tun hatte. Eine schöne Rede, sicher; einfühlsam, die richtigen Worte. Trotzdem dachte ich die ganze Zeit: Er macht das für sich selbst, nicht für die Soldaten und ihre Familien.«

»Diese Rede hatte doch Jimis Mutter geschrieben, oder?«

»Richtig. Meine Schwester und ich kommen sehr gut miteinander aus, aber in manchen Dingen gehen unsere Ansichten auseinander.«

»Haben Sie ihm geglaubt?«

»Wie meinen Sie das?«

»Haben Sie geglaubt, dass er das alles ehrlich gemeint hat? Von unserem Heldentum und unserer Opferbereitschaft? Unserem Mut?«

»Ja, das hab ich schon geglaubt.«

Jimi stand auf und ging in die Küche, als könnte er das Gespräch nicht mehr mit anhören.

Ich kann doch schlecht sagen, dass ich nicht an seinen Mut glaube.

Außer, er tut es selbst nicht.

Dann muss er das als Erster sagen.

»Es war Verarsche«, sagte Jeroen. Er klang plötzlich anders, vorwurfsvoll. Wütend. »Und der Ministerpräsident muss eigentlich gewusst haben, dass es Verarsche war. Wenn man die Wahrheit nicht vor ihm verschwiegen hat, was ich mir nicht vorstellen kann. Und ich fürchte, Jimis Mutter hat auch Bescheid gewusst.«

Jimi kam zurück und schaute Masser entschuldigend an, als wollte er sagen: Tut mir leid, er hätte dieses Thema nicht ansprechen sollen, aber ich konnte ihn nicht davon abhalten.

»Was meinen Sie mit ›Verarsche‹?«

»Verlogenes Geschwätz halt. Blödsinn. Bullshit. Lügen.«

»Du musst es erklären.« Jimi strich sich nervös mit den Fingern durchs Haar, Masser hatte ihn noch nie so erlebt.

»Ich will Ihnen etwas erzählen«, sagte Jeroen. Er klang gehetzt. »Etwas, das eigentlich geheim bleiben soll. Jimi weiß es schon.«

»Und jetzt möchten Sie von mir die Garantie, dass ich nichts darüber schreibe.«

Jeroen schien ihn nicht zu hören, aber Jimi nickte.

»Kurz nach dem Anschlag, als ich wieder halbwegs bei mir war, wurde ich verhört. Zuerst in Pantschagan, später auch hier. Ungefähr drei Tage alles in allem. Anscheinend war man zufrieden mit dem, was ich gesagt hab, denn irgendwann war Schluss. Aber in den Monaten danach bekam ich viermal Besuch von Leuten vom Verteidigungsministerium und von ein paar anderen, ich weiß nicht genau, wer die waren. Sie haben im Grunde immer das Gleiche gesagt. Dass ich mit niemandem über die Ereignisse in Pantschagan sprechen darf. Das wäre besser für meine Kameraden, die jetzt noch da sind, ich könnte sie in Gefahr bringen, wenn ich rede. Und für mich persönlich wäre es auch besser zu schweigen, haben sie gesagt. Als Soldat müsste ich Dienstgeheimnisse bewahren, so ähnlich. Wenn ich das nicht täte, könnte das möglicherweise Konsequenzen haben.«

»Was für Konsequenzen?«

»Haben sie nicht gesagt. Konsequenzen halt. Aber man kann sich ja so ungefähr denken, was damit gemeint ist. Ich kriege eine monatliche Unterstützung, und demnächst brauche ich einen neuen Job.«

»Ihr seid auf eine Landmine gefahren, und dann sind Terroristen aufgetaucht, die euch angegriffen haben«, sagte Masser. »So lautet die offizielle Darstellung.«

»So lautet die offizielle Darstellung. Und sie ist an und für sich auch nicht falsch. Uns hat so eine Sprengfalle erwischt, und dann schießen diese Schweine mit ihren Kalaschnikows auf uns. Aber das ist nicht die ganze Geschichte.«

»Und Sie wollen mir die ganze erzählen?«

Jeroen schien zu zögern. Er schaute Jimi fragend an, als wüsste er nicht mehr, ob es klug wäre, Masser sein Geheimnis zu offenbaren.

»Du kannst Masser vertrauen«, bekräftigte Jimi.

»Okay«, sagte Jeroen. »Die ganze Geschichte ist die: Wir haben Drogen transportiert. Drogen von einem anderen Warlord als dem, zu dessen Verein diese Typen gehörten. Einem Konkurrenten sozusagen. Auf diese Art finanzieren sich die Bärtigen. Sie kontrollieren bestimmte Routen, für die sie Wegezoll erheben. Und wir bezahlen einfach. Und sie handeln mit Drogen, die bald darauf hier bei uns zu kaufen sind. Man könnte sagen, dass wir unsere eigenen Feinde finanzieren. Die Drogen in unserem Panzerwagen waren für hier bestimmt. Sie sind hier auch angekommen, nur dass ein anderer Warlord daran verdient hat als ursprünglich vorgesehen. Verstehen Sie?«

Masser glaubte, dass er alles verstand, zumindest bis zu diesem Punkt.

Was erzählt er da?

Dass dieses Staatsbegräbnis eine einzige Farce war.

Und warum erzählt er es gerade mir?

Vielleicht hat Jimi gesagt: Das musst du meinem Onkel sagen.

»Es war eine Art Rip-Deal«, antwortete Masser. Er versuchte, ganz sachlich zu klingen.

»So ungefähr.«

»Die niederländische Armee ist in Pantschagan am Transport von Drogen beteiligt, an Drogenhandel.«

»Nicht die Armee. Einige Soldaten.«

»Okay, einige Soldaten. Sie selbst auch?«

»Ich wusste, dass so was vorkam. Ich wusste nicht, dass in unserem Panzerwagen Drogen für den niederländischen Markt waren.«

»Und die anderen?«

»Von zwei von den Jungs weiß ich, dass sie daran beteiligt waren. Auf dem Stützpunkt wird viel gelabert, vor allem nach ein paar Bier.«

»Welches Ausmaß hat das Ganze?«

»Also, manche kehren reich aus Pantschagan zurück.«

»Davon darf wirklich nichts an die Öffentlichkeit«, sagte Jimi. »Wenn doch, würde Jeroen echt Schwierigkeiten bekommen.«

»Harmlos ausgedrückt«, sagte Jeroen. »Die sind ja nicht dumm, die würden sofort wissen, von wem die Informationen stammen. Und dann kommt die ganze Maschinerie in Gang. Dann bin ich der arme, traumatisierte, kleine Spinner, der sich Dinge einbildet, der Verschwörungstheorien in die Welt setzt, Sie wissen schon. Und dann kann ich sagen, was ich will, niemand wird mir glauben. Die Leute wollen so was gar nicht hören.«

Masser spürte, dass er allmählich wütend wurde. Ihm war etwas Schreckliches anvertraut worden, und er konnte nichts tun. Dieser junge Mann war der einzige lebende Zeuge des Anschlags, und weder in Pantschagan noch in Den Haag würde sich irgendjemand finden, der seine Version der Geschichte bestätigte. Nicht in der Armee und natürlich erst recht nicht unter den Terroristen. Niemand hatte ein Interesse daran, dass die Wahrheit ans Licht kam, deshalb existierte diese Wahrheit einfach nicht. Die Sache war zu groß und die Quelle zu schwach, darauf lief es hinaus. Auf einmal war ihm auch klar, warum die Untersuchungen so viel Zeit in Anspruch nahmen. Je mehr Zeit verging, desto wahrscheinlicher war es, dass die Geschichte von den vier toten Soldaten in Vergessenheit geriet. Wenn der Abschlussbericht endlich vorlag, sollte er möglichst gleich in irgendeiner Schublade verschwinden, ohne dass noch ein Hahn danach krähte und ohne dass lästige Fragen zu möglichen Lücken gestellt wurden.

In den Niederlanden wusste höchstwahrscheinlich der Ministerpräsident, was wirklich passiert war, ebenso sein Chief of Staff, der Verteidigungsminister, vielleicht ein paar hohe Beamte und natürlich Mitarbeiter der Nachrichtendienste. Sie alle würden schweigen wie das Grab, und im Fall eines Enthüllungsberichts in *De Nieuwe Tijd* würden sie alles abstreiten und die Zeitung wegen Verleumdung oder Geheimnisverrat verklagen – oder was auch immer sie an juristischen Tricks anwenden müssten, um die Sache auch in Zukunft vertuschen zu können.

Sogar Jeroen Weenink würde alles abstreiten, dachte Masser. Die Situation kam ihm sehr bekannt vor, so etwas hatte er schon einmal erlebt.

»Warum erzählen Sie mir das eigentlich?« Er schaute Jeroen an, und er wusste, dass sein Blick Zorn verriet.

»Er weiß es, und ich weiß es, und jetzt auch du«, erklärte Jimi. »Es ist wie bei einem zu schweren Rucksack. Wenn man ein paar Sachen auf andere verteilt, wird er leichter.«

»So ungefähr«, bestätigte Jeroen.

Masser war nicht davon überzeugt, dass es dem jungen Mann nur darum ging, etwas von seiner Last loszuwerden. Er wusste, dass er mit einem Journalisten sprach, bestimmt wären neutralere Beichtväter zu finden gewesen.

»Haben Sie mit Ihren Eltern darüber gesprochen?«

»Nein. Sie würden es nicht verstehen. Meine Mutter … da könnte ich auch gleich beim *Telegraaf* anrufen.«

»Wie haben Sie's ausgehalten, so lange zu schweigen?«

»Als ich die Übertragung gesehen hab, dachte ich, ich würde verrückt. Es war … Wenn man so was sieht, alle sind gerührt, und im Grunde finden es auch alle ganz toll, und man selbst ist der Einzige, der weiß, dass es bloß Theater ist. Okay, fast der Einzige. Aber man darf nicht darüber sprechen. Ich hab auf den Fernseher gestarrt und gedacht: Das ist nicht echt. Aber es war echt. Das war zu viel für mich, ich hatte das Gefühl, in meinem Gehirn müsste es gleich einen Kurzschluss geben. Ich dachte, hätten sie mich doch auch erschossen, dann bräuchte ich das hier nicht zu sehen. Es war schlimmer als alles, was ich in Pantschagan erlebt hatte.«

Masser ging zu Jeroen, beugte sich zu ihm hinunter und legte ihm den Arm um die Schultern. »Ich verstehe Sie«, sagte er. Er sah Tränen über die Narbe an Jeroens Wange laufen.

Masser und Jimi brachten Jeroen Weenink zu seinen Eltern in Delft – Masser hatte darauf bestanden. Auf der Rückfahrt schwiegen sie. Bis Masser die Frage nicht länger zurückhalten konnte. »Und Mia, weiß die Bescheid? Hast du mit ihr darüber gesprochen?«

»Nein. Aber natürlich weiß sie Bescheid. Sie weiß alles. Sie weiß es, und wir wissen es. Nur dass wir es wissen, weiß sie noch nicht. Und das muss auch so bleiben.«

Er hat recht. Es wäre sinnlos, mit ihr darüber zu sprechen. Es würde das gute Verhältnis zu deiner Schwester in Gefahr bringen.

Vielleicht ist es auch so in Gefahr.

Irgendwann, wenn ihr alt seid und es keine Rolle mehr spielt, kannst du sie darauf ansprechen.

Und bis dahin tanzen wir fröhlich um die Wahrheit herum.

Am Abend setzte sich Masser an seinen Laptop, um die Kolumne zu schreiben. Es dauerte eine Weile, bis er ein Thema gefunden hatte. Schließlich wählte er etwas Harmloses, über einen Staatssekretär, der wegen ungelöster Probleme bei der staatlichen Eisenbahngesellschaft in Bedrängnis geraten war. Er kam sich wie ein mieser Betrüger vor, der aus der Wirklichkeit eine Farce machte.

XIV

Verarschen können wir uns selber

Masser betrat die Redaktion. Er hatte am Morgen mit Jimi und Jeroen gefrühstückt. In den Tagen nach Jeroens Bericht über die Vorgänge in Pantschagan hatten sie nicht mehr darüber gesprochen, aber jedes Mal, wenn er ihn sah, ging ihm alles wieder durch den Kopf. Er hätte gern etwas aus seinem Wissen gemacht, auch weil er vermutete, dass Jeroen das unbewusst von ihm erwartete. Doch ihm fiel nichts ein, was er tun konnte. Jedenfalls hatte Jeroen recht gehabt: Er war Journalist, und dass er Fakten kannte, die weit über die Grenzen des Landes hinaus von Interesse gewesen wären, aber nicht darüber berichten konnte, bereitete ihm Kopfschmerzen.

Er war nervös. In seinem Aktenkoffer steckte ein brauner Umschlag mit einem Din-A4-Blatt, den Bonna ihm gegeben hatte. Er wusste, was auf dem Blatt stand, und fürchtete sich vor dem Moment, in dem er es würde vorlesen müssen. Es war ein Exekutionsbefehl.

Während er zu seinem Schreibtisch ging, drehten sich etliche Köpfe in seine Richtung, es wurde geflüstert. Er glaubte vorwurfsvolle Blicke zu sehen, Verärgerung zu spüren. Seit die Geschichte von der Unterwanderung der Zeitung in der Welt war, schien die Atmosphäre bei *De Nieuwe Tijd* von Argwohn, Wut und Angst vergiftet. Der Argwohn galt denjenigen, die möglicherweise unmittelbar mit den Manipulationen zu tun gehabt hatten, die Wut einiger Redakteure richtete sich gegen ihn und Bonna Glenewinkel. Obwohl Bonna die Sache ins Rollen gebracht hatte, gingen alle davon aus, dass Masser daran beteiligt gewesen war. Die Angst wiederum betraf die Zukunft der Zeitung. In den fünf Wochen seit der ersten Enthüllung hatten mehrere tausend Leser ihre Abonnements gekündigt; in allen anderen Medien war *DNT* zum Gegenstand von Spott und Hohn geworden, und im Internet war eine regelrechte Hetzkampagne in Gang gekommen. Man rechnete ab mit der Zeitung, die jahrzehntelang eine so dominante Stellung gehabt hatte.

Charles Schuurman Hess hatte Masser angerufen. Von der gewohnten Nonchalance des Exchefredakteurs war nichts mehr zu spüren gewesen, auch das Relativieren schien er verlernt zu haben. Er sagte, er telefoniere fünfmal am Tag mit seinem Sohn. Mal raste Joris völlig aus, mal sei er verzweifelt. »Ich weiß nicht mehr, ob ich richtig gehandelt habe. Ich dachte, es wäre eine spannende Geschichte, aber sie macht alles kaputt. Meine Frau bezeichnet mich als Arschloch, sie meint, ich hätte meinen eigenen Sohn verraten.«

Joris Schuurman Hess schien in fünf Wochen um fünf Jahre gealtert zu sein. Jeder von seiner eigenen Zeitung gedruckte Artikel über die Manipulationen grub eine neue Falte in seine Stirn, Beiträge in anderen Medien machten ihn wütend. Mindestens einmal am Tag sagte er, die Idee mit der vollkommenen Transparenz sei eine sehr schlechte Idee gewesen. »Wir schaufeln unser eigenes Grab. Mit jedem Bericht bestätigen wir, dass wir uns haben reinlegen lassen, und das gefällt unseren Lesern ganz und gar nicht. Man könnte erwarten, dass sie unsere Ehrlichkeit zu schätzen wissen, aber so funktioniert das offenbar nicht. Immer mehr haben das Gefühl, dass ihre Zeitung sie getäuscht hat.«

Weil ihm aber auch keine Alternative einfiel und es fürs

Vertuschen ohnehin längst zu spät war, blieben die Redakteure, die auf die Sache angesetzt waren, am Ball, und laufend erschienen neue Artikel dazu. Allerdings ohne neue, harte Fakten. Es war, als hätte sich *De Nieuwe Tijd* auf der Couch eines Psychiaters ausgestreckt und würde in einer Art Selbstgespräch herauszufinden versuchen, was um Himmels willen ihr geschehen war. Alle sehnten den Moment herbei, in dem das Ganze allmählich in Vergessenheit geraten würde, doch jeder neue Bericht schien der Anfang einer Spur zu weiteren potentiell verdächtigen Artikeln zu sein.

Die Zeitung versuchte, auf dem Klageweg Einsicht in Dokumente zu erzwingen, die konkrete Informationen zu den beteiligten Journalisten enthalten konnten, doch bisher ohne Erfolg. Die Landesanwaltschaft untersagte die Herausgabe unter Berufung auf nationale Interessen. Außerdem waren anscheinend die Aktenvernichter im Innenministerium rund um die Uhr in Betrieb gewesen, denn auf zahlreiche Anfragen erhielt man die Antwort, dass die betreffenden Berichte in der Vergangenheit aus Sicherheitsgründen vernichtet worden seien. Sogar die Papiere, die Charles Schuurman Hess hatte einsehen können und mit denen alles angefangen hatte, waren auf einmal nicht mehr verfügbar. Die Familie von Boebie de Witt Wijnen konnte leider auch nicht helfen; wie sein ältester Sohn mitteilte, hatte de Witt Wijnen seine letzten Tage auf Erden anscheinend dazu genutzt, sein Archiv zu vernichten. Bedauerlich, aber nicht mehr zu ändern.

Verdächtig waren vor allem Artikel über den Ostblock, die Stationierung von Cruise Missiles und anderen Nuklearwaffen in den Niederlanden. Masser las einen Bericht von Cornelis Altena über die erste große Demonstration gegen die Cruise Missiles und sah sich wieder zusammen mit seinen Eltern und Mia auf dem Museumplein in Amsterdam. Es war der 21. November 1981, und er war vierzehn. Seine Mutter hatte ein Transparent gemalt, auf dem stand, dass sie lieber einen Russen in der Küche als eine Rakete im Garten habe, was Masser bezweifelte. Außerdem hatten sie gar keinen Garten. Ein Mann aus ihrer Wohngemeinschaft rief: »Macht die Raketen einen Kopf kürzer«, ein anderer: »Verarschen können wir uns selber!«

Hinterher waren sie nach Bloemendaal gefahren, wo Opa André kopfschüttelnd bemerkte, seine Tochter und sein Exschwiegersohn seien immer noch naive Idealisten, und sie bräuchten nicht zu glauben, dass die Regierung nun plötzlich von der Stationierung der Cruise Missiles absehen würde. »So läuft das nicht. Bei solchen Entscheidungen richtet man sich nicht nach ein paar tausend Hippies mit Transparenten.« Der Einwand, dass an jenem Tag vierhunderttausend Menschen demonstriert hatten, die längst nicht alle nur Hippies waren, beeindruckte ihn kaum. Er sagte, es würde ihn nicht wundern, wenn die Russen hoch erfreut über solche Demonstrationen wären, vielleicht würden sie die sogar mitfinanzieren. Als er hinzufügte, er habe noch nichts von Moskauer Demonstrationen gegen die SS-20-Raketen gehört, stand Carla wütend auf und sagte zu Karel, es sei Zeit zu gehen.

»Mit dem Mann kann man nicht reden. Er bleibt ein verbohrter Rechter.«

Masser fragte seinen Opa, woher er das mit den Russen wissen wolle.

»Durch Nachdenken, mein Junge«, antwortete André. »Durch logisches Nachdenken.«

In der Tür entgegnete Carla noch, er solle aufhören, seine Enkel zu indoktrinieren. Bis ihr Vater gefragt hatte, ob sie selbst sich dessen nicht schuldig mache, war sie schon draußen.

Das Problem der internen Untersuchungen bei *De Nieuwe Tijd* war, dass man zwar bei zahlreichen Artikeln eine Einflussnahme vermuten konnte, dass es aber schwer war, Beweise dafür zu finden. Cornelis Altena schrieb eigentlich nichts anderes als das, was auch André damals zu bedenken gegeben hatte, und der Uhrenimporteur stand nun gewiss nicht auf der Gehaltsliste des Inlandsnachrichtendienstes. Andererseits las er *De Nieuwe Tijd* – André hatte sie inzwischen seit fast achtzig Jahren abonniert. Masser überlegte, ob die Ansichten seines Großvaters ein Beweis für den Erfolg der leisen Manipulation im Kampf um Volkes Meinung sein könnten.

»Die Russen haben alles getan, um den linken Teil der niederländischen Gesellschaft vor ihren Karren zu spannen«, sagte Masser, als er mit Bonna im Grand Café Brinkmann saß, wo sie verabredet waren. »Ist es dann so verwunderlich, dass die Amerikaner und ihre hiesigen Vettern versucht haben, die öffentliche Meinung in ihrem Sinne zu lenken?«

»Nein«, antwortete Bonna, »das ist alles andere als verwunderlich. Wenn ich damals Geheimdienstchefin gewesen wäre und nicht Journalistin, hätte ich das auch versucht. Aber es geht nicht darum, ob es erklärlich war, was sie getan haben. Es geht darum, dass wir von der freien, unabhängigen Presse uns von ihnen haben benutzen lassen. Bewusst oder unbewusst, das sei noch dahingestellt, aber es ist geschehen. Es wurde eine Schlacht geschlagen, und *De Nieuwe Tijd* war eins der Geschütze, die auf den Osten gerichtet waren. Angeblich waren wir unparteiisch, aber in allen Artikeln, die ich gelesen habe, klingt so ein Gut-und-Böse-Denken durch. Die Bösen sind natürlich die Russen, die uns unterwerfen wollen und längst losgeschlagen hätten, wenn uns der Atomschirm der Amerikaner nicht beschützen würde.«

»Und wenn das nun die richtige Analyse war?«, fragte Masser. »Vielleicht hatte der BVD es ja gar nicht nötig, uns das unterzujubeln, vielleicht hatten Cornelis Altena und seine Kumpel ganz einfach das Richtige erkannt. Oder sie waren zumindest selbständig zu ihrer Ansicht gelangt, ohne dass irgendein James Bond und ein Haufen Geld sie dahin bringen mussten.«

»Und dieser Bericht von Boebie de Witt Wijnen? Sie wussten über die Vorgänge in der Redaktion Bescheid. Mensch, Masser, das ist doch kein Zufall! Ich merke, dass es dir allmählich reicht. Kann ich sehr gut nachvollziehen, du hast jetzt schon sieben oder acht Kolumnen darüber geschrieben. Und du bist dauernd in der Redaktion und siehst, was los ist. Aber tu jetzt nicht so, als wäre alles in Ordnung gewesen, das wäre doch allzu naiv.«

Masser seufzte. Er wusste, dass Bonna recht hatte, aber das Ungreifbare dieser Geschichte zermürbte ihn allmählich. Er hatte das Gefühl, dass sie in dichten Nebel geraten waren, in dem sich irgendwo ein Gespenst aus der Vergangenheit verbarg, ohne dass sie die geringste Chance hatten, dieses Wesen zu fassen zu bekommen.

»Diese Sucherei hat fast schon was Manisches«, sagte er. »Da werden Artikel von gerade mal drei Absätzen, in denen man die Handschrift des Geheimdienstes zu erkennen glaubt, mit dem Vergrößerungsglas gelesen, und was man sucht, das findet man.«

»Ihr habt am falschen Ende angefangen«, meinte Bonna. »Wenn man will, kann man sogar im Wetterbericht die Handschrift des Geheimdienstes erkennen. Eiskalte Luft von Osten, immer von Osten.«

»Sie versuchen es auch am anderen Ende, aber die Kooperationsbereitschaft ist minimal. Anscheinend sieht man es auch in Den Haag gar nicht so ungern, dass *De Nieuwe Tijd* leidet und sich tief erniedrigen muss.«

Bonna nahm etwas aus ihrer Tasche und gab es Masser. Es war die Kopie eines Zeitungsartikels mit der Überschrift *ODE AN DIE FREIHEIT, BOSTON PHILHARMONIC.* »Aus *De Nieuwe Tijd*. Rezension von Hans Hoed. Hast du ihn noch gekannt? Einer der führenden Kritiker auf dem Gebiet der klassischen Musik. Ist vor ungefähr anderthalb Jahrzehnten gestorben.«

Masser las. Als er fertig war, schaute er Bonna fragend an.

»Die Tournee des Orchesters wurde von der CIA bezahlt. Also wie soll man so eine Rezension lesen? War er auch Teil des großen Komplotts?«

»Genau das meine ich ja«, sagte Masser. »Es ist pure Paranoia, verdammt noch mal. Demnächst kommt vielleicht noch Johan Cruijff an die Reihe. Der hat doch damals zu den Washington Diplomats gewechselt. Den Washington Diplomats, verstehst du, nicht zum New York Cosmos. Da wird dann wohl auch die CIA die Hand im Spiel gehabt haben.«

Bonna lachte. »Ach, Masser. Lass uns noch was bestellen. Was meinst du, wäre Joris Schuurman Hess zu einem Gespräch mit mir bereit? Oder erschießt er mich sofort? Wenn du uns jetzt zwei Gläser Weißwein bestellst, rauche ich derweil draußen eine Zigarette. Danach hab ich noch was für dich.«

Als sie wieder da war, zog sie einen braunen Umschlag aus der Tasche und sagte: »Vom anderen Ende. Hat eine Weile gedauert, aber nun, voilà. Ich überlasse dir die Ehre.«

Joris Schuurman Hess erklärte, er werde dem Rechercheteam noch eine Woche Zeit geben, um konkrete Beweise für Manipulationen zutage zu fördern, danach werde er der Selbstkasteiung, wie er es nannte, ein Ende setzen.

»Wir verdächtigen uns selbst in den Abgrund«, sagte er. »Bei der Konkurrenz hält man sich den Bauch vor Lachen, die kriegen jede Woche einen Haufen neue Abonnenten, alle von *De Nieuwe Tijd* übergelaufen. Und dafür brauchen sie nichts zu tun, als unsere Artikel zu zitieren. Nicht mehr lange, und ich bin der Schuurman Hess, der das Licht ausmacht.«

Er sah schlecht aus, trank zu viel, rauchte wieder und fand kaum Zeit für eine ordentliche Mahlzeit. Einladungen von Radio- oder Fernsehmagazinen, in denen er die Situation bei seiner Zeitung erläutern sollte, lehnte er inzwischen ab. Masser fand das vernünftig, da öffentliche Auftritte von Joris Schuurman Hess nicht unbedingt zur Verbesserung der Lage beitrugen. Er saß vor der Kamera wie ein Kaninchen im Scheinwerferlicht und erweckte keinen Moment den Eindruck, alles unter Kontrolle zu haben. Wenn sie dem Chefredakteur der *Nieuwe Tijd* gegenübersaßen, hatten die Interviewer das Gefühl, ebenso scharfsinnige wie mächtige Inquisitoren zu sein. Masser konnte solche Sendungen nicht ohne ein Gefühl der Scham sehen oder hören, schließlich war JSH sein Chefredakteur.

Sieben Redakteure saßen mit Joris am Konferenztisch. Die Stimmung war gedrückt. Alle wussten, dass etwas geschehen musste, doch die Meinungen darüber, was das sei, gingen auseinander. Die Mitglieder des Rechercheteams waren der Ansicht, dass sie jetzt nicht aufhören durften. »Es laufen noch ein paar Klagen auf Einsichtnahme in Dokumente«, sagte Caroline Hoekstra. »Wenn wir die zurückziehen, und das kommt raus, dann sind wir blamiert. Dann sieht es so aus, als würden wir selbst alles unter den Teppich kehren wollen.«

Steven van Maren, seit drei Jahren Personal-Ombudsmann, meinte dagegen, die Zeitung müsse sofort mit der

»Seziererei« aufhören. »Vielleicht noch ein längerer Artikel zur endgültigen Klärung, und dann Schluss. Wir haben jetzt lange genug an dem Fleck herumgerieben. Je mehr Artikel dazu noch erscheinen, desto länger dauert es, bis die Sache ausgestanden ist.«

Joris nickte. »Und was meinst du, Masser?«

Masser blickte von einem zum anderen.

Masser, du bist der wichtigste Kolumnist. Das Aushängeschild einer Zeitung in höchster Not. Die einen wollen weitermachen, die anderen aufhören, unter anderem der Chefredakteur. Du bist das Zünglein an der Waage. Joris legt euer Schicksal in deine Hände. Du kennst ihn ja, er trifft nicht gern Entscheidungen.

Ich lege die Karten auf den Tisch.

Dann ist die Hölle los.

Ich glaube, es bleibt kaum eine andere Wahl.

Aber sicher. Was man nicht weiß, macht einen nicht heiß.

Ich bin nicht der Einzige, der im Bilde ist.

In dem Fall musst du deine Information weitergeben.

Die Anwesenden sahen ihn erwartungsvoll an. Er räusperte sich. »Gestern habe ich mit einer Person gesprochen, die euch wohlbekannt ist«, begann er. »Diese Person hat mir ein Dokument gegeben. In diesem Dokument stehen Dinge, die, ähm … wie soll ich sagen … einigermaßen schockierend sind.«

»Von wem hast du dieses Dokument bekommen?« Joris sah, dass sich neue dunkle Wolken über seiner Zeitung zusammenballten.

»Das spielt keine Rolle«, sagte Masser.

»Und was steht nun drin?« Steven van Maren trommelte ungeduldig mit den Fingern auf den Tisch.

»Ehrlich gesagt, bin ich mir nicht sicher, ob ich das hier

sagen sollte«, antwortete Masser. »Die Sache ist ziemlich heikel.« Er blickte Joris fragend an.

»Alles, was wir in den letzten Wochen hier besprochen haben, war heikel«, erwiderte JSH. »Ich gehe davon aus, dass wir auf die Verschwiegenheit sämtlicher Anwesenden zählen können. Und soweit ich weiß, gibt es in diesem Raum keine Abhörgeräte.«

Niemand lachte.

»Es sind Informationen über eine Person, die an diesem Tisch sitzt«, erklärte Masser. Ihm war bewusst, dass es jetzt kein Zurück mehr gab.

Du hättest sagen können: Ich möchte zuerst unter vier Augen mit dem Chefredakteur sprechen. Es ist wirklich starker Tobak. Das hätten sie gut verstanden.

Der Mann ist handlungsunfähig.

Jesus beim letzten Abendmahl. Gleich sagt er, wer der Verräter ist.

Scheiße, ich hätte das Bonna selbst erledigen lassen sollen. Ich hätte sagen sollen: Bring diesen Mist in deinem Blog raus.

Du hattest die Interessen der Zeitung im Blick. Das ist gut.

Joris Schuurman sah aus, als könnte Masser ihn selbst meinen. In seinem Blick war schon so etwas wie eine Bitte um Verzeihung zu lesen.

»Vielleicht sollten wir erst kurz unter vier Augen darüber sprechen«, sagte Masser. Er sah, dass Steven van Maren mit seinem Füllfederhalter spielte, alle paar Sekunden zog er die Kappe ein Stück hoch und schob sie wieder hinunter. Joris Schuurman Hess schien der Verzweiflung nah zu sein.

»Nein«, sagte der Chefredakteur schließlich. »Ich will, dass du deine Informationen hier und jetzt auf den Tisch legst. Es reicht mir. Schweinerei hin oder her, raus damit.«

Masser bückte sich und holte den braunen Umschlag aus

seinem Aktenkoffer. Er wusste, dass er im Begriff stand, ein Leben zu zerstören. Noch einmal wandte er sich an Joris. »Bist du sicher?«

»Na los«, sagte JSH. »Das ist ja wie in einer dieser Krimiserien. Spann mich nicht länger auf die Folter.«

Masser schob ihm den Umschlag hin. Er schaute Steven van Maren an, den Redakteur, der sein erster Vorgesetzter bei *De Nieuwe Tijd* gewesen war und von dem er viel gelernt hatte. Sie waren niemals Freunde geworden, dafür war schon der Altersunterschied zu groß, und sie waren beide zu reserviert, aber er hatte ihn immer gern gemocht.

Wie alt mag er sein?

Angefangen hat er hier 1978.

Ich habe nie etwas gemerkt.

Bonna schon.

Frauen spüren so etwas. Intuition.

Wirklich?

Sie hat gewusst, wo sie suchen musste.

Steven van Maren erwiderte Massers Blick, während Joris ein einmal gefaltetes Din-A4-Blatt aus dem Umschlag fischte. Joris' Hand zitterte. Dann stand Steven van Maren auf. Alle schauten ihn an, in sämtlichen Köpfen wurden Schlüsse gezogen und sofort wieder verworfen, außer in denen von Masser und Steven selbst. Joris legte das Blatt noch zusammengefaltet auf den Tisch und blickte mit großen, verwunderten Augen seinen ältesten Ressortchef an, den Favoriten seines Vaters. Steven van Maren stützte sich mit einer Hand auf den Tischrand.

Ich habe ihm eine Chance gegeben, und die nutzt er jetzt.

Du hast ihm den Giftbecher überreicht.

Er wahrt ein wenig Würde. Soweit das möglich ist.

»Ich weiß, was auf diesem Blatt Papier steht«, sagte Steven.

Seine Stimme klang schrill. Er schaute wieder Masser an. »Ich weiß auch, von wem Masser diesen Umschlag bekommen hat, auch wenn das nicht wirklich von Bedeutung ist. Irgendwann musste es passieren.«

»Mach's nicht so spannend, Mensch!« Joris vergaß, dass er auch einfach das Blatt Papier vor ihm auf dem Tisch auffalten konnte, um zu erfahren, worauf Steven hinauswollte. »Raus damit!« Er zog ein Päckchen Zigaretten aus einer Tasche seines Jacketts.

Steven van Maren starrte ihn an. Tränen traten ihm in die Augen. Er strich mit den Fingern durch sein dünnes Haar. »Auf diesem Stück Papier steht etwas, ich weiß nicht genau, was, aber jedenfalls etwas über meine Liaison mit dem Inlandsnachrichtendienst.« Für die dramatische Situation war es ein schöner Einfall, von einer Liaison zu sprechen, dachte Masser. Es verlieh der Sache einen gewissen Chic, als hätte Steven van Maren eine legale und moralisch völlig einwandfreie Beratertätigkeit für den Geheimdienst ausgeübt, um beispielsweise den Dritten Weltkrieg zu verhindern.

Ein lastendes Schweigen trat ein. Joris Schuurman Hess schien sich in eine Wachsfigur verwandelt zu haben, deren Augen zufällig auf Steven van Maren gerichtet waren. Die vier vom Rechercheteam schauten abwechselnd einander und dann wieder Steven an, in Erwartung näherer Erläuterungen.

Ein nervöses Lächeln spielte um Stevens Mund. »Es tut mir leid«, sagte er. »Es tut mir aufrichtig leid. Ich wusste, dass es dieses Stück Papier gab. Mehr als ein Vierteljahrhundert lang habe ich versucht, seine Existenz zu vergessen, aber gleichzeitig wusste ich, dass dieser Moment kommen würde.« Er senkte den Blick, als suche er nach einem Loch, in dem er verschwinden könnte. Seine Schultern zuckten, er weinte. Dann wandte er sich zur Tür und entfernte sich schwankend. Plötzlich schien ihm noch etwas einzufallen. Die Klinke schon in der Hand, drehte er sich zum Tisch um, von dem aus ihn sieben Augenpaare anstarrten. »Ich habe es nicht für mich getan«, sagte er mit verzerrtem Gesicht. »Ich glaubte, ich würde das Richtige tun.« Danach öffnete er die Tür und verließ das Büro.

Masser hatte schon einmal einen Moment vollständiger Lähmung erlebt, einen Moment, der nur in bleierner Stille überwunden werden konnte. Dieser Moment war ähnlich, auch wenn diesmal niemand gestorben war.

Joris Schuurman Hess hatte sich eine Zigarette angezündet und zog daran, als leide er an akutem Sauerstoffmangel. Dann sagte er laut: »Ruft die Polizei!«

Diese Worte kamen Masser dermaßen absurd vor, dass er nur mit Mühe einen fürchterlichen Lachanfall unterdrücken konnte. Die Aufmerksamkeit der Anwesenden wandte sich nun ihm zu. Es dauerte einen Moment, bis er sich wieder unter Kontrolle hatte. »Entschuldigung«, sagte er. Er griff nach dem Blatt Papier, das vor Joris auf dem Tisch lag, und begann vorzulesen.

Am nächsten Tag brachte *De Nieuwe Tijd* als Aufmacher einen langen Artikel über den Maulwurf, der vermutlich von 1978 an in der Redaktion aktiv gewesen war. Darunter standen die Namen aller vier Mitglieder des Rechercheteams. Vielleicht rechneten sie sich damit doch noch Chancen auf einen schönen Journalistenpreis aus, dachte Masser. Er hatte am Abend zuerst seine Kolumne geschrieben, in der Hoffnung, dass sie vorerst die letzte zu diesem Thema sein würde. Anschließend hatte er Steven van Marens Nummer gewählt. Stevens Frau nahm ab; sie klang sehr aufgeregt.

»Ich würde gern mit Steven sprechen«, sagte Masser.

»Warte kurz, ich geb ihn dir.« Masser hörte sie seinen Namen rufen.

»Wie geht's?«, fragte Masser, der nicht wusste, wie er sonst anfangen sollte.

»Könnte besser sein«, antwortete Steven.

»Verständlich. Aber man kann solche Lappalien gar nicht schnell genug abhaken. So bedeutend ist die Sache nun auch wieder nicht.« Das jahrelange Training in Ironie zahlte sich aus. »Ich wollte dich um etwas bitten.«

»Nur zu.«

»Ich würde dich gern interviewen. Ich mache sonst keine Interviews mehr, aber mit dir würde ich sehr gern sprechen. Ich möchte dich interviewen, und ich will, dass du alles erzählst. Und ich meine wirklich alles. Du sollst reinen Tisch machen, nichts verschweigen. Ich will die nackte, hässliche Wahrheit. Was deine Beweggründe waren, was genau du getan hast, wer noch beteiligt war.«

»Ich weiß nicht, ob ich das will.«

»Ich habe von einer Bitte gesprochen, aber eigentlich ist es keine. Es ist eine Forderung. Ich komme morgen zu dir, um zehn Uhr, und ich bringe jemanden mit. Du weißt bestimmt, wen. Dann setzen wir uns zusammen, wir schalten den Audiorekorder an, und dann wirst du reden, verflixt noch mal! Hast du verstanden, Steven?«

Masser wunderte sich selbst über seinen Ton. Er konnte sich nicht erinnern, jemals so mit irgendjemandem gesprochen zu haben. Es musste die Wut sein, der Verdacht, dass auch er selbst benutzt worden sein könnte, dass Steven van Maren vielleicht auch ihn noch hintergangen hatte, obwohl der Kalte Krieg schon vorbei war, als er bei *De Nieuwe Tijd* anfing. Und es war der Wunsch, in den Kopf eines Menschen hineinzuschauen, der etwas getan hatte, was er selbst sich unmöglich hätte vorstellen können. Er empfand jene Neugier, die wahrscheinlich Truman Capote dazu gebracht hatte, Mörder zu interviewen und *Kaltblütig* zu schreiben.

»Gut«, sagte Steven. »Morgen um zehn. Aber nicht bei mir zu Hause. Kommt ins Hotel Posthoorn, hier in Monnickendam. Annemarie dreht durch, wenn ihr hier auftaucht. Sie ist fix und fertig.«

Am Samstag erschien das Interview mit Steven van Maren, geführt von Bonna Glenewinkel und Masser Brock. Es nahm vier volle Zeitungsseiten in Anspruch. Steven van Maren hatte getan, was von ihm verlangt wurde, und alles gesagt, was gesagt werden musste. Die Leser bekamen Einblick in die Gedankenwelt eines Mannes, der wirklich glaubte, dass *De Nieuwe Tijd* eine Rolle in der Konfrontation zwischen West und Ost zu spielen habe, und zwar in den Wohnzimmern braver niederländischer Bürger, im Geist von Millionen Individuen. Er war davon überzeugt, dass er auf der richtigen Seite gestanden hatte, dass es feige gewesen wäre, sich vor dem Kampf zu drücken. Er wollte seinen Beitrag leisten, und das hatte er getan. Er hatte die Tatsachen, wenn möglich, seiner Sichtweise angepasst, nicht verdreht – oder höchstens hin und wieder einmal –, aber eingefärbt. Er hatte im Propagandakrieg ein paar Schüsse abgefeuert, ohne sicher zu sein, ob er etwas getroffen hatte. Er hatte Reporter unmerklich in eine bestimmte Richtung gelenkt und die Zeitung subtil manipuliert. Die Welt hatte sich dadurch wahrscheinlich nicht verändert, die Geschichte sich kaum durch die Anstrengungen Steven van Marens aus Monnickendam beeinflussen lassen, aber er hatte zumindest sein Scherflein beigetragen, »ein Kieselsteinchen im Flussbett verschoben«, wie er es ausdrückte. Er bedauerte, dass er Kollegen jahrelang getäuscht und benutzt hatte, aber er bedauerte nicht die Wahl, die er getroffen hatte. Und er blieb dabei, dass er allein gearbeitet habe, »jedenfalls habe ich nie gehört, dass es bei uns außer mir noch jemanden gab«.

Seine Geschichte war der letzte Paukenschlag einer tragischen Sinfonie. Plötzlich schienen alle von dem Thema genug zu haben. Andere Zeitungen und Radio- und Fernsehsender berichteten noch einmal ganz groß über die Vorgänge bei *De Nieuwe Tijd*, doch allen war klar, dass es sicher auch in ihren eigenen Redaktionen Steven van Marens gegeben hatte, und das sorgte für eine gewisse Zurückhaltung. Wenn dieser Zeitung eindeutige Beweise für die Unterwanderung ihrer Redaktion vorlagen, dann gab es vermutlich auch Dokumente, die den Einsatz von Maulwürfen bei anderen Massenmedien belegten. Im Internet pöbelte der Social-Media-Mob noch einmal drauflos, doch sogar dort schien das Thema bald alle zu langweilen. Im Vergleich zu dem, was WikiLeaks enthüllt hatte, wirkten Steven van Marens Aktivitäten ja auch geradezu amateurhaft.

Sie waren natürlich nur ein ganz kleiner Teil von etwas viel Größerem, von den grotesken Versuchen der westlichen Nachrichtendienste, durch systematische Manipulation die kommunistische Bedrohung einzudämmen und die freie Welt zu schützen. Das kam zwar zur Sprache, beeindruckte die Öffentlichkeit aber wenig. Dieser Krieg war vorbei, neue Schlachtfelder zogen die Aufmerksamkeit auf sich. Es war eine Geschichte aus der Vergangenheit, und da heute schon Ereignisse, die drei Jahre zurücklagen, zur Vergangenheit gezählt wurden, war eine Affäre aus den siebziger und achtziger Jahren des vorigen Jahrhunderts ungefähr so weit entfernt wie die Kreuzzüge. Mittlerweile war eine ganze Generation herangewachsen, die keinerlei Vorstellung vom Kalten Krieg hatte.

Durch ein Fenster der Gaststube des Hotels Posthoorn hatten Bonna und Masser Steven van Maren wegradeln sehen. Langsam, wie ein steinalter Mann.

»Sieh ihn dir an«, hatte Bonna gesagt. »Ein Mann, zugrunde gerichtet von seinen Prinzipien.« Es war keine Schadenfreude herauszuhören, nur Mitleid.

Eine Woche nach dem Interview wurde Masser von Annemarie van Maren angerufen. Sie war ganz außer sich. Ihre ersten Worte konnte er nicht verstehen, weil sie in Weinen untergingen, in einem wolfsähnlichen Heulen. Dann hörte Masser: »Er ist vor den Zug gesprungen. Vor zwei Stunden standen hier zwei Polizeibeamte vor der Tür. Er ist tot.«

Eine rote Glut waberte vor Massers Augen. Er musste sich hinsetzen, weil ihm die Knie weich wurden.

»Heute Morgen ist er einfach weggefahren, auf dem Rad. Er sagte, er muss an die frische Luft. Er hat mich geküsst, zum ersten Mal seit langem, und hat meinen Kopf einen Augenblick festgehalten. Ich hätte ahnen müssen, was er vorhatte. Er ist vor den Zug gesprungen, kurz vor Hoorn. Sein Fahrrad lehnte an einem Baum, er hatte es abgeschlossen. Sie wollten, dass ich ihn identifiziere, aber ich hatte Angst davor.« Danach begann sie wieder zu weinen. Bis sie einen Moment schwieg, als müsste sie die Worte, die sie nun aussprechen würde, noch in die richtige Reihenfolge bringen, damit sie die größtmögliche Wirkung entfalteten, damit sie sicher sein konnte, dass sie punktgenau trafen. »Du bist schuld, Brock. Du und diese Glenewinkel.« Sie klang plötzlich ruhig, kalt, berechnend. »Ich hoffe, dass ihr irgendwann dafür bestraft werdet.«

Dann war die Verbindung unterbrochen. Der Gedanke, dass die ganze Angelegenheit besser verborgen geblieben wäre, dass die Wahrheit, die sie ans Licht gebracht hatten, niemandem nützte, drängte sich Masser mit aller Gewalt auf.

Er rief Bonna an.

XV

Fahnenflucht

Charles Schuurman Hess II. untersuchte seine Garnelenkrokette sorgfältig auf das Vorhandensein von Garnelen. Bonna Glenewinkel spielte mit ihrem Feuerzeug, Masser starrte in sein Glas mit Weißwein. Heino, der Bernhardiner, schlabberte Wasser aus einem Napf, den der Kellner ihm hingestellt hatte. »Eine«, sagte CSH. »Es ist doch eine gottverdammte Schande.« Er zeigte mit der Gabel auf eine winzige Garnele. »In der Speisekarte steht eindeutig Garnelenkrokette. Plural. Überall wird man beschissen, sogar hier.«

Es war ein schöner Spätfrühlingstag, und zwanzig Kilometer weiter nördlich wurde Steven van Maren, oder was von ihm übrig war, beerdigt. Seine Witwe hatte mit Nachdruck erklärt, dass sie auf die Anwesenheit von Kollegen oder ehemaligen Kollegen ihres Mannes keinen Wert lege. Masser hatte noch mit dem Gedanken gespielt, ihr einen Brief zu schreiben, aber davon abgesehen. Später vielleicht, dachte er. Er wusste, dass er es nie tun würde.

Wir sitzen hier wie drei Bankräuber nach einem missglückten Überfall. Mit einem Todesopfer.

Es ist eure eigene Trauerfeier.

Die Verabredung stand schon vorher.

Zufälle gibt es nicht.

»Der arme Kerl«, sagte Bonna. Sie schaute Masser an. »Fühlst du dich schuldig?«

»Ich glaube schon.«

»Unsinn«, meinte Charles Schuurman Hess. »Du darfst das eine nicht mit dem anderen vermengen. Man musste der Sache nachgehen, und es ist gut, dass alles ans Licht gekommen ist. Dass dieser van Maren dann vor den Zug springt, war allein seine Entscheidung, nicht die Folge eurer Recherchen. Da musst du scharf trennen. Mein Gott, ausgerechnet vor den Zug springen, wie konnte er das machen. Ich dachte immer, er wäre so vernünftig und hätte alles gut im Griff.«

»Dich lässt es auch nicht kalt, Charles«, sagte Bonna. »Das höre ich doch.«

»Stimmt«, sagte CSH. »Aber bei Katastrophen dieser Art muss man einen klaren Kopf bewahren, keine falschen Zusammenhänge herstellen. Sonst dreht man durch.«

»Ich weiß nicht«, erwiderte Masser. »Ich sage mir zwar immer wieder: Dafür ist einer allein verantwortlich. Aber dann antwortet gleich eine innere Stimme: War es das wert? Konntet ihr die Sache nicht auf sich beruhen lassen? Ich habe dauernd seine beiden Töchter vor Augen. Nette junge Frauen.«

»Hör auf, Masser.« CSH blickte ihn durchdringend an. »Schüttel es ab. Er hat auch dich verraten, uns alle hat er verarscht, mich inbegriffen. Er hat uns blamiert, und all das für seine fixen Ideen.« Er winkte dem Kellner. »Irgendwie ist er auch ein Mistkerl. Ein toter Mistkerl. Und ein feiger, denn er hätte die Konsequenzen auch genauso gut lebend tragen können. Aber heute springen alle vor den nächsten Zug. Schlappschwänze.«

Masser merkte, dass CSHs Geschimpfe ihm half. Vielleicht sollte er auch einfach wütend werden, statt Mitleid und Schuldgefühle zu haben.

»Und ich muss mich posthum bei Cornelis Altena entschuldigen«, bemerkte Bonna. »Eine Weile war ich mir völlig sicher, dass er derjenige war, der sich hat einwickeln lassen. Hat er ja auch, nur wusste er es nicht.«

»Du wusstest es auch nicht«, sagte Masser. »Und ich genauso wenig. Ich hatte das Glück, dass ich erst später bei euch angefangen habe. Wie hat Helmut Kohl das noch genannt? Die Gnade der späten Geburt. Als ich kam, hatte er seinen Auftrag schon erfüllt. Er hatte gewonnen.«

»Gut«, sagte Charles Schuurman Hess nach längerem Schweigen, »dann zum nächsten Problem.«

Ein Gefühl der Erleichterung schien sich in die Bodega Keijzer einzuschleichen. Masser konnte es sich nicht genau erklären. Vielleicht war der professionelle Zynismus des Journalisten wieder da, der Schutzschild gegen das Elend der Welt, das in Form von Agenturmeldungen tagaus, tagein in den Redaktionen landete, aber nur zu einem ganz kleinen Teil eines Berichts für wert befunden wurde oder auf irgendeine andere Weise in die Öffentlichkeit gelangte; das sich im Gehirn des Journalisten anhäufte und nur zu ertragen war, indem man laut darüber lachte und kranke Witze darüber riss. Er erinnerte sich daran, wie er als junger Journalist aufrichtig erschüttert Meldungen über Schiffskatastrophen vor der indischen Küste oder Epidemien in Afrika mit Hunderten Toten vorgelesen hatte; die Reaktionen waren ein Schulterzucken oder der Auftrag, einen knappen Bericht zu schreiben, der dann meistens nicht einmal gedruckt wurde. Am Anfang hatte er das nicht verstanden. Später schon. Als Journalist musste man Abstand wahren können, sonst wurde man verrückt.

Als er schon ein paar Jahre bei *De Nieuwe Tijd* arbeitete, schlachteten in Ruanda Angehörige der Hutu-Mehrheit Hunderttausende von Tutsis ab. In der Nachrichtenredaktion wurden Witze über die Namen der beiden Bevölkerungsgruppen gemacht, und nach ein paar Wochen sagte Steven van Maren, er habe nun wirklich genug von den ausführlichen Schilderungen der Grausamkeiten, man bekomme ja täglich blutige Details vorgesetzt, es gebe schon Beschwerden von Abonnenten. Die wollten nun einmal beim Frühstück nicht lesen, wie jemandem mit einer Machete die Gliedmaßen abgehackt wurden. Bald darauf erlebte Masser, dass die Berichte der Korrespondentin in Kigali mehr und mehr ins Innere der Zeitung verschoben und immer stärker gekürzt wurden, bis man die Kollegin schließlich zurückbeorderte, obwohl die Gewalt noch anhielt. Damals wurde ihm zum ersten Mal bewusst, dass Journalisten die Weltgeschehnisse wahrnahmen, als wären sie ein Theaterstück.

»Was ist denn nun das folgende Problem«, sagte Bonna, nachdem der Kellner das Essen und eine neue Flasche Wein gebracht hatte.

CSH räusperte sich, anscheinend hatte er tatsächlich etwas Ernstes mitzuteilen. »Ich habe gestern Abend mit Joris gesprochen. Nicht übers Telefon wie sonst, sondern bei ihm zu Hause. Er war in keiner allzu guten Stimmung. Die ganze Affäre hat ihn offensichtlich stark mitgenommen.«

»Klar«, warf Masser ein. Joris hatte sich schon seit Tagen nicht mehr bei der Zeitung blicken lassen. »Er hat den Alptraum jedes Chefredakteurs erlebt. So etwas steckt man nicht einfach weg.«

»Es ist schlimmer«, erwiderte CSH. »Ich bin kein Psychiater, aber ich befürchte, er ist schwer depressiv. Ich hatte gehofft, er hätte ein paar Vorschläge, wie wir wieder zur Normalität zurückkehren können, eine Art Therapieplan für *De Nieuwe Tijd* sozusagen. Eben das, was man von einem Chef nach so einer Krise erwarten darf. Aber er saß wahrhaftig nur auf dem Sofa und heulte.« Man konnte hören, dass diese Szene CSH stärker erschüttert hatte, als er zugeben wollte.

»Ich hab gesagt: Joris, kipp 'ne Flasche Whisky in dich rein, mach von mir aus 'ne Tour durchs Rotlichtviertel, was weiß ich, aber hör bitte mit der Heulerei auf. Alle deine Ahnen drehen sich im Grab um, bis auf einen, denn der lebt noch. Ein Schuurman Hess flennt nicht, er schlägt mit der Faust auf den Tisch, krempelt die Ärmel hoch, biegt gerade, was krumm ist, und wird so wieder Herr der Lage. Reiß dich zusammen! Tu was! Dir sind ein paar tausend Abonnenten davongelaufen, sorg dafür, dass sie wie begossene Pudel zurückkommen, diese dämlichen Moraltheologen.«

»Ein schöner Vater bist du«, meinte Bonna.

CSH ging nicht darauf ein. »Es war, als würde er mich gar nicht hören, er schaute mich nur mit feuchten, hoffnungslosen Augen an. Ich weiß nicht, woher er dieses Schlaffe hat. Muss wohl von meiner Frau sein, die stammt aus einer Familie von Lehrern und Beamten. Mein Vater hätte mir eine gescheuert, wenn ich mich so angestellt hätte, aber das macht man ja heutzutage nicht mehr.«

»Er will also alles hinschmeißen«, sagte Bonna.

»Hinschmeißen?« Masser blickte CSH verwundert an. »Ich dachte, das ginge gar nicht, wegen testamentarischer Bestimmungen und dieser Stiftung und so weiter.«

»Richtig«, bestätigte Charles Schuurman Hess. »Aber dieses Argument zählt für ihn nicht mehr. Joris hat mir gestern mitgeteilt, dass er von seinem Posten zurücktritt und das demnächst bekanntgeben wird. Er wird sich wohl irgendeinen Schmus dazu ausdenken, dass er die Verantwortung übernimmt und so, aber es läuft darauf hinaus, dass er die Zeitung verkaufen, in irgendein Kaff in Italien ziehen und nie wieder etwas von sich hören lassen will.«

Masser sah, dass CSHs Hand zitterte. So wie er selbst sich für den Tod Steven van Marens verantwortlich fühlte, so machte Charles sich den Vorwurf, mit dem Anstoß zu den Recherchen letztlich das Fundament der *Nieuwe Tijd* untergraben zu haben. Und aus der unzerstörbaren Verbindung zwischen der Zeitung und seiner Familie gewissermaßen einen seidenen Faden gemacht zu haben. CSH blickte hilflos von ihm zu Bonna.

»Aber kann er denn allein entscheiden, die Zeitung zu verkaufen?«, fragte Bonna sachlich. »Hast du da nichts zu sagen?«

»Juristisch nicht«, antwortete CSH. »In dem Moment, in dem ich als Verleger und Chefredakteur zurückgetreten bin, ist das Verfügungsrecht auf Joris übergegangen. Wie es auch bei meinem Vater und mir war. So hat Charles Schuurman Hess der Große es bestimmt. Er wollte unbedingt verhindern, dass aus *De Nieuwe Tijd* eins von diesen Familienunternehmen würde, bei denen irgendwelche entfernt verwandten Anteilseigner das Firmenvermögen mit Ferraris, Weibern und Feiern in Saint-Tropez verjubeln.«

»Und die Bedingung, dass ein Schuurman Hess an der Spitze stehen muss?« Masser wollte nicht glauben, dass die Zeitung, für die er arbeitete und die schon seit fast einem Vierteljahrhundert ein wichtiger Teil seines Lebens war, in absehbarer Zeit einem anderen Verlag in die Hände fallen sollte. Oder schlimmer: einem Hedgefonds, der sie in ihre Einzelteile zerlegen und danach an den Meistbietenden verscherbeln würde.

»Damit werden sich Anwälte befassen müssen«, sagte CSH. »Formal gilt diese Bedingung, aber was nicht geht, geht halt nicht. Wenn Joris den Kram hinschmeißt, ist kein anderer Schuurman Hess verfügbar, und dann ändert sich alles. Der alte Charles hat lange über das Grab hinaus die Fäden gezogen, aber jetzt ist er am Ende. Ich hätte noch einen Sohn zeugen sollen, verflucht noch mal. Ich fürchte, wir erleben das Ende einer Epoche.« Er trank einen Schluck Wein, ein Wangenmuskel zuckte nervös.

»Vielleicht musst du selbst wieder ran«, meinte Bonna.

CSH machte eine wegwerfende Geste. »Zu alt. Zu müde. Zu sehr fast tot. Und meine Frau würde mich umbringen. Abgesehen davon: Joris interessiert nur das Geld, nicht die Zeitung.«

»Und diese Stiftung, wie heißt die noch, Die Gosse?«

»In Der Gosse«, korrigierte CSH mit Nachdruck. Er stand auf, gleichzeitig mit Bernhardiner Heino.

Charles hatte Bonna und Masser mehr oder weniger ratlos zurückgelassen. Bonna schlug vor, einen Spaziergang durch den Vondelpark zu machen. Eine Weile gingen sie schweigend nebeneinander her. Bonna blies Rauch in den Himmel, Masser versuchte zu verdauen, was er soeben erfahren hatte. Er überlegte, ob er mit Joris sprechen sollte, um ihn vielleicht noch umzustimmen. Doch angesichts dessen, was CSH über Joris' Gemütszustand gesagt hatte, schätzte er seine Chancen nicht allzu hoch ein. Außerdem hielt er es für wahrscheinlich, dass Joris ihm eine Mitschuld an der jetzigen Situation gab.

»Verstehst du Joris? Ich meine: Begreifst du, warum er nicht mehr will?« Er schaute Bonna an.

»Sicher«, antwortete sie. »Ich kann mir gut vorstellen, dass irgendwann ein Moment kommt, in dem man denkt: Jetzt bin ich weg. Ich glaube, er hat seinen Job nie geliebt, er hatte nie die Leidenschaft seines Vaters. Er war halt auf dem Chefsessel gelandet, und die Bezahlung war gut, und er verdankte der

Zeitung ein gewisses Ansehen. Aber ein Zeitungs-Tycoon ist er nie gewesen.«

Masser musste über den Ausdruck lachen, den er schon lange nicht mehr gehört hatte. »Du glaubst also, es wird zum Verkauf kommen?«

»Das glaube ich, ja.«

»Und dann?«

»Dann ist wieder ein Kapitel niederländischer Zeitungsgeschichte abgeschlossen. An sich keine Katastrophe. Es ist der Lauf der Welt, daraus braucht man kein Drama zu machen. Vielleicht ist diese ganze Konstruktion, eine Familie, die eine Zeitung besitzt und außerdem den Chefredakteursposten vom Vater auf den Sohn vererbt, ohnehin überholt. Etwas aus dem 20. oder sogar aus dem 19. Jahrhundert. Es hat fast achtzig Jahre funktioniert, das ist schon ziemlich lange.«

Eine große Traurigkeit überfiel Masser. Er zeigte auf eine Parkbank. »Sollen wir uns kurz setzen? Ich muss dir etwas erzählen.«

Masser fragte Bonna, ob ihr der Name Jeroen Weenink etwas sagte. Das war nicht der Fall.

»Jeroen Weenink ist der Soldat, der den Anschlag in Pantschagan überlebt hat. Vier Soldaten tot, er lebt.«

»Ach der. Ich hatte den Namen vergessen.«

»Er kommt regelmäßig zu mir nach Hause. Oder zu meinem Neffen Jimi, muss ich eigentlich sagen.« Er merkte, dass Bonnas Interesse geweckt war.

»Und?«

»Er hat ein Jahr lang Jimis Uhrmacher-Fachschule besucht. Danach ist er Berufssoldat geworden und wurde irgendwann nach Pantschagan geschickt. Und jetzt ist er wieder an der Schule.«

»Erstaunlicher Wechsel.«

»Ja, nicht?«

»Aber was macht er bei Jimi?«

»Jimi ist besessen von Uhren. Und ich stelle mir vor, dass dieser Jeroen bei ihm in einer Art Therapie ist. Sein Leben ist aus dem Gleis geraten, und vielleicht geben die Uhren ihm Halt.«

»Klingt vernünftig. Fein, wenn man so einen Freund hat.«

»Vor einer Woche hat er mir etwas erzählt.«

»Weil er wusste, dass du Journalist bist.«

»Ja.«

»Was?«

Masser zögerte. Der junge Mann hatte ihm etwas anvertraut, und nun stand er im Begriff, ihn zu verraten. Aber er musste mit jemandem darüber sprechen. Jeroens Geschichte raubte ihm den Schlaf, sie bereitete ihm Kopfschmerzen, als würde sie sich zu einem Tumor in seinem Gehirn entwickeln. Und der einzige Mensch, bei dem er die Sache gut aufgehoben glaubte, war Bonna. »Diese Geschichte von vier jungen Soldaten, die dem islamistischen Terror zum Opfer gefallen sind, ist Quatsch. Die Staatstrauer, die Rede des Ministerpräsidenten, der König in Galauniform … alles Bullshit. Ein großer Schwindel.«

»Sind sie denn gar nicht tot?«

»Doch. Aber sie sind nicht im Krieg gegen den Terror gefallen. Sie haben in ihrem Panzerwagen eine große Menge Heroin transportiert. Das war dazu bestimmt, in einer Maschine der Königlichen Luftwaffe in die Niederlande gebracht zu werden, damit man die Junkies hier mit erstklassigem Stoff aus Pantschagan versorgen kann.«

»*Was?*«

Bonna warf ihre Kippe weg und zog sofort eine neue Zigarette aus dem Päckchen. Wider Willen empfand Masser eine gewisse Befriedigung darüber, dass er sie überrascht hatte. »So und nicht anders war es. Ein Rip-Deal, wie man das wohl nennt. Konkurrierende Schmugglerbanden, Streit um Geld, um nicht eingehaltene Abmachungen, was weiß ich. Mindestens zwei von den getöteten Soldaten waren aktiv am Drogenhandel beteiligt. Und sie waren nicht die Einzigen.«

»Und dieser Freund?«

»Er wusste davon, aber nicht, dass dieses Zeug in dem Panzerwagen transportiert wurde.«

»Masser! Weißt du, was du da in der Hand hast? Das ist hoch explosiv. Das bedeutet den Sturz der Regierung, mindestens. Eine Riesenblamage für den König. Zoff mit den Verbündeten, mit den USA. *This is huge.* Was hast du vor?«

»Noch nichts. Erstens habe ich nur eine einzige Quelle. Und mein Informant versichert mir, dass auf der ganzen Welt niemand zu finden sein würde, der seine Geschichte bestätigt. Und zweitens ist unter den wenigen anderen Menschen, die vermutlich auch Bescheid wissen, eine Person, die ich ziemlich gut kenne.«

»Dann hast du also zwei Quellen.«

Sie hat Blut gerochen.

Du willst ihren Rat.

Aber nicht, dass sie sich darin verbeißt. Wenigstens jetzt noch nicht.

»Ich muss darauf vertrauen können, dass alles, was ich dir sage, unter uns bleibt.«

»Deine Schwester weiß auch Bescheid«, sagte Bonna. »Das ist eine verdammt heikle Situation für dich, das verstehe ich.« Ein heftiger Husten schüttelte sie.

»Du bist mir unheimlich, Bonna.«

»So schwierig war das nicht.«

»Was soll ich tun? Ich werde mir einfach nicht klar darüber. Der junge Mann gerät in die größten Schwierigkeiten, wenn das bekannt wird. Die vom Verteidigungsministerium werden ihn fertigmachen, die werden sein Leben ruinieren. Selbst wenn ich beweisen könnte, dass er recht hat, würde man ihm nie verzeihen. Das ist das Eine. Und zweitens …«

»Hast du mit Mia darüber gesprochen?«

»Nein. Ich weiß nicht, ob ich es tun soll.«

»Warum nicht?«

»Wenn sie es abstreitet, weiß ich, dass sie lügt. Wenn sie es bestätigt, bleibt mir kaum etwas anderes übrig, als darüber zu berichten. Wir Brocks haben eine hohe Arbeitsmoral und ein Gewissen. Aber vor allem habe ich große Angst, dass es alles zwischen uns kaputtmacht. Dass ich von einer Lawine begraben werde, die ich selbst lostrete.«

»Okay. Verständlich. Aber wie steht es mit ihr in puncto Gewissen und so weiter?«

»Sie ist loyal gegenüber dem Premier.«

»Sie ist sein *consigliere.*«

»Nenn es, wie du willst. Aber wenn sie die Geschichte bestätigt, und ich schreibe darüber, zerstöre ich ihre Karriere. Sie ist Jimis Mutter, und ich weiß nicht, was zwischen uns passiert, wenn ich für meine journalistische Integrität seine Mutter opfere.«

»Ich wüsste es schon.«

»Was denn?«

»Ich würde dich hassen.«

»Gut, das hilft mir weiter. Was würdest du an meiner Stelle tun?«

»Darüber bräuchte ich keine Sekunde nachzudenken.«

Masser befürchtete das Schlimmste.

»Ich würde den Mund halten«, erklärte Bonna. »Auf jeden

Fall, solange ich nichts unternehmen kann, ohne meinen Lieben Schaden zuzufügen, oder einem jungen Mann, der ohnehin schon für sein Leben gezeichnet ist. Das reicht doch wohl.«

Masser legte Bonna den Arm um die Schultern und küsste sie auf die Wange. »Ich danke dir«, sagte er.

»Aber vielleicht höre ich mich mal ein bisschen um«, fuhr Bonna fort. »Nur aus Interesse. Ich verspreche dir, dass ich nichts darüber schreibe, ohne dich vorher zu fragen.«

»Ich hätte mein Maul halten sollen. Wusste ich's doch. Es ist zu reizvoll, oder?«

»Es ist reizvoll. Es ist spektakulär. Es ist die beste Geschichte, die ich seit Jahren gehört habe. Viel besser als die Machenschaften von diesem van Maren. Man würde ein Verbrechen am Journalismus begehen, wenn man das einfach ignoriert. Es macht mich auf meine alten Tage noch ganz fickrig.«

»Gib mir bitte eine Zigarette«, sagte Masser.

Du wusstest doch, dass sie so reagieren würde.

Ich musste es loswerden.

Du musstest den Gedanken loswerden, dass du nichts aus deinen Informationen machst. Jetzt liegen sie auf ihrem Tisch, und du wäschst später deine Hände in Unschuld.

Ich hätte schweigen sollen.

Aber das wolltest du nicht.

Sie wird keine Beweise finden.

Das glaubst du doch selbst nicht. Sie hat alles, was du nicht hast, sie ist eine Besessene, sie verbeißt sich darin. Sie liebt Sensationen.

Die wichtigste Eigenschaft jedes Journalisten.

Wenn es sein muss, verrät sie eure Freundschaft. Eine tolle Enthüllung ist ihr mehr wert als alles andere.

Glaube ich nicht.

XVI

Das Diner

Masser hatte die Tafel festlich gedeckt. Er hatte das Silberbesteck aus dem schwarzen Kasten geholt und statt des Ikea-Geschirrs die Teller von der Faïencerie de Gien genommen, die er einmal in Frankreich gekauft hatte, die aber schon jahrelang unbenutzt im Schrank standen. Den ganzen Tag hatte er in der Küche verbracht, um Jimis Leibgerichte zuzubereiten. Er war kein großer Koch, aber indem er akribisch die Anweisungen im Kochbuch befolgte, schaffte er es in der Regel trotzdem, etwas auf den Tisch zu bringen, das bei seinen Gästen Anerkennung fand. Meistens wählte er Rezepte aus Marcella Hazans Standardwerk *Die klassische italienische Küche*, einem Kochbuch ohne Fotos, was ihm Enttäuschungen ersparte.

Es war der 30. Mai, der Tag, an dem Jimi vierundzwanzig wurde. Außer seiner Mutter hatte Jimi auch seine Urgroßeltern, seine Großeltern und Jeroen Weenink eingeladen. Das verkomplizierte das Kochen, denn Massers Mutter war Vegetarierin, Martha Genovesi war allergisch gegen Gluten, diverse Farb- und Geschmacksstoffe, Brokkoli, Käse, Salatgurken und noch ein Dutzend andere Dinge, Jeroen Weenink hatte seit Pantschagan einen Widerwillen gegen Reis, und André fand ein Abendessen nur gelungen, wenn zum Hauptgericht Schwertfisch gehörte, am liebsten mit *salmoriglio*, einer sizilianischen Fischsauce. Als Nachtisch sollte es selbstgemachtes italienisches Sorbet geben. Masser hatte nach einem Tag

Schufterei in der Küche eigentlich Lust auf einen großen Teller Fritten mit Mayonnaise und einer Frikandel.

Beim Kochen sprach er mit Jimi über das Zusammentreffen von Jeroen und Mia. »Glaubst du, er wird etwas über Tupps Rede sagen?«

»Das macht er nicht.«

»Er weiß, dass deine Mutter sie geschrieben hat.«

»Ja, aber ihm ist auch klar, dass sie als meine Mutter hier ist und nicht als Tupps Redenschreiberin.«

Jimi hatte Mia gesagt, dass der einzige Überlebende des Anschlags in Pantschagan ebenfalls da sein werde, und sie hatte sich nichts anmerken lassen. Sie finde es »interessant«, hatte sie gesagt.

»Hast du ihr auch gesagt, was Jeroen uns erzählt hat?«, fragte Masser.

»Nein, natürlich nicht.«

Einen Moment fühlte er sich furchtbar schuldig, weil er nicht so verschwiegen gewesen war.

»Mia ist ein Profi«, sagte Jimi.

»Sie nimmt an, dass die Geheimhaltung funktioniert«, erwiderte Masser. »Sie glaubt, dass nachher am Tisch nur sie und Jeroen Bescheid wissen.«

»Ich hab das Gefühl, dass sie die ganze Geschichte schon abgehakt hat«, erklärte Jimi. »Sie wird wieder von anderen Sachen in Anspruch genommen. Ich finde, dass sie sich verändert.«

»Wieso?«

»Sie scheint ständig ganz weit weg zu sein. Sie war ja immer schon sehr auf ihre Arbeit konzentriert, aber es ist noch schlimmer geworden. Als ob ein Teil ihres Gehirns ununterbrochen mit anderen Dingen beschäftigt ist. Diese Arbeit frisst sie auf.«

»Schwierig«, sagte Masser, und er wusste selbst nicht genau, was er meinte, Mias Arbeit oder die Sitzordnung. Er reichte Jimi eine Knoblauchknolle. »Drei Zehen, in dünne Scheiben schneiden.«

Etwas Bleischweres wird nachher in der Luft liegen.
Ich muss dafür sorgen, dass es ein gemütlicher Abend wird.
So schwer, dass man es spüren wird.
Immer die Gläser nachfüllen, aber nicht zu oft.
Wenn Mia dich ansieht, weiß sie, dass du alles weißt.
Ich setze mein Pokerface auf.
Du hast keins.
Ich übernehme das Bedienen.

André und Martha Genovesi trafen als Erste ein. »Wir haben gedacht, wir kommen ein bisschen früher, dann können wir Masser in Ruhe von den großen Neuigkeiten berichten«, sagte André.

»Ja«, sagte Martha, »nicht einmal Carla weiß es. Erst seit heute Nachmittag ist alles klar.« Masser blickte seine Großeltern gespannt an.

»Wir ziehen um«, verkündete André. »Wir haben die Villa in Bloemendaal verkauft und uns eine Wohnung in Amsterdam zugelegt. Wenn man älter wird, sollte man schneller unter Leute kommen. Und zu netten Sachen wie Restaurants oder Theatern. Ist doch so, oder?«

Masser lachte. »Ihr habt vollkommen recht. Wann findet der Umzug statt? Ich würde mich gern noch einmal in dem Haus in Bloemendaal umsehen. Meine Erinnerungen liegen da gestapelt. Habt ihr eine Wohnung mit Tiefgarage?«

»Selbstverständlich«, antwortete André, »das war Bedingung. Eine bewachte Tiefgarage. Immerhin wird da ein Bentley drinstehen.«

Eine halbe Stunde später waren alle Gäste da. Während Jimi seine Geschenke auspackte, ging Masser mit der Champagnerflasche herum. Aus den Lautsprechern kam Miles Davis' »My Old Flame«. André erzählte immer wieder gern, dass er 1956 oder 1957 im La Palette, einem Bistro in der Rue de Seine in Paris, mit Miles Davis an der Theke gestanden und Wein getrunken habe. Masser hoffte, dass die Musik noch andere Erinnerungen wecken würde, damit André Geschichten erzählen konnte.

Karel und Carla waren oben in Jimis Dachwohnung. Mia saß in einer Ecke des Zimmers und unterhielt sich mit Jeroen. Masser versuchte angestrengt, etwas von dem Gespräch aufzuschnappen, aber er hatte die Musik zu laut eingestellt.

Er weiß, dass sie gelogen hat, und sie weiß, dass er es weiß.

Seltsames Gespräch.

Vielleicht reden sie über seine Zukunftspläne.

Mia weiß, dass er sie vernichten kann, dass er die Regierung zu Fall bringen kann, dass er den König zum Gespött machen kann.

Sieh doch, er lächelt entspannt.

Als Carla und Karel wieder unten waren, klopfte Masser mit einem Messer an sein Champagnerglas. »Ich möchte etwas über unser Geburtstagskind, den Uhrmacher, sagen«, begann er. »Seit einigen Monaten wohnt er in diesem Haus, und ich bin sehr froh, einen solchen Mieter zu haben.« Jimi, der neben ihm stand, blickte verlegen in die Runde. »Er ist ein braver Junge, er arbeitet hart und geht frühzeitig zu Bett. Er kommt nie betrunken nach Hause, und bisher habe ich noch keine Mädels die Treppe raufgehen sehen.«

»Buh!«, rief André.

»Aber das kommt schon irgendwann«, sagte Masser. »Jimi,

nochmals von Herzen alles Gute, und ich hoffe, dass wir es hier noch eine Weile zusammen aushalten. Und jetzt gehe ich in die Küche und hole die Vorspeise. Zu Tisch!«

Masser hatte lange über die Sitzordnung nachgedacht und war zu dem Schluss gelangt, dass es am sichersten wäre, Jimi zwischen seinen Freund und seine Mutter zu setzen. André bekam den Platz an einem Kopfende, Masser am anderen. Rechts von ihm saß Mia, links Martha, links von André Jeroen und rechts von ihm Andrés Tochter.

André wird Jeroen in ein Gespräch verwickeln, und ich Mia. Dann ist die Wahrscheinlichkeit, dass Mia und Jeroen miteinander reden, geringer, und damit die Gefahr von Zwischenfällen, von fatalen Versprechern oder allzu großer Offenheit unter Alkoholeinfluss.

Er will doch gar nicht darüber sprechen, und Mia erst recht nicht.

Ich werde trotzdem froh sein, wenn dieser Abend überstanden ist.

Tatsächlich begann André munter mit Jeroen zu plaudern; der junge Mann war offenkundig beeindruckt von dem Hundertundeinjährigen, der die Pläne seines Freundes finanzierte und an diesem Abend in einem Bentley aus einer Zeit lange vor Jeroens Geburt vorgefahren war – mit Chauffeur.

»Wir hätten natürlich niemals nach Pantschagan gehen dürfen«, hörte Masser seinen Großvater sehr entschieden sagen. »Man sieht ja, wohin das führt.« Martha schaute ihn vorwurfsvoll an, doch das kümmerte André nicht. »Stimmt's, Jeroen?«

Oje, es war doch keine gute Idee.

Der alte Mann ist so rechthaberisch wie ein Sechzehnjähriger.

Er sah, dass Mia gespannt auf Jeroens Antwort wartete.

»Ich wusste, was ich tat, als ich nach Pantschagan ging. Ich kannte die Risiken.«

Masser schenkte Mia und sich selbst nach. »Hältst du es aus?«

»Was meinst du?«

»Das politische Leben. Deine Rolle im Zentrum der Macht. Tupps Launen.«

»Leicht ist es nicht. Aber andererseits auch furchtbar spannend. Ich lerne jeden Tag etwas Neues.

»Führst du Tagebuch?«

»Wieso?«

»Dann kannst du später deine Memoiren schreiben. Am Rande der Macht.«

»Das mache ich bestimmt nicht.«

»Du kannst sowieso nicht alles aufschreiben«, sagte Jimi. Er schaute seine Mutter lange an, und Masser glaubte in seinem Blick etwas Herausforderndes zu lesen.

»Stimmt«, sagte sie.

Während er in die Küche ging, um den Schwertfisch in den Ofen zu schieben, begann André von Miles Davis und Juliette Gréco zu erzählen; eines Abends habe er in der Rue de Seine dem heftigen Liebesspiel der beiden im Hotel La Louisiane lauschen können. Masser hörte Jeroen lachen. »Die Geschichte wird ja immer wüster, Papa«, sagte Carla, die sie längst auswendig kannte.

»*Once you go black, you never go back*«, erwiderte André und bekam einen Lachanfall, der in ein rasselndes Husten überging.

Masser beförderte die Fischstücke in den vorgeheizten Backofen. Plötzlich stand Mia hinter ihm. Sie legte ihm die Hände auf die Schultern.

»Masser, ich muss dich etwas fragen.«

»Nur zu.«

»Hat der junge Mann, ich meine, hat Jeroen Weenink mit euch über Pantschagan gesprochen? Über das, was da passiert ist?«

Er schaute sie einen Moment schweigend an. »Warum fragst du das?«

»Weil ich es wissen möchte.«

»Er hat von dem erzählt, was da passiert ist, ja. Von dem Anschlag und was danach kam. Aber das hat dir Jimi doch bestimmt schon gesagt.«

»Ja, aber ich dachte …«

»Du dachtest: Vielleicht hat er noch etwas mehr erzählt.«

»Ja.«

Wieder schwieg er einen Moment. Er dachte über seinen nächsten Zug nach. Dass er etwas vor ihr verheimlichen musste, tat ihm weh. Er hätte nichts lieber getan, als ihr alles zu sagen, was er wusste, aber das durfte er nicht. Er musste die Formel aussprechen, die ihr ein Gefühl der Sicherheit gab, vorerst.

»Sonst hat er nichts erzählt. Ich wüsste auch nicht, was er sonst noch hätte erzählen *können*. Er hat da zwischen vier toten Kameraden gelegen, ich glaube, das ist eine Erfahrung, die auch nicht unbedingt gesprächiger macht. Er ist ganz in Ordnung. In letzter Zeit ist er oft hier, übernachtet auch regelmäßig oben bei Jimi auf dem Sofa. Ich hoffe, dass er sein Leben wieder in den Griff bekommt, und wenn ich ihm dabei ein bisschen helfen kann, würde es mich freuen.«

Mia seufzte. »Masser«, sagte sie, »ich bin froh, dass du es nicht sagst. Ich weiß nicht genau, was du weißt, und ich will es auch erst einmal nicht wissen, aber versprich mir bitte eins.«

»Was denn?«

»Versprich mir, dass du erst zu mir kommst. Ich möchte nicht überrascht werden.«

»Das verspreche ich dir.« Er legte den Arm um seine kleine Schwester. Er wollte sie beschützen. »Was für eine Scheißwelt, Mia.« Dann ließ er sie los und öffnete den Backofen. »Hilf mir bitte mal.«

XVII

Chefredakteur

Masser saß Joris Schuurman Hess gegenüber. In seinem Kopf pochte es, der Whisky, mit dem er Jimis Geburtstag abgeschlossen hatte, wirkte noch gehörig nach. Mariska Klappe-Wildschut, in den dreiundzwanzig Jahren, die Masser sie kannte, nicht nennenswert verändert, brachte zwei Tassen Kaffee, einen schwarzen für Joris, einen Cappuccino für Masser. Masser ließ den Blick auf der Harley-Davidson in der Ecke ruhen, was er angenehmer fand, als JSH anzusehen. Joris räusperte sich, er machte einen nervösen Eindruck.

»Ich habe gehört, dass du mit meinem Vater gesprochen hast.«

»Stimmt.«

»Er hat dir von meinem Entschluss erzählt. Das hätte ich lieber selbst getan, aber der Alte ist immer noch scharf auf Exklusivberichte.«

»Du willst also aufhören.«

»So kann man es knapp zusammengefasst sagen.«

»Warum?«

Joris Schuurman Hess machte ein gequältes Gesicht. »Ich kann nicht mehr. Ich bin fertig. Ich glaube, ich habe einen Burnout.« Es klang jammernd, und Masser wusste sofort wieder, warum er dieses verwöhnte Söhnchen reicher Eltern nie hatte leiden können. »Du weißt, dass es nicht mein Traum war, Chefredakteur zu werden. Ich war der Kronprinz, der die Krone nicht wollte, ich habe mich auch ohne bestens amüsiert. Aber ich musste, das war eine Art vertragliche Haftung. Ich habe mehr Zeit damit verbracht, darüber nachzudenken, wie ich mich alldem entziehen könnte, als mit Plänen für die Zeitung.«

Die Affäre war ein Geschenk des Himmels für ihn.

Dieser Schlappschwanz.

Ein sorgenfreies Leben ohne all den Ärger winkt ihm. Er brauchte nur einen guten Grund, und den hat er jetzt.

Sein Vater hätte wissen können, dass es so kommen würde.

Vielleicht wusste er es ja.

»Und jetzt?« Masser versuchte, sich gleichmütig zu geben.

»Jetzt bin ich schon eine ganze Weile in Panik. Ich habe Steven van Maren gut verstanden.« Er sagte es wie ein mittelmäßiger Schauspieler, der gar nicht erst versucht, einen Menschen in Panik und mit Selbstmordgedanken glaubwürdig darzustellen. Geradezu erleichtert.

»Vielleicht musst du nur mal einen Monat aus allem raus. In die Berge fahren, ein bisschen wandern, nachdenken. Und erst danach eine Entscheidung treffen.«

»Nein, meine Entscheidung ist gefallen. Ich bin weg. Und nicht vorläufig, sondern endgültig. Zuerst hab ich mich geschämt, weil ich die Verbindung zwischen *De Nieuwe Tijd* und meiner Familie kappen werde. Inzwischen denke ich: Vielleicht wurde es Zeit.«

»Was hast du vor?«

»Keine Ahnung.«

Er weiß es genau. Eine Villa irgendwo im Süden mit einer hohen Mauer ringsum, Swimmingpool, Maserati. Genug Millionen auf der Bank, um vierzig Jahre lang zu tun, was er will.

Klingt reizvoll.

Eine feige Flucht.

In Wirklichkeit verstehst du ihn, Masser.

»Was sagt deine Frau?«

»Nichts. Spielt auch keine Rolle mehr. Wir lassen uns scheiden. Wird mich ein Vermögen kosten, aber das ist dann eben so. Gott sei Dank haben wir keine Kinder.«

»Ich dachte, ihr wäret auf Gedeih und Verderb an *De Nieuwe Tijd* gebunden, mit dieser Stiftung als einer Art Damoklesschwert.«

»Auf dieses Problem hab ich ein paar Juristen angesetzt. Unser Familienkapital steckt natürlich nur zu einem kleinen Teil in der Zeitung. Gott sei Dank, kann man nur sagen. Aber wir schauen mal, was sich machen lässt. Und sonst gehen die Anteile an die Stiftung. Wär schade, aber ich habe nicht vor, mir mein Leben weiterhin durch diesen schlechten Scherz meines Urgroßvaters vergällen zu lassen. Damit hat er schon jede Menge Unheil angerichtet, vor allem, was mich angeht.« Plötzlich schwang in seinen Worten etwas von wiedergewonnener Tatkraft mit.

Neue Freundin, zwanzig Jahre jünger.

Alles trifft sich wunderbar.

Vielleicht hat er es so geplant.

Zu dumm und ein zu schlechter Schauspieler.

Masser schaute Joris an, Joris wich seinem Blick aus. Bestimmt wusste er, dass Masser ihn verachtete. Ein schiefes Grinsen erschien in seinem Gesicht, ein Grinsen, das sagte: Es ist mir scheißegal, was du denkst. »Was würdest du an meiner Stelle tun?« Es klang nicht so, als würde ihn die Antwort sehr interessieren.

»Ich würde an deiner Stelle das Gleiche tun. Ich würde es mir auch in der Hängematte bequem machen, irgendwo in der Toskana oder in der Provence. Hast du schon eine neue Freundin?«

»Danke für dein Verständnis.«

Er erkennt die Ironie nicht.

Er denkt: I'm crying all the way to the bank. *Soll doch dieser Loser sich damit herumschlagen, ich bin weg.*

»Die Zeitung war nie deine Welt«, sagte Masser.

»Nein. *De Nieuwe Tijd* hat mich im Grunde nie auch nur ein bisschen interessiert.« Anscheinend hatte Joris keine Lust, noch länger den Schein zu wahren.

»Dafür hast du ziemlich lange durchgehalten.«

»Feigheit.«

Ein letzter Rest Selbsterkenntnis.

Mariska stellte erneut zwei Tassen Kaffee auf den Tisch. Masser sah ihren tadelnden Blick, als sie Joris anschaute.

»Ich habe euch nie verstanden«, sagte Joris. »Dieses Wichtigtuerische in euren Berichten und Kommentaren. Diese Arroganz und Selbstüberschätzung, mit der über die Welt geredet wird, als wären hier die *Masters of the Universe* am Werk. Und in Wirklichkeit ist es nichts, gar nichts. Aber sich immer interessant machen wollen.«

Masser merkte, dass Joris sich allmählich in Rage redete, dass er etwas loswerden wollte, das sich seit sehr langer Zeit angestaut hatte. »Ich verstehe sehr gut, was du meinst.«

Joris schaute ihn lange an. »Schwindel«, sagte er dann. »Alles Schwindel.« Er stand auf und verließ das Büro, vermutlich, um eine Zigarette zu rauchen und einen Moment allein zu sein. Als er zurückkehrte, schien es, als hätte das Gespräch gar nicht stattgefunden. Joris setzte sich und klopfte mit seinem Feuerzeug auf den Tisch. »Ich werde gleich vor versammelter Mannschaft eine Ansprache halten«, sagte er. »Ich werde sagen, was ich vorhabe. Danach kann ich diese Zeitung nicht mehr leiten, denn als Chefredakteur bin ich dann tot.«

»Das glaube ich auch.«

»Jemand muss mein Nachfolger werden, wenn auch nur für eine Übergangszeit, bis die Zeitung neue Eigentümer hat.« Masser spürte, dass sein Herz schneller schlug.

Hoffentlich sagt er nicht, dass ich das tun soll.

Du weißt genau, dass er dich deshalb zu sich bestellt hat.

Vielleicht will er nur wissen, wen ich für einen geeigneten Kandidaten halte.

Dich.

Masser rief Mia an, nachdem er Bonna nicht erreicht hatte. Er musste mit jemandem sprechen, dem er vertraute und von dem er einen klugen Rat erwarten konnte. Oder wenigstens ein bisschen Mitgefühl.

Er war wieder zu Hause. Joris hatte vor den Journalisten der *Nieuwe Tijd* erklärt, dass er mit sofortiger Wirkung das Amt des Chefredakteurs niederlege, da es ihm »nach den stürmischen Monaten, die hinter uns liegen« nicht möglich sei, es weiterhin auszuüben. Masser hatte ihn über Verantwortung und Versagen sprechen hören, hatte ihn sagen hören, dass er nicht in der Lage sei, klar Schiff zu machen, hatte ihn den geplanten Verkauf der Zeitung ankündigen hören. Es war eine kalte, um nicht zu sagen eiskalte Ansprache gewesen. Masser vermutete, dass Joris etwas eingenommen hatte.

Die Reaktionen waren ebenso unterkühlt. Joris' Abschied bedeutete in den Augen der meisten Anwesenden vielleicht auch den endgültigen Abschluss des Falls Steven van Maren, der die Redaktion gespalten und viel Unruhe, Konflikte und Sorgen verursacht hatte. Die Aussicht auf einen neuen Chefredakteur und einen neuen Eigentümer hatte den Reiz der Neuheit, sie weckte die Illusion, dass vielleicht alles nicht nur anders, sondern auch besser werden würde. Vielleicht würde ein frischer Wind wehen, und für einige in der Redaktion würden sich neue Chancen eröffnen.

Ein paar Fragen wurden auch gestellt. Wie war es mit den Anteilen, hatten sich bei der Stiftung schon potentielle Käufer gemeldet? Darüber konnte Joris nichts sagen, und er ging auch nicht weiter darauf ein. Er verschwieg, dass er versuchte, die Stiftung In Der Gosse juristisch aufs Abstellgleis zu befördern, um die Zeitung dann an den Meistbietenden verschachern zu können. Joris erklärte, die Interessen der Zeitung stünden für ihn an erster Stelle, eine glatte Lüge. Caroline Hoekstra fragte, ob Joris schon über seine Nachfolge nachgedacht habe. Ja, antwortete er, natürlich habe er das. Er versprach, schnellstmöglich mit dem Redaktionsausschuss darüber zu beraten. Jeder bei *De Nieuwe Tijd* wusste, dass der Redaktionsausschuss zwar seine Ansicht äußern durfte, aber ein Schuurman Hess die Entscheidung treffen würde. Wenn nicht Joris, dann sein Vater. Joris vermied es sorgfältig, in Massers Richtung zu schauen, als er sagte, er wünsche sich einen Chefredakteur aus der Redaktion, und er verspreche, den Redakteuren der *Nieuwe Tijd* niemanden von außerhalb vor die Nase zu setzen.

»*Was?*« Mia brach in ein hohes Gelächter aus. »Warte kurz, Masser, ich stehe hier zwischen lauter viel zu neugierigen Leuten. Ich gehe schnell in mein Büro.«

Es tat Masser schon leid, dass er sie angerufen hatte. »Ich kann dich auch später noch mal anrufen.« Vielleicht war Bonna inzwischen erreichbar.

»Nein, eine halbe Minute. Ich will jetzt alles wissen.« Kurz danach hörte er, wie eine Tür geöffnet und wieder geschlossen wurde. »So, außer dem Geheimdienst hört jetzt niemand mehr mit. Fang noch mal von vorne an.«

»Hör auf mit dem Geheimdienst. Er will, dass ich Chefredakteur werde. Vorläufig. Bis es einen neuen Eigentümer gibt. Er meint, ich wäre der Einzige, der in der Redaktion genügend Rückhalt hat, um respektiert zu werden.«

»Und stimmt das?«

»Weiß ich nicht. Eigentlich gehören Kolumnisten immer eher halb dazu. Ich bin so was wie Waldorf oder Statler bei den Muppets. Und ich glaube, einige machen mich auch für die Krise der vergangenen Monate verantwortlich.«

Mia fing wieder an zu lachen.

»Warum lachst du?«

»Weil mein großer Bruder demnächst Chefredakteur der *Nieuwe Tijd* wird. Aus irgendeinem Grund finde ich das äußerst lustig.«

»Ich wollte aber deinen Rat. Ich hab noch nicht zugesagt, und ehrlich gesagt bin ich noch völlig unentschieden. Und ich kann daran beim besten Willen nichts Lustiges entdecken.«

»Solltest du aber«, sagte Mia. »Das schafft Luft und Klarheit. Mach es nicht größer, als es ist.«

Masser wusste im ersten Moment nicht, was er antworten sollte. Vielleicht hatte sie recht. »Okay, *sub specie aeternitatis* … Aber was soll ich tun? Ich glaube, ich habe überhaupt keine Lust dazu.«

»Du hast zusammen mit Bonna alles getan, damit es so weit kommen konnte.«

»Auf keinen Fall in der Absicht, Joris' Platz einzunehmen. Auf keinen Fall. Ich bin Kolumnist, und das gefällt mir ziemlich gut.«

»Immer an der Seitenlinie. Ein bisschen über Tupp lästern.«

»Ja, das macht Spaß.«

»Vielleicht war all das nur Vorbereitung, und jetzt kommt

der Moment, in dem sich offenbart, was dein Daseinszweck auf Erden ist. Chefredakteur der *Nieuwe Tijd* zu sein. Haha!«

Masser hätte das Gespräch am liebsten beendet.

»Entschuldige, Mass«, sagte Mia – wenn sie ihn ihrer Zuneigung versichern wollte, nannte sie ihn immer Mass. »Ich wollte dich nicht ärgern. Ich glaube, du wärst ein hervorragender Chefredakteur, aber ich bin mir nicht sicher, ob du dabei glücklich wirst. Das kannst nur du selbst wissen. Aber wenn du mir auch nur ein kleines bisschen ähnlich bist, und das bist du, solltest du es ernsthaft in Erwägung ziehen. Als Tupp mich vor einiger Zeit gebeten hat, seine rechte und linke Hand zu werden, hab ich mich auch fürchterlich erschrocken. Mein erster Gedanke war: Nichts wie weg. Bitte verschone mich. Aber mittlerweile kann ich mir nichts Schöneres mehr vorstellen. Das heißt, ›schön‹ ist nicht das richtige Wort. Es ist spannend, befriedigend, gut für mein Selbstvertrauen. Es gibt mir das Gefühl, jemand zu sein. Zum ersten Mal in meinem Leben bin ich manchmal stolz auf mich.«

»Das ist nicht mein oberstes Ziel.«

»Ich nehme es ernst, wenn es notwendig ist, und ich relativiere es, um gesund zu bleiben.«

»Gut. Danke. Ich werde darüber nachdenken. Ich muss erst morgen Bescheid sagen, ob ich es mache.« Er sagte es mit einem tiefen Seufzer.

»Das wird bestimmt eine angenehme Nacht.«

»Das befürchte ich auch.«

»Und noch etwas Masser, wo ich dich gerade am Telefon habe.«

»Ja?«

»Eure Bonna, die schnüffelt wie wild herum. Diese Unterwanderungsaffäre hat sie offenbar auf den Geschmack gebracht. Sie befragt überall Leute zu den Ereignissen in Pantschagan. Leute, von denen ich weiß, dass sie nichts wissen. Aber von denen, die ihr vielleicht etwas sagen können und wollen, erfahre ich natürlich nichts. Was hat sie vor?«

»Weiß ich nicht. Ich hab schon einige Zeit nicht mehr mit ihr gesprochen. Ich erwische sie einfach nicht. Aber Bonna ist ein Raubtier. Sie wittert Dinge noch über Kilometer hinweg.«

»Was wittert sie denn?« Mia klang naiv wie ein Kind.

»Drogen.« Es tat ihm sofort leid.

Mia antwortete nicht gleich. »Hat sie Kontakt zu Jeroen?«, fragte sie dann.

»Horch mich nicht aus, Mia. Wir dürfen es nicht noch komplizierter machen, als es schon ist. Ich bin dein Bruder, nicht der Journalist von *De Nieuwe Tijd*, du bist meine kleine Schwester, nicht der Chief of Staff von unserem Tupp. Das sollte möglichst auch so bleiben.«

»Du hast recht. Aber du hast mir versprochen, mich nicht zu überraschen.«

»Daran halte ich mich auch.«

»Mass?«

»Ja?«

»In zehn Tagen fahre ich für eine Woche nach Mazan. Wenn du Zeit hast, komm doch mit. Ich habe Jimi schon gefragt, und er hätte Lust dazu.«

»Ich sag dir bald Bescheid. Erst noch eine Nacht Blut und Wasser schwitzen.«

»Ich liebe dich, Brüderchen. Mach dir nicht zu große Sorgen.«

Wenig später ging Bonna endlich ans Telefon. »Natürlich sagst du zu«, sagte sie. »Wenn nicht, schlafe ich nie wieder mit dir.«

»Das wäre unerträglich«, erwiderte Masser.

»Auch wenn du vielleicht nur für kurze Zeit Chefredakteur bist, eine unvergessliche Erfahrung wird es auf jeden Fall. Und darum geht es im Leben, Masser Brock.«

Er fragte, was sie gerade treibe. »Ich dachte schon, dich hätte der Erdboden verschluckt.«

»Du weißt ganz genau, was ich gerade treibe. Aber dazu kann ich jetzt nichts sagen. Wir leben in einem Land, in dem alle halbwegs wichtigen Telefongespräche abgehört werden.« Sie legte eine kurze Pause ein. »Hallo!«, rief sie dann. »Hallo, ihr Wichser! Hier ist Bonna Glenewinkel! Ich sitze nackt im Sessel und habe ein Foto des niederländischen Ministerpräsidenten vor mir! Hallo!«

»Halt mich ein bisschen auf dem Laufenden«, sagte Masser.

»Mach ich, wenn du Chefredakteur bist.«

Nach einer Nacht, in der er zu seiner Überraschung gut geschlafen hatte, rief Masser Joris Schuurman Hess an. »Wenn du die Redaktion überzeugen kannst, bin ich bereit, den Job zu übernehmen«, sagte er. »Aber wirklich nur, wenn ich ausreichend Rückhalt habe. Für eine Übergangszeit, bis die englischen Heuschrecken mich durch eine Marionette ersetzen und der Niedergang der *Nieuwe Tijd* beginnen kann.«

»Nicht so voreilig«, erwiderte Joris. »Aber ich bin froh, dass du dich zur Verfügung stellst.«

»Noch etwas«, sagte Masser. »Ich brauche drei Wochen, um mich vorzubereiten. Die musst du irgendwie überbrücken. Hast du schon darüber nachgedacht, wer meine Kolumne übernehmen soll?«

»Aber sicher. Ich dachte, es wäre doch schön, eine Frau zu nehmen. Eine mit Erfahrung und mit einem gewissen Abstand zur Zeitung. War übrigens die Idee meines Vaters. Sie hat schon zugesagt, natürlich unter der Bedingung, dass der neue Chefredakteur einverstanden ist.«

»Ich fass es nicht«, sagte Masser. »Du hast gedacht: Sie haben die Zeitung an den Rand des Abgrunds gebracht, dann sollen sie jetzt auch dafür sorgen, dass sie wieder vom Abgrund wegkommt, damit ich sie richtig teuer verkaufen kann.«

»Genau«, bestätigte Joris. »Die Preise für Villen in der Toskana schießen in die Höhe. Also, sind wir uns einig?«

»Sind wir«, sagte Masser.

»Komm nachher mal kurz zu mir, damit wir über die Details sprechen können. Zum Beispiel dein Gehalt.«

XVIII

Ein verschlafenes Dorf in der Provence

Als Masser gerade losfahren wollte, fiel Jimi ein, dass er etwas vergessen hatte. Er holte schnell seine Xbox. Es war sieben Uhr morgens, als sie mit Jeroen auf der Rückbank Haarlem verließen und in Richtung Provence aufbrachen. Jimi schloss sein iPad ans Autoradio an, und bald sangen sie zu dritt mit Mr. E.: »*It's not all good, and it's not all bad, don't believe everything you read.*« Masser war voller Vorfreude wie ein Kind auf Klassenfahrt, ein Gefühl, das er lange nicht mehr gehabt hatte. Als sie Dijon hinter sich ließen, verflüchtigte sich sogar der Gedanke an seine Beförderung zum Chefredakteur.

Mazan war ein verschlafener Marktflecken dreißig Kilometer östlich von Avignon. Masser war schon oft in Mazan gewesen, so oft, dass er sich dort heimisch fühlte und nicht über den Markt gehen konnte, ohne mindestens einmal gegrüßt zu werden. Wie eine Katze auf einer Fensterbank war das Dorf durchdrungen von der wohligen Mattigkeit der Provence, und sobald Masser ankam, ergriff diese Gemütsverfassung auch von ihm Besitz. Jedes Mal wunderte er sich darüber, wie wenig sich seit seinem vorigen Besuch verändert hatte, und das machte ihn glücklich. Anscheinend versuchten sogar die Einwohner, sich nicht zu verändern und dem Alterungsprozess zu widerstehen.

Manchmal hörte Masser, dass jemand gestorben war, oder

las eine Todesanzeige auf der Mauer neben der Bäckerei, aber da ging es fast immer um Leute, die er nicht kannte, die es also für ihn im Grunde nie gegeben hatte. Als er dann einmal auf der Terrasse des Café du Siècle erfuhr, dass der Besitzer der kleinen Buchhandlung gestorben war, ein noch nicht sechzigjähriger Mann, mit dem er öfter gesprochen hatte, berührte ihn das mehr, als angesichts der kaum vorhandenen Verbindung zu dem Buchhändler zu erwarten gewesen wäre. Ein Cordon sanitaire schien durchbrochen, die grausame Zeit in das bis dahin uneinnehmbare Bollwerk Mazan eingedrungen zu sein. Deshalb beruhigte es ihn, als ihm die Tochter und Nachfolgerin des Verstorbenen sagte, dass ihr Vater an einem Strand in Tunesien einen Herzinfarkt erlitten hatte, während seines ersten Urlaubs seit zehn Jahren. Der Buchhändler hatte also das sichere Gebiet verlassen, und wieder einmal zeigte sich, welche Folgen das haben konnte. Die Geschichte erinnerte Masser an das Gedicht über den Gärtner und den Tod von Pieter Nicolaas van Eyck, zu dem ihn Jean Cocteau inspiriert hatte, und er dachte kurz daran, der Tochter davon zu erzählen, ließ es aber lieber. Vielleicht würde sie ihn falsch verstehen, sein Französisch war immer noch nicht allzu gut.

Nachdem Mia ihn ein paarmal in Mazan besucht hatte, war auch sie der Ansicht, dass ein festes Urlaubsziel der Unsicherheit von unbekannten Orten vorzuziehen sei, die in Prospekten immer anziehender aussahen als in Wirklichkeit. Und so wurde Mazan für die Geschwister etwas Gemeinsames, ihnen beiden Vertrautes, ein Geheimnis, von dem andere nichts ahnten und das sie verband.

Sobald er Carpentras hinter sich ließ und auf der D942 die letzten Kilometer bis zum Dorf zurücklegte, breitete sich eine große Ruhe in ihm aus. Er spielte manchmal mit dem Gedanken, sich irgendwann in Mazan niederzulassen, doch dann würde er sich von Haarlem und allen Gewohnheiten, die untrennbar mit dieser Stadt verbunden waren, verabschieden müssen, und das war unmöglich; immer noch war Masser der kleine Junge, der am liebsten ewig auf der *Hindeloopen* geblieben wäre. Außerdem hatte er Angst, dass Mazan seine Magie verlieren würde, wenn er sich ständig dort aufhielt, dass die Unruhe zwangsläufig mit umziehen würde. Er wollte das Paradies nicht damit anstecken. Er wusste, dass die Erleichterung und das Gefühl der Entschleunigung schon im Augenblick der Ankunft sich auch der zeitlichen Begrenztheit jedes Aufenthalts verdankten. Die Geborgenheit, die er empfand, sobald er das Dorf erreichte, entsprang der Sehnsucht, die sich in den Wochen vor der Abreise in ihm festgesetzt hatte, der Illusion von innerem Frieden und Gleichgewicht. Doch man dufte die Illusion nicht überfordern. Mazan war ein Zufluchtsort, aber kein dauerhafter.

Sie fuhren auf der Avenue de l'Europe ins Dorf hinein, und Masser parkte den Wagen wie immer genau vor dem Café du Siècle. Nie fuhr er direkt zu dem Haus, das er gemietet hatte, jeder Aufenthalt begann mit einem Glas Weißwein bei Michel. Masser begrüßte die beiden alten Winzer auf der Caféterrasse. Jimi und Jeroen setzten sich dort an einen Tisch, Masser betrat das Café. Zufrieden stellte er fest, dass die Einrichtung sich nicht verändert hatte. Der Billardtisch war noch da, die Wandbilder nicht übertüncht, die dunkle Vertäfelung ebenso wenig verschwunden wie die Art-Nouveau-Bleiglasscheiben, und hinter der Theke spülte Michel Gläser.

»Massèr«, rief er, als er den Gast erkannte. »*Ça va?*«

»Michel, *mon ami*«, sagte Masser und schüttelte Michel die Hand. »Mir geht es gut, wie immer, wenn ich wieder in Mazan bin. Und im Café du Siècle natürlich.«

»Das Gleiche wie immer?« Michel wusste, wie er seinen Gästen das Gefühl geben konnte, zu seinem engsten Freundeskreis zu gehören.

»Einen Weißwein und zwei Bier.« Masser zeigte auf Jimi und Jeroen draußen am Tisch. »Mein Neffe und ein Freund. Jimi ist der Sohn meiner Schwester. Jeroen ist das erste Mal in Mazan.«

»Was hat der junge Mann?« Masser fragte sich, woran Michel sah, dass es Jimis Freund nicht gut ging.

»Er war als Soldat in Pantschagan. Hat da schreckliche Dinge erlebt.«

»Armer Kerl. Ich komme sofort.« Michel deutete auf die Caféterrasse und nahm ein Weinglas und zwei Biergläser.

Jeroen las *La Provence*, die jemand auf dem Tisch hatte liegen lassen – oder tat so –, Jimi tippte auf seinem iPhone herum. »Ich whatsappe Mia, dass wir da sind«, erklärte er. Kaum eine Minute später, Michel hatte gerade die Gläser auf den Tisch gestellt, dudelte sein Gerät. »Sie holt uns ab. Dann können wir vielleicht zu La Pizzeria.«

La Pizzeria, am anderen Ende von Mazan, war von den Brocks von der besten Pizzeria des Dorfes zur besten Frankreichs erhoben worden und stand kurz davor, den Status einer Legende und der besten Pizzeria der Welt zu erobern. Der Name gehörte auch zu den Codewörtern, mit denen Masser, Mia und Jimi ihr Gefühl der Verbundenheit ausdrückten.

»Ausgezeichnete Idee«, sagte Masser. »Jeroen, liebst du auch Pizza?«

»Klar.« Jeroen legte die Zeitung hin und zog ein Päckchen Shag aus der Tasche.

»Sag Mia kurz Bescheid«, sagte Masser zu Jimi, »dann kann sie den Eintopf, den sie mit Sicherheit für uns vorgesehen hatte, vom Herd nehmen und sich umziehen. Du weißt, Frauen gehen nie in ihren normalen Sachen essen, nicht einmal in eine Pizzeria.«

Jimi nickte geduldig.

»Was Neues?« Masser trank einen Schluck Wein.

Jeroen schlug die Zeitung wieder auf und zeigte auf einen Artikel mit einem Foto von Soldaten in einer Wüstenlandschaft. »Die Franzosen beteiligen sich auch an Friedensmissionen«, sagte er. »Und wenn ich richtig verstanden habe, ist ein Soldat aus Mazan verwundet worden.«

Masser überflog den Bericht und nickte. »Stimmt.« Er sah, dass einen winzigen Moment ein Schatten Jeroens Blick verdunkelte. Er selbst empfand eine Art Enttäuschung. Die Welt sollte Mazan gefälligst in Ruhe lassen. Kurz danach wurde gehupt, und ein schwarzer Volvo XC90 hielt vor der Caféterrasse. Jimi stand auf und ging zum Wagen. Masser hörte Musik von Stromae. Jimi beugte sich durchs Seitenfenster, um seiner Mutter einen Kuss zu geben. Jeroen faltete die Zeitung zusammen.

»Sorry«, sagte Masser mit einer Kopfbewegung zu der Zeitung hin, als müsste er sich dafür entschuldigen, dass er Jeroen an einen Ort gebracht hatte, an dem er nicht vor seinen Quälgeistern sicher war.

Jeroen schaute ihn verständnislos an.

»Scheißzeitung«, fügte Masser hinzu. Er fühlte eine Wut aufsteigen, über deren Herkunft er sich nicht klar war.

Mia betrat strahlend die Terrasse, nicht mit dem hastigen Schritt, mit dem sie gewöhnlich durch Den Haag stürmte. Sie trug eine Jeans und hochhackige Schuhe, ihre Seidenbluse war weit genug geöffnet, um wohlgefällige Blicke der beiden alten Winzer auf sich zu ziehen. Jimi stellte einen vierten Stuhl an den Tisch; Michel war schon herausgekommen und hatte sein verführerischstes Lächeln in sein Gesicht gezaubert, um Mia zu sagen, dass er ihr jeden Wunsch von den Augen ablesen würde.

»Jedes Mal schöner«, sagte er. »Wirklich unglaublich.«

»Einen Weißwein, bitte«, erwiderte Mia überlegen lächelnd, während sie sich setzte.

Michel schaute fragend Masser an, der nach einem Blick auf sein fast leeres Glas nickte.

»Schon an die Vorstellung gewöhnt, bald Chefredakteur zu sein?« Mia schaute ihren Bruder forschend an. »Siehst ein bisschen bedrückt aus.« Jimi und Jeroen waren hineingegangen.

»Noch nicht, ehrlich gesagt. Durchschnittlich dreimal am Tag denke ich, dass ich Joris anrufen und absagen sollte. Aber dann sage ich mir, dass meine Schwester mich auslachen würde, und mache es doch nicht.«

»Keine Angst, Mass.« Sie legte ihre Hand auf seinen Unterarm. »Du schaffst das. Im Grunde ist es seltsam, dass man dich so lange diese Kolumne hat schreiben lassen und dich nicht früher auf den Chefposten berufen hat.«

»Ich bin kein Schuurman Hess. Und wie ergeht es dir so mit Tupp?«

»Frag ihn doch nachher selbst.« Gespannt schaute sie ihren Bruder an. Als sie Kinder waren, hatte sie es geliebt, ihn durch Äußerungen, mit denen er nicht rechnete, aus der Fassung zu bringen. Zufrieden stellte sie fest, dass es ihr auch diesmal gelungen war: In seinem Blick las sie zahllose Fragezeichen und im nächsten Moment die Bestürzung, die sie immer so zum Lachen reizte.

Masser schlug vor, zur Pizzeria zu gehen.

»Tupp«, sagte Mia.

»Dann soll er eben herkommen. Oder mag er keine Pizza?«

»Das geht nicht. Wenn er durchs Dorf spaziert, ist das nach zwei Minuten auf Facebook zu lesen, und dann ist er nicht mehr sicher.«

»Okay, verstehe. Dann holen wir nachher fünf ab.«

Zehn Minuten später parkten sie die Wagen im Garten des Hauses, das am Dorfrand am Ende eines unbefestigten Weges stand, von Weingärten umgeben. Masser kannte es, er hatte es selbst schon mehrmals gemietet. Es war ein komfortabler alter *mas* mit einem Pool, einer Tischtennisplatte unter einem Reetdach und einem Poolbillardtisch im Wohnzimmer. Im Garten standen Skulpturen, der Hauseigentümer war Künstler. Die beiden alten Platanen vor der Haustür spendeten wohltuenden Schatten. Auf der Terrasse unter den Bäumen stand ein großer Esstisch mit acht Stühlen.

Auf einem davon saß der Ministerpräsident der Niederlande, in der Hand ein Buch mit dem Titel *Ventoux*, vor sich auf dem Tisch ein halbvolles Bierglas. Er trug eine kurze weiße Hose, deren Schnitt vermuten ließ, dass er vor langer Zeit Tennis gespielt hatte. Über seine Ray-Ban Clubmaster blickte er die Ankömmlinge an.

Masser nickte ihm zu, als würde er einen beliebigen anderen Mieter begrüßen, und ging weiter. Er beobachtete, dass Mia, in der Hand einen Beutel mit zwei Flaschen Rosé, zum Tisch ging und den Premier auf den Mund küsste. »Da sind wir.« Sie ging ins Haus. Gut, dass die Presse nichts davon weiß, dachte Masser, bevor ihm einfiel, dass er die Presse war. Er konnte sämtliche Spekulationen über die sexuelle Veranlagung des Premiers mit einem Schlag beenden – »Ministerpräsident mit Schwester des Chefredakteurs von *De Nieuwe Tijd* liiert«.

Gefolgt von Jimi und Jeroen, schleppte Masser seinen Koffer die Treppe hinauf. Oben wartete Mia. »Dies ist für dich« –

sie zeigte auf eine Zimmertür –, »Jimi und Jeroen müssen noch eine Treppe höher.«

Wenig später blickte Masser aus dem Fenster seines Zimmers auf den Tisch vor dem Haus und den lesenden Premier hinunter. Er dachte über die Situation nach. Er als angehender Chefredakteur der wichtigsten Zeitung des Landes traf hier mit dem wichtigsten Politiker des Landes zusammen. Was hätte er wohl getan, wenn Mia ihn vorgewarnt hätte?

Dann wäre ich nicht hergekommen.

Warum nicht?

Warum wohl. Ich kann doch nicht einfach zwanglos mit Tupp bei einem Bierchen zusammensitzen. Ich habe ihn jahrelang mit meiner Kolumne gepiesackt. Ich würde jede Glaubwürdigkeit verlieren, wenn es herauskäme. Nachher muss ich noch Jimi und Jeroen klarmachen, dass es unbedingt geheim bleiben muss.

Ein Journalist, der auf Geheimhaltung drängt, das ist mal was Neues.

Ich bin erpressbar. Tupp braucht bei seiner Freitags-Pressekonferenz nur zu erwähnen, dass er vor kurzem gemütlich mit mir Pizza gegessen hat und danach mit meiner Schwester ins Bett gegangen ist.

Was er nicht tun wird.

Dass er es könnte, reicht schon.

Mia hat das nicht ohne Grund so arrangiert. Sie hat über all das natürlich auch nachgedacht.

Eine tolle Tischrunde haben wir da gleich. Tupp, seine heimliche Geliebte, deren Bruder, den angehenden Chefredakteur der Nieuwe Tijd, *dessen Neffen und einen jungen Mann, der besser als jeder andere weiß, dass dieses Staatsbegräbnis für seine vier Kameraden und alles, was damit zusammenhing, eine einzige Farce war.*

Vielleicht weiß Tupp nicht, dass du das weißt.

Es ist wie ein schlechtes Theaterstück. Oder ein sehr gutes.

Er hörte die Tür von Mias Zimmer – das vermutlich auch das des Premiers war – und ging in den Flur.

Ein Blick auf ihren Bruder, und Mia wusste genug. »Tut mir leid, es ging nicht anders«, sagte sie. »Hättest du's gewusst, wärst du nicht gekommen. Tupp hatte ich gesagt, dass ich euch eingeladen habe, er ist schließlich mein Chef. Ich wusste, dass er nichts dagegen haben würde.«

»Sind Personenschützer hier?«

»Nicht nötig. Die sind in einem Hotel in Mazan.«

»Was hast du vor?«

»Wirst schon sehen.«

»Mensch, Mia!«

»Entspann dich.«

»Wenn das hier rauskommt, ist das ein handfester Skandal.«

»Dann brauchst du wenigstens nicht Chefredakteur zu werden.«

Masser kehrte in sein Zimmer zurück. Er hatte beschlossen, eine kurze Hose anzuziehen.

Der Ministerpräsident hatte einen Strohhut aufgesetzt. Als er Masser aus dem Haus kommen sah, stand er auf, wartete, bis Masser bei ihm war, und schüttelte ihm dann ausführlich die Hand. Er strahlte ihn an.

»Angenehm«, sagte Masser.

»Ich bin froh, Sie endlich einmal leibhaftig vor mir zu haben«, sagte der Premier. »Und damit ist es mir ernster, als Sie vermutlich annehmen. Natürlich wache ich jeden Morgen mit Ihren Worten und Ihrem strengen Blick auf, aber das ist doch *a different ball game.*«

»Meine Schwester hat gesagt, Sie lesen nie Zeitung.«

»Nur die Sachen, die zu lesen sich lohnt.«

»Danke.«

»Ich habe lange hin und her überlegt, ob ich die Einladung Ihrer Schwester annehmen sollte, nachdem ich wusste, dass Sie auch hier sein werden. Aber dann dachte ich: Komm, stell dich nicht so an. Ich bin als Privatperson hier und Sie ebenfalls. Es darf doch wohl nicht sein, dass man keinen normalen menschlichen Kontakt mehr haben kann, bloß weil man Ministerpräsident ist oder meinetwegen Kolumnist, nicht wahr?«

»Ich weiß nicht, welche Rollen Mia für uns vorgesehen hat. Das Erste, was ich dachte, als ich Sie sah, war: He, der Ministerpräsident. Nicht: Ach, meine Schwester hat einen Bekannten mitgebracht.«

»Aber was bleibt einem dann noch in einem kleinen Käseland wie unserem? Wenn man es konsequent weiterdenkt, müsste ich als Premier alle Kontakte abbrechen. Jeder ist doch mit irgendwem verwandt, der mich wiederum von früher kennt, vielleicht von einer Geburtstagsfete seines Bruders. Oder? Dann müsste ich Eremit werden. Und dazu hab ich noch keine Lust, nein, vielen Dank. Dann lieber tot. Was meinen Sie?«

»Sagen Sie ruhig du«, sagte Masser.

»Weißt du was, Masser? Manchmal lache ich mich einfach kaputt über deine Kolumne, *I kid you not.* Ich bekomme ja regelmäßig mein Fett ab, aber so was muss man sportlich nehmen.«

Mia stellte Gläser auf den Tisch. »Na ja …«, sagte sie.

»Okay, manchmal muss ich schon schlucken. Aber dann sage ich mir: Das ist halt der Job von diesem Bastard. Es ist seine Rolle, dafür zu sorgen, dass du nicht faul und selbstzufrieden wirst. Dafür wird er glänzend bezahlt. Und zu deiner

Rolle gehört es, sage ich mir dann, diese linken Haken einzustecken.«

»Linke?«

»Gut, anarcholiberal, wie Mia eure Familie immer nennt. Anarcholiberale Aufwärtshaken, haha!«

Obwohl er ihn in seinen Kolumnen schon mindestens zwanzigmal als Opportunisten bezeichnet hatte, überraschte es Masser, mit welcher Gelassenheit und Freundlichkeit der Premier einem seiner schärfsten Kritiker begegnete. Vom ersten Augenblick an fand er ihn sympathisch. Vielleicht ist es ja gar kein Opportunismus, dachte er, sondern gut gemeint. Er teilt die Welt in zwei Teile. Vorn das öffentliche Theater und dahinter die wirkliche, menschliche Welt.

»Oder du nimmst mich einfach nicht ernst«, meinte Masser. »Du denkst: Lass den Idioten doch schreiben, was er will. Ich würde es dir nicht verübeln, ich denke selbst manchmal, dass ich nur ein Hofnarr bin.«

»Nein, nein«, erwiderte der Premier. »Im Gegenteil, im Gegenteil! Und der Hofnarr hatte ja eine sehr wichtige Funktion, nicht wahr. Er behütete den Herrscher vor Hochmut. Und dazu neige ich, frag Mia.«

»Komm«, sagte Mia, »dann stelle ich dich den beiden anderen vor.«

Jeroen und Jimi waren aus dem Haus gekommen. Mia zog den Premier am Arm zu Jimi. »Mein Sohn, von dem ich dir schon so viel erzählt habe.«

»Fantastisch«, rief der Premier. »Jimi, der große Uhrmacher! Meine Ticktack geht in letzter Zeit ein bisschen nach, vielleicht können Sie sich die nachher mal ansehen. Haha! *Goddammit*, Uhrmacher ist doch wenigstens ein richtiger Beruf. Ganz was anderes als Politiker, die pfuschen nur herum.« Er wandte sich Jeroen zu.

»Und das ist Jeroen Weenink«, sagte Mia. Masser schaute sie und dann den Premier an, auf dessen Stirn sich ein großes Fragezeichen zu bilden schien, ein besorgtes Fragezeichen. Von einem Moment auf den anderen verlor er seine selbstsichere Lässigkeit. Er hielt Jeroens Hand lange fest und blickte ihm in die Augen.

Das hat er nicht gewusst.

Natürlich, Mia würde ihren Chef doch nicht überraschen und in eine so unangenehme Situation bringen.

Er ist *völlig überrascht. Du bist nicht der Einzige, der heute Nachmittag hier vor vollendete Tatsachen gestellt wird.*

»Jeroen Weenink«, sagte der Premier. »Aha. Der Name kommt mir bekannt vor.« Masser glaubte in seinen Blicken einen Vorwurf zu lesen. Plötzlich stand der Ministerpräsident der Person gegenüber, die seine politische Karriere mit einem Schlag beenden konnte, eventuell unterstützt durch ihn, den Chefredakteur der *Nieuwe Tijd*.

»Jeroen hat den Anschlag in Pantschagan überlebt«, erklärte Mia in entspanntem Ton. »Bevor er Soldat wurde, hatte er die gleiche Fachschule wie Jimi besucht. Das tut er jetzt wieder.«

»Richtig«, sagte Jeroen. Der Premier hatte seine Hand immer noch nicht losgelassen, als wäre das irgendwie gefährlich. »Ich habe vor, Uhrmacher zu werden. Vielleicht zusammen mit Jimi, das wird sich zeigen.« Er blinzelte stärker als sonst und fuhr sich mit der Zunge über die Lippen. Jimi schaute seinen Freund an, als stünde es völlig außer Zweifel, dass Jimi Kalman Watches zwei Geschäftsführer bekommen würde.

Und Jeroen? Was denkt er? Steht hier plötzlich dem Mann gegenüber, den er vor einiger Zeit das Blaue vom Himmel hat herunterlügen hören.

Mach dir um ihn keine Sorgen. Er findet das unglaublich interessant. Für ihn ist das ganze Leben ein Uhrwerk, genau wie für Jimi. Er wird sich die Zahnrädchen und Federchen hier genau ansehen.

Sie hätte ihn ein bisschen vorbereiten müssen.

Deine Schwester liebt Überraschungscoups. Die Einzige, die alles wusste, ist sie.

Sie weiß aber auch nicht, was passieren wird.

Nein, sie hat alle Zutaten zusammengekippt und wartet ab, was dabei herauskommt. Sie experimentiert.

Aber warum?

Keine Ahnung.

»Jeroen Weenink«, wiederholte der Premier. Er hatte Jeroens Hand endlich losgelassen. »Sie waren nicht beim Gedenkgottesdienst.«

»Nein«, sagte Jeroen. Seine Hand suchte nach einem Glas, er zitterte. »Darauf konnte ich gut verzichten. Schon als ich vor dem Fernseher saß, hab ich immer wieder gedacht: Dein Sarg hätte da auch stehen müssen. In der Kirche wäre das noch schlimmer gewesen.«

»Verstehe ich«, sagte der Premier. »Verstehe ich voll und ganz. Nein, also so was, dass ich Ihnen nun hier begegne. Meine Güte, Mia hätte mich schon vorwarnen können.« Es klang nicht verärgert oder vorwurfsvoll, fiel Masser auf. Mia entkorkte eine Flasche Rosé und füllte die Gläser. Dann schaute sie von einem zum anderen. Alle setzten sich.

»Ich bin euch etwas schuldig«, begann sie, »vielleicht sollte ich meine Einladungstaktik kurz erläutern.« Sie schaute Masser an. »Ich hätte dir vielleicht sagen sollen, dass er auch hier sein wird« – sie deutete auf den Premier. »Aber ich habe befürchtet, dass du dann nicht kommen würdest. Und ich *wollte*, dass du herkommst.« Nun wandte sie sich an Jeroen.

»Ich hoffe, Sie nehmen es mir nicht übel. Ich weiß, was Sie denken, ich weiß auch, was Sie wissen. Aber es war mir wichtig, dass Sie kommen und dem Ministerpräsidenten begegnen.«

Sie weiß nicht, dass ich und Jimi auch von den schmutzigen Spielchen wissen.

Und ob sie das weiß. Du hast es ihr doch gesagt. Drogen, hast du gesagt. Du bist hier, weil sie es weiß.

»Es kann sein, dass ich für Masser und Jimi Geheimsprache spreche«, sagte Mia. »Nun, wie soll ich es ausdrücken, die Geschehnisse in Pantschagan, bei denen Jeroen seine vier Kameraden verloren hat, waren ein wenig anders als in den Medienberichten. Komplizierter, als die Regierung sie dargestellt hat. Jeroen weiß das.«

Jimis Freund nickte.

Warte. Wenn du wissen willst, warum sie euch hergeholt hat und ob sie ehrlich ist, musst du noch einen Moment warten.

Sie ist meine Schwester. Sie ist immer ehrlich. Manchmal macht sie dabei einen kleinen Umweg, aber der führt nie endgültig in Richtung Lüge.

Das wird sich zeigen.

»Mir ist klar, dass ihr euch jetzt Fragen stellt, die nach einer Antwort verlangen. Ich hoffe, in den nächsten Tagen wird sich alles klären. Tupp muss übermorgen in die Niederlande zurück.«

»Tupp?« Der Premier schaute Mia verwundert an.

»Erzähle ich dir später«, sagte sie. Masser grinste. »Vielleicht hat sich bis dahin einiges verändert«, fuhr Mia fort. Sie blickte wieder Masser an. »Mass, ich weiß, dass du mich manchmal für eine Spinnerin hältst, noch schlimmer als Mama. Lass mich noch eins sagen. Ich bin hier nicht als Spin-Doctor des Ministerpräsidenten. Ich bin hier als Mia Kalman.

Ich habe gespürt, dass ich etwas tun musste, etwas Ungewöhnliches. Dass ich euch zusammenbringen musste, um gewisse Dinge zu klären, sozusagen.« Masser sah, dass seine Schwester innerlich aufgewühlt war. Sie legte ihre Hand auf Jeroens Arm.

»Jeroen, ich weiß nicht, wie ich es ausdrücken soll … Ich habe dieses Treffen nicht arrangiert, um gewisse Dinge in eine bestimmte Richtung zu lenken. Ihr seid in erster Linie Menschen, nicht Politiker, Journalist oder traumatisierter Soldat. Nur Jimi hier ist vor allem Uhrmacher, das ist nun einmal so … ich hoffe …«

Okay, genug. Wenn du jetzt nichts sagst, bist du selbst nicht ehrlich.

»Mia«, unterbrach Masser seine Schwester, »ich weiß, was du sagen willst. Und ich glaube dir. Vielleicht würde es helfen, wenn alle wissen, dass Jimi und ich von Jeroen erfahren haben, was in Pantschagan passiert ist. An diesem Tisch sitzen nur Eingeweihte.« Er nahm sein Glas. Der Ministerpräsident starrte ihn mit großen Augen an. Mia schien nicht überrascht zu sein.

»Du willst also sagen …«

»Ich musste es jemandem erzählen«, sagte Jeroen.

»*Right!* Und da haben Sie gedacht: Am besten erzähle ich es gleich dem Kolumnisten der *Nieuwe Tijd*«, warf der Premier ein. Er lächelte Jeroen freundlich an. »Mein Gott, nein, was für eine Geschichte. So was habe ich noch nie erlebt, glaube ich, nicht mal im Jugendlager der Partei, und da passierten wirklich die seltsamsten Dinge. Das kommt davon, wenn man eine Hippietochter zum *close advisor* macht. Die packt manches doch etwas anders an. Hat jemand was zum Kiffen dabei? Haha! *No kidding.* Und da glaubt man, man könnte mal ein paar Tage in der Provence ausspannen.«

»Übermorgen kannst du mich entlassen«, sagte Mia.

Masser hob sein Glas. »Prost. Wir werden es uns hier schon schön machen.«

Mia warf ihm einen dankbaren Blick zu.

Kurz danach unterhielt sich der Ministerpräsident angeregt mit Jimi. Masser hörte, wie sein Neffe ihm *Assassin's Creed* erklärte. »Wow«, sagte der Premier nach einiger Zeit, »das scheint mir richtig klasse zu sein. Besonders für Politiker. Kannst du mir das beibringen? Ich kann nämlich nur WhatsApp-Nachrichten verschicken. Aber mit diesem Spiel könnte ich wunderbar das Gefühl der Machtlosigkeit bekämpfen, das mich manchmal überfällt. Einfach an einer Mauer hochklettern und jemandem ein Schwert zwischen die Schulterblätter stoßen. Ja genau! Das Einfache ist doch das einzig Wahre, oder, Masser?«

Masser nickte.

»Morgen bring ich's dir bei«, sagte Jimi. »Masser hat es auch schnell gelernt. Jeroen mag es nicht.«

»Wer hat Lust auf eine Partie Billard?« Masser stand auf.

»Ich hole die Pizzas«, sagte Mia.

Masser wurde von einem Platschen geweckt, verursacht von einem Sprung in den Swimmingpool. Er hatte das Fenster offen gelassen, um kühlen Nachtwind hereinzulassen, allerdings regte sich nur selten ein Lüftchen. Er schaute auf die Uhr und rechnete aus, dass er sieben Stunden geschlafen hatte. Traumlos, nicht einmal an verschwommene Bilder konnte er sich erinnern, es war ein komatöser Schlaf gewesen. Die Provence hatte ihn bereits in einen Zustand träger Sorglosigkeit versetzt, obwohl er nicht wusste, wie sich die Dinge weiterentwickeln würden. Es brachte ihn nicht aus der Ruhe. Er vertraute darauf, dass Mia wusste, was sie tat, und im Grunde war er sehr neugierig auf das Kommende. Die Mischung, die seine Schwester zusammengebraut hatte, war auf jeden Fall zu brisant, um nur ein bisschen vor sich hin zu blubbern. Während des Essens hatten sie nicht mehr darüber gesprochen, es war, als würde jeder für sich ruhig die Stellung auf dem Schachbrett analysieren und schweigend über den nächsten Zug nachdenken.

Es ist wie ein skandinavischer Film, in dem sich sämtliche Personen zusammen in einem Haus im Wald aufhalten. Plötzlich erfahren sie von einem Drama in der Vergangenheit und erkennen, dass alles anders ist, als sie immer gedacht haben, was ihre Beziehungen völlig in Frage stellt. Die Männer drehen durch, die Frauen weinen verzweifelt. Es ist dunkel, draußen schneit es, und die Geschichte kann ohne weiteres mit Mord und Totschlag enden.

Masser zog seine Badehose an und ging in den Garten hinunter, zum Swimmingpool. Er sah, dass der Premier unter Wasser schwamm. Er schlug mit der Hand an die Beckenwand und tauchte prustend auf. »Dreißig Meter«, rief er, als er Masser sah. »Früher bin ich im Fünfzig-Meter-Becken unter Wasser hin und zurück. Ich hatte das Gefühl, dass mein Kopf platzt, aber ich hab's jedes Mal geschafft. Fast wie ein Delfin. Scheiße, Politik ist sehr schlecht für die Kondition. Wie der Journalismus, *I presume.*«

Masser ließ sich ins Wasser fallen.

Bald darauf saßen sie nebeneinander auf dem Beckenrand. Im Haus regte sich noch nichts. Masser wollte gerade vorschlagen, ins Dorf zu fahren, Brot und Zeitungen zu kaufen und anschließend vielleicht vor dem Café du Siècle einen Espresso zu trinken, als ihm wieder einfiel, was Mia gesagt hatte. Aus Sicherheitsgründen musste der Premier beim Haus bleiben. Und auch für ihn selbst wäre es ungünstig, von einem niederländischen Touristen fotografiert oder gefilmt zu werden, während er mit dem Ministerpräsidenten der Niederlande plauderte. Innerhalb einer Minute würde sich die Nachricht über Facebook oder Twitter verbreiten.

Masser Brock goes viral.

Sorry, ich wusste nicht, dass es der Premier war, auch wenn er mir bekannt vorkam.

»Ich nehme an, wir fahren nicht nach Mazan, um Brot und Zeitungen zu kaufen«, sagte Masser.

»Nur, wenn du eine Perücke, einen Schnurrbart und eine verspiegelte Sonnenbrille für mich hast«, antwortete der Premier. Zum ersten Mal klang er ein wenig missmutig. »Wenn es etwas gibt, das ich an diesem Job hasse, ist es das. Ich kann nicht mehr ohne zwei von diesen argwöhnisch um sich blickenden Männern mit Knopf im Ohr auf die Straße. Ich versuche mir einzureden, dass die Gefahr eigentlich gering ist, aber es kann wohl nicht ausgeschlossen werden, dass irgendwo jemand plant, mich abzuknallen. Sagt man. Für gewisse Leute kann das verlockend sein, das ist mir schon klar. Es ist im Prinzip nicht so schwierig, und man wird mit einem Schlag berühmt. Trotzdem gefällt mir der Gedanke nicht. *Understand what I mean?*« Er starrte eine Weile schweigend vor sich hin.

»Warum habt ihr Informationen über die Vorgänge in Pantschagan zurückgehalten?« Der Gipfel des Mont Ventoux zeichnete sich ungewöhnlich klar ab. Es würde ein Tag werden, der keine Unklarheiten vertrug, so jedenfalls empfand es Masser. Der Premier schaute ihn nachdenklich an. Dass Masser mit der Tür ins Haus fiel, schien ihn nicht zu stören.

»Wir bekamen zuerst nur die Meldung, dass vier Soldaten ums Leben gekommen waren. Dass es, sagen wir, komplizierende Faktoren gab, wussten wir nicht, das haben wir erst später erfahren. Und dann stand sozusagen die eine Wahrheit der anderen im Weg. Das kommt öfter vor, frag mich bitte nicht. O verdammt, was für ein Scheißjob ist das manchmal. Man kennt die Tatsachen, aber wenn man sie wahrheitsgemäß darstellen würde, wäre man geliefert. Jedes Mal, wenn du einen Politiker der Lüge bezichtigst, denke ich: Er hat recht. Aber er weiß nicht, dass wir nicht anders können. Die Lüge ist ein viel besserer Freund als die Wahrheit. Schlimmer noch, oft ist die Wahrheit unser Feind. Es ist zum Kotzen, aber es ist so. Mindestens einmal im Monat sehe ich mich einer Wahrheit gegenüber, von der ich denke: Wenn Masser Brock und seine feinen Freunde das wissen würden, könnten ich und mein Kabinett einpacken.«

»Wenn du genug hast, darfst du mir jederzeit anonym einen Tipp geben«, sagte Masser.

»Ist die Wahrheit der beste Freund der Medien?« Der Premier blickte ihn forschend an. Massers Antwort schien ihn wirklich zu interessieren.

»Der Maulwurf vom BVD in unserer Redaktion, diese Wahrheit kam uns überhaupt nicht gelegen. Wenn wir die durch ein paar Halbwahrheiten hätten ersetzen können, wenn wir das, was wir wussten, perfekt hätten vertuschen können … ich weiß nicht, was wir getan hätten. Dass man keinen Stein auf dem anderen lassen will und ähnliche Parolen, das ist oft auch nur vollmundiges Gerede.«

Der Premier schnellte mit dem Fuß einen Ball aus dem Wasser, der zu ihnen hingetrieben war.

»Als junger Journalist, vor fast zwei Jahrzehnten, hab ich einmal eine Reportage über Urk geschrieben. Da ging es um Kokainhandel. Irgendwann bin ich der Wahrheit auf die Spur gekommen, aber ich habe sie verschwiegen. Ich hab einen langen Artikel geschrieben, in dem ich haarscharf an der Wahrheit vorbeigeschrammt bin. Alle meinten, es wäre ein schöner, sozialkritischer Bericht über eine kleine Gemeinschaft in der modernen Welt. Ich hab sogar noch einen Preis dafür bekommen. Es ist nicht so, dass Lügen drinstanden, aber die eigentliche Wahrheit war es nicht. Die eigentliche Wahrheit war, dass Drogenhandel im großen Stil geduldet wurde. Diese Wahrheit konnte ich aber nicht beweisen, und es ist die Frage, ob ich es überhaupt wollte. Vielleicht war ich froh, dass ich es nicht konnte. Die Wahrheit ist ein Messer im Rücken, im eigenen, oder, wie in diesem Fall, im Rücken eines anderen. Die Lüge kann auch etwas Tröstliches haben.«

»*You tell me.*«

»Die Wahrheit über die Infiltration bei uns hat den Tod eines Mannes zur Folge gehabt. Sie hat eine Familie ins Unglück gestürzt. Die Witwe hat mich angerufen, und jedes Mal, wenn ich an ihre Worte denke, bekomme ich eine Gänsehaut.«

»Schrecklich.«

»Was hat diese Wahrheit gebracht außer jeder Menge Unglück?«

»Die Wahrheit«, antwortete der Premier.

»Einen Teil von ihr«, korrigierte Masser. »Aber nehmen wir der Einfachheit halber an, es wäre die ganze Wahrheit gewesen. Es gibt Angenehmeres, als endlos in der Scheiße zu rühren.«

»Es ist aber doch eure Aufgabe, die Wahrheit ans Licht zu bringen, oder?«

»Und ist das immer gut, ethisch betrachtet? Steht die Wahrheit immer für das Gute und die Lüge für das Schlechte? Wir hätten diesem Redakteur auch einfach sagen können, was wir über ihn rausgefunden hatten, wir hätten ihm eine vorteilhafte Auflösung des Arbeitsverhältnisses in gegenseitigem Einvernehmen anbieten können und nicht mehr darüber berichten. Eine schöne, katholische Lösung. Manchmal denke ich, das Einzige, was uns die ganze Geschichte gebracht hat, waren bessere Zahlen beim Einzelverkauf. Und sehr viel Misstrauen auf Seiten der Leser.«

»Worauf willst du hinaus?«

»Ich habe den festen Glauben daran, dass die Wahrheit immer ans Licht gebracht werden muss, verloren.«

»Das ist ziemlich bemerkenswert für einen Kolumnisten.«

»Ja. Und erst recht für den designierten neuen Chefredakteur der *Nieuwe Tijd.*« Die Mitteilung schien den Premier nicht zu überraschen. Mia musste es ihm schon gesagt haben.

»Ich habe diese Nacht lange nachgedacht«, sagte der Premier. »Über die absurde Situation, in die wir hier geraten sind. Wie in einem sehr schlechten Drehbuch. Trash für einen C-Film. Aber so ist es nun mal.«

»Nimmst du es meiner Schwester übel?«

»Nein, überhaupt nicht. Deine Schwester gehört zu den intelligentesten Menschen, denen ich während meiner Laufbahn begegnet bin. Ich habe sie noch nie dabei ertappt, dass sie eine falsche Entscheidung getroffen hätte. Auch wenn ich am Anfang manchmal dachte, jetzt hätte sie doch einen Fehler gemacht, hat sich später herausgestellt, dass sie recht hatte. Gut, vielleicht hat sie sich *einmal* geirrt. Aber im Nebel kann man leicht die falsche Ausfahrt nehmen.«

»Du meinst die Entscheidung für ein Staatsbegräbnis, ohne zu sagen, dass man es mit einem Fall von Drogenschmuggel zu tun hatte.« Der Premier antwortete nicht. »Richtig?«

»Sie versucht gerade, die Sache ins Reine zu bringen. Auf ziemlich unkonventionelle Weise, aber sie versucht es. Mit Sicherheit hat sie sehr gründlich nachgedacht, bevor sie uns zusammengebracht hat. Wenn ich auch nicht weiß, was genau sie sich davon verspricht.«

Sie haben die ganze Nacht zusammen im Bett gelegen. Sie müssen doch darüber gesprochen haben!?

Mia kann sehr gut schweigen.

Masser fragte den Premier, was er nun vorhabe.

»Genau darüber hab ich lange nachgegrübelt. Neben deiner leise schnarchenden Schwester … die schläft wie ein Stein, *no matter what's happening*. Unglaublich.«

»Und?«

»Das wird dich überraschen. Aber bevor ich es dir sage, will ich erst mit Mia darüber sprechen. Und vor allem mit Jeroen. Wie er mich gestern Abend angesehen hat, das ging mir durch Mark und Bein. Er hat nichts gesagt, aber ich fand es schlimmer als alle Attacken der Opposition in der Zweiten Kammer. Das ist nur eine besondere Art von Theater, dies war die ganze Tragik des Lebens.«

Masser drehte sich zum Haus um und sah, dass Mia herausgekommen war. »Ich fahre ins Dorf«, rief sie. »Ich hole Croissants, Baguettes, Zeitungen und Käse.«

»Tupp«, sagte der Premier. »Seltsamer Name.«

Während des Frühstücks eine Stunde später sagte der Premier mindestens fünfzehn Minuten lang keinen Ton. Vor ihm lag eine Zeitung, aber Masser sah, dass er nur so tat, als würde er lesen, er starrte immer auf denselben Punkt. Vermutlich wusste er nicht, wie er anfangen sollte. Erst jetzt fiel Masser auf, dass Jeroen den Blick immer wieder auf den Premier richtete. Er schien zu wissen, was in dessen Kopf vorging.

Masser lobte das Ei, das seine Schwester gekocht hatte, Jimi fragte den Premier, ob er bereit für seine erste Lektion *Assassin's Creed* sei, Mia stellte eine Karaffe frisch gepressten

Saft auf den Tisch. Ein weißer Streifen teilte den blauen Himmel über ihren Köpfen. Schließlich wandte sich der Premier Jeroen zu, der am Kopf des Tisches saß.

»*Bloody hell*, Jeroen, es ist nicht leicht«, begann er. Sein Gesicht lief ein wenig rot an. »Aber ich muss es sagen, ich bin Ihnen etwas schuldig. Sie wissen vermutlich, was ich meine. Das verlogene Schauspiel um den Tod Ihrer vier Freunde muss unerträglich für Sie gewesen sein. Oder wenigstens unbegreiflich. Ich kann dafür nur um Entschuldigung bitten, aber das interessiert Sie vermutlich kaum. Ich könnte auch erklären, wie es dazu gekommen ist, und wenn Sie Wert darauf legen, werde ich das sehr gern tun.«

»Es waren nicht meine Freunde«, antwortete Jeroen. »Aber ansonsten haben Sie recht. Und ich glaube, ich weiß, warum ihr das so gelöst habt. Vielleicht hätte ich dasselbe getan.«

»Die Frage lautet: was nun?« Der Premier goss sich ein Glas Saft ein. »Masser wird bald Chefredakteur der *Nieuwe Tijd* sein. Das heißt, wenn er will, steht morgen alles, worüber wir hier sprechen, in der Zeitung. In diesem Fall würde ich mich gezwungen sehen, meinen Rücktritt zu erklären. Keine erfreuliche Aussicht, aber na ja, *that's life*. Eigentlich ist es erstaunlich, dass die Zeitung nicht schon längst über den Fall berichtet hat und dass ich noch als niederländischer Ministerpräsident hier sitze.«

»Du weißt, was passiert wäre«, sagte Masser, der aus der letzten Äußerung des Premiers leichten Spott herauszuhören glaubte. »Sämtliche Beteiligten einschließlich dir selbst hätten alles abgestritten. Und der einzige überlebende Zeuge wäre als Spinner abgetan und vielleicht sogar wegen Verrats von Staatsgeheimnissen verfolgt worden. Oder von Dienstgeheimnissen oder womit ihr ihn sonst hättet festnageln können.«

Mia schaute ihn besorgt an. Sie wusste, dass ihr Bruder sich normalerweise gut beherrschen konnte, dass ein bewusstes Verdrehen der Tatsachen ihn aber schnell auf die Palme brachte.

»Wenn es sein muss, ist der Staat sehr gut darin, Menschen fertigzumachen«, fügte Masser der Deutlichkeit halber hinzu. Er blickte den Premier durchdringend an.

»Richtig«, erwiderte der Ministerpräsident ruhig. »Ich fürchte, dass es tatsächlich so ist und dass es in diesem Fall dazu gekommen wäre.« Sein Blick schien Jeroen um Verständnis dafür zu bitten, dass der Staat sein Leben ruiniert hätte, wenn er selbst oder jemand anders auf die Idee gekommen wäre, die Wahrheit über den Tod der vier »Helden« publik zu machen.

»Ich bin nicht hergekommen, um hier den Pakt von Mazan zu schließen«, fuhr der Premier fort. »Ich habe keinen Vertrag bei mir, mit dem sich jeder der Anwesenden verpflichtet, über die Angelegenheit zu schweigen bis ins Grab. Im Gegenteil: Ich bin bereit, die Wahrheit öffentlich zu machen. Masser braucht mir nur die Nummer seiner geschätzten Freundin Bonna zu geben, und ich rufe sie hier und jetzt an und lege alles offen. Sie recherchiert ja längst eifrig, und ich freue mich auf ihre Reaktion, wenn ich ihr alles bestätige, was sie schon weiß – ich nehme jedenfalls einfach mal an, dass sie Bescheid weiß. Masser?«

»Stimmt, sie weiß Bescheid.« Jimi schaute ihn überrascht an. »Und warum solltest du jetzt auf einmal die Wahrheit öffentlich machen wollen? Deine Regierung stürzt, deine politische Laufbahn ist beendet, und du bist für den Rest deines Lebens der Ministerpräsident, der den König mit einem Staatsakt für Drogenkuriere zum Gespött gemacht hat. Willst du das?«

»Natürlich will ich das nicht. Aber ich bin bereit dazu. Und ich bin auch bereit, Jeroen ganz herauszuhalten, damit er sich eine Existenz im Uhrenbusiness aufbauen kann.«

Tupp legt es in deine Hand.

Ich bin der Schätzmeister der Wahrheit, ich muss erfahren, wie hoch der Preis ist, und überlegen, ob ich bereit bin, ihn zu bezahlen.

Er spekuliert darauf, dass du nein sagen wirst. Und dass Jeroen einverstanden ist, wenn ihr schweigt.

Vielleicht hat sich vergangene Nacht sein Gewissen geregt. So etwas kommt vor.

Er weiß, dass er deine Schwester mit in die Tiefe reißt, wenn er stürzt. Mia kennt deine Loyalität, sie weiß, dass sie dir mehr bedeutet als die Wahrheit. Dass du nicht über Leichen gehst. Es ist ein sehr klug durchdachter Plan, allen den Mund zu stopfen.

Vielleicht ist er aufrichtig.

Vielleicht bist du naiv.

»Mia«, fragte Masser, »was meinst du?«

Seine Schwester blickte ihn an. Jetzt kam es. Masser wusste, dass sie nicht lügen würde. Und dass er, in dem höchst unwahrscheinlichen Fall, dass sie es doch versuchen sollte, sie sofort durchschauen würde. »Ich bin dafür, mit der Wahrheit an die Öffentlichkeit zu gehen«, sagte sie. Masser wusste nicht, wie er ihre Worte interpretieren sollte.

Welche Wahrheit?

Ihre.

Die meiner Schwester.

Die des Chief of Staff.

Nun blickten alle Jeroen an, es erschien folgerichtig, dass er das entscheidende Wort sprechen würde. Er rutschte mit seinem Stuhl nach vorn, so dass er näher am Tisch saß und mit den Händen um die Längskanten der Tischplatte greifen konnte, was ihn beinahe wie einen erfahrenen Redner aussehen ließ. Einen Moment senkte er den Kopf, als würde er all seinen Mut zusammennehmen müssen, er rieb über seine Narbe.

»Ihr seid verrückt«, sagte er dann. Ein unversöhnlicher Doppelgänger schien den Platz des gutmütigen Jeroen eingenommen zu haben. Seine Stimme verriet Zorn, aber auch Härte, die vermutlich auf seine Erlebnisse in der Wüste zurückging. »Ihr denkt nur an euch selbst, an euer Gewissen, an eure Karriere. Ihr glaubt, ihr hättet die Wahrheit gepachtet und könntet damit machen, was ihr wollt.«

Er schwieg einen Moment, dachte nach, trank einen Schluck Kaffee. »Ich finde es ganz in Ordnung, was der Ministerpräsident gesagt hat. Vielleicht meint er es ehrlich. Aber die Jungs sind tot. Tot, versteht ihr. Und ihre Angehörigen glauben, dass sie als Helden gestorben sind. Nicht als Kriminelle. Und das wollt ihr ihnen nehmen. Dabei habt ihr keine Ahnung. Nicht das kleinste bisschen Ahnung. Ich hab diese vier auch in anderen Situationen erlebt. Sie haben da nicht nur lukrative Deals gemacht. Sie haben auch gekämpft. Für ihr Land und den ganzen Bullshit. Mit dem Heroin waren sie nicht die Einzigen. Davon haben auch Leute profitiert, die nie in diesen verschissenen Stahlsärgen über Wege mit Sprengfallen gefahren sind. Eure sogenannte Wahrheit ist lächerlich. In Wirklichkeit geht es euch nur um eins: Die Leute sollen glauben, dass jetzt wieder alles in schönster Ordnung ist in dem Drecksland da. Dass aufgeräumt worden ist und die Schuldigen bestraft wurden. Wer das glaubt, ist ein Idiot.«

Er schlug auf den Tisch und schaute einen nach dem anderen an. Masser las Wut und Hass in seinen blinzelnden Augen; erst bei Jimi wurde sein Blick sanfter. »Ich will, dass ihr die Familien der Toten in Ruhe lasst. Ich will, dass ihr mich in Ruhe lasst. Ich hab zusammen mit Jimi was Besseres vor, als in irgendwelchen Labersendungen zu erzählen, was ich erlebt habe. Und selbst verdächtigt zu werden. Denn dass ich überlebt habe, heißt ja nicht, dass ich unschuldig bin.« Er stand auf und ging zur Küchentür. Während er sie öffnete, drehte er sich noch einmal um. »Ich kann nur lachen über eure Wahrheit.« Es klang, als würde er gleich im Haus wirklich sehr laut zu lachen anfangen. So laut, dass nichts heil bleiben würde.

Am Frühstückstisch blieb es still. Jimi stand auf und folgte Jeroen ins Haus. Der Premier massierte seine Wangen. Mia hatte Tränen in den Augen.

Masser wusste, was er zu tun hatte. Zuerst würde er Bonna anrufen und sie beschwören, den Fall der Toten von Pantschagan nicht weiterzuverfolgen. Anschließend musste er ein Treffen mit Joris Schuurman Hess verabreden, um ihm mitzuteilen, dass er nicht Chefredakteur der *Nieuwe Tijd* werden konnte.

Er gab Jeroen in jeder Hinsicht recht, deswegen war er für den Posten im Grunde völlig ungeeignet.

XIX

Der Knüller

Chefredakteur Masser Brock starrte auf die Schlagzeile der *Nieuwe Tijd* wie auf ein totes Tier neben seinem Kaffee. Seine Hände zitterten, während er den Becher hob. Er schloss die Augen, als bliebe die Hoffnung, dass etwas anderes auf dem Papier stehen könnte, wenn er sie wieder öffnete. Mit dem Zeigefinger strich er an den Buchstaben entlang, er zählte sie, in dem irrsinnigen Versuch, die Wörter dadurch auseinanderzureißen und bedeutungslos zu machen. Er betrachtete das Foto eines durch eine Explosion zerstörten Panzerwagens. Menschen waren nicht zu sehen, das Foto musste aufgenommen worden sein, nachdem man die fünf Opfer aus dem Wrack geborgen hatte. Sein Blick glitt zur Überschrift zurück.

HELDEN WAREN DROGENSCHMUGGLER.

Masser hatte sein Telefon ausgeschaltet. Er hatte inzwischen drei Einladungen zu Talkshows erhalten und musste mit weiteren rechnen. Ständig hatten Journalisten von anderen Medien nach den Hintergründen des Exklusivberichts und der Meinung des Chefredakteurs gefragt. Es war lange her, dass *De Nieuwe Tijd* mit einem solchen Knüller aufgewartet hatte, die Unterwanderungsgeschichte wurde plötzlich zu einer Lappalie. Radiosender änderten ihre Programme, und die auf elf Uhr angesetzte Pressekonferenz des Ministerpräsidenten sollte live im Fernsehen übertragen werden. Es wurde erwartet, dass die Regierung ihren Rücktritt einreichen würde.

In den sozialen Netzwerken wurde *De Nieuwe Tijd* nach all dem Hohn endlich wieder einmal gelobt. Ein Twitter-User mit zweihunderttausend Followern schrieb: »Der neue Chefredakteur zieht *DNT* mit dem Knüller des Jahrhunderts weg vom Abgrund.«

Der Name des neuen Chefredakteurs stand unter dem von Bonna Glenewinkel über dem spektakulären Aufmacher. Und über einem zweiseitigen Artikel, in dem die Ereignisse in Pantschagan bis ins Detail geschildert wurden.

Masser nahm sein Telefon, schaltete es wieder ein und rief Bonna an.

»Wo bist du?«

»Den Haag. In einer knappen halben Stunde hält dein Freund hier eine Pressekonferenz ab.«

»Ich weiß schon, was er sagen wird.«

»Ich auch, aber ich will doch dabei sein. Es riecht hier nach wilden Tieren. Ich wittere Misstrauen unter den Kollegen. Ein paar alte Zyniker sind noch nicht überzeugt. Die werden unangenehme Fragen stellen. Schon gehört?«

»Was?«

»Washington hat reagiert.«

»Der Präsident?«

»*The man himself.*«

»Mein Gott, unglaublich. Was hat er gesagt?«

»Dass sie Nachforschungen anstellen, um rauszufinden, ob auch Amerikaner beteiligt sind. Die Sache ist groß, Masser.«

»Bonna Woodward und Masser Bernstein.« Er klang zynisch und müde.

»Du hast selbst geschrieben, dass die Amerikaner dort das Oberkommando haben, deshalb ist das kaum verwunderlich. Aber es ist natürlich schon verdammt lang her, dass der amerikanische Präsident auf Meldungen in einer niederländischen Zeitung reagiert hat. Ich glaube, es ist das erste Mal seit der Flutkatastrophe von 1953. Wie fühlst du dich?«

»Nicht so doll. Ich bin nicht euphorisch, falls du das meinst.«

»Noch mit deiner Schwester gesprochen?«

»Nein.«

»Mit Weenink?«

»Auch nicht.«

»Warum rufst du eigentlich an?«

»Ich wollte fragen, ob du Zeit für ein Mittagessen hast.«

»Um zu feiern?«

»Um zu feiern oder um zu trauern, das weiß ich noch nicht so genau. Auf jeden Fall, um uns abzustimmen.«

»Du musst dich erst noch an deinen neuen Status gewöhnen. Der Gott des niederländischen Journalismus.«

»Ein höchst unvollkommener Gott. Wo soll ich mich heute Abend zeigen? Ich kann zwischen *7-Live*, *Nieuwskijk* oder der Talkshow von Cees Krook wählen.«

»Gut, fein, Mittagessen. Du kannst jetzt sowieso alles absetzen. Dann besprechen wir, wo du heute Abend auftrittst, womit du rechnen musst und was du am besten antwortest.«

Zehn Tage nach ihrer Rückkehr aus Mazan war Mia zu ihm gekommen.

»Ganz große Scheiße«, sagte sie beim Eintreten. »Ist Jimi zu Hause? Jeroen?« Sie hängte ihre kurze schwarze Jacke an die Garderobe und schaute ihn an. Immer schien seine Schwester alles unter Kontrolle zu haben, doch nun sah er Panik in ihrem Blick. Irgendetwas musste furchtbar schiefgegangen sein.

»Jimi ist oben, Jeroen bei seinen Eltern. Was ist passiert?« Er gab Mia einen Kuss und schob sie sanft ins Wohnzimmer. »Setz dich. Einen Weißen?«

»Einen Weißen.« Mia ließ sich aufs Sofa fallen und blickte ihren Bruder hilflos an. »So eine verfluchte Scheiße«, sagte sie.

Masser ging zum Kühlschrank, um den Wein zu holen. »Erzähl's mir«, sagte er.

Mia strich sich mit beiden Händen übers Gesicht. »Also. Seit heute Morgen ist die Hölle los wegen Pantschagan. Irgendjemand, ich weiß nicht, wer, aber ich vermute, ein Mann mit Vollbart auf der Lohnliste der CIA, hat die Amerikaner informiert. Was an sich nichts Besonderes ist, denn dafür wird er ja bezahlt. Aber das ist pure Spekulation.«

»Was hat er gesagt?«

»Genau weiß ich das natürlich nicht. Die Amerikaner kontrollieren unsere Nachrichtendienste, aber umgekehrt wissen wir nichts von ihren. Nur so viel steht fest: Er hat gesagt, dass in diesem Panzerwagen Drogen transportiert worden sind und dass es keine einmalige Sache war. Und dass die Taliban Verbindungen zu unseren Soldaten haben. Nicht nur zu niederen Rängen, dem Fußvolk sozusagen, sondern auch zu Leuten weiter oben in der Hierarchie. Und dass es dabei um viel Geld geht.«

»Guter Spion.«

»Sehr guter Spion. Obwohl man das nie ganz genau weiß. Ein Agent kann durchaus ein Doppelagent sein, oder ein Dreifachagent. Vermutlich spielen da auch Rivalitäten zwischen Milizen und Konflikte zwischen verschiedenen Warlords eine Rolle.«

»Und weiter?«

»Die Amerikaner haben sofort mit unseren Leuten in Pantschagan Kontakt aufgenommen. Und die haben sie an Den

Haag weiterverwiesen, denn plötzlich ist das ein glühend heißes Eisen, das man ganz schnell loswerden muss, bevor man sich die Finger verbrennt. Und deshalb lag es heute Morgen schon vor Tupp auf dem Tisch, neben einem Teller mit einem Croissant und Rührei, seinem Lieblingsfrühstück.«

»Mia, zur Sache.«

»Bis dahin ließ sich alles noch managen. Wir erklären den Amerikanern, dass es sich um Einzelfälle handelt, dass wir die Situation inzwischen im Griff haben, dass die Verantwortlichen zurückgeholt worden sind und ohne Aufsehen bestraft werden, blablabla. Sie haben selbst kaum ein Interesse daran, dass die Sache an die große Glocke gehängt wird. Das würde auch ihre eigene Mission gefährden. Die meisten Amerikaner wissen nicht mal, wo Pantschagan liegt, aber sie wissen sehr wohl, dass Milliarden an Steuergeldern dahin gehen und dass dafür jede Woche ein paar Särge mit Amerikanern zurückkommen.«

»Aber ...«

»Aber jetzt hat die *Washington Post* Lunte gerochen. Die hat nämlich noch Korrespondenten in Pantschagan. Und die erfahren so manches, die haben ihre Informanten. Und diese Informanten wiederum haben Interessen. Ich weiß nicht, welche, denn alles an diesen Ländern bleibt mir ein Rätsel. Bösartige, bärtige Fanatiker mit mittelalterlichen Vorstellungen, die ihre Frauen zwingen, Burkas zu tragen, Heuchler, Abschaum in jeder Hinsicht. Okay, darum geht's jetzt nicht.«

»Was weiß man denn bei der *Post*?«

»Das ist nicht ganz klar. Aber auf jeden Fall, dass die Sache mehr als ein feiger Anschlag auf fünf von unseren jungen Helden war, dass Drogen im Spiel waren. Du bist Journalist, du weißt, dass Journalisten kein Wort zu viel verlieren, solange sie noch Spuren verfolgen.«

»Solange sie noch recherchieren.«

»So kann man es auch ausdrücken. Jedenfalls brauchen sie für dies und jenes erst noch Bestätigungen, so viel ist klar.«

»Die werden sie bekommen.«

»Sicher. Und ab da wird's richtig unangenehm. Denn dann steht in einer amerikanischen Zeitung, dass die niederländischen Streitkräfte bei ihrer Friedensmission auch mit Drogen handeln. Dass wir den Schlafmohnanbau und die Heroinherstellung dort begünstigen, dass die Aufständischen von dem Geld, dass sie auch dank uns verdienen, Waffen kaufen, mit denen Amerikaner umgebracht werden. Weißt du, welche Folgen das hätte?«

»Die Amerikaner sehen bestätigt, was sie ohnehin seit langem denken. Dass wir ein *fucking narco-state* sind.«

»Das auch. Entscheidend ist, dass wir nicht genau wissen, welche Folgen es haben wird. Außer natürlich jede Menge negativer Schlagzeilen. Es entzieht sich vollkommen unserer Kontrolle. Sie werden das Ganze aufblasen und dramatisieren.«

»Stimmt. Das tun wir auch, das ist unser Beruf. Tut mir leid, aber so ist es nun mal. Und vielleicht brauchen sie hier gar nichts aufzublasen, weil es an sich groß genug ist. Was willst du unternehmen?«

»Ich will, dass wir die Initiative ergreifen.«

»Was meinst du damit?«

»Dass wir über eine niederländische Zeitung öffentlich machen, was ohnehin herauskommen wird.«

»Welche Zeitung?«

»Eine Zeitung, die nicht will, dass ihr nach einem sensationellen Exklusivbericht in der *Washington Post* oder meinetwegen der *New York Times* oder bei *Vice News*, jedenfalls nach einem Superknüller eines ausländischen Mediums, vorgeworfen wird, sie hätte geschlafen. Dass behauptet wird, richtigen Journalismus gäbe es nur in Amerika, und die holländischen Zeitungen wären schlaffe Schoßhündchen, die nie etwas wirklich Wichtiges aufdecken, sondern sich mehr für den nationalen Oliebollentest interessieren.«

»So ist es ja gar nicht, also wirklich…«

»Ich sage nur, was an Kritik zu erwarten ist.«

»Also, was willst du?«

»Ich biete dem Chefredakteur der *Nieuwe Tijd* eine traumhafte Exklusivgeschichte. Die Fakten werden so oder so ans Licht kommen, Masser, ob das Jeroen Weenink und den Eltern der vier toten Soldaten nun gefällt oder nicht. Und ob du es willst oder nicht. Du kannst dich natürlich fragen, ob Berichterstattung manchmal eine Art Manipulationszirkus ist. Meine Antwort lautet: Ja, so ist es. *Take it or leave it.*«

Masser hörte seiner Schwester mit wachsender Verwunderung zu. Diesen Ton kannte er von ihr nicht. Sie wollte ihm schlicht und einfach keine Wahl lassen, sie zwang ihn mit aggressiven Zügen in die Defensive. Hier sprach nicht seine kleine Schwester, sondern die Beraterin des niederländischen Ministerpräsidenten, die einen Plan zur Rettung ihres Chefs hatte und dabei war, eine Liste mit notwendigen Maßnahmen abzuarbeiten. Und er selbst stand darauf ganz oben.

»Ihr tretet die Flucht nach vorn an.«

»Wenn du es so ausdrücken willst.«

»Bekommen wir alle Fakten?«

»Jedenfalls mehr, als ihr jetzt kennt. Details, Beweise, Hintergründe. Ob das dann alles ist? Ich weiß nicht einmal, ob *wir* alle Fakten kennen. Wie immer gibt es mehrere Personen, denen jeweils ein Teil der Wahrheit bekannt ist. Du bekommst von mir Telefonnummern und Namen. Und eine

Stunde mit Tupp. Aber es muss schnell gehen. Morgen, spätestens übermorgen müsst ihr den Bericht bringen.«

Masser starrte seine Schwester an.

»Und wenn ich ablehne?«

»Dann gehen wir zur Konkurrenz.«

»Ihr benutzt uns für eure Schadensbegrenzung. Meine eigene Schwester benutzt mich. Ich kann's kaum glauben.«

»Natürlich, Masser. Benutzen und benutzt werden, darauf läuft es im Leben hinaus. Interessenausgleich. *De Nieuwe Tijd* könnte ein bisschen positive Resonanz gebrauchen. Ihr bekommt euren Exklusivbericht, wir …«

»Ihr was?«

»Wir noch ein paar Jahre an der Macht. Du weißt, was passiert, wenn diese Regierung stürzt. In einem halben Jahr regieren dann hier kriminelle Asis mit, die durch anderer Leute Briefschlitze pinkeln. Na toll. Endlich hast du einen triftigen Grund, für immer nach Mazan zu ziehen. Besuch mich, so oft du willst. Aber ich würde das gern noch ein bisschen aufschieben.«

Die Tür wurde geöffnet, Jimi kam ins Zimmer. Er gab seiner Mutter einen Kuss und hielt dann sein iPhone hoch. »WhatsApp von Jeroen. Ein Amerikaner hat ihn angerufen und gefragt, ob er mit ihm sprechen kann. Ein Amerikaner.«

Sie führen ein Duett auf, die beiden. Zuerst droht einem die eine, dann kommt der andere dazu, um das letzte bisschen Widerstand zu brechen.

Er wollte dir nur etwas mitteilen. Jimi wusste nicht, dass seine Mutter hier ist.

Ich muss das für später im Gedächtnis behalten, wenn ich meine Memoiren schreibe. Der wichtigste Exklusivbericht der Nieuwe Tijd *kam nicht durch gründliche Recherche unter meiner Leitung zustande, sondern dadurch, dass ich an einem ganz normalen Tag Besuch von meiner Schwester bekam, die mir eine Enthüllungsgeschichte aufgenötigt hat. Eine, die ich selbst auf keinen Fall bringen wollte.*

Komplizierte Geschichte. Unglaubwürdig.

Die unglaubwürdigsten Geschichten kommen der Realität oft am nächsten.

»Also gut«, sagte Masser. »Ich rufe Bonna an. Wenn ich mich nicht irre, nennt man so etwas im Schach einen erzwungenen Zug. Jimi, könntest du Jeroen bitten herzukommen? Und sag ihm, er darf sich noch nicht mit diesem Amerikaner verabreden.«

Mia stand auf. Sie ging auf Masser zu, plötzlich hatte sie etwas Flehendes im Blick. »Tut mir leid, Mass«, sagte sie. »Es geht im Moment nicht anders.«

Masser zog sie an sich und küsste sie aufs Haar. »Wenn wir alt sind, lachen wir darüber, unter den Platanen.«

Am nächsten Morgen saßen Bonna und Masser im Türmchen. Der Ministerpräsident stand vor dem Fenster mit Aussicht auf den Schlossweiher. Es war früh, noch nicht einmal acht Uhr, sie warteten auf den Kaffee. Bonna trug eine Jacob-Cohen-Jeans und ein Jackett, sie sah streng, unnahbar, ja ein wenig angsteinflößend aus. Das lag auch an ihrem Blick. Er war auf den Rücken des Premiers gerichtet, und Masser war davon überzeugt, dass er ihn brennen spürte. Mia war nicht da, was Masser ein wenig wunderte. Wahrscheinlich bereitete sie schon die nächsten Schritte in ihrem Masterplan vor.

Der Premier stellte Bonna einen Kaffee hin. Masser wollte keinen, Koffein würde seinen ohnehin angespannten Nerven nicht guttun.

»*Good morning, campers*«, sagte der Premier. »Zum Kotzen das Ganze! Ich glaube, in diesem Moment wäre ich am liebsten eine von den Enten im Schlossweiher, könnt ihr euch das vorstellen? Schwimmen da friedlich ihre Runden. Mazan, erinnerst du dich, Masser? Kurze Hose, Zeitung, Croissant, kein Wölkchen am Himmel. Jetzt sitzen wir hier, *and all hell breaks loose*. Masser, Mia hat dir alles erklärt, und du hast vermutlich meine uralte Freundin Frau Glenewinkel eingeweiht. *Am I right?*«

»Richtig«, sagte Bonna. »Aber ich würde gern alles noch einmal erklärt bekommen. Masser bevorzugt kurze Sätze, Riesensprünge und isolierte Fakten. Typischer Kolumnist.«

»Okay, also ...«

Eine Viertelstunde später blickte der Premier die beiden Journalisten fragend an, als erwarte er nun von ihnen eine Lösung, damit er nicht in ein paar Tagen sein Amt verlor und als der Ministerpräsident in die Geschichte einging, der die Heroinmission in Pantschagan veranlasst und Volk und König mit einem Staatsbegräbnis für Drogenkriminelle verarscht hatte. Masser hatte nichts Neues gehört, abgesehen von einem Detail, das ihn beruhigte: Die Nachforschungen des militärischen Nachrichtendienstes hatten ergeben, dass Jeroen Weenink dem Drogenschmugglerring auf dem niederländischen Stützpunkt nicht angehört hatte. Dort hatte es inzwischen einige Festnahmen gegeben, jetzt wurde noch untersucht, welche Rolle drei in Verdacht geratene hohe Offiziere gespielt hatten, aber Weenink war nicht beteiligt gewesen.

Bonna war aufgestanden, das gehörte zu ihrem »Sprechdenken«, wie sie es nannte. Masser gegenüber hatte sie es einmal als »Verhörmethode« bezeichnet: langsames Auf-und-ab-Gehen, Pausen, plötzlicher Themenwechsel. Aus dem Smartphone des Ministerpräsidenten kamen die ersten Töne von Beethovens Fünfter.

»Mia«, sagte der Premier, »einen Moment Geduld.« Masser versuchte zu verstehen, was seine Schwester sagte, doch das war unmöglich. »Okay«, antwortete der Premier. »Das ist eine gute Nachricht. Jedenfalls steht er auf unserer Seite, sehr schön. Nicht, dass ihm sehr viel anderes übrig bliebe, aber wichtig ist es schon. Mit seiner Mutter wäre alles viel komplizierter gewesen, der ging es immer ums Prinzip. Gut, kommst du jetzt her? Fein, dann siehst du noch kurz deinen Bruder. *Let's cling together*, sag ich immer. Dann unterziehe ich mich nun dem Verhör durch Frau Glenewinkel, *pray for me.*«

Er lässt bewusst durchschimmern, dass Mia mit dem König gesprochen hat. Und dass der König mitspielt, was auch immer geplant ist.

Das ist nicht schwer zu erraten. Es geht darum, die Bombe kontrolliert hochgehen zu lassen, um Kollateralschäden weitgehend zu vermeiden.

Jedes Wort ist Massage für den Geist. Jede Wahrheit ist eine bedingte Wahrheit. Jede Tatsache wird mit Bedacht so platziert, dass ein glaubwürdiges Ganzes entsteht, das aber als solches nicht wahr zu sein braucht. Es wird etwas konstruiert, mit dem jeder leben kann.

So ist das schon seit Jahrhunderten, Masser. Nur dass man heute gern so tut, als dürfte es nicht so sein.

Das nennt man demokratische Kontrolle, durch die Volksvertreter und durch die Presse.

Das nennt man eine schöne Illusion. Man wirft der Meute ein paar Brocken hin, um sie ruhig zu halten. Und du wirst brav dabei mitmachen.

Bonna zog eine Zigarette aus ihrer Schachtel. »Darf man hier rauchen?«

Der Premier ging zu einem der Fenster und öffnete es. »Jetzt ja. Geben Sie mir bitte auch eine. Noch ist es *mein*

Türmchen, und wenn ich hier rauchen will, tue ich das. *Go on.*« Er zündete sich die Zigarette an und blies den Rauch in kurzen Stößen aus dem Fenster.

»Seit wann haben Sie gewusst, dass sich in Pantschagan etwas anderes abgespielt hatte, als Sie zunächst dachten? Ich meine: Wann haben Sie gewusst, dass die Helden keine Helden waren?«

»Das habe ich am Tag nach dem Staatsbegräbnis erfahren.«

Masser blickte ihn ausdruckslos an. Er war sich fast vollkommen sicher, dass es nicht stimmte. Er wusste aber auch, dass dies der erste Stützpfeiler der von seiner Schwester geschaffenen neuen Wahrheit war. Vermutlich hoffte der Premier, dass sie stillschweigend übereingekommen waren, diesen Stützpfeiler stehen zu lassen.

»Stimmt das tatsächlich? Oder würde es euch nur gut in den Kram passen, wenn es stimmen würde, obwohl es eigentlich mit der Wahrheit nichts zu tun hat? Das ist nämlich, was ich vermute.«

Der Premier schaute sie mit zusammengekniffenen Augen an, als könnte er sonst nicht erkennen, wer ihm diese absurde Frage stellte. »Natürlich stimmt das«, antwortete er. Um seine Lippen spielte ein Lächeln, in dem Masser etwas Herausforderndes zu sehen glaubte. »*Und* es passt mir sehr gut in den Kram, dass es stimmt, das kann man wohl sagen. Zitieren Sie das aber bloß nicht. Wir führen hier ein vertrauliches Hintergrundgespräch, das hat Mia euch hoffentlich gesagt. Aber überprüft es ruhig.«

»Bei wem sollen wir denn nachfragen?«

»Bei Mia. Oder beim Nachrichtendienst. Die werden es bestätigen.«

»Pah«, sagte Bonna. »Das sind ja sehr unabhängige Quellen.« Sie suchte nach einem Aschenbecher, und da sie keinen fand, drückte sie ihre Kippe in der nächsten Kaffeetasse aus, der des Premiers.

»Wie viele Leute waren beteiligt?«

»Was meinen Sie genau?«

»Wie viele niederländische Soldaten und Offiziere an dem Drogenhandel beteiligt waren.« Sie klang verärgert.

»Soweit wir wissen, eine sehr kleine Gruppe. Ein paar Soldaten, die mal schnell ihren Sold aufstocken wollten. Die bei dem Anschlag getötet wurden. Vielleicht ein oder zwei Freunde hier, aber das wird noch untersucht.«

»Masser?« Bonna blickte ihn hilfesuchend an. Masser überlegte, ob er eine Pause bis zum Eintreffen von Mia vorschlagen sollte; lange konnte sie nicht mehr brauchen, selbst wenn sie vom Palast aus zu Fuß ging. Doch der Premier war offensichtlich ungeduldig, er wartete auf seinen Beitrag.

Jetzt musst du die volle Wahrheit sagen, Masser. Du bist der Chefredakteur der Zeitung, die korrumpiert werden soll.

Ich weiß nicht, wie Tupp dann reagieren wird.

Er wird widersprechen. Aber du darfst es nicht in der Schwebe lassen. Allen muss klar sein, was gespielt wird. Vielleicht, weil es nicht anders geht. Aber du musst ihm klarmachen, wie unterschiedlich die Positionen sind, damit er nicht denkt, er könnte alles mit dir machen. Du bist abhängig von ihm, aber er auch von dir.

»Bonna hat recht«, sagte Masser. »Es stimmt nicht. Reden wir doch nicht drumherum. Selbstverständlich würde niemand je bestätigen, dass du schon vor dem Staatsakt genau gewusst hast, was sich in Pantschagan abgespielt hat, das ist mir klar. Und auch nicht, dass ein ganzes Netz dahintersteckt, zu dem auch höhere Offiziere gehören, dort und hier. Du tust, als wären wir blöd. Ich weiß, die Version, die du Bonna aufgetischt hast, ist deine Verteidigungslinie. Du verkaufst uns diese Version, und wir lassen sie uns verkaufen, weil uns nichts anderes übrig bleibt. Dafür bekommen wir eine tolle Exklusivstory, auch wenn sie nicht ganz der Wahrheit entspricht. Aber gib das doch wenigstens zu.«

Bonna starrte den Premier an, als wollte sie sich auf ihn stürzen. »Genau das meine ich«, sagte sie. »Ich bin froh, dass mein Chefredakteur es so deutlich ausgesprochen hat. Ich schreibe nicht für die Schulzeitung von irgendeinem Kuhdorf, verdammt noch mal.«

»Pause«, sagte der Premier. »Ende der ersten Runde. Ich dachte, ich würde euch auf diese Weise absichern. Im Notfall hättet ihr euch dann damit verteidigen können, dass der Exministerpräsident euch nach Strich und Faden belogen hat. Aber das interessiert euch offensichtlich nicht. Okay, das wäre geklärt. Wir warten kurz auf Mia. Noch Kaffee?« Er griff nach seiner Tasse. »Pfui Teufel«, sagte er, als er die Kippe sah.

Mia kam herein; sie trug ein Kostüm, das Masser noch nie gesehen hatte, vermutlich hatte sie es eigens für den Besuch beim König gekauft. Sie begrüßte Masser mit einem Kuss, gab Bonna die Hand und nickte dem Premier zu. »Sehr gut, dass ihr hier seid.«

»Es herrscht eine gewisse Uneinigkeit«, sagte der Premier. »Ich befürchte, Masser und Bonna haben den Verdacht, dass wir Spielchen spielen. Dabei wollen wir doch so transparent…«

Bonnas sarkastisches Lachen schallte durch den Raum.

»Wir sollten die entscheidenden Punkte kurz zusammenfassen«, sagte Mia sachlich. »Ihr bekommt die Exklusivmeldung, dass vier unserer Soldaten in Pantschagan in Drogenschmuggel verwickelt waren. Ihr bekommt Zugang zu Beteiligten, soweit sie noch leben. Wir werden euch keine

Hindernisse in den Weg legen. Als Gegenleistung verlangen wir lediglich eins: Darüber, dass der Premier und ein sehr kleiner Kreis anderer Personen schon vor der Staatstrauer von den tatsächlichen Vorgängen erfahren hat, wird nicht berichtet. Wir halten das auch nicht für besonders wichtig, ehrlich gesagt. Es ist ein Detail. Wenn ihr damit nicht einverstanden seid, sorge ich dafür, dass die Fakten noch heute Vormittag dem Haager Büro des *Telegraaf* vorliegen. Das heißt, unsere Auswahl der Fakten. Aber gut, das habe ich mit Masser schon ausführlich besprochen.«

Bonna schaute Masser mit hochgezogenen Brauen an.

Sie denkt, ich hätte mit Mia einen Deal ausgehandelt.

Deine Schwester hat dich schon als Sechsjährige im Schach geschlagen.

Bevor Masser etwas sagen konnte, um den Verdacht auszuräumen, fuhr Mia fort. »Ich verstehe nicht, worüber ihr euch so aufregt. Solche Absprachen sind das Normalste von der Welt.«

»Jeroen hat uns in Mazan gesagt, dass die vier Soldaten in dem Panzerwagen nicht auf eigene Faust gehandelt haben«, wandte Masser ein. »Dass auch Offiziere beteiligt waren, dass es ein ganzes Netz war. Du warst dabei, als er das gesagt hat, und Tupp auch.«

»Tupp?« Bonna musterte den Premier mit sardonischem Grinsen.

»Ja, ich war dabei«, sagte Mia. »Aber ich glaube, dass Jeroen sich geirrt hat. Es war ein Einzelfall, ein schlauer kleiner Coup von ein paar Soldaten, aber letztlich Peanuts.«

Masser hätte seine Schwester am liebsten angeschrien. Peanuts? Wie viele Kilo Heroin waren in diesen Kisten?!

»Es gibt keine Hinweise auf organisierten Drogenschmuggel im großen Maßstab«, sagte Mia kühl.

»Wir könnten auch Jeroen Weenink interviewen«, meinte Bonna. »Dann bringt der *Telegraaf* zwar eure Geschichte, aber wir die eigentliche Enthüllungsstory.« Sie stiefelte aufgebracht durchs Büro, Masser befürchtete, sie könnte etwas umrennen. »Vielleicht ist er bereit zu wiederholen, was er euch in Mazan erzählt hat.«

»Das ist nicht ausgeschlossen«, erwiderte Mia. »Aber erstens kämen dann juristische und finanzielle Probleme auf ihn zu, die ich niemandem wünschen würde. Zweitens würde niemand seine Darstellung bestätigen. Drittens vermute ich aber, dass er gar nicht zu einem Interview bereit ist. Meiner Ansicht nach hat er in Mazan klar genug ausgedrückt, wie er zu alldem steht.«

Bonna warf Masser erneut einen fragenden Blick zu.

»Und viertens«, ergänzte der Premier, »entspricht das, was ich vorhin über die Beteiligung von Jeroen Weenink gesagt habe, nicht völlig der Wahrheit. Es gibt klare Hinweise darauf, dass *alle* Soldaten in dem Panzerwagen genau wussten, was sie taten und wofür: Cash, Moneten, Zaster. Sie waren sozusagen vom altholländischen Handelsgeist getrieben. Aber ich finde, Jeroen Weenink ist gestraft genug. Er muss ein neues Leben anfangen können. Er ist ein netter junger Mann, und ich möchte nicht, dass er die nächsten fünf Jahre hinter Gittern verbringt.«

»Ihr seid gnadenlos, was?«, fragte Masser.

»Wir ja gerade nicht«, entgegnete seine Schwester. »Wir versuchen zu verhindern, dass durch gnadenlose Berichterstattung noch mehr Menschen zu Schaden kommen, dass unnötig Leben zerstört werden. Über diesen Aspekt denken Journalisten niemals nach. Oder jedenfalls viel zu selten.«

»Sehr richtig«, meinte der Premier. »So und nicht anders muss man es sehen, finde ich. Ein wenig mehr Bescheidenheit und Zurückhaltung würden den Medien gut zu Gesicht stehen. Sorry, Masser.«

Ich beneide oft Menschen mit einer natürlichen Arroganz. Menschen, die glauben, dass die Wahrheit ihr rechtmäßiges Eigentum ist, und die mit ihr umgehen wie mit einem dressierten Seelöwen.

Niemand will die ganze Wahrheit, der Anschein der Wahrheit genügt. Da hat Mia recht. Wenn wir alles wüssten, würden in diesem Land siebzehn Millionen Depressive leben.

Wahrheitssuche ist mein Beruf.

Journalismus ist Entertainment. Du bist ein Magier, Masser. Du zauberst nach ein paar beschwörenden Bewegungen etwas aus dem Zylinder, und alle sagen: Ha, die Wahrheit! Toll gemacht, bin gespannt, was da noch alles drinsteckt, ein Kaninchen oder vielleicht die nächste Wahrheit.

»Fassen wir kurz zusammen«, sagte Mia. »Morgen berichtet *De Nieuwe Tijd*, dass bestimmte Armeeangehörige versucht haben, Heroin aus Pantschagan in die Niederlande zu schmuggeln. Wir wissen nicht, woher ihr diese Information habt, ich kann aber jetzt schon bestätigen, dass sie stimmt. Auf die unvermeidliche Frage, ob es ein Einzelfall war, antworten wir, dass zum Glück vieles darauf hindeutet, dass wir aber selbstverständlich gründliche Nachforschungen anstellen werden und dass die Verantwortlichen in Pantschagan suspendiert sind, bis die Ergebnisse vorliegen.«

»Die Ergebnisse dieser Nachforschungen stehen schon fest, denke ich mal«, sagte Bonna.

»Das denke ich auch«, antwortete Mia. »Aber das dürft ihr nicht zitieren.«

Der Zynismus seiner Schwester machte Masser fassungslos. Er hätte sie gern gepackt und geschüttelt, um sie wieder zur Besinnung zu bringen. So kannte er sie gar nicht.

Er forschte in ihrem Gesicht nach Anzeichen dafür, dass all dies vielleicht nur ironisch gemeint gewesen war und sie jetzt einen vernünftigen Vorschlag machen würde. Doch sie wich seinem Blick aus, offensichtlich betrachtete sie die Angelegenheit als geklärt.

»Haben wir einen Deal?« Der Premier hatte zuletzt schweigend zugehört. Er klang beinahe fröhlich.

Masser überlegte, ob es noch einen Ausweg gab, ob er auf irgendeine Weise aus der Defensive heraus wieder zum Angriff übergehen konnte. Ob er nicht sagen sollte, ihm sei jetzt alles egal, und er werde morgen sämtliche ihm bekannten Tatsachen veröffentlichen, auch wenn es ihn den Kopf kosten würde und wenn es die letzte Wahrheit war, die von der *Nieuwe Tijd* aufgedeckt wurde. Er dachte an Jimi, an Jeroen, an seine Eltern und den alten André. Er dachte an seine Schwester, und ihm wurde bewusst, dass sie die Loyalität zwischen ihnen beiden ins Gefecht geführt hatte, seine geschwisterliche Liebe, ihre gemeinsame Kindheit, ihre geteilten Erinnerungen; er sah sie wieder an der Reling der *Hindeloopen* stehen, während sie nach Jimi rief. Sie wusste, dass er niemals all das für einen Knüller verraten würde – das war ihre stärkste Waffe. Eigentlich hätte er sie deswegen hassen müssen, aber das konnte er nicht.

»Bo-Bonna?« Er hörte sich selbst stammeln.

»Du bist der Chefredakteur. Die Entscheidung liegt bei dir.«

Masser schaute den Premier an und nickte.

»Wir gehen«, sagte Bonna. »Hier verliere ich so langsam das letzte bisschen Selbstachtung. Und wir müssen an die Arbeit. Ich sag mal so: Besser einen Spatz in der Hand als eine Taube auf dem Dach.« Es klang so beißend, wie es gemeint war. »Schick mir per SMS die Namen und Telefonnummern«, befahl sie Mia streng. »Wenn schon Vertuschung, dann auch schön ausgeschmückt.«

Masser gab dem Premier und seiner Schwester kurz die Hand und drehte sich um. Er hatte das Gefühl zu fliehen.

»Heute Abend bei uns zu Gast: Masser Brock, der neue Chefredakteur der *Nieuwe Tijd* und einer der beiden Journalisten, die den Pantschagan-Drogenskandal aufgedeckt haben. Willkommen, Herr Brock!« Cees Krook lächelte sein schiefes Lächeln. Masser dankte ihm, indem er ebenfalls die Lippen kräuselte. Neben ihm saß der Autor eines Buches über das Holzfällen, ihm gegenüber eine Offizierin, die ein Jahr in Pantschagan stationiert gewesen war.

Masser fühlte sich noch genauso elend wie fünfzehn Stunden zuvor, als er auf die Schlagzeile seiner Zeitung gestarrt hatte. Er war nicht zur Redaktion gefahren. Die Glückwünsche, die er zweifellos hätte entgegennehmen müssen, für den Exklusivbericht, aber auch zu seiner Beförderung, hätte er nicht ertragen.

Am Vormittag hatte der Ministerpräsident eine kurze Pressekonferenz abgehalten. Er bestätigte den Bericht der *Nieuwe Tijd* und sprach im Namen der niederländischen Regierung sein tiefes Bedauern über die Geschehnisse aus. Er lobte die beiden Journalisten, die »der Wahrheit einen großen Dienst erwiesen« hätten; es sei unerfreulich, dass man die vier Toten zu Unrecht mit einem Staatsbegräbnis geehrt habe. Er gehe von einem Einzelfall aus, organisierter Drogenhandel mit kriminellen Netzwerken sei es höchstwahrscheinlich nicht, aber alle neuen Informationen würden in die laufenden Untersuchungen zu den Vorfällen in Pantschagan einfließen. »Ich möchte, dass kein Stein auf dem anderen bleibt, um es deutlich zu sagen.«

Es wurde gefragt, seit wann die Regierung wisse, dass die vier getöteten Soldaten Drogen transportiert hatten (»Seit heute Morgen«), ob es innerhalb der Streitkräfte denn nicht früher Hinweise auf verdächtige Kontakte mit Banden gegeben habe (»Leider nicht«) und wie dergleichen in Zukunft verhindert werden solle (»Indem wir *noch* genauer hinsehen und die Kontrollen und die Betreuung intensivieren«). Auf die Frage, wie es möglich sei, dass zwei Journalisten Tatsachen ans Licht brächten, die der Regierung bis dahin nicht bekannt gewesen seien, reagierte der Premier zunächst mit einem gequälten Blick und kurzem Schweigen. Dann sagte er, das sei »der wunde Punkt«. Irgendwo hätten Leute, die damit bestimmte Interessen verfolgten, diese Informationen durchsickern lassen, »Informationen, die uns nicht zur Verfügung standen«. Nicht in Pantschagan, nicht in den Niederlanden.

Auf die sich daraus ergebende Frage, von wem diese Informationen denn stammten und warum sie so schnell bestätigt werden konnten, verwies der Premier auf »Frau Glenewinkel und Herrn Brock«, die aber vermutlich kaum den Wunsch verspüren würden, ihr Wissen mit Journalistenkollegen zu teilen. *De Nieuwe Tijd* habe jedenfalls den Nachrichtendiensten Einblick in ihre Quellen gewährt, damit die Fakten kontrolliert werden konnten, erklärte der Premier, allerdings ohne Genaueres über diese Quellen zu sagen. Selbstverständlich würden die Nachrichtendienste nun selbst »erschöpfende Nachforschungen« anstellen.

Es folgte die Frage, ob er sich nicht doch für die schwierige und peinliche Situation verantwortlich fühle, in die er den König gebracht habe, auch wenn er offenbar über die wirklichen Ereignisse nicht unterrichtet gewesen sei. Der Premier nickte. Dafür fühle er sich in hohem Maße verantwortlich. Er habe mit dem König bereits ausführlich über die Angelegenheit gesprochen. Natürlich dürfe er keine Einzelheiten preisgeben, aber der König sei davon überzeugt, dass er, der Ministerpräsident, »nach bestem Wissen und Gewissen« gehandelt habe. Und er sei dankbar für dieses Vertrauen.

Jemand fragte, ob es Zufall sei, dass die wichtigste Beraterin des Ministerpräsidenten und einer der beiden beteiligten Journalisten Geschwister seien. Der Premier erwiderte, diese Frage beinhalte »eine empörende Unterstellung, die mehr über die Integrität des Fragers sagt als über die von Frau Mia Kalman und ihrem Bruder Masser Brock«; er habe »von beiden eine sehr hohe Meinung«, und zwischen den Geschwistern gebe es »bei Angelegenheiten, die ihrer beider Tätigkeiten betreffen, eine Chinesische Mauer der Verschwiegenheit«.

Die letzte Frage betraf den einzigen Überlebenden des Anschlags, Jeroen Weenink. »Ich bin froh, dass diese Frage hier gestellt wird«, sagte der Premier. Bestimmt hatte Mia durch gezielte Anspielungen gegenüber Journalisten dafür gesorgt, dass sie gestellt wurde, dachte Masser, der die Pressekonferenz über seinen Laptop verfolgte. Der Premier erklärte, er lege großen Wert auf die Feststellung, dass Jeroen Weenink »nichts von dem Drogentransport gewusst hat«. Ihn treffe keine Schuld, er habe für die Fehler anderer büßen müssen, beinahe hätten sie ihn das Leben gekostet. Er hoffe, dass die Medien Jeroen Weeninks Privatsphäre respektieren würden, »denn er leidet immer noch unter den psychischen Nachwehen seiner Erlebnisse«.

Abschließend sagte der Premier, er habe am Morgen etwa dreißig Minuten mit dem amerikanischen Präsidenten über den Fall gesprochen. Mia hatte ihn gedrängt, die Pressekonferenz damit zu beenden und aus den zwölf Minuten, die das Gespräch tatsächlich gedauert hatte, eine halbe Stunde zu machen. Es sei ein gutes Gespräch gewesen; der Präsident habe betont, dass die Mission in Pantschagan nicht durch kriminelle Aktivitäten Einzelner gefährdet werden dürfe. Wahrscheinlich, so der Ministerpräsident, werde er in absehbarer Zeit nach Washington reisen, um diesen Fall »und andere Angelegenheiten, die unsere gemeinsamen Interessen berühren« im Weißen Haus zu besprechen.

Masser staunte darüber, mit welcher Leichtigkeit und wie überzeugend der Premier ganze und halbe Wahrheiten verband. Er konnte ein Gefühl der Bewunderung nicht unterdrücken. Zweifellos hatte der Premier seine Antworten mit Mia vorbereitet und einstudiert, doch seine ungezwungene Art erweckte den Eindruck, dass er improvisierte. Nach der Pressekonferenz sagte ein Kommentator im Fernsehstudio, der Premier habe die Situation souverän gemeistert und viele Zweifel ausgeräumt. »Aber das letzte Wort ist in diesem Fall noch nicht gesprochen.« Auch die Zweite Kammer werde sich damit befassen, und die Untersuchungen müssten erst noch erweisen, ob es sich tatsächlich um einen Einzelfall gehandelt habe. Dass der amerikanische Präsident auf die Enthüllungen der *Nieuwe Tijd* reagiert habe, deute schließlich darauf hin, »dass die Geschehnisse in Pantschagan durchaus Folgen für die Friedensmission der Verbündeten haben können«.

Deutlicher als zuvor erkannte Masser, welch enormes Risiko er mit dem Tauschgeschäft eingegangen war. Er überlegte, ob es irgendwo eine undichte Stelle geben könnte, ob irgendwelche eingeweihten Personen vielleicht ein Motiv haben könnten, den wahren Hergang öffentlich zu machen. Es war zu hoffen, dass die Betreffenden dies nicht ohne großen Schaden für sich selbst tun konnten und es sich deshalb aus dem Kopf schlagen würden. Doch das brachte die innere Stimme, die ihm Verrat und Korruptheit vorwarf, nicht zum Schweigen.

Ich hatte die Wahl zwischen der halben Wahrheit und gar keiner Wahrheit. Ich habe mich für das Erste entschieden.

Glaubst du, das würde dich retten, sollte jemals alles herauskommen? Glaubst du, es würde De Nieuwe Tijd *retten? Du hast dich und die Zeitung erpressbar gemacht, Masser Brock.*

Jeder, der die Fakten kennt, ist erpressbar. Tupp, die Nachrichtendienste, wir. Das minimiert die Gefahr.

Alles ist in Gefahr.

»Heute gab es kein anderes Gesprächsthema als Ihre Enthüllungsstory über Drogentransporte in Pantschagan«, sagte Cees Krook und legte eine kurze Pause ein, um die Spannung zu erhöhen. »Wie ist das für einen Journalisten?«

»Ich kann nicht leugnen, dass es aufregend ist«, antwortete Masser. »Exklusivmeldungen sind doch die Rosinen im Kuchen. Aber letztlich kommt es uns darauf gar nicht an. Ein Exklusivbericht darf niemals Selbstzweck sein. Wir wollten die Wahrheit aufdecken, so einfach war das.«

»Wann haben Sie gedacht: Es ist nicht so, wie es uns am Tag der Staatstrauer und des Staatsbegräbnisses vorgespiegelt wurde?«

»In dem Moment, als uns Informationen zugespielt wurden, die Zweifel an der offiziellen Version gesät haben.«

»Wann war das?«

»Einige Monate nach dem Staatsbegräbnis.«

»Nicht davor?«

Masser blickte Cees Krook einen Moment in die Augen. Wusste er mehr, als er mit seiner künstlichen Lässigkeit glauben machen wollte? Es verunsicherte ihn. »Nein. Wie denn auch, zwischen den Ereignissen in Pantschagan und dem Begräbnis der Soldaten lag ja nur eine gute Woche.«

»Stammten die Informationen aus den Niederlanden oder

aus Pantschagan? Oder vielleicht aus den Vereinigten Staaten?«

»Ich fürchte, diese Frage kann ich nicht beantworten. Ich muss meine Quellen schützen; die Angelegenheit ist wirklich äußerst sensibel.«

»Kannten Sie einen der getöteten Soldaten?«

Wieder versuchte Masser, den Fragesteller einzuschätzen. Worauf wollte er hinaus? »Nein, jedenfalls nicht, bevor wir dieser Sache auf die Spur gekommen sind. Während unserer Recherchen haben wir aber Kontakt zu den Eltern von zwei der vier Soldaten gehabt.« Das stimmte, wenn auch dieser Kontakt kaum mehr eingebracht hatte als eine Sturzflut telefonischer Beschimpfungen durch den Vater eines der Gefallenen.

»Sie kennen aber den Überlebenden, Jeroen Weenink«, sagte Cees Krook.

Jetzt wusste Masser, wo der Moderator hinwollte: geradewegs zur Quelle. Er sagte sich, dass es Zeitverschwendung wäre, um die Sache herumzureden, er musste gleich mit offenen Karten spielen. Innerhalb der vorgegebenen Grenzen selbstverständlich. Krooks Redaktion hatte ihre Hausaufgaben gründlicher gemacht als die Journalisten bei der Pressekonferenz. »Das stimmt«, sagte Masser. »Jeroen Weenink hat die Fachschule für Uhrentechnik besucht« – er stellte fest, dass er den richtigen Namen von Jimis und Jeroens Fachschule gar nicht kannte. »Mein Neffe Jimi hat die Ausbildung dort vor ein paar Monaten abgeschlossen, während Jeroen Weenink sie vor einigen Monaten wiederaufgenommen hat. Das bewundere ich sehr, nach allem, was er mitgemacht hat.«

»Und Ihr Neffe Jimi wiederum ist der Sohn von Mia Kalman, der wichtigsten Beraterin des niederländischen Ministerpräsidenten«, sagte Krook. Das ironische Lächeln um seine Lippen war verschwunden, er klang angriffslustig.

»Auch das stimmt«, antwortete Masser. »Ich habe sonst keine Geschwister, jedenfalls keine lebenden, Jimi ist tatsächlich der Sohn meiner Schwester. Sie sind gut über unsere Familienverhältnisse informiert.« Der kleine Scherz sollte Spannung abbauen, vor allem in ihm selbst.

»War Jeroen Weenink Ihre Quelle?«

Masser blickte kurz von einem zum anderen, um Zeit zu gewinnen. Der Autor des Holzfällerbuches schaute ihn neugierig an. In den Augen der Offizierin las er Verärgerung. »Wir haben natürlich mit Jeroen Weenink gesprochen«, sagte Masser. »Er ist der einzige überlebende Zeuge.«

»Aber hat Jeroen Weenink Ihnen die entscheidenden Informationen gegeben? Ihr Neffe wohnt in Ihrem Haus, und wenn wir recht informiert sind, kommt Jeroen Weenink öfter zu Besuch.«

»Richtig, ja. Jimi hat eine Dachwohnung in meinem Haus, und Jeroen Weenink ist tatsächlich manchmal bei uns gewesen.«

Zu defensiv.

Manchmal bei uns gewesen. Er wohnt quasi bei euch.

Aber wenn ich das sage, werde ich unglaubwürdig.

Es ist die Wahrheit.

Das ist ja das Problem mit der Wahrheit. Sie bricht einem das Genick, die Wahrheit ist ein Killer.

»War das, bevor Sie mit ihm über den Drogenschmuggel gesprochen haben?«

»Das war davor. Aber auch danach noch mehrmals. Er und mein Neffe sind gute Freunde.«

»Sie haben also beim Essen über Pantschagan gesprochen und was dort passiert war?«

»Natürlich. Es waren traumatische Erlebnisse für den jungen Mann.«

»Haben Sie denn auch über das gesprochen, was *wirklich* passiert war?«

»Wir haben über das gesprochen, was er über die Ereignisse sagen konnte. Wie der Panzerwagen die Sprengfalle ausgelöst hat, dass danach vier oder fünf Männer aufgetaucht sind und die Insassen des Fahrzeugs erschossen haben – glaubten sie jedenfalls, aber Jeroen hat ja Gott sei Dank überlebt.«

»Aber die Information, dass Drogen transportiert wurden, stammt nicht von ihm?«

»Nein. Wie Sie in unserem Artikel lesen konnten und wie der Ministerpräsident bestätigt hat, wusste Jeroen Weenink nichts von dem Drogenhandel.«

Cees Krook schaute die Offizierin an. »Mieke Toornstra, Sie waren bei der Mission in Pantschagan als Verbindungsoffizierin eingesetzt. Haben Sie dort jemals etwas von Drogengeschäften mit den Warlords gehört, und wenn es nur Gerüchte waren?«

»Man hörte hin und wieder so etwas«, antwortete Mieke Toornstra, »aber niemand hat diese Gerüchte ernst genommen. Man konnte sich einfach nicht vorstellen, dass da etwas dran war. Außerdem kursieren unter derart kritischen Umständen immer Gerüchte über alles Mögliche.«

»Kannten Sie zufällig Jeroen Weenink?«

»Nein, auf so einem Stützpunkt sind ein paar hundert Mann, und es herrscht ein ständiges Kommen und Gehen. Da kann man nicht alle kennen.«

»Sie glauben also, was *De Nieuwe Tijd* heute schreibt, dass es wahrscheinlich ein Einzelfall war?«

»Das weiß ich nicht. Vorerst müssen wir aber davon ausgehen. Wir müssen die Ergebnisse der Untersuchung abwarten.«

Sie weiß es, aber sie darf nichts sagen.

Dann sag du es, Masser. Schockiere die Nation.

Nein.

Cees Krook wandte sich erneut an Masser. »Können Sie sich vorstellen, dass es auf manche doch ein bisschen merkwürdig wirkt: Ein Journalist deckt Vorkommnisse von großer Tragweite auf, bei denen der niederländische Ministerpräsident eine gewisse Rolle gespielt hat, und die Schwester dieses Journalisten ist die Hauptratgeberin des Ministerpräsidenten? Außerdem ist der Neffe des Journalisten mit dem einzigen Überlebenden der Ereignisse befreundet, um die es geht – verstehen Sie es, wenn manche sagen: Das sind doch reichlich viele Zufälle auf einmal?«

Er wühlt im Schlamm und hofft, dass etwas hochkommt. Oder er weiß etwas und spielt es gleich als Trumpf aus, in seiner letzten Frage. So machen wir Journalisten das.

Er weiß nichts, er dröselt nur das Beziehungsgeflecht ein bisschen auf.

Es sind reichlich viele Zufälle, da hat er recht.

»Das verstehe ich sehr gut«, sagte Masser. »Es würde mir genauso gehen. Aber manchmal gibt es eben solche Zufälle. Ich hatte nichts damit zu tun, dass Jimi und Jeroen Weenink sich angefreundet haben, und ich habe auch meiner Schwester nicht zu einer Stelle in Den Haag verholfen. All das steht in keinem Zusammenhang mit unserer Enthüllung.«

»Wir haben mit Ihrer Schwester gesprochen«, sagte Cees Krook. »Sie behauptet, dass Sie beide Berufliches und Privates strikt trennen. Der Ministerpräsident sprach ja sogar von einer Chinesischen Mauer. Trotzdem ist es doch kaum vorstellbar, dass sie nicht bei den Gesprächen anwesend war, die Sie mit ihm geführt haben.«

»Meine Schwester tut das, was von ihr als Beraterin des

niederländischen Ministerpräsidenten erwartet wird«, antwortete Masser. »Mehr möchte ich dazu nicht sagen.«

»Dann werden Sie uns sicher auch nicht verraten, ob an den Gerüchten von einem amourösen Verhältnis zwischen Ihrer Schwester und dem Ministerpräsidenten etwas Wahres ist?« Cees Krook hatte wieder seine selbstsicher-lässige Haltung eingenommen.

»Ich kenne diese Gerüchte nicht«, sagte Masser, und es gelang ihm, ein Grinsen auf sein Gesicht zu zaubern. »Meine Schwester hat der Familie noch keinen eventuellen neuen Lebensgefährten vorgestellt.«

»Vielen Dank, Masser Brock«, sagte Cees Krook. »Und nun wird Holz gefällt!«

Masser schaute auf sein Smartphone, das vor ihm auf dem Tisch lag. Eine Nachricht von Bonna leuchtete auf: Er sah einen erhobenen Daumen. Anscheinend hatte er nicht alles verpatzt. Eine Sekunde später Mia: Er habe mit keinem einzigen Wort gelogen. Aber Mia legte im Augenblick andere Maßstäbe an die Wahrheit an als er.

»Wo gehackt wird, fallen Späne«, sagte der Holzfäller neben ihm.

Alle lachten, auch Masser.

Masser hatte sich zu Hause gerade ein großes Glas Whisky eingeschenkt, als Charles Schuurman Hess anrief. »Ich wusste doch, dass es die beste Idee aller Zeiten war, dich zum Chefredakteur zu machen«, brüllte er Masser ins Ohr. »Mein Gott, Masser, ich weiß nicht, wie du das geschafft hast, aber wir sind mit einem Schlag wieder im Rennen. Meinen Glückwunsch!«

»Ich erzähl dir später mal alles«, sagte Masser.

»Schön, schön. Dann ruf ich jetzt noch kurz Bonna an, das alte Luder.«

XX

Maskerade

Masser konnte sich nicht so schnell an den Gedanken gewöhnen, dass er seiner Zeitung ausgerechnet mit einer Enthüllungsstory, die einen bedeutenden Teil der Wahrheit verschwieg, zu internationalem Ansehen verholfen hatte. Auf der ganzen Welt wurde *De Nieuwe Tijd* zitiert, er selbst von NBC interviewt.

Nur die *Washington Post* konnte noch Probleme bereiten. Masser Brock, und nicht nur er, erwarteten besorgt die Veröffentlichung des Berichts, von dem Mia und der Premier gesprochen hatten. Wenn Mia von ihren amerikanischen Kontaktleuten Neues erfuhr, gab sie das an ihn weiter, aber ob die *Post* etwas herausgefunden hatte, das die Darstellung in der *Nieuwe Tijd* als lückenhaft entlarven würde, war weiterhin unklar. Die Gespräche zwischen ihm und seiner Schwester blieben kühl.

Bonna Glenewinkel, inzwischen Kolumnistin auf Seite 2, erklärte im Büro des Chefredakteurs mit zynischem Grinsen, Masser brauche keine Unheilsnachrichten aus den Vereinigten Staaten zu befürchten. Sie saß rittlings auf der Harley-Davidson, eine Amazone zu Pferd.

»Du kannst sicher sein, dass nichts mehr durchsickert«, meinte sie. »In Pantschagan und anderswo hat man die Schotten dichtgemacht. Niemand, auch nicht Washington, hat ein Interesse an weiteren Enthüllungen, denn die würden ja nur zeigen, dass die wunderbaren westlichen Werte und Normen, die wir da gewaltsam verbreiten, umfangreichem Drogenhandel nicht im Wege stehen. Das wäre schlecht für die Moral und auch für den Rückhalt in der Öffentlichkeit. Die amerikanischen Kollegen werden da nicht weiterkommen, die Abschirmung ist zu perfekt. Sie haben unsere Version übernommen, und dabei wird es bleiben.«

»Ich hoffe, du hast recht. Obwohl es andererseits auch ziemlich schlimm wäre. Es sind schwierige Zeiten.«

»Ach komm, Masser, es ist im Gegenteil ganz einfach. Dass wir diesen Ländern Freiheit und Demokratie bringen wollen, ist doch nur Geschwätz. Es geht ums Öl, um Macht und Kontrolle, das weißt du genauso gut wie ich. Wenn ich mich recht erinnere, hast du das in deiner Kolumne oft genug geschrieben. Als du dir noch undifferenzierte Meinungen erlauben konntest und noch nicht mitverantwortlich warst für Manipulationen. Der ganze *war on terror* ist ein Deckmantel, sonst nichts.«

»Erzähl mir was Neues.«

»Ich sage dir, das Kapitel ist abgeschlossen. Die Regierungen haben ein großes Interesse daran, die Sache kleinzureden, sie als Einzelfall abzutun. Die Zeiten, in denen die Presse Präsidenten stürzen oder gegen den Willen des Establishments große Skandale enthüllen konnte, sind vorbei. Die Kontrolle funktioniert zu gut, und die Kontrolleure werden professionell abgeschirmt.«

»Das ist zu schwarz, Bonna.«

»Sieh dich doch an, Masser. Sieh mich an. Du wirfst den wilden Tieren ein Stück Fleisch vor, und sie tun genau das, was du willst. Glaubst du nicht, dass der Premier höchst zufrieden war, als er unsere Zeitung gelesen hat? Für ihn bist du ein erfolgreicher Dompteur.«

»Im Gegenteil. Ich weiß aus zuverlässiger Quelle, dass er Blut und Wasser geschwitzt hat. Und das tut er immer noch. Er traut den Amerikanern nicht.«

»Stimmt, die kann er nicht kontrollieren. Ist es schon spät genug für geistige Getränke?«

»Man könnte auch sagen, dass wir wenigstens diese Enthüllung erzwungen haben. Ohne uns hätte die Öffentlichkeit überhaupt nichts erfahren.«

»Balsam für ein wundes Gewissen. Ich werfe mal einen Blick in deinen Kühlschrank.«

»Was mir mehr Sorgen bereitet, ist die zunehmende Gleichgültigkeit der Leser. Als unser Bericht erschien, ist der Verkauf in die Höhe geschnellt, aber zwei Tage später interessierte Pantschagan schon nicht mehr. Da hatten alle schon wieder genug von dem Thema.«

Bonna kehrte mit einer Flasche Rosé und zwei Gläsern zurück. Masser schüttelte den Kopf.

»Mit dir ist auch nicht mehr viel los. Weißt du, was das Problem ist? Die Leute werden von Informationen erschlagen, ein Nachrichtenthema jagt das andere. Es ist Fastfood, alles schmeckt gleich, und früher oder später hängt es einem zum Hals heraus.«

»Ich denke manchmal, die Fähigkeit, sich zu empören, ist verloren gegangen«, sagte Masser. »Auf jeden Fall regt man sich immer weniger über Dinge auf, die in anderen Teilen der Welt passieren. Sogar wenn Landsleute beteiligt sind.«

Bonna setzte sich wieder auf das Motorrad.

»Als wir jung waren«, sagte sie, »haben wir noch geglaubt, wir könnten etwas ändern. Nimm zum Beispiel Chile, Allende, davon hast du noch nicht viel mitbekommen. Aber damals war es fast so, als wäre Chile ein Nachbarland und Allende einer von uns, alle fühlten sich persönlich betroffen.

Na ja, das heißt, wir, die Jugend. Nach seinem Tod habe ich eine Woche lang einen schwarzen Schleier getragen.«

»Auch ein bisschen seltsam.«

»All die linken jungen Männer fanden es aufregend.«

»Weißt du, was heute eine Schlagzeile wert ist? Der Kehlkopftumor eines Amsterdamer Volkssängers. Was sollen wir tun? Wenn die Leute nur noch für Zeitungen bezahlen wollen, die so was auf der Titelseite bringen, was sollen wir dann tun?«

»Wenn du da mitmachst, führst du die Zeitung geradewegs ins Verderben.« Bonna sah nachdenklich aus. »Ich weiß immer weniger, was richtig ist, Masser. Im Grunde weiß ich nach den letzten Wochen einfach nicht mehr weiter. Ich frage mich, was ich eigentlich all die Jahre getan habe. Nur eins steht fest: Du solltest deine alte Theorie der Wahrheitsschichten mal wieder auspacken. Weißt du noch, Masser? Mein Gott, was für ein reizender junger Kerl du damals noch warst. Aber du hattest recht. Ich drücke es höchst ungern so aus, aber es wird immer einen Markt für die Wahrheit geben. Sogar für die halbe Wahrheit. Es wird immer Menschen geben, denen die Wahrheit wichtig ist. Ein paar nur, versteckt in der amorphen Masse von Leuten, denen alles scheißegal ist und die glauben, dass sie sowieso nur belogen werden. Für die paar Menschen, die das anders sehen, musst du diese Zeitung machen. Auf keinen Fall darfst du dem Trend zum Oberflächlichen und Banalen folgen, sonst geht alles den Bach runter. Das garantiere ich dir.«

Sie goss sich noch ein Glas aus der Weinflasche ein, die sie in eine der Satteltaschen gestellt hatte.

Die Regierung überstand den Sturm, der nach dem Exklusivbericht der *Nieuwe Tijd* aufgekommen war, ohne größere Schäden, auch wenn die Medien, *De Nieuwe Tijd* nicht ausgenommen, den Eindruck erweckt hatten, dass es sehr spannend werden könnte. Die Abgeordneten der Zweiten Kammer wurden aus der Sommerpause zurückgerufen, und der Verteidigungsminister trat nach einem Misstrauensantrag, der auch von der Partei des Ministerpräsidenten unterstützt wurde, zurück – er diente als Sündenbock. Der Premier selbst konnte sich in einer langen Debatte, in der er sich mal demütig gab, mal arrogant zum Angriff überging, ziemlich souverän aus der Affäre ziehen.

Natürlich habe er sich gefragt, ob er nicht die Verantwortung für die recht unglückliche Situation trage, in die der König geraten sei, und ob er daraus nicht »die ernstesten Konsequenzen ziehen« müsse, antwortete er auf eine Frage des Vorsitzenden der Demokratischen Partei. Er wiederholte, dass er mit dem König persönlich über diese Frage gesprochen habe, auch weil er der Ansicht gewesen sei, dass er ihn auf jeden Fall aufrichtig um Entschuldigung bitten müsse. »So, wie ich heute auch dieses Parlament um Entschuldigung bitte.« Aber, und das sollten die Abgeordneten nicht vergessen, das Vorgefallene sei nun einmal ohne Beispiel in der niederländischen Geschichte. Es sei eine Maskerade gewesen, eine tragische, aber raffinierte Maskerade.

Die Äußerung verblüffte Masser. Er hörte seine Schwester – »Maskerade« war eines ihrer Lieblingswörter. Und natürlich hatte sie recht, es war eine Maskerade, in mehrfacher Hinsicht. Er empfand Bewunderung dafür, wie der Premier mit wenigen präzisen Bewegungen den Zünder aus der Zeitbombe entfernte. Anscheinend war es den meisten Abgeordneten nicht so wichtig, der Frage nachzugehen, ob die von der *Nieuwe Tijd* präsentierte und durch den Ministerpräsidenten bestätigte Version der Ereignisse zutreffend und vollständig war. Vielleicht empfanden sie genau wie die Zeitungsleser diese Version als erträglich. Das Ganze war zwar bestürzend, ging es doch um dunkle Machenschaften, die aber immerhin aufgedeckt wurden, obwohl übernationale Interessen im Spiel waren; andererseits war es nicht dramatisch genug, um die beunruhigende Schlussfolgerung nahezulegen, dass hier etwas durch und durch faul war, dass die Idee der Friedensmission, die fast alle befürwortet hatten, auf falschen Annahmen beruhte, auf einem verlogenen Weltbild, auf einer einzigen großen, zum Himmel stinkenden Lüge.

Als Masser Bonna anrief und ihr seine Theorie darlegte, antwortete sie nur: »Na so was, der Chefredakteur der *Nieuwe Tijd* sieht das Licht. Selbstverständlich ist das so, Masser. Ich hoffe, du hast dich nicht allzu überschwänglich zu deiner brillanten Erkenntnis beglückwünscht.«

»Ich bin eben nicht so zynisch wie du. Ich habe mir noch ein bisschen Glauben an das Gute im Menschen bewahrt.«

»Träumer.«

Am Tag nach der Debatte rief ihn der Ministerpräsident an. »Masser Brock, Chefredakteur der besten Zeitung der Niederlande! Tupp hier«, begann er. »Ich wollte dich kurz sprechen, da es ja nun ganz danach aussieht, dass der Pantschagan-Fall zur allgemeinen Zufriedenheit abgeschlossen wurde und wieder *business as usual* herrscht.« Er schien seine gute Laune wiedergewonnen zu haben.

»Zu deiner Zufriedenheit. Ob auch zu meiner, weiß ich noch nicht.«

»Wieso? Ist nicht alles so gelaufen, wie du gehofft hattest? Ich nehme doch an, dass ihr mit den Verkaufszahlen sehr zufrieden sein könnt, und wenn ich nicht schon Abonnent wäre, würde ich es jetzt werden. Mich rufen Kumpel *from all over the world* an und fragen, was das für eine Zeitung ist, *The New*

Times, und wie es sein kann, dass sie bis vor kurzem nie etwas von ihr gehört hatten. Und dann sage ich: Das liegt daran, dass sie erst jetzt den Chefredakteur hat, den sie schon seit siebzig Jahren verdient hätte. Haha! Ist das kein guter Witz? Mann, Mann, unglaublich, das Ganze.«

»Ja, die Verkaufszahlen waren gut.«

»Und sonst alles unter Kontrolle?«

»Wie meinst du?«

»Ich meine, die Abmachungen, die stehen doch *rock solid*?«

»Sie stehen.«

»Keine *loose cannons*?«

»Hast du mit Bonna gesprochen?«

»Ja. Ich glaube, es macht ihr immer noch sehr zu schaffen, wie die Dinge sich entwickelt haben.«

»Stimmt. Besser gesagt, es macht sie krank.«

»Wir müssen pragmatisch sein, Masser. Sind wir uns da einig? Natürlich wäre es schön, wenn die Welt etwas weniger kompliziert wäre. Ist sie aber nicht. Das weißt du, das weiß ich, das weiß jeder, der ein bisschen nachdenkt. Man muss aus jeder Situation das Beste machen, sonst endet alles im Chaos. Das muss Bonna doch auch begreifen. *She's not stupid.*«

»Begreift sie auch, vielleicht sogar besser als du und ich. Schon dank ihrer Herkunft. Aber Begreifen und Akzeptieren liegen bei ihr weiter auseinander als bei dir und mir.«

»Versteh ich, versteh ich voll und ganz. Spricht in gewisser Weise auch für sie. Meine ich wirklich so. Ich schätze integre und geradlinige Menschen sehr, davon gibt's nicht allzu viele, die sind wertvoll. Schade ist nur: Mit dieser Haltung kommt man keinen Schritt weiter. Vielleicht ist das im Himmel anders, aber nicht hier auf Erden. Glaubst du an den Himmel, Masser? *Just a question.*«

»Nein, so wurde ich nicht erzogen.«

»Mia hat mir von eurer Jugend erzählt. Der reine Wahnsinn, auf einem Hausboot, ganz was anderes als in einer Villa in Wassenaar, das kann ich dir versichern. Und dann so eine Tragödie. Heftig, wirklich heftig. Na gut, ich muss auflegen, viel zu tun. Das Land will regiert sein. Also, mit Bonna geht alles in Ordnung? Die bringt nicht plötzlich, sagen wir, ein Interview mit Jeroen Weenink?«

»Bonna bricht keine Abmachungen.«

»Schön, sehr schön. Spitze. Also dann, *arrivederci* und *gloria in excelsis*. Mia sagt, dass sie demnächst mal ein Abendessen organisiert. Hoffentlich sehe ich dich dann.«

»Okay, grüß Mia von mir, wenn du mit ihr sprichst.«

»Mia! Grüße von deinem *big brother*!«

XXI

Eva

»Keine Zeitung liefert das Weltgeschehen frei Haus«, sagte Masser. »Es sind Häppchen und Bruchstücke. Ein Puzzle mit fünftausend Teilen, von denen viertausendsiebenhundertfünfzig fehlen. Das weiß ich, seit ich vor zwanzig Jahren in Urk war. Vorher war ich noch idealistisch und zuversichtlich, danach sehr viel weniger.«

Er war bei Bonna zu Hause, in der Wohnung mit Aussicht aufs IJ. Sie lag schon seit Tagen mit Grippe im Bett, und er hatte ihr von seiner Mutter gekochte Hühnersuppe mitgebracht. »Hilft immer. Behauptet jedenfalls meine Mutter«, sagte Masser. Es war, als wären sie in der Zeit zurückgereist und wieder in der Nachrichtenredaktion, wo Steven van Maren tippte, Frits van de Waverij Masser bat, ihm Knurrhahn mitzubringen, und er selbst seine Theorien über den Journalismus darlegte.

»Der preisgekrönte Artikel über Urk«, sagte Bonna. »Tim und Struppi auf der Jagd nach der Wahrheit. Mann, das muss einen tiefen Eindruck bei dir hinterlassen haben, du sprichst noch regelmäßig davon.«

»Ich werd's nicht mehr tun.«

»Köstlich, die Suppe! Wirklich lieb von deiner Mutter!«

Masser schaute Bonna dabei zu, wie sie die Suppe löffelte. »Einen Moment sieht man die Wahrheit, und im nächsten ist sie auf wundersame Weise verschwunden, und man findet niemanden mehr, der sich an sie erinnern kann, als wäre alles nur ein Spuk gewesen.«

»Und das war in Urk?«

»Es war wie in Pantschagan. Die Wahrheit schmolz wie Schnee in der Sonne.«

»Erzähl's mir. Ein letztes Mal. Vielleicht hab ich damals nicht richtig zugehört.«

Das tat sie nun.

Am nächsten Tag ging es Bonna besser, und sie fuhr in ihrem Porsche mit hundertsechzig über den Polder in Richtung Urk. Masser hatte ihr Namen, Adressen und Telefonnummern gegeben. Er selbst hatte Eva Hoekmans alte Nummer angerufen, doch es nahm niemand ab.

»Meine Selbstachtung wird nie wieder sein, was sie einmal war«, sagte Bonna, »aber einen Versuch ist es wert. Stillschweigend geduldeter Drogenhandel in großem Stil ist immer noch eine Schlagzeile wert. Schade, dass mein Freund, der Bürgermeister, inzwischen gestorben ist.«

»Sei vorsichtig«, sagte Masser. »Die Leute dort mögen keine neugierigen Fremden. Wie gesagt: Es war wie in Pantschagan.« Auf Bonnas Gesicht erschien ein Grinsen, wie er es schon längere Zeit nicht mehr gesehen hatte.

»Wenn ich mit einbetonierten Füßen im Hafen ende, gilt mein letzter Gedanke dir. Und du bekommst meinen Porsche.«

Masser saß in Jimis Dachbodenloft auf dem Sofa. Er ging gedankenverloren durchs viktorianische London – er hatte *Assassin's Creed Syndicate* zu Ende gespielt, kehrte aber hin und wieder zurück, von einem seltsamen Heimweh getrieben. Es war ein komisches Gefühl, dass diese Welt, die ihm so vertraut geworden war, sich nicht weiterentwickeln, dass alles für immer unverändert bleiben würde. Er hätte von vorn anfangen und das Spiel hier und da variieren können, doch das Ergebnis wäre immer das gleiche gewesen.

Jimi war bei seiner Mutter, Jeroen Weenink hatte sich schon längere Zeit nicht mehr blicken lassen. Beim letzten Mal schien er noch unruhiger zu sein als sonst. Jimi meinte, Jeroen könne sich nur schwer an die umgeformte Version der Wirklichkeit gewöhnen. Er selbst konzentrierte sich mehr denn je auf seine Uhren, eine Welt, die ohne Manipulationen auskam. Masser und er hatten noch genau ein Mal über die Vorfälle gesprochen. Eines Abends beim Essen hatte Jimi gefragt, ob Masser sich wie ein Lügner fühle.

»Ich fühle mich wie eine Art Gamer«, hatte Masser geantwortet. »Ein Gamer, der die Wirklichkeit seinen Wünschen anpasst. Ich hab sie so modelliert, dass sie ein bisschen appetitlicher aussieht oder weniger wehtut, wie du willst. Wenn das Lügen ist, bin ich ein Lügner.«

Ob man das als Journalist tun dürfe, fragte Jimi.

»Nein«, sagte Masser. »Das darf man natürlich nicht. Es ist das Schlimmste, was man als Journalist tun kann.«

Jimi schien sich mit dieser Antwort zufriedenzugeben. Masser fragte, was er getan hätte.

»Ich hätte gekündigt und geschwiegen«, sagte er. »Aber ich nehm's dir nicht übel, dass du es nicht getan hast.«

Masser sah neben sich auf dem Sofa sein Smartphone aufleuchten: Es war Bonna. Schon bevor er das Telefon am Ohr hatte, hörte er sie sprechen – sie klang aufgeregt.

»... keine erfreulichen Nachrichten für dich, Masser. Also. Ich bin jetzt seit vier Tagen hier und habe deine ganze Liste abgearbeitet. Das hat Zeit gekostet, weil hier alle gleich heißen und deshalb Beinamen haben, oft wissen die Leute nicht mal, wie jemand richtig heißt, dann kennen sie den nur als Jan von Piet von Klaas. Am Ende habe ich aber doch alle aufgestöbert. Das heißt, ihre Geschichte, denn mit ihnen selbst wäre das ein bisschen schwierig gewesen. Masser, keiner von deinen Informanten lebt noch.«

»*Was?*«

»Wie ich es sage. Sie sind alle tot, ohne Ausnahme. Ein paar waren natürlich schon älter, als du mit ihnen gesprochen hast. Zum Beispiel der Vater deiner früheren Freundin. Und dieser Reeder mit dem schaukelnden Ruderhaus und seine Frau. Aber auch der Bruder deiner Freundin ist tot. Neun tote Informanten. Das ist doch höchst merkwürdig.«

»Ich kann es kaum glauben«, sagte Masser. »Bist du sicher?«

»Ich habe hier mit mindestens dreißig Leuten geredet, Masser. Ich habe Fotos von den Grabsteinen gemacht. Bin den ganzen Tag über den Friedhof gestreift, im Regen, manchmal ist Journalismus kein angenehmes Metier. Aber ich nehme doch an, dass auch in Urk ein Name erst dann in einen Grabstein gemeißelt wird, nachdem der Betreffende gestorben ist.«

»Bist du zufällig jemandem begegnet, der wusste, wie es Eva Hoekman geht?«

»Nein. Niemandem.«

»Kann ich mir nicht vorstellen. Wenn du dich ein bisschen umhörst … Eva Walsh oder Eva Hoekman, die Musikerin Eva H., jeder dort kennt sie.«

»Aber sie gehörte doch auch nicht zu deinen Quellen, oder?« Bonna fragte es in einem Ton, den Masser genau kannte, irgendetwas zwischen scherzhafter und ernst gemeinter Provokation.

»Was willst du damit andeuten? Dass meine Informantenliste eigentlich eine Art Todesliste war?«

»Ich deute gar nichts an, Masser. Ich treffe Feststellungen. Hast du Lust, morgen hier zu essen? Ich kenne ein sehr gutes Restaurant am Hafen.«

Sie rechnet nicht damit, dass ich komme, und deshalb komme ich, dachte Masser. Ihre Überrumpelungstaktik ärgerte ihn, genau wie die Andeutung, dass ein Zusammenhang zwischen seinem Artikel und den Todesfällen bestehen könnte. Er musste herausfinden, was in Urk geschehen war. Und er dachte an Eva. »Gut. Wo? Und wann?« Er hörte lautes Lachen.

»Ich hab's doch gewusst, Masser! Es steckt noch Leben in dir. Restaurant De Kust, am Hafen. Kannst du nicht verfehlen. Und sonst immer der Nase nach. Soll ich in meiner Pension ein Zimmer für dich reservieren?«

»Nein, ich fahre wieder zurück. Geht nicht anders. Chefredakteur, du weißt schon.«

»Ach, schade. Wir sehen uns morgen Mittag. Ich hab jetzt noch eine Verabredung.«

»Es lebt also noch jemand.«

»Ja. Morgen mehr.«

Masser googelte Eva H. und fand ihre Website, allerdings ohne Kontaktdaten. Er entdeckte sie bei Facebook, sie hatte den Namen ihres Exmannes behalten, Walsh. Er betrachtete Fotos von Konzertauftritten und schickte ihr eine Freundschaftsanfrage. Sie wurde innerhalb einer Minute akzeptiert, als hätte Eva darauf gewartet. Kurz danach schickte sie ihm eine Nachricht. »Masser! Wie schön! Eine Stimme aus der Vergangenheit. Ich hoffe, es geht dir gut. Mir ja (den Umständen entsprechend, Frau allein). Gruß (und Kuss), Eva.«

Masser überlegte, welche Umstände dafür verantwortlich sein konnten, dass es Eva nicht wirklich gut ging. In seiner

Antwort gab er ihr eine knappe Zusammenfassung seines Lebens nach ihrem letzten Kontakt. Am Schluss schrieb er, dass er am nächsten Tag nach Urk müsse. Sie antwortete wie erhofft: »Dann musst du mich besuchen, Masser. Seit ungefähr zehn Jahren wohne ich wieder hier. In einem Haus mit eigenem Aufnahmestudio.«

Darunter standen eine Adresse und eine Mobilnummer. »Okay«, schrieb er, »gut! Dann komme ich um elf auf ein Tässchen Kaffee zu dir.« Einen Moment spielte er mit dem Gedanken, sie anzurufen, doch das konnte vielleicht ein bisschen zu aufdringlich erscheinen. Und zu begehrlich, nachdem er fast zwei Jahrzehnte nichts von sich hatte hören lassen – manchmal waren Jahre vergangen, ohne dass er auch nur ein einziges Mal an sie gedacht hatte. Er schloss *Assassin's Creed*, stand auf und ging die Treppe hinunter.

So viele tot. Kann natürlich gut sein. Die meisten meiner Gesprächspartner waren über vierzig. Und bei dem Knochenjob verschleißt man schnell. Rauchen auch alle schwarzen Shag, die Urker Fischer.

Aber alle neun, Masser.

Muss noch geprüft werden.

Bonna würde so was nicht erzählen, wenn sie sich nicht völlig sicher wäre. Deine neun Informanten sind tot.

Merkwürdig, dass Bonna Eva Hoekman nicht aufspüren konnte. Sie wusste doch von ihrer Existenz.

Diese Geschichte ruft dich zurück. So ist das manchmal.

Esoterisches Geschwätz.

Das prägt einen.

Maarten, mein Gott.

Gegen zehn Uhr erreichte Masser Urk. Er hatte seinen Artikel von damals noch einmal sorgfältig gelesen. Zu jedem

Bröckchen Information hatte er die Quelle notiert, sofern er sich noch an sie erinnern konnte. Der Artikel verdankte seine Wirkung vor allem den Informationen von Maarten Hoekman, doch nirgends fand sich ein konkreter Hinweis oder auch nur eine vage Andeutung, durch die man Maarten mit den Aussagen über den Kokainschmuggel hätte in Verbindung bringen können. Das Gleiche galt für den Reeder Lukas Brouwer – Masser hatte seine Informanten gut geschützt. Weil er sehr früh dran war, parkte er den Wagen im Zentrum, stieg aus und ging zum Denkmal für die auf See ums Leben gekommenen Fischer.

Ich hätte Bonna fragen sollen, wann Maarten Hoekman gestorben ist. Und ob auf seinem Grabstein etwas steht, was auf die Todesursache schließen lässt.

Das erfährst du ja gleich.

Dann hätte ich mich vorbereiten können.

Mord.

Das hätte ich doch wissen müssen. Irgendwie hätte ich doch davon erfahren.

Unaufgedeckter Mord.

Er suchte den Namen Hoekman im schwarzen Marmor und fand ihn mehrmals. Schweigend blickte er über das IJsselmeer. Schließlich ging er in Richtung von Evas Haus.

Sie wohnte in einem ehemaligen Schulhaus im Herzen des Dorfes. Masser war nicht einmal allzu überrascht, als er vor der Tür Bonnas schwarzen Porsche stehen sah. Er schaute durch ein Fenster ins Haus und erblickte Bonna, die ihm aus einem Sessel in der Zimmerecke vergnügt zuwinkte. Neben ihr an der Wand lehnte ein Kontrabass.

Nachdem Eva die Tür geöffnet hatte, blickte er sie etliche Sekunden sprachlos an. Die Datei »Eva« in seinem Kopf musste aktualisiert werden. Das fast dreißig Jahre alte Bild einer Achtzehnjährigen mit einem ernsten, schönen Gesicht wurde durch ein neues ersetzt, das einer Frau Mitte bis Ende vierzig, die das Leben sichtlich leichter nahm als ihr junges Alter Ego.

»Eva, ich freue mich unbeschreiblich, dich wiederzusehen.« Glücklicherweise klang es so, wie es gemeint war: ehrlich. Als er sie auf die Wangen küsste, fühlte sich das so normal an, als hätten sie sich vor einer Woche zuletzt getroffen.

»Masser«, sagte sie; ihr Blick ließ ihn nicht los. Er sah, dass sie gerührt war. »Masser.« Sie schien den Namen zu kosten. Er lachte nervös. »Komm rein und häng deine Jacke auf, Masser!«

Er setzte sich auf das altmodische Sofa, an das er sich von Evas Elternhaus zu erinnern glaubte. »Als du mich gestern angerufen hast«, sagte er zu Bonna, »wusstest du also schon, dass du heute hier sein würdest.«

Sie nickte wie ein übermütiges kleines Mädchen.

»Niemand weiß etwas über Eva Hoekman, was?«

Wieder nickte sie. »Kleiner Scherz. Ich dachte: Mal schauen, ob der Kerl noch etwas von einem Journalisten in sich hat. Hättest du sie nicht gefunden, hätte ich dich hergebracht.«

»Ach«, sagte Masser.

Eva setzte sich neben ihn aufs Sofa. Sie ist immer noch schön, dachte er. Auffallend schön, noch schöner, als ich sie in Erinnerung hatte.

»Masser Brock, mein erster Freund«, sagte Eva. »Meine erste Liebe, Freund ist nicht das richtige Wort.« Sie lächelte Bonna verschwörerisch an.

Eva zeigte ihm das Haus, während Bonna im Wohnzimmer blieb. Die Führung endete im Studio.

»Warum bist du zurückgekehrt?«, fragte Masser.

»In Utrecht konnte ich mir so einen Raum nicht leisten. Und wenn man hier aufgewachsen ist, sehnt sich ein Teil von einem immer zurück. Außerdem bin ich sowieso die Hälfte des Jahres auf Tournee.«

Masser sah sie an. »Kann ich verstehen«, sagte er. »Ich hab vorhin auch übers IJsselmeer geschaut. Es hat was Beruhigendes.« Er hätte sie gern berührt, tat es aber nicht. Als sie zum Wohnzimmer zurückkehrten, legte sie ihm kurz den Arm um die Schultern.

»Schön, dass du da bist, Masser.«

»Reißt euch los«, sagte Bonna. »Ich hab fürs Mittagessen in De Kust reserviert. Zu Urk gehört Fisch.«

»Maarten ist am 31. Dezember 1999 gestorben«, sagte Eva. »Wir hatten uns nicht mehr so oft gesehen, höchstens einmal im Monat. Ich hatte viel zu tun. Er war schon eine ganze Weile nicht mehr der fröhliche Junge, der er früher mal gewesen war. Stimmt doch, Masser, oder? Maarten war immer fröhlich.«

Masser nickte. Er suchte nach einem guten Beispiel, doch Eva erzählte schon weiter.

»Ich hatte aber nicht den Eindruck, dass er depressiv war. Na ja, auf Urk sind wir alle gut im Verbergen von Gefühlen. Jeder hier gibt sich stark. Maarten wohnte schon ein paar Jahre in dem Haus in Nagele. Da hast du ihn doch noch besucht, oder? Mein Vater ist manchmal mit dem Rad zu ihm gefahren, weil Maarten nicht mehr nach Urk kommen wollte. Wenn man ihn fragte, warum nicht, sagte er, er hätte Angst. Er wollte aber nie sagen, wovor. Er hat nichts hinterlassen, keinen Brief oder so. Am nächsten Tag wollte ein Nachbar ihm ein glückliches neues Jahr wünschen, er ging hintenrum ins Haus, und da …«

Sie konnte einen Moment nicht weitersprechen.

»Da lag er. Auf dem Sofa. Auf dem Tisch stand noch ein halbvolles Bierglas. Ich hatte ihn kurz nach zwölf angerufen, er nahm aber nicht ab. Aber das ist ja beim Jahreswechsel nicht so ungewöhnlich. Ich dachte, ich rufe ihn tagsüber an.«

»Armer Maarten«, sagte Masser.

»Als du damals wegen deiner Recherchen zu dem Kokain hier warst, haben mich bestimmt zehn Leute angerufen: ›Dein früherer Freund ist auf Urk. Seid ihr wieder zusammen?‹« Sie sagte es im Dialekt der ehemaligen Insel; Masser lachte.

»Auf Urk bleibt nichts unbemerkt, und wenn der frühere Freund von Eva von Herman von Maarten wieder gesichtet wird, wissen das nach wenigen Stunden alle. Auch ich, obwohl ich damals längst weggezogen war. Als ich fragte, was Masser auf Urk wollte, bekam ich ausweichende Antworten. Natürlich wusste jeder, warum du hier warst, aber niemand sprach es aus. Das Wort ›Kokain‹ war tabu. Wenn das Dorf für negative Schlagzeilen sorgt, ist die Außenwelt der Feind, und man macht die Schotten dicht.«

»Als ich nach Amsterdam zurückfuhr, hab ich dich angerufen, aber nicht erreicht«, sagte Masser. »Ich bin sogar noch in Utrecht bei dir vorbeigefahren, es war aber niemand zu Hause.«

Sie schaute ihn an, als müsste sie um Nachsicht bitten. »Ich war zu Hause. Aber am Vorabend hatte mich jemand angerufen. Jemand, der seinen Namen nicht nannte. Er sagte, er wüsste, dass ich mit dir telefoniert hätte. Und dass jetzt wegen mir Dinge in die Zeitung kämen, die für bestimmte Leute ernste Folgen haben könnten. Zum Schluss sagte er: ›Wir wissen, wo du wohnst, und wir wissen auch, wo deine Kinder zur Schule gehen.‹ Das hat mich zu Tode erschreckt. Dann sagte er noch: ›Und dein Bruder hat auch geplaudert. Euch kann man nicht trauen.‹ Danach legte er auf. Ich wusste übrigens sofort, wer es war, das ist dann wieder der Vorteil von einem Dorf, in dem jeder jeden kennt. Hier kann man niemanden anonym bedrohen.«

»Wer …«

»Sage ich dir gleich.«

»Warum haben Sie sich nicht an die Polizei gewandt?«, fragte Bonna. »Es war doch eindeutig Bedrohung!«

»Das tun wir Urker nicht, die Polizei rufen. Und welche Beweise hätte ich denn gehabt?«

»Kein Wunder, dass du keinen Kontakt mehr wolltest«, sagte Masser.

»Wenn jemand andeutet, dass den Kindern etwas zustoßen könnte …«

»Hat Bonna dir von meinen damaligen Gesprächspartnern erzählt?«

»Ja.«

»Mit Evas Hilfe hab ich herausgefunden, was ihnen passiert ist«, ergänzte Bonna. »Von den meisten wusste sie es sowieso.«

»Und?«

»Sie sind in der Zeit von 1998 bis 2009 gestorben«, erklärte Eva. »Zwei von ihnen hatten Krebs. Lukas Brouwer ist bei einem Verkehrsunfall ums Leben gekommen, zusammen mit seiner Frau. Soweit ich weiß, gab es dabei nichts Verdächtiges, er ist einfach aus der Kurve geflogen. Alkohol. Mein Vater war der Letzte, der gestorben ist, vor sechs Jahren. Er war achtundsiebzig. Einer deiner Gesprächspartner war neunundachtzig, als er starb. Ein junger Mann ist auf See über Bord gegangen, in dem schweren Sturm von 2001; ob das einfach nur ein Unfall war, wird man nie herausfinden. Bleiben noch mein Bruder und Meindert, einer der drei Söhne von Lukas Brouwer.«

»Mit dem hab ich nie gesprochen«, sagte Masser. »Der stand nicht auf meiner Liste.«

»Weiß ich, noch einen Moment Geduld. Meindert... das ist eine scheußliche Geschichte. Er ist 1997 oder 1998 nach Spanien ausgewandert. Niemand hat das damals verstanden, Urker wandern nicht aus, und wenn doch, dann in Gegenden mit reichen Fischgründen vor der Küste, nach Chile oder Westafrika. Aber Meindert Brouwer ist nach Spanien gegangen, an die Südküste, den Namen der Stadt hab ich vergessen. Ab und zu kam er nach Urk und erzählte dann jedem, der es hören wollte, wie erfolgreich er war. Einmal ist er noch zu Maarten gefahren und hat ihn gefragt, ob er nicht nach Spanien kommen wollte, er könnte in seiner Firma einen tüchtigen Urker gut gebrauchen. Vielleicht dachte er, Maarten könnte ihn erpressen, und wollte ihn im Auge behalten. Sie wussten ein paar Dinge voneinander, von denen niemand erfahren durfte. Aber Maarten hatte keine Lust, er hat bestimmt geahnt, was für eine Firma das war. Einen Monat nach diesem Gespräch kommt aus Spanien die Nachricht, dass Meindert Brouwer ermordet worden ist. Russische Mafia, türkische Mafia, sizilianische Mafia, albanische Mafia – man hörte alles Mögliche. Sie hatten ihn erst übel zugerichtet, mit einer Black & Decker. Meinderts Frau und seine drei Kinder kehrten mit dem Sarg nach Urk zurück. Meindert bekam einen schönen Gottesdienst und wurde beerdigt, und danach hat niemand mehr ein Wort über ihn verloren. Seine Frau wohnt im Haus ihrer Schwiegereltern, der verrückten Villa mit dem beweglichen Ruderhaus.«

»Ich wusste es doch«, sagte Masser. »Ich wusste es, als ich bei diesem Lukas Brouwer seekrank wurde. Mit dem stimmte was nicht, er spielte mit mir. Katz und Maus.«

»Der Mann, der mich damals angerufen und mir gedroht

hat, war Meindert Brouwer«, erklärte Eva. »Ich hab ihn sofort an der Stimme erkannt, er war mal ein Jahr in meiner Klasse. Wenn es nicht alles so schrecklich wäre, könnte man sich totlachen. Die Urker Koksmafia! Ich war ehrlich gesagt nicht traurig, dass er ermordet wurde.«

»Verständlich. Hat man die Täter jemals gefasst?«

»Nein, natürlich nicht. Es wird wohl die Konkurrenz gewesen sein. Oder er hatte Abmachungen nicht eingehalten. Wie das in dem Milieu so ist: Da kommt nicht der Gerichtsvollzieher, sondern ein paar Männer mit halbautomatischen Waffen und Folterwerkzeug.«

»Und Maarten? Ist in den Jahren nach seinem Tod nie etwas herausgekommen? Über seine Rolle bei alldem? Oder warum er sich umgebracht hat?«

»Angst«, sagte Eva. »Aber das hat niemand gesagt, das habe ich mir so zurechtgelegt. Man kann solche Angst haben, dass man nur einen Ausweg sieht, und der ist zufällig genau das, wovor man solche Angst hat. Seltsam, nicht? Vielleicht haben wir mehr Angst vor der Todesgefahr als vor dem Tod selbst.«

Masser holte tief Luft und starrte lange auf die Bläschen in seinem Mineralwasser. Dann schaute er Eva mit Tränen in den Augen an. »Glaubst du, ich habe ihn umgebracht, mit diesem verdammten Artikel?«

»Das wissen wir nicht«, antwortete Bonna. »Zwischen deinem Artikel und seinem Tod liegen mehr als vier Jahre. Vielleicht ist in diesen Jahren noch etwas anderes passiert. Aber ich fürchte, du musst mit dieser Ungewissheit leben.«

Masser warf ihr einen wütenden Blick zu. Wie konnte sie so kühl und analytisch bleiben. Aber sie hatte recht. »Klaas Joppe«, sagte er zu Eva. »Sagt dir der Name etwas?«

»Klar«, antwortete Eva. »Der ist eine Weile mit Maarten auf

demselben Kutter gefahren. Ist verunglückt, glaube ich. Auch schon lange her.«

»Ist über diesen Unfall jemals Näheres bekannt geworden? Hast du mal irgendwelche Gerüchte gehört?«

»Gerüchte?«

»Dass es da etwas Verdächtiges gab.«

»Nein.«

»Darüber musst du mir nachher mehr erzählen, Masser«, sagte Bonna streng.

Bonna schrieb einen Artikel, in dem sie den Urker Kokainschmuggel-Fall rekonstruierte, einschließlich des systematischen Wegschauens der Polizei. Sie hatte sogar einen Polizeibeamten aufgespürt, der mit dem Fall zu tun gehabt hatte; vielleicht war es der Mann, der Maarten so in Angst versetzt hatte, dachte Masser. Sie hatte in Polizeiarchiven nach Dokumenten zum Tod von Klaas Joppe gesucht. Im Abschlussbericht stand, dass man im Blut des Opfers keine Spuren von Alkohol gefunden habe; die Unfallursache blieb im Dunkeln. Bonna schrieb, ein Zusammenhang zwischen dem Kokainschmuggel und Joppes Tod könne nicht nachgewiesen werden, zitierte aber Maarten Hoekmans Äußerungen über die verdächtigen Umstände von Klaas Joppes angeblichem Unfall – Masser hatte sie noch wörtlich in Erinnerung.

Bonnas Artikel erregte weniger Aufsehen, als er erwartet hatte. Nun lag der Fall ja auch lange zurück, über Abrechnungen im Drogenmilieu wurde manchmal nicht einmal mehr berichtet, die Leute hatten andere Sorgen. Die meisten Leser hatten den Artikel vermutlich mit einem Schulterzucken abgetan.

Bonna rief Masser an. »Ich habe noch kurz mit Eva telefoniert. Nachsorge, Masser, sehr wichtig. Ich glaube, die hast du damals ein bisschen vernachlässigt. Aber gut, du warst noch jung und hattest es eilig. In Urk hat man auffällig ruhig auf den Artikel reagiert, sagt sie. Oder niemand liest da *De Nieuwe Tijd*, das kann natürlich auch sein. Aber deswegen rufe ich nicht an. Diese Eva ist ein Klasseweib, Masser. War dir das damals eigentlich klar?«

»Sicher«, sagte Masser.

»Ich meine, ein Klasseweib in jeder Hinsicht. Nüchtern, klug und unheimlich nett. So was findet man nur noch selten. Hörst du die Musik?«

»Ja.«

»Jazz, mit Eva H. am Kontrabass. Hab ich auf Spotify gefunden.«

»Ah. Muss ich gleich auch mal suchen.«

»Musikerinnen sind immer ganz reizend. Wusstest du das nicht?«

»Äh … darüber hab ich noch nicht nachgedacht.«

»Ist so. Und ist dir aufgefallen, wie Eva dich angesehen hat, als du zu ihr kamst? Du hast sie übrigens auch angestarrt, als wäre sie ein Geist.«

»Ich achte da nie so drauf.«

»Nein. Aber ich. Sie stand da wie vom Blitz getroffen, wie man so schön sagt.«

»Oh. Ich war erst auch ganz durcheinander. Ich hatte sie ja mehr als ein Vierteljahrhundert nicht gesehen.«

»Masser, im Ernst. Du musst sie anrufen und dich mit ihr treffen. Das ist kein Rat, das ist ein Befehl. Der neunzehnjährige Masser war offenbar weniger blind als der siebenundvierzigjährige, oder wie alt bist du eigentlich?«

»Stimmt.«

Am nächsten Tag rief er Eva an, und sie verabredeten sich.

XXII

Thronrede

Masser vermisste die tägliche Routine des Kolumnenschreibens, er vermisste seine Runde an der Spaarne, und der Fischstand in der Nähe der Redaktion konnte es mit dem in Haarlem nicht aufnehmen, doch zur allmählichen Gewöhnung kamen neue Gewohnheiten. Am 1. Oktober, dem Jahrestag der Zeitung, musste er vor versammelter Redaktion eine Rede halten, die bei *De Nieuwe Tijd* schon seit den Tagen von JSH I »die Thronrede« genannt wurde. Dafür bat er Mia um Hilfe.

Nach der Pantschagan-Enthüllung hatten sie zwei Wochen kaum miteinander gesprochen; Masser konnte sich nicht erinnern, dass so etwas schon einmal vorgekommen war. Dann hatte Jimi genug. Er rief seine Mutter an und bat sie, zu ihm und Masser zu kommen. Als Masser von der Arbeit nach Hause kam, fand er sie im Wohnzimmer vor. Jimi hatte sich schon in seinen Loft zurückgezogen. Mia stand auf, ging Masser entgegen und umarmte ihn.

Als Masser sie einige Wochen später in seiner Verzweiflung anrief und erklärte, er müsse eine Rede halten, bringe aber keinen Buchstaben zu Papier, musste Mia erst einmal herzhaft lachen. Schon das half, um ihn ein wenig zu beruhigen.

»Und jetzt?«, fragte Mia, als sie genug gelacht hatte.

»Jetzt musst du mich retten. Ich bin etwas, das ich gar nicht sein wollte, aber das lässt sich im Augenblick nicht ändern.

Und nun muss ich eine Ansprache halten, die Thronrede. Darin muss so etwas wie eine Vision erkennbar werden. Die ganze Redaktion erwartet gespannt die jährliche Predigt des Chefredakteurs. Mit einer Zukunftsvision. Das Problem ist nur: Die habe ich nicht. Was hat Tupp noch gesagt? Visionen wären Elefanten, die im Weg stehen, oder so ähnlich.«

»Darüber hast du damals eine schöne Kolumne geschrieben. Überschrift ›Ohne Vision‹.«

»Ich bin Kolumnist, kein Chefredakteur. Als Kolumnist hatte ich reichlich Zukunftsvisionen, aber in meiner neuen Rolle sehe ich nur ein schwarzes Loch. Ich bin ratlos. Bonna und CSH hab ich auch schon angerufen. Ich brauche Input.«

»Von der Zeitungswelt verstehe ich zu wenig.«

»Aber du weißt, worauf es bei einer Rede ankommt. Und du bist mir noch etwas schuldig.« Er hörte einen tiefen Seufzer und dann das leise Kichern, das bei Mia oft der Anfang eines Lachanfalls war.

»Okay. Morgen Abend um acht bin ich bei dir.«

Und so kam es, dass Masser seine Ansprache mit einem Kurzporträt seines vierundzwanzigjährigen Neffen Jimi begann, den er noch nie eine Zeitung habe lesen sehen. Einige seiner Zuhörer nickten, es war ein bekanntes Problem. Dann kam er auf den Ministerpräsidenten zu sprechen. »Achtundvierzig Jahre alt, liest ebenfalls nie eine Zeitung. Ich zitiere ihn wörtlich: ›völlig überflüssig‹. Er bekommt von seinen Mitarbeitern täglich eine Zusammenfassung aller wichtigen Ereignisse, das reicht ihm. Und er ist in Den Haag keine Ausnahme.«

Die Zeitung auf Papier, sagte Masser, werde zu einer Randerscheinung. »Weil die Wähler nicht mehr durch sie beeinflusst und informiert werden, nimmt auch bei Politikern das Interesse an ihr ab.« Die beiden Gruppen kommunizierten inzwischen auf andere Arten miteinander. Das Gleiche gelte für das Verhältnis zwischen den Produzenten und den Konsumenten, dem Sport und den Sportfans, den Künsten und den kulturell Interessierten. »Wir sind dabei, unsere Vermittlerrolle zu verlieren, wir werden aus den Kommunikationsbeziehungen verdrängt, und das ist der Anfang eines langsamen und schmerzvollen Todeskampfes.«

»Zuerst ausführlich die bedrohliche Lage schildern«, hatte Mia gesagt. »So mache ich das in den Reden für Tupp auch. Erst Saures, dann Süßes.«

»Siebzehn Prozent unserer Leser sind älter als achtzig Jahre«, sagte Masser. »Ich kenne sogar einen Hunderteinjährigen, nämlich meinen Großvater.« Er blickte die Sitzreihen entlang.

Ich könnte jetzt auch sagen, dass ich als Chefredakteur zurücktrete.

Dass du dir ein Vierteljahr den Arsch aufgerissen hast und jetzt jemand anders ranmuss.

Dass ich mich geirrt habe, dass ich keine Ahnung habe, wie es weitergehen soll.

Dass dieser sogenannte Knüller nichts als heiße Luft war.

Er lächelte. »Das bedeutet nicht, dass *De Nieuwe Tijd* verloren ist«, fuhr er fort. Dann entwarf er ein Bild von der Zeitung der Zukunft, ein Bild, das er allerdings zum größten Teil einem internen Bericht der *New York Times* entnommen hatte – ein amerikanischer Freund von Bonna hatte ihm dazu verholfen. Er sprach über die hochqualifizierten Bürger des Jahres 2040 – »Einige von euch sind dann noch nicht einmal pensioniert!« – und wie sie sich über aktuelle Entwicklungen informieren würden: »Nicht mit der Zeitung auf dem Küchentisch.«

Nach einigen Umwegen und detailreichen Erörterungen

kam er zum Schlussakkord. »*De Nieuwe Tijd* muss eine Zeitung werden, die auf allen modernen Kommunikationsforen präsent ist, um die Bürger zu informieren, zu ihrer Meinungsbildung beizutragen und sie zu unterhalten; eine Zeitung, die über die Tagesmoden hinausblickt – weit hinausblickt.« Diese Sätze stammten mit geringfügigen Abweichungen von Charles Schuurman Hess, der sie in einer fünfzehn Jahre alten Thronrede gefunden und Masser zugemailt hatte.

Er brachte all dies nur mit Mühe über die Lippen, er hörte sich Klischees aussprechen, als wären es tiefe Weisheiten, und wunderte sich, dass niemand »Blödsinn!« rief.

Am Abend saß er niedergeschlagen zu Hause. Ich habe mich selbst in ein schwarzes Loch hineingeredet, dachte er. Ich weiß nicht, wie ich das alles wahrmachen soll.

Er lebte ein wenig auf, als Eva anrief und sagte, dass sie am nächsten Tag zu einem Konzertauftritt nach Amsterdam müsse. »Vielleicht können wir zusammen was unternehmen.«

»Komm nach Haarlem«, sagte Masser.

»Gut.«

»Übernachte bei mir.«

»Gut.«

»Wo trittst du auf?«

»Bimhuis.«

»Ich komme.«

Eine typische Urker Konversation, dachte Masser. Kein Wort zu viel.

De Nieuwe Tijd erlebte trotz der Skepsis des neuen Chefredakteurs eine rasche Transformation. Masser beobachtete sie voller Verblüffung, er hatte das sichere Gefühl, dass all dies ohne sein Zutun geschah.

Als Eva zum zweiten Mal nach Haarlem kam, aßen sie zusammen in einem stilvoll eingerichteten Restaurant im Zentrum. »Durch meinen Antritt als Chefredakteur habe ich Leere geschaffen«, sagte Masser. »Ich hatte keine Ahnung, was ich tun sollte, und das war genau das, was *De Nieuwe Tijd* brauchte. Alles entsteht aus Leere, aus Raum, aus Nichts. Aus der Freiheit, die das Nichtwissen mit sich bringt.«

»Dies auch?« Sie machte eine Handbewegung von sich zu ihm und wieder zurück.

»Es gibt Ausnahmen«, antwortete Masser.

Als er das nächste Mal seine Schwester besuchte und seine Theorie dem Premier darlegte, schaute der ihn triumphierend an. »Endlich hast du's begriffen«, meinte er. »*Laisser faire.*«

Obwohl er nun täglich in der Redaktion war, merkte Masser, dass sich die Distanz zwischen ihm und den Kollegen vergrößerte. Er schrieb das seinem Aufstieg in der Hierarchie und seinem Alter zu – er erinnerte sich, wie er selbst CSH II gesehen hatte, als er mit vierundzwanzig dessen Büro betreten hatte, und er war inzwischen älter als Charles damals. Es gab aber noch etwas, das sich zwischen ihn und seine Zeitung schob: seine eigenen Zweifel. Es war, als hätten der Tod von Steven van Maren, die Mauscheleien in der Pantschagan-Affäre und die zum Leben erweckten Gespenster von Urk in seinem Kopf bösartige Zellen aktiviert, die sich teilten und teilten und zu etwas heranwucherten, das einen pechschwarzen Schmerz verursachte. Manchmal ließ er Eiswürfel aus dem Eisspender des amerikanischen Kühlschranks in seinem Büro in die Handfläche kullern und hielt sie an seine Stirn, um das Stechen zu lindern. Er wanderte in Gedanken versunken durch die Redaktion, ohne jemanden zu sehen, als suche er nach dem Gefühl des jungen Masser, nach einer Antwort auf die Frage, warum er hier war. Immer öfter fragte er sich, wieso er all das zugelassen hatte, was in den vergangenen Monaten geschehen war. Schuldgefühl, dachte er. Pflichtbewusstsein. Vielleicht war er eitler, als er sich eingestehen wollte. Doch er befürchtete, dass er tiefer in sein Inneres hinabsteigen musste, um die richtige Antwort zu finden, so tief, dass ihm schon im Voraus angst und bange wurde.

Schau ihn dir an, wie er da unter seinen Mitarbeitern steht, der erfolgreiche Chefredakteur der Nieuwe Tijd. *Niemand weiß, wer er wirklich ist, nur er selbst.*

Er weiß es auch nicht.

Er hat sich für die Sünden seiner Zeitung geopfert. Er ist der Jesus des Journalismus. Halleluja.

XXIII

Heino Graf von Ramstein zu Hohenhausen

Masser wartete auf den Moment, in dem Charles Schuurman Hess ihm mitteilen würde, dass er *De Nieuwe Tijd* nicht mehr aus den Klauen der Stiftung In Der Gosse retten könne. Doch dieser Moment kam nicht; er hatte die Dickköpfigkeit des alten CSH II unterschätzt. Unermüdlich suchte Charles nach einer Alternative, mit der er seinen Großvater austricksen und sicherstellen konnte, dass die Zeitung im Besitz seiner Familie blieb. Für ihn war das zu einer Ehrensache geworden, auch weil er sich schuldig fühlte: Er hatte den Schuurman Hess in die Welt gesetzt, der alles hingeworfen hatte.

»Ich könnte dich adoptieren«, sagte er eines Tages zu Masser. »Wie würde dir das gefallen? Masser Schuurman Hess, klingt gut. Sehr viel nobler als Brock, das musst du zugeben.«

»Das geht mir zu weit«, antwortete Masser. »Ich möchte mit siebenundvierzig nicht mehr adoptiert werden. Und für meine Eltern wäre das auch nicht schön.«

Die strikten Bedingungen des alten Hafenbarons hingen wie Mühlsteine an Charles' Hals und drohten ihn in die Tiefe zu ziehen. Allmählich drängte die Zeit: Am 1. Januar 2015, sechs Monate nach dem offiziellen Ausscheiden von Joris Schuurman Hess, würde das Urteil vollstreckt werden, und die *DNT*-Anteile würden der Stiftung zufallen; von dort, so erwartete CSH, würden sie sehr schnell an einen Investmentfonds oder ähnliche Interessenten verkauft werden. Anfang

Dezember lud er Masser und Bonna zu einem Abendessen in Roberto's Restaurant im Hilton ein. »Keijzer ist zu schlicht für das, was ich euch mitzuteilen habe«, mailte er. »Es ist keine Lunch-Neuigkeit.«

Masser und Bonna saßen schon am Tisch, als CSH eintrat, mit Heino Graf von Ramstein zu Hohenhausen an der Leine. Er sprach kurz mit dem Restaurantchef, der Bedenken gegen die Anwesenheit des riesigen Bernhardiners zu äußern schien. »Ich habe für vier Personen reserviert«, hörten sie Charles sagen, »und nirgendwo stand, dass der vierte Gast kein Hund sein darf, der übrigens in puncto Kultiviertheit einen großen Teil Ihrer dubiosen Klientel von Protzern und Proleten hinter sich lässt.«

Der Oberkellner machte eine Geste der Resignation, vermutlich dachte er an die großzügigen Trinkgelder, die Charles Schuurman Hess zu geben pflegte. »Fein«, sagte CSH. »Ich hatte nichts anderes erwartet.« Er setzte sich an den Tisch und befahl Heino, neben ihm Platz zu nehmen. Bonna nickte beifällig.

CSH schien ein wenig von seiner alten Munterkeit wiedergewonnen zu haben. »Ich soll euch herzlich von Joris grüßen«, sagte er. »Dem gefällt's in der Toskana über alle Maßen gut. Er verbringt seine Tage damit, regionale Weine zu verkosten, die italienische Küche zu genießen und seine neue Freundin zu vögeln. Zwischendurch hört er Verdi-Opern. Also, den können wir vergessen. Meine Schuld. Ich hab ihn noch gefragt, ob demnächst ein junger Schuurman Hess zu erwarten ist, aber das hat er verneint. Es würde ihn nur von den Dingen abhalten, die wirklich zählen, hat er gesagt. Egoist. Überhaupt kein Herz für die Sache, aber das wussten wir ja schon.«

»Erklär uns kurz, wie die Dinge stehen«, sagte Bonna. »Masser weiß es vermutlich, aber ich bin nicht eingeweiht.«

CSH seufzte. »Ich muss sozusagen mit meinem Großvater die Klingen kreuzen. Seine Bestimmungen sind so wasserdicht, dass mir in absehbarer Zeit keine Wahl mehr bleibt. Ich habe prüfen lassen, ob ich selbst formal wieder die Leitung übernehmen kann, bis sich dank göttlichen Eingreifens eine Lösung findet. Mein Anwalt hat zu einem unverschämten Stundentarif die Stiftungsstatuten studiert und ist zu der Schlussfolgerung gelangt, dass diese Möglichkeit ausgeschlossen ist. Mein Großvater hat in Generationen gedacht. Bei der königlichen Familie kann im Notfall noch ein Regent ernannt werden, für die Zeit, bis die Kronprinzessin achtzehn ist und den Laden übernehmen kann. Der alte Schurke hat das unmöglich gemacht, ich weiß nicht, warum. Vermutlich aus Lust am Schikanieren.«

»Und nun? Bist du selbst noch imstande, für Nachwuchs zu sorgen?«, fragte Bonna feixend.

»Ich schon, aber meine Frau nicht mehr. Und sie will sich nicht scheiden lassen, damit ich mich an einer Dreißigjährigen mit Kinderwunsch vergreifen könnte. Das muss ich respektieren.«

»Also?«

»Das erkläre ich euch jetzt.« Er zeigte auf Heino.

»Was ist mit Heino?«

»Hier liegt der neue Herausgeber und Eigentümer der *Nieuwe Tijd*.« Er sagte es in entschuldigendem Ton.

Masser hatte gerade einen Schluck von seinem Barbaresco genommen, der nun zum Teil durch seine Nase auf den Tisch sprühte. Bonna starrte Charles verblüfft an. Sie hatte nie Angst vor unkonventionellen Ideen und pragmatischen Lösungen gehabt, aber dies war auch für sie ein starkes Stück. Charles wartete ruhig ab, bis seine Tischgenossen sich wieder halbwegs gefangen hatten.

»Es ist ein guter Witz«, sagte er schließlich, »aber auch ernst gemeint. Gestern habe ich den ersten Interessenten an den neuen Eigentümer verwiesen und ihm viel Erfolg für die Verhandlungen gewünscht.«

Masser konnte wieder einen klaren Gedanken fassen. »Und was hat dein Anwalt dazu gesagt?«

»Der ist, wiederum nach dem Studium zahlloser Dokumente und zu einem Stundentarif, für den man hier eine Woche lang zu Mittag *und* zu Abend essen könnte, zu dem Ergebnis gekommen, dass nichts einer zeitweiligen Übertragung der Eigentumsrechte an *De Nieuwe Tijd* auf Heino Graf von Ramstein zu Hohenhausen im Wege steht, vorausgesetzt, dass ich den Hund als meinen rechtmäßigen Erben einsetze, was inzwischen geschehen ist. Selbstverständlich habe ich mit Joris darüber gesprochen. Der hat sich nach allerlei Wenn und Aber einverstanden erklärt, unter der Bedingung, dass er wiederum Heino beerbt. Vorläufig, natürlich.« Charles schaute sie triumphierend an, als erwarte er Applaus. »Auf diese Weise habe ich meinen Großvater und Namensvetter geschlagen, darauf läuft es hinaus. Und ich bin verflucht stolz darauf. Ich habe einen Schutz gegen feindliche Übernahmen geschaffen, wie er noch nie jemandem eingefallen ist.« Er warf einen liebevollen Blick auf Heino, der dösig vor sich hin starrte. »Wie denkst du darüber, Heino?«

»Ich brauche noch ein Glas Wein«, sagte Bonna.

»Aber Heino …« Masser spürte, dass sich ein heftiger Lachkrampf ankündigte.

»Caligula wollte sein Lieblingspferd zum Konsul ernennen«, sagte CSH. »*Das* ist richtig verrückt. Ich habe im Lauf der Jahre immer wieder Berichte über steinreiche amerikanische Witwen gelesen, die ihr Kapital ihrer Katze oder einem hässlichen kleinen Sabberhündchen vermacht haben. So absurd ist das also gar nicht. Jedenfalls erfülle ich damit alle Bedingungen in den Statuten unserer Stiftung. Ehrlich gesagt hat mich das selbst überrascht. Da sieht man mal wieder, dass man sich nur trauen muss, außerhalb eingefahrener Bahnen zu denken.« Seine Blicke baten um Verständnis. »Klar, ich finde es auch nicht normal, dass der Hund plötzlich ein Zeitungsmagnat ist.«

Masser hatte sein Gesicht in den Händen verborgen und lachte schluchzend.

»Natürlich ist das eine vorübergehende Lösung«, fuhr CSH unbeirrt fort. »Das kann gar nicht anders sein, denn Heino ist immerhin schon neun, und Bernhardiner werden nicht besonders alt. Ich muss einfach Zeit gewinnen, ich spüre den heißen Atem der Verfolger im Nacken. Erst recht, seit bei der Zeitung ein frischer Wind weht, dank Masser. Oder trotz Masser, was weiß ich. Ich kann jederzeit beschließen, Heino wegen inkompetenter Führung von seinen Aufgaben zu entbinden, so dass die Anteile erneut mir zufallen. Nur bringt das nicht viel, denn dann gilt sofort eine neue Frist, nach deren Ablauf ich *De Nieuwe Tijd* an die Stiftung verliere. Aber erst mal hab ich Ruhe.«

»Ich bespreche dann also einmal im Monat alles Wichtige mit Heino«, brachte Masser noch heraus, bevor er wieder von Lachen geschüttelt wurde.

»So ungefähr. Darüber habe ich mit meinem Anwalt noch nicht geredet. Vielleicht solltest du Heino diesbezüglich eher als Rechtsperson sehen und weniger als … als Hund. Ach, Mensch, ich hatte erwartet, dass ihr mich für diesen genialen Schachzug mit Lob überschütten würdet. Stattdessen lacht der eine sich schlapp, und die andere starrt mich an, als hätte ich meinen Schwanz auf den Tisch gelegt und würde damit Kunststückchen vorführen. Herr Ober!«

Über das taktische Manöver von Charles Schuurman Hess berichteten bald nicht nur die nationalen, sondern auch internationale Medien. Heino, der Bernhardiner, als Verleger und Eigentümer sorgte dafür, dass *De Nieuwe Tijd* mehr denn je den Ruf einer höchst eigenwilligen Zeitung genoss. Anscheinend ist das vollkommen Absurde schon eine Empfehlung, dachte Masser. Was früher ein Grund für eine Abo-Kündigung gewesen wäre, lockt heute Neugierige an. In einem Leitartikel erklärte Masser ausführlich, warum Charles Schuurman Hess sich für diese extreme Lösung entschieden habe: um *De Nieuwe Tijd* (»Ihre Zeitung«) nicht in die Hände der »Investmentgangster der Londoner City« fallen zu lassen, die sie erst auspressen und anschließend achtlos wegwerfen würden. Diese Erklärung kam gut an. Heino Graf von Ramstein zu Hohenhausen wurde zur Talkshow von Cees Krook eingeladen, wo er genau einmal bellte, und zwar nach Krooks Feststellung, man könne den Hund als Symbol für den Kampf gegen den »Heuschreckenkapitalismus« betrachten, der im Begriff sei, »alles Wertvolle zu zerstören«.

Eine junge Kollegin aus dem Layout hatte T-Shirts mit einem Porträtfoto von Heino entworfen, darunter der Text HIER WACHT HEINO und das Logo der *Nieuwe Tijd*. Man konnte gar nicht genug davon drucken; es war, als würden alle, die von Spekulanten und Abzockern, vom Ungeist der Bereicherung auf Kosten der Allgemeinheit die Nase voll hatten, in Heino den erträumten Verbündeten sehen.

»Vielleicht sollten wir Heino einen Posten im Kabinett anbieten«, sagte der Premier, als ihn jemand auf das Phänomen ansprach.

XXIV

Der Cartoon

An einer Wand von Massers Büro hing eine große Zeichnung, eine Darstellung von Masser Brocks Theorie der Wahrheitsschichten durch den wichtigsten Cartoonisten der Zeitung, Beau Lafaille. Masser hatte sie zu seinem Abschied als Kolumnist bekommen. Es war der Längsschnitt eines Kopfes, dank des Profils unschwer als der von Masser Brock zu erkennen. Das Gehirn im Schädel hatte einen Schichtaufbau, wobei die einzelnen Schichten in winziger Schrift vollgekritzelt waren. Die Texte verwiesen auf verschiedene Themen, mit denen sich Masser im Laufe der Jahre in seinen Kolumnen auseinandergesetzt hatte. In jeder Schicht änderte sich irgendetwas, Annahmen aus der nächsthöheren Schicht wurden entkräftet und durch andere ersetzt. Weiter innen standen nur noch Schlüsselwörter mit Fragezeichen dahinter und schließlich in der Mitte unten, in dem kleinen Gebiet, das vermutlich Massers Reptiliengehirn sein sollte, nichts als ein Fragezeichen. Masser verweilte oft vor der Zeichnung und betrachtete sie. Immer wieder beschlich ihn das Gefühl, dass Lafaille das Wesen der Wahrheiten tatsächlich auf desillusionierende Weise eingefangen hatte. Letztlich endete die Suche nach der Wahrheit in seinem Reptiliengehirn mit einem großen Fragezeichen.

Ab und zu setzte er sich auch auf die Harley von JSH I und starrte die Zeichnung an. Und jedes Mal wuchsen seine Zweifel. Er überlegte, ob die Zeichnung nicht ein naives Denken karikierte, die journalistischen Vorstellungen eines idealistischen Grünschnabels, der nichts über die Wirklichkeit wusste. Die Wirklichkeit ist eine Pyramide, dachte er. Unter jeder Wahrheit liegt nicht *eine* andere, sondern zwei. Und darunter vier. Und so weiter. Bis alles derart komplex ist, dass niemand es mehr durchschaut. Je tiefer man buddelt, desto unübersichtlicher das, was man findet. Aber wen interessiert das überhaupt? Es gibt nicht eine Wahrheit, es gibt unendlich viele Wahrheiten. *Die* Wahrheit ist eine Übereinkunft, ein Glaubenssatz; sie hilft, die Illusion einer gewissen Übersichtlichkeit zu erhalten und die Menschen zu beruhigen. Und Zeitungen zu verkaufen.

Er überlegte, ob er sich auch ein Motorrad kaufen sollte.

Einmal fand ihn Charles Schuurman Hess auf der Harley sitzend vor. CSH war der Einzige, der ohne anzuklopfen das Büro des Chefredakteurs betrat. Er hatte Heino bei sich.

»Hurra, die Stunde meiner Entlassung ist gekommen«, rief Masser.

»Noch nicht«, erwiderte CSH. »Oder bist du anderer Ansicht, Heino?« Der Hund schaute ihn ergeben an, richtete den Blick dann auf Masser und bellte einmal kurz. »Du bekommst eine Zulage«, übersetzte CSH.

Masser zeigte auf den Cartoon von Beau Lafaille. »Ist dir klar, dass diese Zeichnung letztlich auf das zurückgeht, was du damals bei unserem allerersten Gespräch, hier in diesem Büro, zu mir gesagt hast? Über die Wahrheit unter der Wahrheit?«

»Das hab ich zu allen Neulingen gesagt«, erwiderte Charles Schuurman Hess. »Ich wusste natürlich auch, dass es nicht ganz der Realität entsprach, aber wenn ich es dann jemandem mit dem Feuer der Begeisterung erklärt hatte, hab ich eine Weile selbst wieder daran geglaubt.«

Masser stieg vom Motorrad. »O Mann, Charles«, sagte er.

Als er nach mehr als einem Jahr auf dem Posten des Chefredakteurs erneut zu Cees Krooks Talkshow eingeladen wurde, wusste er, dass es Zeit wurde, das Intermezzo zu beenden, weil er sonst entweder verrückt werden oder anfangen würde, an seinen eigenen Mythos zu glauben und sich darin zu verfangen. Krook las lässig einen Text vom Teleprompter ab. Er stellte Masser Brock als den Journalisten vor, »der dabei ist, die respektable, aber ein wenig schläfrig gewordene Institution *De Nieuwe Tijd* in ein swingendes Medienunternehmen zu verwandeln, denn praktisch überall, wo es nach Neuigkeiten und Trends riecht, kommt man an ihr nicht mehr vorbei. Über die Fortschritte muss er übrigens jede Woche einem Bernhardiner Bericht erstatten.« Danach wandte er sich Masser zu.

»Ich nehme an, dass Heino Graf von Ramstein zu Hohenhausen außerordentlich zufrieden ist.« Ein Foto des Hundes wurde eingeblendet.

»O ja, sehr«, antwortete Masser. Er hatte keine Lust, schon wieder über den Hund zu sprechen. Einen Moment spielte er mit dem Gedanken, all seine Zweifel zu offenbaren, einen knappen Vortrag über die Wahrheit zu halten und vor einer Million Zuschauern seinen Rücktritt als Chefredakteur zu erklären.

»Stimmt es«, fragte Krook, »dass sogar Kollegen von der *New York Times* bei Ihnen waren, um sich aus der Nähe anzusehen, wie hier in den Niederlanden eine neue Art von Zeitung entwickelt wird? Eine innovative Informationsquelle? Sozusagen der nächste Schritt in der multimedialen Verbreitung von Information?«

»Das stimmt«, antwortete Masser. »Ich muss allerdings bekennen, dass wir auch in New York gewesen sind, um zu sehen, wie *sie* es machen. Und beim *Guardian*. Besser gut abgeguckt als schlecht ausgedacht, sage ich immer.«

Darüber musste Cees Krook herzhaft lachen. Ja, so sehe er das auch.

»Gelungener Auftritt«, sagte Mia, als sie ihn anrief. Er war noch im Auto auf dem Heimweg. »Du bist der geborene Schauspieler, Mass. Je bescheidener du dich gibst, desto mehr Leute halten dich für eine Art Wunderheiler. Tupp möchte dich gern in seinem nächsten Kabinett haben.«

»Ja, wie Heino. Sag ihm, er soll nicht so viel saufen.« Im Hintergrund hörte er Gelächter. »Morgen Abend fahre ich zu Charles Schuurman Hess und sage ihm, dass er einen Nachfolger für mich suchen soll.«

»Er will nicht weitermachen«, hörte er Mia zum Premier sagen.

»Er ist verrückt, der *ol' chap*.«

»Tupp sagt, du bist verrückt.«

»Ich meine es ernst.«

»Komm morgen Mittag nach Den Haag, dann können wir schön zusammen essen.«

»Ich glaube, du bist nicht glücklich«, stand in einer WhatsApp-Nachricht von Eva Hoekman – sie hatte den Namen Walsh in ihren Kontaktdaten gelöscht, mit dem Einverständnis ihrer Kinder. Es wunderte Masser nicht, dass sie seine Pose mühelos durchschaute.

Sie kennt noch den wahren Masser Brock. Eine frühe Version, die dem Original ziemlich nahekam.

Was wirst du ihr antworten?

Dass sie recht hat.

Frag sie dann gleich, wann sie wieder nach Haarlem kommt.

Bei seiner Heimkehr sah er, dass in Jimis Loft noch Licht brannte. Er ging die Treppe hinauf, Jimi und Jeroen saßen auf dem Sofa. Sie waren an diesem Tag mit dem alten André zu einer Werft irgendwo in Groningen gefahren, wegen einer »wichtigen Mission«, wie Jimi es am Morgen ausgedrückt hatte.

»Mission erfüllt?«, fragte Masser.

»Ja«, antwortete Jimi. »Alles geregelt. Muss aber noch einiges an Arbeit reingesteckt werden, es ist nämlich nicht viel mehr als ein Wrack, aber das ist gerade das Schöne dran.« Jeroen winkte ihn heran, er hatte seine Kamera in der Hand. Masser betrachtete die Fotos von einem alten Kahn, der einmal ein schönes Schiff gewesen sein musste. Das zweite Wrack in der Geschichte der Familie Brock, dachte er. Wir lieben Wracks.

XXV

Die argentinische Verbindung

Masser Brock klingelte an der Tür des Herrenhauses in Amsterdam-Zuid, in dem Charles Schuurman Hess seit einem halben Jahrhundert wohnte. Er war noch nie dort gewesen, alle Gespräche mit dem alten Zeitungsmagnaten hatten in der Redaktion oder in Restaurants stattgefunden. Doch diesmal hatte er Charles gefragt, ob er zu ihm nach Hause kommen könne.

»Ich glaube, es sollte vorerst niemand von unserem Gespräch wissen«, sagte er. »In der Bodega Keijzer lauert neuerdings die Klatschpresse, und in der Redaktion fällt es erst recht auf, wenn wir uns treffen.«

»Voll und ganz deiner Meinung«, antwortete Charles. »Zufällig habe ich auch für dich Neuigkeiten, die noch eine Weile unter uns bleiben müssen. Hast dich übrigens gut geschlagen bei dem komischen Krook.«

Im Salon von Charles Schuurman Hess hingen zwei Gemälde von George Hendrik Breitner, und auch sonst verriet die Einrichtung großen Wohlstand. Charles hörte Masser geduldig an, während seine Frau regelmäßig hereinkam, um die Gläser nachzufüllen. »Ich verstehe dich und kann gar nicht genug betonen, wie unendlich dankbar ich dir bin für alles, was du in den anderthalb Jahren geleistet hast. Das sage ich natürlich auch im Namen des Grafen hier.«

»Dann bin ich gespannt auf deine Neuigkeiten«, sagte Masser.

Der Mann, der ihm gegenübersaß, hatte einige vertraute Gesichtszüge, aber auch etwas Mediterranes, das ihn von den anderen Mitgliedern der Familie Schuurman Hess unterschied. Seine Körpergröße, Masser schätzte ihn auf einen Meter neunzig, schien hingegen weniger zu seiner südlichen Ausstrahlung zu passen. Es war ein Typ Mann, der Frauenblicke auf sich zog, und so war es auch, als er durch die Redaktion zum Büro von Chefredakteur Brock gegangen war.

Mit seinen nah beieinanderstehenden dunklen Augen schaute er Masser neugierig an. Sein schwarzes Haar glänzte, vielleicht benutzte man in Argentinien noch Pomade, dachte Masser. Er trug einen Anzug, der zweifellos sehr teuer gewesen war, aber eher in die Kategorie lässige Eleganz fiel. Er besaß das Selbstvertrauen eines unabhängigen Menschen, der es gewohnt war, dass die Welt sich nach ihm richtete statt umgekehrt. Als er die Kaffeetasse zum Mund hob, sah Masser, dass er lange, schlanke Finger hatte. Er sprach Englisch mit spanischem Akzent; hin und wieder flocht er ein niederländisches Wort ein.

Jaime Joris Schuurman Hess war vierunddreißig und der Enkel von Anton Schuurman Hess, dem ältesten Sohn von Charles Schuurman Hess I. Nach dem Verkauf der von seinem Vater aufgebauten Handelsgesellschaft hatte Anton Schuurman Hess Anschluss an die argentinische Oberschicht gefunden und seine niederländischen Wurzeln bald so gut wie vergessen. Der älteste seiner drei Söhne, Lionel, war ein erfolgreicher Polospieler geworden. Aus Lionels Ehe mit der Tochter eines Generals aus dem Umfeld von Diktator Videla ging ein Sohn hervor, dessen zweiter Vorname ein Relikt aus längst vergangener Zeit war; nicht einmal seine Herkunft war dem Namensträger bekannt.

Die holländischen und argentinischen Familien Schuurman Hess waren auseinandergewachsen wie die Äste einer hohen Eiche. Schon Anton und sein Bruder Joris hatten nur noch sporadisch miteinander Kontakt gehabt; ihre Kinder hatten die Cousins auf der anderen Seite des Atlantiks dann völlig aus den Augen verloren. Dass auch weit von Buenos Aires entfernt Verwandte von ihm lebten, wurde Jaime Joris Schuurman Hess erst bewusst, als er einen Bericht über eine holländische Zeitung im Besitz eines Bernhardiners namens Heino las, dessen Herr auf den Namen Charles Schuurman Hess hörte.

Vielleicht wissen Gene mehr als der Geist: Jaime Schuurman Hess war stellvertretender Chefredakteur der Zeitung *Clarín*, an der sein Vater Anteile besaß. Nach der Lektüre des Berichts über die seltsamen Holländer beschloss er, Kontakt mit dem Mann aufzunehmen, der die Welt um die verrückte Idee mit dem Hund bereichert hatte, CSH II.

Der Argentinier war Masser vom ersten Moment an sympathisch. Die Ruhe, die er ausstrahlte, seine nüchterne und ungekünstelte Art, all das zusammen gab Masser das Gefühl, schon zu wissen, wie diese Geschichte weitergehen würde, als bräuchte etwas anscheinend Vorherbestimmtes nur noch Wirklichkeit zu werden.

Er stand neben Jaime vor der Zeichnung von Beau Lafaille und erklärte ihm, was sie darstellte.

»*That question mark says it all*«, sagte Jaime. »Ich verstehe, was es ausdrücken soll, und der Zeichner hat recht. Oder sollte ich sagen: Du hast recht?«

»Das ist eine ganz andere Frage«, antwortete Masser. Er hatte keine Lust, Jaime Joris zu sagen, dass die Zeichnung in seinen Augen nur noch die künstlerisch gelungene Darstellung einer Lüge war. Das musste er selbst herausfinden. Sie warteten auf Charles Schuurman Hess – und natürlich auf Heino.

»Eine tolle Geschichte«, sagte Jaime. »Ich meine die mit dem Hund. Ich konnte kaum glauben, was ich da las. Aber letztlich bin ich deswegen jetzt hier in deinem Büro.«

»Im ersten Moment dachte ich, er wäre verrückt geworden. Aber wie sich dann zeigte, war es ein genialer Schachzug. Seitdem gelten wir als ein bisschen schräg, und das ist heute gleichbedeutend mit originell oder unabhängig. Das wirkt anziehend.« Er drehte sich um: Charles Schuurman Hess und Heino kamen herein.

»*Uncle Charles*«, sagte Jaime. Er ging auf CSH zu und umarmte ihn, dann streichelte er kurz Heino über den Kopf. »*Nice to meet you.*«

»Unten wartet ein Taxi«, sagte CSH. »Ich schlage vor, wir fahren zum Dauphine. Jaime muss doch wissen, wo man hier leckere Garnelenkroketten essen kann, und vor allem, wo man sich zeigen muss. Die Zeiten ändern sich, Keijzer ist passé.«

Hinten im Taxi legte Masser Charles den Arm um die Schultern. »Ich bin dir dankbar«, sagte er. »Und auch Jaime. Er rettet mich. Aber er muss dafür auswandern.« Er beugte sich zu Jaime auf dem Beifahrersitz vor und fragte ihn, ob er eine Familie habe.

»Ja. Meine Frau freut sich sehr auf das Land von Königin Máxima. Vielleicht begegnen sie sich ja mal. Und meine beiden Söhne finden das Ganze spannend.«

»Ich hoffe, dass du ihn in den kommenden Monaten noch unterstützen wirst«, sagte CSH. »Als eine Art Superstellvertreter. Er muss Niederländisch lernen und vor allem die Niederlande kennenlernen. Zeitung ist Zeitung, aber eine argentinische eben doch ein bisschen anders als eine hiesige, und *De Nieuwe Tijd* ist sowieso einzigartig. Außerdem hoffe ich, dass du wieder als Kolumnist einsteigst. Deine Kolumnen sind das

Einzige, was ich im zurückliegenden Jahr in der Zeitung vermisst habe. Wechsel dich mit Bonna ab.«

Masser nickte. »Gib mir ein paar Tage Bedenkzeit.«

Heino Graf von Ramstein zu Hohenhausen bellte, als das Taxi vor dem Restaurant Dauphine anhielt.

»Er ist auch erleichtert«, sagte Masser. »Es war doch eine schwere Verantwortung.«

»Garnelenkroketten«, sagte Jaime Schuurman Hess – er ließ das Wort bedachtsam auf der Zunge zergehen.

XXVI

MartiniLeaks

Jaime Joris Schuurman Hess, Tom Bols und Nienke van der Hout standen vor der Tür von Massers Haus. Bols und van der Hout hatten mit den Artikeln über die Unterwanderung der *Nieuwe Tijd* auf sich aufmerksam gemacht und waren danach von Masser für umfangreiche Recherchen freigestellt worden. Innerhalb eines Jahres hatten sie den Vorstandsvorsitzenden eines großen Konzerns durch Berichte über seine halblegalen Steuertricks zum Rücktritt gezwungen, die Vetternwirtschaft eines – mittlerweile ebenfalls amtlosen – Beauftragten des Königs ans Licht gebracht und einige Fälle von Spielmanipulation im Fußball aufgedeckt.

Während Jaime Joris ein zweites Mal auf die Klingel drückte, blickte Tom Bols sich nervös um, als hätte er Angst, dass ihnen jemand gefolgt sein könnte. »Er ist zu Hause«, sagte JJSH, »*I gave him a call.*« Er bediente sich noch vorzugsweise des Englischen, obwohl er im Niederländischen rasch Fortschritte machte, vor allem dank der zwei Stunden, die er täglich mit seiner persönlichen Lehrerin Bonna Glenewinkel übte. »Na komm, Brock«, sagte er.

Dann hörten sie jemanden die Treppe herunterkommen, und die Tür wurde geöffnet. Masser war nur mit einem um die Hüften geschlungenen Handtuch bekleidet. »Ihr seid zu früh dran«, sagte er, »ich stand noch unter der Dusche.« Nienke van der Hout schaute Masser peinlich berührt an und zeigte auf den schwarzen Porsche, der auf der anderen Straßenseite geparkt war.

»Jayjay fährt nicht gern langsam«, sagte sie zur Entschuldigung. »Wir sind in einer guten Stunde von Groningen hierhergefahren.« In der Redaktion wurde ausgiebig über das Verhältnis zwischen Jaime und Nienke geklatscht.

Kurz danach saßen sie im Wohnzimmer. Masser hatte eine Jeans und ein T-Shirt angezogen und kam barfüßig mit vier Bechern Kaffee auf einem Tablett herein. »Du wohnst nett hier«, sagte Jaime Joris, der noch nicht bei Masser gewesen war. Es klang so, als hätte er seinen ersten Adjutanten und Kolumnisten eher in einem Luxus-Penthouse als in einem alten Stadthaus erwartet.

»Wenn ihr wollt, zeige ich euch gleich das Uhrenlabor auf dem Dachboden«, sagte Masser. Jaime Joris nickte, als fände er es völlig normal, dass auf holländischen Dachböden Uhrenlabors untergebracht waren.

»Aber erst zur Sache.« Das war einer seiner Standardausdrücke, für ihn wohl Ausdruck des holländischen Strebens nach Effizienz, das er zu verinnerlichen suchte. Bei Sitzungen sagte er jedes Mal »zur Sache«, wenn sich die Diskussion auf Themen zu verlagern drohte, die aus seiner Sicht mit der »Sache« nichts zu tun hatten, aber auch, wenn er einmal nicht verstand, worum es ging. Dann war »zur Sache« eine Bitte um Erklärungen. »Nienke, *tell him*.«

Nienke stellte ihren Kaffeebecher ab und räusperte sich. »Ich fange ganz vorn an«, sagte sie und schwieg einen Moment, als müsste sie erst für sich rekapitulieren, wo die Geschichte eigentlich anfing. »Also, wir kriegen eine Mail, Tom und ich. Anfang November. Eine kurze Mail von jemandem, der sich Frits nannte. Kein Nachname.« Sie tippte auf das Display ihres Smartphones. »›Liebe Nienke, lieber Tom‹«, las sie vor, »›ich habe Daten, mit denen ihr vielleicht etwas anfangen könnt. Habt ihr Interesse?‹ Ich antworte: ›Lieber Frits, natürlich haben wir Interesse. Schick uns bitte zu, was du hast.‹ So fing es an.«

»Und?«, fragte Masser. »Was hat er euch geschickt?«

»Nichts. Er schrieb, es wären sehr viele Daten, und die Vorstellung, sie uns per E-Mail zu schicken, würde ihm nicht gefallen. Da war ich erst richtig neugierig. Ich fragte, ob wir uns irgendwo treffen sollten, damit er uns die Daten auf andere Weise geben könnte. Das wollte er aber auch nicht, das war ihm zu riskant. Er hatte einen anderen Plan. Er schrieb, ich sollte nach Groningen kommen. Allein. Anscheinend wohnt er da. Ich sollte ihm Bescheid geben, wenn ich angekommen war, dann würde er neue Anweisungen schicken.«

»Fantastisch«, sagte Jaime Joris mit einem stolzen Blick auf seine Favoritin. »Unser Deep Throat.« *Die Unbestechlichen* war sein Lieblingsfilm.

»Und dann hat er dich in eine Tiefgarage bestellt«, sagte Masser ironisch.

Zu seiner Überraschung nickte Nienke. »Woher weißt du das?« Masser winkte ab, sie sollte weitersprechen. »Ich maile ihm also, dass ich in Groningen bin. Er nennt mir die Adresse einer Tiefgarage, Q-Park Rademarkt. Er schreibt: ›Schick mir eine Mail, wenn du da bist.‹ Ich fahre in diese Tiefgarage, parke den Wagen, gehe raus und maile ihm, dass ich angekommen bin. Er antwortet: ›Auf dem untersten Parkdeck steht ein grauer Citroën C4. Hinter der Windschutzscheibe liegt die *Nieuwe Tijd* von heute.‹ Ich gehe runter, und nach kurzer Suche finde ich den Wagen.«

Jaime Joris rieb sich die Hände, als wüsste er jetzt endlich, warum er als junger Mann Journalist geworden war und warum er beschlossen hatte, in dieses Regenland jenseits des Ozeans auszuwandern.

»Ich melde mich wieder bei Frits«, fuhr Nienke fort. »Es dauert lange, bis er antwortet, ich frage mich schon, ob ich in irgendeine Fernsehsendung geraten bin, in der Journalisten zum Narren gehalten werden. Aber nach zehn Minuten kommt wieder eine Mail. ›Betaste den Fahrzeugboden unter der Fahrertür, da ist mit Klebeband etwas befestigt.‹ Das mache ich, und tatsächlich, da ist was. Ich löse das Klebeband und sehe mir das Ding an: etwas Flaches, in Zeitungspapier gewickelt. Ich mache das Papier ab und finde eine externe Festplatte. Ich maile: ›Und jetzt?‹ Aber er antwortet nicht mehr. Ich gehe zum Automaten, bezahle, setze mich wieder ins Auto und fahre nach Amsterdam zurück. Meinen Laptop hatte ich nicht mitgenommen.«

»Hast du überlegt, ob du dableiben sollst, um vielleicht zu sehen, wer den Wagen abholt?« Masser fand, dass er kritisch bleiben musste.

»Nein. Ich wollte diesem Frits, wer auch immer das ist, zeigen, dass er mir vertrauen kann. Und ich wollte möglichst bald wissen, was auf dieser Festplatte war.«

»Und?«

»Leer, bis auf einen einzigen Satz: ›So machen wir das.‹«

Jaime Joris lachte auf. »*Great,* was, Masser? Er muss Nienke beobachtet haben. Das ist natürlich an und für sich schon ein Vergnügen.«

Nienke errötete, trank einen Schluck Kaffee und nahm den Faden wieder auf. »Drei Tage später kommt wieder eine Mail. Nur ›Groningen‹, sonst nichts. Diesmal nehme ich Tom mit, es stand ja nicht dabei, dass ich wieder allein kommen soll. Andere Tiefgarage, anderes Auto, ein roter Renault Mégane. Unter der Fahrertür wieder ein Päckchen. Tom schließt die externe Festplatte schon in der Tiefgarage an seinen Laptop an. Und diesmal jede Menge Daten. Die ganze Festplatte voll mit Dokumenten.«

»Was für Dokumente?«

»Das war nicht gleich zu erkennen. Aber dann hat Tom ein Dokument mit dem Wort ›Classified‹ und noch was anderem im Dateinamen geöffnet.« Sie machte eine kurze Pause, atmete tief ein und sagte: »Die Festplatte war voll mit Daten vom AIVD, vom MIVD und wie unsere Geheimdienste noch so heißen.«

»Meine Güte«, sagte Masser. Jaime schaute ihn triumphierend an, als hätte er die Festplatte persönlich aus einem Geheimdiensttresor entwendet.

»Knapp tausend Gigabyte«, sagte Tom. Masser wusste nicht genau, was für eine Datenmenge er sich dabei vorzustellen hatte, aber es war zweifellos sehr viel.

»Zur Sache«, sagte Jaime Joris Schuurman Hess.

»Das sind ein paar Millionen Din-A4-Seiten«, verdeutlichte Tom.

Nach dieser ersten Übergabe waren Nienke und Tom noch viermal nach Groningen gefahren und jedes Mal mit einer Festplatte voller Daten nach Amsterdam zurückgekehrt.

»Warum habt ihr mir nichts davon gesagt?« Masser empfand zunehmendes Unbehagen, ohne genau zu wissen, warum.

»Anweisung von Frits«, antwortete Tom. »Er wollte uns erst alle seine Daten übergeben, bevor wir andere bei der Zeitung informieren. Gestern hat er gemailt, dass die letzte Festplatte auf uns wartet. Da bin ich zu Jaime gegangen und habe ihm alles erzählt. Heute ist Jaime mit uns nach Groningen gefahren.«

»Und ich habe dich angerufen«, ergänzte Jaime. »Ich wollte es erst mit eigenen Augen sehen. Unglaublich. Jedes Mal eine andere Tiefgarage, ein anderer Wagen, immer *De Nieuwe Tijd* vom jeweiligen Tag. Es war wie im Film.«

»Habt ihr die Kennzeichen notiert?«, fragte Masser.

»Die waren natürlich nicht dran«, sagte Tom.

»Ich hole noch Kaffee«, sagte Masser.

Ich müsste aufgeregt sein, aber ich fühle nichts.

Das ist eine ganz große Sache, Masser.

Ich werde lau.

»Phishing«, sagte Nienke van der Hout. »Was wir machen werden, nennt man Phishing. Fischen. Alle Daten zusammen in einem großen, leistungsfähigen Computer, und dann Namen eingeben und sehen, ob man was fängt.«

»Der Computer hat zwanzigtausend Euro gekostet«, sagte Jaime Joris. »Phishing geht nicht mit dem Laptop, der würde abstürzen. Dafür braucht man was Großes. Außerdem sind unsere Laptops mit dem Internet verbunden. Das darf auch nicht sein. *Am I right*, Nien?« Es klang sehr vertraulich.

»Richtig«, bestätigte Nienke, »denn dann würden die Typen vom Geheimdienst eindringen und alles löschen. So ungefähr läuft das. Man kann sich kaum vorstellen, in welchem Umfang da gehackt wird.«

Tom hatte anscheinend bemerkt, dass Masser noch zu den digitalen Urmenschen gehörte. »Was wir jetzt haben, entspricht zweihundertfünfzig Millionen Din-A4-Blättern, doppelseitig bedruckt«, erklärte er. »Und in diesem Datenmeer fischen wir.«

Masser schaute ihn entgeistert an. Er konnte sich zweihundertfünfzig Millionen doppelseitig bedruckte Din-A4-Blätter einfach nicht vorstellen. Auch nicht, dass die niederländischen Nachrichtendienste so viele Geheimnisse hatten, dass man damit zweihundertfünfzig Millionen Din-A4-Blätter doppelseitig bedrucken konnte. »Es sind Staatsgeheimnisse, das nehme ich jedenfalls an«, sagte er. »Hat schon jemand mit unseren Juristen gesprochen? Ich meine: Darf man ohne weiteres Staatsgeheimnisse öffentlich machen? Oder bekommt man dann die Landesanwaltschaft oder andere Staatsanwälte auf den Hals, und der Chefredakteur landet demnächst hinter Gittern?«

»Zur Sache«, sagte Jaime Joris. Offensichtlich hatte er noch nicht an die Möglichkeit gedacht, dass seine Zeitung etwas vorhatte, das in seiner neuen Heimat illegal sein könnte.

»Ihr wisst ja, wie es Snowden ergangen ist«, fuhr Masser fort. »Wenn er sich nicht nach Moskau abgesetzt hätte, würde er den Rest seines Lebens in Alcatraz verbringen.«

»Ist kein Gefängnis mehr, Alcatraz«, sagte Tom Bols. »Ist jetzt eine Touristenfalle. Aber es stimmt, was du sagst, wenn auch nicht ganz. Wenn die rauskriegen, wer uns die Daten zugespielt hat, dann ist die betreffende Person übel dran. Deshalb wollen wir gar nicht wissen, wer es ist. So können wir uns auf die Freiheit der Informationsbeschaffung berufen. Natürlich können wir nicht alles öffentlich machen, denn dadurch würden wir vielleicht Menschen in Gefahr bringen. Wir fischen, und dann checken wir die gefundenen Informationen, prüfen, ob sie stimmen können. Und wenn sie sich bestätigen, machen wir eine Exklusivstory daraus. Und so weiter.«

»Was erwartet ihr denn zu finden?« Masser sah die Enttäuschung in Toms und Nienkes Blicken. Er klang zu skeptisch.

»Wissen wir nicht. Geheime Operationen, Abhörpraktiken, Kontakte zu CIA und MI5, so etwas. Seitensprünge von hochgestellten Persönlichkeiten, Steuerbetrug, koksende Politiker. Aber bestimmt auch Dinge, an die wir jetzt noch gar nicht denken. Weil sie so geheim sind, dass niemand auch nur das Geringste davon ahnt.«

»Ich meine, geht ihr von konkreten Fällen aus, von Ereignissen in der Vergangenheit, bekannten Affären, oder tippt ihr einfach auf gut Glück einen Namen ein und schaut mal, ob der Computer was ausspuckt?«

»Genau, das ist das Entscheidende«, antwortete Jaime Joris. »Und deshalb möchte ich dich dabeihaben, Masser. Du sollst sie coachen und abschirmen. Wie der Chefredakteur von Woodward und Bernstein, *what's his name.*«

»Bradlee«, antwortete Masser.

»Vielleicht möchtest du uns morgen zu den Anwälten begleiten«, sagte Tom.

Masser nickte, doch er war nicht ganz bei der Sache. Er empfand einen heftigen Widerwillen, den er sich nicht erklären konnte, der aber mit jedem Satz von Jaime Joris, Tom oder Nienke weiter zunahm.

»Kommt«, sagte er, »dann zeige ich euch mal den Dachboden. Das Reich des bald weltberühmten Herstellers exklusiver, handwerklich gefertigter Armbanduhren, Jimi Kalman. Er arbeitet mit Hochdruck an der André Genovesi 103, das wäre übrigens genau die richtige Uhr für dich, Jaime. Mit Mondphasen.« Jaime Joris nickte interessiert. Eine tiefe Mutlosigkeit erfasste Masser, er fragte sich, warum Nienkes und Toms Daten ihn so kalt ließen.

Diese anmaßende Vorstellung, man wüsste mehr über die Wirklichkeit, wenn man eine Million ausgedruckte Gespräche gelesen hat.

Aber so ist es doch. Von diesen Gesprächen hätte sonst niemand erfahren.

Ein Fischer geht auf Fangfahrt und fängt Thunfische. Was sagt das über das Meer?

Dass Thunfische darin leben.

Das wusste er vorher.

Aber jetzt weiß er es genau, und auch, wo es wie viele gibt.

Ein einziges Gespräch mit einem langjährigen Geheimdienstmitarbeiter würde meiner Ansicht nach mehr wichtige Informationen erbringen als zweihundertfünfzig Millionen doppelseitig bedruckte Din-A4-Blätter. Nicht über die Wahrheit im Sinne von einzelnen Fakten, sondern über die Wirklichkeit. Über die Welt, in der diese Informationen gesammelt worden sind.

Das ist der neue Journalismus, Masser. Man lässt Algorithmen auf die Abertausende Milliarden Zahlen los, die zusammen die Wirklichkeit bilden, und dabei kommt etwas heraus.

Was denn?

Eine sensationelle Nachricht!

Eine sensationelle Nachricht?

Ja, eine neue Kombination dieser vielen Zahlen, und die lässt dann die Wirklichkeit in einem anderen Licht erscheinen. Ist das vielleicht nicht interessant?

Es ist beängstigend.

Vielleicht sind Big Data der neue Journalismus. Vielleicht sorgen sie für Transparenz.

Vielleicht perfektionieren sie die Manipulation der Massen.

Pessimismus, Masser.

Realismus. Und wer sagt uns, dass die Geheimdienste uns mit diesen vielen Informationen nicht zum zweiten Mal für sich einspannen? Denn woher stammen die? Und warum hat man sie uns zugespielt?

Masser rief Eva an. Er fragte, ob sie schon einmal in der Provence gewesen sei. Sie verneinte, ihr Exmann habe immer nach Amerika gewollt.

Warum er das frage.

»Nur so.« Ob sie ein bisschen Hitze vertragen könne.

»Schon. Wenn ich nicht zu viel anhabe.«

XXVII

Vlogger

Masser Brock hatte Jaime Joris gesagt, dass er kein Ben Bradlee sei. Er erklärte dem Argentinier, er wolle ihn zwar sonst in allem unterstützen, damit er möglichst schnell selbständig als Chefredakteur der *Nieuwe Tijd* arbeiten könne, er sehe sich aber nicht in der Lage, Nienke van der Hout und Tom Bols zu betreuen.

»Ich bin Kolumnist«, sagte er. »Anderthalb Jahre musste ich jemand sein, der ich nicht bin, und das ist genug, finde ich.« Jaime Joris verstand ihn und sagte, er werde einen anderen älteren Redakteur suchen, der van der Hout und Bols bei ihrer Fischerei coachen könne. Der sensationelle Exklusivbericht ließ auf sich warten, denn die zahllosen Informationen mit konkreten Geschehnissen in Verbindung zu bringen, war viel schwieriger als erhofft.

Masser musste sich erst an seine alte Rolle gewöhnen. Er spazierte nun wieder täglich durch Haarlem, was er sehr vermisst hatte, und dachte über mögliche Themen nach. Aber er merkte, dass er sich viel leichter ablenken ließ als früher, dass es ihn Mühe kostete, ein Thema für seine Kolumne zu finden, und wenn er es dann hatte, fiel es ihm schwer, sich eine Meinung darüber zu bilden.

Er, der Kolumnist der Zeitung auf Papier, fand sich in einer Umgebung wieder, die er zwar selbst mitgeschaffen oder deren Entstehung er zumindest begünstigt hatte, in der er sich jedoch fremd fühlte. Die Internetseite der *Nieuwe Tijd* hatte sich innerhalb eines Jahres zur meistbesuchten Informationsseite der Niederlande entwickelt. Vor allem der Meinungsteil war beliebt, viele Debatten über große und kleine Themen begannen auf *DNT.nl* und wurden dort auch ausgetragen. Das Thema als solches war dabei anscheinend nicht so wichtig, Hauptsache, man konnte für oder gegen etwas sein. Alle Redakteure der Zeitung twitterten wie verrückt, und auf Facebook gehörte der *DNT*-Blog bald zu den größten. Verwundert stellte Masser fest, dass es schon *DNT*-Vlogger gab, im YouTube-Kanal der Zeitung erschienen Filmchen über Themen, die auch in der Papierausgabe behandelt, hier aber in komprimierter und vereinfachter Form für ein ungeduldiges Publikum dargestellt wurden. Es gab mittlerweile Hunderte *DNT*-Podcasts, und das Vorhaben, im Internet einen vollwertigen *DNT*-Fernsehkanal zu schaffen, war weit gediehen. Und das waren nur die Neuerungen, von denen er etwas mitbekam und die er wenigstens halbwegs verstand.

Er las einen Artikel über den »neuen Journalismus«, dessen Autor den baldigen Tod des alten ankündigte. Im neuen Journalismus würden Zeitungen auf Papier überflüssig sein, nur wenige Greise ohne Smartphone würden noch bereit sein, für längst nicht mehr aktuelle Nachrichten in einer gedruckten Zeitung Geld zu bezahlen. Bewohner von Altenheimen würden noch die Fernsehnachrichten sehen, doch normale Menschen hätten Besseres zu tun. Im neuen Journalismus würde jeder Mensch Journalist sein, las er, für sich und alle anderen. Alle würden permanent Teil der eigenen und der anderen Wirklichkeiten sein und ihre Meinungen darüber austauschen. Kolumnisten würden sehr bald wie Holzschuhmacher und Korbflechter einen aussterbenden, fast vergessenen Beruf ausüben. Im Grunde habe die Zeit des neuen Journalismus schon begonnen, nur hätten manche das noch nicht gemerkt – die Loser, die noch treu für ihr Zeitungsabonnement bezahlten und um acht Uhr auf dem Sofa vor dem Fernseher Platz nähmen. Und doch sei dies erst der Anfang, schrieb der Autor des Artikels. Masser fragte sich, was denn sonst noch alles geschehen sollte, er konnte es sich beim besten Willen nicht vorstellen. Auf jeden Fall beschwor der Artikel das Bild einer Welt herauf, in der er lieber nicht leben wollte, mit einer ohrenbetäubenden Kakofonie von Nachrichten und Meinungen; im Vergleich dazu war die Welt der Gegenwart eine Oase der Ruhe. Wir werden zwangsläufig alle miteinander wahnsinnig, dachte er.

Eigentlich war es doch ein Wunder, dass er diesen Artikel auf Papier zu Gesicht bekommen hatte.

»Am liebsten«, sagte er eines Abends zu Karel, seinem Vater, »würde ich eine todlangweilige Zeitung machen, nur mit Nachrichten, Analysen und Hintergrundinformationen. Ohne twitternde Redakteure und Blogs und ohne Kolumnisten. Ich glaube, dass es bald wieder einen Markt dafür geben wird. Information pur. Keine Meinungen. Meinungen sind der Durchfall des Journalismus.«

Karel meinte, das seien bemerkenswerte Ansichten für einen Kolumnisten, und erinnerte Masser an die Zeitung vom Tag seiner Geburt.

»Keine Kolumne, keine einzige Meinung«, sagte er. »Klasse.« Er werde die *Neue Langweilige Zeitung* bestimmt abonnieren, aber Masser und er würden vermutlich die einzigen Abonnenten bleiben. »Die Welt hat sich verändert.«

»Bald gibt es keine Nachrichten mehr«, meinte Masser, »und auch keine Meinungen. Weil sich beides untrennbar vermischt, und das Ergebnis ist Unterhaltung. Man nennt es zwar

›Infotainment‹, damit es nach was halbwegs Seriösem klingt, aber es ist nur noch Unterhaltung. Auch wenn in irgendeiner Wüste jemandem vor laufender Kamera die Kehle durchgeschnitten wird, ist das Unterhaltung. Gut für die Quote, und es bringt Klicks.«

Bonna, CSH und Masser saßen in der Bodega Keijzer. Der Kellner servierte das Rebhuhn. »So ist es mit allem«, sagte CSH II, nachdem Masser erklärt hatte, dass er in seiner Zeit als Chefredakteur vor allem ein staunender Zuschauer gewesen sei. »Wir glauben, wir würden das Ruder in der Hand halten, dabei sind es die Zeit und die Umstände, die uns steuern. Manche Dinge entwickeln sich zwangsläufig in eine bestimmte Richtung, und es kommt hauptsächlich darauf an, nicht allzu sehr im Weg zu stehen. Stimmt's, Heino?«

Heino Graf von Ramstein zu Hohenhausen, der einzige vierbeinige ehemalige Zeitungsmagnat der Welt, lag vor einer Säule und starrte träge vor sich hin. »Heino hat nur auf der faulen Haut gelegen, trotzdem war er als Verleger sehr erfolgreich.«

»Ich hatte noch nie von Vloggern gehört«, sagte Masser.

»Ich dachte, das wäre irgendwas mit Sex«, erwiderte CSH.

»Ich starte demnächst meinen ersten Podcast.«

Masser und CSH starrten Bonna fassungslos an.

»Alte Säcke«, sagte sie.

»Ich möchte euch etwas mitteilen«, sagte Masser ernst.

Charles und Bonna schauten ihn erschrocken an, als erwarteten sie zu hören, dass er an einer tödlichen Krankheit leide und höchstens noch drei Wochen zu leben habe. CSH winkte dem Kellner und gab ihm durch Gesten zu verstehen, dass er eine weitere Flasche Wein bringen sollte. Die würden sie wohl brauchen.

»Ich habe genug«, sagte Masser.

Bonna schaute ihn gleich weniger ernst an, ein Grinsen erschien um ihre Lippen. Auch Charles sah eher erleichtert als überrascht aus. Er wartete, bis der Kellner die Flaschen ausgetauscht hatte, und fragte, wovon genau Masser denn genug habe. »Doch nicht vom Wein?«

»Hast du *news fatigue*?« Bonna musterte ihn spöttisch.

»Was? Klingt nach was Ernstem«, sagte Charles.

»*News fatigue*«, wiederholte Bonna. »So nennt man das, wenn einen Nachrichten nur noch ermüden. Wenn sie einen nervös machen und man am liebsten keine mehr hören und lesen will und aggressiv wird, wenn jemand die Fernsehnachrichten einschaltet. Daran leiden immer mehr Menschen, hab ich gehört. Sehr schlecht für die Zeitung. Ist es das, Masser?«

»Ich weiß nicht mehr, was Nachrichten sind. Ist das eine Krankheit für sich?«

»Darüber hast du schon nachgegrübelt, als du noch kurze Hosen anhattest«, sagte Bonna. »Gelaber über das Wesen von Nachrichten und so. Ein richtiger kleiner Zweifler. Ganze Theorien hast du aufgestellt, während wir Exklusivmeldungen brachten.«

»Nie gemerkt«, sagte CSH. »Nachrichten sind Nachrichten, das weißt du sehr gut. Du bist ja nicht lange Chefredakteur gewesen, leider, aber lange genug, um genau definieren zu können, was Nachrichten sind. Und wenn nicht, konzentrier dich auf deine Eier, dann spürst du's, oder halt die Nase in den Wind, dann kannst du's riechen. Mmmh, *the smell of news in the morning!*«

Masser schaute ihn dankbar an. Charles konnte ihn immer aufheitern. »Stimmt. Aber ich meine es anders. Es geht mir um die Art der Nachrichten, um ihren Charakter, ihren Geist, ihr Wesen. Ich frage mich immer öfter, ob wir Medienleute die Welt wirklich besser machen mit unserer Jagd nach Neuigkeiten. Ob wir die Monster nicht erst erschaffen, bevor wir Reportagen über sie schreiben, sie interviewen, sie dann plattmachen und uns dem nächsten Monster zuwenden.«

»Die Rolle der Medien!«, sagte Bonna. »Ein sehr aktuelles Thema, Masser! Darüber solltest du einen Artikel für die Meinungsseite schreiben!«

Masser versuchte, sie möglichst giftig anzusehen.

Bonna lachte. »Ach, Masser, so war es doch immer.«

»Ich habe lange gedacht, dass Nachrichten Wirklichkeiten beschreiben«, fuhr Masser fort, »aber sehr oft ist das nicht so. Sie schaffen Wirklichkeiten. Das hab ich zum ersten Mal in Berlin gespürt, 1989. Wir hatten im Fernsehen die Bilder von den Menschen auf der Mauer gesehen. Ich bin mit einem Freund hingefahren, wir wollten dabei sein. Wir hatten die Fernsehbilder und Zeitungsberichte im Kopf, aber als wir dann da waren, merkten wir innerhalb von zehn Minuten, dass sie nicht mit der Wirklichkeit übereinstimmten. Ich meine, sie waren an und für sich nicht irreführend oder erlogen oder manipulativ oder wie man es sonst nennen will, aber sie haben die Wirklichkeit nicht erfasst. Was da geschah, war etwas anderes als das, was man uns vorgespiegelt hatte. Versteht ihr, was ich meine? Da lag etwas in der Luft, wovon in den Nachrichten nirgendwo die Rede gewesen war. Die Journalisten hatten es entweder nicht gesehen oder gespürt, oder sie hatten es nicht in Worte fassen können.«

»Ich könnte dir jetzt einen philosophischen Vortrag über Wirklichkeit, komplexe Wirklichkeit, Wahrnehmung der Wirklichkeit und Wiedergabe der Wirklichkeit halten«, sagte Bonna, »nur würde Charles dann bald passen müssen. Aber ich kann dir versichern, dass das, was ihr damals in Berlin wahrzunehmen glaubtet, selbst wenig mit der Wirklichkeit an und für sich zu tun hatte. Das war der romantische Blick von zwei Jünglingen – oder war dieser Freund eine Freundin? Alles eine Frage der Wahrnehmung, Masser. Hast du damals was darüber geschrieben für deine Zeitung, für den *Haarlemsche Courant*?«

»Nein.«

»Schade. Sonst hättest du nachlesen können, wie weit du selbst danebengelegen hast.«

»Das hab ich später noch oft genug getan.«

»Ich kann Masser schon folgen«, sagte Charles, nachdem er die Gläser nachgefüllt hatte. »Ich kann ihm sogar sehr gut folgen, ich bin nämlich nicht so dumm, wie Bonna zu glauben scheint. Der Unterschied zu früher ist, dass wir früher vor allem berichtet haben. Die Fakten präsentiert, möglichst seriös. Jedenfalls war das unser Anspruch. Die Verpackung der Nachrichten war vergleichsweise uninteressant. Heute ist das ganz anders, niemand will noch nackte Fakten. Heute erwartet man von uns ein Gesamtpaket. Nachrichten, ja, aber auch Hintergründe, Meinung, Konsequenzen. Und dazu einen Haufen Bullshit, da stimme ich Masser zu. Aber die Leute wollen das.«

»Mein Vater hat sich früher aber auch schon kaputtgelacht, wenn er die Zeitung las«, sagte Bonna. »Machte es sich im Sessel bequem, schaltete die Stehlampe ein, zündete sich eine Zigarre an und ergötzte sich an all den Schreckensmeldungen. ›Wenn ich das hier lese, was für ein Schwachsinn‹, sagte er dann, ›dieser Schmierant hat ja keine Ahnung.‹«

»Dein Vater war Politiker«, wandte Masser ein. »Die sind genauso zynisch wie Journalisten.«

Bonna zeigte mit dem Finger auf ihn. »Ein Punkt für dich.«

»Früher gab es die zynischen Journalisten, die zynischen Politiker und die braven Zeitungsleser, die blind alles glaubten, was in der Zeitung stand«, meinte Masser. »Heute sind die Zeitungsleser selbst zynisch. Oder die Medienkonsumenten, wie man sie neuerdings nennt. Und uns ist nur eine einzige Antwort eingefallen: Wir verpacken die Nachrichten schöner. Wir sagen: Nehmt sie doch nicht so ernst, es sind nur Nachrichten. Sie sind austauschbar geworden, ein Konsumartikel, der gefallen muss. Unterhaltung, genau wie die Diskussionen über die Nachrichten. Der Zynismus hat an allen Fronten gesiegt. Und damit kann ich mich schwer abfinden.« Er spürte, wie seine Wut und sein Widerwille immer stärker wurden, seit er ihnen freien Lauf ließ.

»Du musst mal Abstand gewinnen«, sagte Charles. »Wegfahren. Ausgiebig vögeln. Eine Flasche guten Whisky und dann *ad fundum*.« Es war sein Standardrezept für Verwandte und Freunde, die Probleme hatten.

Bonna legte ihre Hand auf Massers Arm.

Masser füllte erneut sein Glas. Er versuchte, seine Gefühle unter Kontrolle zu bringen. »Nachrichten bedeuten nichts mehr«, sagte er traurig, »sie sind nur noch Munition für die Meinungsmafia. Die haben dann wieder was, worüber sie schreiben können, aber das war's auch schon.«

»*Die*?« Bonna sah ihn fragend an.

»*Wir* haben dann wieder was, worüber *wir* schreiben können. Die Meinung ist heute oft schon vor der Nachricht da. Neulich hab ich irgendwo gelesen: Nachrichten sind die Huren im Meinungsbordell.« Er hatte es nirgends gelesen, sondern selbst ausgedacht.

»Das ist auch nur eine Meinung«, sagte Bonna sarkastisch. »Aber du hast recht. Du weißt ja, wovon du redest, du hast dieses Bordell jahrelang besucht.«

»Ich liebe dich.« Masser grinste.

»Die Menschen langweilen sich zu Tode«, sagte Charles.

»Es wird Zeit für eine große Krise, damit alle wieder mit der täglichen Nahrungsbeschaffung ausgelastet sind. Im Schrebergarten Beete umgraben. Es ist die große Leere, die mit Meinungen gefüllt wird, vor allem mit Meinungen, die auf nichts gegründet sind. Jeder Vollidiot kann eine Meinung haben. Wenn man sonst überhaupt nichts kann, kann man immer noch Meinungen fabrizieren. Lächerliche Meinungen. Unser Problem ist, dass wir glauben, wir müssten all die Meinungen auch noch ernst nehmen. Sonst heißt es, man würde nicht auf das Volk hören. Ich sage: Scheiß auf das Volk.«

»Ein netter kleiner Krieg würde auch helfen«, sagte Bonna. »So was meintest du doch, Charles? Oder ein Diktator, der Leute mit falschen Meinungen aufknüpft oder in den Gulag schickt.«

Charles tat, als würde er das Sarkastische nicht hören. »Genau. Dann spucken sie nicht mehr so große Töne, die Idioten mit ihren billigen sogenannten Meinungen. Dann werden wir ja sehen, wer sich noch traut, den Mund aufzumachen.«

»Na ja, vielleicht brauchst du nicht mehr lange zu warten«, sagte Bonna. »Man sieht sie ja wieder aus allen Löchern kriechen, die Autokraten. Nur finde ich das nicht so toll wie du, glaube ich.«

»Wir sind in einer neuen Ära angekommen«, meinte Masser. Er spürte, dass der Wein ihn beruhigte. »Früher besaßen wir das Monopol auf die Wirklichkeit. Wenn heute irgendwo was passiert, wird es sofort von hundert Leuten mit Smartphones gefilmt und lässt sich über Facebook oder irgendeine App in Echtzeit verfolgen. Die Wirklichkeit ist tausendfach verfügbar. Man weiß zwar nicht genau, was man da sieht, aber das ist egal. Man ist dabei, und das reicht.«

»Ihr werdet sehen, dass nach dem Chaos unaufhaltsam eine neue Ordnung entsteht«, verkündete Charles. »So ist es immer. Niemand kann mit tausend Wirklichkeiten leben. Und dann sind wir wieder gefragt. Ich sage den seriösen Zeitungen eine glänzende Zukunft voraus. Und wisst ihr, was? Auf Papier! Dieses Internetgedöns macht einen doch wahnsinnig. Vernünftige Menschen jedenfalls.«

»Ich werde das nicht mehr erleben«, sagte Masser.

»Was hast du denn vor, Masser? Es ist nicht schön, wenn jemand von seinem Beruf genug hat«, sagte Bonna. »Wenn du aussteigst, erreichst du damit nur eins: Du machst dich selbst sprachlos. Willst du das? Der Zirkus geht trotzdem weiter, ohne den Clown Masser Brock.«

Masser erzählte von dem Besuch von Jaime Joris, Nienke und Tom. »Eigentlich hätte ich ja Feuer und Flamme sein müssen. So viele Daten mit Geheimdienstinformationen, wie auf zweihundertfünfzig Millionen doppelseitig bedruckte Din-A4-Blätter passen würden, und darin fischen sie jetzt.«

»Fischen?«, fragte Charles verdutzt.

»Phishing«, präzisierte Masser. »Man gibt Suchwörter ein und hofft, dass man was Brauchbares fängt.«

»Lieber Himmel«, sagte Bonna. »Haben sie schon Steven van Maren eingegeben? So was hätten *wir* haben müssen! Mir fallen auf Anhieb zehn Suchwörter ein!«

»Jaime Joris hat mich gebeten, Nienke van der Hout und Tom Bols beim Fischen zu betreuen. Sie nennen ihn übrigens Jayjay.«

»Und?« Charles füllte Massers Glas.

»Ich habe nein gesagt. Eine Festplatte mit Informationen von einer halben Milliarde Seiten, das steht mir dermaßen fern – so ging es mir auch schon mit WikiLeaks und den anderen Leaks. Ich stamme noch aus einer Zeit, in der man Leute angerufen hat, wenn man was erfahren wollte. Aber die ist endgültig vorbei. Wir sind in der Ära des digitalen Journalismus angekommen, der Big Data. Okay, aber meine Zeit ist das nicht. Ich hab das Gefühl zu ertrinken. Ein Journalist, das wird bald jemand sein, der Algorithmen auf hundert Milliarden Zahlen loslässt, und sensationelle Meldungen kommen nur noch von Mathe- und Informatiknerds. Vielleicht muss das so sein. Vielleicht verbirgt sich die Wahrheit in Zusammenhängen, von denen wir noch nichts ahnen.«

»Dann musst du Konsequenzen ziehen«, sagte Bonna streng.

»Habt ihr gehört, was dieser Trump über Fakten gesagt hat?«, fragte Masser. »›Fakten sind auch nur Meinungen.‹ So weit ist es gekommen.«

»Prost!« Charles Schuurman Hess hob sein Glas.

Masser kam sich vor wie der Prediger aus dem Alten Testament, der erkannt hat, dass alles Eitelkeit und Haschen nach Wind ist. Das Gefühl, ein Beobachter von absurden Geschehnissen zu sein, ließ sich nicht unterdrücken, und an den Abenden, an denen er seine Kolumne schrieb, konnte sein Ekel geradezu körperlich sein. Immer häufiger blieb die Zeitung ungeöffnet auf dem Esstisch liegen.

XXVIII

Der Eisbrecher

Reglos lag der Eisbrecher im Wasser des Entrepotdok in Amsterdam, als würde er nicht darin schwimmen, sondern sich als sichtbarer Teil eines Unterwasserschlösschens daraus erheben. Der Rumpf war cremefarben mit einer cognacroten Scheuerleiste, die seine elegante Form betonte. Mittschiffs stand ein langer, runder, schwarzer, leicht nach hinten geneigter Schornstein. Das prachtvolle Ruderhaus und Deckshaus des Vorschiffs, beide mahagonifarben, verliehen dem 1913 vom Stapel gelaufenen Eisbrecher etwas Vornehmes; obwohl er zu dem Zweck gebaut worden war, mit roher Kraft das Eis in friesischen und groningischen Binnengewässern zu brechen, gab es zahlreiche Details, die von den ästhetischen Ansprüchen und vom Schönheitssinn der Konstrukteure zeugten. Achtern gab es keinen Decksaufbau; ein weißes Sonnensegel schützte außer vor Sonne auch vor Regen. Am Heck hing die niederländische Flagge schlaff herab, kein Lüftchen regte sich.

Jeden Morgen schaute André Genovesi aus einem Fenster seiner großzügigen Wohnung am Kai. Nicht gleich auf das Schiff genau vor dem Haus, nein, immer blickte er zuerst nach rechts auf die schmale Fahrradbrücke, die das Entrepotdok mit der Plantage Kerklaan verband. Dann drehte er den Kopf langsam nach links, so dass sein Blick über die Schiffe am Kai und übers Wasser glitt – er versuchte, alles ganz bewusst wahrzunehmen: die Wasservögel, eine Plastiktüte, die in der Gracht trieb, einen einsamen Ruderer, eine junge Frau im Bikini auf dem Dach eines Hausboots. Er wollte den Moment, in dem er schließlich das sehen würde, was er sehen wollte, möglichst lange hinauszögern. An manchen Tagen dauerte es etwas länger als an anderen, doch spätestens nach ein paar Minuten berührte sein Blick das Schiff, sanft, liebkosend. Dann sah er die Buchstaben, formten seine Lippen den Namen, manchmal flüsterte er ihn, als würde er ihn zum ersten Mal lesen – was natürlich nicht einfach war, denn er war in seine Seele eingebrannt.

Er wollte verhindern, dass es zu etwas Normalem wurde, wollte sich zwingen, an jedem Morgen, der ihm noch vergönnt war, darüber zu staunen und die Freude auszukosten, die das Schiff mit diesem Namen am Bug ihm bereitete – er wusste, was im Inneren des Schiffs vor sich ging. Allzu oft in seinem Leben hatte er das, was ihm an Schönem widerfuhr, mit bloßer Zufriedenheit akzeptiert, als wäre es nichts Außergewöhnliches, sondern ganz normal und die zwangsläufige Folge seines Handelns.

Teilweise traf das sogar zu. André Genovesi hatte sich seinen Reichtum mit dem Import exklusiver Luxusuhren selbst erarbeitet. Er hatte eine Tochter bekommen, die ihn zwar in mancher Hinsicht enttäuschte, ihm andererseits aber auch etwas Neues offenbarte: die Liebe. Das war ein wenig spät, immerhin war er da schon längere Zeit verheiratet, was er allerdings nie bereut hatte. Wenn man sich mit Disziplin und Ausdauer hocharbeitete, kam manches andere eben zu kurz. Seine Tochter hatte jedoch eine bis dahin verschlossene Tür in ihm geöffnet, nur einen Spalt zunächst, durch den er unbekannte Seiten seines Charakters erspähte. Seine drei Enkelkinder hatten die Tür weiter aufgestoßen, und eines von ihnen hatte durch seinen Tod das Emotionale in ihm endlich ganz befreit – mit so heftigen Auswirkungen, dass er zum ersten und einzigen Mal in seinem Leben daran gedacht hatte, sich psychologische Hilfe zu suchen.

Doch nun lag hier, genau vor seinem Fenster, dieses elegante Schiff. Für ihn fühlte es sich beinahe so an, als wäre es eine verführerische Frau, die ihn jeden Morgen zärtlich begrüßte. Es war das Schiff, das er für seinen Urenkel gekauft hatte.

Der Eisbrecher war nur noch ein Wrack gewesen, als sie ihn auf einer Werft in einer abgelegenen Gegend im Osten von Groningen vorgefunden hatten. Bei der Suche nach geeigneten Räumlichkeiten für die Uhrenmanufaktur war Jeroen Weenink auf einer Website über Binnenschiffe darauf gestoßen – er war der letzte von einer Dampfmaschine angetriebene Eisbrecher, der in den Niederlanden gebaut worden war, ein Schiff mit Vergangenheit. Dass es ein Eisbrecher war, gefiel Jimi. Was André ansprach, war auch die Tatsache, dass er und das Schiff das gleiche Geburtsjahr hatten. In Andrés Bentley fuhren sie zu dritt nach Groningen. Noch bevor der Wagen zwischen Haufen von Alteisen und halb verrosteten Ölfässern geparkt war, sahen sie das Schiff; ein wenig schief, zum Kai hin geneigt, lag es im Wasser, farblos, der Name kaum noch lesbar. Es war ein todtrauriger Anblick. Die Zeit war dabei, das Schiff abzuwracken, und schon weit vorangekommen.

Sie gingen zu einem hölzernen Bürogebäude und meldeten sich beim Eigentümer der Werft. Er war auf ihr Kommen vorbereitet; wenn er richtig verstanden hatte, sollte ein Schiff gebaut werden, das nicht zu fahren brauchte, aber ausreichend Raum für eine Werkstatt bieten musste. Er bekam merkwürdigere Anfragen als diese, immer mehr Menschen schienen sich angesichts des Meeresspiegelanstiegs auf ein Leben auf dem Wasser vorzubereiten. Jeroen zeigte auf das sterbende Schiff.

»Können wir uns das mal ansehen?«

Der Werftbesitzer machte eine einladende Geste. »Seltsame Sache«, sagte er, während sie sehr langsam auf den Kai zugingen. André lehnte es strikt ab, in einem Rollstuhl Platz zu nehmen, und auch Rollatoren waren in seinen Augen Todesengel. Dass er deshalb meist nicht allzu schnell vorankam, störte ihn nicht.

»Es wurde vor Jahren hier festgemacht, nachdem es ausgemustert worden war; jemand hatte noch geplant, ein fahrendes Bordell daraus zu machen, aber dazu ist es nicht gekommen. Gott sei Dank, sag ich mal, die *Fré Zatingh* ist nämlich nach meinem Urgroßvater benannt, und da möchte man doch nicht, dass auf dem Schiff angeschafft wird. Und dann ist es hier liegen geblieben. Ich kann mir schon kaum noch vorstellen, dass es mal nicht mehr hier liegen könnte. Es ist wie ein treuer Hund, man hängt einfach dran. Komisch ist das.«

»Wie lange liegt es schon hier?« André zeigte mit seinem Stock auf das Schiff. Sie waren noch etwa zwanzig Meter entfernt und konnten deutlich erkennen, in welchem Zustand es sich befand. Es war ein Wunder, dass es noch nicht gesunken war.

»Etwa dreißig Jahre,« antwortete der Werftbesitzer. »Es darf hier ruhig den Geist aufgeben. Aber es ist zäh und klammert sich ans Leben. Die Dampfmaschine wurde ausgebaut, die steht heute in irgendeinem Schifffahrtsmuseum. Aber für die Restaurierung des Schiffs hatte man kein Geld. Und ich auch nicht. Na ja, was soll man auch damit?«

André blieb stehen. »Wie viel würde es kosten, wenn

man es wieder herrichtet?« Er stützte sich auf den Arm seines Urenkels und schaute den Schiffbauer forschend an. »Es braucht keinen Motor.«

Der Schiffbauer runzelte die Stirn. »Was meinen Sie mit herrichten?«

»Ich meine, wenn man es in seinen ursprünglichen Zustand zurückversetzt. In der Kajüte und unter Deck muss ausreichend Platz für eine Werkstatt sein, die jungen Herren hier können Ihnen die Maße nennen. Etwas Wohnraum wäre auch praktisch, für den Fall, dass einmal Überstunden anfallen. Das Ruderhaus muss wieder im alten Glanz erstrahlen, alles Holz abgeschliffen, grundiert und neu lackiert werden. Na ja, ich meine, herrichten in jeder Beziehung, restaurieren, reparieren, zum Leben erwecken.«

Der Schiffbauer glaubte, man würde ihn zum Narren halten. »Für das Geld, das Sie dafür ausgeben müssten, baue ich Ihnen ein nagelneues Schiff, das genau Ihren Wünschen entspricht. Ohne weiteres.«

Jimi hatte noch kein Wort gesprochen. Als sie bei dem Wrack angekommen waren, sagte er: »Wir wollen *dieses* Schiff. Wir wollen ein Schiff mit einer Seele.«

»Ja«, sagte Jeroen. »Ein Schiff mit Vergangenheit. Wenn wir abends in der Kajüte sitzen, wollen wir spüren, dass da schon vor hundert Jahren Menschen gesessen und geredet haben. Bei einem neuen Schiff hat man das nicht.«

»Hab ich noch nie gespürt«, erwiderte der Werftbesitzer, »bei keinem einzigen Schiff. Wird wohl an mir liegen.«

»Und wir wollen einen Eisbrecher«, sagte André. Der fassungslose Blick seines Gesprächspartners amüsierte ihn mehr und mehr.

»Aber ohne Motor«, sagte der Werftbesitzer.

»Ja, wir wollen einen Eisbrecher ohne Motor«, bestätigte

André. »Wir haben ja auch kaum noch Eis auf den Gewässern. Und wenn, kann man es mit einem Ruderboot brechen.« Er nickte, wie um sich selbst zu überzeugen. »Wir lieben nun einmal Eisbrecher. Aber Eisbrecher ohne Motoren.«

Jeroen machte Fotos. Ein Reiher schwebte langsam heran und landete achtern auf dem Deck. Der Schiffbauer deutete auf sein Büro. »Gut, kommen Sie bitte, dann halten wir alles Nötige schriftlich fest, bei einer Tasse Kaffee.«

Es kostete tatsächlich ein Vermögen, die *Fré Zatingh* zu restaurieren. Bei ihren Besuchen brachten sie den Schiffbauer zunächst an den Rand des Nervenzusammenbruchs, doch allmählich wurden ihm die beiden jungen Männer, die regelmäßig den alten André mitbrachten, immer sympathischer. Er sah, wohin ihre Begeisterung, Beharrlichkeit und Kompromisslosigkeit führten: In gewisser Weise war es so, als würde er seinen Urgroßvater wieder zum Leben erwecken. Die Restaurationsarbeiten – eigentlich war so viel zu erneuern, dass man sich fragen konnte, ob außer der Seele überhaupt etwas vom alten Schiff auf das neue überging – nahmen zehn Monate in Anspruch. Dann konnte man auf der Werft ein Schiff bewundern, das anscheinend eine Zeitreise aus dem Jahr 1913 in die Gegenwart unternommen hatte.

XXIX

Böse Träume

Masser hatte seinen gewohnten Spaziergang unterbrochen; er stand auf der Ziehbrücke über die Spaarne und starrte ins Wasser. Außer Lichtreflexen war nichts zu sehen, die Boote waren am Kai vertäut, Wasservögel ließen sich nirgends blicken, sogar die Möwen hatten sich zurückgezogen. Die Luft schien stillzustehen. Am Morgen hatte Masser im Radio gehört, dass es der wärmste Julitag seit dem Beginn der Wetteraufzeichnungen werden sollte.

Er trug eine Sonnenbrille und den Strohhut, den er bei seinem letzten Besuch in Mazan auf dem Markt gekauft hatte. Sein weißes Leinenhemd klebte im Rücken. Die Hitze dämpfte die Geräusche der wenigen vorbeifahrenden Autos. Er stampfte einmal mit dem Fuß aufs Holz der Brücke, hörte aber nichts. Er sah die Häuser auf beiden Seiten des Flusses und hatte den Eindruck, Filmkulissen zu betrachten, bloße Fassaden. Der Gedanke machte ihm Angst. Er nahm den Hut ab und fächelte sich damit Luft zu, die jedoch so warm war, dass sie ihm keine Kühlung verschaffte. Es war ein beklemmendes Gefühl, und er fragte sich, warum er nicht einfach zu Hause geblieben war.

Er war zu Tode erschöpft. Am liebsten hätte er sich hingesetzt, konnte hier aber nur zwischen dem Brückenboden und dem Brückengeländer wählen, und beides kam nicht in Frage. Er hätte zu einer der Bänke am anderen Ufer weitergehen können, doch aus irgendeinem Grund konnte er sich nicht dazu aufraffen. Er legte den Brustkorb aufs Geländer und blickte senkrecht aufs Wasser hinunter. So blieb er stehen, ohne sich zu bewegen, als wäre er im Stehen gestorben, den Strohhut noch in der Hand.

Ich muss mir ein Thema einfallen lassen.

Du musst dir nichts einfallen, sondern es kommen lassen.

Es ist alles so sinnlos.

Nicht für dich, höchstens für andere.

Auch für mich. In diesem Moment schreiben Millionen von Menschen ihre Meinungen über praktisch alles auf, was in den letzten Stunden gemeldet wurde. Was kann ich dem noch hinzufügen?

Deine Meinung.

Ich will keine Meinung mehr haben.

Das behauptest du schon seit einer ganzen Weile.

Er hörte Musik, die aus einem der Häuser kommen musste. Eine Männerstimme und eine Gitarre. Einen Moment glaubte er ein Lied seines Vaters zu hören.

Plötzlich stand jemand neben ihm, den er nicht hatte kommen hören. Es war der ehemalige Sportreporter, der in einem der Häuser am Kai wohnte. Masser blickte zur Seite, ohne ansonsten seine Haltung zu verändern. »Masser!«, sagte sein Bekannter herzlich. »Länger nicht gesehen. Hattest wahrscheinlich zu viel zu tun. Du stehst … ähm … etwas merkwürdig da. Ist das eine meditative Yogaübung?«

Masser richtete sich mühsam auf, sein Rücken schmerzte. »Erschöpft«, sagte er, »du kannst dir nicht vorstellen, wie erschöpft ich bin. Aber ich wollte mich nicht auf den Boden setzen und auch nicht aufs Geländer.«

Sein Bekannter schaute ihn besorgt an. »Dann hast du wohl eine anstrengende Zeit hinter dir.«

»Bin eine Weile Chefredakteur gewesen«, sagte Masser. Er versuchte, es beiläufig klingen zu lassen, warum, wusste er nicht. »Aber jetzt zum Glück nicht mehr. Dir geht's gut?«

»Schlecht. Muss heute Nachmittag zum Arzt.«

Masser fragte nicht nach Details. Wie lange war es her, dass er ihm zuletzt hier begegnet war? Auch an einem sehr heißen Tag. Drei Jahre? Vier?

»Ich treffe dich immer nur bei tropischen Temperaturen«, sagte der Sportreporter, dem man ein fotografisches Gedächtnis nachsagte. Wahrscheinlich konnte er sich noch genau an das Datum erinnern, und an die Uhrzeit, plus minus fünf Minuten. »Kolumne schon fertig?«

»Nein, ich hab noch nichts.«

»Wir werden alt, Masser. Du denkst noch ganz altmodisch über Themen nach; das macht niemand mehr. Während du alle möglichen Aspekte erwägst, rasen fertige Meinungen über jedes denkbare Thema rings um den Globus. Nachdenken, gründlich erwägen: alles überholte Konzepte.«

Masser schaute ihn verblüfft an. »Genau das hab ich selbst eben gedacht. Wenn jetzt jeder schon meine Gedanken per WLAN empfangen kann, höre ich besser sofort auf.«

»Auf dieser Welt gibt es Millionen Kolumnisten«, sagte sein Bekannter. »Das war früher schon so, nur dass sie einem noch nicht zur Last gefallen sind.«

»Stimmt«, sagte Masser.

»Muss noch ein paar Einkäufe erledigen«, sagte der Sportreporter. »Heute Abend kommen Leute zum Essen.« Er hob seinen Einkaufsbeutel. »Wir müssen demnächst mal was zusammen trinken. An deiner Stelle würde ich mich da hinten auf eine Bank setzen. Im Schatten. Hier kriegst du noch einen Sonnenstich. *See you.*«

»Gute Idee«, sagte Masser.

Der Sportreporter wischte sich mit einem Taschentuch Schweiß von der Stirn, grüßte noch einmal und ging weiter.

Kurz danach saß Masser auf einer der Bänke und schlief ein. Er saß breitbeinig, den Kopf im Nacken und den Mund ein wenig geöffnet. Er schnarchte, doch das störte niemanden.

Masser stand vor einem Flipchart, auf das ein Dreieck gezeichnet war. Die Eckpunkte waren mit »Wahrheit«, »Wirklichkeit« und »Meinung« beschriftet. Er sollte in einem Hörsaal voller Studenten erklären, wie sich diese drei zueinander verhielten, aber er wusste es selbst nicht. Er wusste nicht, ob die Wirklichkeit das Gleiche wie die Wahrheit war; er war sich nicht sicher, ob man die Wahrheit durch eine Meinung verändern konnte – wenn es eine vernünftig begründete Meinung war, vielleicht, dachte er; und er wusste nicht, ob eine Meinung zur Wirklichkeit gehörte oder nur eine Annahme über die Wirklichkeit war. Es trieb ihn zur Verzweiflung. Im Saal erhob sich ein Gejohle.

»Wir wollen Antworten!«, brüllte jemand in der ersten Reihe.

Masser wollte zu ihm hingehen, doch etwas hielt ihn fest. »Es gibt keine Antworten«, rief er, »es gibt nur Fragen, du Idiot!«

Dann schrieb jemand mit einem Filzstift »Nachricht« neben das Dreieck und fragte, wohin dieses Wort im Verhältnis zu den drei anderen gehörte. »Als Kolumnist musst du das wissen«, sagte er streng, »wenn nicht, hast du uns all die Jahre betrogen.«

Masser nahm den schwarzen Stift und schrieb »Nachricht« in das Dreieck. Er hoffte einfach, dass es richtig war, denn er hatte keine Argumente dafür.

Der Mann, der das Wort hingeschrieben hatte, begann laut zu lachen. Es war ein unangenehmes, höhnisches Lachen. »Falsch!«, sagte er, nahm Masser den Filzstift ab und machte aus dem Dreieck ein großes N, hinter das er »achricht« schrieb. »Nachrichten sind Wahrheit, Wirklichkeit und Meinung«, blaffte er Masser an.

Masser wurde wütend, doch als er dem Mann einen Tritt verpassen wollte, war er plötzlich verschwunden. Nur seine Stimme war noch zu hören: »Du hast uns betrogen, du Schuft! Du musst uns für alle Stunden entschädigen, die wir mit dem Lesen deiner Kolumnen verbracht haben! Das wird dich eine Stange Geld kosten, du Mistkerl. Lügner!«

Er empfand Panik, die rasiermesserscharf in seinen Leib schnitt. Der Saal war leer, er drehte sich um und schaute auf das Flipchart. »Masser Brock ist das Böse«, stand in großen Buchstaben darauf, »er muss vernichtet werden!« »Nein!«, schrie Masser. »Das ist gelogen!« Doch er schrie es in die Leere, niemand außer ihm hörte es.

Masser wachte auf. Eine Frau hatte sich neben ihn gesetzt. Sie lächelte freundlich.

»Sie haben heftig geträumt«, sagte sie. »Ich glaube, es war kein angenehmer Traum.«

»Nein«, antwortete Masser, »aber zum Glück sind Träume ja Schäume.« Er entschuldigte sich, bückte sich nach seinem Strohhut, der auf dem Boden lag, und stand auf. »Noch einen schönen Nachmittag«, sagte er. Es war nicht mehr ganz so heiß. Im Gehen suchte er in seinem Smartphone nach neuen Nachrichten. Er dachte an das Dreieck, konnte sich aber nicht mehr genau daran erinnern, was der Mann zu ihm gesagt hatte. Er fühlte sich elend.

Er schrieb seine Kolumne, als würde er träumen, dass er eine Kolumne schrieb. Er schien nicht nachdenken zu müssen, seine Finger tanzten nach einer fertigen Choreographie über die Tasten, die Wörter rieselten wie sanfter Regen auf seinen Bildschirm, er las nicht mehr durch, was er geschrieben hatte, schloss den Laptop und legte kurz die Stirn aufs Metall. Die letzten Sätze lauteten: »Unsere Wirklichkeit ist eine Ansammlung sinnloser Tatsachen und Ereignisse. Nachrichten sind die tägliche Auswahl der sensationellsten Sinnlosigkeiten. Es ist sinnlos, Meinungen über das Sinnlose zu haben.«

Er rief Eva an, er wollte ihr von seinem Traum erzählen, aber sie nahm nicht ab. Er sah, dass jemand von der Zeitung anrief, doch er wusste, was man ihn fragen wollte, und ignorierte es. Kurz danach rief Jaime Joris Schuurman Hess dreimal hintereinander an. Masser sah es schon nicht mehr. Er lag mit offenen Augen auf dem Sofa; sein Geist schien seinen Körper verlassen zu haben.

Er hatte das Gefühl, in einen tiefen Abgrund hinabzusteigen. Wenn er hinaufschaute, sah er noch ein Stück dunklen Himmel, aber immer undeutlicher. Er war sich nicht einmal sicher, ob er er hinunterstieg oder ob es eine Art gebremster Absturz war. Jedenfalls hatte er furchtbare Angst. Er wollte nicht noch weiter hinunter, doch er hatte jegliche Kontrolle verloren, er fiel, langsam, aber unvermeidlich. Er befürchtete, endgültig wahnsinnig zu werden, wenn er den Boden des Abgrunds erreichte. Er versuchte, nicht darüber nachzudenken, wie er wieder hinaufklettern sollte, es erschien ihm unmöglich, und der Gedanke, dass er dazu verdammt sein könnte, auf ewig zu bleiben, wo er jetzt war, versetzte ihn in eine schwarze Panik, so heftig, dass die Angst seinen Schädel zerquetschen zu wollen schien. Um ihn herum war nichts und niemand, nur vollkommene Leere. Sein Geist schien jede Verbindung zur Wirklichkeit gelöst zu haben, es gab keine Wirklichkeit mehr. Er wollte sich festhalten, aber da war nichts, was Halt bieten konnte. Er wusste: Wenn es noch lange so weitergeht, gibt es nur einen Ausweg, denn dies ist unerträglich. Er sah sich selbst, konnte sich aber nicht erlösen. Vielleicht ist das der Tod, dachte er.

Dann hörte er eine Stimme, die zu ihm sprach. Die Stimme beruhigte ihn ein klein wenig, die Worte milderten die unermessliche Einsamkeit, die ihm die Kehle zuschnürte, und die Angst, ewig weiter in die Endlosigkeit seiner eigenen Seele hinab zu müssen. »Nur ruhig, Masser«, sagte die Stimme. »Ruhig, ich bin bei dir. Ich bin immer bei dir.« Er spürte, dass sein Hemd klatschnass von Schweiß war, er hatte grauenhafte Abgründe voller entsetzlicher Ungeheuer gestreift, die ihn zu zerreißen drohten.

Masser wusste nicht, ob er geschlafen hatte. Er hatte das Gefühl, aus den tiefsten Tiefen seines Selbst wie ein Alpinist zur Oberfläche zurückzuklettern. Wenn er abrutschte, hielt er sich an den Dingen ringsum fest, an greifbarer Wirklichkeit: der Brieftasche auf dem Tisch, dem Weingestell in der Ecke, dem kleinen VW-Bus im Bücherregal. Nach einiger Zeit spürte er, dass er die Kontrolle wiedererlangte, dass die lauernde Panik sich zurückzog, dass in seinem Kopf ganz allmählich so etwas wie Ruhe einkehrte. Noch liefen ihm Tränen über die Wangen, doch die schlimmste Traurigkeit war überstanden. Er war allein, die Einsamkeit versuchte aber nicht mehr, ihn zu würgen. Er schwebte nicht mehr durch einen schwarzen Raum, in dem es weder Zeit noch Ort gab.

Er wusste, wem die Stimme gehörte – wem er eine Stimme gegeben hatte.

XXX

Die André Genovesi 103

Es war Anfang September, das Schiff lag auf der Helling, glänzend im weichen Sonnenlicht, der Name noch durch zwei weiße Tücher verdeckt. Auf einem kleinen improvisierten Podium standen die Gäste, darunter Masser und seine Freundin Eva, Mia Kalman in Begleitung von Tupp, Karel Brock und Carla Genovesi und Jeroens Eltern. Jeroen selbst stand vorn zusammen mit Jimi Kalman und André und Martha Genovesi.

Jimi winkte seine Großeltern Karel und Carla zu sich. Sobald sie bei ihm waren, drückte er beiden ein Seil in die Hände. »Dann enthüllen wir jetzt den Namen des Schiffs«, sagte er. »Gleichzeitig ziehen.«

Die weißen Tücher glitten wie landende Schwäne zu Boden. Auf dem Bug wurde der Name *Jimi Brock* sichtbar, dahinter stand in kleinen Buchstaben *Fré Zatingh*, einer Bitte des Schiffbauers entsprechend. Carla schloss Karel in die Arme, das Zucken ihrer Schultern verriet, dass sie weinte. Sie war nicht die Einzige.

»Sie haben das Schiff nach meinem kleinen Bruder benannt«, flüsterte Masser Eva ins Ohr. Am liebsten hätte er selbst hemmungslos geheult.

André ließ am Bug eine Flasche Champagner zerschellen, wonach das Schiff feierlich seitwärts in den Kanal glitt. Alle applaudierten, und der Schiffbauer füllte die Gläser.

Eine Woche später lag die wundervoll restaurierte *Jimi Brock* am Kai des Entrepotdok in Amsterdam. Der ehemalige Maschinenraum und der größte Teil des übrigen Raums unter Deck waren zu einer Werkstatt verbunden, teilweise mit den Apparaten ausgerüstet, die Jimi schon in seiner Dachwohnung bei Masser aufgestellt hatte, überwiegend aber mit nagelneuen Maschinen. Eine Absauganlage hielt den Raum staubfrei, und jedem Detail war anzusehen, dass hier der Geist strenger Ordnung, Kontrolle und Planmäßigkeit herrschte. Aus der Werkstatt führte eine Treppe zum Ruderhaus und zur Kajüte hinauf, der Planungs- und Forschungsabteilung von Jimi Kalman Watches. Dort standen auch zwei Betten, für den Fall, dass die Direktoren nach der Arbeit keine Lust hatten, nach Haarlem zurückzukehren, oder, was öfter vorkam, sich nicht von ihrer Arbeit losreißen konnten.

Zum ersten Mal in seinem Leben hatte Jimi einen festen Vorsatz aufgegeben; er hatte sich nicht an der École d'Horlogerie de Genève angemeldet. Erstens, weil ihm klar geworden war, dass er dann vor allem sein Französisch erheblich verbessern müsste, und zweitens, weil er sich gefragt hatte, was die Schule ihm überhaupt noch bieten konnte: vermutlich sehr wenig.

In seinem Uhrenlabor bei Masser hatte Jimi die Produktion der ersten Armbanduhr von JKW schon so weit vorbereitet, dass er auf dem Schiff sofort damit anfangen konnte. Zunächst wollte er fünfzehn André Genovesi 103 pro Jahr bauen, davon fünf mit goldenem Gehäuse. Er hatte die Uhr selbst entworfen; es war ein elegantes Schmuckstück, rein mechanisch, mit weißem Zifferblatt, »kleiner Sekunde« und »Mond-Komplikation«, wie Jimi die Mondphasenanzeige nannte. Auf dem Gehäuseboden standen der Name André Genovesi und eine Nummer.

Als André das erste Exemplar der nach ihm benannten Uhr in Empfang nahm, blieb er erst eine Weile sprachlos. Die Uhr wie ein neugeborenes Kind in der Hand, erklärte er schließlich, nun könne er in Frieden sterben – was ihm energische Buhrufe einbrachte. »Die 104 und 105 liegen schon auf dem Zeichentisch«, rief Jimi.

Es war der wärmste Spätsommer seit Menschengedenken, auf dem festlich ausstaffierten Deck der *Jimi Brock* konnte man den Eindruck haben, an einer Hochzeitsfeier aus dem Film *Der Pate* teilzunehmen. Unter dem weißen Sonnensegel, ein Glas Champagner in der Hand, erklärte Jimi seinem Onkel sein neuestes Vorhaben: Er wollte innerhalb von vier Jahren eine Uhr mit einem Kalender bis zum Jahr 2499 konstruieren.

Masser schaute ihn fragend an, der Sinn dieser Idee ging ihm nicht gleich auf. »Das ist das Meisterstück«, erklärte Jimi. »Die Uhr muss Schaltjahre und Schalttage korrekt verarbeiten können. Das ist ziemlich kompliziert.« Er sah so aus, als könne er es kaum erwarten, die Probleme zu lösen, vermutlich beschäftigte er sich längst damit. »Wenn wir das hinbekommen, gehört JKW gleich zur Weltklasse.«

Wieder staunte Masser, wie ruhig sein Neffe über seine hochgesteckten Ziele sprach, und er zweifelte keinen Moment daran, dass er sie auch erreichen würde. »Ich würde gern eine André Genovesi 103 bestellen«, sagte er. »Ich bin zwar mit exklusiven Uhren aufgewachsen, hab mir aber noch nie selbst eine gekauft, ich besitze nur eine fast vierzig Jahre alte Breitling. Es wird also langsam Zeit. Gibt's auch ein Damenmodell?«

»Unsere Uhren sind für Männer und Frauen geeignet«, sagte Jimi. »Du bekommst Familienrabatt.«

Am Ende des Abends war die erste Jahresproduktion von Jimi Kalman Watches verkauft – der niederländische Ministerpräsident bestellte Nummer 7 und Nummer 8.

XXXI

Voulez-vous coucher avec moi

Wilco Stamsnijder schrieb nach wie vor dreimal pro Woche eine Kolumne, als Ersatzmann für Masser. Unter seinen Texten hatte einen Monat lang »Masser Brock ist krank« gestanden, bis Masser Jaime Joris angerufen und gebeten hatte, diesen Satz wegzulassen.

»Bist du denn nicht mehr krank, Masser?«, hatte Jaime gefragt.

»Weiß ich nicht. Aber es trägt auf keinen Fall zu meiner Erholung bei, wenn ich dreimal in der Woche diesen Satz lese.«

Masser hatte sich die neue Folge von *Assassin's Creed* gekauft, aber schnell festgestellt, dass ihm das Spiel keinen Spaß mehr machte, er fand es stumpfsinnig. Vielleicht ist die Wirklichkeit einem Game zu ähnlich geworden, dachte er.

»Du bist ein Grübler, Masser Brock«, sagte der Premier. »Was du brauchst, ist eine Frau. Aber keine, die hin und wieder mal von Urk nach Haarlem fährt, sondern eine, die immer da ist.« Mia warf ihrem Freund einen ungehaltenen Blick zu, doch er sprach unbeirrt weiter. »Ich hab auch lange auf *the right one* gewartet, wie du. Dann bin ich endlich Mia begegnet. Ich bin ein anderer geworden, *I kid you not.*« Er schaute Mia an, um zu sehen, ob sie seiner Analyse zustimmte, aber sie verzog keine Miene. »Also mach mal Dampf dahinter, Masser. Nicht so lahm, *go for it.*«

»Ich werde drüber nachdenken, Tupp.«

»*Voulez-vous coucher avec moi*«, sang der Premier, während er aufstand, um eine neue Flasche Wein zu öffnen.

»Ich überlege, ob ich mit meiner Kolumne und überhaupt aufhören soll«, sagte Masser. »Das beschäftigt mich jetzt seit zwei Monaten, ich muss eine Entscheidung treffen. Ich kann die Zeitung nicht ewig warten lassen. Und mich auch nicht.«

»Hast du nach dem einen Mal noch mehr solche Panikanfälle gehabt?«, fragte Mia.

»Gott sei Dank nicht. Aber ich habe Angst davor. Abends, wenn ich im Bett liege, suche ich nach Anzeichen dafür, dass die Bestie irgendwo in meinem Kopf auf der Lauer liegen könnte. Das muss aufhören, denn mit solchen Gedanken lockt man sie nur an.«

»So etwas muss man sehr ernst nehmen«, meinte Mia. »Hast du mal dran gedacht, zu einem Psychologen zu gehen?«

»Nein. Ich glaube nicht, dass der mir etwas Neues sagen könnte.«

»Dann tu, was du tun musst.«

»Hör auf sie, Masser«, sagte der Premier. »Weibliche Intuition.«

Masser und Jimi saßen in einem Bistro in der Czaar Peterstraat. Die Straße hatte sich völlig verändert, seit Karel dort gewohnt und Masser ihn regelmäßig besucht hatte; sie lockte ein hippes Publikum an. Masser sah seinen Neffen nicht oft, der junge Mann arbeitete bis zu achtzehn Stunden am Tag und übernachtete meistens auf der *Jimi Brock*. Wenn er einmal zu seinem Loft fuhr, kam er meistens erst an, wenn Masser schon schlief, und war am nächsten Morgen wieder weg, bevor sein Onkel aufwachte.

»Schön, mal mit dir zusammen zu sein«, sagte Masser. »So leer gefällt mir das Haus nicht mehr.«

»Es geht erst mal nicht anders.«

Masser fragte, wie sich die André Genovesis verkauften.

»Wie wahnsinnig.« Cees Krook hatte Jimi zusammen mit André zu seiner Talkshow eingeladen, und Jimi hatte über seine Uhren, die enge Bindung zu seinem Urgroßvater und auch ein wenig über seine Mutter gesprochen. André hatte beiläufig fallen lassen, dass der niederländische Ministerpräsident zwei der Uhren bestellt habe – was Jimi selbst nie getan hätte, er empfand es als indiskret. Doch es wirkte, und der Premier hatte nichts dagegen. »Die Wartezeit beträgt jetzt schon zweieinhalb Jahre«, sagte Jimi, »aber anscheinend ist das noch ein zusätzlicher Anreiz für die Leute. Wenn man zehntausend Euro für eine Armbanduhr bezahlt, möchte man sie nicht sofort eingepackt mitnehmen. Wartezeit gehört zu so einem Preis. Die Warteliste ist eine Art Ehrenliste.«

»Und unsere …?«

»Wir rufen Sie an, sobald sie fertig sind«, sagte Jimi spottend, mit hoher Stimme. »Es dauert höchstens noch einige Wochen, wir tun, was wir können, Herr … äh, wie war noch Ihr Name?«

»Ich nehme an, dass mein Chefredakteur demnächst mal bei euch vorbeischaut.«

»Muss auch warten.«

»Ich freue mich unbeschreiblich für dich, Jimi, wirklich ganz unbeschreiblich. Und ich bin wahnsinnig stolz auf dich. Hat sich der alte André in letzter Zeit blicken lassen?« Masser hatte vor, nach dem Mittagessen seinen Großvater zu besuchen.

»Haha! In letzter Zeit? Wenn er mal einen Tag *nicht* kommt, hab ich schon Angst, dass er gestorben ist.«

»Dieser Mann ist unsterblich. Mit Jeroen alles okay?«

»Der setzt vierzehn Stunden am Tag Uhren zusammen.

Wir suchen dringend jemanden, der uns helfen kann. Kennst du zufällig einen erfahrenen Schweizer Uhrmacher?«

»Ich glaube nicht. Vielleicht sollte ich selbst eine Ausbildung machen.«

»Hast du schon das neue *Assassin's Creed*?«

»Ja, aber es macht mir nicht mehr so viel Spaß. Man braucht doch etwas Feedback.«

»Ich hab's noch nicht gekauft. Keine Zeit.« Einen Moment herrschte Schweigen. Jimi schaute seinem Onkel in die Augen, als wäre er ein Psychiater, der einen verstummten Patienten zu ergründen versuchte. »Und du, wie geht es dir? Du siehst müde aus.«

»Bin ich auch. Schon seit ein paar Monaten. Im Grunde bin ich nur noch müder geworden, seit ich keine Kolumnen mehr schreibe.«

»Was tust du dagegen?« Er klang streng.

»Ich grüble.«

»Davon wird es nicht besser, Herr Brock.«

Masser stand auf und ging die kleine Treppe zu den Toiletten hinauf. Als er zurückgekommen war und sich wieder gesetzt hatte, sagte er: »Ich überlege, bei der Zeitung aufzuhören.«

»Aufzuhören? Du meinst, kündigen?«

»Ich hab das Gefühl, dass ich dort nicht mehr hingehöre.«

»Wie alt bist du?«

Es wunderte Masser, dass Jimi das nicht wusste. »Nächstes Jahr werde ich fünfzig.«

»Schönes Alter für einen Neuanfang. Tu's, Masser. Das heißt, wenn du's dir finanziell leisten kannst.«

Wochenlang grüble ich darüber nach, und er weiß nach zehn Sekunden, was das Richtige ist.

Das weißt du bei anderen auch immer besser als bei dir selbst.

Sein Gehirn arbeitet wie ein Computer. Wägt blitzschnell ab, was möglich und was unmöglich ist, rechnet alles durch und zieht eine Schlussfolgerung.

»Ich glaube schon«, antwortete Masser.

»Super. Ich halte mir nächste Woche einen Abend frei, damit wir essen gehen können, mit Mama. Dann feiern wir das.«

Er hat sich verändert. Er ist im Leben angekommen.

Selbstvertrauen. Selbstvertrauen und hohe Erwartungen.

Er hat noch Träume.

Du musst dir neue suchen.

»Sieh dir dieses Schiff an«, sagte André und deutete aus dem Fenster. »Jeden Morgen stehe ich hier eine Viertelstunde und betrachte es. Es ist ein Wunder. Und abends, bevor ich ins Bett gehe. Dann brennt da drin immer noch Licht. Sie arbeiten unermüdlich, die beiden Jungs.« Triumphierend zeigte er auf die Uhr an seinem Handgelenk, den Siegespreis, die Krönung seines Lebens. »Ja, Masser, mein Junge, es ist wirklich ein großes Glück, ein sehr großes Glück. Weißt du, früher hatte ich manchmal etwas Angst vor dem Tod. Ist doch normal, oder? Aber seit dieses Schiff hier liegt, ist auch das letzte bisschen Angst verflogen.«

Masser schaute ihn an. Er unterdrückte ein Lachen, ein Lachen der Rührung, aber auch der Erleichterung. Neben ihm stand ein Mann von einhundertunddrei Jahren, ein freier Geist, der allen Ballast abgeworfen hatte und, ohne in seinem Leben jemals einem Zenmeister begegnet zu sein, zu den schwindelnden Höhen des Augenblicks aufgestiegen war.

»Man darf dem Leben nicht im Weg stehen«, sagte André, nachdem Masser ihm von seinem Vorhaben erzählt hatte. »Man darf sich ihm nicht widersetzen. *Go with the flow*. Lass es wie einen sanften Regen über dich kommen. Das habe ich auch getan, und du siehst das Ergebnis.« Wieder zeigte er nach draußen.

»Ich glaube, ich begreife dich überhaupt nicht, Masser«, sagte Bonna. »Aber vielleicht bin ich kein Mensch mehr, sondern nur noch eine alte Journalistin mit Tinte in den Krampfadern. Du musst tun, was du tun musst, so ist das.«

»So ist es.«

Anschließend rief er Charles Schuurman Hess an, den Mann, der ihn einst eingestellt hatte. Er fürchtete sich vor dem Gespräch, doch CSH reagierte ganz anders, als Masser erwartet hatte.

»Recht hast du, Masser! Ich hab es übrigens schon bei unserem letzten Essen gewusst. Ich dachte: Der schmeißt den Krempel bald hin. Mann, ich hatte oft genug genau das gleiche Gefühl. Der gottverdammte Nachrichtenscheiß hing mir auch regelmäßig zum Hals raus. Das konnte ich natürlich niemandem sagen, ich hatte keine Wahl. Du schon. Wir sollten uns unbedingt verabreden und sinnlos besaufen. Oder nicht? Ist doch alles relativ, ich liege bald unter der Erde, und du hast auch schon die Hälfte hinter dir. Die ganze verbissene Plackerei ist Blödsinn.«

»Mein Opa ist hundertdrei.«

»Ein Grund mehr. Du musst aus der zweiten Hälfte was ganz Besonderes machen, Himmel noch mal, verstehst du? Ist eine Frau in Sicht?«

»Ja.«

»Na endlich. Hast du schon mit Jaime Joris über einen ordentlichen Bonus gesprochen?«

»Jaime weiß noch von nichts.«

»Ich rufe ihn an.«

Masser setzte sich an seinen Laptop und schrieb eine lange Mail an Jaime Joris Schuurman Hess. Als er fertig war und auf »Senden« geklickt hatte, empfand er große Erleichterung. Er mailte auch Nienke van der Hout und Tom Bols und listete am Schluss unter der Überschrift »Köder« eine Reihe von Namen auf, die ihm spontan eingefallen waren: Boebie de Witt Wijnen, Cornelis Altena, Frank van Weerdenburg, Lukas Brouwer, Maarten Hoekman, Klaas Joppe, Dick Draak, Edward Jan Biljoen, Wout Brood, Steven van Maren, Meindert Brouwer. Einen Moment spielte er mit dem Gedanken, auch Jeroen Weenink zu nennen, entschied sich aber dagegen. Wenn jemand mit Jeroens Namen »fischte«, wollte er wenigstens nicht dafür verantwortlich sein. Spaßeshalber beendete er die Liste mit »Masser Brock« und schickte die Mail ab.

Am nächsten Tag, nachdem er auch Mia und seine Eltern informiert hatte, rief er Eva an.

»Ich höre bei der Zeitung auf.«

»Hab ich gewusst.«

»Kannst du eine Woche weg?«

»Ja.«

»Dann bin ich in zwei Stunden bei dir.«

Masser und Eva gingen durch die Rue du Cardinal-Lemoine in Richtung der Rue Descartes, zu dem Appartement, das sie gemietet hatten. Es war Anfang November, doch die Jahreszeiten schienen Paris gleichgültig zu sein. Überall saßen Menschen auf Caféterrassen, als wollten sie zeigen, wie absurd es war, dass die Geschäfte schon ganz auf Weihnachten eingestellt waren. Das Wohnzimmer des Appartements in der ersten Etage lag zur Straße hin. Eine Bar gegenüber hieß Le Bateau Ivre – Arthur Rimbaud hatte einmal in der Rue

Descartes gewohnt. Vom Schlafzimmer blickte man auf einen Hof; Masser fühlte sich dort sicher, geschützt mitten im Mahlstrom der Stadt.

Zum ersten Mal hielten sie sich gemeinsam in Räumen auf, die ihnen beiden im gleichen Maße gehörten, und Masser hatte das Gefühl, dass sie dadurch eine Grenze überschritten, hin zu größerer Vertrautheit, zur Normalität zweier Menschen, die zusammengehören, ohne Worte darüber zu verlieren.

Er lag auf dem Doppelbett und hörte Eva unter der Dusche singen. Kurz darauf kam sie nackt ins Zimmer. Er betrachtete sie schweigend und versuchte, sich an ihren Körper zu erinnern, wie er in ihrer ersten gemeinsamen Zeit ausgesehen hatte. Sie legte sich neben ihn.

»Masser, haben wir Zeit verloren, oder haben wir sie wiedergewonnen?«

»Ich weiß es nicht. Vielleicht wären wir jetzt nicht hier, wenn wir damals zusammengeblieben wären.« Er streichelte ihre Brüste.

Sie gingen über den Boulevard Saint-Germain zu dem Restaurant, in dem ein Tisch für sie reserviert war. Bei Chez René herrschte Hochbetrieb. Masser fühlte sich wie ein Zwanzigjähriger, der zum ersten Mal mit seiner Freundin in Paris ist und sich weltmännisch zu geben versucht. Er hatte das Restaurant ohne einen Moment des Zögerns gefunden, war eingetreten, als wäre er Stammgast, und hatte zum Kellner leichthin »*J'ai reservé une table pour deux*« gesagt.

Es war ein Restaurant, in dem man nur dank der lebhaften Unterhaltungen an den meisten der nah beieinanderstehenden Tische noch ein Gefühl von Privatheit haben konnte. Er bat den Kellner um eine Flasche Pouilly-Fumé. »Schon Mitterrand hat hier gespeist«, sagte er zu Eva. »Und Hemingway, glaube ich. Aber der war in allen Pariser Cafés und Restaurants.«

»Eine ganz andere Art von Restaurant als das, in dem wir damals gegessen haben«, sagte sie. »Weißt du noch, wo das war?«

»Nicht weit vom Olympia, aber ich würd's nicht wiederfinden.«

»Gutes Gedächtnis. Ich hätte mir nicht vorstellen können, dass ich in dem Konzertsaal später selbst auftreten würde.«

»Meine Güte«, sagte Masser. »Ich sitze hier mit einer Berühmtheit und ahne es nicht einmal.«

Nachdem sie die Flasche geleert und ihr Essen bestellt hatten, fragte Eva, ob er seit seiner Kündigung erleichtert sei.

»Ich glaube schon. Natürlich kann das in zwei Monaten ganz anders sein. Vielleicht tut es mir dann leid. Ich weiß nicht, wie wichtig diese Kolumne wirklich für mich war. Wenn man etwas tagtäglich und jahraus, jahrein macht, denkt man irgendwann, dass man auch gut darauf verzichten könnte. Vielleicht merkt man erst, wie viel einem etwas bedeutet, wenn man es nicht mehr hat.«

»So ging es mir, als wir uns getrennt haben.«

»Wer von uns hat eigentlich Schluss gemacht? Ich kann mich nicht mehr daran erinnern.«

»Du. Wie fühlst du dich denn jetzt, ohne deinen täglichen Artikel?«

»Wie im Urlaub. Aber das bleibt nicht so.«

»Du bist nicht mehr wichtig, Masser«, sagte sie neckend. »Du gehörst nicht mehr zur einflussreichen Klasse.«

»Vielleicht will ich das ja gerade, nicht mehr wichtig sein.«

»War nur ein Scherz.«

Der Kellner brachte eine neue Flasche.

Masser schaute sie lange schweigend an. Er wollte ihr etwas sagen, wusste aber nicht, wie. Endlich sagte er: »Jimi.«

»Welcher Jimi?«

»Der tote Jimi.«

»Was ist mit ihm?«

»Ich glaube, dass ich damals seinetwegen Journalist geworden bin. Weil er gestorben war, meine ich.«

»Ich fürchte, das musst du mir erklären.«

»Schreiben hat mir immer Spaß gemacht, und als Journalist darf man schreiben. Aber ich hab nie davon geträumt, ein Carl Bernstein zu werden. Weißt du, wer das war?«

»Masser! Ich bin kein junges Gänschen.«

»Entschuldigung.«

»Ist der lebendige Jimi dem toten ähnlich?«

»Nein, überhaupt nicht. Mein Neffe schafft sich seine eigenen Welten und geht ganz darin auf. Er ist nach innen gewandt, mein kleiner Bruder ganz nach außen. Er saugte alles in sich auf, was er sah, und wollte wissen, was es damit auf sich hatte, er war neugierig. Er war noch sehr jung, als er eines Tages sagte, dass er Journalist werden wollte, daran erinnere ich mich genau, es muss kurz vor seinem Tod gewesen sein. Das beeindruckte mich sehr. Ich hatte eigentlich keine Ahnung, was ein Journalist machte, und er verkündete ganz selbstverständlich, dass er einer werden wollte.«

»Wem ähnelst du am meisten?«

»Meinem Neffen. Wir können beide sehr zufrieden sein, wenn wir auf dem Sofa sitzen und *Assassin's Creed* spielen. Journalisten wollen alle Welten wenigstens ein bisschen verstehen, ihm reicht es, ein oder zwei Welten bis in alle Einzelheiten zu kennen. Der eine denkt und fühlt in die Breite, der andere in die Tiefe. Das lässt sich nicht kombinieren, und wenn man es doch will, führt das nur zu Frust. Oder man wird zum Beispiel ein Journalist, der alles über klassische Musik weiß, aber die gelten bei der Zeitung nicht als vollwertige Journalisten, eher als Fachidioten.«

»Und als was gelten Kolumnisten?«

»Luxusgeschöpfe. Andere machen die Drecksarbeit, der Kolumnist schreibt einen geistreichen Artikel über das, was sie rausgefunden haben. Und das macht ihn dann auch noch bei den Lesern beliebt. Ein Kolumnist ist so was wie ein Mittelstürmer, der hauptsächlich auf ein tolles Zuspiel wartet, dann mühelos einkickt, die Arme hochreißt und auf die nächste Kamera zurennt.«

»Eva«, sagte er, »es gibt etwas, das mich schon seit Wochen quält.« Zu seinem Ärger füllten sich seine Augen mit Tränen. Gefühle, die er jahrelang tief in seinem Inneren hatte wegsperren können, hatten in den letzten Monaten einen Weg an die Oberfläche gefunden.

»Möchtest du mir davon erzählen?«

»Es ist ein Gedanke, den ich nicht mehr loswerde. Ich suche nach Gegenargumenten, ich sage mir, dass ich doch nicht etwas so Lächerliches denken darf, aber dieser Gedanke hält sich hartnäckig. Ich grinse mir selbst ins Gesicht und wiederhole, was ich denke. Und ich weiß: Er hat recht.«

»Wer ist ›er‹?«

»Ich. Oder Jimi.« Er wusste, wie verrückt und idiotisch es klang.

»Sag erst mal, *was* du dann denkst.«

»Dass ich all die Jahre der Ersatz-Jimi gewesen bin.«

»Der Ersatz-Jimi.« Sie schaute ihn an, und er sah nicht das kleinste bisschen Spott in ihrem Blick.

»Ich habe in all den Jahren nie aufgehört, mit ihm zu sprechen. Wie mit einem Coach. Ich tat etwas, und er beurteilte es. Mit niemandem hab ich so viel gesprochen wie mit Jimi.« Er wischte sich unbeholfen Tränen aus den Augen. Die Frau am Nachbartisch schaute den Mann ihr gegenüber an, der die ganze Zeit noch kein Wort gesprochen hatte, und deutete mit leichten Kopfbewegungen auf Masser. An dem Tisch da heult einer, schien sie sagen zu wollen. Masser kam sich wie ein sentimentaler Trinker vor.

»Warum?«, fragte Eva.

»Ich musste ihn am Leben erhalten.«

»So seltsam ist das doch gar nicht. Ich spreche auch noch täglich mit Maarten. Als er noch lebte, haben wir höchstens einmal in der Woche miteinander geredet. Ich glaube, viele Menschen tun das, es hilft gegen das Gefühl von Verlust.«

»Mir gefällt der Gedanke nicht. Als Jimi ertrank, ist auch der junge Masser ein bisschen ertrunken, so in der Art. Er hat etwas von mir mitgenommen.«

»Was denn?«

»Den, der ich war.«

»Wer wärst du denn geworden, wenn er weitergelebt hätte?«

»Etwas anderes, ich weiß nicht genau, was, etwas mit Stille, mit Ruhe. Etwas ohne Urteile, das auf jeden Fall.«

»Ich habe nicht gefragt: was, sondern: wer.«

»Masser Brock.«

»Du bist Masser Brock. Etwas Schreckliches passiert, und du fragst dich, warum. Niemand kennt die Antwort. Das ist unerträglich. Deshalb denkst du dir eine Antwort aus. Eine sehr komplizierte Antwort, aber immerhin eine Art Antwort. Er lebt noch, denn ich lebe ja noch.«

»Reichlich langatmige Antwort. Vierzig Jahre.« Er lachte unter Tränen. Der Mann am Nachbartisch – er hatte immer noch nichts gesagt – musterte ihn verächtlich.

»Sicher. ›Das Leben des Jimi‹ in zehntausend Folgen, *featuring* Masser Brock. Die perfekte Rolle für dich, wirklich klasse.«

»Ich habe mir mein Leben gestohlen.«

»Vielleicht konnte es nicht anders sein. Vielleicht konnte Masser Brock nicht anders. Im Leben liegt mehr fest, als wir denken. Man hat uns beigebracht, dass wir immer die freie Wahl haben, das ist die moderne Auffassung vom Leben. Aber es ist die Frage, ob das wirklich stimmt. Es geschehen Dinge, die uns in eine bestimmte Richtung drängen. Vielleicht in eine andere als die, die wir gewählt hätten, wenn wir ganz frei gewesen wären, aber wir sind nicht frei.«

»Wenn es so ist, ist das furchtbar. Aber auch irgendwie tröstlich.«

»Was hätte Jimi getan, wenn du ertrunken wärst?«

»Jimi hätte nie den Drang gehabt, mich zu ersetzen. Wenn er überhaupt schon gewusst hätte, wer ich war, als ich unterm Eis verschwand. Das steckt in mir, nicht in ihm. Er wäre heute der Starreporter der *Nieuwe Tijd*, oder er wäre schon mit dreißig Chefredakteur geworden.«

»Glaubst du wirklich?«

»Ja.«

»Dem Jimi in deinem Kopf wäre es so ergangen. Dem wirklichen vielleicht nicht. Ich glaube, er hätte sich mit fünfzig auch gefragt, ob er die richtigen Entscheidungen getroffen hat oder ob das Leben ihm nicht doch vieles aufgedrängt hat. Er hätte sich an seinen Bruder erinnert. Er hätte ein Bild von ihm vor Augen gehabt, ein Bild, das nicht unbedingt dem wahren kleinen Masser entsprach. Und auch er hätte gedacht, dass diese Katastrophe seine Entscheidungsfreiheit eingeschränkt hätte und dass ohne sie alles anders gelaufen wäre.«

»Glaubst du?«

»Ja. So denken wir alle.«

»Du auch?«

»Ich auch. Wir denken alle, dass vieles besser hätte laufen können, dass wir uns selbst ein entscheidendes Mal zu oft verleugnet haben. Dass wir denjenigen verraten haben, der wir wirklich zu sein glauben.«

»Möglich.«

»Aber du könntest auch denken: Ich bin einer der beliebtesten Kolumnisten des Landes geworden. Ich war Chefredakteur der größten Zeitung der Niederlande, eigentlich habe ich bisher ein sehr schönes und aufregendes Leben gehabt, und weißt du was, jetzt sitze ich in Paris im Chez René, und alles ist ganz wunderbar. Schau mal, wer dir gegenübersitzt!« Sie lachte.

»Du hast recht«, sagte Masser. »Und damit du siehst, dass ich sehr wohl weiß, was für ein Glückspilz ich bin, hab ich etwas für dich.« Er bückte sich und holte zwei kleine Päckchen aus der Tasche neben seinem Stuhl. Eins davon legte er vor Eva auf den Tisch. »Pack es bitte aus.«

Er beobachtete die Bewegungen ihrer Hand und imitierte sie eine oder zwei Sekunden später an seinem eigenen Päckchen. Als sie ein Kirschholz-Kästchen mit den Buchstaben JKW auf dem Deckel aus dem Papier befreit hatte, schaute Eva ihn an, eine tiefe Röte überzog ihre Wangen. Er hob sein eigenes Kästchen. »Gleichzeitig aufmachen«, sagte er.

Masser legte Eva ihre goldene André Genovesi 103 an, danach tat sie das Gleiche bei ihm – er hatte sich für ein Edelstahlgehäuse entschieden. »Sie gehen auf ein paar Hundertstelsekunden genau. Behauptet Jimi zumindest.«

Als sie zu ihrem Appartement zurückgingen, hatte er das Gefühl, dass seine Füße den Gehweg nicht berührten. Später, im

Bett, fragte sie: »Wer warst du eigentlich, als es damals mit uns anfing?«

Er wollte erst »Masser« antworten, doch das fand er zu billig. Bevor ihm eine bessere Antwort eingefallen war, sagte sie: »Ich finde dich jetzt viel netter. Noch viel netter.«

Er erzählte ihr die Lieblingsgeschichte seines Großvaters, über Miles Davis und Juliette Gréco. Sie kannte sie natürlich schon, alle Jazzmusiker kannten sie.

Am nächsten Tag besuchten sie im Petit Palais eine Ausstellung über Oscar Wilde. Masser betrachtete die Fotos von Wilde, die während einer Tournee in den Vereinigten Staaten aufgenommen worden waren. Er sah einen arroganten Mann Ende zwanzig, der zu sagen schien: Ich richte mich ausschließlich nach mir selbst, seht mir in die Augen, seht meine Kleidung, meine Haltung. Seht, wie ich auf euch herabblicke, ich verachte euch und eure guten Sitten. Ich bin Oscar Wilde, und ich sage der Welt, was richtig ist, nicht umgekehrt, ich stelle die Regeln für die Kunst, die Schönheit und das Leben auf, ich bestimme, was wahr ist und was nicht, ich sage euch, was wertvoll und was wertlos ist, ich bin der freie Meister des Universums.

Er beschrieb Eva, was er zu sehen glaubte.

»Du solltest *Das Bildnis des Dorian Gray* lesen«, sagte sie.

Am Abend fuhren sie mit der Metro zur neuen Philharmonie de Paris, einem einschüchternden Bauwerk am Boulevard Périphérique. Sie stiegen eine hohe Treppe hinauf, kauften an einer Theke zwei Tütchen Chips für die Pause und betraten dann die Grande Salle Pierre Boulez. Masser war überwältigt von dem riesigen, voll besetzten Konzertsaal. Ein kleiner Mann betrat das Dirigentenpodest und hob den Taktstock.

Masser hatte das Gefühl, dass er das Orchester einschaltete. Gespielt wurden Teile aus Hector Berlioz' dramatischer Sinfonie *Roméo et Juliette*. Es war weniger die Musik, die Masser faszinierte, als der Mann vor dem Orchester. Masser versuchte, die Musiker zu zählen, und kam auf ungefähr hundert. Er kontrolliert alles mit diesem Stöckchen, dachte er. Man könnte neidisch werden. Die Musik erklingt so, wie er es will, die Musiker sind an die Partitur gebunden, aber vor allem an seine Interpretation der Partitur. Aber es ist Kunst, vielleicht geht bei ihm privat alles drunter und drüber. Da schert sich niemand um seinen Taktstock.

Ein Musiker ganz hinten im Orchester stand auf, hob ein kleines Glöckchen, schlug es dreimal an und setzte sich wieder hin.

»Guter Beitrag«, flüsterte Masser Eva zu. »Klein, aber wichtig. Der weiß, worauf's ankommt. Ein Glöckchen klingeln lassen, wenn's nötig ist.«

Sie zeigte auf das Programmheft: Als Nächstes kam »Scène d'amour«. »Zehn Kontrabässe und nicht eine Frau«, sagte sie.

Früh am nächsten Morgen, Eva schlief noch, kaufte er an einem Kiosk die internationale Ausgabe der *New York Times*. *Trump triumphs*, las er. Er wusste es schon, doch erst jetzt drang die Nachricht wirklich in sein Bewusstsein vor. So weit ist es also gekommen, dachte er. Jemand kann sich ins mächtigste Amt der Welt lügen. Und wir von den Medien können nichts dagegen tun. Schlimmer noch, wir haben ihm sogar geholfen, seine Lügen zu verbreiten. Er ging in eine Kaffeebar und schlug die Zeitung auf.

Er hat die Nachrichtenkanäle erobert, er hat die Wirklichkeit so zurechtmanipuliert, wie er sie brauchte.

Er hat gewonnen, Punkt.

Die Menschen glauben genauso leicht an Lügen wie an die Wahrheit, wenn sie ihnen besser gefallen.

Zeitungen sind nicht mehr in der Lage, die Lügen zu widerlegen, das Fernsehen wird zum Komplizen der Lügner, und das Internet ist zum größten Lügenverbreiter geworden. Zeitungen haben ihre Überzeugungskraft verloren.

Vielleicht wollen sie die Lügen gar nicht mehr widerlegen.

Es gibt keine Wahrheiten mehr. Man leugnet einfach die Wahrheit und erklärt Lügen zur neuen Wahrheit. Fertig. Die Wirklichkeit ist formbar geworden.

War schon immer so, schau mal in die Geschichtsbücher.

Immer wieder kommt ein Moment, in dem die Menschen einem Rattenfänger hinterherlaufen.

Solche Vorstellungen nennt man heutzutage »elitär«.

Man denkt sich auf dem Klo eine neue Wahrheit aus und geht damit hausieren. Und wer sagt, dass sie stinkt, hat den Kontakt zum Volk verloren.

Das nennt man Propaganda, Masser. So alt wie die Macht. Und mächtiger als die Macht, wenn man geschickt genug ist.

Das Volk langweilt sich und giert nach dem Kick des Untergangs.

Er bestellte sich noch einen Café au lait.

XXXII

Abgekoppelt

Masser Brock hatte sich von der Welt losgemacht. Er hatte alle Zeitungen von seinem iPad entfernt, alle Apps von Radiosendern, die er regelmäßig gehört hatte, ebenso alle sozialen Medien. Sogar Teletext, mit dem er jahrelang den Tag begonnen hatte, war von seinem Bildschirm verschwunden. Wenn er morgens ins Dorf radelte, mied er den Kiosk und steuerte gleich das Café du Siècle an, wo er sich draußen an einen Tisch setzte – einen Tisch ohne Zeitung. Es war Dezember, aber in der Provence noch warm genug.

Er war abgekoppelt, nur über seine Sinne stand er mit der Welt in Verbindung, und abgesehen von gelegentlichen Anrufen in den Niederlanden ließ er es auch so. Er hatte sich vom Internet losgerissen, und das empfand er als Erleichterung.

Was hat es uns gebracht? Nur Schlechtes. Ohne Internet wäre Trump nicht Präsident geworden, ohne Internet gäbe es keinen IS und hätte es die Anschläge in Paris und Brüssel nicht gegeben. Ohne Internet bräuchten wir nicht über die Verhärtung unserer Gesellschaft zu sprechen. Ohne Internet könnten Tausende von kleinen Ladenbesitzern weiterhin Geld verdienen. Ohne Internet wären wir viel weniger leicht manipulierbar. Ohne Internet müssten wir wieder selbst nachdenken.

Für viele Menschen ist das Internet etwas Wunderbares.

Das Internet ist eine Verschwörung der Dummheit mit der Gier und dem Hass.

Fortschritt hat immer eine helle und eine dunkle Seite.
Fortschritt macht uns kaputt.

Der Betrag auf dem Konto, das von seinem Großvater anlässlich seiner Geburt eröffnet worden war, hatte Masser überrascht. Er hatte sich jahrelang nicht darum gekümmert, und aus dem schon beachtlichen Einzahlungsbetrag war ein kleines Vermögen geworden. Sogar ohne den Abschiedsbonus, den Jaime Joris Schuurman Hess ihm gezahlt hatte, konnte er etliche Jahre komfortabel davon leben. Er wusste nicht, wie lange er in Mazan bleiben würde – oder ob er überhaupt in den Norden zurückkehren wollte.

Er wohnte wieder in dem Haus zwischen den Weingärten. Es war eigentlich viel zu groß für ihn allein, aber es erweckte in ihm ein Gefühl, an das er sich aus den Jahren auf der *Hindeloopen* erinnerte. Er war dort geborgen. Durch die kleinen Fenster beobachtete er die Außenwelt, und abends, wenn er die Läden geschlossen und die Türen zugesperrt hatte, fühlte er sich wie in einem Kokon. Morgens sah er von der Badewanne aus den Gipfel des Mont Ventoux, ein Anblick, der ihn beruhigte.

Masser kam sich vor wie ein Drogensüchtiger, der nach Jahren einen kalten Entzug machte. Manchmal, wenn er nachts aufwachte, war sein erster Impuls, nach seinem Smartphone zu greifen und Nachrichten zu lesen – bis ihm bewusst wurde, wo er war: in seiner eigenen nachrichtenlosen Welt. Während der ersten zwei Wochen verspürte er regelmäßig den heftigen Drang, die Seite *DNT.nl* aufzurufen und sich dort nur den einen winzigen Schuss zu setzen – das versprach er sich selbst –, den er brauchte, um die Schmerzen der Nachrichtengier zu lindern. Ein einziges Mal gab er diesem Drang nach und las, dass Tupp der Öffentlichkeit »einen Plan« vorgestellt habe – in drei Monaten standen Wahlen an. Er las den »Plan«, und sofort begann sein Geist nach Ansatzpunkten für eine Kolumne zu suchen. Ärger und Wut regten sich, zynische Gedanken – all das, was er nicht mehr wollte. Danach besuchte er die Seite nie mehr.

Er spürte, wie das Gift langsam aus seinem Organismus verschwand; die Unruhe in seinem Kopf ließ nach. Er staunte darüber und fragte sich, wie er es so viele Jahre lang fertiggebracht hatte, die Nachrichten nicht nur laufend zu verfolgen, sondern sie auch noch hochinteressant zu finden und über sie zu schreiben. Er begriff nicht mehr, dass für Millionen von Menschen Nachrichten zu einer Lebensnotwendigkeit geworden waren, zu so etwas wie der ersten Spritze am Morgen, die sie brauchten, um Geist und Körper in Gang zu bringen. Es kam ihm sinnlos vor, so viel Wert auf etwas zu legen, das am nächsten Tag wieder vergessen war, das der Nachrichtensüchtige gar nicht beeinflussen konnte – er konnte es nur hinnehmen, gegenüber anderen seine Verwunderung oder Empörung ausdrücken und seine Lösungen propagieren –, aber wer hörte schon auf ihn?

Nachrichten. Der Tag, an dem sich niemand mehr für Nachrichten interessiert und sich nur mit den Dingen um ihn herum beschäftigt, ist der Tag unserer Rückkehr ins Paradies. Heute ist eine Nachricht nicht mehr ein Bericht über etwas, das vom Normalen abweicht; wir weichen vom Normalen ab, weil wir wissen, dass daraus eine Nachricht wird. Nachrichten sind die neue Legitimation für wahnsinniges Verhalten. Leute sprengen sich und andere in die Luft, weil sie wissen, dass sie damit in die Nachrichten kommen, und weil die Nachrichten für sie das übernehmen, was sie selbst dann nicht mehr können: Angst und Unruhe verbreiten. Sie schneiden jemandem die Kehle durch und filmen es, weil sie wissen, dass genügend Menschen bereit sein werden, den Film online zu stellen, denn das bringt Klicks. Man fabriziert Nachrichten zu politischen Zwecken, zu kommerziellen Zwecken.

Nachrichten sind das leichteste und lukrativste Geschäft überhaupt. Man braucht nichts zu können, um Nachrichten zu verkaufen. Sie sind schon da. Und sie werden niemals knapp. Es gibt sie überall, und trotzdem bleiben die Gewinne hoch. Weil die Nachfrage so groß ist, weil alle nach Nachrichten hungern, weil Nachrichten, besonders die schlimmen, die eigene Existenz erträglich machen. Weil sie vom Ich ablenken, von der Angst, die der eigenen Verletzlichkeit entspringt, von den alltäglichen Sorgen.

Nachrichten versorgen einen mit Gesprächsstoff – worüber soll man sonst reden? Hast du die Nachrichten gehört? Hast du die Nachrichten gesehen? Hast du die Talkshow mit dem Mann gesehen, der über Nachrichten gesprochen hat? Hast du im Radio die Frau gehört, die diese Theorien über Nachrichten von dem Mann in der Talkshow völlig zerpflückt hat?

Nach ungefähr einem Monat in der Provence merkte Masser, dass er sich immer seltener widersprach. Die beiden Stimmen, die sich so viele Jahre lang gestritten hatten, verschmolzen zu *einer* Stimme, die sich weniger dezidiert äußerte, nicht mehr überzeugen oder überreden oder recht haben wollte. Wenn sich die Gegenstimme noch hören ließ, was nicht mehr oft geschah, war sie leiser, sie schien allmählich zu verstummen. Es war, als hätte Jimi, sein Bruder, endlich Frieden gefunden.

Masser hatte das Gefühl, dass er sich sein Leben zurückeroberte, dass er sich selbst wiederfand, wie er gewesen war, bevor die Welt sich intensiv mit ihm befasst und angefangen hatte, an seiner Seele zu nagen. Bevor er abgelenkt wurde und auf Irrwege geraten war. Er füllte seine Tage mit Lesen und Nichtlesen. Er hatte aus seinen Bücherregalen all die Bücher mitgenommen, die er jahrelang immer wieder angesehen und von denen er dann gedacht hatte: Das muss ich irgendwann mal lesen oder wieder lesen. Es waren viel mehr, als er erwartet hatte, mindestens zweihundert hatte er in vier Faltkisten im Auto verstaut, von Romanen über Biographien bis zu Sachbüchern über die unterschiedlichsten Themen. Einige hatte er schon gelesen, wollte es aber noch einmal tun, wie um sich selbst neu zu justieren. Wer war er gewesen? Wer war er geworden? Wer war er jetzt?

Wenn er nicht las, saß er am Holztisch unter den beiden alten Platanen vor dem Haus und schaute. Er betrachtete die Dinge um ihn herum, den Himmel, seine Beine, das Essen auf seinem Teller, das Rot des Weins. Er schaute und bewegte die dabei aufkommenden Gedanken ruhig in seinem Kopf wie ein Kenner den Cognac im Glas. Er versuchte, keine Meinung über das zu haben, was er sah. Er wollte meinungslos leben, nur registrieren, Schönheit, Düfte, die Millionen Sterne am Himmel über der Provence.

Was für eine Meinung sollte ich auch über die Milchstraße haben? Sie existiert, es gibt noch hundert Milliarden andere Galaxien, und es spielt nicht die geringste Rolle, was ich davon halte. Die größte Katastrophe auf der Erde ist weniger als ein Schluchzer im Universum. Was den Rasen angeht, könnte ich der Meinung sein, das Gras wäre ein bisschen lang, aber diese Meinung hat dann wenigstens eine konkrete Folge: Ich gehe zum Schuppen, hole den Rasenmäher heraus und mähe das Gras. Meinungen, die mit Handlungen verbunden sind, sind die einzigen akzeptablen. Meiner Meinung nach habe ich Hunger, und deshalb fahre ich zu La Pizzeria.

Manchmal, wenn er vor dem Café du Siècle Gesprächsfetzen auffing oder wenn Nachrichten auf andere Weise seinen Panzer durchdrangen, weil sie so laut, allgegenwärtig und aufdringlich waren, konnte für Augenblicke die Unruhe zurückkehren oder sogar der Wunsch, nach dem Smartphone zu greifen und nachzusehen, was los war. Er wusste die Leere sehr zu schätzen, doch das Verlangen, sie zu füllen, war noch nicht völlig verschwunden.

Masser hatte damit gerechnet, dass der Nachrichtenhunger zurückkehren könnte, sobald er zur Ruhe gekommen war. Doch das geschah nicht, er fühlte sich im Gegenteil immer wohler in seinem nachrichtenlosen Exil. Als Michel ihn nach seiner Meinung über diesen *tête de con* Trump fragte, antwortete er, früher hätte er wahrscheinlich auch die Meinung vertreten, dass Trump ein Arschloch sei. »Aber jetzt habe ich keine Meinung über ihn, glaube ich. Ich finde ihn nicht interessant.«

»Ist auch besser«, sagte Michel. »Man kann ja doch nichts machen.«

An einem Abend ein paar Tage vor Weihnachten, nachdem er fünf Wochen allein in Mazan verbracht hatte, beschloss er, Eva anzurufen. Er hatte es schon mehrmals getan, aber eigentlich nur, um ihre Stimme zu hören. Diesmal wollte er sie etwas fragen, etwas Wichtiges.

»Hier Eva.«

»Masser.«

»Masser! Kleinen Moment, ich brate gerade ein Omelett, ich drehe die Flamme ein bisschen runter.«

»Ich möchte dich etwas fragen.«

»Tu das.«

»Ich möchte dich fragen, ob du Lust hast, herzukommen. Ich meine: ob du Zeit hast, herzukommen.«

»Du überfällst mich.«

»Das tue ich gern.«

»Wie geht's dir?«

»Du versuchst, Zeit zu gewinnen.«

»Nein, ich möchte wissen, wie's dir geht.«

»Sehr gut. So gut ist es mir seit Jahren nicht gegangen.«

»Erkenne ich dich noch wieder?«

»Vielleicht bin ich ein bisschen entspannter.«

»Bist du noch derselbe Masser Brock, meine ich. Oder bist du ein sonderbarer Einsiedler geworden? Ein Zenbuddhist?«

»Ich weiß nicht, was ich geworden bin. Vielleicht ein klein wenig der Masser, wie er ursprünglich gedacht war.«

»Masser?«

»Ja?«

»Ich hab auf deinen Anruf gewartet.«

»Danke für deine Geduld. Ich brauchte erst einmal Zeit.«

»Wäre morgen okay?«

»Morgen ist okay. Ich schick dir eine WhatsApp mit der Adresse von meinem Café. Dann fangen wir da mit einem Weißwein an. Tradition.«

Michel stellte zwei Gläser Weißwein auf den Tisch. Er schaute die unbekannte Frau und dann für den Bruchteil einer Sekunde Masser an – lange genug, um Bewunderung und Zustimmung zu Massers Wahl auszudrücken. »Er bringt immer schöne Frauen nach Mazan«, sagte er zu Eva. Ihr alter Volvo war mit zwei Rädern auf dem Gehweg geparkt, hinten im Wagen lag ein Kontrabasskoffer.

»Er meint, dass ich oft mit meiner Schwester hier bin«, erklärte Masser. Drei ältere Männer auf Rennrädern kamen vorbei, sie schauten zu ihnen hin.

Idioten. Die letzte schöne Frau, die sie sehen, bevor sie am Mont Ventoux sterben.

»Diesen Moment habe ich herbeigesehnt«, sagte er.

»Ist er anders, als du gedacht hast?«

»Nein, alles ist genau so, wie ich es mir vorgestellt hatte. Das ist merkwürdig, das kommt nicht oft vor. So gut wie nie. Meistens bin ich enttäuscht. Oder es ist zumindest völlig anders.«

»Hast du dir auch vorgestellt, was du sagen würdest, in diesem Moment?«

»Ja.«

»Kannst du's sagen, oder ist es pornographisch?«

»Lass uns zum Haus fahren.«

»Und was hast du dir noch vorgestellt?«

»Dass du aufstehst.«

Das tat sie. Masser legte einen Zehn-Euro-Schein auf den Tisch, blickte sich nach Michel um und grüßte ihn.

Culemborg/Ferrara, Juli 2015 – Dezember 2016

Dank

Ich danke Lennen van Niel, der mir alles über *Assassin's Creed* erzählt hat und dessen intelligente Betrachtungen ich oft wörtlich Jimi Kalman in den Mund legen konnte.

Ich danke Wybe van der Gang, dem Eigentümer von Van der Gang Watches in Dokkum, der mich in die Geheimnisse der Uhrmacherkunst und des ewigen Kalenders eingeweiht hat, und seiner Frau Thea de Jong, die mir den Geist des Uhrmachers zu verstehen half.

Ich danke Aart Hoekman, der kritisch mitgelesen hat und dessen Nachnamen ich für eine der Hauptpersonen dieses Buches ausleihen durfte.

Ich danke Mizzi van der Pluijm, Bertram Mourits, Emile Brugman, Rianne Blaakmeer, Vincent Kolenbrander, Taïs Vezo, Ronald Kerstma, Theo Veenhof und den anderen Mitarbeitern des Verlags Atlas Contact, die an dieses Buch geglaubt haben und begeistert mithalfen, es ins Ziel zu tragen.

Ich danke Roald Triebels, der geduldig Umschlagentwürfe vorlegte, bis er Masser Brock eingefangen hatte.

Ich danke meiner Agentin Marieke Verhoeven, die mir ein sorgenfreies Arbeiten an diesem Buch ermöglicht hat.

Ich danke meiner lieben Tochter Hannah Wagendorp, die mitlas und mir immer wieder im richtigen Moment den entscheidenden Anstoß gab. Ich hoffe, dass ich mich bald bei ihrem Buch dafür revanchieren kann.

Ich danke meiner Liebsten, Wilma de Rek. Ein Schriftsteller braucht Selbstvertrauen, und sein Bedürfnis nach Bestätigung ist manchmal kaum zu befriedigen – ich habe von ihr beides bekommen. Sie hat in jeder Phase mitgelesen, konstruktive Kritik geäußert und großartige Vorschläge zur weiteren Entwicklung der Handlung gemacht. Den Sommer 2016 haben wir in Mazan, Ferrara, Arles und Caromb schreibend zusammen verbracht – sie arbeitete an ihrem, ich an meinem Buch –, und es waren unvergessliche Wochen. Sie ist mit mir nach Paris gefahren, hat mich in die neue Philharmonie, in die Ausstellung über Oscar Wilde und ins Chez René begleitet. Einen Stift in der Hand, hat sie mir den ganzen Roman geduldig vorgelesen, als er fast fertig war.

Ohne sie wäre es ein völlig anderes Buch geworden – wenn es denn jemals zustande gekommen wäre.

Bert Wagendorp